BASTEI
LÜBBE

Über das Buch:

»Ein außerordentlich gut geschriebener Roman!« *Library Journal*

»Dies ist eine Geschichte, die den Leser mit ihrem intelligenten Plot und ihren komplexen Themen überraschen wird.«
Publishers Weekly

»So sexy wie die Sünde ...« *Affaire de Cœur*

»Eine der besten Autorinnen historischer Liebessromane!«
Mary Jo Putney

Über die Autorin:

Julia Ross wuchs in einem georgianischen Haus in England auf und studierte in Edinburgh, Schottand, woher ihr Vater stammt. Nun lebt sie im Westen der USA, wo sie mit ihren historischen Liebesromanen sehr erfolgreich ist. Für zwei der Romane hat sie bisher Preise erhalten. Für *Heiße Sünden ihrer Liebe* erhielt sie von der Zeitschrift *Romantic Times* die »Goldmedaille«.

JULIA ROSS

Heiße Sünden ihrer Liebe

Ins Deutsche übertragen von
Ulrike Moreno

Roman

BASTEI LÜBBE

BASTEI LÜBBE TASCHENBUCH
Band 18676

1 Auflage: Mai 2004
2. Auflage: Juni 2004

Vollständige Taschenbuchausgabe

Bastei Lübbe Taschenbücher ist ein Imprint der Verlagsgruppe Lübbe

Deutsche Erstveröffentlichung
Titel der amerikanischen Originalausgabe: *Flowers under Ice*

Published by Arrangement with Jean Ross Ewing.
Dieses Werk wurde vermittelt durch die Literarische Agentur
Thomas Schlück GmbH, 30827 Garbsen.

Titelillustration: John Ennis/Agentur Thomas Schlück GmbH
Einbandgestaltung: Nele Schütz Design
Satz: Fanslau, Communication/EDV, Düsseldorf
Druck und Verarbeitung: AIT Trondheim, Norwegen
Printed in Norway
ISBN: 3-404-18676-1

Kapitel 1

London,
Anfang Juni 1816

Er hing buchstäblich im Nichts, schwebte gleichsam zwischen Himmel und Hölle.

Der ehrenwerte Major Dominic Wyndham, Bruder und Erbe des Grafen Windrush, galt als Mann von ausgesprochen lasterhaften Neigungen. Er war bislang noch nie vor einer Herausforderung zurückgeschreckt. Dies hier war jedoch etwas extrem, sogar für ihn.

Dominic umklammerte den eisernen Ziergiebel oben auf dem Turm, lehnte seine Stirn gegen das kalte, harte Metall und lachte.

Die kühle Nachtluft fächelte kühl auf seinen nackten Rücken. Tief unter ihm ragten die Schornsteine von Mayfair aus dem Schein der Gaslaternen auf. Im Kanal des St. James Parks spiegelten sich der Mond und die glitzernden Sterne. Östlich von ihm zeichneten sich die massigen Umrisse des Towers vor dem schimmernden Strom der Themse ab; ein Feuer brannte irgendwo ganz in der Nähe. Der Rest von London schlief unter vom Mondlicht silbern angehauchten Dächern, ohne sich des Tumults hoch über ihren ihren Köpfen überhaupt bewusst zu sein.

Unter wie vielen dieser Dächer schliefen Frauen, die er kannte? Trotz seiner riskanten Lage lachte er vor Übermut schallend auf. Zu viele!

»Ich schaffe es nicht«, hörte er eine keuchende Stimme in der Finsternis unter ihm. »Um Himmels willen! Ich stürze ab!«

Dominic sah hinunter. Das schräge Dach fiel gefährlich steil nach unten ab. Von einer Art hektischer Verzweiflung erfasst, unterdrückte er ein gänzlich unpassendes Lachen.

»Du schaffst es, Stansted«, rief er. »Ich helfe dir. Hier, halt dich daran fest!«

Sein Hemd und Halstuch hatte er schon vorher abgelegt, sie mithilfe eines kleinen Taschenmessers in Streifen geschnitten und zu einem kurzen Seil geflochten. Nun band er das eine Ende an die Turmspitze und warf das andere ins Leere. Der Stoff schimmerte hell vor der dunklen Dachschräge.

»Nun komm herauf, Stansted.« Es war der Ton, den Dominic bei widerspenstigen Pferden anschlug, beruhigend und zugleich gebieterisch. »Bind das Seil um deine Taille, halt dich an den Mauervorsprüngen fest und schau nicht hinunter.«

Die körperlose Stimme drang erneut zu ihm herauf. »Mir wird gleich übel!«

Dominic legte seinen Arm fest um die eiserne Turmspitze. Seine nackten Füße steckten in den spiralförmigen Verzierungen des Mauerwerks – wo sie einen verhältnismäßig sicheren Halt gefunden hätten, wenn die Steine vom Alter nicht so brüchig gewesen wären. Er ließ jedoch nichts von diesen Überlegungen in seinen Ton einfließen. »Das ist nur der Alkohol, mein lieber Stansted. Setz einen Fuß hinter den anderen und komm herauf. Man hat eine fabelhafte Aussicht von hier oben.«

Das Seil straffte sich unter Stansteds Gewicht. Sein Gesicht war leichenblass, als es nun aus der Finsternis auftauchte, sein rotes Haar im schwachen Schein des Mondes dunkel wie Umbra. Er hatte das Stoffseil fest um eine Hand gewickelt. »Es ist nicht der Alkohol, Wyndham. Ein guter Claret würde meine Innereien nie so durcheinander bringen.«

»Nein, vermutlich nicht«, stimmte Dominic ihm zu. »Wenn Wein sich im Magen nicht mehr setzt, so wie eine vornehme alte Dame sich in ihrem Lehnstuhl niederlässt, hätten wir tatsächlich ein Problem. Aber wenn du nicht zu betrunken bist,

Stansted, hast du keine Entschuldigung. Komm jetzt. Dies ist der leichteste Teil.« Er streckte eine Hand aus. »Du hast es fast geschafft.«

Behandschuhte Finger streckten sich Dominic entgegen, und die Männer verschränkten ihre Hände ineinander.

Als Dominic versuchte, seinen Freund heraufzuziehen, schwankte Stansted, und seine Füße verloren mit einem beängstigenden Poltern den Halt. Ein abgebrochenes Stück Mauerwerk stürzte krachend in die Finsternis. Stansted hatte das Seil verloren und versuchte nun verzweifelt, sich mit der anderen Hand an den Dachziegeln festzuhalten. »Bei Gott! Dominic!«

Dominics Schultern brannten von der Anstrengung, als er sich an der eisernen Turmspitze festklammerte. Zum Glück war *sie* zumindest noch stabil! »Du hättest besser daran getan«, bemerkte er mit dem Anflug eines Lächelns, »deine verdammten Stiefel auszuziehen.«

Der Eisengiebel hielt. Dominic zog mit aller Kraft an Lord Stansteds Hand, bis dieser endlich auf dem Turm erschien. »Bei Gott, diesmal war ich nahe dran, meinem Schöpfer zu begegnen!« Seine Stimme zitterte. »Wie, zum Teufel, sollen wir hier bloß wieder runterkommen?«

Dominic ignorierte seine Frage, zog Stansteds Taschentuch aus dessen Tasche und band es an die Eisenspitze. Es war ein unerhört prekärer Augenblick, mit beiden Hände loszulassen und, auf den Zehen balancierend, das Gleichgewicht zu halten, während er, die Knie fest ans Dach gepresst, das Tuch verknotete. Eine seltsam atemlose Ironie wohnte dem Moment inne, dem Tod so nahe zu sein – Herrgott noch mal, nachdem er bereits so viel überlebt hatte –, wenn er sich stattdessen mit irgendeiner willigen jungen Dame in deren Bett hätte vergnügen können. Es gab zweifellos einfachere Wege für einen pensionierten Offizier im Ruhestand, seinen Unterhalt zu bestreiten, als sein Leben bei absurden Wetten zu riskieren.

Aber er war noch lange nicht bereit zu sterben.

Obwohl Stansted sich dessen nicht bewusst war, war diese Wette wie ein ins Wasser geworfener Stein, der Kreise zog. Während der Aufschlag Dominics leere Börse füllte und Stansted möglicherweise seinen größten Wunsch erfüllen würde, verkörperten die kleinen Wellen den eigentlichen Grund für Dominic zu leben.

Mit einem spöttisch-dankbaren Grinsen legte er seine Hand wieder um den Eisengiebel. »Weißt du, ich glaube, ich war noch nie an einem friedlicheren Ort. Es beruhigt meine aufgewühlte Seele, dem Himmel so nahe zu sein – wie ein mittelalterlicher Einsiedler, der im Chaos der Zeiten einen Ort der Ruhe findet.« Er schaute auf und betrachtete die Sterne. »Glaubst du, mir ist es bestimmt, ins Paradies zu kommen? Oder meinst du, darüber muss erst noch entschieden werden?«

Stansted klammerte sich an seine Hand und schüttelte den Kopf. »Bring mich nicht zum Lachen. Bei Gott, du bist der Teufel selbst, Wyndham! Bring mich bloß in einem Stück hinunter, wenn du nicht willst, dass sie dich in Newgate wegen Mordes am einzigen Sohn eines Herzogs an den Galgen bringen!«

Dominic grinste, während er das Stoffseil aufknotete. »›Wenn er nicht dazu geboren wurde, aufgehängt zu werden, ist unsere Sache aussichtslos.‹ Hier. Nimm das Seil. Binde das eine Ende an die Durchbrüche im Mauerwerk und das andere um deine Taille. Lass dich nach und nach herab. Ich komme direkt hinter dir, um das Seil los- und wieder festzubinden.«

Stansteds bleiches Gesicht verschwamm, als sich eine Wolke vor den Mond schob. »Und was ist mit dir?«

»Keine Angst, ich lass dich schon nicht im Stich. Also, was ist – bist du bereit?«

Der Sohn des Herzogs schenkte Dominic ein mattes Lächeln, dann kletterten die Männer vorsichtig den Turm hinab und ließen Lord Stansteds Taschentuch hoch oben über der Stadt am Kirchturm flattern wie ein Banner.

Die Zuschauermenge, die an den Kirchenstufen wartete, brach in begeisterten Applaus aus. Hände schlugen schwer auf Stansteds Rücken und griffen nach Dominic, um ihm die Hand zu schütteln oder ihm auf die Schulter zu klopfen. Allgemeiner Frohsinn herrschte, Wein wurde herumgereicht. Dominic stimmte in die allgemeine Fröhlichkeit mit ein. Es war geschafft. Hoffnung – egal, wie leer – erwachte wieder in ihm. Und überdies fühlte sich der feste Boden unter seinen Füßen wunderbar solide an. Goldmünzen klimperten in einen Hut. Einige Männer stellten hastig kritzelnd Schuldscheine aus.

Der Mann, der den Hut herumgehen ließ, schnitt eine übertriebene Grimasse. »Der Teufel soll mich holen, aber ich hätte nicht gedacht, dass Ihr gewinnen könntet, Wyndham! Ihr werdet uns noch alle arm machen! Wie, zum Teufel, habt Ihr Stansted bloß dazu gebracht, dass er es tut?«

»Wir haben uns gegenseitig geholfen.« Dominic lehnte sich an die Kirchentür und zog lachend und nach Atem ringend seine Strümpfe und seine Stiefel an. »Wie zwei Fischweiber, die einen Korb schleppen: Zuerst zieht die eine, dann die andere, und das ganze Unternehmen stinkt.«

Inmitten eines weiteren Heiterkeitsausbruchs blickte er auf, und das Lachen blieb ihm in der Kehle stecken. Eine Kutsche war vorgefahren. Er erkannte die Pferde, den Kutscher und das Wappen seiner Familie auf der Kutschentür. Unter dem breiten Rand einer schwarzen Haube spähte das Gesicht einer Frau durchs offene Kutschenfenster.

Es war, als würde die Wirklichkeit aus ihrer Verankerung gerissen und die Zeit mit einem Mal transparent. Als wäre diese lärmende Menge gar nicht da. Als herrschte plötzlich Stille anstatt Chaos. Als wehte von irgendeinem fremden, fernen Ort ein frischer Wind in diese wüsten Straßen. Tief in seinem Innersten war Dominic sich plötzlich völlig sicher, dass etwas geschehen war, das sein Leben zerstören würde.

Und das, obwohl er die Frau noch nie zuvor gesehen hatte.

Die Kutsche schwankte, als sein Bruder ausstieg, und das Wappen der Windrushs erzitterte bei der Bewegung.

Dominic rief sich zur Ordnung. Er musste betrunkener sein, als er angenommen hatte. »Ach Gott, wir bekommen Gesellschaft«, bemerkte er. »Mein Bruder, der allmächtige Earl of Windrush, wird nun Zeuge unserer kleinen Wette sein. Bedauerlicherweise leidet Jack unter einem bemerkenswerten Mangel an Humor. Wir kleinen Fische werden gleich geröstet werden, Gentlemen – geschuppt, mit Butter beträufelt, in Teig gehüllt und kross gebraten.«

Jack bahnte sich einen Weg durch die gaffende Menge. Einen Dandy in einem pinkfarbenen Frack schob er beiseite, indem er ihm kurzerhand seinen Spazierstock in die Rippen stieß, und ein indignierter Viscount war der Nächste, der seiner Achtung gebietenden Erscheinung weichen musste.

Die Frau blieb in der Kutsche sitzen – ein Bild der Ablehnung mit ihren schmalen Lippen und ihren missbilligend zusammengezogenen Augenbrauen. Kein wirklich hübsches Gesicht, dachte Dominic. Aber es war dennoch etwas Bemerkenswertes an der bloßen Haltung ihres Kopfes, was ihn an die Anmut eines Rehs erinnerte. Als ihre Blicke sich begegneten, empfand er die Macht ihres Blicks wie einen kalten Wasserstrahl, und die Offenheit darin ging ihm durch und durch und traf ihn bis ins Mark.

Er ignorierte die Frau, ignorierte die beharrliche Warnung in seinem Unterbewusstsein und wartete schweigend, bis Jack verärgert vor ihm stehen blieb. Erst dann bequemte er sich, etwas zu sagen. »Guten Abend, Mylord. Wir unterhielten uns gerade über Fisch. Möchtest du vielleicht einen Happen mit uns essen?«

Der Graf runzelte die Stirn. »Was für ein verdammter Unfug hat hier stattgefunden? Du bist halb nackt!«

»Ein Hindernisrennen.« Dominic schlüpfte in seinen Rock, dessen Futter sich auf seiner Haut angenehm kühl anfühlte. Er dachte nicht daran, Jack den wahren Grund für seine Anwesenheit hier zu nennen. »Mein Hemd ist leider dabei draufgegangen. Aber du weißt ja, wenn das Leben sowieso bedeutungslos geworden ist, sollte es uns zumindest etwas Amüsement bieten. Tritt beiseite, Jack. Lord Stansted fühlt sich nicht ganz wohl. Vielleicht des Geruchs des Ärgers wegen, den du mitbringst?«

Während Dominic noch sprach, verzog der Sohn des Herzogs das Gesicht und entfernte sich hastig von den Dandys, um in einer Ecke sein Abendessen loszuwerden.

Dominics Bruder runzelte noch finsterer die Stirn. »Was, zum Teufel, meintest du mit ›Hindernisrennen‹?«

Der Viscount, der vorhin so grob beiseite geschoben worden war, blinzelte den Earl durch sein Monokel an. »Wir haben gewettet, dass es Eurem Bruder nicht gelingen würde, Stansteds Taschentuch an die Turmspitze zu binden, aber ich will verdammt sein, wenn er's nicht geschafft hat.«

Dominic lehnte sich mit dem Rücken an die Kirchentür und verschränkte die Arme vor der Brust. »Eine neu entwickelte Form eines beliebten Sports, nur vertikal statt horizontal, um der ganzen Sache noch mehr Würze zu verleihen, und ohne Pferde. Der Beweis unserer Leistung flattert nun über London, und ich bin um etwa zweitausend Guineen reicher.«

Die Furche zwischen den Brauen des Earls vertiefte sich. Er begann, einem der nicht ganz so hässlichen Wasserspeier zu ähneln, an denen Dominic auf seinem Aufstieg zum Kirchturm vorbeigekommen war. »Du meinst, diese Herren hier haben Wetten darauf abgeschlossen, es könne irgendetwas Draufgängerisches geben, was du *nicht* wagen würdest?«

»Keineswegs. Natürlich würde niemand gegen meinen Wahnsinn setzen. Nein, bei der Wette ging es darum, dass ich *Stansted* nicht mit dort hinaufbekommen würde.« Dominics Stimme hatte einen kühlen Tonfall angenommen. Sein Bruder hatte sehr häufig diesen Effekt auf ihn. Jack war neun Jahre älter und etwa achtzehn Kilo schwerer. Somit stand es außer Frage, wo die Macht in der Wyndham-Familie lag.

»Was sollte das sein? Ein verzweifelter Versuch vielleicht, die Aufregung des Krieges wiederaufleben zu lassen?«

Der Hieb hatte gesessen, aber Dominic konnte sich jetzt nicht mit seinem Bruder befassen. Sein ganzes Interesse konzentrierte sich auf die Frau. Ihr Gesicht war nicht eigentlich hübsch, doch reizvoll und apart, mit einem verblüffend zarten Knochenbau – kein Gesicht, das man vergaß. Ihr Blick war fest und schwankte nicht. Absurderweise ruhte er auf ihm. Verdammt! Konnte sie nicht woanders hinsehen?

Als Dominic endlich antwortete, klang es sarkastisch. »Den Krieg? Wie du dich erinnern wirst, habe ich Waterloo verpasst, da ich in Paris in einem Keller eingeschlossen war. ›Aufregung‹ ist folglich kein Wort, das ich benutzen würde, um diese Erfahrung zu beschreiben.«

»Was dann? Langeweile? Verachtung? Was, Herrgott noch mal?«

Dominic zwang sich, Jack wieder seine Aufmerksamkeit zuzuwenden, und lächelte ihn an. »Es lag eine gewisse Symmetrie in dem Ereignis, die meinen Sinn für das Absurde ansprach. Schließlich wurde ich in ebendieser Kirche getraut. Und so wie ich hat auch der gute Stansted eine Gattin, die nach Schottland durchgebrannt ist.«

»Bei Gott, Dominic, du bist des Wahnsinns!«

»Bin ich das?«, entgegnete er mit unschuldiger Miene. »Wieso? Ich habe gerade einen Haufen Geld gewonnen.«

Sein Bruder funkelte ihn an. »Aber du hast auch soeben deine Frau verloren. Doch wahrscheinlich hältst du das für einen fairen Tausch. Harriet starb letzte Woche in Edinburgh, während du deine Tage mit Zechgelagen in St. James verbrachtest.«

Es war ein Schock wie eine fehlgezündete Kanone – oder der Verlust eines Körperteils auf dem Schlachtfeld –, zu schmerzlich fast, um wahr zu sein. Dominic wandte den Blick ab und kämpfte gegen das Bedürfnis an zu reagieren. Er war nicht sicher, wie er sich verhalten würde, falls er sich dazu hinreißen ließ. Lachen? Weinen? Um sich schlagen?

Wie konnte Harriet *tot* sein? Er war fest entschlossen gewesen, sie zurückzugewinnen – und so sicher, alle Zeit der Welt dafür zu haben. Wie konnte sie sich so plötzlich in nichts aufgelöst haben? Der Schmerz war so durchdringend, als würde sein Herz gehäutet und über ein Feuer gehalten, womit die Absurdität des Ganzen ihren Höhepunkt erreichte. Denn trotz seines erstaunlichen Bravurstücks gerade wäre Harriet sowieso niemals zu ihm zurückgekommen, oder? Und nun lebte sie nicht einmal mehr.

Die Menge schwieg und trat verlegen von einem Fuß auf den anderen – aus Furcht, irgendwelche ungebührlichen Emotionen mit ansehen zu müssen? Dominic zwang sich, sich nichts dergleichen anmerken zu lassen. Er schaffte es sogar zu lächeln. »Nicht meine *Tage*, Jack. Meine Nächte. Meine Nächte habe ich verzecht. Lasterhaftigkeit ist in der Dunkelheit besser aufgehoben.«

Das Gesicht des Earls sah aus, als würde es zerfließen. »Ist das alles, was du nach Erhalt einer solchen Nachricht sagen kannst?«

»Natürlich nicht.« Dominic war nahezu blind vor Kummer, war sich aber, dessen ungeachtet, immer noch sehr stark der Frau in der Kutsche bewusst. »Ich könnte dich auch an deine Manieren erinnern. Wer ist dieses Frauenzimmer in deiner Kutsche, das mich so finster anstarrt? Möchtest du uns nicht miteinander bekannt machen?«

Sein Bruder warf ihr einen gleichgültigen Blick zu. »Das ist Miss Catriona Sinclair, Harriets Gesellschafterin, die uns aus Edinburgh die Nachricht ihres Todes überbrachte. Falls es dich interessieren sollte, kann sie dich über alle weiteren Einzelheiten informieren.«

Catriona. Der schottische Name für Catherine. Ca-*tri*-ona, mit Betonung auf der zweiten Silbe. Also hatte sein Instinkt ihn nicht getrogen – diese unbekannte Frau hatte sein Leben zerstört. Und nun wusste er auch, wo er schon einmal einen solchen Blick gesehen hatte: auf den Gesichtern schottischer Soldaten aus den Highlands, wenn sie, aufgewühlt vom Geschrei der Dudelsäcke und fest entschlossen, ihrem Schicksal zu begegnen, in die Schlacht gezogen waren. Selbst im schwachen Licht erkannte er, dass ihre Augen blau waren – ein helles, gold gesprenkeltes Blau, wie von Bittersweet oder Vergissmeinnicht –, die Augen des fernen Nordens, wo Blumen unter dem Eis wuchsen.

»O Gott.« Er war sich vage der Gesichter der Zuschauer bewusst, und insbesondere Lord Stansteds, der leichenblass geworden war und das Gespräch gespannt verfolgte. Der Sohn des Herzogs, dessen Frau Harriet nach Schottland mitgenommen hatte. Noch so ein armer Teufel, der törichterweise glaubte, ein Lebemann wie Dominic Wyndham könne ihn etwas über Frauen lehren. Stansted hatte keine Ahnung von den noblen Bemühungen, die dieser Lebemann seinetwegen unternommen hatte – und die nun zerstört und unsinnig gemacht worden waren.

Unter Aufbietung der letzten Reste seiner Selbstbeherrschung machte Dominic eine knappe Verbeugung vor Catriona Sinclair, wobei ihm nur allzu gut bewusst war, wie gefühllos und beleidigend die Geste wirken musste, und meinte spöttisch: »Guten Abend, Miss Sinclair. Wie Sie sehen, habe ich nicht nur meine Angetraute, sondern zudem auch noch mein Hemd verloren. Wie überaus bedauerlich, nicht wahr?«

Kapitel 2

Catriona knetete ihre Handschuhe auf dem Schoß und erwiderte tapfer seinen unfreundlichen Blick. Ihr Herz pochte in einem merkwürdigen Rhythmus, zu hart und viel zu schnell. All diese Männer gehörten einer Rasse an, die sie verabscheute, einer Rasse, deren eitle, anmaßende Art die untadeligen alten Sitten des Nordens verdorben hatte. Nicht, dass sie mit ihren fünfundzwanzig Jahren viele englische Aristokraten gekannt hätte. Aber sie hatte von ihnen gehört, oder zumindest doch von diesem hier, Dominic Wyndham, dem Mann, den sie hatte treffen wollen. Sie fluchte leise in gälischer Sprache, und wenn es auch kein eigentlicher Fluch war, so bezeichnete es doch den Gipfel aller Schlechtigkeit: *Diabhal*. Luzifer – der im Begriff stand, in seiner Höhle aufgestört zu werden. Aber sie fluchte mit der exquisiten Höflichkeit des Highlanders natürlich.

Sein Blick hielt kühn dem ihren stand, aber es lag etwas irritierend Verschlossenes in seinem Ausdruck. Er war groß, so groß, dass er die Menge überragte. Rotblondes Haar fiel ihm in die Stirn. Der Rest verschwamm zu einem Eindruck von Stärke, Unbekümmertheit und Desinteresse – etwas Robustes, Ungezähmtes, das sie nicht bei einem Engländer erwartet hätte. Er trug weder ein Halstuch noch ein Hemd unter dem Rock, nur nacktes, muskulöses Fleisch. Sein offener Rock rahmte und betonte sie, diese muskulöse Nacktheit.

Sie hatte jedes Wort seines kurzen Austauschs mit dem Earl gehört. *Lasterhaftigkeit ist in der Dunkelheit besser aufgehoben.*

Und dann lächelte er sie an und verbeugte sich vor ihr, nachdem er sie ein ›Frauenzimmer‹ genannt hatte. Sein Lächeln war charmant und bewirkte, dass sich Grübchen in seinen Wangen bildeten. Aber seine Augen blieben zurückhaltend, dunkel, wie Moos unter einem Wasserfall, und verbargen vermutlich genauso viele Geheimnisse. Was, um Himmels willen, sollte sie jetzt tun?

Es dauerte nicht lange, und er gab ihr eine Antwort. Sie floh zur anderen Seite der Kutsche, als er zu ihr herüberkam und einstieg, dicht gefolgt von seinem Bruder. Dann saß Catriona schweigend da, als Dominic Wyndham, der Ehemann der armen Harriet, die furchtbaren Neuigkeiten grausam bagatellisierte und ein sarkastisches Schauspiel – brillant, aber herzlos – aus der ganzen Situation machte. Er ignorierte sie und stellte seinem Bruder Fragen, um dessen Antworten dann mit seinen scharfsinnigen Bemerkungen zu verhöhnen. Jedes seiner Worte entlarvte ihn als herzlos, verdorben und unmoralisch – und vermutlich ebenso betrunken wie ein Gutsherr nach einem ausgedehnten Festgelage. Catriona war nicht überrascht.

Die Kutsche hielt vor dem imponierenden Stadtpalais des Grafen, wo sie eine Stunde zuvor mit ihren Neuigkeiten aus Schottland eingetroffen war. Catriona wurde aus der Kutsche gehoben und dann von einem Dienstboten ins Haus geführt. Dominic Wyndham verschwand fast augenblicklich. Sie sah ihn einen Gang hinuntergehen und hörte eine Tür zuschlagen. Der Graf zuckte zusammen, aber offenbar wollte er sich bei einer Frau ihres mutmaßlichen Standes nicht für das Benehmen eines Adligen entschuldigen.

»Wir werden Ihnen selbstverständlich für heute Nacht ein Zimmer zur Verfügung stellen, Miss Sinclair«, erklärte er mit einem zerstreuten Stirnrunzeln. »Und jede weitere Hilfe, die Sie vielleicht brauchen werden.«

Jack Wyndham war stämmiger als sein Bruder, hatte strohblondes Haar, und sein Gesicht erinnerte an eine Bulldogge. Er wirkte wie ein grober Entwurf, ein aus Ton geformtes Modell, bevor der Künstler seine Idee perfektioniert und Dominic Wyndham in Gold gegossen hatte.

Catriona blickte von dem Grafen zu dem pompösen Eingang, zu den vergoldeten Säulen und kostbaren Gemälden, der opulenten Zurschaustellung englischen Reichtums, und erinnerte sich wieder an den Zweck ihres Besuchs. »Ich bin Euch dankbar für Euer großzügiges Angebot, Lord Windrush«, erwiderte sie leise. »Eure Lordschaft ist sehr freundlich.«

Der Graf winkte einem Diener. Catriona wurde fortgeführt und nach oben zu einem Schlafzimmer begleitet. Ihren kleinen Koffer allerdings musste sie selbst tragen.

Graf Windrush ging in sein Arbeitszimmer. Sein Bruder stand an dem erloschenen Kamin, den blonden Kopf auf seine Hände gestützt und so fest den Kaminsims umklammernd, dass seine Fingerknöchel weiß hervortraten. Der Graf war sich undeutlich bewusst, dass auch seine Hände sich zu Fäusten ballten.

»Guter Gott, Dominic!«, begann er. »Wenn du dich nicht wie ein Gentleman benehmen kannst ...«

»Fang nicht an!« Der große, schlanke Körper wirbelte herum, und Dominic sah seinen Bruder an. Sein Gesicht war blass, seine grünen Augen funkelten. »Falls du auf die Idee kommen solltest, dies sei der richtige Augenblick für eine salbungsvolle Predigt, schlage ich dich nieder! Es ist mir bewusst, dass du mein Handeln tadelnswert findest, meine Freunde zweifelhaft und meine Aktivitäten zu freizügig und lasterhaft. Harriet hat mich zweifellos auf ihrem Sterbebett verflucht und den Himmel angefleht, mich für meine Schlechtigkeit zu bestrafen. Aber ihr Tod war nichtsdestotrotz ein Schock für mich. Du hättest ein bisschen mehr Taktgefühl im Überbringen der Nachricht zeigen können.«

»Taktgefühl! Wenn ich dich betrunken, halb nackt und beim Entweihen einer Kirche antreffe! Wie kannst du es nur wagen, Dominic?«

»Und dennoch hieltest du offenbar Ort und Zeitpunkt für geeignet, um mir vom Ableben meiner Gattin zu berichten – Gott sei mir gnädig, sollte ich jemals einen so feinen Sinn für Taktgefühl entwickeln! Und auch noch dieses schottische Mädchen mitzuschleppen! Da du mich so gut kennst, hättest du dir denken können, wie unangenehm es werden würde. Es war wirklich nicht nötig, Miss Sinclair all das mit ansehen zu lassen.«

»Was macht das schon für einen Unterschied?« Der Earl blickte ihn verärgert und verwundert zugleich an. »Was für einen Eindruck könntest du auf eine anständige Frau machen, einmal abgesehen von dem, den Harriet von dir gewonnen hat?«

»Es ist mir egal, was für einen Eindruck Miss Sinclair von mir bekommen haben mag. Du liebe Güte, könnte irgendetwas unwichtiger sein? Aber hast du nicht ihr Gesicht gesehen? Sie war eben erst aus Edinburgh angekommen, war allein und womöglich auch verängstigt. Ihre Kleider waren abgetragen, ihre Schuhe hatten Risse. Sie hat ganz offenbar kein Geld, und sie empfand vermutlich echte Zuneigung für Harriet. Ach, zum Teufel! Wen interessiert das schon? Du wirst dich natürlich darum kümmern, dass für sie gesorgt wird. Und nun bin ich müde. Du hast doch sicher nichts dagegen, dass ich in meinem alten Zimmer übernachte?«

Mit bemerkenswerter Selbstbeherrschung für einen Mann, der eine knappe Stunde zuvor an einer verrückten Wette, einen Kirchturm zu besteigen, teilgenommen hatte, schritt er zur Tür und zog sie leise hinter sich ins Schloss.

Der Graf starrte seinem Bruder nach. Er hatte ihn nie verstanden. Der Altersunterschied zwischen ihnen war zu groß, und sie waren viel zu oft getrennt gewesen. Einst hatte es einen hübschen kleinen Jungen mit goldenem Haar gegeben, ein geheimes Ärgernis und viel zu oft im Weg, der irgendwie überlebt hatte, während all die Babys zwischen ihnen eines nach dem anderen gestorben waren. Nun gab es einen Mann mit Geheimnissen, einen Mann, der eine lebenswichtige, geheime Rolle im Krieg gespielt hatte, ein Mann, der die Familie in den Skandal des Jahrhunderts gestürzt hatte. Jeder andere hätte sich für immer ins Exil begeben, doch Dominic war nach Napoleons endgültiger Niederlage zurückgekommen und geblieben, obwohl er nirgendwo akzeptiert wurde, außer von der wilden Jugend Londons, Männern ohne Gewissen und, wenn man den Gerüchten Glauben schenken wollte, Frauen, die ihn in aller Verschwiegenheit bei sich daheim empfingen.

Aber als Dominic vorhin an den Kerzen vorbeigegangen war, die sein Haar vergoldeten und Schatten auf seine markanten Züge warfen, hatten seine Wimpern verdächtig feucht geschimmert. Der Earl of Windrush verdrängte den Gedanken. Vielleicht war es nur eine Lichttäuschung gewesen. Es war schlicht undenkbar, dass sein verkommener Bruder, dieser hartgesottene Bonvivant, Tränen über den Tod seiner ihm längst fremd gewordenen Frau vergießen könnte.

Dominic blieb am Kopf der Treppe stehen und presste die Hände auf seinen Mund, um seinen Schmerz zu unterdrücken, wobei ihm nur vage bewusst war, wie sich seine Ringe in seine Lippen bohrten. Harriet. Seine hübsche, verwirrte, blonde Frau, die ihn verlassen hatte, um sich einer lohnenderen Beschäftigung zu widmen. Die Ungeheuerlichkeit seines Versäumnisses quälte ihn noch heute wie ein nie nachlassender Schmerz. Die Panik, die Vorwürfe … Und zuletzt die Demütigung ihrer schmerzlichen Verzweiflung. Hatte Harriet in den Jahren, seit sie ihm davongelaufen war, je auch nur einen Gedanken oder ein Gebet an den Ehemann verschwendet, den sie in England zurückgelassen hatte?

Und nun war es zu spät. Für immer zu spät.

Er schaute auf, als ein Diener, der ein kleines Tablett in seinen

Händen trug, an ihm vorbeitappte. Eine Tür öffnete sich etwas weiter unten auf dem Gang, und Miss Sinclair trat heraus. Der Diener verbeugte sich und zog sich wieder zurück, aber sie blieb stehen, das Tablett in ihren Händen, und blickte zu Dominic hinüber. Der flackernde Kerzenschein bildete einen Lichtkreis um ihr Haar wie der einer gestrengen Madonna auf einem Wandgemälde. Er wusste, dass diese Augen, die ihn anstarrten, blau waren wie das Gewand der Heiligen Jungfrau Maria, denn in der Kutsche vorhin hatte er sie sehr genau betrachtet.

Er ließ die Hand sinken, irritiert über das, was *sie* gesehen haben mochte.

Sie stellte das Tablett auf einen Tisch neben der Tür, verschränkte ihre Hände und fuhr fort, ihn mit diesen intensiven blauen Augen anzusehen. Ihre Figur war vor dem Kerzenlicht in ihrem Rücken deutlich zu erkennen. Ein schlanker, weiblicher Körper, starkknochig und üppig, aber mit dieser natürlichen, geschmeidigen Anmut eines Rehs. Plötzliches Verlangen erfasste Dominic. Eine hartnäckige, gänzlich unsinnige, männliche Reaktion, die besser ignoriert wurde.

»Major Wyndham«, begann sie leise. »Ich würde gern ein paar Worte unter vier Augen mit Euch sprechen, falls das möglich ist.«

»Jetzt?«

Sie nickte.

Er war nicht sicher, ob er sich das zutrauen konnte. Seine Beherrschung war wie ein straff gezogenes Seil und angespannt genug, um jeden Moment zu zerreißen. Er hatte sie bei Soldaten nach der Schlacht gesehen, diese ungezügelte Grausamkeit des Schocks, der man sich besser ganz allein stellte. Was immer diese Frau von ihm wollte, es würde warten müssen.

Er ging zu ihr hinüber, mit der Absicht, mit ein paar höflichen Worten ihre Bitte abzulehnen und sich zurückzuziehen.

Sie war einen Kopf kleiner als er. Ihr Haar war fein und dunkel, zu kunstvollen Zöpfen geflochten, die sie im Nacken zu einem

Knoten zusammengesteckt hatte. Sie hatte das Aussehen einer Gouvernante oder einer verarmten Dame von Stand, wie es so typisch war für eine bestimmte Art bezahlter Gesellschafterinnen. Doch trotz ihres strengen Äußeren war sie nicht gesetzt genug – fast so, als erinnerten sich diese blauen Augen an kriegerische Könige und Wikinger, die in Schiffen mit Drachenköpfen am Bug das Meer befuhren.

Der Blick ihrer blauen Augen schwankte nicht. »Ich muss um fünf Uhr heute Morgen die Postkutsche an der Golden Goose erreichen. Ein Dienstmädchen wird mich wecken. Ich hatte Angst, Ihr würdet zu dieser frühen Stunde noch nicht auf sein.« In einer jähen Anwandlung von Kühnheit blickte sie mit ernüchternder Direktheit zu ihm auf. »Ich kann nicht eher abreisen, bis ich mit Euch gesprochen habe.«

Es wäre hilfreich gewesen, wenn er sich seinem eigenen Schicksal gegenüber nicht so distanziert gefühlt hätte. Er wollte nicht sarkastisch klingen, doch er wusste, dass es sich so anhören würde. »Um mir einige letzte Worte der Reue meiner verstorbenen Gemahlin zu überbringen? Sparen Sie sich die Mühe.«

Sie war anständig genug, um zu erröten. Die Farbe erschien als kleiner Fleck auf ihren Wangen und verbreitete sich über ihr schmales Gesicht bis zu ihren Augenbrauen und ihrem Nacken. Ihre Haut war erstaunlich hell für eine dunkelhaarige Frau – feine, nordische Haut, die nicht viel Sonne gewöhnt war. Ihre Züge waren vielleicht etwas zu herb, um hübsch zu sein, doch ihr Teint war makellos. Dominic verspürte den jähen Wunsch, sie zu berühren.

»Nein, es tut mir Leid«, erwiderte sie steif. »Sie empfand keine Zuneigung für Euch. Es geht um etwas anderes, das jedoch von größter Wichtigkeit ist. Wo können wir ungestört miteinander reden?«

Schritte ertönten auf der Treppe. Jack vermutlich, der zu Bett ging. Plötzlich wollte Dominic hören, was Miss Sinclair ihm zu sagen hatte, aber nicht, dass sein Bruder an dieser Unterhaltung teilnahm. Und so ergriff er rasch ihren Arm, schob sie ins Schlafzimmer zurück und schloss leise hinter ihnen die Tür.

»Wir können hier reden, falls Sie wirklich glauben, eine so achtbare, rechtschaffene Dame wie Sie hätte einem Bonvivant wie mir etwas zu sagen. Was, zum Teufel, haben Sie mir also mitzuteilen?«

Catriona sah sich um, ihr Blick glitt zu dem Kleiderschrank aus Mahagoni und zu dem mit Brokat bedeckten Bett. Obwohl es Stühle gab und auch noch andere Möbel, war es zweifelsfrei ein Schlafzimmer, und Wyndham war ihr sehr nahe und hielt noch immer ihren Arm. Ihre Nerven prickelten im Bewusstsein seiner schlanken Finger auf ihrem Ärmel und der Heftigkeit, die von ihm ausging wie von den Wasserfällen von Conan, die unterhalb von Loch Luichart laut brüllend in die Tiefe stürzten.

Erschrocken wich sie etwas vor ihm zurück.

Er schlenderte durch den Raum und trug den Stuhl vom Sekretär zu seinem Gegenstück vor dem Kamin. »Es schickt sich nicht, das weiß ich. Aber tun Sie mir den Gefallen und machen Sie kein Gesicht wie eine Gouvernante, die sich einem verrückten Hund gegenübersieht. Sie können durchaus eine Viertelstunde mit mir verbringen, ohne defloriert zu werden – es sei denn natürlich, Sie wünschten es.«

Sie blieb stocksteif stehen, verschränkte ihre Hände, bis sie schmerzten, und beobachtete die geschmeidigen Bewegungen und die blinde Sicherheit seines Verhaltens. »Das ist es nicht, was man mir sagte.«

Er wandte sich zu ihr um, und einer seiner Mundwinkel verzog sich spöttisch. Es war ein fester Mund mit einer schön geschwungenen Unterlippe, die sich in einem Anflug von Verachtung leicht nach unten bog. Catriona hätte nie gedacht, dass er so attraktiv sein würde. Wie dumm von ihr!

»Wirklich? Und was glauben Sie? Nein, verraten Sie es mir

nicht. Ich kann es mir vorstellen. Hier, nehmen Sie doch bitte Platz.«

Sie ging zu dem angebotenen Stuhl und setzte sich. »Danke.«

Dominic holte das Tablett und brachte es ihr. »Und Ihr Essen? Lassen Sie sich von mir nicht dabei stören. Bitte essen Sie, und dann erzählen Sie mir, was Sie mir zu erzählen haben.«

Catriona senkte den Blick auf das Tablett. Sie war so hungrig, dass ihr schon ein bisschen schwindlig war. »Also gut.« Sie probierte eins der appetitlichen Roastbeef-Sandwiches. Das Fleisch war gut gewürzt und zart. Bei ihrer letzten Mahlzeit hatte sie sich mit einem Stück groben Roggenbrot und etwas Käse begnügen müssen, und das war am Tag zuvor gewesen. Sie biss mit Appetit in einen Apfel. Die simple Frucht schmeckte für sie wie Ambrosia. Sie zwang sich, nicht zu schnell zu essen, aber Wyndham merkte es natürlich.

Er setzte sich auf den Stuhl ihr gegenüber und betrachtete sie schweigend.

Catriona brach noch mehr Weißbrot in kleine Stücke, bestrich sie mit Butter und kaute sie genießerisch. Englisches Essen, weich, delikat und dekadent wie all dieser andere zur Schau gestellte Reichtum, die Wandbehänge und der Teppich. Nur eins im Raum war unaufdringlich und bedacht: der Mann, der ihr gegenübersaß. Er hatte seinen Rock aufgeknöpft. Es machte sie schrecklich verlegen, so vor ihm zu sitzen und zu essen – es war zu intim.

Kerzenlicht strich flackernd über seine Wangen und vergoldete sein Haar. Er war beunruhigend athletisch und sah aus wie ein griechischer Diskuswerfer, sauber in Stein gemeißelt und für immer auf eine Zielscheibe konzentriert. Aber es war auch etwas Raues an ihm, so als wäre der Stein von Jahren des Sturms verwittert. Sie konnte nur hoffen, dass ihr Plan nicht so unvorsichtig war, wie er erschien, ein Netz der Falschheit, dazu vorgesehen, diesen so beängstigend vitalen Mann in eine Falle zu verstricken!

Sie nahm ihren ganzen Mut zusammen und untermauerte ihn mit einem strengen Ton. »Da ist etwas, was ich Euch sagen muss, Sir. Ihr müsst mit nach Edinburgh kommen.«

Die feste Haut an seiner Taille dehnte sich, als er seine langen Beine ausstreckte. Seine grünen Augen wichen nicht von ihrem Gesicht. »Ich *muss*? Großer Gott, warum? Sie werden sich doch gewiss nicht meine Gesellschaft wünschen?«

»Allerdings nicht!«

»Bin ich so verflucht?« Er lächelte, als hätte sie ihm ein Kompliment gemacht. »Früher, Miss Sinclair, bin ich oft mit dem Erzengel Michael verglichen worden, aber nur von einer Dame der Nacht natürlich, und dieser Engel ist nun zweifelsfrei gefallen, und seine Flügel sind befleckt von Schlechtigkeit. Sollte ich in der Kutsche meines Bruders Ihr Feingefühl verletzt haben, bitte ich um Entschuldigung. Ich wünschte aufrichtig, Sie wären nicht dort gewesen. Mehr kann ich dazu nicht sagen. Sie stammen aus den Highlands?«

Die Frage hätte sie eigentlich nicht überraschen dürfen, aber sie tat es doch. »Woher wissen Sie das?«

»Die Reinheit Ihres Akzents verrät Sie.« Seine Stimme war ruhig, dennoch lag Humor darin und noch etwas, das sie nicht identifizieren konnte. »Ich habe einige Highlander gekannt.«

War das Spott? Sie reagierte ungehalten. »Wenn Ihr es unbedingt wissen müsst – ich komme aus Glen Reulach, das liegt nördlich von Inverness.« Zu ihrer eigenen Überraschung hatte sie die Wahrheit gesagt, und sofort versuchte sie, den Fehler zu kaschieren. »Ich lernte Eure Gemahlin kennen, als ich nach Edinburgh kam, um dort zu arbeiten.« Da sie nicht mehr wusste, wie sie weitermachen sollte, schob sie das Tablett beiseite. Sie war entschlossen, ihn zu überlisten, aber nicht sicher, wie viel er über Edinburgh wusste. »Sie stellte mich ein und ...«

»Und füllte Ihre tugendhaften – aber neugierigen – Ohren mit Erzählungen über diesen sehr, sehr ungezogenen Mann, der ihr Ehegatte war.«

Erleichtert erwiderte Catriona seinen Blick. »Ach! Sie beschrieb mir nur, was ich vorfinden würde, falls ich Euch begegnen sollte. Ich habe kein Verlangen, meine Bekanntschaft mit einem Don Juan Eurer traurigen Berühmtheit zu erweitern.«

Er besaß die Dreistigkeit, sie anzugrinsen, dieser Mann, der Ähnlichkeit mit Erzengeln für sich in Anspruch nahm. »Nein, vermutlich nicht. Aber so bekannt zu sein, ist harte Arbeit. Wenigstens dafür könnten Sie mir Anerkennung zollen.«

Es ärgerte sie, dass er so leichtfertig sein konnte. »Sir, ich glaube, Ihr seid abscheulich. Aber Ihr müsst dennoch mit mir kommen.«

»*Abscheulich*?« Er wandte den Kopf, um zum Kaminsims aufzuschauen. Ein schwacher Puls pochte an seinem Hals, als läge Ärger seinem Gespött zu Grunde. Nun, von ihr aus konnte er ruhig wütend sein! Seine Gefühle spielten für sie keine Rolle. »Ich bin ganz ohne Zweifel ein bekannter Lebemann, der in unzählige Skandale verwickelt war. Wenn wir zusammen nach Schottland führen, wäre Ihr Ruf für immer ruiniert. Und da ich solch ein unverbesserlicher Wüstling bin, würden Sie zudem auch sicher noch Ihre Tugend verlieren, was für mich zwar kein unerfreulicher Gedanke ist, aber vielleicht doch nicht das, was *Sie* im Sinn hatten?«

Die Herausforderung, die in seinen Worten lag, ließ sie erröten. Harriet hatte sie gewarnt. »Wir brauchen nicht zusammen zu reisen. Ich habe einen Platz in der Postkutsche. Ich nehme an, Ihr besitzt eine eigene Kutsche?«

Der Muskel an seinem Mundwinkel zuckte, als vertiefte sich sein Groll zu Zorn. »Selbstverständlich. Aber unter diesen Bedingungen käme ich mit. Wenn Sie mich in Schottland sehen möchten, Miss Sinclair, reisen Sie mit mir.« Er wandte sich ihr wieder zu, und sein Lächeln brachte die Grübchen in seinen Wangen zum Vorschein. »Und deshalb wird meine anstößige Präsenz Sie sowohl beschmutzen als auch verlocken. Zuneigung ist nicht nötig, um Versuchung zu entdecken. Nein, wenn Sie etwas von mir wollen, werden Sie mit mir reisen wie ein leichtes Mädchen. Ich gebe Ihnen mein Wort, Madam: Es gibt keinen anderen Weg, mich dazu zu bewegen, London zu verlassen.«

Ihre Wangen glühten, und das schürte nur noch ihren Groll. Sie verschränkte ihre Hände auf dem Schoß. »Es gibt da etwas, was Ihr anscheinend nicht versteht, Major. Dies ist keine Laune. Harriet bat mich auf ihrem Sterbebett, Euch davon zu unterrichten. Es gibt ein Kind …«

Sein Stuhl kippte polternd gegen die Wand, als er abrupt aufsprang. Er ließ den Stuhl fallen und trat mit steifen Beinen einen Schritt zurück. »Bei Gott, was für ein Kind?«

»Euer Sohn, Major Wyndham.«

Er fuhr zu ihr herum, und schieres Entsetzen sprach aus seinem Blick. *»Mein Sohn?«*

Für einen Moment entmutigte sie seine offenkundige Bestürzung. Aber es musste funktionieren. Männer interessierten sich nicht sonderlich für Babys, doch falls er ihr glaubte – würde er sie bestimmt begleiten, oder? Harriet hatte ihr erzählt, Dominic Wyndham sei vor zwei Jahren in Edinburg gewesen. Also *könnte* es sein Kind sein. »Harriet hatte ein Kind. Der Junge ist fünfzehn Monate alt. Ihr müsst nach Schottland kommen und ihn in Eure Obhut nehmen, damit er seinen rechtmäßigen Namen und Platz beanspruchen kann.«

Zu Catrionas Bestürzung begann Dominic Wyndham zu lachen. Er lehnte den Kopf an einen der Bettpfosten, und seine Schultern zuckten vor Belustigung. »Lieber Gott! Was für eine Nacht für Neuigkeiten! Nachdem mir in den letzten Jahren meine Sünden offen ins Gesicht geschleudert worden sind und in den Salons getuschelt wurde über die Abscheulichkeiten, die ich von meiner unschuldigen Frau verlangte, erfahre ich nun, dass sie ein Kind hat. Vor fünfzehn Monaten, wozu ich wann in ihrem Bett hätte sein müssen? Im Sommer achtzehnhundertvierzehn?« Er wandte sich ihr zu, und sein Gesicht glühte geradezu vor Heiterkeit. »Tut mir Leid, Miss Sinclair. Ich werde *nicht* nach

Edinburgh mitkommen. Und mehr habe ich dazu nicht zu sagen.«

Catriona senkte den Blick auf ihre Knie und wagte nicht, ihn anzusehen, aus Furcht, ihre Augen könnten sie verraten. »Aber das Kind, Sir! Ihr könnt doch nicht Euren eigenen Sohn im Stich lassen!«

»Es gibt nicht viel, dessen ich mir sicher bin auf dieser Welt, Madam, aber eines weiß ich mit Bestimmtheit: Wenn Harriet ein Kind hatte, dann ist es nicht meines.« Seine Stimme wurde schneidend. »Du liebe Güte, wissen Sie denn nicht, warum sie mich verlassen hat? Haben diese niederträchtigen Gerüchte Schottland nicht erreicht?«

Entsetzt über ihren Fehler, senkte sie den Blick auf seine Stiefel. Sie waren aus teurem schwarzen Leder – einer Sorte Leder, die man in Schottland nur von Bucheinbänden kannte. »Ich weiß nicht. Es gab Gerüchte ...«

Die blank polierten Stiefel durchquerten den Raum und hielten vor ihr inne. »Gerüchte! Meine Frau hat mich nur wenige Stunden nach unserer Hochzeitsnacht verlassen, Miss Sinclair, um sich dann weinend und protestierend bei ihren Eltern zu beschweren. Die ganze vornehme Gesellschaft wurde zur Unterstützung ihrer Sache aufgerufen.«

Catriona hob den Kopf. Seine Augen waren dunkel wie die Sünde und funkelten vor Spott. »Davon hat sie mir nichts erzählt.«

»Herrgott noch mal! Ihr Vater drohte, mich dafür auspeitschen zu lassen, seiner tugendhaften Tochter meine widernatürlichen Neigungen aufgedrängt zu haben, und nahm sie schleunigst wieder in seinem eigenen Haushalt auf. Als er starb, ging sie mit Lady Stansted fort nach Edinburgh, um dort gute Werke zu tun. Das war vor drei Jahren. Es ist also schlicht unmöglich, dass ich der Vater dieses Jungen bin. Warum, zum Teufel, sollte es mich interessieren, was mit ihm geschieht?«

Catriona holte tief Atem. Er musste sie begleiten! Und darum blieb ihr gar nichts anderes übrig, als ihm noch mehr Unwahrheiten aufzutischen. »Dann hat der Junge niemanden mehr auf dieser Welt, Sir. Ich muss umgehend in Stirling eine neue Stellung antreten. Ich kann das Kind nicht mitnehmen. Es war der letzte Wunsch Eurer verstorbenen Gemahlin. Ich dachte, Ihr würdet zumindest für ihn sorgen. Oder möchtet Ihr, dass er in ein Waisenhaus kommt und aufgezogen wird, um später Straßengräben auszuheben? Ich beschwöre Euch, Major Wyndham. Bitte begleitet mich nach Edinburgh.« Sie strich sich mit beiden Händen über ihre Wangen. »Wenn Ihr das Kind nicht anerkennt, wird niemand jemals wissen, wer sein Vater ist! Ich werde tun, was nötig ist, um ihn zu retten. Ich reise sogar mit Euch zusammen, wenn Ihr darauf besteht.«

»Ach ja?« Seine Stimme klang, als machte er sich über sie lustig. Er legte eine Hand unter ihr Kinn und hob ihr Gesicht ein wenig an, sodass sie gezwungen war, ihn anzusehen. Seine Augen waren wach und scharfsichtig, als durchschaute er ihre Lügen. »Wie ein leichtes Mädchen, Miss Sinclair?«

»Meiner Tugend droht keinerlei Gefahr von Euch.«

Wie eine grasgrüne Flamme, hungrig und verzehrend, glitt sein Blick über ihr Gesicht. Es war, als wäre er am Ende seiner Selbstbeherrschung angelangt, als durchflutete ihn Wildheit. Seine Unterlippe kräuselte sich. »Sollen wir wetten? Ich bin nicht sicher, ob es eine Wette ist, die Sie gewinnen könnten. Wenn Sie Harriets Freundin waren, waren Sie dann auch ein Mitglied der Wohltätigen Seelen, dieser charmanten Schwesternschaft, die sich – oder so ließ man mich zumindest glauben – der Rechtschaffenheit, Frömmigkeit und Tugendhaftigkeit verschrieben hat, wie eine verdammte Schar von Nonnen? Was wäre, wenn ein Wüstling wie ich um dieses Waisenkindes willen das größte Opfer einer Frau von Ihnen verlangen würde?«

Ihr war heiß und alles andere als wohl zu Mute, aber sie hielt beharrlich an ihrem Plan fest. »Ich werde tun, was nötig ist.

Harriet warnte mich schon, Ihr besäßet keinerlei Gewissen. Ich erwarte gar nicht, dass Ihr Euch ehrenhaft verhaltet, doch ich werde nicht mit ansehen, wie das Kind im Stich gelassen wird.«

»Auch um den Preis Ihrer Tugend nicht?«

Wollte er sie auf die Probe stellen? Dann würde er die Erfahrung machen, dass sie aus härterem Holz geschnitzt war, als er dachte. »Wenn Ihr niederträchtig genug seid, so etwas zu verlangen, ja.«

»Aber Sie wissen doch, dass ich schlecht bin, Madam. Sie haben es selbst gesagt. Zeigen Sie mir Ihre Beine.«

Sie versteifte sich schockiert. »Was?«

»Die unteren Gliedmaße, Madam. Knöchel, Waden, Knie, Schenkel. Sie haben sich gerade bereit erklärt, als meine Mätresse mitzureisen. Da möchte ich doch natürlich sehen, worauf ich mich einlasse.«

Ein Zittern begann ganz tief in ihr. Sie errötete so stark, dass ihre Wangen glühten. Er wollte, dass sie ihre Röcke hochzog und sich vor ihm entblößte? »Na gut«, meinte sie, ohne sich jedoch zu rühren. »Ich habe zwei. Sie bringen mich sehr gut von einem Ort zum anderen. Was möchtet Ihr zuerst sehen?«

»Oh, Ihren rechten Knöchel, denke ich.« Seine Finger strichen seitlich über ihren Nacken, berührten sie unter ihrem Ohr und glitten dann behutsam in ihr Haar; die Finger eines Mannes, stark und ihrer sicher. »Ihre schlanke Wade in ihrem weißen Strumpf. Ihr Knie, mit zwei hübschen kleinen Grübchen rechts und links, vermute ich. Ihren nackten Oberschenkel, glatt und viel versprechend ... Ihren Körper, Miss Sinclair ... meinem Vergnügen ausgeliefert ... und dem Ihren.«

Ihr Körper reagierte auf seine Liebkosung mit einem verräterischen Prickeln, eine Welle der Sinnlichkeit erhitzte ihre Haut und setzte ihr Blut in Flammen. Ihre Atemzüge wurden schneller, aber seine auch. Sein Lächeln konzentrierte sich auf seine Augen, die an eine Wildkatze auf der Jagd erinnerten. Catriona saß da wie hypnotisiert und starrte ihn an, als er ihre Knöpfe einen nach dem anderen löste und ihr Kleid vorn aufzuknöpfen begann.

»Sie haben schöne Haut, makellos wie weiße Seide … so fein, dass Ihre Adern hindurchschimmern wie winzige blaue Fische, die sich bewegen und aufblinken wie Perlen, wenn Ihr Herz schneller schlägt! Diese Perlen bieten Sie einem Wüstling wie mir um Harriets Bastard willen an? Ist diese seidige Haut etwas tiefer sogar noch weicher? Sind die Adern auf Ihren Brüsten genauso fein und zart?«

Catriona schluckte und versuchte immer noch, das Pochen ihres Blutes zu dämpfen. Ihr Blick wich nicht von seinem. Sein Atem war süß von Wein und beunruhigend vor Begierde, die verführerische Kurve seiner Lippen nur noch Zentimeter weit entfernt. Keck griff Catriona nach ihrem aufgeknöpften Kleid und streifte es von ihren Schultern, bis der Ansatz ihrer Brüste über ihrem Mieder sichtbar wurde.

»Hier«, sagte sie. »Überzeugt Euch selbst.«

Seine Hand glitt langsam ihren Hals hinab, sein Daumen streifte sanft ihr Kinn. »Ach du meine Güte«, murmelte er leise. »Ich glaube, Sie meinen es wirklich ernst.«

Sie konnte den Blick nicht von ihm lösen. »Ich gebe Euch mein Wort darauf, dass es so ist.«

»Stolz und Trotz.« Seine Hand lag still, aber sein Daumen begann aufreizend langsam über ihre Haut zu kreisen. »Highland-Tugenden oder Highland-Laster? Aber ich möchte keine Mätresse, die ganz steif ist vor Stolz und Verachtung, Miss Sinclair. Wenn Sie mich so sehr wollen, müssen Sie wenigstens so tun, als wären Sie willig.«

Unbändiger Zorn erfasste sie, ihre Entschlossenheit wich hilfloser Empörung. »Wenn ich stolz bin«, entgegnete sie, »dann, weil ich meine eigene Ehre kenne und die Eure keinerlei Bedeutung für mich hat.«

»*Ehre*?« Er lachte leise. »Ich habe auf dieser Welt nichts mehr zu verlieren. Und im Übrigen bin ich sehr betrunken, Madam.

Warum, zum Teufel, sollte ich mich also um Ehre sorgen?« Er nahm ihre Hände und zog sie hoch. Würde er ihr Gewalt antun, hier, im Hause seines Bruders? Wäre nicht das Kind gewesen, wäre sie versucht, ihm ihren Dolch in seinen harten Bauch zu stoßen. »Wie sehr lieben Sie Harriets kleinen Jungen? Genug, um mich aus freiem Willen zu küssen?«

Sie blickte auf zur Wölbung seiner Unterlippe. Er hielt ihre Hände noch immer unerbittlich fest. »Ich kann es nicht«, erwiderte sie. »Ihr seid zu groß.«

Er streckte seitlich die Arme aus, in einer scheinbaren Geste der Ergebenheit – die aber so trügerisch war wie das Grinsen eines Löwen. »Aber ja, natürlich können Sie! Strecken Sie Ihre Arme aus, ziehen Sie meinen Kopf zu sich herab und küssen Sie meine Lippen mit den Ihren.«

Der Griff ihres Dolchs drückte gegen ihre Hüfte und bettelte darum, benutzt zu werden. Sie könnte ihm das arrogante Lächeln vom Gesicht fegen, bevor sie sein Blut von ihrer Klinge wischte, und sich freudig dafür hängen lassen. Aber da war ein Kind und alles, was dieses Kind bedeutete. Sie berührte Wyndhams Rock. Schweigend zog er ihre Finger an seine nackte Brust. Unter seiner festen, glatten Haut schlug gleichmäßig sein Herz. Er blieb reglos stehen, nur seine harten Muskeln bewegten sich im Rhythmus seiner Atemzüge, und aus Augen, die jetzt so dunkel waren, dass sie fast schwarz aussahen, blickte er auffordernd auf sie herab.

Sie legte die andere Hand an seinen Nacken. Er war kräftig, stark. Wyndham beugte den Kopf ein wenig, genug, um ihren Fingern zu erlauben, in sein glänzendes Haar zu fahren, das weicher war, als sie erwartet hatte, und um diesen spöttischen Mund wieder in Reichweite ihres eigenen zu bringen. Was war schon ein Kuss? Oder selbst ein kurzes Wälzen auf dem Bett und das rüde Eindringen eines Mannes in ihren Körper? Nichts. Catriona öffnete ihre Lippen. Obwohl kalte Verachtung sie bis ins Mark erschauern ließ, bereitete sie sich tapfer darauf vor, den Mann zu küssen.

Er lächelte, überaus verführerisch, und brachte sie damit vollkommen durcheinander. Die Grübchen auf seinen Wangen vertieften sich. Er legte einen Arm um ihre Taille. Sie stand an ihn gelehnt, ihre Brüste an seinem Körper, und strich mit ihrer flachen Hand über seine glatte Haut. Unendlich sanft zeichnete sein Daumen ihre Oberlippe nach. Eine wohltuende Wärme erhitzte ihre Haut. Für einen Moment drohte sie aufzuflackern wie Flächenblitze zwischen dunklen Sommerwolken.

Seine Nasenflügel bebten, als seine Hand über ihren Nacken und den Stoff ihres Kleides glitt. Seine Finger streiften ihre Brust, und ihre Brustspitzen richteten sich auf, als fieberten sie nach seiner Berührung. Eine süße Schwere breitete sich in ihren Gliedern aus, und sie verspürte ein eigenartiges Pochen zwischen ihren Schenkeln. Verlangen durchflutete sie und vertrieb den Widerwillen und die Verwirrung, die sie eben noch empfunden hatte. Sie wollte den Mund öffnen, ihre Schenkel öffnen und mit ihm eins werden. *A Dha*, begehrte sie ihn etwa?

Aber sein Daumen hörte ganz unvermittelt auf, sich zu bewegen.

»Bei Gott!« Er stieß sie weg und ließ sie los. »Bieten Sie sich keinem Bonvivant wie mir an, ohne es wirklich ernst zu meinen, Catriona, denn sonst *nehme* ich Sie – hier und jetzt, auf diesem Bett –, obwohl ich verdammt sein will, wenn ich mich mit als Edelmut getarnter Opferbereitschaft paaren will. Ist dieses Kind ein solches Opfer wert?«

Betroffen setzte sie sich wieder hin. *Und wenn er sie geküsst hätte?* Himmel! Um ihr Zittern zu verbergen, verschränkte sie die Arme vor der Brust. »Wie könnt Ihr wissen, was ich bin oder was ich wertschätze?«

Er wandte sich ab, sie hörte das Scharren seiner Stiefel auf dem Boden. Während sie noch regungslos in ihrem Sessel saß, schlenderte er zum Bett und starrte auf die Laken. »Nein, das kann ich natürlich nicht. Aber ich wünschte … bei Gott, ich wünschte, Sie *wären* schamlos.« Er sah sie an, voller Anmaßung in seiner maskulinen Kraft, und grinste. »Ich weiß nicht, was Sie sind, Catriona Sinclair, aber dass Sie *das* nicht sind, das weiß ich.«

Überrascht senkte sie den Blick und spürte, wie das Blut ihr in die Wangen stieg und ihre Hoffnung sank. Sie verstand nicht einmal ansatzweise ihre eigenen Gefühle. Denn mit ihrem Körper begehrte sie ihn und war viel zu ehrlich, um es zu bestreiten. Ihr Herz hämmerte und pochte – durfte sie angesichts ihrer eigenen Verhaltensweise überhaupt von Ehre sprechen? Wenn sie ihn so heimtückisch in eine Falle lockte? Geschähe es ihr nicht sogar ganz recht, wenn er sich – womit auch immer – dafür an ihr rächen würde? Spannung hing zwischen ihnen in der Luft wie die drückende Schwere eines aufziehenden Gewitters.

»Da ist ein Kind«, beharrte sie. »Nur Ihr könnt es retten. Nichts anderes ist wichtig.« Das zumindest stimmte.

Eine Hand auf der Hüfte, schob er seinen Rock beiseite. Zwischen dem Stoff sah sie das Spiel der harten Muskeln über seinen Rippen, als er sich bewegte. Starke Venen überzogen seinen Handrücken. Ein Männerkörper, so schön und vollkommen wie der des kriegerischen Erzengels Michael. Kein Wunder, dass er bei Frauen Erfolg hatte. Kein Wunder, dass seine Gattin ihn verlassen hatte. Catriona hätte gar nichts dagegen, die Mätresse eines solchen Mannes zu sein, wenn sie tatsächlich nur eine Bedienstete wäre – aber sie war es eben nicht, und ihre Ziele lagen ihr am Herzen.

Er blickte auf. »Dann lassen Sie uns nach Schottland fahren und diesen armen Jungen retten.«

»Sie kommen mit?«

Sein Grinsen war in höchstem Maße despektierlich. »Abgesehen von allem anderen bin ich verdammt neugierig, wer der Vater ist. Da wäre nur ein Problem.«

Catriona konnte noch immer die Berührung seiner Finger und das eigenartige Pochen zwischen ihren Schenkeln spüren. »Und das wäre?«

Er rieb sich mit dem Daumen über seinen Mund. »Sie wissen, was ich bin. Egal, auf welche Weise wir reisen, diese respektable Familie aus Stirling wird *Sie* in jedem Fall für ein verdorbenes Mädchen halten. Bringen Sie Ihren Namen mit meinem in Verbindung, und wenn auch nur ganz locker, und Sie finden in Ihrem ganzen Leben keine Arbeit mehr. Und das können Sie sich doch nicht leisten, oder?«

Sie atmete tief ein. »Das ist mir egal.«

»Sie bieten sich mir also trotz allem an und riskieren Ihre Anstellung in Stirling?«

»Ich habe gesagt, ich tue es. Ich werde es mir nicht noch anders überlegen.«

Er lachte. »Ich auch nicht. Ich habe geschworen, nicht mitzukommen, wenn wir nicht zusammen reisen, also bleibt uns gar nichts anderes mehr übrig. Sind Sie bereit, Ihren guten Ruf zu opfern? Denn wie könnten Sie ihn retten, wenn ich auf diesen Bedingungen bestehe?« Er betrachtete sie versonnen, als überlegte er, wie das Problem zu lösen sei. »Sollen wir die Reise geheim halten, Miss Sinclair? Uns nach Schottland schleichen wie Mäuse hinter Wandvertäfelungen? Sie müssten sich ganz zu meiner Verfügung halten, damit ich die nötigen Arrangements für unsere Reise treffen kann. Dann könnten Sie Ihren guten Ruf vielleicht bewahren.«

Die gesamte Zukunft befand sich in diesem Moment in der Schwebe. Catriona gab sich keine Mühe, ihre Überraschung zu verbergen. »Ich hatte nicht mit so viel Großzügigkeit Eurerseits gerechnet. Was verlangt Ihr dafür?«

Er zuckte mit den Schultern und strich mit der Hand über den reich geschnitzten Bettpfosten. »Ihre Tugendhaftigkeit natürlich. Ihre Tugend ist der Preis – aber nur, wenn Sie es wirklich ernst meinen und mich liebevoll und mit offenen Armen willkommen heißen. Ich werde Sie zu nichts zwingen. Kommt Ihnen das zu einfach vor?«

Sie starrte ihn nur an.

»Ich will keine Unaufrichtigkeit von Ihnen, Catriona, und ich verlange auch nicht, dass Sie Zuneigung heucheln. Ich werde Sie nach Edinburgh begleiten und mich um den Jungen kümmern. Aber meine Bedingungen sind die: Sie riskieren dabei nicht nur Ihre Tugend, sondern auch ihr Herz – und Sie werden sich mit meinen Eigenarten abfinden. Sind Sie damit einverstanden?«

Ich werde mich um den Jungen kümmern. Erleichterung durchflutete sie, jäh und heftig wie ein Sommersturm. Catriona nickte, blind vor Tränen, und strich sich mit dem Handrücken über die Augen. »Einverstanden.«

Seine Stiefelabsätze klapperten auf dem Dielenboden. Feste Finger ergriffen ihre Hand und reichten ihr ein Taschentuch. Er schenkte ihr ein schwaches Lächeln, und ein leiser Zweifel klang in seiner Stimme mit. »Sind das Freudentränen?«, erkundigte er sich leise. »Wiegen Sie sich nicht zu sehr in Sicherheit. Ich sage es Ihnen gleich: Sie werden von mir unablässig bedrängt werden. Sie werden wünschen, sich dem Druck zu beugen. Jeden Tag werden Sie von einem Mann belagert werden, der in diesem Spiel erheblich mehr Erfahrung hat als Sie. Ich werde Sie verführen, Sie werden sich in mich verlieben, und ich werde Ihnen das Herz brechen. Das garantiere ich Ihnen. Was sagen Sie dazu?«

Catriona erwiderte seinen Blick mit der ganzen Verachtung, die sie noch aufzubringen vermochte. »Dass Sie ein arroganter Mann sind. Ich kann Ihnen widerstehen, Major Wyndham.«

»O nein, meine Liebe, das können Sie nicht. Dies ist ein Spiel, das Frauen nicht gewinnen können. Und was ist, wenn all die Schauergeschichten, die man sich über mich erzählt, der Wahrheit entsprechen?« Es war unmöglich, seinen Ton zu deuten. Es lag Ironie darin, und Schalk, aber die Untertöne konnten sich noch immer als gefährlich herausstellen. »Wo ist das Kind jetzt?«

»Bei seinem Kindermädchen. Mrs. Mackay versprach, den Jungen bis Ende des Monats bei sich zu behalten.«

»Dann sollten wir uns unverzüglich auf die Reise machen. Wie lautet die Adresse dieses lobenswerten Kindermädchens?« Catriona nannte sie ihm, obwohl er kaum darauf zu achten schien. Die schnelle Stimme fuhr fort, als wäre sie fasziniert von ihrem eigenen Reaktionsvermögen. »Wir werden dem Earl of Windrush nichts davon erzählen. Mein Bruder würde nur versuchen, sich einzumischen, aber ganz gewiss nicht, um das Kind zu retten. Im Übrigen fährt er morgen früh aufs Land, sodass er mit dem richtigen Stichwort ohnehin für die Dauer der nächsten Akte aus dem Spiel ist. Sehen Sie zu, dass Sie etwas Schlaf bekommen. Wir brechen bei Tagesanbruch auf.« Er hob ihre Hand an seine Lippen und küsste sie. »Auf unsere Reise, Madam – und Ihre Verführung.«

Catriona sah ihm nach, als er hinausging. Er bewegte sich geschmeidig wie ein Wolfshund. An der Tür blieb er noch einmal stehen und drehte sich schmunzelnd zu ihr um. »Übrigens bin ich sehr betrunken. Morgen früh werde ich also teuflisches Kopfweh und die Laune eines in die Enge gedrängten Dachses haben. Auch damit werden Sie sich abfinden müssen. Wie ist der Name dieses Kindes?«

»Andrew«, erwiderte sie und schloss für einen Moment die Augen. »Danke, Major Wyndham.«

»Sie glauben, dies sei ein gänzlich uncharakteristischer Akt der Nächstenliebe? Nein, Miss Sinclair. Ob ich sein Vater bin oder nicht, als Harriets Ehemann ist jedes Kind von ihr das meine. Egal, was für einen Ruf ich habe, die Behörden werden diesen kleinen Unschuldsengel in meine Obhut geben. Sie wussten das, nicht wahr? Sie wollten nur eingreifen, bevor ein kleiner Junge rettungslos in die Arme der Lasterhaftigkeit getrieben wurde. Nun, Ihr Wunsch soll Ihnen erfüllt werden, aber Sie werden womöglich mehr dafür bezahlen müssen, als Sie erwartet hatten.«

Und damit verbeugte er sich und ging.

Catriona starrte mehrere Minuten auf die schwere Eichentür.

Sie glaubte den Druck seiner festen Finger noch immer auf ihrer Handfläche zu spüren, und auch die leichte Berührung seiner Lippen brannte nach wie vor auf ihren Fingerknöcheln. Hatte sie allen gegenteiligen Anzeichen zum Trotz vielleicht doch auf einen edlen Ritter gehofft, der ihr bei ihrer Aufgabe zur Seite stehen würde? Der die Bürde, die sie auf sich genommen hatte, mit ihr teilen würde? Einen *Retter*?

Sie stand auf und betrachtete sich im Spiegel über dem Kamin. Ihr Gesicht war gerötet, ihre Augen hatten einen unnatürlichen Glanz. Sie nahm die Nadeln aus ihrem Haar, schüttelte es aus und ließ es offen, wie noch kein Mann es je zuvor gesehen hatte. In weichen dunklen Wellen fiel es über ihre Schultern. Ihr Kleid war vorn noch immer offen. Sie löste nun auch den Rest der Knöpfe, öffnete die Häkchen an ihrem Mieder und entblößte ihre Brüste. Sie waren rund und weiß. Catriona betrachtete sie kritisch. Die Adern zeichnen sich bläulich unter ihrer Haut ab und bewegten sich bei jedem ihrer Atemzüge. Wie winzige blaue Fische? Lächerlich. Aber als sie in den Spiegel blickte, richteten ihre Brustspitzen sich auf, als erinnerten sie sich noch an die Berührung seines Daumens. *Dies ist ein Spiel, das Frauen nicht gewinnen können*.

Zum Teufel mit ihm! Sie war eine verdammte Närrin. Sie brauchte einen Helden, und stattdessen hatte sie sich einen Bonvivant gesucht, impertinent vom Trinken, aber sehr, sehr attraktiv. In der Tat. Körperlich war er ein ausgesprochen attraktiver Mann. Aber sie würde keinen Pfifferling für seine Seele geben.

Kapitel 3

Dominic lehnte sich mit dem Rücken an die Wand. Flackerndes Kerzenlicht erhellte den stillen Korridor und warf geheimnisvolle Schatten in die Ecken. Was, zum Teufel … *Welcher* Teufel hatte ihn geritten, das zu tun? Die Auswirkungen des Schocks hatten ihn seltsam desorientiert und gefährlich verwundbar zurückgelassen, sodass er um sich geschlagen hatte wie ein Hund, der sich in einem Dickicht verfangen hatte. Er würde mit dieser Frau aus den Highlands nach Edinburgh fahren und das Kind retten – natürlich würde er das Kind retten –, doch wie sollte er mit all diesem kalten Ingrimm fertig werden? Und wie konnte sie es wagen, ihm so brutal ihre Vorurteile ins Gesicht zu schleudern?

Und trotz allem quälte ihn die Erinnerung an das Gefühl ihrer vollen, weichen Brust in seiner Hand. Ihre Lippen waren rot und glühend heiß gewesen, bereit für seine. Er hatte sie küssen wollen. Er hatte ihr Kleid noch weiter öffnen und ihre Brustspitzen für seinen Mund entblößen wollen. Sie wäre so weit gegangen, wie er von ihr verlangt hätte. Hätte er mehr und immer mehr verlangen sollen?

Sein Lachen verriet eine Verbitterung, die er nicht länger zu verbergen vermochte, nicht einmal vor sich selbst. Für einen Mann mit dem Ruf eines Sünders hatte er sich gerade wie ein Heiliger benommen. *Catriona*. Es war ein Name wie ein Lied. Es lag eine uralte Musik in ihrem Blut, die nur darauf wartete, gespielt zu werden. Sie hätte ihn Erleichterung von seinem Schmerz und Zorn in ihrem Körper suchen lassen, dort, in diesem großen Himmelbett in ihrem Zimmer. Sie hätte es getan und ihn dabei gehasst.

Aber er wollte nie, *nie* wieder erleben, dass eine Frau ihn hasste.

Und so hatte es für ihn, seit er aus dem Krieg zurückgekehrt war, nur jene Damen aus der feinen Londoner Gesellschaft gegeben, die ihn bereitwillig in ihr Bett einluden, weil sie herausfinden wollten – mit ihren neugierigen, nachgiebigen Körpern –, wie es war, mit einem Lebemann zu schlafen. Er hatte versucht, sie nicht zu enttäuschen, obwohl er vier Jahre lang nie wirklich bemüht gewesen war, irgendeine dieser Frauen zu verführen.

Aber Catriona Sinclair hatte seine verrückte Herausforderung angenommen: *Ich bin sehr betrunken. Auch damit werden Sie sich abfinden müssen*. War seine Überspanntheit auf seinen übermäßigen Alkoholgenuss zurückzuführen, oder hatten all diese Jahre als Spion seine Denkweise verdorben, sodass er nach Problemen suchte, wo es keine gab, und überzeugt war, es sei niemals etwas so, wie es erschien? Denn er war sicher, dass sie ihn belogen hatte, obwohl er nicht wusste, inwiefern. Sie war bereit, alles zu tun, um seine Unterstützung hinsichtlich dieses Kindes zu gewinnen, und schreckte nicht einmal davor zurück, die Unwahrheit zu sagen oder ihm ihre Jungfräulichkeit zu opfern. Warum? Du liebe Güte, warum sollte eine simple Bedienstete bereit sein, so viel für den Bastard einer anderen Frau zu tun?

Eine Kerze im Raum begann zu flackern und erlosch.

Andrew, Harriets Sohn. Ein unbekannter kleiner Junge, allein gelassen unter Fremden. Würde er mit seinen fünfzehn Monaten schon auf unsicheren, pummeligen kleinen Beinen laufen? War er blond und blauäugig, mit einem Lächeln wie ein Regenbogen, wie der Sohn, den er einst mit seiner Gattin hatte haben wollen?

Ferne Uhren tickten in der Stille, dann begannen diverse Gongs und Glocken die volle Viertelstunde anzuschlagen. Es würde bald schon Morgen sein.

Zeit, den ersten Teil dieser bizarren Abmachung zu erfüllen und dafür zu sorgen, dass ihr guter Ruf unangetastet blieb, was immer auch für Zweifel er an ihrer Aufrichtigkeit hegen mochte.

Dominic ging zu seinem alten Zimmer – Jack hielt es stets für ihn bereit, obwohl er längst eine eigene Wohnung in St. James hatte –, wusch sich mit kaltem Wasser und fand ein sauberes Hemd. Nach einem weiteren Schluck vom Brandy seines Bruders zog er sich wieder an und verließ das Haus. Mit schnellen Schritten begab er sich durch die stillen Straßen zu einem Haus in der Ryder Street, stieg die Treppe hinauf und klopfte eine ganze Weile an die Tür einer Dachgeschosswohnung. Er ließ sich jetzt ausschließlich von seinem Instinkt leiten.

Endlich öffnete ihm ein verschlafener Diener.

»Wecken Sie Lord Stansted und sagen Sie ihm, dass Major Wyndham ihn zu sprechen wünscht.«

Der Diener kratzte sich an seiner Perücke, die er hastig über seine Schlafmütze gestülpt hatte. »Du liebe Güte, Herr! Seine Lordschaft schläft schon lange, und außerdem hat er ein Mädchen bei sich und so weiter!«

Souverän ging Dominic an ihm vorbei. »Brühen Sie Kaffee auf, zünden Sie die Lampen an und geben Sie dem Frauenzimmer einen Schilling. Ihr Herr wird mich sehen wollen, selbst wenn es die Morgendämmerung von Ragnarok wäre und die Sonne am Himmel sich in Blut verwandeln würde.«

Der Diener wirkte für einen Moment verständnislos, dann verbeugte er sich vor solch überlegener Kenntnis nordischer Mythologie und beeilte sich zu tun, wie ihm geheißen wurde.

Zehn Minuten später saß Dominic Lord Stansted gegenüber. Der Sohn des Herzogs grinste ihn über eine silberne Kaffeetasse hinweg schläfrig an.

»Du bist eingepackt in Seide wie ein verdammter asiatischer

Potentat«, bemerkte Dominic. »Ich schlage vor, du ziehst dir etwas Passenderes zum Ausgehen an als diesen blau-goldenen Morgenrock.«

Stansted strich sich glättend über den Kopf. Sein Haar stand in roten Büscheln ab. »Ausgehen? Du liebe Güte, Wyndham, es ist fast Morgen. Wohin?«

»Trinken, spielen, huren und noch mehr Aufruhr verursachen.«

»Mist, verfluchter!«, stöhnte Stansted. »Nicht schon wieder so eine verdammte Wette.«

»Nicht ganz. Diesmal geht es um ein kleines Kind, das Beistand braucht.«

»Ein kleines Kind?« Das sommersprossige Gesicht erhellte sich, als Stansted zu verstehen glaubte. »Du hast ein uneheliches Kind?«

»Nicht ich. Harriet. Sie hinterließ einen kleinen Bastard in Schottland. Das Kind hat außer mir niemanden. Teuflisch, nicht?«

Stansted schien für einen Moment vollkommen verständnislos. »Ein Bastard? Harriet hatte ein Kind? *Harriet*? Und das Kind ist nicht von dir?«

»Nein, das ist es leider nicht. Welche Ironie des Schicksals, nicht? Harriet ist es gelungen, die Angelegenheit geheim zu halten, bis jetzt, nach ihrem Tod.«

Der Sohn des Herzogs schenkte sich Kaffee nach und trank ihn. Seine Hand zitterte. »*Harriet*? Bei Gott! Was meintest du damit, das Kind braucht Beistand?«

»Ich werde den Jungen vor den Wohltätigen Seelen retten – großer Gott, was für ein blöder Name! Ich kann dann auch mit Rosemary reden und ihr eine Nachricht überbringen, wenn du willst.«

»Ich habe sie nicht mehr gesehen, seit wir vor zwei Jahren dort waren, als Vater mich gezwungen hatte, zu ihr zu fahren. Seine Gnaden wünscht sich einen Enkel, damit unsere noble Linie nicht ausstirbt, wenn ich erst Duke of Rutley bin. Aber es ist zwecklos. Rosemary wird genauso wenig zurückkommen wie Harriet. Aber warum, in aller Welt, willst du nach Schottland fahren? Kannst du das Kind nicht einfach herbringen lassen?«

Es war grausam genug, dass der kleine Andrew im Stich gelassen worden war, ganz zu schweigen davon, ihn auch noch wie ein Päckchen einpacken und in ein fremdes Land schicken zu lassen. Selbst wenn dieses Kind nicht sein eigen Fleisch und Blut war, war es ein Baby und trug keine Schuld an den Fehlern seiner Eltern. Und Catriona Sinclair liebte den Jungen, liebte ihn genug, um ihre Jungfernschaft zu opfern, falls es nötig war.

Dominic sah auf. »Du denkst also nicht, ich sollte nüchtern, verantwortungsbewusst und mit ernsten Absichten in Edinburgh erscheinen?«

Stansted betrachtete ihn einen Moment. »Es würde auf jeden Fall ziemlich komisch aussehen!«

»Genau. Und wenn ich nicht die halbe Londoner Gesellschaft bis zum Frühstück wissen lassen möchte, dass ich nach Edinburgh fahre, um Harriets Kind zu holen, muss ich mich zumindest heimlich auf die Reise begeben. Dazu brauche ich deine Hilfe. Ich möchte, dass du hier so lange wie möglich den Eindruck aufrechterhältst, ich hielte mich in London auf.«

Eine Karaffe mit Brandy stand neben der Kaffeekanne. Standsteds rotes Haar spiegelte sich wie winzige Flammen in dem Glas und Silber. »Das ist ein verdammt verrückter Plan, den du da ausgeheckt hast, nicht? Warum mich hineinziehen?«

Nicht einmal der Kaffee vermochte den Schmerz zu hemmen, der durch seine Adern rann. Schmerz um das Kind, um Andrew? Um diesen unbekannten kleinen Jungen? Oder war es wegen seines eigenen unbekannten kleinen Sohnes? Den Sohn, den er zum Mann heranwachsen zu sehen gehofft hatte. Den Sohn, den er in einem winzigen Sarg, nicht größer als eine Schreibmappe, begraben hatte.

Dominic setzte die Tasse ab. »Wen sonst? Du und ich werden uns von hier aus zu einem sehr öffentlichen Gelage begeben, und morgen kannst du dann das Gerücht in Umlauf bringen, ich erholte mich in meinen Räumen von den Nachwirkungen. Mein Diener wird meine Tür mit seinem Leben gegen neugierige Sympathisanten schützen. Nach ein paar Tagen kann es dann frivolere Gerüchte geben. Wenn ich erst in Schottlands Hauptstadt bin, wird meine Anwesenheit dort als zufällig betrachtet werden und im Idealfall vielleicht sogar als ungebührlich. Niemand wird meine wahren Pläne durchschauen.«

»Bist du verrückt?«

»Ja, ja. Ich bin verrückt.« Dominic grinste. Hatte er gerade die Wahrheit gesagt? Und wieso war ihm diese Angelegenheit so wichtig? »Ich werde in das gute alte Schottland einfallen wie ein Meister der Verderbtheit.«

Stansted schenkte sich noch etwas Brandy ein. »O nein! Sag bloß, es ist auch eine Frau im Spiel?«

Dominic erhob sich. »Ist nicht immer eine mit im Spiel? Aber diesmal ist es ein braves Mädchen aus den Highlands, voller Tugenden und unterdrückten Emotionen.«

»Das Mädchen in der Kutsche?«

»Bedauerlicherweise leistet es beharrlich Widerstand gegen meinen Charme, bestärkt durch aufrechte Highland-Wertvorstellungen und gestützt auf böswillige Verdächtigungen. Aber dennoch werden wir zusammen nach Schottland reisen. Und zwar gänzlich unbeaufsichtigt. Wie indiskret von mir, nicht wahr? Trotzdem würde ich ihren guten Ruf gern schützen.«

Es entstand ein kurzes Schweigen, als Stansted wieder etwas Kaffee trank.

»Warum, Dominic?«, fragte er plötzlich in einem seltenen Moment der Offenheit zwischen Brandy und Kaffee. »Wäre es nicht einfacher, irgendeine willige Dirne als Begleiterin zu finden?«

O Gott, o Gott. Sein ganzes Leben hatte er nichts anderes gekannt als willige Dirnen. Plötzlich sehnte er sich heftig nach Vergessen. »Einfacher, aber nicht so interessant. Wenn respektable Damen vor mir zurückschrecken, als wäre ich Luzifer, sollte mir eine kleine Entschädigung gestattet werden.« Er zog seine Handschuhe an. »Keine Sorge, die Dame wird ruiniert sein, doch – sofern du mir deine Unterstützung leihst – wird zumindest niemand es erfahren. Und nun zieh dich um Himmels willen endlich an!«

Sie torkelten von Spielhölle zu Bordell, zu den verrufensten und dekadentesten Lokalen, die Dominic auftreiben konnte. Stansted schwankte, sein Gesicht unter dem roten Haar war aschfahl wie Kitt in einem verrosteten Fensterrahmen. Aber Dominic zog ihn mit unerbittlicher Zielstrebigkeit weiter. Lärmend waren sie durch ein Gewirr von Straßen gezogen, trinkend, spielend und allgemeines Aufsehen erregend, während die Nacht dem Tage wich. Nun krochen die Dandys nach Hause wie Vampire, bevor die Sonne aufging. Gab es auch nur einen unter ihnen, der sein Bild in einem Spiegel sehen würde? Oder würden sie alle zusammenschrumpfen und beim Anblick eines Kreuzes vor Schmerz schreien? War auch er ein Vampir? Würde das Sonnenlicht auch ihn auflösen?

Aber nicht einmal der Geruch von Knoblauch hatte ihm etwas anhaben können.

Zum ersten Mal in seinem Leben hatte Dominic eine Frau für Sex bezahlt, eine etwas schmuddelige Hure, die er normalerweise mit einer freundlichen Ablehnung und einem geschenkten halben Penny weggeschickt hätte. Diesmal jedoch hatte er ihr zwei Shillinge gegeben und zugestimmt, sie gleich in der üblen Gasse, in der sie lebte, an irgendeine Wand gelehnt, zu nehmen. Obwohl er benebelt war vom Alkohol, war er ungemein erregt gewesen und hatte sich aufgeführt wie ein Besessener in einer fieberhaften Parodie der Leidenschaft.

Stansted, der vor einer Kohlenluke erschöpft zusammengebrochen war, hatte seinem Tun mit unverhohlenem Erstaunen zugeschaut.

Die Hure, die fast unerträglich stark nach Knoblauch gerochen hatte, hatte die Münzen genommen, sich bei ihm eingehängt und im Gehen kokett ihre Hüften gegen ihn geschwungen, als er sie geradezu zu ihrer Gasse gezerrt hatte.

»Langsam, Herr«, lachte sie. »Nicht so stürmisch. Was sucht so ein feiner Herr wie Ihr überhaupt bei meinesgleichen? Für Euch würde ich es sogar umsonst tun, allein Eures hübschen Gesichtes wegen, wenn ich nicht fünf Kinder daheim hätte, die etwas zu beißen brauchen.«

Die fieberhafte Begierde, die Dominic gerade noch beherrscht hatte, erlosch daraufhin mit einem Schlag. In seiner Fantasie sah er plötzlich kühle blaue Augen, klar wie der Himmel zwischen Wolken – und genauso fern. Er ertappte sich dabei, wie er in das stark geschminkte, aber ehrliche Gesicht der Hure starrte. Sie war einmal ein hübsches Mädchen gewesen. Ihre Lippen waren mit Karmin gefärbt, rot wie Blut, aber das Lächeln über ihren schadhaften Zähnen war aufrichtig und ehrlich.

»Nun kommt schon, Herr«, beharrte sie freundlich. »Wollt Ihr mich nun oder nicht? Was habt Ihr denn? Ihr könnt Mary ruhig erzählen, was Ihr für Probleme habt.«

Ich bin betrunken, war er zu antworten versucht. *Ich bin verflucht. Ich habe gerade meine Frau verloren. Und vor dreieinhalb Jahren musste ich meinen Sohn begraben.*

Und schließlich, in ihrer schmutzigen Gasse, weinte er an ihrem üppigen Busen und ließ seiner ganzen Qual und seinem Elend in einem krampfartigen Weinanfall, den er nicht länger zu beherrschen vermochte, freien Lauf. Aus Trauer um Harriet? Oder um den Tod eines Traumes und das unwiderrufliche Ende seiner Unschuld?

Er hatte der Frau noch eine Guinee gegeben, zweifellos das leichteste Geld, das sie je verdient hatte, und war sich vorgekommen wie ein verdammter Narr.

Dominic bog in die St. James Street ein und stützte Stansted, der sich schwer auf seinen Arm lehnte. Während die Dandys nach und nach aus den Straßen verschwanden, tauchten langsam ehrbare Bürger aus ihren Häusern auf, wie Haselmäuse, die aus dem Winterschlaf erwachten. Eine Weile zuvor war ein Schwarm Gänse vorbeigewatschelt, die zum Markt getrieben wurden. Die Gänsehüterin hatte Dominic angegrinst, obwohl sie zum Umfallen müde ausgesehen hatte, und so hatte er auch ihr einen Shilling gegeben.

Aber der Gentleman, der ihn nun durch sein Monokel beäugte, grinste nicht, und er war auch alles andere als harmlos. Raffiniert wie ein Fuchs, war er schon früh mit seinem Diener auf den Beinen, um seinen morgendlichen Gesundheitsspaziergang zu machen. Unter den gegebenen Umständen kam das etwas ungelegen. Zwei elende, betrunkene Kreaturen – wie beim Apfelstehlen ertappte, dumme Schuljungen – standen unmittelbar vor dem Herzog von Rutley, einem hoch angesehenen Peer des Königreiches und Lord Stansteds Vater.

Dominic lachte. Warum, zum Teufel, gingen ihm solch absurde Gedanken durch den Kopf, als liefe sein Verstand Gefahr, die Orientierung zu verlieren?

Der Herzog starrte ihn aus gelblichen Augen an, seine Haut sah seltsam fahl aus unter dem roten Haar. Er warf einen flüchtigen Blick auf seinen Sohn, bevor er näher trat.

Dominic verbeugte sich, erstaunt, dass er noch die Balance halten konnte. »Euer Gnaden.«

»Mein Sohn sucht sich die Gesellschaft, die er verdient, wie ich sehe«, stellte der Duke mit ungerührter Miene fest. »Ertränkt Ihr Eure Sorgen, Major Wyndham, oder begießt Ihr Euer Glück?«

»Weder noch«, antwortete Dominic. »Es ist nur das Übermaß an Jugend.«

»In der Tat? Nun ja, nach Harriets Tod steht es Euch ja wieder frei, eine neue Ehe einzugehen. Ich wünschte, das Gleiche gälte auch für meinen Sohn.«

Frei, eine neue Ehe einzugehen. Du liebe Güte! Daran hatte er bisher nicht einmal gedacht. »Höre ich richtig, Euer Gnaden?«, versetzte Dominic. »Ihr gebt ganz offen zu, dass Ihr, wenn eine Wohltätige Seele vorzeitig von hinnen gehen müsste, es begrüßen würdet, wenn es Eure Schwiegertochter wäre, Lady Rosemary Stansted?«

Rutley trug einen Hauch von Puder, aber für einen Mann in seinem Alter war er noch in guter körperlicher Verfassung. Er hatte keine weiteren Söhne und nur noch eine Tochter. Das machte ihn gefährlich.

»Wenn sie nicht zur Vernunft kommt und ihre Pflicht erfüllt, dann schon.« Er grinste plötzlich und entblößte seine vom Alter gelben Zähne. »Aber vielleicht ist Rosemary ja unfruchtbar? Oder womöglich ist es mein Sohn, der nicht mit Eurem mutmaßlichen Beispiel mithalten kann, ganz gleich, wie sehr er sich vielleicht auch bemühen mag. Und, ja, das war ein Exempel«, schloss der Herzog. »Guten Tag, Sir.«

»Guten Tag, Euer Gnaden.«

Der Herzog nickte seinem Diener zu und wandte sich zum Gehen.

»O Gott«, murmelte Stansted, der schwankte und leichenblass geworden war. »Jetzt wird mir erst *richtig* schlecht. Er macht mir Angst. Er verlangt, dass ich Erben für unseren verfluchten Familienzweig beschaffe. Wie kann ich das, wenn meine Frau in Schottland lebt wie eine Nonne? Wenigstens hast du keinen Teufel von einem Vater, dem du Rechenschaft ablegen musst.«

Dominic starrte Stansted an, dessen auffallende Blässe in starkem Kontrast zu seinen Sommersprossen stand, und verspürte einen Anflug von Bedauern. Warum hatte er den armen Stansted in diese Geschichte mit hineingezogen? Weil es Rosemary, Stansteds Frau, gewesen war, die Harriet überredet hatte, mit ihr nach Schottland durchzubrennen? Und falls der Nimbus guter Taten und die Gesellschaft der Schwiegertochter eines Herzogs zu viel für sie gewesen waren, war das ja wohl kaum Lord Stansted Schuld.

Und auch nicht Catriona Sinclairs.

Er würde ihren guten Ruf natürlich *nicht* ruinieren, so groß die Versuchung vielleicht auch sein mochte. Aber er würde sie auf jeden Fall ein bisschen büßen lassen, zum einen für ihre verfluchte Selbstgerechtigkeit und zum anderen für das, was sie nicht bereit war, ihm zu erzählen. Denn jetzt, da das Leben wirklich keinen Sinn mehr hatte, sollte es ihm nun nicht wenigstens ein bisschen Unterhaltung bieten? Aber Catriona schien verzweifelt zu sein, und Verzweiflung war nicht amüsant. Nur zu gern würde er die strengen Linien ihres Mundes entspannen, die Sorgen lindern, die sie so ernst gemacht hatten, und sie glücklich sehen, und wenn auch nur für einen kurzen Augenblick. Er wollte sie lachen sehen.

»*Wirst* du wieder heiraten?«, fragte der Sohn des Herzogs.

»Red kein dummes Zeug«, erwiderte Dominic. »Davon kann keine Rede sein. Komm, lass mich dich nach Hause bringen.«

Catriona wurde schon früh von einem Dienstmädchen geweckt. Leise Geräusche drangen von außen in ihr Zimmer. Erschöpft vom Schlafmangel der letzten Tage, packte sie rasch wieder ihre kleine Reisetasche. Nachdem sie sorgfältig die Bänder der für sie ungewohnten englischen Haube zugebunden hatte, ging sie leise die Treppe hinunter und wartete in der imposanten Eingangshalle.

Dominic Wyndham kam fünf Minuten später hinunter. Er wirkte abweisend und grimmig, aber wenigstens trug er ein Hemd. Tatsächlich war er sogar sehr korrekt gekleidet, mit hohem Kragen und Krawatte, doch seine Kleidung wirkte etwas schluderig, und er hatte dunkle Ringe unter den Augen. Sie empfand es wie einen ästhetischen Zusammenprall, sein sonst so gutes Aussehen von Ausschweifung beeinträchtigt zu sehen, als wäre ein Kunstwerk mutwillig beschädigt worden.

Er blieb stehen und verbeugte sich vor ihr.

»Ihre Kutsche wartet, Madam. Lassen Sie uns einsteigen und unsere Reise beginnen.« Seine etwas undeutliche Aussprache verriet, dass er getrunken haben musste.

»Wart Ihr gestern Abend noch in der Stadt?«, fragte sie.

»Die ganze Nacht, Miss Sinclair, war ich in den Werkstätten des Teufels Sünden schmieden. Und was haben Sie getan?«

»Ich habe eine Nachricht für Euren Bruder hinterlassen«, erwiderte sie steif. »Ich hatte das Gefühl, dass ich dem Grafen das zumindest schuldete.«

Die nächtliche Zecherei hatte nicht gerade dazu beigetragen, Dominics Laune zu verbessern. »Du liebe Güte, wozu das denn? Lassen Sie Jack ruhig in seliger Ahnungslosigkeit weiterschlummern. Es wird ihn weder interessieren, wo wir sind, noch wird er sich Gedanken machen, was aus uns geworden ist.«

Sie weigerte sich, den Blick zu senken. »Obwohl ich weiß, dass Ihr das nicht wünscht, halte ich es für meine Pflicht, dem Grafen mitzuteilen, dass wir zusammen nach Schottland fahren«, entgegnete sie steif.

Er packte sie am Arm. »Als Garantie gewissermaßen, dass ich mich anständig benehme? Tun Sie das nicht, Miss Sinclair. Es mag vielleicht so aussehen, als hätte der Earl angenehmere Manieren, aber er ist auch jähzorniger, als es auf den ersten Blick erscheint. Vergessen Sie nicht, was Sie zu mir führte: Aus rechtlicher Sicht ist dieses Kind das meine. Nicht einmal mein Bruder kann bestimmen, wie mit ihm verfahren wird. Und Jack wird sich des Kindes nicht annehmen, das kann ich Ihnen garantieren. Wenn er davon erfährt, wird er tun, was er kann, damit der Junge wieder verschwindet – der Sohn eines Fremden, den Wyndhams aufgehalst? Jack hat selbst noch keine Kinder. Und solange der Junge nicht offiziell als Bastard gilt, ist er ein möglicher Anwärter auf die Grafenwürde. Wenn Sie möchten, dass der kleine Andrew in Würde und Komfort erzogen wird, wie es einem Gentleman gebührt, bin ich Ihre einzige Hoffnung. Grausam, aber wahr. Wo, zum Teufel, ist die Nachricht?«

Ohne ihre Antwort abzuwarten, ging er durch die Halle zu dem silbernen Tablett auf dem Tisch neben der Tür, auf dem ein gefaltetes, mit Wachs versiegeltes Papier lag. Er riss es auf, überflog die wenigen Zeilen, die darauf standen, und zerriss es.

»So«, sagte er. »Und nun lassen Sie uns nach Schottland fahren.«

Sie biss sich auf die Lippe und folgte ihm aus dem Haus. Was immer dieser Mann auch sonst sein mochte, es war von größter Wichtigkeit, dass er Andrew seinen Schutz gewährte. Wenn er die Wahrheit herausfand, würde er doch sicher prompt das Interesse an dem Kind verlieren? Unterdessen konnte nur er erreichen, was getan werden musste, und nur er besaß die Macht und Stellung, um dafür zu sorgen, dass der Beweis nicht übersehen werden konnte. Welche andere Möglichkeit könnte das Kind schon haben – oder Glen Reulach und all die Menschen, deren Leben davon abhing? Wenn der Preis dafür war, während der Reise die gefährliche, flegelhafte Gesellschaft eines Wüstlings zu ertragen, dann würde sie ihn freudig zahlen.

Eine Kutsche und vier Pferde standen bereit. Catriona blieb einen Moment stehen und bewunderte den Glanz des Lacks und die eleganten Linien. Sie sah neu und teuer aus und sehr gediegen, gar nicht wie die Kutsche eines Mannes, der sich angeblich nächtelang in der Stadt herumtrieb. Die vier Braunen tänzelten nervös und wurden sofort von einem livrierten Kutscher zurechtgewiesen. Dominic warf ihr einen amüsierten Blick zu.

»Sie sind überrascht, Miss Sinclair? Was hatten Sie denn erwartet? Einen leichten Phaeton, in dem der Wind an Ihrer

Haube zerrt und launische Sommergewitter uns beide bis auf die Haut durchnässen?«

»Ich dachte, wir wollten unauffällig reisen.«

»Das tun wir auch. Keiner meiner Bekannten wird diese Kutsche mit mir in Verbindung bringen. Was wäre Ihnen lieber? Dass wir uns kleiden wie Zigeuner und uns auf Karren aus der Stadt schmuggeln lassen? Ich bin mehr für Diskretion und etwas größere Bequemlichkeit. Es sind über vierhundert Meilen bis Edinburgh. Wenn wir täglich sechzig Meilen schaffen, werden wir dennoch eine ganze Woche brauchen. Da können wir es uns auch ruhig etwas bequemer machen.«

»Sieben Tage?«, fragte sie und schaute betroffen zu ihm auf. »Aber die Postkutsche ...«

»Fuhr auch bei Nacht. Ich sehe keine Notwendigkeit, durch die Finsternis zu rumpeln, ohne Zuflucht zu einem Federbett und einem Kissen voller süßer Träume nehmen zu können. Was stört Sie an den sieben Tagen? Sie sagten, das Kind sei gut aufgehoben für diesen Monat, und ich habe eine Botschaft geschickt, mit Gold und mit Versprechungen, für den Fall, dass Mrs. Mackay noch zusätzliche Bestätigung benötigt. Immerhin ist die Sieben eine magische Zahl – Siebenmeilenstiefel, sieben Zwerge und sieben Todsünden. Wir werden vierundzwanzig Stunden für jede dieser Sünden haben.«

Sie bekam ein ungutes Gefühl. Und wenn auch vielleicht nur seines schnellen Tanzes durch die Sprache wegen, eine Sprache, die sie zwar fließend sprach, die aber nicht ihre Muttersprache war. »Ich verstehe nicht.«

Er grinste mutwillig. »Die sieben Todsünden? Die erste ist Stolz, und das ist Ihre Sünde. Die anderen sind Begehrlichkeit, Gier, Wut, Gefräßigkeit, Neid und Trägheit, welche alle meine sind. Wir werden diese sieben Tage unserer Reise nacheinander jeder einzelnen Sünde widmen.«

Sie hatte nicht gemeint, dass sie die sieben Todsünden nicht kannte. Aber sie konnte weder seiner Stimmung noch seinem

Denken folgen. Sie hegte plötzlich den Verdacht, dass er sie nur neckte, aber keines seiner Worte ganz und gar belanglos war. »Ihr seid absurd.«

»Bin ich das? Denn abgesehen vom Stolz leiden Sie unter keiner dieser Ursachen für den Tod des Geistes, nicht? Aber sie sind alle meine täglichen Begleiter, und wir werden jede Einzelne erforschen, um uns während der Reise die Zeit ein wenig zu vertreiben. Heute wird es Stolz sein, morgen Begehrlichkeit und am Freitag Gier. Bis dahin werden Sie wütend sein – und Gefräßigkeit, Neid und Trägheit werden im Vergleich dazu geradezu mild erscheinen.«

Sie verstand nun gar nichts mehr. »Ich bin Nettigkeiten nicht gewöhnt, Major Wyndham, und auch kein spöttisches Geplänkel. Ich wuchs fern der Artigkeiten englischer Salons auf. Unsere Lieder in den Highlands handeln von natürlichen Dingen wie der See und dem Heidekraut. Wir machen keine Scherze über Sünden.«

»Oh, ich scherze auch nicht. Ich nehme Sünden durchaus ernst. Aber es heißt, Stolz sei die schlimmste von ihnen allen.« Er nahm Catrionas Reisetasche und warf sie in die Kutsche. Die Nachwirkungen der vergangenen Nacht zeigten sich in seinen Bewegungen und dem müden Blick. »Vielleicht könnten Sie ein bisschen einlenken und etwas weniger davon erkennen lassen? Seien Sie so gut und steigen Sie ein, damit wir losfahren können.«

Verwirrt gehorchte sie. Seine offensichtliche Entschlossenheit, Haltung zu bewahren, ließ eine seltsame Verwundbarkeit erkennen. Sie hatte gesehen, wie sich betrunkene Männer in Schoßhündchen oder Bestien verwandelt hatten. Aber dies war etwas anderes – fast so, als wäre Wyndham nicht sehr oft betrunken oder als wäre es ihm trotz seiner Ausschweifungen ein Gräuel, sich gehen zu lassen – seines eigenen Stolzes wegen?

Die Kutsche machte einen Satz, als die Pferde sich in Bewegung setzten.

Natürlich war Stolz die Essenz und der Atem eines Highlanders, der ihn so selbstverständlich trug wie seine Mütze und sein Plaid: der essenzielle, notwendige Kern seiner Furchtlosigkeit. Sie hatte noch nie darüber nachgedacht – war das eine Sünde?

Er setzte sich auf den Platz neben ihr, lehnte den Kopf an die Rückenlehne und schloss die Augen. Catriona betrachtete ihn nachdenklich. Ein stolzer Mann. Es wurde offenbar in der bloßen Haltung seiner Nasenflügel und seiner anmaßenden Art. Er würde nicht leicht zu überlisten sein. *Sie werden womöglich einen höheren Preis bezahlen müssen, als Sie dachten*. Aber sie hatte bereits alles aufs Spiel gesetzt, was für sie wichtig war. Sie würde nicht zögern, seinen Stolz zu brechen, falls dies nötig war.

»Vielleicht verwechseln Sie ja Stolz mit Würde«, bemerkte sie nach einer Weile.

Er bewegte nichts als seine Lippen. »Meinen Sie? Ich weiß es nicht. Stolz ist eine Sünde des Geistes und Würde ein Geschenk des Himmels, doch beide vereinigen in sich Zurückhaltung und Selbstvertrauen, also sind sie sich vielleicht doch gar nicht so fern. Sie wirken ziemlich selbstbewusst, Miss Sinclair, als wären Sie sich ihrer eigenen Rechtschaffenheit sehr sicher. Ich weiß nicht, ob das Stärke ist oder ob Sie bisher nur noch nie wirklich in Versuchung waren.«

»Und Sie waren es?«, fragte sie.

»O ja«, erwiderte er leise. »Ich denke schon. Zu viel, zu lange und zu oft, und ich bin es wirklich sehr, sehr leid.«

Die Sonne vergoldete die Straßen und erfüllte die Luft mit warmen Dünsten von Kohlenfeuern, Bäckereien und frischem Dung. London erwachte, streckte sich und verlangte nach seinem Frühstück. Ein Lichtstreifen fiel durchs Fenster und beleuchtete Wyndhams Hände, die lose in seinem Schoß lagen, die langen, schlanken Finger ein wenig gekrümmt und von den Sonnenstrahlen wie mit Goldstaub überzogen. Schöne Hände. Ihr wurde ganz warm bei der Erinnerung daran, wie diese Finger an ihrer Brust gelegen und die Knöpfe ihres Kleides geöffnet hatten – an diese Hände, die ihre Haut berührt und in sinnlicher Verheißung ihre Brustspitzen liebkost hatten. Aber das war leicht. Den Körper zu erregen, war nicht schwer.

Die Kutsche bog an einer Straßenkreuzung ab. Die Sonne fiel auf Wyndhams Rock, unterstrich die Feinheit des Gewebes und warf Schatten auf die Knitterfalten an der Taille und am Ellbogen. Die Kleider verbargen einen Körper, den sie klar und deutlich vor sich sehen konnte: muskulös, schlank und von schier unbeugsamer Stärke. Catriona erhob ihren Blick und richtete ihn auf sein Gesicht. Die angespannten, hochmütigen Linien wurden weicher, als er sich entspannte, sein Haar schimmerte wie Gold über seinen gut geschnittenen Zügen. *Der Erzengel Michael.*

Wie konnte ein solcher Mann die Sünde meiden? Und wie soll ich in seiner Gesellschaft auf dem rechten Weg bleiben?

Und dann merkte sie, dass er bereits eingeschlafen war.

Die Kutsche war sehr gut gefedert und schwankte rhythmisch zur Kadenz der Pferdehufe. Die Sitze waren sauber und rochen leicht nach frisch geschnittenem Holz. Wie der Mann neben ihr, hatte Catriona in der Nacht zuvor kaum geschlafen und war noch ganz zermürbt von den gefahrvollen Unternehmungen der vorangegangenen Tage.

Das Kissen an ihrer Wange begann allmählich zu verblassen, und sie träumte von den Bergen über Loch Reulach und der Burg von Dunachan. Die Adler flogen über Ben Wyvis. Heidekraut lief violett hinab zum Wasser, wie die mit einer silbernen Borte eingefassten Falten einer Kardinalsrobe. Schreiend wie verirrte Kinder folgten Seemöwen den Furchen, während Brachvögel ihre einsame Klage über Moor und heimtückische Torfmoore riefen. »*Cha till mi tuilleadh*«, vernahm sie eine gälische

Stimme. »Ich werde nicht zurückkehren«, aber das Wispern verlor sich im Heulen des Windes und im Geruch des Rauchs über den schmalen Tälern.

Da war etwas Warmes unter ihrer Wange. Sie legte ihre Hand dorthin und spürte harte Muskeln unter Stoff. Im selben Moment wurde sie sich sanfter Finger bewusst, die ihr das Haar aus der Stirn strichen, in einer ruhigen, köstlichen Liebkosung, die nichts anderes enthielt als Zärtlichkeit.

»Psst«, hörte sie eine Männerstimme. »Es ist nichts passiert. Sie haben geschlafen. Wie ich. Ich muss zugeben, dass ich mich danach viel besser fühle. Aneinander gekuschelt wie zwei Welpen haben wir unschuldig und keusch ein Nickerchen gehalten. Warten Sie, lassen Sie mich Ihnen helfen, sich zu setzen.«

Für einen Moment fühlte sie sich etwas schwindlig und verwirrt, als sie die Augen öffnete. Die Kutsche rumpelte dahin. Dominic Wyndham saß noch immer in seiner Ecke, aber nun lehnte sie an ihm, ihr Gesicht ruhte bequem an seiner Schulter. Mit einer Hand umfasste er ihren Kopf, während die Finger seiner anderen ihr immer noch sehr sanft das Haar aus dem Gesicht strichen. Seine Fingerspitzen glitten von ihrer Wange zu ihrer Schläfe und zu ihrem Ohr, um dann beinahe schwelgerisch über ihr Haar zu streichen. Die Versuchung nachzugeben, sich diesem herrlichen Gefühl zu überlassen, wurde beinahe übermächtig und erschütterte sie bis ins Innerste. Sie kämpfte, um sich aus seinen Armen zu befreien. Er ließ seine Hände sinken und ergriff die ihren, um sie festzuhalten.

Ihre Haube mit den losen Bändern, die von ihr herabhingen wie zum Trocknen aufgehängte Strümpfe, lag auf der gegenüberliegenden Bank.

»Sie war verdammt unbequem und stieß andauernd gegen mein Kinn.« Mit einem Nicken deutete er auf die englische

Kopfbedeckung auf der Bank gegenüber. »Ich hoffe, Sie haben nichts dagegen.«

Sie legte die Hände an ihren Kopf, weil sie noch etwas desorientiert war in diesem Augenblick zwischen Schlaf und Erwachen. »Nicht!«, sagte sie, zu ihm aufschauend. »Ich will keine Vertraulichkeiten ...«

»Seien Sie nicht albern.« Sein Lächeln verriet einen Anflug von Gekränktheit. »Sie brauchen nicht zu protestieren oder sich dafür zu entschuldigen, dass Sie mich als Kissen benutzt haben. Als Indiskretion ist es ziemlich unbedeutend, und als Sünde ist es eine lässliche. Im Übrigen habe ich sowieso schon ein Entgelt dafür genommen.«

Sie hob ihr Kinn, und ihr Haar rieselte durch ihre Finger.

»Was habt Ihr getan?« Dunkles Haar hatte sich in den Knöpfen seines Rocks verheddert, fiel in einem feinen Schleier über seine schlanken Hände und hielt sie gefangen wie die an den Fels gebundene Prinzessin aus dem Märchen. Ärgerlich zerrte sie an ihrem Haar.

Seine Stimme erwärmte sich vor Belustigung. »Ich habe Ihre Zöpfe geöffnet. Sie haben schönes Haar. Es ist glatt wie Seide und fein wie ein Sommertag, und es hat die Farben von Brandy und Nacht, durchsetzt mit Mondlicht und Schatten wie die Schwingen einer Amsel. Würden Sie aufstehen, fiele es Ihnen wie einer Nymphe in einem Waldteich bis zur Taille. Es war ganz schön anstrengend, all diese schweren Flechten nur mit einer Hand zu lösen.«

»*A Mhuihre!* Ihr seid ein Dieb!« Sie nahm ihr Haar zusammen und wickelte es um ihre Fäuste. Sie verstand nicht den Zusammenhang all dieser für sie völlig unangebrachten Vergleiche.

»Ein Dieb stiehlt, das ist eine einseitige Handlung. Ich hingegen habe einen Tausch gemacht. Mein Vergnügen, mit Ihrem Haar zu spielen, gegen Ihr Vergnügen, es zu fühlen. Es *war* doch angenehm, nicht wahr?«

Sie reagierte ungehalten. »Es war eine unverzeihliche Anmaßung.«

Er grinste, und wieder erschienen die Grübchen in seinen Wangen. »Ja, das war es, nicht? Aber es war nicht das, wonach ich fragte. Wenn wir den Stolz ablegen wollen, müssen wir einander die Wahrheit sagen, ungeschminkt und nackt. Es ist nichts Sündhaftes, Vergnügen zu empfinden.«

»Ach, und wenn es so wäre?« Sie erinnerte sich an ihre Brüste im Spiegel und ihr glühendes Gesicht, von offenem Haar umrahmt, so wie noch kein Mann es je gesehen hatte. Und da setzte ihre Ehrlichkeit sich durch, Ehrlichkeit, die geschärft wurde durch ihre Entrüstung. »Dann kann der Körper also seinen eigenen Verrat begehen. Und wenn schon? Was hat das mit dem zu tun, was Ihr gerade getan habt? Ihr seid ein Räuber. Ihr habt mir das Recht gestohlen, mein Haar für Euch zu öffnen, wenn ich es gewollt hätte.«

Er sah sie ungläubig an. »*Wollten* Sie es denn?«

»Nein, aber wäre es so gewesen, hätte es meine Entscheidung sein müssen, nicht die Eure.« Sie bückte sich, wickelte ihr Haar zu einem Knoten und verknotete ihr Taschentuch darüber wie ein Netz. »Hättet Ihr mich ohne mein Wissen entkleidet oder mich berührt?«

»Möglich. Sie haben sich bereit erklärt, als meine Mätresse mitzureisen. Wenn das wahr wäre, würden Sie es begrüßen, wenn ich Sie berühre, und Sie würden beim Erwachen nach mir greifen.«

»Wenn es wahr wäre, würde ich es womöglich sogar tun. Ich streite nicht ab, dass Ihr ein gut aussehender Mann seid, Major Wyndham. Glaubt Ihr etwa, ich sei prüde? Wir Highlander messen Keuschheit keine große Bedeutung zu. Mich aus freien Stücken dem Mann zu schenken, den ich liebe, wäre kein Verstoß gegen meine Ehre. Aber dieser Mann werdet nicht Ihr sein, Sir, und wenn Ihr mich bestehlt, erreicht Ihr damit höchstens, dass ich Euch verachte und hasse.«

Er wirkte nachdenklich, sein Profil war wie aus Stein gemeißelt, als er aus dem Fenster blickte, seine Stimme wurde hart. »Hass, so heißt es, ist das Gefühl, das der Liebe am nächsten ist. Bald werde ich Sie entkleiden, und Sie werden es begrüßen. Was dachten Sie denn, was unser kleines Abkommen bedeutete? Dass Sie vor mir sicher sein würden? Es gibt Körperstellen, die reagieren mit lustvollen Gefühlen auf Berührungen. Wenn Sie das erlauben, werden Sie in Versuchung geraten.«

»Ich möchte nicht in Versuchung geraten.«

Er wandte sich ihr zu und grinste frech. »Das hört sich für mich nicht so an, als wäre es die Wahrheit. Aber wir hatten uns ja darauf geeinigt, den heutigen Tag dem Ablegen unseres Stolzes zu widmen und die Sünde der Begehrlichkeit erst morgen näher zu erforschen. Bis Freitag brauchen wir uns also nicht mit Begierde zu beschäftigen, nicht wahr? Es bleibt uns Zeit genug, die Versuchung zu entdecken. Oder wollen Sie etwa unsere Vereinbarung für ungültig erklären?«

Ihr Haar hatte sich erneut gelöst. Es war schwer und heiß. Sie schob es ärgerlich zurück. *Versuchung*. Alles an diesem Mann war eine einzige Versuchung. »Das kann ich leider nicht. Ich muss an das Kind denken.«

Er legte seine Füße auf den Sitz gegenüber und schloss die Augen. »Erzählen Sie mir von dem Jungen.«

Sie seufzte vor Erleichterung über den vorübergehenden Aufschub. »Er neigt zu Wutanfällen und kann richtig unausstehlich sein, wenn er seinen Willen nicht bekommt. Aber mit seinem Charme könnte er der Eberesche ihre Beeren abschwatzen, wenn er zufrieden ist. Wenn er schläft, sieht er aus wie ein kleiner, schwarzhaariger Engel. Eigentlich ist er ein ganz normales Kind.«

»Schwarzhaarig? Aber Harriet war blond und hellhäutig. Dann muss sein Vater dunkelhaarig gewesen sein?«

Was war es, was Wyndham so erstaunlich gut aussehend machte? Die stets ein wenig geblähten Nasenflügel und sein markantes Kinn? Der sinnliche Mund? Sein blondes Haar? Oder diese bestrickende Mischung aus Intensität und Unbekümmertheit? Catriona antwortete ein bisschen geistesabwesend: »Er hatte dunkles Haar und blaue Augen. Er war ein wunderbarer Mann.«

Dominic öffnete ein Auge, sein Blick war wach und zynisch, seine Stimme scharf. »Das wissen Sie?«

O Gott, es war ihr einfach so herausgerutscht! *Wenn Ihr das Kind nicht anerkennt, wird niemand wissen, wer sein Vater ist!* Ob er sich wohl noch an ihre Worte erinnerte? Nein, vermutlich nicht. Ganz sicher nicht. War er nicht betrunken gewesen, als sie sie ausgesprochen hatte?

»Wie könnte ich?«, entgegnete sie rasch. »Aber er muss es gewesen sein, bestimmt.«

Es erfüllte Dominic mit einem unerwarteten Zorn und einer eigenartigen Verzweiflung. Das war es also: Sie *hatte* den Vater des Kindes gekannt! Dominic wusste es nun mit absoluter Sicherheit, so wie er es gefühlsmäßig von Anfang an gewusst hatte, wie er nun begriff, denn sein Instinkt hatte ihm die ganze Zeit gesagt, dass dieses Mädchen aus den Highlands ihn belog. Der Junge konnte nicht Harriets Kind sein. Es war unvorstellbar, dass seine Frau sich so verändert haben könnte. Harriet hätte sich niemals einen Liebhaber genommen. Catriona hatte ihn erbarmungslos belogen.

Aber wenn Andrew nicht Harriets Sohn war, wessen Sohn war er dann? Die Antwort darauf lag nun auf der Hand. Catriona musste zwingende Motive haben, den Jungen zu beschützen. Warum sonst würde sie so viel riskieren? Warum sonst hätte sie dieser skandalösen Reise zugestimmt? Warum sonst wäre sie bereit gewesen, ihn zu küssen – ja sogar mit ihm ins Bett zu gehen? Sie hatte ihm erklärt, sie messe Keuschheit keine größere Bedeutung zu. Sie hatte den Vater des Kindes gekannt – im biblischen Sinne offenbar sogar. Mit einem Mal war er sich völlig sicher, dass der Junge *ihr* Sohn war.

Catriona Sinclair mochte zwar nicht unmoralisch sein, aber unerfahren war sie auch nicht mehr. Und somit war sie eine Heuchlerin, genau wie alle anderen. Sie ermutigte ihn, um ihn für ihre eigenen Zwecke zu benutzen. Doch warum verlangte sie, dass er nach Schottland mitkam? Vermutlich, um dank irgendeines schlauen Plans durch ihn den Unterhalt des Kindes zu sichern. Aber warum, zum Teufel, sollte sie dann nicht auch dafür bezahlen?

Seine Zweifel zerstreuten sich wie Laub im Wind. Wenn er dies als eine Art Spiel begonnen hatte, so war es eben tödlich ernst geworden. Der Gedanke erfüllte ihn mit einer hemmungslosen Freude und überlagerte seine vorübergehende Verzweiflung: Er würde ihre Schwächen aufdecken und sie ruinieren. Dass es ihm gelingen würde, war so unvermeidlich wie das Atmen. Er würde sie umwerben, bis sie verlockt, betört und willig war – jeder seiner Freunde würde jede Summe auf ihre Willfährigkeit setzen –, und ihr eine Nacht bereiten, die sie nie vergessen würde. Er würde ihr das Herz stehlen, und dann würde er sie verlassen.

Er hatte sich an eine Beherrschung geklammert, die schon seit geraumer Zeit an einem seidenen Faden hing. Ein Faden, der stetig dünner geworden war, seit er von Harriets Tod erfahren hatte. Allen Herausforderungen zum Trotz hatte er versucht, sich weiter daran festzuklammern – und nun war der Faden endgültig gerissen. Warum, zum Teufel, sollte er Catriona mehr Barmherzigkeit erweisen als sie ihm? Zu behaupten, Harriet habe eines anderen Mannes Kind geboren! Verflucht sei Catriona! Er würde sie mit ihrem verführerischen Körper dafür büßen lassen – eine Aussicht, die ihn mit außerordentlicher Genugtuung erfüllte.

Die Kutsche war bisher über die öffentliche Landstraße gefahren. Das harte Rattern und Poltern ließ ein wenig nach, als der Kutscher nun in eine nicht asphaltierte Seitenstraße einbog.

Hohe Hecken säumten beide Seiten der Allee und erfüllten die Luft mit Feuchtigkeit und Grün. Dominic nahm seine Füße von der gegenüberliegenden Bank und streckte sich genüsslich.

»Ah«, murmelte er. »Wir sind beinahe da.«

Catriona wandte den Kopf, um einen Blick durchs Fenster zu werfen. Die Zipfel ihres Taschentuchs lagen auf der zarten Haut in ihrem Nacken und bändigten wieder ihr dichtes Haar. Dominics Fingerspitzen brannten noch von der Erinnerung an diese weiche, dunkle Fülle in seinen Händen. Am liebsten hätte er das Taschentuch aus ihrem Haar entfernt und ihr das Kleid, das Unterkleid und ihre Strümpfe ausgezogen. Er wollte sie sehen, wie sie sich nackt unter ihm aufbäumte und ihm ihre weichen Brüste entgegenstreckte, ihr dunkles Haar offen und wie ein seidener Schleier ihre makellose Haut bedeckend. Er würde sie nehmen und entehren, und dann würde er sie, schluchzend und um Gnade flehend, liegen lassen.

»Wo?«

Er lächelte sie an. »In Ralingcourt – wo wir heute die Nacht verbringen.«

Es lag kein Erschrecken in ihren kühlen blauen Augen, nur diese leidenschaftliche Entschlossenheit. »Es gibt hier einen Gasthof?«

Gott im Himmel, er begehrte sie so heftig, dass es schmerzte. »Nicht exakt.«

»Aber es gibt dort Zimmer?«

Seltsamerweise vermischte Zorn sich mit Begehren, doch beides knisterte in ihm.

»Sie reisen als meine Mätresse. Und wir haben noch immer einiges an Stolz zu tilgen.« Seine Stimme klang frivoler, merkte er. Aber er hörte es ohne Scham, so als wäre in ihm etwas zerbrochen, das ihn jenseits von Scham und Verantwortungsbewusstsein handeln ließ. »Also nicht zwei Zimmer, sondern *ein* Zimmer. Das wir selbstverständlich miteinander teilen werden.«

Kapitel 4

Die Kutsche spiegelte sich in einer Reihe blank polierter Fenster, als sie vor der Eingangstür anhielten. Eine leise Furcht beschlich Catriona. Dies war kein öffentliches Gasthaus. Wyndham hatte sie zu einem privaten Anwesen gebracht.

»Wem gehört das Haus?«, fragte sie.

Er grinste, sodass wieder seine Grübchen sichtbar wurden. »Ich hätte es Ihnen erklären sollen. Ralingcourt ist eins der kleineren Güter, die zum Familienbesitz der Windrushs gehören.«

»Es gehört nicht Euch?«

Sein Grinsen wurde breiter. »Mir persönlich gehört gar nichts. Als Ältester erbte mein Bruder alles, aber er hat mir dieses Gut verpachtet, als ich Harriet heiratete. Wir haben unsere Flitterwochen hier verbracht.«

Er hörte, wie sie überrascht den Atem einsog. »Ihr kennt wirklich kein Erbarmen, nicht?«

Ein Diener kam aus dem Haus und ließ die Stufen an der Kutschentür hinab.

»Erbarmen?«

»Mit uns beiden.«

Catriona stieg aus und ließ sich von dem Bediensteten hineinführen. Dominic war so nahe hinter ihr, dass sie sich seiner Gegenwart, Größe und Vitalität fast schmerzhaft stark bewusst war.

Diener nahmen ihnen die Mäntel ab und trugen ihr Gepäck hinein. Anscheinend wurden sie erwartet. Er musste einen Boten vorausgeschickt haben. Doch die Eingangshalle wirkte unbenutzt und roch ein bisschen muffig, obwohl alles blank poliert und sauber war. Dominic führte sie in einen Salon im Westflügel des Hauses. Die untergehende Sonne warf ihren roten Schein auf vergoldete Möbel und hübsche, zierliche Tische mit kunstvollen Einlegearbeiten. Etwas kitschige Gemälde von rustikalen Bauernhäusern, idealisiert zu ländlichen Idyllen, hingen an den Wänden. Catriona, die nicht mehr wusste, wie sie sich verhalten sollte, ging durch den Raum zum Fenster, um zu den Bäumen und den dahinter liegenden weiten Feldern hinauszublicken.

»Glauben Sie, Sie wären hier sicherer?«, erkundigte er sich trocken. »So inmitten der Natur?«

Sie fuhr herum. Er machte Licht. Während sie verlegen und auch ein bisschen ängstlich in ihren abgetragenen Schuhen dastand, schritt er mit einem Feueranzünder durch den Raum. Eine Kerze nach der anderen flammte auf, warf flackernde Schatten auf die Tapete und tauchte die geschnitzten Rückenlehnen der Stühle in einen warmen, goldenen Schein.

»Es ist ein verdammt ungemütliches Haus, aber Harriet gefiel es.« Er hielt in seiner Beschäftigung inne und wandte sich lächelnd zu Catriona um. Das sanfte Licht vergoldete sein schönes Haar und die sinnlichen Linien seines Mundes. »Beruhigen Sie sich, Miss Sinclair. Niemand wird Ihnen hier Gewalt antun. Aber wir werden uns ein Schlafzimmer teilen.«

»Das ist absurd.« Sie war sich deutlich des Kontrastes zwischen diesem golden angestrahlten Mann in diesem fabelhaften Zimmer und dem dunklen, unheimlich raschelnden Grün draußen bewusst. »Warum besteht Ihr darauf?«

Er legte den Feueranzünder auf einen Tisch. »Weil die Vorstellung, das Zimmer mit Ihnen zu teilen, diesem Abend ein interessantes Element hinzufügt, das ich nicht missen möchte. Möglichkeiten sind wie Gewürze. Eine kleine Prise verfeinert das Erlebnis. Ein klein wenig Bangigkeit macht uns bewusst, dass wir untrüglich lebendig sind. Wir haben diese Reise – einige wenige Tage in einer Lebenszeit, die wir miteinander teilen können. Diese Tage lassen sich nicht wiederholen. Warum also nicht jeden Augenblick davon so lebendig wie nur möglich gestalten?«

»Ist *Euch* bange?«

Er ließ sich auf ein brokatbezogenes Sofa fallen, legte einen Arm auf die Rückenlehne und sah aus dunkelgrünen Augen zu ihr auf. »Ein wenig, ja. Ich gedenke, Sie zu nichts zu zwingen. In gewisser Weise habe ich also mehr zu verlieren als Sie, Catriona. Was ist, wenn ich versage? Was ist, wenn Sie sich weigern, sich von mir verführen zu lassen? Dann bleibt mir nichts, gar nichts, indessen Sie Ihren Triumph über einen einfältigen Mann feiern können und so hochnäsig sein können, wie Sie wollen.«

Catriona durchquerte den Raum und setzte sich in einen der reich verzierten Sessel ihm gegenüber. »Ihr seid ehrlich!«

»Natürlich. Wie sonst könnten wir unseren Stolz ablegen? Ich biete Ihnen meinen an, damit Sie darauf herumtrampeln, so viel Sie wollen. Das war Teil unserer Abmachung. Stolz ist unsere heutige Todessünde. Also lassen Sie ihn uns um Himmels willen ausmerzen.«

Wenn wir unseren Stolz aufgeben sollen, müssen wir einander die Wahrheit sagen, ungeschminkt und unverhohlen, dachte sie. »Dann werde ich auch mit einer Wahrheit antworten: Ich habe Angst. Und mir ist in diesem Moment mehr als klar bewusst, dass ich lebendig bin. Aber nicht etwa aus Angst vor *Euch*. Ich fürchte mich vor meiner eigenen Schwäche, und Ihr lenkt mich von meinen Zielen ab. Da ist ein Kind, dessen Schicksal von uns abhängt. Was würde es ihm nützen, dieses alberne Spiel, das Ihr zu spielen wünscht?«

»Und was würde es ihm schaden? Nichts!« Ein flüchtiger Ausdruck des Schmerzes huschte über seine Züge, als er das Gesicht abwandte. »Denken Sie nicht, ich hätte ihn vergessen – oder sein Lächeln, mit dem er den Ebereschen ihre Beeren abschwatzt.« Er wandte sich ihr wieder zu, und sie sah, dass er wirklich alles – rücksichtslos – auf eine Karte setzen würde. »Wussten Sie, dass Harriet eine Fehlgeburt mit meinem Sohn hatte?«

Catriona stockte der Atem. »Ist das der Grund, warum sie Euch verließ?«

Seine flüchtige Verwundbarkeit kaschierte er, indem er lachte. »Du liebe Güte, nein! Sie hatte mich schon lange vorher verlassen, da ich sie auf jede nur vorstellbare Art beleidigt hatte. Das Ergebnis war meine erste größere Lektion in Demut – weshalb es eine angemessene Erzählung sein dürfte für heute Abend.«

Trotz ihrer Vorbehalte war sie neugierig. Das hatte sie nicht erwartet. Er flirtete nicht mit ihr und machte ihr auch keine Komplimente, obwohl allein sein Blick verführerisch genug war. Stattdessen bot er ihr an, etwas von sich zu erzählen, was sie unbestreitbar faszinierend fand. »Wieso?«

Seine Augen funkelten. »Was für einen Preis in Bescheidenheit ich zahlen muss, nicht wahr? Wir waren einen Tag verheiratet, als Harriet die Kutsche vorfahren ließ, mit halsbrecherischer Geschwindigkeit nach London fuhr und in eine von ihrer Mutter, Lady Arnham, veranstaltete Gesellschaft hineinplatzte. Die Crème de la crème der guten Gesellschaft war anwesend, geschmückt mit Diamanten und mit Gold. In tragischem Kontrast dazu war Harriet überaus nachlässig gekleidet und vollkommen hysterisch.«

»Hysterisch? Wieso?«

»Sie erklärte vor versammelter Gesellschaft, ich hätte sie zu unaussprechlichen Handlungen gezwungen – Dinge, die zu erniedrigend seien, um sie zu beschreiben – und sie sei für immer entehrt und ruiniert. Ich, selbst ein wenig nachlässig gekleidet, erschien gerade noch rechtzeitig, um ihren peinlichen Auftritt mitzuerleben. Alle Leute im Saal drehten sich um und starrten mich an, als wären mir plötzlich Hörner gewachsen. Einige der Damen wurden ohnmächtig. Während Harriet schluchzend in den Armen ihrer Mutter lag, ließ Lord Arnham mich von seinen Bediensteten hinauswerfen. Ich war dumm genug, ihnen Widerstand zu leisten. Das Resultat war weder elegant noch imponierend, wie Sie sich vermutlich vorstellen können.«

»Warum erzählt Ihr mir das?«

»Warum nicht? Es ist in London allgemein bekannt. Ich finde, Sie sollten wissen, mit wem Sie es zu tun haben.«

Sie wandte den Blick ab und errötete vor Verlegenheit. »Ich soll wissen, dass Ihr ein Mann mit ... zweifelhaften Neigungen seid?«

Er lachte. »Auf jeden Fall ein Mann, der weiß, wie ein bösartiger Hund sich fühlt – aber dann wiederum haben Hunde ja auch keinen Stolz. Und Sie müssten eigentlich sehen, dass mir kaum etwas davon geblieben ist.«

»Was solche Hunde höchstens noch gefährlicher macht. *Seid* Ihr gefährlich?«

Er zog die Füße hoch, streckte sich lang auf dem Sofa aus und verschränkte die Arme hinter seinem Kopf. »Ich glaube nicht, aber Lord Arnham hätte sicher liebend gern ein Stachelhalsband und einen Maulkorb für mich holen lassen.«

»Und was geschah dann?«

»Es wurde vorgeschlagen, die Ehe zu annullieren, doch dann stellte sich heraus, dass Harriet ein Kind erwartete.«

»*Euer* Kind?«

Er klang wieder so anmaßend wie eh und je, als er die Frage beantwortete. »O ja, absolut, was die Annullierung unserer Ehe natürlich vollkommen unmöglich machte. Man verlangte eine öffentliche Entschuldigung von mir, die ich auch leistete. Man forderte mich auf, die Presse von meiner Gefühllosigkeit in Kenntnis zu setzen, was ich tat. Man verlangte eine finanzielle Abfindung von mir, die ich bezahlte, obwohl ich es mir gar nicht leisten konnte. Doch leider Gottes nützten mir all diese Demütigungen nichts. Mir wurde nicht einmal gestattet, meine eigene Frau zu sehen. Sechs Monate später erlitt Lord Arnham einen Schlaganfall, an dem er starb. Ich hatte einige Monate bei Wellington verbracht und kam gerade aus Spanien zurück, als es geschah. Angesichts der Nachricht meiner Heimkehr stürzte Harriet die Treppe hinunter und erlitt eine Fehlgeburt.«

Catriona schwieg entsetzt. Es war nötig, dass er glaubte, Andrew sei Harriets Kind – aber, *a Mhuire*, würde der Mut sie nicht verlassen haben, wenn sie all das vorher gewusst hätte? Catrionas Herz zog sich zusammen. »Wann ging sie nach Schottland?«.

»Sobald sie sich von der Fehlgeburt erholt hatte. Harriet ging mit Lady Stansted nach Edinburgh. Ich war gezwungen, in den Krieg zurückzukehren. Ich war Berufssoldat.«

Catriona warf einen Blick auf das Lichtermeer aus Kerzen, die in geradezu verschwenderischer Fülle brannten. Wie konnte er sich all das mit dem Gehalt eines Soldaten leisten? »Harriet sagte mir, Ihr kämt noch immer für ihren Unterhalt auf.«

»Das glaube ich gern, dass sie das gesagt hat«, erwiderte er trocken.

Catriona verstand gar nichts mehr. Er hatte ihr eine Geschichte erzählt, die mehr Lücken hatte als Substanz. Aber die wichtigsten Elemente hätte er kaum unverhohlener konstatieren können: ein Sohn, tot zur Welt gekommen. Eine Ehefrau, aus Angst vor ihm geflohen. Und ein Mann, voll Verbitterung und Zorn, der glaubte, er müsse den Starken markieren.

Der Duft von heißem Wachs erfüllte den Raum. Eine Unzahl winziger Flammen verscheuchte jeden Schatten. Eine Uhr tickte in der lauten Stille. »Und nun hasst Ihr also Frauen?«

»Was? O nein. Ich mag Frauen. Ich mochte sogar Harriet. Aber unser Fiasko wurde in der Gesellschaft allgemein für meine Schuld gehalten, was dazu führte, dass mir von da an sehr viele Türen verschlossen blieben und ich gesellschaftlich geschnitten wurde.« Er blickte auf die Uhr und schwang die Füße wieder auf den Boden. »Kommen Sie, es ist Zeit zum Essen. Stört es Sie, wenn wir uns nicht vorher umziehen?«

Hatte er erraten, dass sie keine Gesellschaftskleidung bei sich hatte? Oder nahm er an, sie besäße so etwas gar nicht? Aber wie dem auch sei, es war ein verlockender Gedanke, es als kleine Rücksichtnahme seinerseits zu sehen, dass er nicht die Gelegenheit genutzt hatte, sie zu demütigen, indem er vorschlug, sich zum Essen umzukleiden. Oder ahnte er gar, dass solche Dinge keine Rolle für sie spielten? Dominic Wyndham schien ein geradezu unheimliches Einfühlungsvermögen zu besitzen. Hatte er ihr diese Geschichte also vielleicht nur erzählt, um sie zu entwaffnen? Sie wusste es nicht, aber *was* sie wusste, war, dass Mitleid sehr riskant sein konnte.

Er führte sie ins Esszimmer, zu einem mit Silber und Kristall gedeckten Tisch. Sie wurden sehr aufmerksam und gut bedient, Gang um Gang: Seezunge, Kalbsbraten *à la daube*, Sauerampfersauce, gebackener Mandelpudding, Blätterteigpastetchen, einheimische Käsesorten, und dazu die feinsten Weine. Essen, das verführen sollte. Vorsichtig, ja fast behutsam stellte Dominic ihr Fragen, die einerseits zu subtil waren, um als Galanterie zu gelten, ihr andererseits aber doch schmeichelten. Sie ließ sie unbeantwortet. Darin konnte sie ihn problemlos überlisten. Aber warum erzählte er ihr so viel von sich und doch zugleich so wenig? Es weckte Appetit nach mehr in ihr, aber keinen Appetit auf dieses Festmahl englischer Tafelfreuden.

Offenbar schätzte er all diesen Luxus und sah keine Sünde in der Verschwendung, obwohl er andererseits auch etwas seltsam Geradliniges und Nüchternes an sich hatte. Als der Tisch abgedeckt wurde, provozierte sie ihn, weil sie verstehen wollte. »Ihr sagtet, Ihr hättet einige Highlander gekannt«, begann sie.

Er lehnte sich zurück, spielte mit dem Stiel seines Glases und blickte sie unter halb gesenkten Wimpern an. »Ich würde lieber von Ihnen sprechen, Catriona.«

Sein Blick schien etwas Sündhaftes, Köstliches zu verheißen. Eine heiße Röte stieg ihr in die Wangen. »Lenkt nicht ab. Verratet mir, wo Ihr ihnen begegnet seid.«

»In Spanien«, erwiderte er. »Ihre Landsleute sind ausgezeichnete Soldaten.«

»Wir sind ein kämpferisches Volk. Aber nur wenige dieser Soldaten waren freiwillig in die Dienste König Georges getreten.«

»Trotzdem kämpften sie wie Teufel. Und mehr noch: Die Highland-Regimenter verfügen über eine exzellente Disziplin. Auspeitschungen sind im Grunde gänzlich unbekannt bei ihnen.« Die Grübchen vertieften sich, als er grinste. »Eine stolze Rasse.«

»Und eine praktische. So mancher Gutsherr stellte sein Regiment zusammen, indem er den Familien der jungen Männer drohte. Aber wenn ein Highlander erst einmal sein Wort gegeben hat, wird er weder seine Angehörigen noch sein Heimatland beschämen, indem er entwürdigende Auspeitschungen riskiert oder weniger gibt als sein Bestes.«

»Was immer auch der Grund sein mag, ich habe selten Soldaten mit mehr Würde und mehr Mut gesehen. Viele der Männer sprachen nicht so viel Englisch, dass ich aus erster Hand etwas von ihnen hätte erfahren können. Aber die Offiziere ...«

»... sind die Brüder und Cousins der Gutsherren und gebildete Leute«, schloss Catriona für ihn. »Die meisten beherrschen neben Französisch, Englisch und Italienisch auch Latein und Griechisch. Was ist mit ihnen? Wart Ihr überrascht, eine solche Gelehrsamkeit und Sprachgewandtheit unter Männern aus einem derart barbarischen Land zu finden?«

»Die Offiziere wurden meine Freunde.« Seine Stimme war ganz spröde vor Offenheit. »Ich fand sie alles andere als barbarisch. Ich weiß etwas darüber, wie sie für ihr Land empfinden – oder wie *Sie* empfinden müssen.«

Ihr Herz pochte, als hätte er es berührt. Wieso hatte sie geglaubt, dies sei ein ungefährliches Gesprächsthema? Bei diesem Mann zu sein, war auch so schon aufregend genug; es war, als tauchte sie ein in ein Meer der Emotionen. Er hatte sie diesen kurzen Anflug von Mitleid verspüren lassen. Nun näherte er sich mehr und mehr dem Kernpunkt ihrer Leidenschaften und ihres ganzen Seins. Sie ballte ganz unbewusst die Fäuste auf dem Schoß.

»Was könnt Ihr schon über uns Highlander wissen?«

Er betrachtete seine eigenen Finger, die sich langsam über das polierte Holz bewegten, als hätte er Catriona unversehens vergessen. Das Licht betonte sein scharf geschnittenes Profil, die langen, dichten Wimpern. »Nur was mir erzählt wurde, natürlich. Aber ich kannte einen Offizier aus Ihrer Heimat – aus Glen Reulach. Wir saßen einmal zusammen hinter den französischen Linien fest, mit nichts anderem zu tun, als Geschichten auszutauschen. Er erzählte mir von den Gehöften in den Tälern, den Festen, der Poesie: keine Aufgabe, egal, wie bescheiden, ohne ihren eigenen Gesang. Die Lieder, in denen man das Klicken und Schnalzen der Hufe der schwarzen Rinder hört, wenn sie im Sommer in die Berge von Ross-shire getrieben werden. Der Gesang der Frauen in ihren Häusern. Ich fühlte Regen meinen Nacken hinunterlaufen. Ich hörte in den Lochs die Fische springen. Ich sah Rotwild durch die Moore tänzeln …«

Ihr Puls raste, sprang und tanzte. »Nicht!«, fiel sie ihm scharf ins Wort. »Hört auf damit!«

Ein Schatten fiel über sein Gesicht. »Und jemanden verleugnen, der mir Freundschaft und Vertrauen schenkte? Warum? Seine Worte waren wie Musik. Ich könnte es nie vergessen. Es gab eine Höhle, in der er sich als Knabe oft versteckte, um hoch über sich die Adler fliegen zu sehen – und vor ihm leuchtend bunt die Blumen und die ganze Pracht des Sommerlebens. Vielleicht kennen Sie das?«

Sie saß ganz still da und versuchte, ihn durch pure Willenskraft dazu zu zwingen aufzuhören. Die Emotion erstickte sie und schnürte ihr wie ein eisernes Band die Brust zusammen. Aber ohne sie anzusehen, verloren in Erinnerungen, setzte er erbarmungslos seine Erzählung fort.

»Eines Nachmittags fielen große Schneeflocken aus einem bis dahin blauen Himmel, um sich funkelnd auf die Glockenblumen, das Moos und den Enzian zu legen. Schatten wanderten über das Gras, während die Sonne mit dem Schnee wetteiferte und ihn halb zerschmolz, bevor sie weiterzog. Eis bedeckte die Blumen und verwandelte jede einzelne von ihnen in ein Juwel. Es war so klar und anschaulich für mich, als er es mir beschrieb. Und genauso habe ich mir die Highlands seither immer vorgestellt.« Seine Hand verhielt in der Bewegung, als er zu Catriona aufschaute. »Sein Name war Calum MacNorrin – er war ein Hauptmann. Ich weiß nicht, was aus ihm geworden ist.«

Konnten Herzen wirklich brechen, zerfetzt werden wie ein Hase in den Krallen eines Adlers? Ihr Herz zerriss. »Ach, Ihr teuflischer Mann! Warum erzählt Ihr mir das alles? Was, wenn ich diesen Mann und seine Geschichte kenne?«

Sie schob den Stuhl zurück und stolperte zur Tür.

Sofort kam er ihr nach. »Was haben Sie, Catriona? *Kennen* Sie ihn?«

Der Schmerz schnitt ihr ins Herz. Sie schaute zu Dominic auf durch einen roten Dunst aus Wut und Qual, als er sie an den Armen packte. »Ihr wisst, dass ich ihn kannte. Wie könnte ich *nicht* die Höhle und Calum MacNorrin kennen? Und Ihr behauptet, es läge Euch etwas an ihm? Er starb in Waterloo in einem dieser tapferen Regimenter, die Ihr so bewundert!«

»O mein Gott«, murmelte er rau. »O Gott! Ich hatte keine Ahnung.«

Seine Hände zogen sie an seine Brust, und seine Arme umhüllten sie mit seiner Wärme. Sie würde nicht weinen. Sie hatte diese Tränen schon vor langer Zeit vergossen. Aber die Überreste ihres Kummers schnürten ihr die Kehle zu und drohten sie zu ersticken. Und so barg sie ihr Gesicht am Rock eines Mannes, den sie verachtete, und klammerte sich an die Kraft, die seine Arme boten.

Noch immer auf der Türschwelle stehend, hielt Dominic sie fest in seinen Armen. Ihr Kummer war fühlbar. Sie erschauerte darunter wie eine vom Schnee überraschte Glockenblume.

Ein Teil dessen, was ihn hier festhielt und ihn diese Frau an sein Herz drücken ließ, waren sein eigener Zorn und Kummer und die Qual des Verlusts und des Bedauerns. Calum McNorrin war also in Waterloo gefallen, während er selbst gefangen in einem Keller in Paris gelegen hatte, und er hatte nichts davon gewusst. Dominic hatte sich bei seiner Heimkehr geweigert, sich die Listen der Gefallenen und Verwundeten anzusehen. Er hatte lieber glauben wollen, all die Männer, für die er Sympathie und Freundschaft empfunden hatte, seien noch am Leben. Wie konnte MacNorrin in seinem rot und blau karierten Plaid, mit seiner Vitalität und seinem ausgefallenen Humor, gestorben sein? Warum, zum Teufel, hatte das Schicksal das Leben des besseren Mannes genommen und Dominic Wyndham sinnloserweise weiterleben lassen?

Und Catriona hatte diesen besseren Mann gekannt.

Aber sie trauerte um mehr als nur um einen Mann aus ihrer Heimat; ihr Kummer betraf einen Mann, den sie einmal geliebt hatte.

Er war ein wunderbar Mann.

Ein furchtbarer Gedanke kam ihm: War Calum MacNorrin etwa Andrews Vater? So wie Catriona hatte auch er blaue Augen und schwarzes Haar gehabt. Wahrscheinlich war er heimgefahren in jenem siegreichen Sommer achtzehnhundertvierzehn, in dem Andrew gezeugt worden sein musste. Vielleicht hatten sie vorgehabt zu heiraten und nicht gewartet. Wenn ja, hatte Calums Tod diesen Traum zerstört und sie im Stich gelassen, sodass sie nun nach Strohhalmen griff und sogar bereit war, einem englischen Lebemann zu Diensten zu sein, um die Zukunft ihres Kindes zu sichern.

Und nun hatte dieser Lebemann ihr gnadenlos eine Geschichte erzählt, die sie an ihren Geliebten erinnerte. Und er hatte nicht mehr damit aufgehört, selbst als ihre Augen ihn angefleht hatten zu schweigen – bis es zu spät gewesen war.

Ich hatte keine Ahnung. Schwache Worte, um der Anteilnahme Ausdruck zu verleihen, die ihm das Herz schwer machte.

Vorsichtig bewegte er seine Finger zu ihrer Wange und ihrem Kinn, so vorsichtig und behutsam, wie er zerbrechliches Porzellan anfassen würde. Kummer über all die Torheiten seiner Vergangenheit beschlich sein Herz, eine alles durchdringende Trauer. Sanft hob er ihr Gesicht zu sich empor.

»Catriona«, sagte er mit gebrochener Stimme. »Ich bin ein verdammter Schuft, aber ich hatte wirklich keine Ahnung.«

Sie schaute zu ihm auf. Ihr Atem kam schnell und flach, ihre Wangen glühten, ihre Augen funkelten wie blauer Stahl, aber dennoch hörte sie nicht auf, sich an ihm festzuhalten. »Es hat nie einen besseren Mann gegeben.«

»Ja.« Er umfasste sanft ihr Kinn und spürte ihr weiches Haar an seinen Fingerspitzen. »Das stimmt.«

Ihre Lippen zitterten. Hinter ihrem harten Blick lag eine beispiellose Traurigkeit verborgen. Eigentlich wollte er nur sein Mitgefühl zum Ausdruck bringen, in einer Geste der Versöhnung und des Trostes vielleicht, als er unwillkürlich den Kopf senkte und sie küsste.

Ihr Mund glühte unter seinem, ihre Lippen teilten sich.

In seinen Schock mischte sich brennendes Begehren.

Sie presste sich an seinen Körper und schien dieses Verlangen zu begrüßen.

Dominic spürte, dass die Kontrolle ihm zu entgleiten drohte, als er sie aufstöhnend noch fester an sich zog. Sie schob ihre Hände unter sein Haar und suchte seine Zunge, sehnsuchtsvoll und lockend. Ihr warmer Atem brannte in seinem Mund. Ihre Brüste pressten sich an seinen Oberkörper, ihr Duft drohte ihm den Verstand zu rauben. Seine Haut begann zu prickeln, ein unbändiges Verlangen ergriff Besitz von ihm. Innerhalb von Sekunden war er erregt und begehrte sie mit einer Heftigkeit, die keine Rücksicht und Bedachtsamkeit mehr kannte. In hemmungsloser Begierde küsste er ihre weichen, brennend heißen Lippen. Blindlings suchte und kostete er, erforschte jeden Winkel ihres Mundes und legte sich keinerlei Zurückhaltung mehr auf.

Mit der gleichen leidenschaftlichen Erregung erwiderte sie den Kuss und verschmolz mit ihm wie zwei aus dem gleichen Schmelztiegel gegossene Metalle. Sie umfasste seinen Nacken, bezauberte seinen Mund mit ihren Zärtlichkeiten, umklammerte sein Haar so fest mit ihren Fingern, dass es schmerzte. Pulsierendes Verlangen brachte sein Blut zum Kochen und löste eine fast schmerzhafte körperliche Erregung in ihm aus. Sein ganzes Sein, so schien es, konzentrierte sich in seinen Lenden.

Aufgewühlt von lustvollen Empfindungen, löste er ihre Knöpfe, öffnete ihr Kleid und entblößte ihre heiße, nackte Haut. Ihre Brustspitzen versteiften sich unter ihrem dünnen Hemd und richteten sich verlangend auf. Mit zitternden Fingern berührte er sie, verzehrt von Sehnsucht und Verlangen, und nahm die harten kleinen Knospen zwischen seine Fingerspitzen. Er erschauerte vor Erregung, als er das Gewicht ihrer Brüste, ihre Weichheit und ihr lebendiges Pulsieren in seinen Händen spürte. Sein Glied pochte. Verstimmt über die lästigen Bändchen, die seinen Händen noch im Weg waren, zerriss er den Stoff, getrieben von einem fieberhaften Verlangen, das ihn sie mehr begehren ließ als das Leben selbst und allem anderen die Bedeutung nahm.

Ohne den Kuss zu unterbrechen, griff er nach ihren Röcken, fasste den tristen Stoff mit einer Hand zusammen und zog ihn hinauf, um sie gleich hier und jetzt zu nehmen und seine fieberhafte Begierde in ihrem warmen, anschmiegsamen Körper zu befriedigen. Und sie hieß ihn willkommen! Die Verwunderung darüber erschütterte ihn bis ins Innerste. Sie begrüßte seine Leidenschaft!

Er unterbrach den Kuss und presste seinen Mund auf ihren Nacken. Seine Lippen schmeckten Honig. Die samtige Haut ihres nackten Oberschenkels brannte unter seiner Hand. Verzweifelt, von einem nahezu unerträglichen Glücksgefühl erfasst, stöhnte er laut und lachte halb. Ihre Hüften hatten die sanfte Biegung einer Muschel. Ihr fester kleiner Po glitt zwischen seine

Finger. Er ließ seine Hand an ihrem flachen Bauch hinuntergleiten, berührte seidiges Haar und einen Hauch von Feuchtigkeit und glaubte, vor Verlangen zu vergehen.

Ein splitterndes, krachendes Geräusch erschütterte seine Ohren. Catriona erschrak und riss sich von ihm los. Er starrte sie hilflos an, der Beweis seiner Begierde pochte, und sein Blut schien seine Adern zu versengen. Mit glühenden Wangen, schwer atmend und mit stark geweiteten Pupillen stand sie da, den Rücken an den Türrahmen gepresst. Sie war bezaubernd, aufregend, betörend, ihre Lippen waren geschwollen und noch feucht von seinem Kuss.

»Ich wusste es nicht«, sagte sie bitter. »Ich hatte keine Ahnung, dass man es so macht. *Diabhal* …!« Sie brach ab und blickte über ihre Schulter. »Wir haben deine Dienstboten erschreckt.«

Er warf einen Blick auf den Korridor. Ein Tablett lag auf dem Teppich, umringt von Scherben zerbrochener Gläser auf einem großen, dunklen Fleck.

»O Gott. Das war mein Diener, der uns Brandy brachte.« Und dann begann er wie hysterisch zu lachen.

Catriona zog ihren Rock hinunter. Mit zitternden Fingern schloss sie ihre Knöpfe. Ihre harten kleinen Brustspitzen zeichneten sich unter dem Mieder ihres Kleides ab. »Ich wusste nicht, was ›rücksichtslos‹ bedeutet, bis ich dich kennen lernte. Ich dachte, du würdest versuchen, mich mit Flirten zu verlocken. Aber du bist noch sehr viel raffinierter, nicht?«

»Raffiniert?« Das Blut dröhnte in seinen Ohren, aus Schock und auch aus Frustration über die abrupte Unterbrechung ihres Liebesspiels. »Ich habe eher das Gefühl, gerade einen verdammten Narren aus mir gemacht zu haben.«

»Gnadenlos bist du also, sogar dir selbst gegenüber. Alles, was du mir heute Abend angedient hast, alles, was du mir gesagt hast, war ernst gemeint. Du hast mir ganz bewusst den Kopf verdreht. Und doch war alles nur ein raffiniert kalkuliertes Spiel, so wie man Züge auf einem Schachbrett macht. Ich wusste nicht, dass du mich verführen wolltest, indem du an mein Herz rührtest und mit meinen Gefühlen spieltest, als wären es Spielzeuge. Ich wusste nicht, dass du alles skrupellos benutzen würdest – selbst Gram und Kummer –, um deine Ziele zu erreichen. Was wirst du mir jetzt sagen – dass es nicht stimmt?«

Er fasste sich, bevor er in Versuchung geraten konnte, es zu bestreiten. Sein Verlangen erstarb. »Doch, es stimmt. Oder ich denke jedenfalls, es stimmt.«

Dominic fuhr sich mit der Hand über den geschwollenen Mund und schlenderte hinaus. Er war kraftlos, ausgelaugt. Was war schon wahr? Nur dass er sie begehrte. Er bückte sich und begann, das Tablett und die Scherben aufzusammeln. Nässe glitzerte wie Tau auf dem einst kostbaren Kristall, das von einem Augenblick zum anderen in wertlosen Abfall verwandelt worden war.

»Es wäre dir beinahe gelungen«, bemerkte Catriona. »Wäre dieser Diener nicht gewesen, hättest du mich nehmen können wie ein leichtes Mädchen, einfach so dort an der Wand.«

Das Bild war nur zu treffend. Er sah wieder ein stark geschminktes Gesicht und unschöne, schadhafte Zähne. Eine weitere Frau, die er beinahe so genommen hätte, aus ganz und gar verkehrten Gründen. »Nein«, widersprach er. »Nicht wie eine Hure. Denk, was du willst, aber glaub mir wenigstens das.«

»Ich war dazu bereit«, bekannte sie. »Traurig über dein armes, totes Kind und deine Geschichte eines Mannes, den ich liebte, hättest du mich mühelos nehmen können. Es ist dir also gelungen, meinen Stolz zu brechen, so wie du es dir vorgenommen hattest. Denkst du nun, du hast gewonnen?«

»*Gewonnen*?« Er hockte sich auf seine Fersen und zwang sich, den Geschmack ihres Mundes und die Erinnerung an ihren Körper unter seinen Händen aus seinem Bewusstsein zu verbannen. Die Luft war schwer vom Duft des Brandys, der im Teppich hing und an den Gläserresten klebte. »Wie, zum Teufel, kannst du das behaupten? Ich habe mich gedemütigt, mich dir aufgedrängt –

mit voller Absicht, ja. Denk ruhig, es sei nur Manipulation gewesen, aber ich habe es *getan*, es war *echt*. Und was, zum Teufel, habe ich von dir zurückbekommen? Du hast mich belogen, mich abgewiesen und mir nichts über dich selbst und deine wahren Absichten erzählt. Selbst jetzt noch würdest du es mir nicht erzählen, oder? Du hast ihn geliebt, das lässt sich nicht bestreiten, aber was für einen Platz hatte Calum MacNorrin in deinem Leben?«

»Du hast Recht«, entgegnete sie. »Ich werde es dir nicht erzählen. Was geht es dich auch an?«

Er strich mit den Fingern über den nassen Teppich. Falls er geglaubt hatte, auch seine Scham verloren zu haben, so kehrte sie nun dreifach stark zurück. Wenn dieser Diener nicht gewesen wäre … Er erinnerte sich an seine Wut in der Kutsche und die Rücksichtslosigkeit, die er empfunden hatte. Wie und wann hatte sich das geändert? Oder schwelte noch immer Zorn in ihm, der schlicht zu ausgeprägt war, um bezähmt zu werden? Ein Zorn, der ihn zwang, aufrichtig zu sein?

Brandydünste stiegen vom Teppich auf. Der Alkohol befleckte seine Finger. »Ich werde dir die Wahrheit sagen, so gut ich kann. Zu Beginn des Abends war ich fest entschlossen, dich ins Bett zu locken. Das würde ich immer noch sehr gern. Vielleicht habe ich dir von Harriet erzählt, weil ich wollte, dass du auch meine Seite unserer Geschichte kennst, und um dein Mitgefühl und Interesse zu erregen. Ich bin nicht …« Er hielt inne und atmete tief ein. »Was immer sie dir gesagt hat, ich bin kein Ungeheuer. Ich weiß nicht, warum ich dir den Rest erzählt habe. *Du* hast mit dem Thema Schottland angefangen.«

»Ich konnte ja nicht ahnen, wohin du es führen würdest und dass du immer weiterreden würdest, selbst als ich dich anflehte, damit aufzuhören«, entgegnete sie in anklagendem Ton.

Er entschloss sich zur Offenheit, auch wenn er sich damit nur noch mehr verdammte. »Vielleicht hoffte ich, durch das Heraufbeschwören von Bildern deiner Heimat zu erreichen, dass du ein bisschen aufgeschlossener würdest, mir etwas über dich erzähltest und mir gegenüber etwas milder gestimmt würdest. Das war manipulativ und tut mir Leid. Aber Calum war mein Freund. Ich wusste nicht, dass er tot ist. Ich hätte ihn nie mit Absicht gegen dich benutzt. Ich liebte ihn.«

»Liebe? Du beschmutzt das Wort in deinem Mund.«

Er blickte auf. Sie war wie erstarrt und hatte die Hände zu Fäusten geballt, ihre Augen blitzten. »Es ist ein Mund, den du gerade in einer verdammt guten Nachahmung von Leidenschaft geküsst hast.«

»Weil du mich durch eine List dazu gebracht hast.«

Er hatte sie vom ersten Moment an apart gefunden. Und nun wusste er, warum sie nicht hübsch im landläufigen Sinne war: weil sie eine *Schönheit* war.

»Ich bin mir nicht sicher, wer hier wen überlistet. Hör zu, Catriona: Ich weiß, dass du mich benutzt. Ich bin nicht sicher, ob es mir etwas ausmacht, aber mich dafür an deinem Körper zu erfreuen, scheint mir ein mehr als fairer Handel zu sein. Du liebe Güte, du hast dich mir in London angeboten. Aber trotz meines Rufs, trotz allem, was ich dir erzählt habe, war ich noch nie grausam zu einer Frau – zu *keiner* Frau, nicht einmal zu einer Hure.«

»Du bist verrückt.«

Es kümmerte ihn nicht mehr, wie sie reagieren würde. Ehrlichkeit schien ihm der einzige noch offen stehende Weg zu sein. »Vielleicht ist mein Verlangen nach dir ja eine Art Verrücktheit. Ich kann mich nicht entsinnen, je ein derartiges Begehren verspürt zu haben. Und da mir klar war, dass du mich benutzt, hätte ich nahezu alles versucht, um dich zu gewinnen. Und ich glaube, es war mir vollkommen egal, ob es ehrenhaft war oder nicht.« Er fand eine letzte Scherbe, bevor er sich daran schneiden konnte – es wäre zu melodramatisch, jetzt auch noch zu bluten –, und legte sie vorsichtig auf das Tablett. »Aber ich weiß, was Liebe ist, und respektiere sie.«

»Rede nicht von Liebe!«

Er wischte sich an seinem Taschentuch die Hände ab. »Es ist nicht Liebe, was ich dir anbiete, Herrgott noch mal! Ich schlug dir ein Spiel vor, weil ich glaubte, wir wüssten beide, was wir tun, und könnten es als intelligente Erwachsene genießen. Warum unsere körperlichen Bedürfnisse nicht ausleben? Warum uns nicht einen Moment des Vergnügens gönnen, wo immer wir es finden können?«

»Du bist ein Lügner«, fuhr sie auf. »Und du belügst dich selbst noch mehr als mich.«

Dominic lehnte seinen Kopf an die Wand und schloss die Augen. Sie hatte Recht. Obwohl gewissenlose Verführung sonst nicht seine Art war, hatte er ernsthaft vorgehabt, ihr das Herz zu brechen. Es war der unehrenhafteste Gedanke, den er je gehegt hatte. Sein Ehrenkodex war schlicht und klar umrissen gewesen, oder zumindest doch bis jetzt. Er hatte einmal sogar einen Freund zum Duell gefordert, weil dieser seiner Ansicht nach zu rücksichtslos mit einer Geliebten umgegangen war. Warum ließ er sich bei dieser einen Frau auf den gleichen Wahnsinn ein?

Er sah keinen anderen Ausweg als die Wahrheit. »Ich mich selbst belügen? Im Moment bin ich so verdammt ehrlich, dass es schmerzt. Du verlangtest von mir diese Reise, weil sie deinen eigenen Zwecken dient. Ich stimmte unter einer Bedingung zu. Ich war wütend, als ich diese Bedingung stellte, das gebe ich zu. Aber du hast mir auch nicht mehr Barmherzigkeit erwiesen, als du mir wie eine Harpyie die Nachricht von Harriets Tod überbrachtest. Denn Tatsache ist, dass ich sie liebte. Findest du das jetzt absurd?«

»Was soll ich darauf erwidern?«, fauchte sie. »*Is minig a bha an donas dàicheil* – oft ist der Teufel gut aussehend, und seine Worte sind so glattzüngig wie die eines Priesters. Es darf mich nicht kümmern, was du für Harriet empfunden hast. Es darf mich nicht einmal interessieren, ob Calum dir seine Freundschaft angeboten hat. Das einzige Wichtige ist für mich das Kind. Nur sein Schicksal ist von Bedeutung – sehr viel wichtiger als du oder ich. Ich kann dir nicht erklären, warum. Da! Ist das genug?«

Warum? Warum, zum Teufel, war es so wichtig, dass er Calum MacNorris' Kind – sollte Andrew dies tatsächlich sein – aus den Händen der Wohltätigen Seelen errettete?

Er öffnete die Augen. Die sanfte Biegung ihres Nackens unter den schweren dunklen Flechten raubte ihm den Atem – diese zarte, verwundbare, feminine Anmut. Ihr Mund war noch geschwollen von seinen Küssen. »Kannst du nicht wenigstens meine Bereitschaft anerkennen, all das auf mich zu nehmen um eines Kindes willen, das nicht einmal meines ist? Ich hätte dich auch abweisen, das Kind von einem anderen abholen lassen und mich in London mit den Konsequenzen auseinander setzen können.«

»Das gebe ich zu.« Ihre Wangen waren noch immer stark gerötet, ihre Schönheit so wild und strahlend wie ein Sonnenuntergang. »Was tun wir jetzt?«

»Ganz einfach.« Er stand auf und blieb vor ihr stehen. Der Teppich unter seinen Stiefeln war nass und schmutzig, seine Hände klebrig vom Brandy. »Wir gehen jetzt zu Bett. Zusammen. Wie sonst sollten wir diese Anspannung zwischen uns lindern? Sex kann oft sehr tröstlich sein, selbst zwischen Fremden oder Feinden.«

Ihre blauen Augen weiteten sich und wurden dunkler. »Niemals!«

»Du kannst nicht verleugnen, was gerade geschehen ist. Ich kann dich immer noch auf meinen Lippen schmecken.«

Sie errötete wie eine Jungfrau. »Ich verlange ein eigenes Zimmer!«

Er blieb stehen, stur und über alle Maßen froh, dass sie nicht völlig unerfahren war. Sie hatte ein Kind zur Welt gebracht; er brauchte keine Ausflüchte zu machen. »Die Dienstboten sind schon zu Bett gegangen. Nur ein Schlafzimmer ist vorbereitet. Und das werden wir uns teilen.«

»Wie kannst du nach allem, was ich gesagt habe, darauf bestehen?«

Ein Ziehen ging durch seine Lenden, und er spürte, dass er wieder eine Erektion bekam. Nach der Leidenschaft, die sie ihm gerade offenbart hatte, kann sie mich jetzt eigentlich nicht abweisen, dachte er. »Du hast dich bereit erklärt, mich die nötigen Arrangements für diese Reise treffen zu lassen. Dies ist eins davon. Ich finde, keiner von uns beiden sollte heute Nacht allein sein.«

Sie verschränkte hilflos die Hände. »Ich möchte aber allein sein.«

Er sehnte sich danach, ihre verschränkten Finger zu ergreifen, sie zu lösen und ihre Handflächen zu küssen. »Wir begehren einander. Es muss nicht weitergehen als das. Unsere Herzen sind nicht beteiligt, aber ein bisschen Freundlichkeit wäre gewiss nicht fehl am Platz. Ich habe dir bisher weiß Gott wenig genug davon gezeigt. Erlaube mir, das wieder gutzumachen.«

»*A Dhia!*« Sie schlug die Hände zusammen. »Hör auf! Du verlockst mich. Du bist ein gut aussehender Mann. Aber ich denke nicht daran, mit dir zu schlafen. Also Schluss jetzt, es genügt!«

»Ich werde sehr behutsam sein, Catriona.« Er grinste. »Dein Körper wird ein Tempel für meine Verehrung sein. Nimm mich so, wie du es wünschst. Ich bin bereit, mich dir zu unterwerfen.«

»Ich denke nicht daran!«

Plötzlich kam ihm die Absurdität des Ganzen zu Bewusstsein. Er *bettelte*. Würde er vielleicht auch noch vor ihr auf die Knie fallen? Ein Mann, den Frauen umworben, vergöttert und leidenschaftlich, ja bedingungslos geliebt hatten? Himmel, er hatte sehr intensiv gelebt und hart gekämpft. Er hatte den Zar von Russland hofiert, um Napoleons Niederlage herbeizuführen. Die raffinierteste Spionin ganz Europas war seine Geliebte gewesen. Er hatte im Dienste seines Landes Leid und Ruhm erlebt. Männer, die er respektierte, hatten seiner Ehre und seiner Loyalität vertraut. Und *er* flehte förmlich diese … diese Hexe aus dem fernen Norden an, mit ihm zu schlafen?

Sie hatte Recht. Es genügte. Er verspürte nicht mehr den Wunsch, sie zu verletzen, diese Frau, die Calum McNorrin geliebt hatte. Er wollte sie heilen, und wenn schon nicht in seinem Bett, dann eben außerhalb. Obwohl er es natürlich vorzöge – wenn sie aus freiem Willen zustimmen würde –, es in seinem Bett zu tun. Er lachte.

»Wir haben eine Vereinbarung getroffen, Catriona, und du kannst jetzt keinen Rückzieher mehr machen. Es ist nur ein Spiel. Aber wir teilen uns ein Zimmer. Wirst du nun freiwillig mitgehen, oder muss ich dich tragen? Glaub bloß nicht, ich würde es nicht tun.«

Als spürte sie seinen Stimmungswechsel, wirkte sie mit einem Mal verunsichert. »Du kannst mich nicht zwingen, dein Bett zu teilen.«

Er fürchtete, dümmlich zu grinsen. Vielleicht war ihm all dieser Brandydunst zu Kopf gestiegen. Der Beweis seiner Begierde presste sich gegen seine Hose, der einzige Teil von ihm, der seine nobleren Bedenken nicht verstehen konnte. »Natürlich nicht. Ach, komm, lass uns nach oben gehen und schlafen, Catriona. Und falls du die komische Seite von all dem nicht sehen kannst – *ich* kann es.«

Sie wandte sich ab und nickte. Dann, zu seiner immensen Überraschung, schenkte sie ihm ein Lächeln. Wie eine sich öffnende Blütenknospe breitete es sich auf ihren Zügen aus, als begrüßte auch sie die Erlösung von dieser außerordentlichen Spannung zwischen ihnen.

»Also gut«, sagte sie. »Ich werde das Zimmer mit dir teilen, und dann werden wir ja sehen, wer morgen lacht.«

Kapitel 5

Wie vorhin unten im Salon zündete Dominic auch oben Kerzen an. Die Flamme des Zündholzes in seiner Hand tanzte vom Kaminsims zum Bett wie ein Irrlicht über Sümpfen. Kerzenlicht bestrahlte schwere Samtbehänge und feine Porzellanwaschbecken, eine bronzene Kutschenuhr und zwei Gemälde, die Spaniels darstellten. Die silbernen Muster auf dem Teppichboden wiederholten sich in den Bezügen der Sessel und des langen Sofas. Hatte er dieses Schlafzimmer mit Harriet geteilt? War es dieser Raum gewesen, aus dem seine Frau weinend zu ihren Eltern fortgelaufen war? War dies der Grund, warum er es mit so viel Helligkeit erfüllte?

»Warum so viele Kerzen?«, fragte sie. »Fürchtest du dich vor der Dunkelheit?«

Er wandte sich vom letzten Kerzenhalter ab und lächelte sie an. »Nein, aber ich glaube, du und ich werden so viel Licht wie möglich brauchen. Vielleicht wird es all diese verfluchte Fremdheit zwischen uns vertreiben.« Mit einer Hand zog er an dem Knoten in seinem Halstuch, nahm es ab und warf es fort. »Ah, das ist besser«, murmelte er und knöpfte seinen Kragen auf.

»Wie ich sehe, gibt es hier eine Couch«, bemerkte Catriona und deutete darauf. »Und ein Bett.«

»Du kannst das Bett haben.« Er zog seinen Rock aus und trug ihn zum Schrank, um ihn aufzuhängen. Seine Weste folgte.

»Ich möchte lieber die Couch«, entgegnete sie steif.

Er blickte sich über die Schulter nach ihr um. »Und mir die Möglichkeit verweigern, galant zu sein und mein bisher schändliches Verhalten wieder gutzumachen?«

»Ich denke nicht daran, mich in dieses Bett zu legen, mit dir in diesem Zimmer.«

Er zog das Hemd über den Kopf. »Denkst du, ich würde nachts zu dir unter die Decke schlüpfen und dir Gewalt antun? Das könnte ich genauso gut auch auf der Couch.«

Sein nackter Rücken war ein Spiel aus wohl geformten Muskeln und starken Knochen, Schatten und einem wechselhaften, goldenen Glanz. Eine verräterische Hitze erwachte in Catriona. »Nimm du das Bett. Ich werde mich überhaupt nicht hinlegen.«

Der Stiefelknecht stand neben dem Schrank. Dominic schob einen Absatz hinein und begann, seine Stiefel abzustreifen. »Aber meine Liebe, ich könnte dir im Stehen mindestens genauso leicht Gewalt antun. Ich dachte, das hätten wir inzwischen schon bewiesen?«

»Willst du dich etwa ganz vor mir ausziehen?«, entfuhr es ihr empört.

Er sah sich um. »Warum nicht? Ich schlafe meistens nackt. Du kannst ja wegschauen, wenn du willst.«

»Ich denke nicht daran!«, erwiderte sie bockig. »Wenn du dich beschämen willst, dann sei es deine eigene Schuld!«

Er begann, die Knöpfe an seiner Taille aufzuknöpfen. »Ich habe nichts Beschämendes zu verbergen.«

Es war, als hätte sie auf dem blau-silbernen Teppich Wurzeln geschlagen, als das flackernde Licht seine Muskeln streichelte, seine starken, mit blondem Flaum bedeckten Oberarme und seinen Rücken, der so glatt wie Bronze war. Er streifte die Hose ab und legte sie über einen Sessel. Dann stellte er nacheinander seine Füße auf den Sitz und zog die Strümpfe aus. Er bückte sich, um sie ordentlich zusammenzufalten, wie ein Soldat es tut, und seine weiße Leinenunterhose straffte sich über einem festen Po und langen Oberschenkeln.

Es war wie Panik, wie der blinde Wahnsinn, der eine aufgebrachte Menge befällt. Er machte sie schwindlig und brachte ihr

Herz zum Rasen. Eine Schwäche. Wenn sie nicht aufpasste, würde sie nach Atem ringen, als wäre sie über die nackten Kämme des Ben Wyvis gerannt.

Catriona faltete die Hände, aber der Puls pochte an ihren Handgelenken. »Glaubst du, ich würde mich errötend abwenden? Du denkst, ich würde mein Gesicht vor dir verbergen? Mach ruhig weiter. Ein Männerkörper ist nichts Ungewöhnliches. Es gibt Millionen davon auf der Welt.«

»Das ist wahr.« Er löste die Bändchen an seiner Unterhose und öffnete die drei Knöpfe vorn am Bund, wobei er ihr immer noch den Rücken zuwandte. »Aber jeder ist natürlich anders. Oder zumindest habe ich die Feststellung gemacht, dass jeder Frauenkörper ...« Als er sich streckte und gähnte, rutschte seine Unterhose tiefer über seine Hüften. Sie war wie ein Schatten, liebevoll drapiert über die weiße Haut darunter. »Jeder Frauenkörper ist absolut einmalig. Es macht einen großen Teil des Reizes aus, ein Lebemann zu sein, dies zu erforschen.«

Es war eine Schwäche. Dass er so unglaublich gut aussehend war und sie sich dessen so heiß bewusst war. Dass er ein Lebemann war und sich mit Frauenkörpern auskannte. Seine Schultermuskeln spielten, als er aus der Unterhose trat. Ihr Herz raste wie ein Fluss, der Hochwasser führte. »Du wirst dich nicht umdrehen«, sagte sie. »Nicht einmal du kannst eine solche Dreistigkeit besitzen.«

»O doch«, erklärte er, während er sich langsam umwandte. »Ich kann.«

Ihre Hände bewegten sich ganz unwillkürlich. Hitze stieg ihr in die Wangen. Aber sie blieb stehen, weigerte sich, sich zu bewegen, wegzusehen und zu erschrecken. Seine unergründlichen, geheimnisvollen grünen Augen suchten ihre, und sie zögerte nicht, seinen Blick zu erwidern. Wie um sie herauszufordern, schlenderte er gemächlich durch den Raum und löschte eine Kerze nach der anderen. Die Flammen erstarben und hinterließen den Geruch verbrannten Dochts. Catriona dachte nicht daran, etwas so Schmachvolles zu tun, wie ihren Blick zu senken. Sie würde nicht hinsehen, um festzustellen, ob er genauso erregt war wie sie selbst oder ob das Haar zwischen seinen Schenkeln so blond war wie das Haar auf seinem Kopf. *Sie würde es nicht tun ...*

Glücklicherweise wurde es zunehmend dunkler im Raum, sein Körper immer schemenhafter und verschwommener. Erst als er das Bett erreichte und die Decken zurückschlug, trat er zurück ins Licht der einzigen noch brennenden Kerze. Hilflos schwankte Catrionas Blick. Mit brennenden Wangen und voller Scham ließ sie ihren Blick ein wenig tiefer gleiten, über seine Wirbelsäule, die ausgeprägten Muskeln, die starken Knochen. Im flackernden Schein dieser einzelnen Flamme sah sie ein beigefarbenes Handtuch – das er sich vermutlich vom Waschtisch genommen hatte – um seine Hüften. Das Tuch war vorn nicht ganz geschlossen, aber es bedeckte ihn.

Errötend schaute sie zu ihm auf. Seine Augen funkelten vor Mutwillen, doch da war auch noch etwas anderes – etwas, das sie überraschte, aber unmöglich missverstanden haben konnte: die Erkenntnis seiner eigenen Absurdität, eine Einladung, den Scherz zu teilen, denn ein Scherz *war* es. Er machte sich über sie lustig!

»In der Truhe dort ist Bettzeug, nimm dir, was du brauchst, Prinzessin Unbeugsam«, meinte er. »Du bist in Sicherheit. Trotz des Vorfalls unten kann ich meine männliche Begierde gut beherrschen. Falls du dich mir nicht gerade in die Arme wirfst, werde ich meine Frustration schon überleben.« Er blickte lächelnd auf. »Immerhin habe ich es gelegentlich schon mal getan.«

»Oh, das hast du sicherlich.« Sie biss sich auf die Lippe und wandte das Gesicht ab, um ihn nicht das Lachen sehen zu lassen, das auch sie zu übermannen drohte. »Und deshalb hast du auch gewonnen. Ich bin voll und ganz besiegt – du hast meinen Stolz gebrochen. Aber du kannst nicht mir die Schuld an diesem

Wahnsinn geben.« Sie unterdrückte das Kichern, das in ihrer Kehle aufstieg. »Du warst völlig irre und halb nackt, als ich dir zum ersten Mal begegnete.«

»Halb irre und völlig nackt ist mir sympathischer.« Er glitt zwischen die Laken, zog die Decken über seine Brust und warf das Handtuch auf den Boden. »So wie jetzt. Bist du sicher, dass du nicht das Bett möchtest?«

»Ganz sicher.« Catriona wandte sich ab, klappte den Deckel der Truhe auf und fand darin Decken, Laken und Kissen. *»Fhuair mi m' fheumalachd«*, murmelte sie geistesabwesend.

»Was?«

Sie zögerte einen Moment, überrascht, dass sie Gälisch mit ihm gesprochen hatte, aber auch, weil ihr bewusst war, wie zweideutig es klang. »Ich habe, was meinen Zwecken dient«, übersetzte sie dann rasch. *Meinen Zwecken*. Sie hatte sein Versprechen, mit nach Edinburgh zu kommen. Das genügte. Alles andere war nicht wichtig. »Vielen Dank für die Lektion in Demut.«

»Nein«, protestierte er. »Sei um Gottes willen nicht demütig. Es würde dir nicht stehen.«

Nachdem sie ihre Wahl getroffen hatte, brachte sie das Bettzeug zu der Couch und richtete sich dort ein. »Es wird von uns allen Demut gefordert. ›Bheir mise suaimhneas dhuibh …‹« Wieder unterbrach sie sich und begann in Englisch aus der Bibel zu zitieren. »›Ich werde euch Frieden geben …‹«

Er griff das Zitat sofort auf. »›Nehmt mein Joch auf euch und lernt von mir, denn ich bin sanftmütig und demütig im Herzen, und ihr werdet Frieden finden für eure Seelen.‹«

Sie war fasziniert – vor Erstaunen und noch etwas anderem, das einem Glücksgefühl verdächtig nahe kam. »Ich wusste nicht, dass ich in den Spielchen eines Wüstlings spirituelle Unterweisung finden würde.«

»Hast du auch nicht.« Aus dem Augenwinkel sah sie einen langen, muskulösen Arm vorschnellen, der die Kerze auf dem

Nachttisch löschte. »Bei mir ist weder Anleitung noch Rat zu finden. Schlaf gut.«

Endlich ganz im Dunkeln, schlüpfte sie aus ihrem Kleid und ihren Schuhen und legte sich in ihr behelfsmäßiges Bett.

Lord Stansted fühlte sich unbehaglich. Oder vielmehr, wenn er jetzt genauer darüber nachdachte, war ihm sogar richtig elend zu Mute. Es wurde von ihm erwartet, dass er stramm stand wie ein Schuljunge, während sein Vater ihn aus diesen unergründlichen gelben Augen musterte. Stansted wusste nie, was Rutley dachte. Natürlich war der Herzog enttäuscht von ihm, aber normalerweise ließ er ihn in Ruhe, insbesondere so spät am Abend. Und daher war Stansted aufgeschreckt wie ein Rebhuhn, als sein Vater ihn hatte rufen lassen, und nun stand er, etwas angetrunken, auf dem kostbaren Orientteppich, den einer seiner Vorfahren von einer Weltreise mitgebracht hatte, und fragte sich, ob die Papiere auf dem Schreibtisch seines Vaters etwas mit ihm zu tun haben mochten.

Rutley schob seinen Stuhl zurück und legte die gespreizten Hände auf den Rand des reich geschnitzten Nussbaumschreibtisches vor ihm. »Du versuchst dich also heute Abend ganz allein zu ruinieren?«

»Oh, nicht mehr …« Stansted räusperte sich. »Nicht mehr als sonst, Euer Gnaden.«

»Major Wyndham ist nicht mehr bei dir?«

Verschwommen erinnerte er sich an das Versprechen, das er Dominic gegeben hatte. »Er befindet sich in seiner Wohnung.«

»Wirklich?« Der gelbe Blick des Herzogs schwankte nicht. »Wieso habe ich den Eindruck, dass du mir nicht die Wahrheit sagst?«

Stansted wurde scharlachrot und hasste sich für die verräterische Farbe. »Er ist krank. Er hat zu viel getrunken, meint sein Diener.«

»Ja, das hörte ich auch schon. Aber bei Dominic Wyndhams Konstitution ist es für mich nur sehr schwer vorstellbar, dass er zu unbestimmten Leiden neigt, erst recht nicht zu jenen, die vom übermäßigen Genuss von Alkohol herrühren. Tatsächlich glaube ich gar nicht, dass er gewöhnlich so viel trinkt, wie er uns alle glauben machen will. Ein Trinker hätte das, was er gegen Napoleon erreicht hat, nie zu Stande bringen können.« Versonnen starrte er in einen Spiegel, der über dem Kaminsims hing.

Stansted warf ebenfalls einen Blick darauf, sah aber nichts außer seinem eigenen roten Haar. Das Schweigen zwischen ihnen begann, sich auszudehnen. »Darf ich gehen?«, fragte er nervös.

Der Herzog gab ihm mit einer Handbewegung zu verstehen, er sei entlassen. Den Blick auf den Orientteppich gerichtet, wandte sich sein Sohn zur Tür.

»Da wäre noch etwas«, wandte der Herzog ein.

Stansted fuhr herum. »Sir?«

»Diese junge Schottin, die in Windrushs Kutsche saß – was ist aus ihr geworden?« Die gelben Augen wurden schmal. »Und bitte keine Ausflüchte. Mindestens ein Dutzend Zeugen haben sie dort gesehen.«

Eine Welle der Panik schlug über Stansted zusammen. »Ich weiß es nicht, Euer Gnaden. Ich habe wirklich keine Ahnung!« Einer plötzlichen brillanten Eingebung folgend, fügte er rasch hinzu: »Vielleicht ist sie der Grund – vielleicht ist sie mit Wyndham in seiner Wohnung?«

Erst als Stansted die prächtige Marmortreppe hinuntereilte, kam ihm der Gedanke, dass Dominic möglicherweise anderer Meinung sein und seinen Einfall gar nicht so brillant finden könnte.

Dominic erwachte in dem sicheren Bewusstsein, dass das gegenwärtige Abenteuer ungefähr so weit entfernt davon war, berauschend zu sein, wie Kreide von Käse entfernt war. Sogleich blickte er zur Couch hinüber. Was für ein aufschlussreicher Vergleich – ein Haufen trockener Staub im Mund statt des würzigen, nussigen Aromas eines guten Cheddar-Käses!

Wenn Sie meine Begleitung wünschen, werden Sie mit mir reisen wie ein leichtes Mädchen. Ich gebe Ihnen mein Wort, Madam: Es gibt keine andere Möglichkeit, mich dazu zu bewegen, London zu verlassen. Er war offensichtlich nicht ganz bei Trost gewesen, denn das war der dümmste Einfall, den er je gehabt hatte.

Catriona war fort.

Im Unterbewusstsein war er sich ihrer die ganze Nacht bewusst gewesen, ihrer sanften, weiblichen Präsenz im Raum, die – wie die Frucht des Tantalus – nur dazu diente, ihn zu quälen. Aber sie war fortgegangen, und er war nicht erwacht. Er verließ das Bett und ging zur Couch hinüber. Sie hatte die Decken weggeräumt und die Laken ordentlich zusammengefaltet. Seine Finger verweilten für einen Moment auf ihnen, dann hob er ihr Kissen ans Gesicht. Es war noch ein bisschen warm und duftete nach ihrem Haar, sodass sie also nicht sehr lange fort sein konnte.

Nachdem er in einen seidenen schwarzen Morgenrock geschlüpft war, ging Dominic zum Fenster und warf einen Blick hinaus. Es war noch sehr früh. Nebel waberte über dem Rasen und den Sträuchern, und der ganze Garten glitzerte vor Feuchtigkeit. Ausgelassener Vogelgesang ertönte aus den Büschen, kleine Vögel, die nach Herzenslust ihre morgendlichen Lieder schmetterten. Unermüdlich, so wie Catriona Sinclair. Er wusste ohne jeden Zweifel, dass sie dort draußen im Garten war, bei dem Nebel und den Vögeln, und erkannte nun natürlich auch, dass sie nicht vor ihm davongelaufen war. Denn ohne ihn gab es für sie keine Möglichkeit, nach Edinburgh und zu dem Kind zu kommen.

Er klingelte nach dem Diener und bestellte heißes Wasser.

Warum hatte er sie hierher gebracht? Weil er geglaubt hatte, ihre abweisende, unzugängliche Präsenz würde die Erinnerung an Harriet entschärfen? Wie idiotisch von ihm, überhaupt Erinnerungen an Harriet zu bewahren! Dominic zog den Gürtel seines Morgenmantels straffer und ging entschlossenen Schrittes den Korridor hinunter.

Lautlos öffnete sich die Tür mit gut geölten Angeln, und Erinnerungen stiegen auf und umhüllten ihn wie cremefarbene Seide. Unmittelbar vor der Katastrophe hatte Harriet in ihrem elfenbeinfarbenen Nachthemd hier gesessen. Ihr Haar hatte vor den cremefarbenen Bettvorhängen wie Gold geschimmert, sie war schön genug gewesen, um für sie zu sterben. Und er wäre auch für sie gestorben, hätte sein Leben hingegeben für ihre Gunst und für ihr Lächeln.

Vor der Hochzeit hatte Jack das Zimmer renovieren lassen, und Harriet hatte das Dekor gewählt, alles in Blau, Weiß und Beige, wie Schneewehen im Sonnenschein. Wie ein Trottel hatte Dominic das Haus für fünf Jahre gemietet. Wie ein Trottel hatte er alles so belassen, wie es Harriets Geschmack entsprach, für den Fall, dass sie je zu ihm zurückkehren sollte.

Er betätigte den Klingelzug. Minuten später kam ein Dienstmädchen.

»Sir?«

»Sag der Haushälterin, ich möchte dieses Zimmer umdekorieren lassen. Such einige der anderen Mädchen und schafft zunächst einmal all diesen weißen Samt hier fort.«

Das Mädchen starrte ihn an. »Sir?«

»Ihr könnt den Samt unter euch aufteilen. Und nun geh und tu, was ich dir aufgetragen habe!«

Sie machte einen Knicks vor ihm und huschte aus dem Raum.

Dominic ging zurück ins Gästezimmer. Obwohl er all seine Kleider und persönlichen Gegenstände hatte hierher bringen lassen, war es ein Raum, den er bislang noch nie benutzt hatte. Und sein von Jahren der Intrige geschärfter Instinkt verriet ihm, dass ihn dort Ärger erwartete.

Tief sog Catriona die frische Morgenluft in ihre Lungen. Sie war durchdrungen von typisch englischen Düften, dem leicht modrigen Geruch von Erde und von Wald. Kein Meergeruch war hier zu spüren. Nicht einmal ein Hauch des Salzgeruchs der großen Wasserflächen, die die Fluggänse anlockten. Keine Hügel winkten hinter den Bäumen, keine Berggipfel ragten in den Himmel auf. Es war vollständig glatt und eben, dieses England, mit nichts darin, was das Herz berührte.

Liebte er diesen Ort?

Der gepflegte Rasen fühlte sich weich und kühl an unter ihren Füßen, und ein ganzer Chor von Vögeln schmetterte sein morgendliches Lied. Sie bückte sich und berührte den weichen, fruchtbaren Lehmboden unter dem dichten grünen Gras.

Liebte er dieses Land, das nicht ihm gehörte und nur von seinem Bruder gepachtet war? Oder war er nirgendwo wirklich zu Hause?

Wie konnte ein Mann eine Seele haben, wenn er kein Zuhause hatte? Wenn er nicht irgendeinen Fleck auf Gottes Erde wirklich und von Herzen liebte? Woher sonst kam Ehre, wenn nicht durch die sichere Gewissheit, woher man kam und wer man war, wenn man verwurzelt war mit seinem Heimatland wie eine Eberesche mit den Felsen neben einem Wasserfall?

Der Engländer war ihr ein Rätsel.

Und dennoch hatte sie gestern Nacht erfahren, was Verlangen bedeutete, und konnte sich nur dafür hassen. In Glen Reulach war sie umworben worden und hätte mehr als nur einmal Gelegenheit gehabt zu heiraten. Und doch hatte sie noch nie zuvor eine solche Hitze, ein derartiges Verlangen nach einem Mann verspürt. Ihr Körper begehrte ihn, zugegebenermaßen. Was er gestern Nacht gesagt hatte, stimmte. Es wäre keine Unlauterkeit, einem solchen – rein körperlichen – Bedürfnis nachzugeben und sich dadurch von ihm zu reinigen und zu befreien. Darin musste sie ihm Recht geben. Gefühle brauchten dabei nicht ins Spiel zu kommen. Und hinterher könnten sie entspannter weitermachen und wären von dieser Obsession erlöst.

Aber in Edinburgh erwartete das Kind sie. Und Catriona wurde von verzweifelter Entschlossenheit getrieben, und darum konnte sie weder sich noch Dominic Wyndham eine derartige Ablenkung erlauben.

Der Mann war dunkelhaarig und sah mit seinem gebeugten Rücken und den abfallenden Schultern wie ein Drehorgelspieler aus, der, begierig und erwartungsvoll, seinen Hut herumgehen ließ. Man hatte ihn unauffällig in einem Vorzimmer warten lassen. Der Herzog von Rutley erschauderte nahezu vor Widerwillen. Der Mann war tüchtig und verstand etwas von seinem Geschäft, aber Seine Gnaden fühlte sich keinesfalls verpflichtet, sich zu eingehend mit solchen … Instrumenten zu befassen.

»Was können Sie mir zu meinem Anliegen sagen, Sir?«

Yarrow Fletcher holte tief Atem, blähte sichtlich seine schmale Brust auf und verbeugte sich. »Wie Ihr schon vermutet hattet, Euer Gnaden, ist diese Frau, die sich Catriona Sinclair nennt, nicht das, was sie zu sein vorgibt.«

Der Herzog verengte die Augen und lehnte sich zurück. »Und?«

»Und sie hat definitiv etwas mit den schottischen Interessen Eurer Gnaden zu tun.«

Der Herzog bewahrte eine ausdruckslose Miene. »Haben Sie die Dienerschaft im Haus des Grafen Windrush befragt?«

»Ja, Euer Gnaden. Diese Frau aus den Highlands brach gestern früh mit Dominic Wyndham zu einer Reise auf.«

Der Herzog schwieg eine Zeit lang ganz bewusst, während die Uhr laut vor sich hin tickte. Es gab Momente, in denen seine Abneigung schon Abscheu nahe kam. Fletcher erschien ihm zu bemüht – wie ein Hund, der an seiner Kette sabberte und geiferte. Aber Seine Gnaden von Rutley durfte sich davon nicht beirren lassen. Dazu waren die Ergebnisse zu wichtig. Egal, wie es nach außen hin erscheinen mochte, ihm lag etwas an seinem Sohn, Lord Stansted, und möglicherweise sogar noch mehr daran, dass seine Blutlinie nicht ausstarb.

»Sie kennen Major Wyndham?«, erkundigte er sich schließlich.

»Aus Spanien, Euer Gnaden.«

»Ich wünsche nicht, dass die beiden vor Ihnen Edinburgh erreichen«, stellte der Herzog nach einer weiteren Pause fest. »Kümmern Sie sich darum.«

Yarrow Fletcher verbeugte sich. »Euer Gnaden.«

Der Herzog nickte, und der Mann verließ den Raum. Rutley schloss für einen Moment die Augen und kniff sich mit Daumen und Zeigefinger in den Nasenrücken. Ein Hund, der katzbuckelte und kroch, war oft dieselbe Bestie, die einem später an die Kehle ging. Die Erwähnung von Wyndhams Namen hatte etwas in Yarrow Fletcher zum Schwingen gebracht, das auf eine persönliche Abneigung hindeutete. Wäre die Angelegenheit nicht schon so weit gediehen gewesen, hätte Rutley den Mann fortgeschickt und jemand anderen gesucht. Doch Fletcher war diskret und tüchtig. Er verstand etwas von seinem Geschäft. Es gab kein besseres Instrument für seine schottischen Obliegenheiten.

Dominic zögerte nur einen winzigen Moment, ehe er die Tür zum Gästezimmer öffnete. Ärger hatte ihn noch nie von seinen Zielen abgehalten. Catriona stand in ihrem schwarzen Kleid vor dem Kamin, ihr Gesicht war rosig angehaucht, ihre Nasenspitze dunkelrot. Tautropfen schimmerten auf ihrem geflochtenen Haar.

Sie wirkte sehr verstimmt. »Ich habe gewartet. Wolltest du den ganzen Tag verschlafen?«

Vor ihr, auf dem Kaminvorleger, standen eine kupferne Badewanne mit dampfend heißem Wasser und ein bronzener Eimer, und vor dem Feuer lagen eine Reihe Handtücher, die jemand dort hingelegt hatte, um sie anzuwärmen.

Dominic zog die Tür hinter sich zu und bemühte sich um einen sanften Ton. »Du hättest mich wecken sollen.«

»Ich wollte dich nicht stören, aber nun komme ich zurück und du bist noch nicht mal angezogen! Es ist Zeit zum Aufbruch.«

»Du hast nackte Füße.«

Sie blickte an sich herab. Ihre Zehen, die so rosig waren wie ihre Wangen, lugten unter ihrem Rock hervor. »Ich war draußen im Garten.«

Er gab sich keine Mühe, seine Fassungslosigkeit zu verbergen. »Mit *nackten* Füßen?«

Sie nickte gleichgültig. »Hätte ich Schuhe getragen, wären sie vom Tau nass geworden. Es ist ungesund, nasse Schuhe und Strümpfe zu tragen. Ich werde sie anziehen, wenn wir weiterfahren.«

»Großer Gott. Du hast nur ein Paar Schuhe?«

»Ich habe alles, was ich brauche.«

Er ignorierte ihre sichtliche Gereiztheit. »Was wolltest du dort draußen?«

Winzige Tautropfen schimmerten wie Sternschnuppen in ihrem Haar. »Ich weiß nicht. Dir liegt nicht allzu viel an diesem Haus, nicht wahr?«

»Ich bevorzuge die Stadt. Ich liebe das Theater, die Politik und das gedämpfte Gemurmel eines Herrenclubs. Ich interessiere mich für wissenschaftliche Konferenzen und die neuesten Entdeckungsreisen in Afrika. Und ich mag die Frauen. Womit, zum Teufel, sollte ich mich also hier draußen auf dem Land beschäftigen?«

Ihre blauen Augen funkelten unter ihren Wimpern wie kobaltfarbene Seide unter schwarzer Spitze. »Warum vergeudest du dann deine Zeit? Wir sollten wirklich langsam aufbrechen.«

Grinsend verschränkte er die Arme vor der Brust und lehnte sich mit dem Rücken an die Tür. »Ich habe noch nicht gebadet.«

»Dann tu es und sieh zu, dass du fertig wirst.«

Dominic stieß sich von der Tür ab. Das Wasser dampfte noch. »Eine Mätresse hätte mir jetzt angeboten, mir zu helfen.«

»Na schön, von mir aus auch das, falls es nötig sein sollte, um endlich von hier wegzukommen. Ich glaube, ich kann das ganz gut, obwohl ich natürlich nicht so eine Expertin bin wie deine richtigen Geliebten.«

Er wusste nicht, was er von ihrer Antwort halten sollte. Sie meinte sie doch gewiss nicht ernst? Er hatte eigentlich erwartet, dass sie protestieren und den Raum verlassen würde. Ihre blauen Augen waren geschlossen, ihre Wangen und Zehen so rosig und so unschuldig wie die eines Engels. Ein lustvolles Ziehen ging durch seine Lenden. Es überraschte ihn nicht einmal, dass der bloße Gedanke, von ihr gebadet zu werden, eine starke Erektion bei ihm hervorrief. Es wird allmählich zur Gewohnheit, dachte er ein bisschen selbstironisch.

»Ich kann mich selbst waschen, Catriona. Und zufällig ist es so, dass die Dienstboten hier meine Vorlieben noch nicht so richtig kennen. Denn normalerweise dusche ich.«

»In dieser Vorrichtung im Ankleidezimmer?« Sie beugte sich vor und tauchte den Eimer in das heiße Wasser, bevor sie ihn auf dem Rand der Wanne abstellte. »Du meinst diese Kupferschale mit vier Beinen? Ich habe mich schon gefragt, wozu eine Pfanne mit so vielen Löchern dienen könnte. Aber es scheint mir doch ein recht einsames Unternehmen zu sein, wenn du stattdessen eine Frau hast, die bereit ist, dir zu helfen.«

»Du hast das vorhin falsch verstanden.« Noch immer grinsend, ging er zu der Wanne und spürte, wie der Beweis seiner Begierde die Seide seines Morgenmantels straffte. Es kümmerte ihn nicht, ob auch Catriona es bemerkte. »Meine Geliebte ist immer die Erste in der Wanne.«

Er wollte nach dem Eimer greifen.

Doch ohne Vorwarnung leerte sie den Inhalt über seinen Kopf. Wasser strömte von seinem Haar und seinem Gesicht und blendete ihn für einen Moment. Seine Hände schlossen sich um Luft. Schwankend stieß er gegen den Rand der Wanne und glitt auf dem nassen Boden aus. Instinktiv drehte er sich im Fallen, sodass er mit dem Rücken auf dem warmen Wasser aufschlug. In einer Welle stieg es auf und platschte auf den Teppich. Dominic legte den Kopf auf den Rand der Wanne hinter ihm und unterdrückte ein hilfloses Gelächter, als er sich, eingehüllt in aufgebauschte schwarze Seide, in das Wasser sinken ließ. Unter Wasser öffnete er die Augen und sah Luftblasen an die Oberfläche steigen und zerplatzen.

Verzerrt vom Wasser, schwankte ihr Gesicht vor seinen Augen. Er konnte nicht sagen, ob sie lachte oder die Stirn runzelte, als er den Gürtel seines Morgenrocks aufknotete. Prustend und nach Luft schnappend, tauchte er auf, in einer Hand den Morgenrock, den er achtlos auf den nassen Teppich warf, wo er wie ein schimmernder Haufen dunkler Seide liegen blieb. Als das Wasser in Rinnsalen über den Boden lief, trat Catriona rasch ein paar Schritte zurück.

»Also gut!« Er beugte sich vor und zwang sich, nicht zu lachen, als er sich das Wasser aus den Augen wischte. »Komm her und fang schon einmal an, mich einzuseifen.«

Sie bewegte sich schnell, ihre nassen Röcke raschelten leise. »*Och-òn*, du willst mich nur zu dir ins Wasser ziehen«, erwiderte sie glucksend.

Er öffnete ein Auge und sah sie an. »Dein Kleid ist jetzt schon nass.« Ihr Gesicht strahlte wie ein Lampe, und sie presste beide Hände vor den Mund. Er hatte sie noch nie so lachen sehen. Aber zu seinem Erstaunen gefiel es ihm, dieses hilflose weibliche Kichern.

Sie trat zurück, um sich noch weiter aus seiner Reichweite zu entfernen, und bekam vor lauter Lachen einen Schluckauf. »Es ... es wird schon wieder trocknen.«

Wasser schwappte, als er sich zurücklehnte. »Hast du kein anderes Kleid?«

Catriona nahm ein Handtuch und rieb damit ihre feuchten Röcke. »Doch, aber dieses hier wird schon genügen.«

»Nein, das wird es nicht. Heute ist unser Tag der Begehrlichkeit, erinnerst du dich? Eine Sünde, die so gravierend ist, dass sie eins der Zehn Gebote ist. ›Du sollst nicht begehren deines Nächsten Haus, du sollst nicht begehren deines Nächsten Weib, und du sollst auch nicht begehren seinen Diener und seine Dienerin, seinen Ochs und seinen Esel oder irgendetwas anderes, was deines Nächsten ist.‹«

»Deines Nächsten Haus?« Ihr anmutiger Nacken schimmerte hell, als sie sich bückte und mit dem Handtuch ihren Saum abwischte. Der Anblick griff ihn ans Herz. »Es ist eine Menge Wasser auf dem Boden dieses Hauses.«

Dominic sah die Rinnsale in die Ritzen zwischen den Dielen laufen. Gleichgültig griff er nach einem Stück Seife. »Womöglich bringt es die Decke zum Einstürzen.«

Catriona zuckte mit den Schultern und richtete sich auf. »Es ist deine Decke.«

»Nein, es ist Jacks Decke. Als ich Harriet heiratete, unterzeichnete ich einen Mietvertrag für fünf Jahre. Der verdammte Wisch schließt Untervermieten aus, und Jack ist nicht bereit, die Vertragsbedingungen zu ändern. Der Unterhalt und die Kosten eines Hauses, das ich nicht benutze, sind ungeheuerlich, und deshalb kann Jacks Decke von mir aus ruhig zum Teufel gehen.«

Sie hörte auf zu lachen. »Dein eigener Bruder – er bindet dich an diesen alten Vertrag?«

»Es macht nichts. Ich kann es bezahlen.« Er ließ sich ins Wasser zurücksinken und seifte sein Kinn ein. »Wärst du so freundlich, mir mein Rasiermesser zu holen?«

Sie fand das Rasiermesser und einen kleinen Spiegel und gab ihm beides. Dann beobachtete sie ihn, als wäre sie fasziniert vom Anblick der über seine Haut gleitenden Klinge. »Du hast gesagt, du hättest nichts geerbt. Wie kannst du dir dann solche Ausgaben leisten?«

»Ich spiele. Und ich habe Gelder angelegt.«

Es gelang ihr nicht, ihre Neugier zu verbergen. Aber da ihr Interesse an ihm offenbar rein egoistisch war, fand er das nicht weiter überraschend. »Wie das?«

»Zu Beginn des Krieges hatte ich das Glück, mich auf einem Schiff zu befinden, das ein französisches Schiff kaperte. Da ich nur sehr ungern leicht verdientes Geld verschmähe, verrichtete ich ein paar riskante Handlungen, die mir einen ansehnlichen Anteil des erbeuteten Geldes einbrachten – oder zumindest doch genug, um mich zu einer ebenbürtigen Partie für Lord Arnhams jüngste Tochter zu machen. Mit diesem Einkommen unterhalte ich das Haus. Ich brauche niemandes Eigentum zu begehren.«

Er straffte das Kinn und schabte mit der Klinge über dessen Unterseite, während er im Spiegel sein verzerrtes Gesicht betrachtete.

»Aber die Zehn Gebote beziehen sich auch auf Menschen«, gab Catriona zu bedenken. »Du sollst nicht deines Nachbarn Weib begehren – und auch nicht seinen Diener oder seine Dienerin?«

Dominic schaute auf und sah ihr in die Augen, fest und ruhig, weil es ihm nichts ausmachte, ob sie es wusste. »O ja. Besagter Mann ist allerdings kein Nachbar. Er lebt sehr viel weiter nördlich von hier. In ein, zwei Tagen wirst du ihm begegnen. Und es sind nicht seine Bediensteten, die ich begehre.«

»Dann begehrst du seine Frau?« Sie schien angesichts der plötzlichen Veränderung in seinem Ton zwischen Belustigung und Gereiztheit zu schwanken. »Wer ist er?«

»Der Marquis von Rivaulx. Ein ehemaliger Kriegskamerad. Es ist ein alter normannischer Name, mit einem ›x‹, das nicht gesprochen wird. Und, ja, du hast Recht, ich begehre seine Frau.« Und damit tauchte er wieder unter Wasser, um ihre Antwort nicht zu hören.

Catriona war nicht sicher, was genau sie an dieser Eröffnung störte. Natürlich begehrte er anderer Männer Frauen. Aber da war etwas in der Art, *wie* er es gesagt hatte – ein Hauch von Wehmut fast –, was sie auf den Gedanken brachte, dass mehr hinter dieser Sache steckte.

Catriona sah zu, wie sein Kopf, glatt und glänzend wie der eines Seehundes, wieder über der Wasseroberfläche erschien. Sie war nicht überrascht gewesen, als sie bemerkt hatte, wie erregt er war. *A Dhia*, sie hatte genug Pferde und Rinder auf der Farm gesehen. Aber einen Mann …? Rasch wandte sie den Blick ab und verschränkte ganz unwillkürlich die Hände. Er begehrte ohnehin nur diese andere Frau – die Marquise von Rivaulx. Und, nein, das störte sie natürlich nicht. Wenn überhaupt, bestärkte es sie höchstens in ihrer Entschlossenheit, diesem Mann zu widerstehen.

Er erhob sich aus der Wanne und begann, sich mit einem Handtuch kräftig den Kopf zu reiben. Falls sie geglaubt hatte, unempfindlich gegen ihn zu sein – gegen seine fast raubtierhafte Anmut, seinen wundervollen Körper –, och-òn, dann hatte sie sich schwer geirrt. Sie war bis tief ins Innerste von ihm berührt. Aber das änderte nichts. Es änderte auch nichts, dass er ihren unerwarteten Angriff mit dem Wassereimer mit Humor genommen hatte und dass er sie wider ihren eigenen Willen zum Lachen brachte. Denn nichts war wichtig außer Andrew – und dass sie so schnell wie möglich Edinburgh erreichten.

Er blieb mit dem Rücken zu ihr stehen, während er sich abtrocknete, und dann ging er zum Kleiderschrank. Weit öffnete er die Türen, die den Blick auf Fächer voller Wäsche freigaben und genügend Kleidungsstücke, um eine ganze Ortschaft damit einzukleiden. Mit übertriebener Sorgfalt begann er, ein Hemd, Strümpfe und Unterwäsche herauszusuchen. Er glitt so anmutig in sie hinein, wie Roane, der Wassergeist, in sein Seehundfell schlüpfte. Eine cremefarbene Hose folgte, dann ein blaues Wams.

In Hemdsärmeln stand er vor dem Spiegel und frisierte sich. Es hatte etwas ungemein Intimes – wie alles andere hier: ein Zimmer mit einem Mann zu teilen und solch kleine, private Verrichtungen mit anzusehen. War das der Grund, warum er darauf bestanden hatte, dass sie in dem Zimmer blieb? Er begann, seine Krawatte zu binden. Er stellte sich zur Schau wie ein Pfau, der seine Schwanzfedern entfaltete, erkannte sie plötzlich. War sie durch das Schimmern und Rascheln sich aufrichtender Federn so leicht zu faszinieren?

»Du gibst dir sehr viel Mühe mit deinen Kleidern«, bemerkte sie schließlich.

»Allerdings.« Dominic warf das zerknitterte Halstuch weg und griff nach einem anderen. Er hob den Kopf, als er es band, und die klare, starke Linie seines Kinns war deutlich vor dem dunklen Hintergrund des Kleiderschrankes zu erkennen.

»Du bist ein Geck.«

Die Grübchen erschienen wieder auf seinen Wangen, als er grinste. »Höchstwahrscheinlich. Es dient natürlich alles nur dem einen Zweck, anziehend zu wirken.« Er streckte eine Hand aus und betätigte den Klingelzug. »Ich hoffe doch, du fühlst dich von mir angezogen?«

Sie schob das Kinn vor und sah weg. Er benötigte keine Kleider, um anziehend zu wirken!

Ein Diener öffnete die Tür, und Dominic nickte ihm zu. »Bring dieses Durcheinander hier in Ordnung, Linton, und hole, was ich bestellt habe.«

Der Mann verbeugte sich und ging hinaus, um gleich darauf mit einem ganzen Trupp männlicher Bediensteter zurückzukommen. Die Wanne wurde fortgetragen, die nassen Handtücher aufgehoben, der Boden aufgewischt. Dann erschien ein Schwarm Dienstmädchen, die allesamt Pakete und Päckchen in den Händen hielten. Eins nach dem anderen legten sie sie auf das Bett.

Sobald die Dienstboten gegangen waren, lehnte Dominic sich

gegen den Kleiderschrank. Die Linie seines Jacketts und seiner Hose war präzise und bezwingend – eine Betonung dessen, was darunter lag.

Er zeigte auf die Päckchen. »Öffne sie.«

»Warum?«

»Es hat etwas mit der heutigen Sünde zu tun. Ich möchte dich für einen Moment in Habsucht schwelgen sehen. Es ist alles für dich. Nimm dir, was du willst.«

Unsicher und immer noch auf bloßen Füßen, ging sie zum Bett und löste die Schnur um eins der Päckchen. Braunes Papier fiel in ihren Händen auseinander und gab den Blick auf blaue Seide frei. Catriona öffnete ein weiteres Päckchen. Dieses enthielt elfenbein- und rosafarbenen Musselin. Während sie das Papier entfernte, breiteten sich Stoffe vor ihr aus wie eine Orgie leuchtender Farben. Kleider. Er hatte ihr Kleider gekauft. Panik stieg in ihr auf. Wütend zerriss sie noch mehr Einwickelpapier. Schultertücher, Handschuhe, Strümpfe – ein wahres Füllhorn englischer Modelle. Seide stapelte sich auf Satin, Musselin auf Samt und feinster Spitze.

»Was soll das sein?«, fragte sie schwer atmend.

»Geschenke. Für dich.«

»Wozu? Ich will sie nicht!«

Er löste sich vom Schrank und kam zu ihr. »Sie sind schön, die Sachen.« Seine schlanken Hände schoben das Papier beiseite und breiteten die kostbaren Stoffe aus: Kostüme, Kleider, ein pelzgefütterter Umhang mit Kapuze. »Fühl mal, wie herrlich weich das ist.« Er hob ein seidenes Schultertuch auf und berührte damit ihre Wange.

Catriona wich zurück. »Warum …? Warum all diese … diese Überschwänglichkeit, meine ich?«

»Ein Gentleman beschenkt seine Mätresse.«

Sie knetete ihre Hände. »Woher kommen diese Sachen?«

»Aus London. Ich hatte veranlasst, dass sie hierher geschickt wurden, bevor wir unsere Reise antraten.« Er stand vor dem Bett und blickte auf seine Geschenke herab. »Ich dachte, ich würde dir damit eine Freude machen.«

»Das ist dir nicht gelungen.« Ihre Stimme war ganz rau vor Qual. Sie konnte sie nicht unterdrücken.

Er wirkte gekränkt und verzog verärgert das Gesicht. Für einen Moment dachte sie, sie habe ihn tatsächlich sehr verletzt, und bedauerte ihre harten Worte. Aber dann sah er auf und grinste. »Geschenke sind ein traditioneller Bestandteil der Verführung.«

Catriona schob die Kleider beiseite und setzte sich aufs Bett. »Du wolltest, dass ich sündhafte Wünsche hege, dass ich weltliche Dinge begehre?« Ein hysterisches Lachen drohte in ihrer Kehle aufzusteigen. *Och-òn*, sie war beeindruckt! Auf lächerliche Weise beeindruckt, wie ein junges Mädchen von seinem Geliebten. Und überwältigt von seiner Großzügigkeit, ganz ohne Zweifel, doch wohl kaum von Gier durchflutet. Was sie wollte, waren nicht Kleider. »Ach ja, die Sachen sind wirklich hübsch.« Sie schwenkte ihre Hand über der verschwenderischen Fülle. »Aber ich begehre solche Dinge nicht.«

»Großer Gott!« Er musterte sie scharf. »Du interessierst dich wirklich nicht für Kleider. Gibt es eigentlich gar nichts, was dich interessiert?«

»Warum sollte es dich kümmern, was mich interessiert?«

Er stand einen Moment lang reglos da, das Schultertuch in seinen Händen, dann barg er sein Gesicht in seinen weichen Falten. »Du kennst keine dieser Sünden?«

»Habsucht ist mir immer fremd gewesen. Mir liegt nichts an Besitztümern. Aber Zorn, Neid und Trägheit kenne ich.«

Er blickte auf, der letzte Rest seiner Gekränktheit war anscheinend verflogen, begraben unter Ironie. »Du hast meine Lieblingssünde ausgelassen – Begehrlichkeit – und trampelst so achtlos durch die Sünden wie ein Ziegenbock durch einen Garten. Sünden müssen ausgekostet werden, oder sie haben keinen Sinn. Bist du eigentlich vollkommen unempfänglich, Catriona Sinclair, für all meine fatalen Versuchungen?«

»Gegen diese ja.« Sie berührte die Seide, als sie aus seinen Händen glitt und in sinnlich weichen Falten ihren Schoß bedeckte. »Was sollte ich in Glen Reulach mit so etwas tun?«

»Trag das Tuch zu den Versammlungen in Inverness. Lass dich von allen bewundern. Spür, wie deine eigene Schönheit noch hervorgehoben wird. Genieß die Schönheit um ihrer selbst willen.«

»Zu Hause habe ich Kleider genug für Inverness.« Sie ließ ihre Hand über das Tuch wandern. War die Enttäuschung in seiner Stimme echt? Hatte er ihr wirklich eine Freude machen wollen? Es war sehr großzügig von ihm. Was immer seine Motive sein mochten, es *war* großzügig. »Ich bin nicht unempfänglich für Schönheit.«

»Dann gibst du also zu, dass du Verlangen kennst?«

Sie schaute auf, und ihre Blicke trafen sich. Schweigen breitete sich zwischen ihnen aus, als Catriona reglos vor ihm saß und sich außer Stande fühlte, ihre Augen von ihm abzuwenden. Sie interessierte sich nicht für Besitz. Daran hatte ihr noch nie etwas gelegen. Aber sie wusste, was Verlangen war. Seine Nasenflügel blähten sich, als er lächelte, und das Grübchen an seiner Wange wurde ausgeprägter. Sie konnte ihn atmen hören. Sein sauberer männlicher Duft umhüllte sie, sein Mund lockte, sinnlich wie das seidene Schultertuch und noch viel verführerischer. Hitze breitete sich in ihren Gliedern aus und drohte sie zu zerschmelzen, so wie Sonne Schnee zum Schmelzen brachte.

»Nicht nach solchen Dingen.« Sie berührte den Stapel Kleider auf dem Bett.

»Dann vielleicht danach?« Er beugte sich vor und streifte ihren Mund mit seinem. Eine flüchtige Berührung nur, leicht wie eine Feder, und schon war sie vorbei.

Ihre Finger berührten unwillkürlich ihren Mund, wie um das Gefühl dieses kurzen Kusses einzufangen und festzuhalten.

»Ob du die Geschenke annimmst oder nicht, ich werde dich auf jeden Fall verführen«, sagte er.

»Weil ich mich nicht in mädchenhafter Entrüstung abgewandt habe? Du verführst mich nicht.«

»Nein, heute nicht, aber morgen, wenn die Sünde des Tages Wollust ist.«

Catriona stand auf, um an ihm vorbeizugehen, und unterdrückte das brennende Verlangen, das er in ihr entfacht hatte. »Obwohl ich all deine Aufmerksamkeiten als bloße Täuschung und Beeinflussung erkenne? Ich kann dir widerstehen, Dominic Wyndham. Wie wirst du damit fertig werden, wenn ich Wollust genauso ablehne, wie ich gerade Begehrlichkeit abgelehnt habe?«

»Ich weiß es nicht«, erwiderte er und lachte plötzlich. »Und das ist die reine Wahrheit, Catriona!«

Kapitel 6

Sie kamen gut voran, und obschon sie nicht immer auf der öffentlichen Landstraße fuhren, hielten sie sich stets in Richtung Norden. Die Kutsche rumpelte unablässig weiter. Catriona hatte weder die Kleider noch die feinen Rehlederhandschuhe angenommen. Sie wollte nicht so tief in Wyndhams Schuld stehen. Aber das seidene Umschlagtuch lag um ihre Schultern. Wenn sie den Kopf drehte, konnte sie die sinnliche Liebkosung der kühlen Seide an ihrer Wange spüren. Dominic hatte darauf bestanden, dass sie es annahm, mit der charmanten Beharrlichkeit, die ihm zu Eigen war, und sie so lange damit aufgezogen, bis sie sich bereit erklärt hatte, das Tuch zu tragen. Es nicht zu tun, wäre kleinlich und engstirnig gewesen. Und nur um ihn zu ärgern, wollte sie nicht kleinlich wirken.

Sie versuchte in ihrer Ecke der Kutsche zu lesen, war sich seiner Präsenz aber so stark bewusst, wie ein Eichhörnchen sich eines auf dem Waldboden lauernden Hermelins bewusst war. Dominic hatte es sich auf seinem Sitz bequem gemacht und beobachtete sie. In seinen Augen lag eine nur schlecht verborgene Bestimmtheit, die geheime Wünsche zu verheißen schien. Seine schlanken, aber kräftigen Hände ruhten, wo es ihr den Atem rauben würde, sollte Catriona sich erlauben, hinzusehen. Sie wusste, seine Lippen waren leicht gekräuselt, als machte er sich über sie lustig.

Aber sie dachte nicht einmal im Traum daran, ihn anzusehen.

Denn wenn sie es täte, würde dieses erdrückende Sehnen in ihr zu übermächtig werden und sie in Gefahr geraten, ihm die Freiheit zu gestatten, sie mit seinem listigen Mund und seinen raffinierten Händen überall dort zu berühren, wo er es wollte. Sie würde wieder dieses drängende Bedürfnis verspüren, sich ihm hinzugeben und ihren Körper seinen meisterlichen Verführungskünsten auszuliefern. Denn *natürlich* würde er ein Meister sein – dieser Mann, der sich mit Calum angefreundet und seine eigene Ehefrau vertrieben hatte. Dieser Mann, der mit Myriaden von Frauen das Bett geteilt und keine von ihnen je wirklich geliebt hatte.

Die Buchstaben verschwammen vor ihren Augen, und sie warf einen Blick durchs Fenster. *A Dhia!* Es war der reinste Wahnsinn gewesen, sich auf diese Reise einzulassen!

Es hatte geregnet, ein sintflutartiger Regen mit einer Andeutung von Donner. Die Bäume funkelten noch vor Feuchtigkeit. Schwere Wolken hingen am Himmel und verdüsterten den späten Nachmittag zu einer verfrühten Abenddämmerung.

»Willst du mir denn gar nichts geben?«, fragte Dominic ganz unvermittelt.

Catriona versteifte sich. »Was?«

Sie konnte das Lächeln in seiner Stimme hören, die von einem Ernst geprägt war, der vermutlich nur dem einen Zweck diente, sie zu entwaffnen. Sie wusste, dass er es nicht wirklich so meinte, wie es sich anhörte.

»Meinst du nicht, es wäre höflicher«, bemerkte er leichthin, »wenn wir uns ein bisschen unterhalten würden? Ich erwarte nicht, dass du etwas über dich oder dein Leben preisgibst oder mir auch nur den wahren Zweck dieser vermaledeiten Reise nennst. Aber du könntest zumindest an den richtigen Stellen nicken oder zustimmende kleine Geräusche von dir geben – ja, von mir aus sogar hin und wieder einen Kommentar abgeben, wenn du möchtest. Wenn du darauf bestehst, kannst du mich allerdings auch weiterhin ignorieren und nicht mal das tun, doch – Herrgott noch mal, können wir nicht wenigstens ein bisschen reden?«

Sie legte das Buch zur Seite und sah ihn an. »Selbstverständlich werde ich dir diese kleine Höflichkeit erweisen«, erwiderte sie steif.

Seine Pupillen schimmerten unter halb gesenkten Lidern. »Ich habe noch keine Frau gekannt, die keine hübschen Dinge liebte, die nicht neidisch war auf die neue Garderobe ihrer Freundinnen und die nicht modisch sein wollte und schön.«

Also hatte sie ihn offenbar tatsächlich gekränkt, als sie seine Geschenke zurückgewiesen hatte. Sie konnte es sich allerdings nicht leisten, sich davon beunruhigen zu lassen. Von *ihrer* Standhaftigkeit hing das Glück von hunderten von Menschen ab. »Dann kannst du trotz all deiner Eroberungen nicht allzu viele Frauen gekannt haben.«

Er blickte aus dem Kutschenfenster. »Harriet hatte große Freude an diesen Dingen, selbst dann noch, als sie schon nach Edinburgh gegangen war.«

»Woher weißt du das?«

Sein klassisches Profil zeichnete sich deutlich vor dem hellen Licht des Fensters ab. »Ein Leben der Keuschheit scheint ihren modischen Ambitionen keinen Dämpfer versetzt zu haben. Die Rechnungen kamen immer noch mit schöner Regelmäßigkeit – von ihrer Schneiderin, ihren Handschuhmachern und ihren Putzmacherinnen.«

»Warum nicht? Sie hatte dich schließlich seit über einem Jahr nicht mehr gesehen.«

»Sie wollte mich nicht sehen, Catriona. Leg diese Abwesenheit also bitte nicht mir zur Last.«

Der Einband des Buches war aus kostspieligem roten Leder, das sich unter ihrer Hand weich und glatt anfühlte. »Das tue ich nicht. Ich weiß, dass sie dich hasste.«

»Ja«, entgegnete er trocken und sah sie wieder an. »Natürlich.«

Catriona nahm bewusst wieder ihr Buch zur Hand, um ihn auszuschließen. Er würde sie zermürben, schwächen und erschöpfen. Und schließlich würde sie kapitulieren. Den ganzen

Tag hatte er ihr kleine Einblicke in seine Persönlichkeit geboten, von denen einige charmant und andere faszinierend waren. Und nun dies: *Die Rechnungen kamen immer noch mit schöner Regelmäßigkeit* – eine Erinnerung daran, dass er gezwungen gewesen war, Wetten zu gewinnen, um Harriets Eitelkeit zu finanzieren. Catriona biss sich auf die Lippe und fühlte plötzlich Tränen hinter ihren Lidern brennen. Der Teufel sollte ihn holen! Es war so unfair.

»Du hältst das Buch verkehrt herum«, bemerkte er mit einem Anflug von Humor. »Ist es möglich, dass du hungrig bist?«

Sie erschrak, und das Buch entglitt ihr. »Hungrig?«

Sein Grinsen war unerhört. »Möchtest du etwas essen? Wir können anhalten und einen kleinen Imbiss zu uns nehmen.«

Er klopfte an die Trennwand. Die Kutsche hielt, und Dominic beugte sich aus dem Fenster und wechselte ein paar Worte mit ihrem Fahrer. Nach einer halben Stunde hielten sie erneut. Catriona schaute aus dem Fenster. Die tief stehende Sonne beschien eine kleine Lichtung neben einem Bach. Das Gras glitzerte vor Feuchtigkeit.

»Ich muss aussteigen und ein paar Schritte gehen«, sagte sie, während sie wieder gegen diese merkwürdig erdrückende Panik anzukämpfen versuchte.

Ohne nachzudenken, bückte sie sich, streifte Schuhe und Strümpfe ab und stieg barfuß aus der Kutsche in das nasse Gras. Während ihr Kutscher ein Öltuch und Decken auf dem Boden ausbreitete und einen Picknickkorb herbeizauberte, lief Catriona zu einem kleinen Bach hinunter, der träge unter überhängenden Weiden dahinfloss. Dort hockte sie sich ans Ufer und bespritzte ihr Gesicht mit kaltem Wasser. Wäre es doch nur das wilde Wasser eines Highland-*Sruthans* gewesen, der über sein steinernes Bett zum See hinuntertanzte! Hätte sie doch diese Reise überhaupt nicht unternehmen müssen!

Dominic ließ sich auf den Decken nieder und wartete auf sie. Sie kam zurück und begann zu essen, schweigend und unfähig, ihn anzusehen. Aber er bediente sie mit ausgesuchter Höflichkeit, während ihr Fahrer teilnahmslos und Bier trinkend auf dem Kutschbock saß.

Kaum hatten sie das Mahl beendet, erhob sich Catriona.

»Du kannst nicht so in die Kutsche zurückgehen«, meinte Dominic.

»Was?« Sie starrte verwirrt auf ihn herab.

»Du hast Schlamm an deinen schönen Füßen, liebste Catriona. Komm, erlaube mir, sie dir zu waschen.«

Bevor sie reagieren konnte, war er auf den Beinen und hob sie auf seine Arme, mit einer starken Hand an ihrer Schulter und einer unter ihren Knien. An seine Brust gedrückt, trug er sie zu dem trägen englischen Bach hinunter und setzte sie dort auf einen tief hängenden Weidenast. Sie griff nach einem anderen Ast, um sich daran festzuhalten, und ihre Füße baumelten dicht über dem Wasser.

»Ich warte darauf«, bemerkte Dominic vergnügt, »dass du nun deiner Empörung Ausdruck gibst.«

»*Mach as m' fhianais!*«, fauchte sie. »Lass mich in Ruhe.«

»In Ruhe?« Er watete in den Bach, ignorierte das Wasser, das seine blank polierten Lederstiefel ruinierte, und bückte sich, um ihren rechten Fuß in seine Hand zu nehmen. »Ich bin nur hier, weil du mich darum gebeten hast, dich zu begleiten. Ich bin dein gehorsamer Diener. Du kannst allerdings nicht von mir erwarten, dass ich dir erlaube, mit deinen schmutzigen Füßen meine Kutsche zu verunreinigen.«

Sie saß wie erstarrt, als er Wasser aus dem Bach über ihre Zehen spritzte, als seine Hände ihren sensiblen Spann massierten und das kalte Wasser ihr eine Gänsehaut verursachte.

»Das solltest du nicht tun«, stieß sie schließlich hervor. »Du solltest dich nicht so erniedrigen.«

Dominic schaute grinsend zu ihr auf. Er hatte sich inzwischen etwas überschwänglich auf ein Knie niedergelassen. Das Wasser sprudelte über seinen Oberschenkel. »Oh, das tue ich keineswegs«, erwiderte er. »Ganz im Gegenteil – es bereitet mir Vergnügen.«

Sie konnte ihren Fuß nicht zurückziehen, ohne rückwärts ins Wasser zu fallen, und so wandte sie nur ihr Gesicht zur Seite und schloss die Augen. Seine sanfte Berührung – kühles Wasser und warme Hände – war beruhigend und angenehm. Die morgige Sünde war Begierde, die heutige nur Habgier. Aber dies hier war es, was sie begehrte – umsorgt und verwöhnt zu werden, und wenn auch nur für einen Moment, bevor sie all die Bürden dieser Welt wieder auf sich nahm –, und seine Hände auf ihrer Haut zu spüren.

Mit einem lauten Plätschern stand er auf und nahm sie wieder in seine Arme. Ihren Kopf an seiner Schulter, trug er sie zurück zur Kutsche und setzte sie hinein.

»Nun bist du an der Reihe«, sagte sie. »Du tropfst vor Nässe, und deine Stiefel sind ruiniert. Warum musstest du so unvernünftig sein?«

Er sah an sich herab, auf die beigefarbene Hose und die braunen Stiefel, die Kleider, um die er heute Morgen so viel Aufhebens gemacht hatte. Er lachte. »Ich weiß es nicht. Vielleicht bin ich verliebt.«

Ihr Herz zog sich zusammen. »Hör auf! Hör endlich auf damit! Ich kann es nicht ertragen. Was willst du? Diese Reise machen wir nicht meinetwegen. Es geht dabei ausschließlich um das Kind, den kleinen Andrew! Bestraf also nicht mich, weil er dich braucht.«

»Es liegt mir fern, dich zu bestrafen. Ich mag dich, obwohl ich mir einer gewissen Überspanntheit in deiner Gesellschaft bewusst bin. Es fühlt sich fast so wie Verliebtsein an. Vielleicht solltest du es auch einmal versuchen.«

Sie ging prompt zum Angriff über. »Treibt es dich in diese Wildnis, weil du das Gefühl hast, bei deinem ersten Kind versagt zu haben? Dein Sohn starb wegen dir. Aber interessierte dich das überhaupt? Du treibst nur Spielchen. Du hast dein eigenes Kind nicht mal gesehen.«

Er versteifte sich vorübergehend, und sein Gesichtsausdruck war schrecklich. Dann sprach er, langsam und mit Bedacht, als hielte er sich ganz bewusst unter Kontrolle. Sein Humor und seine Ironie waren verflogen. »Ich *habe* ihn gesehen. Er war winzig klein wie eine Wachspuppe. Seine Augen waren geschlossen. Er hatte perfekte kleine Finger. Ich hatte den Eindruck, dass er lächelte, obwohl seine Lippen blau waren. Lady Arnham schickte mir seinen Leichnam, um ihn zu begraben.«

Entsetzt und wie erstarrt vor Schock, starrte sie ihn an – das Wasser, das sich um seine Füße sammelte, die Grasflecken auf seiner Hose.

Der Anflug eines Lächelns erschien auf Dominics Gesicht. »Aber du hast vermutlich Recht. Es war meine Rückkehr nach England, was Harriets Fehlgeburt verursachte. Mein Sohn starb wegen mir. Ich weiß nicht, ob es das ist, was mich nach Schottland treibt. Aber das ist jetzt eigentlich auch gar nicht mehr so wichtig, oder?«

»Es tut mir Leid«, murmelte sie.

»Nein, ich hatte es verdient.« Er erhob den Blick zu ihr. »Das Leben geht weiter, Catriona. *Mein* Leben geht weiter. Und so treibe ich meine Spielchen mit dem Teufel. Ich habe nur versucht, Luzifer ein bisschen die Hölle heiß zu machen für all seinen Ärger, den er mir verursacht hat. Ich habe nichts zu verbergen. Aber was verbirgst *du*? Was ist dein Geheimnis?«

»Ich habe keine Geheimnisse. Ich möchte nur, dass du Andrew anerkennst – um des Kindes willen.«

»Du lügst. Wer, zum Teufel, ist Andrews wahre Mutter?«

»Harriet«, behauptete sie stur.

»Nein, das ist sie nicht. Mein verstorbener Sohn war das erste und letzte Kind meiner Gemahlin. Du benutzt mich, und ich will verdammt noch mal verstehen, warum. Falls es nur um Geld geht, bitte mich darum.«

»Es geht nicht um Geld«, erwiderte sie. »Und mehr sage ich dazu nicht.«

»Ach ja? Und warum, zum Teufel, glaubst du dann, du verdientest Mitgefühl von mir?«

Er schwang sich auf den Kutschensitz ihr gegenüber. Catriona wandte sich ab, schloss die Augen und zog das seidene Umschlagtuch über ihr Haar. Sie konnte es nicht riskieren, ihm die Wahrheit zu erzählen, und sie wollte vermeiden, dass er ihre Tränen sah.

Der plötzliche Ruck, der durch die Kutsche ging, warf Catriona so ungestüm nach vorn, dass sie mit dem Kopf gegen den Türrahmen prallte. Heftiger Lärm erhob sich draußen. Catriona hatte Mühe, wach zu werden, ihr war gar nicht richtig bewusst gewesen, dass sie geschlafen hatte, als die Kutsche ratternd hielt. Doch vor dem Fenster war nichts anderes zu sehen als Bäume. Dichter Wald, undurchdringliches Gehölz. Und es war nahezu schon völlig dunkel.

Dominic saß zurückgelehnt auf seinem Sitz, in der Hand eine Pistole, und sein Haar schimmerte beinahe silbern in der Abenddämmerung.

»Was ist?«, flüsterte sie.

Mit flinken Händen begann er, seine Waffe nachzuladen. Also hatte er gerade geschossen! »Straßenräuber – nehme ich an.«

»Nimmst du an?«

»Wir befinden uns im Sherwood Forest, oder was davon geblieben ist, auf einer Nebenstraße. Wir haben Nottingham vor einer Stunde hinter uns zurückgelassen. Aber unsere Angreifer sind nicht Robin Hoods fröhliche Räuberbande.« Mit einem Klicken spannte er den Hahn der Waffe. »Sie schienen seltsam abgeneigt zu sein, sich zu erkennen zu geben …«

Ein weiterer Schuss ertönte draußen, und die Kutsche machte wieder einen Satz.

»Verdammt! Wer zum *Teu* …« Dominic stützte sein Handgelenk auf den offenen Fensterrahmen und richtete den Lauf seiner Pistole auf den dichten, dunklen Wald. »Bleib unten, Catriona.«

Der nächste Schuss ertönte krachend über ihren Köpfen – die Donnerbüchse ihres Kutschers. Hellwach inzwischen, hockte Catriona auf dem Boden der Kutsche neben Dominics feuchten, mit Flecken übersäten Stiefeln. Ein alter Spruch kam ihr in den Sinn: *Geld oder Leben.* Ein Pferd wieherte. Sie stellte sich die in Panik aufgerissenen Augen des Tieres vor und den Kutscher, wie er sich bemühte, die Pferde unter Kontrolle zu halten und gleichzeitig seine Waffe nachzuladen.

Dominic gab einen Schuss ab. Das krachende Geräusch war nahezu unerträglich in der engen Kutsche. Catrionas Nase füllte sich mit beißendem schwarzen Rauch. Ein Mann schrie auf.

Noch mehr Schüsse ertönten auf der Straße. Irgendetwas fiel mit einem dumpfen Aufprall auf den Boden. Ein scharfer Ruck ging durch die Kutsche, sie schwankte heftig, und die Pferde machten einen jähen Satz nach vorn. Nach drei Schritten fielen sie in einen gestreckten Galopp und begannen in einem halsbrecherischen Tempo über die unbefestigte Straße zu jagen. Mit donnerndem Hufgeklapper folgten ihnen noch mehr Pferde. Catriona kämpfte sich auf ihren Platz zurück. Der gesamte Schusswechsel hatte stattgefunden, ohne dass draußen auch nur ein einziges Wort gefallen war.

Dominic lud seine Waffe wieder nach, gab Pulver hinein und rammte die Kugel in den Lauf, während er sich mit weit gespreizten Füßen gegen den schwankenden Kutschenboden stemmte, um nicht hinzufallen. Catriona wusste, dass er einen der Straßenräuber getötet hatte.

»Hast du noch eine Pistole?«, fragte sie.

Er sah sie an. »Nein, wieso?«

»Ich könnte damit schießen. Ich kenne mich mit Waffen aus.«

Er machte ein grimmiges Gesicht. »Dann nimm die hier.« Ohne Zögern reichte er sie ihr, mit Pulverhorn und Kugeln. »Ich muss auf den Kutschbock. Diese verdammten Mistkerle haben unseren Kutscher umgebracht.«

Also rannten die Pferde vollständig unkontrolliert in die herannahende Finsternis! Aber dies war nicht der richtige Moment, um sich zu fürchten. Catriona stützte die geladene Waffe auf den Rahmen ihres Fensters. Dominic riss die gegenüberliegende Tür auf und hielt sich am wild schwankenden Dach der Kutsche fest.

Dort hing er für einen Augenblick und rief Catriona zu: »Ziel so, dass du sie tötest. Das sind keine gewöhnlichen Straßenräuber!«

Sekunden später hatte er sich aufs Dach gezogen und war nicht mehr zu sehen. Als er aus Catrionas Sicht verschwand, erschien ein maskierter Reiter neben der Kutsche und hob seine Pistole. Ohne auch nur einen Augenblick zu zögern, feuerte Catriona. Der Mann fluchte und fiel vornüber, umklammerte seinen Arm und ließ die Zügel fallen. Das Pferd stolperte über die lose herabhängenden Lederriemen und warf seinen Reiter ab.

Ein weiterer Mann tauchte auf der anderen Seite auf. Catriona hörte einen Peitschenknall. Dominic musste den Kutschbock erreicht haben, denn sie sah die lange Kutscherpeitsche durch das Dunkel schnellen und mit einem lauten Klatschen den zweiten Reiter treffen. Er fluchte und zügelte sein Pferd, und aus einem tiefen Striemen in seinem Gesicht rann Blut.

Es waren mindestens zwei Reiter, vielleicht sogar drei oder vier. Fieberhaft lud Catriona ihre Waffe nach, zielte und feuerte auf einen Reiter, der am Fenster vorbeigaloppierte. Sie verfehlte ihn. Aber die Peitsche schlang sich um das Handgelenk des Mannes, und seine Pistole flog in hohem Bogen auf die andere Straßenseite. Mit fliegenden Händen lud Catriona ihre Pistole nach, gab Pulver in den Lauf, rammte die Kugel hinein, riskierte einen verschmutzten Lauf und spannte rasch den Hahn. Der vierte Reiter zielte auf Dominic. Sie feuerte im selben Augenblick, als mit einem Aufblitzen und einer Explosion von Pulver seine Waffe losging, doch der Mann fluchte und fiel zurück, als ihre Kugel ihr Ziel gefunden hatte.

Die Kutsche schwankte wild von einer Straßenseite zur anderen. Laut krachend brach die noch immer offen stehende Tür an einem Baumast ab, und plötzlich regnete es Trümmer. Die Pferde waren mittlerweile vollkommen außer Kontrolle, Schaumfetzen von ihren schwitzenden Körpern flogen an den Fenstern vorbei. Es war nahezu unmöglich, die Waffe wieder aufzuladen. Zwei Mal verschüttete Catriona Pulver auf ihren Rock.

Ein heiserer Schrei ließ sie innehalten. Der Reiter, den Dominic entwaffnet hatte, galoppierte neben ihnen. Einen flüchtigen Moment sah er ihr direkt ins Gesicht, bevor er auf die Kutsche sprang.

Sie hörte Dominics Stimme, klar, kalt, ja sogar eine Spur belustigt. »Ach du meine Güte! Was, zum Teufel, tust du denn hier in Sherwood?«

Es kam keine Antwort, nur ein tödliches Rumoren und Poltern war zu hören. Die Männer kämpften offensichtlich miteinander. Etwas krachte hinter Catriona. Sie fuhr gerade noch rechtzeitig herum, um einen weiteren Mann von seinem Pferd und durch die offene Tür in die Kutsche springen zu sehen. Ihr Messer glitt wie ein alter Freund in ihre Hand. Sie empfand weder Angst, noch zögerte sie, als er sich auf sie stürzte.

Im selben Moment rutschte der Mann, mit dem Dominic gekämpft hatte, unter obszönen Verwünschungen vom Dach der Kutsche. Sie sah ihn im weichen Gras neben der Straße aufkommen und sich zur Seite rollen. Momente später schwang sich Dominic zur Türöffnung herein.

»Ach du liebe Güte«, sagte er wie nebenbei. »Ein Toter. Alles in Ordnung mit dir, Catriona?«

Sie nickte, obwohl sie sich ganz merkwürdig benommen

fühlte, so, als wäre sie von einem Schlag betäubt. »Du blutest«, stellte sie fest.

Ein rotes Rinnsal von einer Schürfwunde auf seinem Wangenknochen lief über seine Wange.

»Das ist nur ein kleiner Kratzer, keine Sorge.« Er bückte sich, hob den Toten auf und schleuderte ihn auf die Straße. Die Kutsche schwankte immer heftiger und wurde schneller und schneller.

Catriona versuchte, ganz normal zu sprechen. »Die Pferde?«

Dominic lehnte sich auf dem Sitz zurück und hielt sich sein Taschentuch vor das Gesicht. »Sie sind leider überhaupt nicht mehr unter Kontrolle zu bringen. Die Zügel sind zerstört, sie schleppen eine halbe Birke auf ihren Rücken mit, und überall haben sich Zweige in ihrem Geschirr verfangen. Aber keine Angst, sie werden bald ermüden.«

»Falls sie nicht vorher die Kutsche in Trümmer legen.«

»Du denkst also, ich sollte etwas Wagemutiges versuchen?« Er beugte sich vor und nahm ihre linke Hand in seine. Catriona starrte seine kräftigen Finger an, die ihre hielten. »Falls ich versage – was leider das wahrscheinlichste Ergebnis ist –, sitzt du allein in einer Kutsche mit vier durchgehenden Pferden, und meine sterblichen Überreste könnte man dann von der Straße aufklauben. Das ist das Risiko nicht wert.« Ohne ihre Hand loszulassen, betrachtete er den blutverschmierten Kutschenboden. »Wo, zum Teufel, hast du gelernt, mit einem Messer einen Mann zu töten?« Seine Stimme war erstaunlich sanft.

Es waren rote Flecken auf seinem Taschentuch, doch seine Wunde hatte aufgehört zu bluten. Groteskerweise betonte sie noch seine schmale Wange. »Calum hat es mich gelehrt.«

»Aber bis heute hast du seinen Unterricht nie in die Praxis umgesetzt, nicht wahr?«

Catriona schüttelte den Kopf. Sie fühlte sich seltsam abgetrennt, so als verließe ihre Seele ihren Körper.

Seine Stimme war gefasst, bedächtig. »Gib mir deine Waffe. Ich werde sie reinigen.«

Ihr war nicht bewusst gewesen, dass sie das Messer immer noch in der Hand hielt. Als sie es ansah, stieg Übelkeit in ihr auf, und sie erschauderte.

Dominic nahm die Klinge aus ihren gefühllosen Fingern und legte einen Arm um ihre Schultern. »Schon gut, Catriona. Du hattest keine andere Wahl. Das ist nur der Schock.«

»Mir wird gleich schlecht«, murmelte sie.

»Das wird vorübergehen. Leg deinen Kopf auf meinen Schoß.«

Sie tat es, weil sie am ganzen Körper zitterte. Er hielt sie fest, streichelte ihr Haar, mit Fingern, die wie warmer Balsam waren, und strich ihr das feuchte Haar aus ihrem Nacken und von ihren Wangen.

»Es ist gar nicht leicht zu töten«, erklärte er versonnen. »Nachdem ich meinen ersten Mann getötet hatte, war mir entsetzlich schlecht. Ich hatte nicht erwartet, dass es mir gefallen würde, aber auf einen solch profunden Abscheu war ich nicht gefasst gewesen. Doch es war nötig. Und seitdem habe ich es noch viele Male getan. Zum Krieg gehört auch Töten. Es wird nie viel besser, aber es liegt ein gewisser Trost darin zu wissen, dass man den Mut und die Geschicklichkeit dazu besaß und einen triftigen Grund dafür hatte.«

Sie legte ihr Gesicht an seinen Oberschenkel und umschlang nun mit beiden Armen seine Taille. »Ich hätte es nicht für mich selbst getan. Aber da ist Andrew ...«

Mit sanften Fingern wischte er die Tränen von ihren Wangen ab. »Psst, Catriona. Natürlich hättest du es auch für dich getan. Und das ist auch völlig richtig so.« Seine Stimme war leise und beruhigend. »Es ist nichts Nobles, dein eigenes Leben für das eines Verbrechers zu opfern, insbesondere, wenn er versucht, dich zu verletzen. Fühlst du dich jetzt besser?«

Sie versuchte, sich aufzurichten, aber da erschütterte ein harter Schlag den Wagenboden unter ihr. Die Kutsche neigte sich gefährlich weit zur Seite und schleuderte sie zurück zu Dominic. Sofort zog er sie an seine Brust und schützte ihren Kopf mit seinen Händen.

»Halt dich an mir fest«, bat er. »Es muss ein Rad gebrochen sein.«

Die Achse machte einen Höllenlärm, Metall kreischte, und Holz zersplitterte, aber die halsbrecherische Geschwindigkeit verlangsamte sich ein wenig. Die Pferde fielen in einen leichten Kanter, dann in einen Trab, und schließlich gingen sie nur noch im Schritt. Leder zerriss. Die Kutsche kippte rundweg um. Innerhalb von Sekunden herrschte eine vollkommene und beängstigende Stille, die nur vom Schnaufen und Keuchen vier erschöpfter Pferde unterbrochen wurde. Catriona war über Dominic gefallen. Vorsichtig befreite er sich von ihr, bis sie Seite an Seite auf dem umgekippten Kutschensitz saßen.

»Wir leben noch«, sagte sie.

»Und sind unverletzt.« Dominic nahm ihren Kopf in beide Hände und sah ihr prüfend ins Gesicht. »Keine Einwände bitte«, meinte er und presste seinen Mund auf ihren.

Sie erwiderte den Kuss verlangend. Seine Zunge war heiß und sehr lebendig. Sie waren *beide* sehr lebendig. Das Gefühl war wie ein tüchtiger Schluck unverdünnter Whisky, es berauschte sie und ließ sie vor Entzücken aufstöhnen.

Auch Dominic atmete schwer, als er sich von ihr löste und dann ihre Stirn und ihre Wangen küsste. »Lass uns zusehen, dass wir aus dieser verfluchten Kutsche herauskommen«, schlug er vor.

Mit seiner Hilfe kletterte Catriona aus dem Wrack. Die Pferde ließen die Köpfe hängen und zitterten. Einer der Hengste blutete stark aus einer Wunde an der Schulter. Er musste gelahmt haben, denn das Bein unter der Schusswunde war übel zugerichtet, wo es gegen gebrochene Ketten und Zuggurte geschlagen war.

Dominic lehnte Catriona behutsam gegen einen Baum. »Bist du sicher, dass du nicht verletzt bist?«

Sie nickte stumm.

Er ging zu den Pferden und begann mit Catrionas Messer vorsichtig die Gurte zu durchtrennen. »Ihr armen Kerle. Ihr armen Kerle«, sagte er weich, während er die Tiere eins nach dem anderem zum Grasen freiließ. Das Pferd mit der Schulterwunde stolperte.

»Wirst du es erschießen?«, flüsterte Catriona.

»Nein. Geben wir ihm eine Chance zu leben. Vielleicht ist es gar keine so schlimme Wunde. Aber keine dieser armen Kreaturen wird heute Abend noch irgendwohin gehen.«

Das Pferd machte einen weiteren zögernden Schritt, aber es belastete das verletzte Bein nun schon ein bisschen mehr. Catriona beobachtete das Tier und wisperte ein Gebet.

Dominic blickte auf und lauschte wie ein Hund. Von der Straße her kamen Geräusche.

»Was ist das?«, fragte sie, obwohl sie es schon wusste. Es war eindeutig Hufgeklapper.

»Ach«, erwiderte er. »Unsere Verfolger. Sie müssen sich Ersatzpferde besorgt und sich neu formiert haben. Catriona, falls wir es nicht schaffen, im Wald unterzutauchen wie eine Bande einheimischer Straßenräuber, riskieren wir einen weiteren Überfall, befürchte ich. Kannst du laufen?«

»Wir haben keine grünen Röcke. Und Männern mit Pferden können wir nicht entkommen.«

Er nahm ihre Hand, zog sie an seine Lippen und küsste ihre Fingerknöchel. Dann gab er ihr das Messer, das nun wieder sauber war, nachdem er es im Gras abgewischt hatte. Sie steckte es, ohne mit der Wimper zu zucken, in ihren Rock. »Wir könnten es wenigstens versuchen.«

Sie rannten durch die Bäume und wichen dunklem Unterholz und einem Dickicht aus jungen Birken aus, bis Catriona sich nur noch mühsam hinter Dominic herschleppte. Ihre Füße brannten. Die Pferde hinter ihnen waren schon sehr, sehr nahe. Noch ein paar Minuten, und dann würden sie zu sehen sein.

Dominic blieb plötzlich stehen, zog Catriona an seine Brust und flüsterte: »Wir müssen uns verstecken. Hier.« Sein Blick ruhte auf einer klaren, dunklen Wasserfläche. Es war ein kleiner, mit dichtem Schilf bestandener See, der in dem zunehmend dunkleren Wald wie ein Auge leuchtete.

»In dem See?«, fragte sie.

Er legte bereits Rock und Hemd ab und schlüpfte aus seinen Stiefeln. Sie nahm ihr seidenes Schultertuch ab und zog einen Unterrock aus, den sie zerriss, während sie ihre Schuhe abstreifte. Es blieb keine Zeit, ihr Kleid aufzuknöpfen. Ohne noch einmal etwas zu sagen, warf Dominic ihre Kleider unter einen umgestürzten Baum, eine riesige, entwurzelte Eiche, nahm wieder ihre Hand und lief mit ihr zum Wasser.

Sie ließen sich in seine kühle Umarmung sinken und lösten sich auf in Schwärze. Während sie in den See hineinwateten, schnitt Catriona Schilfrohre mit ihrem Messer ab und gab eins Dominic. Sie brauchte ihm nichts zu erklären. Ohne zu fragen, wusste sie, dass ihm dieser alte Trick bekannt war, den Calum ihr vor vielen Jahren beigebracht und den sie als Kinder während ihrer Spiele oft geübt hatten. Sie hätte nicht einmal im Traum daran gedacht, dass sie ihn eines Tages ernsthaft brauchen würde.

Als sie Wasser von der richtigen Tiefe erreichten, grinste Dominic sie an. »›Sollen wir aufgeben und ertrinken?‹«, zitierte er leise. »›Möchtest du mit mir untergehen und sterben?‹«

»›Lieber würde ich auf dem Trockenen sterben‹«, zitierte auch sie.

Er grinste wieder, bevor er die hohle Röhre in den Mund steckte und sich unter die Wasseroberfläche sinken ließ, bis nur noch die Spitze des Schilfrohrs aus dem Wasser ragte. Catriona tat das Gleiche, atmete ruhig durch das Rohr und wusste, dass nichts sie zwischen dem hohen Ried verraten würde. Ihre Verfolger würden nur den stillen See zwischen den geisterhaften Bäumen sehen.

Das Vibrieren von Hufschlag ließ das Wasser erzittern, als die Straßenräuber zum See heranritten und ihn umkreisten. Es war mehr ein Gefühl als ein Geräusch, doch es schallte laut in ihren Ohren. Kälte begann Catriona zu durchfluten. Ihre Röcke klebten an ihren Beinen. Aber sie ignorierte all diese Unannehmlichkeiten und atmete still und ruhig weiter.

Pferde trampelten. Gedämpfte Stimmen waren zu vernehmen.

Catrionas Finger waren immer noch mit Dominics verschränkt. Sie hielt seine Hand, weil sie eine seltsam tröstliche Wirkung auf sie hatte. In fünfundzwanzig Jahren hatte sie noch nie getötet. In fünfundzwanzig Jahren war sie noch niemals jemandem begegnet, der ihr das Leben hatte nehmen wollen. Das Beängstigende all dieser Geschehnisse begann, ihren Mut zu untergraben. Wollten diese Männer sie ermorden? Und wenn ja, aus welchem Grund?

Und dann erinnerte sie sich an Dominics Stimme, triefend vor Sarkasmus: *Ach du meine Güte! Was, zum Teufel, tust du denn hier in Sherwood?* Dominic hatte einen der Angreifer erkannt. Er schien nicht einmal überrascht gewesen zu sein, als der Mann ihn attackiert hatte. *A Dhia*, was für eine Ironie des Schicksals! Er hatte Feinde, die ihn töten wollten? Hatte sie diesen Mann dazu überredet, sich an ihrem Abenteuer zu beteiligen, nur um auf solch fatale Weise ihre eigene Sache zu gefährden?

Etwas zog an ihrer Hand. Wasser plätscherte. Prustend und nach Atem ringend streckte Catriona den Kopf aus dem Wasser.

»Sie sind weg«, erklärte Dominic. Ihr war, als lächelte er. »Komm, wenn wir nicht schleunigst trockene Sachen anziehen, werden wir uns zu Tode frieren.«

Die Abenddämmerung neigte sich bereits dem Ende zu, der Tag verblasste zu einem schwachen Blau hinter den Bäumen im

Westen. Die frühsommerliche Dunkelheit war nicht wirklich kalt, aber die Luft biss wie Nadelstiche durch Catrionas nasse Kleider. Kaltes Wasser rann aus ihrem Haar über ihre durchnässten Schultern. Ihre Beine waren taub. Sie hatte kein Gefühl mehr in den Fingern.

Durch das leise plätschernde Wasser watete Dominic voran, als sie den See verließen. Sein muskulöser nackter Rücken schimmerte im letzten fahlen Licht des Tages. Catriona bibberte vor Kälte und zitterte so stark, dass ihre Zähne aufeinander schlugen. Und dann taumelte sie und stolperte.

»›Und überleg es dir gut, den Ozean zu befahren, mit dem scharfen Nordwind mitzuziehen‹«, zitierte Dominic und stützte sie mit einem seiner starken Arme. Ein Anflug von Belustigung klang in seiner Stimme mit.

Ihr war zu kalt, um zu antworten, aber sie wusste, worauf er sich bezog: Prospero, der Herzog von Mailand, der den Luftgeist Ariel an seine jüngsten Heldentaten – und seine Dankesschuld – erinnerte.

Bei der umgestürzten Eiche bückte sich Dominic und hob ihre trockenen Kleider auf. An der Stelle, wo der Baum entwurzelt worden war, bildete er eine kleine Höhle, finster wie der Schlund eines Dämons. Unter dem Blätterdach des Waldes begann samtene Dunkelheit sie einzuhüllen. Dominic öffnete ihre Knöpfe. Sie hielt still wie ein Kind, als er ihr das nasse Kleid abstreifte, sie dann auf einen niedrigen Ast des umgestürzten Baumes setzte und sich hinkniete, um ihr die Strümpfe auszuziehen. Mädchenhafte Scham erschien ihr in der momentanen Situation absurd.

»Es ist ni…« Seine Zähne klapperten so heftig, dass er sich unterbrechen musste. Sie sah sie aufblitzen, als er grinste und erneut begann. »Es ist ungesund, in nassen Strümpfen herumzulaufen.«

»Auch für d-dich«, erwiderte sie. »Du musst deine ebenfalls ausziehen.«

»Also gut.« Er bückte sich und zog seine nasse Hose und Unterwäsche aus. »Ein Glück, dass du wenigstens dieses verflixte Umschlagtuch mitgenommen hast.«

Rasch trocknete er sich mit der Seide ab. Sein nackter Körper leuchtete im schimmernden, verlöschenden Dämmerlicht, als er sich ihr zuwandte, seine Hände unter ihre Achselhöhlen schob und sie sanft, aber entschieden auf die Beine zog. Er sah aus wie aus Stein gemeißelt, glatt geschliffen von den Händen eines Meisters, schön wie ein Gott im nachlassenden Licht. Apollo, des Glanzes der Sonne beraubt und von fahlem Mondlicht übergossen, seine männlichen Körperteile erlahmt vor Kälte wie die einer Statue. Catriona wandte das Gesicht ab und biss sich auf die Lippe, als er ihr nasses Korsett aufschnürte und dann ihre Arme anhob, um ihr das Hemd über den Kopf zu streifen, bis sie nackt, und seinen Blicken schutzlos preisgegeben, vor ihm stand.

Er trat hinter sie und begann mit dem seidenen Tuch ihre kalte Haut abzureiben, zuerst ihren Nacken und ihre Arme, dann ihre Oberschenkel und ihre Waden. Er massierte sie, vertrieb die Kälte und trocknete sie gründlich ab. Warm und tröstlich glitt die Seide über ihren Rücken, über ihren Po und ihre Schenkel.

Hilflos und von einer eigenartigen Benommenheit beherrscht, ließ Catriona ihn gewähren. *Mit dem scharfen Nordwind mitzuziehen.*

Früher, vor langer Zeit, hatte ihre alte Amme sie nach dem Bad so abgetrocknet, vor einem anheimelnden Feuer im Kamin, und auch ihr Nachthemd hatte Magaidh vor den Kamin gehängt, um es ein wenig vorzuwärmen. Und dann war Catriona in ein vorgewärmtes Bett gelegt worden, und ihre Amme hatte ihr in Gälisch etwas vorgesungen. Einsame, traurige Lieder von verirrten Kindern, verirrt zwischen Seen und Mooren. Lieder von Müttern, die den Spuren der Schwäne und des Rotwilds folgten, um sie wiederzufinden. *Och-ón,* aber es gelang ihnen leider nie!

Die Kinder blieben für immer verloren, und die Mütter hörten nie mehr auf, sie zu beweinen. Arme Kinder, geraubt von Feen und von Elfen!

Sie selbst hingegen war sehr behütet aufgewachsen, umgeben von Liebe, Schutz und Sicherheit. Warum also war diese Wärme, an die sie sich so gut erinnerte, immer von so einem nachdrücklichen und einschneidenden Verlustgefühl durchdrungen?

Dominic, der noch immer hinter ihr stand, griff um sie herum, um ihre Beine abzutrocknen, strich mit dem Tuch über ihre Knie und Oberschenkel. Dann begann er sanft, ihre Brüste und ihren Bauch zu trocknen, schloss sie fest in seine Arme und zog sie an sich. Sein kalter Bauch berührte ihren Rücken, und trotzdem begann Wärme von seinem Körper auf ihren überzufließen, wie eine Flamme, die über trockene Heide strich.

Sanft trocknete er ihre Brüste ab, vorsichtig und zaghaft, und dann ließ er die Seide langsam tiefer gleiten, bis sie das weiche Haar zwischen ihren Schenkeln berührte.

Hitze loderte in ihr auf, als wäre eine Zunderbüchse in einen Ofen geworfen geworden, und ihr war, als striche eine feurige Hand über ihre Wirbelsäule. Seine kräftigen Beine waren hinter ihren, und sie spürte das krause Haar zwischen seinen Schenkeln und den sanften Druck seines männlichen Geschlechtsteils an ihrem Gesäß. Überall, wo kalte Haut kalte Haut berührte – seine ihre, ihre seine –, schienen kleine versengend heiße Flammen aufzulodern.

Ihr Atem wurde schneller, flacher.

Sie brauchte nur einen Schritt nach vorn zu tun, um das Feuer zu löschen und die kalte, finstere Nacht und das einsame Moor, in dem Kinder für immer verloren gingen, zurückzuholen. Und da erkannte sie, dass sie eine Entscheidung treffen musste. Dominic war ein Mann. Und ein Engländer dazu. Es lag keine Sicherheit in seiner Umarmung. Sie hätte seiner Wärme widerstehen und weggehen sollen.

Aber bis ins Herz berührt von einem durchdringenden Sehnen, legte sie ihren feuchten Kopf an seine Schulter, schloss die Augen und öffnete ein wenig ihre Schenkel, wo die Seide ihre Haut berührte.

Seine Hände hörten auf, sich zu bewegen.

Sie griff nach hinten, schlang ihre Arme um seine Hüften und spürte die starken Muskeln und die harten Knochen unter ihnen.

Für einen Moment schien er gespannt zu warten, sein Atem, der die nächtlichen Geräusche übertönte, rau und heiß an ihrem Ohr. Sie presste sich an seinen Körper, suchte seine Wärme und den Trost, den sie ihr bot, und legte ihre Hände in einer einladenden Geste um seinen festen Po.

Die feuchte Seide glitt zu Boden.

Dominic legte beide Hände um ihre Wangen, hob ihr Gesicht zu sich empor und bog ihren Kopf nach hinten. Sein Kuss war kalt, so kalt. Eisige Lippen pressten sich auf ihren Mund. Sie öffnete ihren Mund und atmete seinen warmen Atem ein, und eine weitere Flamme blitzte auf, die augenblicklich zu einer alles verzehrenden Feuersbrunst wurde. In dem großen kalten Universum, unter dem unendlich weiten, dunklen Himmel mit den gespenstischen Bäumen, die sie wie stumme Wachen einkreisten, leuchtete dieser eine Punkt weiß glühenden Lichts – sein Mund, vereint mit ihrem. Eine wundervolle Süße, berauschend wie gewürzter heißer Wein, überschwemmte ihre Zunge, und plötzlich stand ihr Innerstes in Flammen.

Er stöhnte und machte keine Anstalten, den Kuss zu unterbrechen. Seine Handflächen glühten vor Hitze, als er seine Hände zu ihren Brüsten gleiten ließ. Er umfasste sie mit beiden Händen, während seine Daumen über ihre harten kleinen Spitzen glitten. Ein fast schmerzhaftes Verlangen durchzuckte Catriona, als er mit der flachen Hand darüber strich und sie dann wieder zärtlich streichelte. Überall, wo er sie berührte, setzte er ihre Haut in Flammen. Sie verspürte ein eigenartiges Ziehen zwischen ihren

Schenkeln, und sie sog scharf den Atem ein und bog sich ihm in einer stummen Einladung entgegen.

Er erwiderte ihren Kuss und atmete tief ein, um ihre Hitze und ihre Essenz tief in sich aufzunehmen. Seine Zunge tanzte über ihre. Glühend, süßer als geschmolzener Honig. Ihre Brustspitzen waren nahezu schmerzhaft hart, und ihre Brüste fühlten sich ganz ungewohnt geschwollen an, als er mit seinen Fingerspitzen sanft darüber strich.

Seine Haut glühte unter ihren Fingern. Das Gefühl versetzte sie in Staunen, aber sie akzeptierte es kritiklos und suchte diese Wärme. An ihrem Gesäß spürte sie das Pulsieren seines erigierten Glieds, heiß und stark und fordernd. Als seine Finger in einer aufreizenden Liebkosung zwischen ihre Schenkel glitten, griff sie zwischen ihre Körper und umfasste ihn. Sein Glied war glatt, heiß und hart und verriet ihr das ganze Ausmaß seiner männlichen Begierde.

Ihre Hand glitt tiefer und erforschte staunend das Wunder seines Körpers, seine Beschaffenheit und seine Andersartigkeit. Die sonderbare Schwere und Rundheit an der Wurzel seines Glieds. Sie ließ ihre Finger wieder höher gleiten, um die samtige Spitze zu berühren, und fing den erschrockenen Atemzug, den er tat, mit den Lippen auf. Sein heißer Penis bewegte sich bei ihrer Berührung, während ihre eigenen Fingerknöchel sich in ihre Wirbelsäule bohrten. Ein Feuer züngelte zwischen ihren Schenkeln und leckte über ihre Haut. Dominic schlang die Arme um sie und umfasste ihre Hüften, und sie drehte sich bereitwillig um, um ihn mit offenen Armen zu begrüßen.

Er sagte nichts, als er sie in der Höhle unter der umgestürzten Eiche behutsam niederlegte. Unter den überhängenden Wurzeln war der Boden weich und trocken, und es roch nach Pilzen und nach Erde, gesunde, erdige Gerüche. Sein abgelegtes Hemd diente als saubere Unterlage für ihren Rücken. Der Himmel verschwand, als Dominic sich über sie beugte; pechschwarze Finsternis erfüllte nun die Höhle. Sein Duft vermischte sich mit dem

Geruch der Wurzeln: sauber und zugleich unendlich maskulin. Sie wollte, dass er sie so schnell und hart nahm wie ein Feind. Sie wollte, dass er sie so langsam und so zärtlich liebte wie ein Geliebter. Ihre Augen brannten vor ungeweinten Tränen.

Er kniete vor ihr nieder, nahm ihren Kopf in beide Hände und sah sie einen Moment lang schweigend an. Im Dunkeln konnte sie sein Gesicht nicht sehen, aber sie wandte nicht den Blick von ihm. Sie wusste, auch er konnte ihren Gesichtsausdruck nicht sehen und nicht erraten, was sie dachte. Catriona hob die Hand und berührte mit ihren Fingern seine Schulter, und dann legte sie ihre flache Hand auf seine warme, harte Brust. Sie hatte ihren Entschluss gefasst. Sie brauchte sich nicht mehr gegen ihn zu wehren. Sie würde frei sein.

Er streckte sich neben ihr aus. Sie lag regungslos und mit leicht gespreizten Schenkeln da und fühlte seinen harten Körper an ihrem und das Pulsieren seines Glieds. Seine Hände begannen, sich zu bewegen, sein Mund begann, sie zu liebkosen. Sie verspannte sich ein wenig, aber er berührte sie sehr sanft und streichelte ihr Haar.

»Catriona«, flüsterte er. »Bist du sicher?«

Die Worte entschlüpften ihr, als hätte jemand anderes sie gesagt. »Ja, ich bin mir sicher.«

Sein Mund glitt zärtlich über ihre Lippen und ihr Kinn. Es war ein köstliches Gefühl. Ein exquisites Feuer. Sie wusste nicht, ob sie es ertragen konnte. Sie stöhnte auf, als seine Zunge von ihrer Schulter zu ihrem Nacken glitt. Plötzlich saugte er ein wenig an der Haut an ihrer Kehle. Ein heißes Prickeln erwachte an der Stelle. Catriona sog scharf den Atem ein und grub unwillkürlich ihre Nägel in seinen Arm. Aber dann berührte er sie ganz zart mit seinen Lippen hinter ihrem Ohr und weckte damit solch intensive Empfindungen in ihr, dass sie dahinzuschmelzen glaubte. Sie hörte, wie er nach Luft schnappte, als lachte er vor Entzücken, versuchte aber, es zu unterdrücken. Blind wandte sie ihm ihr Gesicht zu und suchte mit ihren Lippen seinen Mund.

Seine Zunge strich über ihren Mundwinkel und über die Kurve ihrer Oberlippe. Die Gefühle, die sie durchfluteten, waren so machtvoll, dass sie gar nicht anders konnte, als zu schluchzen. Sollte sie um Gnade betteln? *A Dhia*, denn nun, da er ihre Erlaubnis hatte, war er gnadenlos! Sie öffnete ihre Lippen, um aufzustöhnen, aber er presste seinen Mund auf ihren und erstickte ihren Schrei. Er küsste sie, wie Adam Eva geküsst hatte, bis ihre Lippen geschwollen waren und vor Vergnügen pochten.

Während seine Lippen ihre gefangen hielten, glitten seine Hände streichelnd über die Biegung ihrer Hüfte, als fände er allein ihren Körper schon bezaubernd. Seine Finger redeten in einer geheimen Sprache. Ihre Botschaft kam an. Sie war in seinen Augen schön! Schön genug, um sie zu berühren. Schön wie Deirdre für den König, schön wie die Schwanenjungfrauen, die an den hellen Wassern ihre Schwingen hoben, schön wie Meerjungfrauen. Seine Hände sprachen von Verehrung, von Achtung, von seinem Eifer, ihr Vergnügen zu bereiten – und von seinem eigenen Vergnügen an ihrer Weichheit und an ihren Kurven.

In der schwarzen Finsternis war er gesichtslos wie ein Geliebter aus einem Traum, der absolut vollkommenste Gefährte ihrer Fantasien.

Seine Hände streichelten ihre Brüste und bewirkten Wunder. Ihre Brustwarzen versteiften sich, als er sie zwischen Daumen und Zeigefinger nahm, und die Hitze in ihr intensivierte sich. Sie glaubte, sich stöhnen zu hören. Ihre Hände glitten hilflos über seine Haut. Sie schlang ihre Beine um ihn und presste ihn in der Dunkelheit an sich.

Er massierte ihre Brustspitzen noch fester, und sie schnappte nach Luft, als er eine zwischen seine Lippen nahm und dann sehr behutsam seine Zähne darum schloss. Es durchrieselte sie heiß. Sie öffnete ihre Beine und fühlte seine Hände über ihren Schenkel wandern, während er mit seinen Lippen über ihren Bauch strich, dann an ihrem Nabel innehielt, um ihn mit seiner Zunge zu liebkosen, und seine Zärtlichkeiten intimer und intimer wurden, bis sein Mund das weiche Haar zwischen ihren Schenkeln teilte und ihr geheimstes Ich in Flammen setzte.

Überraschung schmolz im Feuer.

Sie stöhnte laut und wand sich unter ihm. Gnadenlos vergrub er sein Gesicht zwischen ihren Beinen, öffnete sie mit seiner Zunge und brachte all die Flammen, die er in ihrem Blut gezündet hatte, an dieses eine, weiß glühende Zentrum. Sie verzehrte sich nach ihm und bäumte sich verlangend auf, als könnte sie es kaum noch erwarten, mit ihm eins zu werden. Sie würde frei sein – wenn er doch nur endlich in sie eindringen würde! Kraftlos bewegte sie ihre Hände, außer Stande, ihn zu erfassen, seine glatten Muskeln, die eindrucksvolle Schönheit dieses Mannes.

Sie waren umgeben von dunkler Erde. Nur ihre vermischten Atemzüge brachen die nächtliche Stille. Und da endlich ließ er sich zwischen ihren Beinen nieder, und sie spürte das Pulsieren seines Glieds an ihrer intimsten Körperstelle. Jemand schluchzte. Dann merkte sie, dass sie selbst es war.

Das war es, was das Schicksal ihr verweigert hatte, bis sie fünfundzwanzig war und allein und verloren in der Dunkelheit. Verzweifelt bäumte sie sich auf, spreizte einladend die Beine und bog sich ihm entgegen.

Glatt und rund berührte die Spitze seines harten Glieds ihr heißes Fleisch. Ihr Herz begann zu rasen, als er sich zunächst nur ganz sacht an ihr rieb und dann ein klein wenig in sie eindrang. Herrliche Empfindungen durchfluteten sie, überaus verlockend und das Paradies verheißend. Ohne zu wissen, was sie tat, krallte sie ihre Nägel in seinen Po. Und dann, mit einer einzigen kraftvollen Bewegung, drang er in sie ein. Catriona versteifte sich erschrocken und schrie auf.

Düsteres Schweigen beantwortete ihren Schrei. Sie biss sich auf die Lippe, aber der Schmerz trieb ihr die Tränen in die Augen.

Dominic hatte sich auf die Ellbogen gestützt und aufgehört, sich zu bewegen. Er verhielt sich still, bis das Brennen in ihr einem dumpfen Schmerz wich, bis ihre Panik etwas nachgelassen hatte. Dann hob sie die Hände und berührte seine starken Arme. Er zitterte. Sie merkte, dass sie sich an ihm festhielt, ihre Nägel in ihn krallte und ihn umklammerte. Beschämt wandte sie den Kopf zur Seite, ließ die Hände sinken und legte sich zurück. Langsam, als wäre sie aus empfindlichem Chiffon, zog er sich vorsichtig aus ihr zurück. Dann rollte er sich zur Seite und ließ sie allein mit ihrem Feuer, das sich in brennenden Schmerz verwandelt hatte.

Sie setzte sich auf, in dem sicheren Bewusstsein, dass sie beide blutbefleckt sein würden. Er saß mit angezogenen Knien da, den Kopf in seinen Händen, am Rand ihrer Höhle unter den Baumwurzeln. Sein Körper schimmerte hell im Dunkeln.

»Es tut mir Leid«, sagte sie.

»Verdammt noch mal!« Er fuhr sich mit beiden Händen durch sein im Mondlicht silbern schimmerndes Haar. »Oh, verdammt, verdammt, verdammt!«

»Es ist schon gut«, flüsterte sie. »Ich wollte dich. Ich hatte nur nicht erwartet, dass es so wehtun würde.«

Er legte den Kopf zurück und starrte zu den Sternen auf. »Herrgott noch mal! Du bist ...« Er atmete tief ein. »Du *warst* noch Jungfrau. Da wirst du mir doch wohl ein bisschen Fassungslosigkeit gestatten.«

Er griff nach seinem trockenen Hemd, trat in die Finsternis hinaus und zog es über. Der Mond war aufgegangen. Der weiße Stoff und sein helles Haar schimmerten wie die blank polierte Rüstung eines Ritters.

»Die morgige Sünde war Wollust«, bemerkte sie leise.

»Die morgige. Es ist bereits nach Mitternacht. Die heutige also. Als spielte das eine Rolle! O Gott, wenn ich gewusst hätte ...« Er drehte sich wieder zu ihr um. »Ich werde dich natürlich heiraten.«

Ihr wurde langsam wieder kalt, und so schlüpfte sie rasch in ihren trockenen Unterrock, bevor sie aus der Höhle trat und ihre Stimme fand. Sie klang rau. »Vergiss es. Ich werde dich nicht heiraten.«

Er hob seine Jacke auf und legte Sie in einer fürsorglichen Geste um ihre Schultern. »Ich dachte ... verdammt! Wir werden heiraten, sobald wir in Schottland sind.«

»Warum? Weil das deiner Vorstellung von Galanterie entspricht? Ich *wollte* meine Jungfräulichkeit verlieren. Sie ist – oder war – mir nicht von Nutzen.«

»Red keinen Unsinn.« Seine Stimme klang verächtlich.

»Du hättest mich also nicht genommen, wenn du es gewusst hättest? Warum nicht? Wieso sollte ich nicht selbst den Zeitpunkt wählen und mich *zu meinen eigenen Bedingungen* einem Mann hingeben?«

Er bückte sich und schlüpfte in seine nasse Hose. »Dazu gibt es zu viel zu sagen, um dieses Gespräch hier fortzusetzen. Glaub mir, es gibt so viel dazu zu sagen, dass ich zu ersticken glaube unter dem bedrückenden Gewicht all dessen.«

»Was gibt es schon zu sagen? Du hast gewonnen.«

»*Gewonnen*? Du liebe Güte, habe ich denn alles missverstanden? Ich war mir so sicher, dass du nicht mehr unberührt warst.« Er lachte bitter. »Ich dachte sogar, du hättest schon ein Kind geboren.«

Sie war aufrichtig verblüfft. »Wie kommst du denn darauf?«

Vor dem Hintergrund des dunklen Waldes schimmerte er so silbern wie ein Prinz aus einem Märchen. »Ich glaubte, Andrew sei dein Sohn, weil ich verdammt gut wusste, dass er unmöglich Harriets sein kann. Ich konnte mir keinen anderen Grund vorstellen, warum du bereit sein könntest, derart viel für ihn zu opfern. Ich dachte, Calum MacNorrin sei dein Liebhaber gewesen.«

Instinktiv rief sie die Muttergottes an. »*A Mhuire!*«

Mit einer grimmigen Gebärde zog er seine Stiefel über. »Möglicherweise wollte ich sogar ebenso sehr um Calums willen wie um meiner selbst willen diese Empfindungen mit dir teilen, weil ich dachte, du trauertest um ihn wie ich. Stattdessen muss ich jedoch feststellen, dass ich nur von dir benutzt wurde. Als Werkzeug, um dich von deiner dir wohl lästigen Unberührtheit zu befreien.«

Tränen des Zorns traten in ihre Augen. »Warum denn nicht? Du hattest schließlich auch nichts dagegen, mich als Zielscheibe deiner arroganten Schäkereien zu benutzen. In der gleichen Art und Weise, wie du schon zahllose andere Frauen vor mir benutzt hast.«

»Nein«, widersprach er. »Das war die Art und Weise, wie sie *mich* benutzten.«

Sie weinte. Lautlos. Salzige Tränen rannen still in ihren Mund. Der Schmerz brannte zwischen ihren Beinen. Aber trotz allem konnte sie noch immer die Berührung seiner Hände und seines Mundes auf ihrem Körper spüren und die überwältigende Süße seiner Zärtlichkeiten.

Er drehte sich zu ihr um. »Herrgott noch mal, Catriona! Das muss warten. Wir sind vom Weg abgekommen und befinden uns mitten in der Nacht im tiefsten Wald von Sherwood, und irgendjemand in der Dunkelheit dort draußen will uns umbringen! Ich muss dich an einen sicheren Ort bringen. Und dann können wir dieses ganze verfluchte Durcheinander vielleicht klären.«

»War es dir so unangenehm, mich zu berühren?«, fragte sie.

Das Mondlicht fiel auf seine gut geschnittenen Züge. Ein Grübchen erschien an seiner Wange, als er plötzlich grinste. »Aber nein. Du warst wie Ambrosia für mich – bis ich deine verdammte Jungfräulichkeit zerstörte. Zieh deine Schuhe an.«

Sie tat es, ohne weiteren Protest dagegen zu erheben. »Wo gehen wir hin?«

»Wohin wir unterwegs waren, bevor wir so unsanft von diesen falschen Straßenräubern unterbrochen wurden. Zum Anwesen eines Freundes von mir.«

Sie straffte sich und sah ihn an. »Ist es weit?«

»Ich glaube nicht. Kannst du einigermaßen laufen?«

Sie wusste es nicht, erwiderte aber ohne Zögern: »Selbstverständlich.«

»Dann lass uns gehen. Alles andere kann bis morgen warten. Obwohl ich eine Frage habe, die du mir vielleicht doch jetzt gleich beantworten solltest: Was, zum Teufel, hattest du mit Calum MacNorrin zu tun?«

Catrionas Blick glitt über den dunklen See zu dem schlafenden Wald dahinter, dann schaute sie zum Himmel empor und zu dem Stern, den sie nach ihm benannt hatte. »Calum war mein Bruder.«

Kapitel 7

Catriona beklagte sich nicht. Highlander waren es gewöhnt zu laufen. Dominic kämpfte sich durch die Bäume in Richtung Norden und orientierte sich an den fernen Sternen, die ihnen den Weg wiesen und sie letztendlich nach Schottland führen würden. Er hatte auf Catrionas Eingeständnis, sie sei Calums Schwester, nichts geantwortet, er hatte nur ihre Hand genommen und sich schweigend mit ihr auf den Weg gemacht.

Irgendwann gelangten sie an eine Straße. Sie verlief in nordwestlicher Richtung, aber Dominic ging ohne Zögern weiter und trug noch immer Catrionas nasses Kleid. Sie ignorierte den Schmerz zwischen ihren Beinen und die merkwürdige Leere in ihrem Herzen. In ihrem zerrissenen Unterkleid und seinem Rock, ihre Hand in seiner, hielt sie tapfer mit ihm Schritt.

Die Landschaft wechselte zu ausgedehnten Feldern mit vereinzelten kleinen Gehölzen, die wie graue und schwarze Flecken auf elfenbeinfarbenem Untergrund im Mondschein lagen. Ein Fußweg zweigte ab, der am Rand einer dieser schattigen Baumgruppen verlief und dann durch eine eindrucksvolle Parklandschaft führte, um schließlich dem nördlichen Ufer eines kleinen Sees zu folgen. In einiger Entfernung zu ihrer Rechten, hinter von Unkraut überwucherten Gärten, sah Catriona die Umrisse eines großen, selbst in der nächtlichen Dunkelheit sehr eindrucksvollen Hauses.

Der Weg endete auf einem gut ausgetretenen Pfad. Sie kamen den Gebäuden immer näher, bis sie schließlich an einer hohen Mauer vorbeigingen, die sie beide um einiges überragte und sie in absolute Finsternis tauchte. Als sie um die Ecke dieses mächtigen Außengebäudes bogen, sah Catriona sich plötzlich der im Mondlicht schimmernden Westfront des Gebäudes gegenüber.

Sie verhielt abrupt den Schritt und zwang damit auch Dominic, stehen zu bleiben.

Weiße Turmspitzen und Bögen ragten in den sternenübersäten Himmel. Gotische Türme und drei riesige, offene, leere Kirchenfenster. Wie Zähne säumten zerbrochene Zacken steinernen Filigranmaßwerks den massiven Bogen in der Mitte. Zur Rechten, sanft abfallend von der Stirnseite der Kirche und reich geschmückt mit mittelalterlichen Arabesken, war der Rest der Fassade in große Erkerfenster und eine prachtvolle Arkade unterteilt. Wo die Mauer an den Himmel stieß, war sie mit Zinnen besetzt.

Am fernen Ende führte eine lange steinerne Treppe zu einer Tür im ersten Stock, ähnlich der bewachten Eingangspforte einer alten Highland-Festung. Dahinter befanden sich noch mehr Gebäude, deren Schornsteine und Kamine in willkürlichem Durcheinander in den Himmel ragten.

»Eine Ruine«, stellte Catriona schließlich erstaunt fest. »Eine zerfallene Abtei.«

»Ja. Newstead Abbey, das Schlupfloch lasterhafter Herren. Komm.«

Sie folgte ihm die lange Treppe hinauf und blieb ein wenig abseits von ihm stehen, als er an die Tür klopfte. Sie mussten lange warten, doch dann ertönte endlich eine Stimme hinter der massiven Tür. »Wer ist da?«

»Dominic Wyndham, Mr. Murray. Ich habe eine Dame bei mir. Wir hatten einen Unfall.«

»Um Himmels willen!«

Riegel klapperten, und die Tür sprang auf und gab den Blick auf einen hellen Lichtschein frei. Ein korpulenter, würdevoller Mann mit ergrauendem Haar spähte zu ihnen hinaus, eine brennende Laterne in der erhobenen Hand. Eine gesunde Röte überzog seine knollige Nase und seine fleischigen Wangen. Er trug einen dunklen Rock und eine gelbe Weste, die Kleidung irgendeines höheren Bediensteten, schien es, die er offensichtlich ziemlich hastig angezogen hatte.

»Major Wyndham? Großer Gott! Seine Lordschaft befindet sich auf Reisen, Sir.« Er enthielt sich einer Bemerkung zu ihrem zerlumpten Äußeren, aber sein Blick glitt neugierig von Catriona zu Dominic und wieder zurück.

»Ja, Murray, ich weiß. Dürfen wir eintreten?«

Der Mann ließ sie durch die Eingangstür hinein und ging dann voran in einen großen, mittelalterlichen Saal. Das Laternenlicht flackerte über eine hohe, gewölbte Decke und abblätternden Putz. Nicht ein einziges Möbelstück befand sich in dem großen Raum.

»Ich habe keine Gästezimmer vorbereitet, Sir«, erklärte Murray über seine Schulter.

»Dann könnten wir vielleicht die privaten Räumlichkeiten Seiner Lordschaft benutzen?«, fragte Dominic. »Ein Zimmer wird genügen.«

Mr. Murray öffnete eine Tür am Ende der Halle. »Ich werde das Feuer anzünden und Euch etwas zu essen bringen lassen, Sir.«

»Murray«, erwiderte Dominic, »Sie sind ein Schatz, aber ein Bett ist alles, was wir brauchen. Wir werden uns sofort zurückziehen.«

Catriona betrat das Zimmer. Der Kontrast zu der verfallenen Halle, durch die sie eingetreten waren, war verblüffend: Es war ein durch und durch modernes Speisezimmer. Während sie sich verwundert umsah, verschwand Mr. Murray durch einen zweiten Ausgang.

»Ich verstehe nicht«, gestand sie. »Wessen Zuhause ist das?«

Dominic setzte sich auf einen Stuhl aus Nussbaumholz. Seine Hose war inzwischen getrocknet, der eingelaufene Stoff spannte sich über seinen Oberschenkeln. »Eines Schotten, wie der Zufall es will: George Gordon, Lord Byron. Noch ein Mann, dessen Frau ihn nicht ertragen konnte.«

Catriona betrachtete einen kunstvoll geschnitzten Kaminaufsatz über der Feuerstätte. Bemalte Figuren umringten ein kühnes Wappen. Drei Gesichter mit Kopfbedeckungen aus dem sechzehnten Jahrhundert starrten darauf herab. Die Farbe war schon ein wenig abgeblättert. »Lord Byron, der Poet?«

»Er ist in Europa, aber er würde uns mit Freuden Unterkunft gewähren. Er ist ein großzügiger Mann.«

Sie fühlte sich ein wenig unbehaglich, konsterniert. Die Neuigkeiten von Byrons skandalöser Behandlung seiner Frau und seinem daraus resultierenden, selbst auferlegten Exil waren sogar bis in die Highlands vorgedrungen. »Wir sollen sein Schlafzimmer teilen, uns aber ohne etwas zu essen schlafen legen?«

Dominic betrachtete seine Stiefelspitzen. »Alles andere würde beträchtliche Unannehmlichkeiten für Joe Murray bedeuten, den wir ohnehin schon aus dem Schlaf gerissen haben. Wie du siehst, ist der größte Teil des Hauses unbewohnbar. Byron pflegte früher in dieser großen Halle, durch die wir vorhin kamen, mit seinen Pistolen zu üben. Als er das erste Mal hierher kam, wurde sie als Heuschober benutzt.«

Catriona zog seinen Rock noch fester um ihre Schultern und protestierte nicht, obwohl sie einen richtigen Heißhunger auf etwas Warmes hatte.

Es klopfte an der Tür, und Joe Murray lugte durch einen Spalt herein. »Das Schlafzimmer ist bereit, Sir.«

Schweigend folgten sie dem Diener durch Galerien und Gänge und dann eine in der uralten Abteimauer eingebaute Wendeltreppe hinauf. Obwohl es so viel zu sagen gegeben hätte, wusste Catriona nicht, wo sie beginnen sollte. Sie fühlte sich wie betäubt. Während Dominic ein gedämpftes Gespräch mit Murray führte, ging sie schon einmal voran zu Byrons Schlafzimmer.

Es wurde von einem riesigen Himmelbett beherrscht, dessen Pfosten mit der Krone eines Baronets geschmückt waren. Da das Bett außergewöhnlich hoch war, führten eine Reihe kleiner Holzstufen vom Teppich zum Bett. Verglichen mit den hallenden mittelalterlichen Sälen im Erdgeschoss, war dieser Raum üppig und gemütlich eingerichtet – die Bettvorhänge waren aus kostspieligem Chintz mit einem Muster aus goldenen und grünen chinesischen Pagoden –, aber das Zimmer selbst war nicht besonders groß.

»Gott sei Dank.« Dominic kam herein und zog die Tür hinter sich zu. »Ein Bett. In dem wir schlafen werden wie Kinder. Ich werde dich nicht anrühren.«

»Du fragst nicht einmal …« Sie brach ab und begann noch einmal. »Bist du immer noch wütend?«

Er setzte sich auf die Stufen und zog seine Stiefel aus. »Wut ist die morgige Sünde. Die heutige haben wir uns bereits geleistet, also lass uns den Rest der Nacht zum Schlafen nutzen.«

»Du *bist* also verärgert«, konstatierte sie.

Er blickte zu ihr auf. »Catriona, du hast einen Schock erlitten. Der Überfall, die Morde, die durchgehenden Pferde – nur deshalb hast du mit mir geschlafen. Wir werden uns morgen früh über die Konsequenzen unterhalten. Und leg bis dahin bitte diesen verflixten Rock ab und steig ins Bett. Du wirst nicht frieren, und du bist in Sicherheit. Alles andere ist bis morgen unwichtig.«

Sie wollte weinen. Die Überraschung darüber verflog mit den Tränen, bevor sie zu fließen beginnen konnten. Vor dem Fenster war pechschwarze Nacht. Irgendwo draußen im Wald jagten sie möglicherweise noch immer Männer, die ihren Tod im Auge hatten. Sie erschauderte.

»Hab keine Angst, es wird alles gut.« Dominic kam zu ihr und nahm seinen Rock von ihren Schultern. Dann setzte er sich zu ihr aufs Bett und zog ihr die Schuhe aus. Ihr Unterkleid war schmutzig und zerrissen von ihrem Streifzug durch den Wald. Sanft zog er es über ihren Kopf, schlug die Bettdecke zurück und deckte sie behutsam zu. Schweigend löschte er die Kerzen und zog sich selbst aus. Sie spürte, wie er neben sie zwischen die Laken glitt.

Wortlos zog er sie an sich und hielt sie in seinen Armen, bis sie einschlief.

Ihr Atem fächelte seine Schulter. Sie war warm, nackt und überaus begehrenswert. Er war voll erregt. Die Heftigkeit seines Verlangens hielt ihn wach, ließ ihn in der Dunkelheit zu dem schwarzen Futter des Betthimmels aufstarren und sich selbst einen verdammten Narren schimpfen.

Das Kind in Edinburgh war nicht Catrionas. Calum MacNorrin war ihr Bruder gewesen. Dominic hatte alles falsch verstanden. Sie war noch unberührt gewesen.

Und er hatte sie verführt, die Schwester eines Mannes, den er geliebt hatte, und hatte ihr unter einem abgestorbenen Baum ihre Jungfräulichkeit genommen. Dominic gab sich keinen Illusionen hin hinsichtlich ihrer Bereitschaft, es zu dulden. Sie hatte geglaubt, sie sei dazu bereit, doch ihr war gar nicht bewusst gewesen, was sie tat. Ihm hingegen schon. Er wusste nur zu gut, was es bedeutete, eine Frau zu verführen, und er hatte es ganz bewusst und ohne Gnade getan – wie er es ihr versichert hatte, als er ihr zum ersten Mal begegnet war.

Sie war noch unberührt gewesen.

Er hatte sie genommen – wie er irgendeine dieser Frauen in London genommen hätte –, in dem Glauben, sie sei nicht unerfahren, und ohne auch nur die Möglichkeit in Betracht zu ziehen, dass sie vielleicht noch Jungfrau war.

Mit einem leisen Stöhnen drehte sie sich um. Er öffnete seine Arme und ließ sie gehen. Aber ihr fester kleiner Po schmiegte sich an seinen Oberschenkel; ihr schlanker Rücken bettelte geradezu um seine Hand. Mit grimmiger Entschlossenheit wandte er sich ab und fluchte leise. Welch bessere Strafe für seine Rücksichtslosigkeit als das? Sie ihm hilflos ausgeliefert neben sich zu haben und nichts zu *tun*?

Der Gedanke daran, wie sie im Wald mit gespreizten Beinen unter ihm gelegen hatte, ließ ihm keine Ruhe. Mit der zielstrebigen, blinden Entschlossenheit männlichen Begehrens hatte er noch tiefer in diese samtene Hülle eindringen wollen, hatte seine Leidenschaft in ihre geschmeidige feminine Wärme verströmen und den Schock über ihr zerrissenes Jungfernhäutchen ignorieren wollen. Sich zurückzuziehen und dieses Verlangen nicht zu stillen, war mit Abstand das Nobelste, was er in seinem ganzen Leben je getan hatte.

Und dennoch fühlte er sich alles andere als nobel. Am liebsten wäre er in das Ankleidezimmer geschlüpft, um sich selbst um diese schmerzhafte Erregung, die ihm keine Ruhe ließ, zu kümmern. Aber ganz bewusst, zur Strafe sozusagen, verzichtete er darauf. Er ertrug die Marter der Begierde, wie die einstigen Augustinermönche von Newstead die ihre ertragen haben mussten, als Bußübung gewissermaßen. Und doch konnte er weder in Frömmigkeit noch im Gebet Trost finden.

Sie war noch unberührt gewesen.

Selbstverständlich würde er sie heiraten, obwohl – Gott sei Dank – keine Chance bestand, dass sie ein Kind empfangen hatte. Aber was, zum Teufel, hatte er ihr zu bieten? Ein Ehemann, dessen alte Feinde ihn gefunden und geschworen hatten, ihn zu töten. Um sich von den Bedürfnissen seines Körpers abzulenken, versuchte er, darüber nachzudenken. Warum, zum Teufel, hatte Yarrow Fletcher nach so langer Zeit plötzlich beschlossen, ihn in Sherwood anzugreifen und zu ermorden?

Vogelgezwitscher weckte Dominic. Catriona lag still neben ihm, ihr zerzaustes Haar hatte sich aus den Flechten gelöst und lag ausgebreitet auf dem Kissen. Ihre Oberlippe war weich und so sanft geschwungen wie ein Blütenblatt. Er wollte sie küssen. Sein Körper ließ keinen Zweifel daran, wie verzweifelt er sie küssen wollte. Doch stattdessen glitt er aus dem Bett und ging in Byrons Ankleidezimmer, in dem Joe Murray schon einen Morgenmantel und Handtücher bereitgelegt hatte. Mit einem grimmigen Lächeln schlüpfte Dominic in den Mantel und nahm die Handtücher. Durch das Labyrinth von Treppen und Passagen ging er zu den alten Kreuzgängen. Neben der Kapelle lag der hohe, gewölbte Gang, den Byron in eine Art Schwimmbecken verwandelt hatte. Dominic legte den Morgenmantel ab und sprang ins Wasser. Eiskalt schlug es über seinem Kopf zusammen und umhüllte ihn.

Eine Stunde später, gebadet, rasiert und in seinen eigenen, frisch gewaschenen und gebügelten Kleidern – dank des unermüdlichen Joe Murray –, verließ er das unbenutzte Gästezimmer, in dem er all diese Aufgaben erledigt hatte. Er fand Catriona in dem kleinen Esszimmer. Sie trug ihr schwarzes Kleid, das ebenfalls gewaschen und gebügelt war. Ihr Haar glänzte und war wieder ordentlich geflochten und aufgesteckt. In seiner ruhigen, effizienten Art hatte Murray sich um alles gekümmert. Er hatte auch für das herzhafte Frühstück gesorgt, das ihn auf dem Tisch erwartete.

Catriona blickte auf, als Dominic eintrat. Sie schien trotz der überstandenen Erlebnisse unverändert, obwohl sie ihm irgendwie noch hübscher, noch bezaubernder vorkam als gewöhnlich. Dass sie in seinen Augen so erstaunlich hübsch geworden war, erschien ihm wie der reinste Hohn. Denn angeblich waren es doch die Frauen, die nach einem einzigen Liebesakt – selbst einem unterbrochenen – den Mann in einem rosigeren Licht zu sehen pflegten.

»Hast du gut geschlafen?«, fragte er.

»*Chreach thu mi*«, erwiderte sie prompt.

Dominic setzte sich und nahm sich Brot, Fleisch und Eier. »Du bist mir gegenüber im Vorteil. Ich verstehe kein Gälisch.«

»Ach so, na ja.« Ernst beugte sie ihren dunklen Kopf, während sie Marmelade auf eine Scheibe Brot strich. »*Creach* bedeutet ›rauben‹ oder ›plündern‹ oder ›junge Vögel aus dem Nest stehlen‹. Im Englischen würde ich vielleicht sagen: ›Du hast mich ruiniert‹.«

Heiße Röte stieg ihm in die Wangen. Es war so verdammt unerwartet und absonderlich für ihn, dass er sie anstarrte und sich weigerte, dieses erniedrigende Erröten zu verbergen. Sie drehte das Buttermesser in der Hand und blickte zu ihm auf. Er konnte ihren Ausdruck nicht ganz deuten; es schien fast so, als wäre sie amüsiert.

»Wir werden heiraten«, erklärte er schließlich.

»Warum? Weil ich noch Jungfrau war? Weil du der Erste warst? Das ergibt doch keinen Sinn. Hättest du mich ohne Gewissensbisse genommen, wenn es vor dir schon einen anderen Mann gegeben hätte? Meine Jungfräulichkeit gehörte mir. Und ich beschloss, sie zu verlieren.«

Jäher Zorn erfasste ihn. »Die meisten Frauen betrachten ihre Jungfräulichkeit als etwas Kostbares.«

»Obwohl ein Mann die seine bei der erstbesten Gelegenheit verliert, manchmal sogar, wenn er kaum älter als ein Knabe ist. Und dann besitzt er die Dreistigkeit, eine jungfräuliche Braut zu wollen.«

Dominic begann, mit Messer und Gabel seine Spiegeleier zu attackieren. »Bei Männern ist es anders.«

»Weil ein Mann aus reiner Triebhaftigkeit handeln darf und sich immer noch als Gentleman betrachten kann? Eine Frau muss ihr Verlangen verbergen, sie darf nie tun, was ihr Körper sagt, selbst wenn es die Wahrheit ist und in dem Augenblick richtig für sie. Für mich *war* es gestern Nacht richtig. Ich begehrte dich. Ich wollte die körperliche Vereinigung mit dir. Nur das. Und ich bereue es nicht. Kannst du das nicht verstehen?«

Die Eier waren frisch und weich und teilten sich unter seinem Messer wie zarte weiße Blüten. Er klammerte sich an die

Illusion von Normalität und wappnete sich, um ruhig und gefasst zu bleiben.

»Du warst dem Tod zu nahe gekommen, und deshalb versuchtest du, dich mit dem Akt zu trösten, der neues Leben schafft. Das war eigentlich ganz natürlich. Aber ich hatte vorher schon getötet. Ich stand nicht unter Schock wie du. Ich hätte nicht darauf zu reagieren brauchen, und die eigentliche Verantwortung war meine. Als Ehrenmann bin ich gezwungen, dir die Ehe anzubieten. Herrgott noch mal, begreifst du das denn nicht?«

»*Dé tha cearr ort?* Was ist los mit dir? Und wenn nun die allererste Frau in deinem Leben die Ehe von dir verlangt hätte, nur weil sie dir *deine* Jungfräulichkeit genommen hatte? Im Glauben, ich hätte bereits einen Mann intim gekannt, hast du mich zielstrebig verführt. Da wolltest du mich auch nicht heiraten. Und nun, da du weißt, dass ich noch Jungfrau war, suhlst du dich in selbstgerechten Vorwürfen. Zum Teufel mit dir und deinen hochherzigen Empfindsamkeiten!«

»Du hast dich nur darauf eingelassen, weil du unter Schock standest.« Er ließ klirrend die Gabel auf seinen Teller fallen. Das Essen schmeckte ihm plötzlich nicht mehr. »Falls du nicht darauf bestehst, mich auch künftig für ein Ungeheuer zu halten, wirst du mir schon ein Minimum an Reue erlauben müssen. Ich war achtlos. Ich habe dir wehgetan.«

»Es war mir nicht bewusst, dass es wehtun würde.« Sie legte ihr Messer hin und biss in ihren Toast. »Du musst sehr groß sein.«

Er verschluckte sich beinahe. Dann lachte er aus purer Überraschung. »Hast du Vergleichsmöglichkeiten?«

Sie starrte an ihm vorbei zum Fenster hinaus. Das Morgenlicht fiel auf ihre fein geschnittenen Züge, und ihre blauen Augen bildeten einen verblüffenden Kontrast zu ihrer blassen Haut. »Zwei Mal gab es einen Mann, der meinem Herzen sehr nahe stand. Einmal, als ich siebzehn war, und einmal, als ich einundzwanzig war. Aber mir fehlt das Wissen, dich mit ihnen zu vergleichen.« Sie sah ihn direkt an. »Sie waren die beiden Männer, die ich geheiratet hätte, doch ich habe sie nicht berührt, so wie ich dich gestern Nacht berührt habe.«

»Natürlich nicht.« Es gelang ihm nicht, die Bitterkeit aus seiner Stimme fern zu halten. »Sie waren ja auch keine Wüstlinge.«

»Sie waren anständige Männer. Aber sie gingen fort, um mich als Jungfrau sterben zu lassen.«

»Was geschah?«

»Vimiero und Ciudad Rodrigo.«

Schlachten. Achtzehnhundertacht und achtzehnhundertzwölf. Dominic erhob sich vom Tisch und trat ans Fenster. »Sie waren Soldaten«, bemerkte er. »Highlander. Und sie fielen beide auf der Iberischen Halbinsel.« Catriona hatte also schon geliebt. Und sie hätte auch geheiratet, wenn einer dieser Männer lebend aus dem Krieg zurückgekommen wäre. Stattdessen waren die Nachrichten gekommen, die Listen der Gefallenen und Verwundeten, und sie war allein geblieben. Zwei Mal. Und es gab nichts anderes dazu zu sagen als die übliche stumpfsinnige, erschreckend unpassende Plattitüde: »Es tut mir Leid.«

»Ja, mir auch, doch das ist nicht der Grund, warum ich dich nicht heiraten will. Ich heirate dich nicht, weil du ein anmaßender Mensch bist und weil ich keine Ehe eingehen *will*. Ich möchte keinem Mann gehören, und schon gar nicht einem englischen Aristokraten – einem Mann, der verliebt ist in Kleider und in Mode, der in der Nacht vom Blut anderer lebt wie ein Vampir. Was für eine gemeinsame Zukunft könnten wir schon haben?«

»Ich weiß es nicht.« Sie hatte geglaubt, sie würde sterben. Und darum hatte sie den Entschluss gefasst, ihre Unschuld zu verlieren, kalt, berechnend und ohne jede Leidenschaft. »Aber ich weiß verdammt viel über *dich*. Du hast mich belogen, seit wir uns zum ersten Mal begegnet sind, seit du mich in deine gottverdammten Pläne einbezogen hast. War Calum wirklich dein Bruder? Wer, zum Teufel, bist du?«

Sie stand auf, straffte die Schultern und hob das Kinn. »Mein Name ist in der Tat Catriona. Aber ich bin keine Sinclair. Mein Vater war ein MacNorrin und meine Mutter auch. Sie war die Schwester des Gutsherrn.« Unverkennbarer Stolz klang nun in ihrer Stimme mit. »*Mac an Urrainn*, Sohn eines bemerkenswerten Mannes. Ich wuchs bei dem Gutsherrn auf, meinem Onkel, in Dunachan, der Burg in Glen Reulach – dem Tal der Sterne. Nicht dass es wichtig wäre, aber wir haben Stühle wie diese hier und Silber und Teppichböden in den Schlafzimmern. Was dachtest du? Dass wir alle in ärmlichen Katen leben?«

»Wohl kaum. Calum besaß mehr Stil und Kultur, als die meisten Offiziere sich je erhoffen dürften. Er ließ mich wissen, dass er mit dem reinen Blut von Glen Reulach in seinen Adern aufgewachsen war. Ja, in Bezug auf seine Ehre war er wirklich sehr empfindlich. Wäre er noch am Leben, würde er mich wahrscheinlich niederstechen für das, was gestern Nacht geschehen ist.«

»Das würde er bestimmt.« Sie erwiderte fest seinen Blick. »Oder ich könnte es auch selbst tun. Als wir Kinder waren, hat Calum mir all das beigebracht, was sie ihn gerade lehrten. Der beidhändige *claidheamh mór* ist zu schwer für mich, aber ich kann sehr gut mit dem Dolch und der Pistole umgehen.«

»Das habe ich schon gemerkt«, entgegnete er. »Oder zumindest einer unserer Angreifer machte gestern die Erfahrung, wie geschickt du bist. Ich denke, du wirst mir jetzt auch den Rest erzählen müssen, Catriona.«

»Draußen«, erwiderte sie. »Unter freiem Himmel, fern von all dieser abblätternden Farbe und dem Putz. Draußen werde ich dir alles sagen.«

Sie verließen das Esszimmer und gingen durch die Durchgänge ins Freie. Die Morgensonne beschien die Ostmauer der Abtei. Vor ihr lagen die Überreste eines einst gepflegten, von hohen Mauern umgebenen Gartens. Dominic betrachtete Catriona, als sie hinaustrat, ihre schmalen Schultern, die sanfte

Wölbung ihrer Brust. Die Erinnerung an ihre hinreißende Nacktheit prickelte an seinen Handflächen. Er begehrte sie verzweifelt und verachtete sich dafür.

Der Garten war in der geometrischen Symmetrie des vergangenen Jahrhunderts angelegt, doch die Blumen wuchsen wild, als könnte das Personal nicht die Zeit aufbringen, sich ihrer anzunehmen. Ein ungepflegter Rasen fiel sanft zu einem großen, rechteckigen Teich ab. Hinter dem flachen Wasser bildete ein dichtes kleines Gehölz einen dunklen Hintergrund für zwei einsame weiße Statuen.

Catriona ging zu einem beeindruckenden Monument, das den ihnen näher gelegenen Teil des Gartens dominierte. Laut las sie die Inschrift vor: »*Nahe dieser Stelle ruhen die sterblichen Überreste von einem, der Schönheit ohne Eitelkeit besaß, Charakterstärke ohne Insolenz, Mut ohne Wildheit und all die Tugenden eines Menschen ohne seine Laster. Diese Lobpreisung, die nichts als unbedeutende Schmeichelei wäre, würde sie menschlicher Asche dargeboten, ist nur ein kleiner Tribut an die Erinnerung an Boatswain, einen Hund, der im Mai 1803 in Neufundland geboren wurde und am 18. November 1808 in Newstead verstarb.*«

»Sein Porträt befindet sich im Haus«, bemerkte Dominic. »Er war schwarz-weiß. Ein wunderbarer Hund. Byron möchte hier bei ihm begraben werden.«

Catriona beschattete ihre Augen vor der Sonne. »Eitelkeit, Insolenz, Wildheit? Dein Freund Lord Byron scheint von seiner eigenen Gattung nicht sehr viel zu halten.«

»Du ja auch nicht.«

Sie wandte sich ihm plötzlich zu. Ihre Wangen glühten, und ihre Augen glitzerten, als beherrschte sie nur mühsam ihre Tränen. »Die Bewohner von Glen Reulach sind im Begriff, etwas über ihre eigene Gattung zu erfahren. Ihrer aller Schicksal liegt in den Händen ihres Gutsherrn. Dieser eine Mann regiert das ganze Tal. Er ist der Eigner aller Häuser, Farmen oder Ländereien. Obwohl der Clan seit Anbeginn der Zeiten dieses Land bewohnt, liegt das Schicksal dieser Menschen ganz allein in seinen Händen.«

»Ich dachte, der Gutsherr sei dein Onkel.«

»Er ist tot. Sein rechtmäßiger Erbe ist ein Junge namens Thomas. Sein Vater war mein anderer Onkel, der jüngere Bruder des alten Gutsherrn. Er starb bei einem Reitunfall. Der kleine Thomas befindet sich in der Obhut seiner Mutter, einer rothaarigen Engländerin namens Mary. Und auch über Marys Zukunft und ihr Schicksal – und die Zukunft ihres kleinen Sohnes, mit seinem gesamten Erbe und Besitz – entscheidet nun ihr Vater, der Duke of Rutley.«

Dominic war wie vor den Kopf geschlagen. »Rutley! Glen Reulach befindet sich in Rutleys Händen? Ach du meine Güte! Und was ist mit Andrew, diesem Kind in Edinburgh? Wer, zum Teufel, ist der Junge?«

»Der Sohn des alten Gutsherrn und der wahre Erbe, falls es mir gelingt, das zu beweisen. Der MacNorrin heiratete eine Engländerin namens Sarah, sie war seine zweite Frau. Seine erste Frau war unfruchtbar und starb, ohne Nachkommen zu hinterlassen. Es gilt heutzutage in den Highlands sehr modern, sich im Süden eine Braut zu suchen. Sie bringen englische Manieren mit und Geld. Andrew ist Sarahs Kind.«

»Dann möchtest du also Andrew an die Stelle von Rutleys Großenkel treten sehen?«

»Ja. Und du musst mir dabei helfen.«

Sie stand am steinernen Sockel einer Gedenkstätte für einen Hund, und die Sonne funkelte in ihrem schwarzen Haar. Catriona wirkte eigensinnig und entschlossen, ein harter Zug lag um ihren sonst so weichen Mund. Sie sah bezaubernd aus. Er wollte sie dazu bringen, ihn zu küssen, statt ihm diese ganze komplizierte Familiengeschichte auseinander zu legen.

»Du erwartest allen Ernstes, dass ich mich in dieses Durcheinander mit hineinziehen lasse? Warum, zum Teufel, sollte es mich interessieren, welches dieser beiden Kinder irgendein obskures Highland-Landgut erbt? Und warum in *Dreiteufelsnamen* hast du mir erzählt, Andrew sei Harriets Sohn?«

Ihr starrköpfiger Gesichtsausdruck veränderte sich nicht. »Sarah verließ Dunachan achtzehnhundertvierzehn, im Sommer des Sieges. Sie mochte die Berge nicht, und es gefiel ihr nicht, mit einem alten Mann zu leben. Sie war Engländerin. Sie ging nach Edinburgh, zu den Wohltätigen Seelen. Ich glaube, sie war schon schwanger von ihm, als sie fortging, doch vermutlich wusste sie es da noch nicht, und sie hat es meinem Onkel sicherlich auch später nicht gesagt.«

»Wieso nicht?«

»Zwei Tage, nachdem sie ihn verlassen hatte, erlitt er einen Schlaganfall. Als er sich davon erholte, konnte er nicht sprechen. Er saß in seinem prächtigen Sessel und starrte uns nur finster unter halb geschlossenen Augenlidern an. Als wir ihn fragten, ob wir Sarah benachrichtigen sollten, schüttelte er den Kopf und begann zu brüllen wie ein Stier. Er wollte keinerlei Verbindung mehr zu ihr, und auch sie versuchte niemals, mit ihm in Kontakt zu treten. Er starb im vergangenen Monat, ohne uns je wieder erlaubt zu haben, in seiner Gegenwart von ihr zu sprechen.«

Ihre Emotion verriet sich jetzt im Beben ihrer Nasenflügel und der Art, wie sie die Augen niederschlug. Dominic bemühte sich, seinen Ton zu mäßigen. »Und woher wusstest du, dass Sarah ein Kind hatte?«

»Zuckerbäcker kamen aus Edinburgh, um für die Beerdigung zu kochen, und durch sie erfuhr ich davon. Eine der Frauen sprach von Sarah, der Frau des Gutsherrn, und berichtete, sie habe im März achtzehnhundertfünfzehn ein Kind zur Welt gebracht, das bei den Wohltätigen Seelen lebte und auf den Namen Andrew hörte. ›Geboren, um Probleme zu bekommen, das arme Lämmchen‹, meinte die Frau. ›Er tat seinen ersten Atemzug, als Napoleon Paris einnahm. Es heißt, der März kommt wie ein Löwe. Der Junge wird große Prüfungen erfahren.‹ Ich versuchte, ihn zu finden, aber als ich kam, war Sarah in der Zwischenzeit verstorben. Die Wohltätigen Seelen sagten, er sei Harriets Sohn.«

»Und was sagte meine Frau?« *Geboren, um Probleme zu bekommen,* wie ein Wechselbalg?

»Harriet versuchte nicht, es abzustreiten, aber ich wusste, dass es nicht ihr Kind sein konnte – der Junge hatte schließlich dunkles Haar und blaue Augen.«

Dominic atmete tief ein. »Kein blonder Engel, so wie Harriet – oder ich?«

Catrionas Augen blitzten. »Du kannst ruhig über deine Frau und ihre Berufung spotten, aber die Damen bewirkten wirklich sehr viel Gutes bei den Armen. Jemand brachte eine Krankheit mit zurück, und viele der Wohltätigen Seelen erkrankten. Sarah war tot. Harriet lag im Sterben. Kurz bevor es mit ihr zu Ende ging, vertraute sie mir an, sie habe Papiere – Sarahs Tagebücher und andere Dokumente –, die bewiesen, wer Andrew wirklich war. Aber nur du, ihr Ehemann, besitzt einen rechtlichen Anspruch auf diese privaten Dinge. Mir wollten sie sie nicht geben. Du allein kannst beweisen, dass Andrew der rechtmäßige Erbe von Glen Reulach ist.«

Während Dominic sie anstarrte und versuchte, diese ganze bizarre Erzählung zu verstehen, kam ihm plötzlich die Absurdität des Ganzen zu Bewusstsein, und er spürte, wie die Anspannung der letzten Tage ihn fast schlagartig verließ. »Das ist es also, wozu du mich benutzt hast? Das ist es, warum ich unbedingt nach Edinburgh mitkommen musste? Um Harriets Papiere abzuholen, die in Wahrheit Sarahs sind, und zu beweisen, dass meine Frau doch keinen Bastard zur Welt gebracht hatte?«

Catriona nickte.

»Warum, zum Teufel, hast du mir das nicht von Anfang an erzählt?«

»Weil du dann nicht mitgekommen wärst. Wenn du Andrew

nicht für deinen Sohn gehalten hättest, hättest du mich niemals begleitet.«

Dominics Anflug von Heiterkeit erstarb und wich beißendem Sarkasmus. »Weil du natürlich wusstest, dass ich keine Moral und keine edleren Gefühle hegte, dass ich aus simpler Gerechtigkeit für eines Fremden Kind nie etwas unternommen hätte und dass höchstens ein Appell an meine niedrigeren Instinkte mich dazu veranlassen könnte, mein lasterhaftes Leben in London aufzugeben.«

Sie errötete. Die Farbe unterstrich den Glanz in ihren Augen. »Ja, das ist es, was ich dachte.«

Er wandte sich ab und beschattete seine Augen vor der Morgensonne. »Du wirst mich entschuldigen und mir etwas Zeit geben müssen, um über all das nachzudenken.«

»Wo willst du hin? Wir müssen nach Edinburgh.«

Dominic deutete auf die beiden weißen Steinfiguren vor dem Wäldchen hinter dem rechteckigen Teich. »Diese Statuen wurden vom fünften Lord Byron aus Italien hergebracht. Es sind Satyre: mit behaarten Schenkeln, aber klaren Köpfen, hoffe ich. Eine Familie. Die Mutter und das Kind sind sehr rar und kostbar, glaube ich. Das Gehölz dahinter ist bekannt als ›Teufelswald‹ – ein geeigneter Ort also für mich, um einen Entschluss zu treffen.«

Er entfernte sich mit großen Schritten. Ohne sich noch einmal nach ihr umzusehen, ging er über die Terrassen des einstigen formellen Gartens, dann um das stehende Wasser herum und durch das ungepflegte Gras am Fuß der Statuen. Die Satyr-Mutter blickte zärtlich auf ihr ziegenbeiniges Kind herab, das sie an der Hand hielt, ihr liebevoller Gesichtsausdruck für alle Zeit in Stein geprägt. Dominic schlenderte an ihr vorbei. Die Bäume schienen sich zu öffnen und ihn zu umarmen, als er den Teufelswald betrat.

Catriona sah ihm nach, als er sich langsam entfernte – groß, breitschultrig, sein Haar in der Sonne fast golden glänzend –, bevor sie sich am Fuß des Monumentes niedersetzte und ihre Fingerknöchel gegen die Zähne presste. Ihre Amme hatte es oft genug gesagt. Ihr war fast so, als hörte sie Magaidh wieder mit ihr sprechen.

»Oh, sie ist ein kluges kleines Mädchen, meine Catriona, mit ihrem wunderschönen schwarzen Haar und ihren enzianblauen Augen. Sie wird nicht allzu viele Fehler im Leben machen. Aber *wenn* sie es tut, werden es richtig große Fehler sein.«

Und diesmal hatte sie es auf geradezu verschwenderische Art getan. Riesige Fehler hatte sie begangen, einen nach dem anderen. Die kleinen Einzelheiten hatten wunderbar geklappt, aber der Plan als Ganzes war verdorben. Dominic würde nicht mehr mitkommen, jetzt, da er die Wahrheit kannte. Er würde nach London zurückkehren. Glen Reulach war verloren. Ohne Dominic Wyndham würde sie Harriets Papiere nicht bekommen. Ohne ihn konnte sie keine Ansprüche auf das Kind erheben. Sie würde nicht den rechtmäßigen Erben auf Dunachan sehen, und die Adler würden über den Köpfen von Engländern schreien.

Sie schloss die Augen und dachte an jenes letzte, prunkvolle Begräbnis. Der Bruder ihrer Mutter, der alte Gutsherr, war unter einer hohen Granitsäule zur letzten Ruhe gebettet worden, wo sein jüngerer Bruder, der Vater des kleinen Thomas, erst wenige Monate zuvor begraben worden war. Die Clanmitglieder kamen von nah und fern, um dem prachtvollen Schauspiel der Dudelsäcke und Festbankette beizuwohnen. Zuckerwerk aus Edinburgh, und eine Frau, die auch für die Wohltätigen Seelen gebacken hatte.

»Bei ihnen lebt ein kleiner Junge«, hatte die Frau mit feuchten Augen erzählt. »Er ist vor über einem Jahr geboren worden. Ich fragte sie nach seiner Mutter. Sie sagten, sie sei tot, aber ich kann zwei und zwei zusammenzählen. Sie war eine Engländerin. Sie kam achtzehnhundertvierzehn und trug das Kind schon unter ihrem Herzen. Ich weiß, sie war die Gattin Ihres Gutsherrn, der nun tot und begraben ist. Der Junge ist ein hübscher kleiner Kerl, schwarzhaarig und blauäugig wie Sie. Geboren, um Probleme zu bekommen, das arme Lämmchen ...«

»Die Frau meines Onkels hatte ein Kind?«, hatte Catriona sie schließlich atemlos unterbrochen.

»Aye. Der kleine Andrew MacNorrin wurde bei den Wohltätigen Seelen geboren. Eine andere Engländerin kümmert sich um ihn und gibt ihn als ihren eigenen Sohn aus, aber das ist er nicht. Er ist der Liebling aller Damen. Über seine Geburt wird nie gesprochen. Doch ich hege nicht den geringsten Zweifel, dass er Sarahs Kind war.«

Und so war Catriona mit den Zuckerbäckern nach Süden gereist und hatte die Wohltätigen Seelen aufgesucht, ohne zuzugeben, wer sie wirklich war. Sie hatte Harriet, Dominics Frau, kennen gelernt, die behauptet hatte, Andrew sei ihr eigener Sohn. Zwei Wochen später war auch Harriet tot, ein weiteres Opfer der aus den Elendsvierteln mitgebrachten, ansteckenden Krankheit und möglicherweise auch ihrer eigenen ungesunden Ernährungsweise. Obwohl sie sich in Samt und Seide kleideten, ernährten sich die Damen hauptsächlich von Brot oder Konfekt, das zum Tee gereicht wurde. Zur Sicherheit hatte die Haushälterin, Mrs. Mackay, das Kind mit zu sich heimgenommen. Aber er war ein robuster Junge und ließ keine Anzeichen von Krankheit erkennen. Catriona hätte das Kind entführen und mit heim in die Highlands nehmen können.

Aber was hätte das ohne die Papiere genützt, die seine Identität bewiesen? Ohne Beweise, dass ihr Onkel ihn mit Sarah, seiner rechtmäßig angetrauten Gattin, gezeugt hatte, bevor diese ihn verlassen hatte? Ohne Beweise, dass Andrew Catrionas eigener Cousin und auch der Cousin des kleinen Thomas war, der wiederum Rutleys Enkelsohn war? Ohne Beweise konnte Andrew unmöglich seinen Platz als rechtmäßiger Erbe einer Burg und eines Clans einnehmen.

Nur Dominic Wyndham konnte diesen Beweis beschaffen. Nur der Mann, dem sie gerade ihre Jungfernschaft geopfert hatte.

Sollte sie versprechen, ihn zu heiraten, damit er sie nach Edinburgh begleitete? Sie lachte ein wenig bitter. Wie die alte Magaidh gesagt hatte, machte sie nur große Fehler. *Och-ón*, Dominic war nicht dafür bekannt, sehr gut mit Ehefrauen umzugehen!

Dominic ging blindlings an den Bäumen vorbei, durch deren Blätter die Sonne grüngoldene Flecken auf das Gras zu seinen Füßen warf. Es war kein großes Wäldchen, und direkt dahinter lag die Gartenmauer. Er hockte sich ins Gras, lehnte sich mit dem Rücken an die warmen Backsteine und schloss die Augen. Er hatte Catriona ihre Jungfräulichkeit genommen. Es war verrückt, sich deswegen Vorwürfe zu machen, doch er tat es trotzdem. Aber auch eine Welle kalten Zorns stieg in ihm auf. Sie hatte ihn benutzt. Bei den Londoner Damen rechnete er damit, dass sie ihn benutzten, doch bei ihnen war es etwas Gegenseitiges, eine Art gerechter Austausch. Bei Catriona hingegen war es ganz und gar nicht so gewesen. Er hatte sie geliebt, als wäre sie eine wirkliche Geliebte, offen, mit bedingungsloser Leidenschaft, nur um dann die Feststellung zu machen, dass sie ihn skrupellos benutzt hatte.

Er hätte weggehen sollen. Zurück nach London, zurück zu Stansted und diesem törichten, idealistischen Projekt mit seinem Freund, das – trotz Harriets Tod – das Einzige war, das ihm geblieben war: Glück zu finden, und wenn auch nur für Stansted.

Wenn Yarrow Fletcher doch bloß nicht gerade versucht hätte, sie zu ermorden!

Dominic hob einen Stock auf und kratzte damit über ein Fleckchen Erde ohne Gras.

Versonnen zog er einen kleinen Kreis. Harriet. Das Kernstück des Problems. Wie Speichen an einem Rad, zog er Linien für die anderen Frauen, die ihr Leben gestreift hatten: Rosemary, Sarah und Catriona. Zwei miteinander verbundene Familien, deren Schicksale sich in Edinburgh gekreuzt hatten. Von Calum wusste er etwas über die schottische Seite. Durch seine Bekanntschaft mit Rutley und Stansted und nach allem, was Catriona ihm gerade erzählt hatte, kannte er den Rest.

Zwei Familienstammbäume. Dominic ritzte sie in die Erde. Der englische Zweig, mit dem rothaarigen Duke of Rutley und seinen beiden Kindern: seine Tochter Mary und sein Sohn und Erbe, Lord Stansted. Beide verheiratet. Mary mit einem Abkömmling von Glen Reulach, der inzwischen tot war. Stansteds dunkelhaarige Frau, Rosemary – die Harriet mitgenommen hatte, als sie nach Edinburgh gegangen war –, lebte noch immer bei den Wohltätigen Seelen. Aus diesem Grund würde Stansted wohl nie einen Erben zeugen, und folglich war Marys Kind Thomas Rutleys einziger legitimer Enkelsohn.

Dann die Schotten: die blauäugige, schwarzhaarige Familie von Glen Reulach. Drei Geschwister: der alte Gutsherr, der verstorben war, seine Schwester mit ihren beiden Kindern – Calum und Catriona – und sein jüngerer Bruder, der Mary geheiratet hatte und die beiden Familienbäume miteinander verband wie Efeu zwei uralte Eichen. Die Frau des alten Gutsherrn, Sarah, hatte auch ein Kind geboren, einen Knaben namens Andrew.

Dominic zog eine Linie von einem Kind zum anderen. Andrew, der wahre Erbe der MacNorrin, und Thomas, Rutleys Enkel, waren Cousins – die Söhne zweier Brüder und ihrer englischen Gemahlinnen. Aber nur eine dieser englischen Gemahlinnen war die Tochter eines Herzogs. Falls Andrew sich als rechtmäßiger Erbe von Glen Reulach erwies, würde Thomas dieses schottische Erbgut verlieren. Und das war etwas, was Rutley nie zulassen würde, da der kleine Thomas der einzige direkte Blutsverwandte war, den er vermutlich hinterlassen würde. Das

Herzogtum würde sich an Rutleys unmittelbare Linie verlieren, falls Stansted keinen Sohn bekam, aber der Herzog würde dafür sorgen, dass dieses eine Enkelkind alles bekam, was er für ihn gewinnen konnte.

Also mochte es Rutley durchaus kümmern, doch warum war es so wichtig für Catriona? Beide Knaben waren ihre Cousins. Warum sollte es so einen großen Unterschied ausmachen, wer Glen Reulach erbte?

Es gab nur eine Person, die mit all dem nichts zu tun hatte, weder durch Blutsverwandtschaft noch durch Heirat: Harriet. Und doch lag sie in der Mitte und bildete die Nabe dieses Rads. Seine arme, verwirrte Ehefrau, die ihre Loyalität nur anderen Frauen geschenkt hatte. Zuerst Rosemary und dann Sarah, die wie ihr Mann inzwischen verstorben war. Harriet hatte Sarahs Papiere in Verwahrung genommen, und nur er selbst, Dominic, konnte ihre Aushändigung verlangen. Mit einer heftigen Bewegung fuhr er mit dem Stiefel über das Diagramm, das er in den Schmutz gezeichnet hatte. Es war nicht seine Angelegenheit.

Aber das Kind, das Kind ...

Nicht sein Kind, nicht Harriets Kind, ja nicht einmal Catrionas Kind. Aber ein kleiner Junge mit blauen Augen und dunklem Haar, der seinen Vater nie gekannt hatte. *Armes Lämmchen*. Ein kleiner Junge, der die Frauen, die sich um ihn gekümmert hatten, eine nach der anderen hatte sterben sehen, an einer ansteckenden Krankheit aus den Elendsvierteln Edinburghs, und eine dieser Frauen war seine Mutter gewesen. Andrew hatte niemanden mehr. Dominic barg den Kopf in seinen Händen.

Er konnte den Jungen nicht einfach seinem Schicksal überlassen.

Und schon gar nicht Rutley. Falls Catriona Andrews Identität bewies und der Herzog von der Existenz dieses Konkurrenzanspruchs erfuhr, wie, zum Teufel, würde er dann reagieren? Sicherlich nicht freundlich. Rutley würde nicht tatenlos daneben stehen und zusehen, wie sein einziger Enkel zu Gunsten Andrews seinen Erbanspruch verlor.

In Gedanken sah Dominic wieder Rutleys gelbe Augen und erinnerte sich, wie er ihn in St. James angesehen hatte.

Ihr gebt ganz offen zu, dass Ihr, wenn eine Wohltätige Seele vorzeitig von hinnen gehen müsste, es begrüßen würdet, wenn es Eure Schwiegertochter wäre, Lady Rosemary Stansted?

Wenn sie nicht zur Vernunft kommt und ihre Pflicht erfüllt, dann schon. Dominic konnte noch das Lächeln des Herzogs sehen und den listigen, rücksichtslosen Glanz in seinen Augen. *Aber vielleicht ist Rosemary ja unfruchtbar? Oder womöglich ist es mein Sohn, der nicht mit Eurem mutmaßlichen Beispiel mithalten kann, ganz gleich, wie sehr er sich vielleicht auch bemühen mag. Und, ja, das war ein Exempel. Guten Tag, Sir.*

Dominics Kopf fuhr hoch. Was für ein Exempel? Was, zum Teufel, hatte Rutley damit nur gemeint? In jenem Moment hatte Dominic geglaubt, es sei nur ein rüder Kommentar zu den Gerüchten über seine eigenen Erfolge bei Frauen, aber womöglich steckte ja noch mehr dahinter. Hatte Rutley gewusst, dass es ein Kind gab, das bei den Wohltätigen Seelen lebte? Und es für Dominics gehalten? Nein, schlimmer. Hatte er gewusst, dass der Junge nicht Dominics Sohn war – vielleicht sogar vermutet, dass das Kind, von dem behauptet wurde, es sei Harriets Sohn, in Wahrheit Sarahs Kind war? Am besten schickte er sicherheitshalber eine Warnung mit neuen Anweisungen an Mrs. Mackay. Wenn ein Zuckerbäcker Catriona Klatsch zutragen konnte, gab es keinen Grund, warum solche Geschichten nicht auch die scharfen Ohren des Herzogs erreichen sollten.

Mit einem Fluch sprang Dominic auf. Catriona hatte Recht. Niemand, nicht einmal ein englischer Herzog, konnte die Wohltätigen Seelen zwingen, sich von Harriets Hinterlassenschaft zu trennen – oder wenn, dann nur ihr eigener Mann. Was bedeutete, dass ihm, um dieses fremden Kindes willen – und zum Nachteil von Lord Stansteds kleinem Neffen Thomas, worüber

Dominic auch nicht allzu glücklich war – gar nichts anderes übrig blieb, als es zu tun.

Bei diesem Gedanken ließ er sich wieder an die Wand zurücksinken, schaute zum blauen Himmel auf und begann, ein bisschen hilflos vor sich hin zu lachen.

Catriona sah ihn aus dem Teufelswald zurückkommen. Sie saß auf den Stufen neben dem Haus und hatte das Gefühl, die ganze Angelegenheit gründlich verdorben zu haben. Er würde nun nicht mehr mitkommen. Sie würde allein nach Edinburgh gelangen und irgendwie versuchen müssen, Sarahs Papiere in ihren Besitz zu bringen. Und was das anging, was am See zwischen ihnen vorgefallen war ... Die Erinnerung daran schmerzte immer noch. *Große Fehler?*

Dominic kam auf sie zu, und die Sonne vergoldete sein Haar und seine Haut. Als er die Terrassen vom Teich heraufkam, machte Catrionas Herz einen Satz. Mit großen, federnden Schritten kam Dominic zu ihr herüber. Seine moosgrünen Augen musterten sie so verstohlen wie beim ersten Mal, als sie sich begegnet waren – und glitzerten so bedrohlich, als hätte er getrunken.

»Es wird dir nach diesem ersten Mal nicht mehr wehtun«, begann er. »Wir werden es jetzt also bis zum Höhepunkt unseres Vergnügens genießen können. Ich freue mich schon darauf.«

Sie errötete vor Ärger. »Was redest du da?«

Er setzte sich neben sie auf die Stufen, ohne sie zu berühren, aber so nahe, dass sein Duft ihr Blut in Wallung brachte. »Ich habe Joe Murray gebeten, uns ein Fahrzeug zu besorgen, damit wir unsere Reise fortsetzen können.«

»Was meintest du mit *unserem Vergnügen*?«

»Ach du liebe Güte.« Er lehnte sich zurück und streckte die langen Beine aus, unbeschwert und zwanglos. »Du wirst doch jetzt nicht etwa schüchtern werden, Catriona?«

Sie betrachtete das Spiel des Sonnenlichts auf seinen langen Fingern. »Glaubst du?«

Er wandte sich ihr zu und betrachtete sie unter halb gesenkten Lidern. »Du hast dich bereit erklärt, als meine Geliebte mitzureisen. Gestern Nacht – auf deine Ermunterung hin – wurde das zu einer Realität. Sträubst du dich nun gegen die Idee, dass ich vorhabe, dich auch dementsprechend zu behandeln? Ich bin an die besten Huren Londons gewöhnt. Möchtest du nicht all die schamlosen Dinge erkunden, die sie mich gelehrt haben? All diese widernatürlichen Handlungen, die ich Harriet angeblich zugemutet habe?«

Das Grün in seinen Augen schimmerte wie Sonnenschein auf Gras, und das Grübchen an seiner Wange vertiefte sich. »Denn ich bin fest entschlossen, all diese frivolen, köstlichen kleinen Tricks auch bei dir zur Anwendung zu bringen.«

Kapitel 8

Catriona atmete tief durch, doch das innere Zittern, das sie bis in die Knochen spürte, wollte nicht aufhören. »Ich kann es dir nicht verdenken, dass du verärgert bist. Schließlich ist Ärger unsere nächste Sünde. Aber du schuldest mir eine Erklärung: Dieser Überfall auf unsere Kutsche – du weißt doch, wer das war, nicht wahr?«

»Erstens bin ich nicht verärgert«, sagte er. »Und zweitens ist das keine Antwort.«

»Auf welche Frage? Ob ich als deine Geliebte mit dir weiterreise? Du hast nicht darum gewettet, meinen Körper zu gewinnen, sondern mein Herz, und das gehört noch immer mir. Du hast nicht gewonnen.« Bekümmert stand sie auf. »Meine Jungfräulichkeit zu verlieren, war meine eigene Entscheidung. Mein Körper gehört mir, ich kann über ihn verfügen, wie es mir beliebt. Ich lasse mich von dir weder unter Druck setzen noch zu irgendetwas zwingen. Ich werde dir nicht antworten. Ob du mich noch verlockst? Aber ja!« Catriona blickte auf ihn herab und betrachtete die schlanken Konturen seines Gesichts und seines Körpers, den goldenen, sonnigen Glanz, der von ihm ausging. »Natürlich verlockst du mich! Aber hör auf damit. Denn du wirst *nie* mein Herz gewinnen, Dominic.«

Er wandte das Gesicht ab, sodass das Sonnenlicht nun auf sein Kinn fiel und seine Mundwinkel beschattete. »›Weiche von mir, Satan‹?« Der ironische Unterton in seiner Stimme war nicht zu überhören. »Keine Sorge, Catriona, ich habe es nicht ernst gemeint. Ich bringe dich nach Edinburgh. Dein Herz und was von deiner Tugend noch geblieben ist, kannst du von mir aus gern behalten. Unsere Wette war dumm, und wir haben den Preis dafür bezahlt.«

»Wovon sprichst du?«

»Von diesem Durcheinander zwischen uns. Wir haben einen Fehler begangen. Aber ich denke, es müsste uns gelingen, unsere Begehrlichkeit für die nächsten paar Tage unter Kontrolle zu halten.« Er lächelte sie an. »Wenn wir in Edinburgh sind und uns Sarahs Papiere beschafft haben, werde ich dir Gelegenheit geben, mich nach Lust und Laune zu verführen. Ich fände es auf jeden Fall sehr amüsant, eine Cousine von Rutleys kleinem Enkel Thomas in meinem Bett zu haben.«

Da sah sie sie, die Leichtigkeit in ihm, den Humor, der seine Mundwinkel verzog. Sie hatte keine Ahnung, worüber er sich eigentlich lustig machte, aber sie reagierte trotzdem sehr verärgert.

»Hol dich der Teufel!«, rief sie aufgebracht. »Es war ein Mann, den du kanntest, der versucht hat, uns zu töten, der deinen Kutscher erschossen und unsere Pferde verletzt hat. Ein Mann, den *du* kanntest, nicht ich! *Dein* Feind, nicht der meine! Und dennoch redest du von nichts anderem als deinem sinnlichen Verlangen und deiner geradezu besessenen Gier danach!«

Er blickte zu ihr auf. »Gier? Die Todsünden holen uns tatsächlich langsam ein, nicht wahr? Auf Zorn wird demnächst Gefräßigkeit nachfolgen, wenn all diese Empörung Nachsichtigkeit weicht. Ich schätze, Rutley hat dir angeboten, für dich zu sorgen, und du hast ihn zurückgewiesen?«

Sie nickte.

»Der Mann, der uns angriff, nennt sich Yarrow Fletcher. Ich kenne ihn aus Spanien.«

Sie wartete darauf, dass er fortfuhr, aber stattdessen stand er auf und legte seine Hand um ihren Ellbogen. Bei seiner Berührung spürte sie wieder das Brennen und das Sehnen und hasste sich dafür.

»Unser Fahrzeug wird bald da sein«, erklärte er. »Und wie du selbst schon oft genug gesagt hast, gibt es ein Kind in Edinburgh, das uns erwartet. Dank Yarrow Fletcher verfolgen wir eine neue Strategie und pfeifen nun auf deinen guten Ruf. Wir werden schnell und in aller Öffentlichkeit reisen und die heutige Nacht an einem Ort verbringen, für dessen Sicherheit ich garantieren kann. Während der Fahrt werde ich dir alles erzählen, was du wissen willst.«

»Wird dieser Fletcher uns verfolgen?«

»Ich weiß es nicht. Aber er wird uns wohl kaum auf einer öffentlichen Landstraße angreifen, es sei denn, er ist gerissener, als ich ihn kennen gelernt habe. Andererseits wäre es natürlich auch möglich, dass schlauere Köpfe als der seine hinter all dem stecken. Ich weiß genau, was ich tun würde, wenn ich an seiner Stelle wäre.« Er grinste. »Wenn wir Nottingham erreichen, werden wir es herausfinden.«

»Nottingham? Das haben wir erst gestern hinter uns zurückgelassen!«

»Das ist richtig. Aber nirgendwo sonst hier in der Gegend könnten wir uns ein anständiges Transportmittel beschaffen.«

Sie verließen Newstead in einem Pferdekarren. Catriona war dankbar. Dankbar für Dominics Gegenwart, trotz ihrer zunehmenden Furcht und Unsicherheit vor diesem Mann. Er hätte umkehren und nach London zurückreisen können. Sein Ärger war gerechtfertigt. Sie hatte ihm ins Gesicht gesagt, sie halte ihn für unehrenhaft, einen Mann, der keine Großmut kannte. Doch wie könnte sie ihm auch vertrauen? Die Geschichte zeigte deutlich genug, dass in Engländer gesetztes Vertrauen oft genug nur ein anderes Wort für Verrat war.

Wenn sie nur nicht diese ungestüme Anziehung für ihn verspüren würde, würde sie sich vielleicht auch nicht so mutlos fühlen. Er hatte sie nach Norden gebracht; er hatte ihr versprochen, nach Edinburgh zu kommen. Sehr wahrscheinlich hatte er ihr sogar das Leben gerettet. Sie stand also in seiner Schuld. Was ihr Verlangen unerfüllbar machte. Mit ihm als Lohn für seine

Dienste das Bett zu teilen, war die Handlungsweise einer Hure. Konnte er nicht sehen, dass sie derartige Bedingungen niemals akzeptieren würde? Aber das Verlangen in ihr brannte und schwärte und brach ihr fast das Herz.

Der Karren schwankte heftig, als ein eisenbeschlagenes Rad über einen Felsen in der Straße holperte.

»Erzähl mir von Yarrow Fletcher«, bat sie. »Warum, glaubst du, hat er uns überfallen?«

»In diesem speziellen Augenblick?« Seine grünen Augen verengten sich zu schmalen Schlitzen. »Ich habe keine Ahnung. Aber wir mögen einander nicht.«

»Wo habt ihr euch kennen gelernt?«

»Achtzehnhundertneun in Talavera. Du weißt schon, während des Spanienfeldzuges.« Ihm war nun keine Spur von Heiterkeit mehr anzumerken, obwohl sein Tonfall ruhig blieb. »Portugal und Spanien: dieses öde Land, in dem Wellington gegen Napoleons Armee um die Vormachtstellung kämpfte.«

»Ich weiß.« *Vimiero und Ciudad Rodrigo.* Portugal und Spanien. Vom Blut der Highlander durchtränkte Länder.

»Talavera begann mit einem abendlichen Angriff. Wir brachen ab, als es zu dunkel wurde, aber Wachen feuerten die ganze Nacht auf Trugbilder. Keiner schlief. Der Tumult begann erneut im Morgengrauen, mit Kanonen. Der Lärm war unbeschreiblich. Binnen zwei Stunden füllte sich das Tal mit Toten. Die Sonne ging am Himmel auf wie ein verdammtes Kohlenbecken. Unsere Waffen verbrannten uns die Hände. Schweiß blendete die Männer. Als die Hitze unerträglich wurde, riefen die Generäle einen Waffenstillstand aus, um beide Seiten trinken und ihre Gefallenen begraben zu lassen. Für jene wenigen Stunden vermischten sich Franzosen und Briten am Flussufer, redeten und scherzten und teilten ihr Essen miteinander.«

»Das war aber wirklich nobel«, bemerkte Catriona. »Dem Feind zu helfen, meine ich.«

»Warum nicht?« Sein Profil war klar und scharf. »Es ging bei diesem Krieg nicht um persönliche Animositäten. Ich trank Wein mit einem französischen Offizier. Er hatte nur einen Arm. Wir sprachen über Paris, über seine Frau und seine Kinder. Als gegen elf das Ende des Waffenstillstandes bekannt gegeben wurde, schüttelte ich ihm die Hand und wünschte ihm alles Gute. Und ich meinte es auch so. Stunden später sah ich ihn wieder.«

Catriona sprach in das sich ausdehnende Schweigen. »Was geschah?«

»Er war an seinem einen Arm verwundet und lag neben seinem toten Pferd. Er hatte sich einem unserer Hauptmänner ergeben.« Seine Stimme wurde flach, als täte es ihm weh zu reden. »Dieser französische Offizier war wirklich keine Gefahr für uns, der arme Teufel.«

Grauen beschlich Catriona. »Erzähl.«

Dominics Gesicht war wie aus Stein gemeißelt. »Bevor ich sie erreichen konnte, nahm unser Hauptmann das Schwert des Franzosen und benutzte es für eine etwas sadistische ...« Das Pferd scheute. »Tut mir Leid, aber die Einzelheiten willst du gar nicht wissen. Es war das Abscheulichste, was ich je gesehen hatte, und meine erste Begegnung mit diesem Yarrow Fletcher.«

Catriona erschauderte und schlang die Arme fest um ihren Körper. »*A Mhuire!* Wusste Hauptmann Fletcher, dass du es gesehen hattest?«

»Ich bot ihm später an, ihn bei einem Duell dafür zu töten. Doch Wellington bekam Wind von unserem Disput und beendete die Auseinandersetzung. Der Eiserne Herzog duldet keine Duelle. Ich war der einzige Zeuge des Geschehens, und Fletcher beschuldigte mich, einen persönlichen Groll gegen ihn zu hegen.«

»*Och-òn*«, murmelte sie. »Wenn ein Mann verwundet ist und am Boden liegt, ist er kein Feind mehr, sondern nur ein Mensch, oder zumindest doch, solange es noch Ehre gibt.« Sie betrachtete das Pferd, den roten Glanz in seinem Fell, den Wind, der seine braune Mähne flattern ließ, und das Herz tat ihr weh. »Konntest du nichts unternehmen?«

»Wellington wusste, dass ich einen guten Grund besitzen musste. Zu meinem Pech ließ er das auch Fletcher wissen.«

»Also war die Angelegenheit damit noch nicht ausgestanden?«

»Sagen wir einfach, mit Fletchers Karriere ging es danach bergab, was er als meine Schuld ansah. Aber ich war damals sehr viel unterwegs, um Aufklärungsarbeit zu leisten, sodass unsere Wege sich also nicht sehr häufig kreuzten. Dann, achtzehnhundertelf, ging ich nach Russland. Kurz vor meiner Abreise erwischte ich Fletcher, wie er eine Spanierin zu vergewaltigen versuchte, indem er ihr ein Messer an die Kehle hielt. Ich prügelte ihn fast zu Tode, und ich tat es vor verschiedenen seiner Männer und demütigte ihn ganz bewusst. Die Männer waren in dieser Angelegenheit auf meiner Seite. Niemand meldete den Vorfall.«

Die Landschaft flog vorbei, grün und waldreich. Der klare, helle Morgen wich dunklen Wolken und einem zunehmend stärkeren Wind. »Also hasst dich dieser Fletcher?«

Dominic lachte, und er klang schon nicht mehr ganz so angespannt. »Das ist anzunehmen. Aber ich hatte ihn nicht wiedergesehen, bis er gestern in Sherwood auftauchte.«

Ihr war, als striche eine kalte Hand über ihren Rücken. »Warum sollte er bis jetzt gewartet haben, um sich an dir zu rächen?«

Er lenkte das Pferd nach rechts. »Ich wünschte, ich wüsste es.«

Sie hatten inzwischen die öffentliche Landstraße erreicht und die bedauerliche Feststellung gemacht, dass es dort nur so von Fußgängern, Pferdekarren und Kutschen wimmelte, die allesamt in Richtung Süden unterwegs waren. Dominic hielt an, um eine Frau mit einem großen Korb voller Käselaibe mitzunehmen. Er ließ sie reden und schwatzen, während sie über die Straße rumpelten. In der Stadt war Markttag. Catriona wusste nicht, ob sie diese Neuigkeit beruhigend finden sollte oder nicht. Würde eine solche Menschenmenge es für Yarrow Fletcher vereinfachen oder erschweren, sie zu finden?

Sie fuhren mehrere Meilen der gestrigen Strecke wieder zurück, in der Hoffnung, in Nottingham vielleicht eine Kutsche aufzutreiben. Aber würde es an einem Markttag überhaupt Pferde zu mieten oder freie Plätze in der Postkutsche geben? Oder würden sie vorher von einem Mann aufgehalten werden, der verkrüppelte Franzosen folterte und tötete und Frauen vergewaltigte? Ein Mann, der von einem tödlichen Hass auf Major Dominic Wyndham getrieben wurde?

Sie sah ihn an. Er hatte seine düstere Stimmung abgestreift wie eine Schlange ihre Haut. Nun flirtete er ganz unverhohlen mit der Bäuerin, die lachte und vor Verlegenheit errötete, während sie munter weiterschnatterte. Noch ein weibliches Wesen, das dem Charme eines Wüstlings mühelos erlag!

Schließlich erschien vor ihnen Nottingham, das sich in terrassenförmig angelegten Häusergruppen die Anhöhe zum Schloss hinaufwand. Catriona und Dominic bahnten sich einen Weg zum Marktplatz und kämpften sich durch die Menschenmenge zur Clumber Street und Smithy Street. Ein scharfer Wind blies durch die Straßen, der Bänder an Hauben flattern ließ und Papierfetzen umhertrieb. Überall wimmelte es nur so von Menschen.

»Es soll heute ein großer Pferdemarkt stattfinden.« Die Bäuerin, deren Wangen schrumpelig waren wie gedörrte Äpfel, strahlte Dominic an. »Und ein Rennen und ein Ballonaufstieg mit Freiluftakrobaten. Aye, heute ist ein großer Tag.«

Sie hielten vor dem Gasthof, wo Dominic den Pferdekarren abzugeben versprochen hatte. »Dank Ihrer Gegenwart, Ma'am«, erwiderte er augenzwinkernd.

»Ihr seid wirklich ein sehr wohl erzogener junger Mann!« Die Frau lachte, als sie sich vorbeugte und einen Kuss auf seine

Lippen drückte. Dominic küsste sie zurück. »Und ein großer, feiner noch dazu! Eure Dame kann von Glück sagen, Euch zu haben!« Kichernd tauchte sie in der Menge unter.

Catriona blickte sich beunruhigt um. In dem Gewimmel war von Yarrow Fletcher nirgendwo etwas zu sehen. Vielleicht würden sie in diesem ganzen Tumult sogar unbemerkt entkommen können? Aber würde es bei all diesem Rummel überhaupt noch eine Kutsche zu mieten geben?

Die Außenwand des Gasthofs war voller Anschläge und Plakate. Während Dominic das Pferd anband, warf Catriona einen Blick darauf. Eins der Schilder kündigte Pferderennen an. Auf verschiedenen anderen bunten Zetteln wurden Strümpfe und Käse, Nottinghams Spezialitäten, angepriesen. Eine Zeichnung eines Heißluftballons mit zwei darunter hängenden Frauen – die sich offenbar nur mit den Zähnen an den Seilen festhielten – lud die Marktbesucher zu einem Ballonaufstieg an diesem Morgen ein. Die Zähne der Frauen waren auf dem Bild so deutlich zu erkennen, als wäre der Maler von ihnen fasziniert gewesen.

»Ah!« Dominic blickte über Catrionas Schulter. »Manchmal gewinnen wir eine Wette, und manchmal verlieren wir eine. Leider haben wir diese hier soeben verloren.«

Sie blickte erschrocken zu ihm auf. »Was?«

Er grinste. »Nach Nottingham zu kommen war ein Risiko, das gebe ich zu, aber ich sah wirklich keine andere Möglichkeit.« Er zeigte auf ein Plakat. »Das ist genau das, was auch ich getan hätte: die ganze verdammte Stadt in Alarmbereitschaft zu versetzen.«

Catriona sah genauer hin. Es war ein hastig gedrucktes Flugblatt: *MELDUNG. Ein furchtbares Verbrechen. Kaltblütiger Mord an einem unschuldigen Kutscher … Die Mörder werden hängen … Belohnung wird geboten … Besondere Warnung an all jene, die Pferde zu vermieten haben.* Die Zeichnungen waren grob, aber unverkennbar, die Namen und Beschreibungen die ihren: *Das der Tat verdächtigte Pärchen versucht nach Schottland zu entkommen.*

Ihr Herz zog sich vor Furcht zusammen. »*A Dhia!* Du hast uns in eine Falle geführt!«

»Die Anschuldigungen würden einer Prüfung nicht standhalten«, stellte Dominic ruhig fest. »Aber höchstwahrscheinlich würden wir festgenommen werden, bis ich es beweisen könnte. Und folglich würden wir natürlich nicht nach Edinburgh gelangen.«

Sie sah sich um. Als würde die Szene von einem Schleier dunklen Rauchs verdüstert, wirkte die Menschenmenge plötzlich finster. »Es wäre auch möglich«, meinte Catriona, »dass wir vom Pöbel massakriert würden, vor allem, wenn jemand da ist, um die Leute aufzuhetzen.«

Ein Mann in einem eleganten Gehrock kam aus dem Gasthof und warf ihnen einen scharfen Blick zu, aber im selben Augenblick wendete ein Pferdekarren vor ihm, und Dominic nahm Catrionas Arm und zog sie ruhig weiter. Ein anderer Mann schrie irgendetwas. Eine kleine Gruppe hielt inne, um die Anschläge zu lesen, und eine Frau musterte Dominic prüfend. Natürlich war er ein Mann, der auffiel, so wie er auch in der Beschreibung dargestellt wurde. Ein Mann, der überall bemerkt werden würde.

»Komm«, flüsterte Dominic. »Vorsicht ist die Mutter der Porzellankiste ...«

Er zog sie in eine Seitenstraße. Von jeder flachen Oberfläche blickten ihr Kopien des Fahndungsblatts entgegen, ihr eigenes Gesicht, eine Zeichnung ihres Kleides und Dominics Kleider. Eine Frau sah ihnen nach, als sie vorbeigingen, und begann dann laut zu schreien. Ihre Stimme verlor sich in der Menge, doch es war nur eine Frage der Zeit, bis sie von jemandem erkannt und von einem Dutzend Hände ergriffen werden würden. Und falls sie Fletcher oder seinen Männern begegneten, waren sie bereits so gut wie tot.

Dominic bog zweimal scharf ab und führte sie in eine Gasse, die von kleinen Läden gesäumt war. Die schmuddeligen Fenster waren zum Glück noch frei von Anschlägen. Aber das Pflaster endete vor einer glatten Wand, dem hinteren Teil eines Lagerhauses vermutlich. Eine Sackgasse. Furcht und Enttäuschung drohten Catriona die Kehle zuzuschnüren. Was nun? Zurück in diese Menschenmenge, wo Männer, die reichlich tranken, Ausgelassenheit von einem Augenblick zum anderen in Chaos verwandeln konnten?

»Adam und Little.« Dominic las den Namen über einem der Läden. »Engel kommen in vielerlei Verkleidungen. In diesem Fall als Händler von gebrauchten Kleidern.« Er griff in seine Tasche und drückte Catriona ein paar Münzen in die Hand. »Was hältst du davon, dich ein bisschen zu verkleiden?«

Sie starrte auf das Geld in ihrer Hand und erhob dann fragend ihren Blick zu ihm. »Du glaubst, ein neues Kleid und eine neue Haube würden verhindern, dass man mich erkennt?«

»Es wäre möglich.«

»Und du?«

»Ich wollte immer schon mal eine braune Perücke und einen Priesterhut tragen.« Er deutete etwas weiter die Gasse hinab und grinste. »Die Gebrüder Hench sind Spezialisten für Theaterkostüme. Wie freundlich von unserer Dame mit dem Käse, mir so viel über Nottingham zu erzählen.«

»Du hast das alles vorausgesehen?«, fragte Catriona. »Und deshalb hast du so mit ihr geflirtet? Um ihr Informationen zu entlocken?«

Dominic lachte. »Ich habe immer gern noch einen zweiten Plan, falls der erste fehlschlägt. Besorg dir etwas, worin du dieser verdammten Beschreibung so unähnlich wie möglich siehst. Wir treffen uns dann in einer Viertelstunde wieder hier.«

»Und du hast sie mit Schmeicheleien und Küssen bezahlt.«

Er zog eine Augenbraue hoch und grinste drollig. »Was nützt es einem, ein Lebemann zu sein, wenn man Frauen nicht betören kann? Aber du kannst beides haben und von mir Bezahlung fordern.« Er beugte sich vor und küsste sie leicht auf die Lippen.

Sie sah ihm nach, als er ging, selbstbewusst und scheinbar gänzlich unbesorgt. Ihr Herz pochte in einem so verrückten Rhythmus wie die Schläge eines Trommlers. Ihre Lippen brannten. Ihr war ganz heiß vor Ärger. Es war noch nicht vorbei. Was sie im Wald getan hatte, hatte es höchstens noch verschlimmert. Sie hatte geglaubt, den harten Knoten in ihrem Herzen lösen und sich von der Bürde befreien zu können, fünfundzwanzig und noch immer unberührt zu sein, und sie hatte sich allen Ernstes eingeredet, dem Schicksal, das ihr so viel genommen hatte, die Stirn bieten zu können. Doch stattdessen hatte sich der Knoten wie ein Schraubstock nur noch mehr zusammengezogen. *Schmeicheleien und Küsse.* Es war noch nicht vorbei. Und sich rettungslos in einen Engländer zu verlieben, wäre Verrat an ihrem Highland-Blut.

Catriona schob das Kinn vor und marschierte in den Laden. Ein kleiner Mann hinter der Theke strahlte sie an.

»Ich brauche etwas zum Anziehen«, erklärte sie. »Für meinen jüngeren Bruder. Er hat in etwa meine Größe.«

»Für welche Gelegenheit?«

»Er war krank und hat ziemlich viel Gewicht verloren. Er braucht nichts Besonderes. Eine Jacke, ein Hemd – ach ja, und ein Paar Stiefel. Wie ich sehe, haben Sie auch Stiefel.«

Sie wählten Hemd und Stiefel aus und sahen Stapel von Gehröcken und Jacken durch. Catriona entschied sich schließlich für eine bequem geschnittene blaue Jacke, die angemessen war für einen jungen Mann aus einfachen Verhältnissen.

»Sind Sie sicher, dass die Sachen ihm passen werden?«, fragte der Mann.

Catriona erwiderte ruhig seinen Blick. »Ich könnte sie ändern, falls es nötig ist. Aber ich würde ihn gern überraschen. Haben Sie einen Raum und ein bisschen Nähzeug, das Sie mir borgen könnten? Selbstverständlich werde ich Sie für Ihre Gefälligkeit entlohnen.«

Eine Minute später war sie allein in einem engen kleinen Hinterzimmer, das offenbar für Änderungen benutzt wurde. Nadeln, Faden, Scheren und Stoffstücke lagen in buntem Durcheinander auf dem wackeligen Tisch. Ein kleiner, vom Alter fleckiger Spiegel reflektierte ihr Gesicht und ließ ihre Haut gesprenkelt erscheinen. Blaue Augen blickten sie über den ausgeprägten Wangenknochen ihrer Mutter an. Sie war nicht hübsch, aber ein Mal, in einem dunklen, kalten Wald, hatte ein Mann sie schön gefunden und es sie durch seine Händen wissen lassen.

Wie vorher schon durch Worte. *A Mhuire*, sie waren kostbar genug gewesen, diese Worte, obwohl nichts davon wirklich ernst gemeint gewesen war, weder die Worte noch seine wundervollen, ausdrucksvollen Zärtlichkeiten.

Sie schloss die Augen und legte die Hände an ihre aufgesteckten Flechten. *Sie haben schönes Haar. Es ist glatt wie Seide und fein wie ein Sommertag, und es hat die Farben von Brandy und Nacht, durchsetzt von Mondlicht und von Schatten wie die Schwingen einer Amsel …*

Und dann hatte er ihr Verlangen gegen sie benutzt.

Das ist ein Spiel, das Frauen verlieren.

Ihre Tränen unterdrückend, griff sie nach der Schere.

Dominic verließ die interessanten Räumlichkeiten der Gebrüder Hench mit dem Geruch von Klebstoff und Rosshaar in der Nase und einem kleinen Lachen auf den Lippen. Seine Beine steckten in Gamaschen. Ein runder schwarzer Hut saß fest auf einer Perücke braunen Haars. Er hatte sein Bestes getan, um eine angemessen fromme Miene aufzusetzen, als er die Ergebnisse seiner Bemühungen im Spiegel bewundert hatte. Er wusste, er sah absurd aus und war überhaupt nicht wiederzuerkennen.

Ein junger Mann lungerte in der Straße hinter dem Laden mit den gebrauchten Kleidern herum. Für einen Moment glaubte Dominic, einen alten Freund zu sehen, auf bizarre Weise verkleinert und verletzbarer gemacht, so wie er ausgesehen haben mochte, bevor er groß und stark und ein Soldat geworden war. Aber wenn, dann war es der Geist eines Mannes, der nicht existierte – oder nie existiert hatte –, ein jüngerer Bruder Calum MacNorrins. Dominic blieb bestürzt stehen und atmete tief ein. Bevor er den Atem wieder ausließ, wusste er, was sie getan hatte. Ein tief empfundenes Bedauern erfasste ihn, das jedoch sehr schnell von Wut verdrängt wurde.

Er schritt über das Kopfsteinpflaster. Catriona drehte sich errötend zu ihm um. Die Männerjacke, die sie trug, spiegelte die Farbe ihrer Augen wider, blau wie der endlos weite Himmel über ihnen. Sie trug eine Hose. Der hohe Kragen ihres Hemdes verlief nahe der Linie ihres Kinns. Als er auf sie zuging, errötete sie bis unter die Wurzeln ihrer kurzen, erbarmungslos gestutzten Locken – das Einzige, was von ihrem einst so wundervollen Haar geblieben war.

»Warum, *zum Teufel*, hast du das getan?«

Sie hob ihr Kinn. »So können wir reiten und brauchen keine Kutsche. Nur Pferde. Ein Mann und ein Junge – ein Lehrer und sein Schüler, werden die Leute denken.«

Er nahm ihren Arm und grub seine Finger in den Stoff der Jacke. »Hast du den Verstand verloren? Ein solches Opfer war doch wohl kaum erforderlich!«

»Warum sollte es dich interessieren?«

»Weil du mutwillig etwas Wunderbares zerstört hast.«

Ihre Augen glitzerten. »*A Dhia!* Vielleicht habe ich es ja für einen französischen Offizier getan, der in Talavera starb, oder für meine Großonkel, die nach Culloden auf die gleiche Weise starben.«

»Versuch es gar nicht erst! Selbst wenn es stimmen sollte, ist es nur ein Teil der Wahrheit.« Er wusste, dass er Recht hatte. Ihre

Augen verrieten es ihm nur allzu deutlich: Sie hatte das Opfer weder für die gefallenen Männer ihres Clans gebracht noch für einen französischen Offizier, den sie nicht einmal gekannt hatte. Und darum sagte er ihr die Wahrheit, selbst auf die Gefahr hin, sie beide damit zu verwunden. »Verdammt noch mal, Catriona, du hast das nur getan, um mich zu ärgern!«

Sie entzog sich ihm und lachte. »*Dich*! Du hast eine reichlich übersteigerte Vorstellung von deiner eigenen Bedeutung. Warum sollte ich an *dich* denken, wenn ich mir das Haar abschneide?« Stolz fuhr sie mit den Fingern durch die schonungslos gekürzten Locken. »Ich wollte eine bessere Verkleidung als nur ein anderes Kleid.«

»Der Teufel soll dich holen! Du hast es abgeschnitten, weil du dachtest, dass es mir gefiel, was ja auch stimmte. Du nahmst an, dass ich dich ohne dein langes Haar nicht hübsch finden würde. Aber da hast du dich geirrt. Selbst so bist du entzückend. Dein Gesicht allein ist wunderschön.«

Trotzig schob sie noch ein wenig mehr das Kinn vor. »Würdest du mit einem Jungen auch so sprechen?«

Er wollte sie schockieren. »Warum nicht? Möchtest du, dass ich es dir beweise?«

Catrionas Lachen war eine einzige Herausforderung. »Das würdest du nicht wagen! Vielleicht schaut ja Mr. Adam aus der Tür und sieht einen Pfarrer einen Knaben küssen!«

All seine Bedenken schwanden. Seine Hände schlossen sich um ihre Oberarme, und er zog sie an sich. Empört versuchte sie, ihn anzufahren, aber ihre Lippen zitterten.

Mit voller Absicht ließ er auch seine Stimme wie ein Knurren klingen. »Ich bin mir nicht sicher, was es über mich aussagt, dass ich diese Vorstellung so überaus erregend finde. Oder über dich – da du ja offenbar genauso empfindest.«

Ihre Arme waren unter dem Männerrock weich und nachgiebig, die Haut an ihrer Wange zart und makellos. Ihre zitternden Lippen glänzten feucht und rot. Sie sah unendlich weiblich aus. Blind vor Verlangen presste er seinen Mund auf ihre Lippen.

Er küsste sie, rücksichtslos und fordernd. Sie versuchte nicht, ihn abzuwehren, sondern öffnete stattdessen den Mund und erwiderte den Kuss – weich und süß und mit unverhohlenem Verlangen. Er hörte sein eigenes Aufstöhnen und begehrte sie wie noch keine andere Frau zuvor in seinem Leben. Ihre Zunge begegnete seiner ohne Zögern und vereinte sich mit ihr zu einem aufregenden Tanz. Er zog ihre Lippen zwischen seine Zähne, und sie erwiderte seine Zärtlichkeit mit einer Leidenschaft, die seiner in nichts nachstand. Und dennoch war es keine Unterwerfung. Der Teufel sollte sie holen! Es fühlte sich eher wie eine Kriegserklärung an.

Schwer atmend löste er sich von ihr. Ihre Augen hatten sich zu schwarzen Seen verdunkelt; ihre Lippen waren geschwollen. Ihre Brüste hoben und senkten sich unverkennbar unter dem Männerhemd. Eine überwältigende Trauer durchflutete ihn plötzlich, Trauer um das herrliche schwarze Haar, das sie so gnadenlos gekürzt hatte, und Trauer über die unüberwindbare Mauer, die sie zwischen ihnen errichtet hatte.

»Lern wenigstens, ein Halstuch ordentlich zu binden«, murmelte er, »wenn du schon mein Lustknabe sein möchtest.«

Sie machte ein verständnisloses Gesicht. »Dein *was*?«

»Mein Lustknabe. Wie Ganymede, der Kelchträger der Götter. Die alten Griechen wussten einen hübschen Knaben zu benutzen. Ich wäre nicht der erste Lehrer, der seinem Schüler solch uralte Kenntnisse vermittelt.«

Jetzt hatte er sie schockiert. Ihre Augen waren riesig, die intensive Farbe noch betont von stark erweiterten schwarzen Pupillen. »Du glaubst, das ist es, was die Leute in uns sehen werden?«

»Ich weiß nicht, was sie sonst denken sollten, falls sie uns gerade gesehen haben.«

Sie senkte plötzlich den Blick und biss sich auf die Lippe. Ihre Wangen glühten vor Verlegenheit. Dann berührte sie den ungeschickt geschlungenen Knoten ihrer Krawatte. »Ist das nicht gut genug für deinen Lustknaben?«

»Kein zu mir gehörender Jüngling würde mit einer solchen Scheußlichkeit in der Öffentlichkeit auftreten. Lass mich das Tuch binden.«

Sie blieb steif vor ihm stehen und ließ ihn gewähren, als er den Knoten an ihrer Schalkrawatte löste. Dominic zwang sich, seine Finger nicht umherschweifen zu lassen, obwohl er nur zu gern ihr Kinn, ihren Hals und ihre Ohrmuschel berührt hätte. Die Röte auf ihren Wangen vertiefte sich, und ihre Nasenflügel bebten, aber sie weigerte sich, seinen Blick zu erwidern.

»So.« Ihr Puls pochte unter seinen Fingern, als er sie ein letztes Mal unter ihrem Ohr berührte und die Krawatte anzog. »Eine passable Arbeit an solch miserablem Leinen und eine noble Übung in Selbstbeherrschung für uns beide. Lass uns gehen.«

Sie durchquerten rasch die Gasse, bogen wieder auf die Hauptstraße ein und drängten sich durch das Gewühl. Niemand schenkte ihnen auch nur die geringste Beachtung. Wahrscheinlich konnten sie sogar Pferde mieten und unbemerkt nach Norden reiten. Für jeden vorübergehenden Fremden musste Catriona wie ein Knabe aussehen. Dominic tat einen weiteren tiefen Atemzug und lachte.

Sie blickte zu ihm auf. »Siehst du, nun fallen wir niemandem mehr auf.«

»Deine Verkleidung ist wirklich exzellent.«

»Du meinst es nicht so, doch es ist sehr liebenswürdig, dass du es sagst.«

»Oh, natürlich meine ich es so. Aber meine Gedanken sind alles andere als liebenswürdig.«

Ein kurzer Fußmarsch brachte sie zum Stadtrand. Wie die Bäuerin ihm erklärt hatte, war das letzte Gebäude an der Straße ein Mietstall. Ein Schild wies es als den Betrieb eines *J. E. Smith: Pferde- und Kutschenverleih* aus. Dahinter endete die Straße an einem großen offenen Feld, auf dem es von Marktbesuchern nur so wimmelte. Pferde standen in ordentlichen Reihen oder wurden gerade potenziellen Käufern vorgeführt: Sie hatten den Pferdemarkt erreicht.

Dominic unterdrückte gnadenlos seine Vision vom Aufbinden dieser verdammten Krawatte, vom Öffnen der Knöpfe ihres Hemdes und ihres Hosenbunds, unter dem er keinen Knaben finden würde. Herrgott noch mal, er hatte ohnehin nicht das geringste Interesse an dieser Art von Knaben!

»Sollen wir uns Pferde von Mr. Smith mieten und uns still und heimlich davonstehlen wie Odysseus aus der Höhle des Zyklopen?«, fragte er.

Diese Referenz zumindest kannte sie: den Mythos von Odysseus, dem Wanderer, der ein Auge des Riesen, der ihn gefangen genommen hatte, zerstört hatte und geflohen war, indem er sich an der Wolle seines Schafes festgehalten hatte. »Unter den Bäuchen unserer Pferde?«, gab sie zurück. »Und nachdem wir die, die uns gefangen nehmen wollen, geblendet haben?«

»Das können wir nur hoffen.«

Den Hof von Mr. Smiths Etablissement erreichte man durch einen Torbogen. Bevor Dominic sie daran hindern konnte, marschierte Catriona hindurch.

»Er ist blind«, bemerkte sie zuversichtlich. »Er sucht einen blonden Mann und eine Frau, keinen korrupten Pfarrer und seinen Schüler.«

Sofort ergriff er ihren Arm, um ihr über das kurze Haar zu streichen, in einer Art Wiedergutmachung und um sich bei ihr zu entschuldigen. Zu spät! So sehr zu spät, dass er unwillkürlich lachte. »Leider Gottes hat diesmal der Zyklop zwei vollkommen gesunde Augen.«

Sie folgte seinem Blick, und dann, zu seiner immensen Überraschung, begann auch sie zu lachen. Nur ein winziger Anflug von Hysterie klang in ihrer Stimme mit. »Wie Yarrow Fletcher?«

Fletcher stand auf dem Hof. Der einzige Mann in Nottingham, der Dominic auf jeden Fall erkennen würde, selbst mit Perücke und einem Priesterhut. Der einzige Mann, der Catriona erkennen würde, sogar verkleidet wie ein Junge. Der Mann, der sie töten wollte. Als sie zurückwichen, brüllte Fletcher etwas und stürzte auf sie zu, dicht gefolgt von seinen Handlangern.

Dominic packte Catrionas Hand, rannte los und drängte sich mit ihr durch die Menge, vorbei an Pferden und Wagen, auf das offene Feld hinaus, auf dem der Pferdemarkt stattfand.

Ein mörderisches Geschrei erhob sich hinter ihnen. »Der Pfarrer und der Junge! Mörder! Ergreift sie!«

Verdammt, verdammt, verdammt! Pferde schnaubten und legten die Ohren an. Die Pferdehändler reckten die Hälse nach ihnen. Ihr Weg war voller Köpfe und Mähnen – und Myriaden von gestikulierenden Händen, Händen, die Dominic Hut und Perücke abreißen und ihn als Betrüger entlarven würden, Händen, die an Catrionas Rock und Hemd zerren und den zarten, femininen Körper darunter entdecken würden. Dafür hatte sie ihr Haar und – Gott steh ihm bei – alles andere geopfert? Damit er sie auf direktem Wege in Gefangenschaft und verheerende Erniedrigungen führte, nachdem er sie mit seiner angeblichen Verderbtheit schikaniert und eingeschüchtert hatte?

Geschrei und rennende Füße näherten sich ihnen. Ein untersetzter Mann mit einer karierten Mütze griff nach Catriona, als sie an ihm vorbeirannten. Dominic hieb ihm die Faust ans Kinn und schickte ihn mit einem Schlag zu Boden.

Das Feld war übervoll – mit Pferden, Kaufinteressenten, die sich die Tiere ansahen, Pastetenverkäufern und Hausierern, die ihre Waren feilboten. Ein kleiner Trupp berittener Soldaten paradierte auf einer Seite des Feldes – vermutlich um neue Rekruten anzuwerben.

»Die Pferde!«, keuchte Catriona neben Dominic. »Ich kann reiten.«

Eine Reihe von Zugpferden war zu beiden Seiten eines dicken, zwischen zwei Bäumen aufgespannten Seiles angebunden. Dominic zog Catriona um die braunen und grauen Hinterteile herum, deren Schwänze pausenlos nach Fliegen schlugen, und suchte dann Deckung in dem Zwischenraum unter den Köpfen der Tiere, der ein wahres Fadenspiel aus Halfterstricken war. Für einen Moment bildeten die stämmigen Beine und die nach Heu duftenden Mäuler eine schützende Barriere gegen ihre Verfolger.

»Diese Pferde nützen uns so viel wie Meerwasser einem Verdurstenden auf einem Schiff in einer Flaute«, bemerkte er atemlos, während sie sich an den Tieren vorbeischlängelten und ein nervöses Pferd versuchte, ihnen auszuweichen. »Wir werden sie nicht nehmen können. Hast du die Dragoner nicht gesehen? Wenn wir uns diese Pferde nähmen, würden wir wie Füchse gejagt und auseinander gerissen werden. Außerdem sind diese Zugpferde ohnehin nicht besonders schnell, obwohl ich jetzt, da wir zwischen ihren Füßen hocken, froh bin, dass sie so sanftmütig sind. Wir brauchen eine Ablenkung.«

Zwischen zwei kastanienbraunen Stuten schlüpfte er ins Freie und zog Catriona mit.

»Da ist diese Frau, die Käse verkauft!« Catriona deutete aufgeregt auf einen Stand. »Unsere Bäuerin, die dir von Nottingham erzählt hat!«

Für einen Moment hatten sie Verwirrung stiften können, aber als sie zu dem Stand der Frau rannten, waren ihre Verfolger ihnen sofort wieder auf den Fersen. Die Bäuerin hatte sich gerade gebückt, um eine Münze aufzuheben, die auf den Boden gefallen war. Dominic stürzte zu ihr und legte seine Hände über ihre Augen.

»Glück gehabt, meine Liebe!« Er drückte einen Kuss auf ihre Schläfe. »Ich kaufe Ihren ganzen Käse. Hier.« Er ließ seine Hände sinken und drückte ihr ein paar Münzen in die Hand.

Die Frau warf einen Blick darauf und schnappte nach Luft. »Das ist genug, um einen ganzen Karren voller Käse zu kaufen, Sir!«

Er küsste sie rasch auf den Mund. Ihre Lippen waren trocken und aufgesprungen. »Aber ich kaufe ja auch Ihren Korb.«

Während die Frau ihn noch mit offenem Mund anstarrte, leerte er mit einer schwungvollen Bewegung den Korb. Käselaibe verstreuten sich in alle Richtungen und rollten wie Spielzeugkutschenräder vor die Füße der Menge.

»Hier gibts Käse geschenkt!«, schrie er. »Und dazu auch noch ein bisschen Gold!«

Mit einer weit ausholenden Bewegung warf er dem Käse eine Hand voll Münzen nach. Innerhalb von Sekunden wimmelte es auf dem Boden von Kindern, die etwas von dem Käse oder Geld zu erwischen versuchten. Ihre Eltern taten es ihnen nach.

Augenblicklich brach ein wüstes Chaos aus. Mit einem raschen Gebet an die für Wind und Wurfsportarten zuständigen Götter des Olymps schleuderte Dominic den Korb mit aller Kraft nach Yarrow Fletcher. Athena war ihm hold. Der Weidenkorb landete geradewegs auf Fletchers Kopf und Schultern und heftete die Arme des Mannes an seine Seiten, als er ihn zu Boden warf. Fletcher rollte sich fluchend hin und her. Dominic ergriff wieder Catrionas Hand und rannte mit ihr übers Feld.

Über den Köpfen der Pferde wölbte sich der aufgeblasene Ballon wie ein enormer Pudding. Segeltuch und Papier glitzerte mit Girlanden und Flaggen um die Wette. Zwei Männer waren damit beschäftigt gewesen, Stroh zu schaufeln: einer von einem Haufen auf dem Boden, der andere in dem Korb unter dem Ballon stehend, wo er den Brennstoff in ein Kohlenbecken warf, um von unten einen heißen Luftzug zu bewirken. Zwei Frauen, vermutlich ihre Ehefrauen, warteten in engen, pinkfarbenen Trikots darauf, die vom Korb herabhängenden Seile zwischen die Zähne zu nehmen und sich zum Ergötzen der Menge unter dem Ballon hinaufziehen zu lassen.

Nun jedoch waren alle vier wie zu einem Tableau erstarrt und verrenkten sich die Hälse nach dem Aufruhr am Käsestand. Die

Menge löste sich auf wie Spreu im Wind und strömte zurück zu dem Versprechen unverdienten Geldes.

Die Bäuerin rief, so laut sie konnte. »Ich verschenke Käse! Und noch Geld dazu! Na los doch, kommt schon her! Geschenktes Geld, Leute!« Sie wandte sich um und schüttelte lachend ihre Faust in Dominics Richtung. »Das war der beste Korb meiner Mutter! Einen so guten finde ich nie wieder! Hier gibts Geld geschenkt, Leute, und Käse, für euch alle!«

Der erste Mann am Ballon ließ seine Heugabel fallen. Der Menge folgend, rannte er an Catriona und Dominic vorbei, dicht gefolgt von den beiden Frauen in den pinkfarbenen Trikots.

»Ich habe fast kein Geld mehr.« Dominic grinste. Womöglich schafften sie es ja doch! »Glaubst du, ich habe noch genug, um einen Ballon zu kaufen?«

Catriona blieb stehen und hielt sich keuchend die Seite. »Nicht den Ballon!«

»Warum nicht? Eine exzellente Nutzung heißer Luft, genau das, was wir brauchen. Komm mit!«

Er zog im Laufen seine Geldbörse heraus und warf sie dem immer noch im Ballon stehenden Mann zu, der sie automatisch auffing und seinen Mund aufsperrte wie ein Fisch. Segeltuch straffte sich und flatterte schwerfällig über seinem Kopf. Der Ballon hatte sich inzwischen ein Stück vom Boden erhoben, wurde aber noch festgehalten von den Tauen. Dominic packte Catriona um die Taille und hob sie in den Korb. Eine Sekunde später warf er den Mann hinaus. Der Mann schrie, hielt aber mit beiden Händen Dominics Geldbörse umklammert. Die beiden Frauen in den rosa Trikots sahen sich um und kreischten.

Die Dragoner an der einen Seite des Feldes galoppierten auf den aufkommenden Aufruhr zu. Yarrow Fletcher befreite sich endlich von dem Korb, der auf seinem Kopf saß. Seine Männer schrien und stießen mit Fäusten und Stöcken um sich, als sie versuchten, durch die Menge zu gelangen. Dominic beugte sich über den Rand des Korbes und trennte mit seinem Messer ruhig eins der Seile durch. Der Korb kippte so weit zur Seite, dass sie fast hinausgefallen wären. Catriona hielt sich an einem der Stützkabel fest, die ihren prekären Zufluchtsort an dem riesigen Ungetüm aus Segeltuch über ihren Köpfen festhielten. Derweil schnitt Dominic das andere Seil durch. Im selben Augenblick, als die Soldaten sie erreichten, schoss der Ballon in die Höhe.

Der Wind trieb Catriona die kurzen schwarzen Locken ins Gesicht, als sie rasch noch etwas Brennstoff in das offene Kohlenbecken schaufelte. Heiße Luft strömte in die hoch über ihren Köpfen aufragende Kugel. Der Wind nahm zu. Hektisch fütterten sie die Flammen mit noch mehr Stroh, bis das Kohlenbecken bullerte wie ein gut geheizter Ofen. Dominic warf seinen Hut und seine Perücke in das Feuer. Durch den daran haftenden Klebstoff gingen sie sofort in Flammen auf.

Der Ballon schoss höher und höher.

Die Stadt versank unter ihnen und schrumpfte zu der Größe eines Spielzeugdorfes. Die Soldaten und Fletchers Männer, die sich zu einer mittlerweile sinnlosen Verfolgung auf ihre Pferde schwangen, schwärmten aus wie in ihrem Bau gestörte Ameisen. Der Ballon schwebte geräuschlos über offenes Land in Richtung Norden.

»Gott sei Dank«, murmelte Dominic. »Der Wind kommt aus Südwest.«

Catriona beugte sich über den Rand des Korbes. »Sieh mal, da ist Sherwood – und Newstead!«

Er warf ihr einen Blick zu. Ihr Nacken sah aus wie der eines kleinen Kindes. Sie war völlig außer Atem und lachte. Als sie sich umwandte und ihn anlachte, funkelten ihre Augen vor Ausgelassenheit. Sein Herz schlug schneller.

»Wenn du hier nicht landen möchtest, solltest du unsere Flammen weiterfüttern«, rief er.

Der Ballon sank tiefer, der Korb streifte Baumwipfel und knickte in einem wahren Blätterregen kleinere Äste ab. Fieberhaft half Catriona Dominic, noch mehr Brennstoff in das Kohlenbecken zu schaufeln. Und wieder stieg der Ballon höher.

Der Wald blieb hinter ihnen zurück. Abgesehen von ihren eigenen unermüdlichen Bemühungen war es eine herrlich stille und erhabene Fahrt. Felder und Dörfer glitten vorbei wie Bilder in einem Traum. Die Landschaft unter ihnen wurde flach und offen. Während Catriona sich bemühte, das Feuer in Gang zu halten, nahm Dominic ein komisches Gerät herab, das wie ein Enterhaken aussah. Vielleicht war es eine Art Anker. Er wusste es nicht, aber *was* er wusste, war, dass sie mehr Brennstoff brauchten.

»Was tust du da?« Der Schein des Feuers tauchte ihr Hemd und ihre Haut in einen honigbraunen Schimmer. Der Knoten ihrer Schalkrawatte, die er so sorgfältig gebunden hatte, hatte sich gelöst und ließ etwas von ihrem zarten, femininen Hals erkennen. Womöglich fand er ja doch noch Geschmack an Knaben!

»Angeln«, antwortete er. »Das gehört zusammen – Angeln und Körbe.«

Er beugte sich über die Seite und ließ den Haken über eine Reihe auf dem Feld aufgehäufter Strohbündel gleiten. Lachend angelte er mehr Brennstoff für ihren Ballon und warf die letzten Münzen, die er noch in seiner Tasche hatte, aus dem Korb, in der Hoffnung, dass der Bauer sie auf dem Boden verstreut finden würde. Er hatte jetzt nichts mehr außer den hässlichen Kleidern, die er am Leibe trug.

Der Wind war vollkommen geräuschlos, während sie mit ihm dahinflogen, aber allmählich begann er aufzufrischen. Der Boden raste unter ihnen dahin. Bäume verbogen sich und schwankten. Der große, runde Schatten des Ballons tanzte über den Feldern hin und her und schien ihnen zuzuzwinkern, als sich Wolken vor die Sonne schoben.

»Es ist ein Wunder, wie in einem Märchen. Wir fliegen! Was würde geschehen, wenn wir in diesen Sturm hineinflögen?«

Catriona deutete nach Norden, wo bereits Blitze am Horizont aufzuckten.

»Ich habe keine Ahnung«, erwiderte er. »Aber kalter Regen würde uns mit Sicherheit zum Absturz bringen!«

Es regnete jedoch nicht. Mit einem Wind, der die Segel der Schiffe in der Flussmündung aufblähte, überflogen sie das breite Tal. Dörfer und Bauernhöfe, Kirchtürme und Wälder rasten unter ihnen dahin wie ein farbenfroher Teppich.

»Als der erste Heißluftballon außerhalb von Paris landete«, bemerkte Dominic, während er noch mehr Stroh ins Kohlenbecken schaufelte, »attackierten ihn die Bauern mit Heugabeln.«

Catriona wischte sich mit dem Ärmel über die Stirn und hinterließ dort eine Spur aus Ruß. »Wir werden schmutzig und ohne einen Penny unter Fremden landen. Werden sie uns auch mit Heugabeln angreifen?«

»Das werden wir bald herausfinden. Bis dahin wird dieser Ballon uns allerdings zumindest davor bewahren, in Trägheit zu verfallen.«

Sie lachte laut – und unendlich anmutig. »Trägheit hört sich für mich im Augenblick sehr verlockend an.«

Er warf noch mehr Stroh in das Feuer. Harte Arbeit war ein exzellentes Mittel gegen Zorn. Schade, dass es nicht ebenso wirksam war gegen Verlangen. »Trägheit würde uns sehr schnell zu Boden bringen. Wie, zum Teufel, landet man so einen Ballon?«

»Warum landen?«, meinte sie. »Lass uns einfach bis nach Schottland weiterfliegen.«

Aber der Ballon ließ sich nicht steuern. Sie würden dahin fliegen, wohin der Wind sie trug. Außerdem hatten sie nicht genügend Stroh, und es kamen immer weniger Strohbündel in ihre Reichweite. Aber sie blieben in der Luft und segelten mit dem Wind, als der Sturm vor ihnen sich verzog. Die Türme und Zinnen Yorks, gekrönt von seiner alten Kathedrale, zogen vorbei und blieben südlich hinter ihnen zurück. Die Landschaft löste sich in kleine, grüne Hügel auf, die durchzogen waren von funkelnden Gewässern. Hinter diesen Hügeln erhoben sich die öden Höhen der Yorker Nordmoore, über denen Donner grollte wie ein bösartiger Hund. Und sie waren inzwischen bei den allerletzten Resten ihres Brennstoffs angelangt.

Dominic warf alles aus dem Korb, was nicht verbrennbar war. Er zerriss Fahnen und zerfetzte Wimpel und Girlanden, um das Feuer noch eine Weile am Leben zu erhalten. Er warf den Enterhaken weg und verbrannte die Taue. Aber ein kleiner Hügel erhob sich jäh vor ihnen, und der Korb schleifte geräuschvoll über Büsche. Auf der Kuppe des Hügels machte der Ballon noch einmal einen Satz nach oben, nur um dann ganz plötzlich abzusacken und den Korb ein Stück über den Boden zu schleifen.

Catriona wappnete sich. Dominic kämpfte, um sein Gleichgewicht zu halten, um sie vor dem unvermeidlichen Aufprall zu beschützen, doch sie schüttelte heftig den Kopf.

Der Wind heulte und zerrte an dem Segeltuch. Der Ballon erzitterte und blähte sich. Getrieben von dem starken Wind, schleifte der bunte Stoff sie gnadenlos über Gras und Felsen. Sie kollerten seitlich über ein Feld, polternd, hüpfend und die Schafe auseinander treibend, die dort weideten. Eine steinerne Mauer raste auf sie zu.

Dominic warf sich schützend auf Catriona, als der Korb gegen die Mauer prallte.

Zu spät.

Kapitel 9

Wasser plätscherte und tröpfelte, mal rauschend wie ein Wasserfall, mal schwächer, nachlassend. Aber irgendwo prasselte ein anheimelndes Feuer, und Catriona fühlte sich warm und trocken. Sie öffnete ihre Augen, und einen Moment lang glaubte sie, wieder daheim in Dunachan zu sein. Die Decke war gewölbt und alt; die Fensterlaibungen sahen aus wie riesige, in Stein gestampfte Daumenabdrücke. Flammen loderten in einem gewaltigen, steinernen Kamin, dessen Sims von gotischen Greifen gestützt wurde. Sie befand sich in einer fremden Burg und einem fremden Bett. Draußen regnete es in Strömen. Von einem heftigen Wind getrieben, schlug ein Regenschwall gegen das Fenster, und danach lief das Wasser in dünnen Rinnsalen über das Glas.

Ein Mann und eine Frau standen in einem steinernen Eingangsbogen und sprachen leise miteinander.

Sie berührten sich nicht, und dennoch schienen sie miteinander eins zu sein, so, als wäre der eine für alle Zeit ein Teil des anderen. Die Linie der Schulter des Mannes, die Kopfhaltung der Frau sprachen von einer solch tief empfundenen Zärtlichkeit dieser beiden Menschen füreinander, dass Catriona die Kehle eng wurde.

Sie schloss die Augen und unterdrückte die aufsteigenden Tränen. Stiefelschritte entfernten sich, und dann näherten sich leichte Füße ihrem Bett. Ein süßer, fremdartiger Duft begann, sie einzuhüllen.

»Ihr seid wach?«, fragte die Frau. »Es ist Abend. Ihr wart bewusstlos, aber nun seid Ihr in Sicherheit. Dominic ist unverletzt. Es ist Euch gelungen, dicht an der Grenze unserer

Ländereien zu landen. Ihr seid hier in Rivaulx. Mein Name ist Frances. Mein Mann ist der Marquis.«

In Gedanken hörte Catriona eine englische Stimme über Sünde sprechen: *Die Marquise von Rivaulx ... Ein alter Kamerad ... Es ist ein alter normannischer Name, mit einem ›x‹, das nicht gesprochen wird. Und ja, ich begehre seine Frau.*

»*Is farsaing do rìoghachd's gur fial ...*«

»Ich spreche einige fremde Sprachen«, erklärte die Frau mit einem leisen Lachen, aber auch einem nicht zu überhörenden Mitgefühl in ihrer Stimme. »Diese jedoch leider nicht. Könntet Ihr es für mich übersetzen?«

»*Groß sind deine Besitzungen und gastfreundlich.*« Catriona wandte ihr Gesicht dem Kissen zu. Ihr brummte der Schädel. Unwillkürlich legte sie eine Hand an ihre Stirn. Ihr Haar war kurz geschnitten. Und plötzlich fiel ihr alles wieder ein.

»Was, zum Teufel, soll das Ganze?«

Dominic blickte zu dem Sprecher auf. Nigel Arundham, der Marquis von Rivaulx, stand neben dem Kamin. Nigel war ein großer Mann mit rabenschwarzem Haar, der auch heute noch über all diese unbändige Kraft verfügte, die ihn schon in Russland und Paris charakterisiert hatte. Hier, auf Rivaulx Castle, hatte er endlich heimgefunden. Die herrlichen Teppiche und Gemälde, die flämischen Wandbehänge und der Russell-Globus verliehen dem großen, starken Gefüge seiner mittelalterlichen Festung, einer Bastion der Sicherheit mit dem wilden Moor direkt dahinter, Vornehmheit und Eleganz. Der Familienstammsitz des Marquis passte zu ihm.

Der Ballon hatte Dominic und Catriona – wie heimfliegende Tauben – praktisch unmittelbar zu ihrem Ziel gebracht. Aber es hatte Zeit gekostet, Catriona sicher nach Rivaulx Castle zu bringen und Nigel zu helfen, den zerstörten Ballon vom Feld eines aufgebrachten Pächters zu entfernen. Obwohl der Marquis ein

Heer von Bediensteten unterhielt, war es ihnen ratsam erschienen, sich persönlich um die Angelegenheit zu kümmern.

»Möchtest du es mir nicht sagen?«, fragte Nigel.

»Klar.« Dominic lehnte sich bequem im Sessel zurück, richtete den Blick auf die Flammen im Kamin und zuckte mit den Schultern. »Ich bringe Catriona MacNorrin in einem Heißluftballon nach Schottland.«

Nigel setzte mit einem Finger den Russell-Globus in Bewegung. »Deine Begleiterin in den Männerhosen und dem blauen Hemd? Sie ist gerade aufgewacht. Frances ist bei ihr. Tut mir Leid, dass meine Frau darauf bestanden hat, dass du hier unten bleibst. Frances hat ihre eigenen Ansichten über gewisse Dinge, wie du dich erinnern wirst.«

»Nein, sie hat Recht. Catriona würde sicher nicht als Erstes mein Gesicht sehen wollen.«

»Warum war sie so ... *interessant* gekleidet?«

Das Feuer zischte, wenn hin und wieder ein verirrter Regentropfen durch den Schornstein fiel. »Das war ihre Idee, nicht meine. Es ist eine lange Geschichte, in der es um arme Waisenkinder geht, und, wie mir scheint, auch um den Duke of Rutley.«

Nigel hielt den Globus an. »Rutley? Inwiefern?«

»Eins der beiden betreffenden Waisenkinder ist sein Enkel, Thomas. Du erinnerst dich doch gewiss an Rutleys Tochter, Lady Mary, die mit einem Schotten namens MacNorrin verheiratet war und erst kürzlich Witwe wurde? Sie ist Thomas' Mutter. Durch die Verwandtschaft hat Rutley die uneingeschränkte Kontrolle über das Kind. Nichtsdestoweniger gedenke ich jedoch, den kleinen Thomas zu enterben und ihn durch einen anderen Jungen namens Andrew zu ersetzen. Das Ganze ist ein bisschen kompliziert.«

Nigel ließ sich in einen Sessel Dominic gegenüber fallen und streckte seine langen Beine aus. »Das kann ich mir vorstellen«, entgegnete er trocken. »Stansteds Neffe! Das kommt im

Moment mehr als nur ein bisschen ungelegen. Wie kommst du mit deinem Projekt mit Stansted voran? Du weißt, dass ich der Meinung bin, es sei verrückt von dir, dich damit zu befassen?«

»Halb London hält mich für verrückt. Erstaunlicherweise waren wir jedoch bei unserem Versuch, den Kirchturm zu besteigen, endlich erfolgreich.« Er blickte auf, denn sogar er hörte den Spott in seiner Stimme. »Tu nicht so erstaunt. Ich erwarte deine Glückwünsche.«

Nigel zog eine Augenbraue hoch. »Die hast du. Eine weitere ruhmreiche Wette, vermute ich?«

Dominic lachte. »Die Monate des Planens und Überredens erfordert hat – so, als versuchte man, einen ängstlichen Hund zu überreden, aus seinem Zwinger herauszukommen und den Mond anzuheulen. Ich musste ihn ziemlich betrunken machen, aber am Ende hat er es getan.«

»Wenn ich mich recht entsinne«, warf Nigel schmunzelnd ein, »ist unser rothaariger Freund nicht gerade der Athletischste.«

Das Holz im Kamin knisterte und sprühte Funken. »Aber verdammt tapfer ist er. Ich habe aus meinem Hemd ein Seil geknüpft, um ihm zu helfen. Und damit ging es dann ein bisschen besser.«

Es lag eine gewisse Sympathie in Nigels amüsiertem Blick verborgen, mehr, als er je bereit wäre zuzugeben. Der Einfluss seiner Frau vermutlich. »Der Kirchturm war die zweite Bedingung, wenn ich mich recht entsinne?«

»Ja.« Dominics Augen verengten sich, und er konzentrierte sich aufs Feuer. Es war eine Erleichterung, diese ganze absurde Geschichte mit einem Freund besprechen zu können, der weder richtete noch verurteilte. »Wie von der lieben Rosemary, Lady Stansted, meiner dunkelhaarigen Nemesis, verlangt.«

»Was ist mit der ersten Bedingung?«

»Sie ist nur dann erfüllt, wenn Rosemary bereit ist, den Tafelschmuck mit den hübschen Engelchen aus Butter um den See aus rotem Wein bei Lady Binghams Dinnerparty vor zwei Monaten als Ozean zuzulassen. Etwas von der Butter zerschmolz und vermischte sich mit dem Wein. Indem Stansted ihn trank, brachte er den Tisch der guten Lady Bingham ziemlich durcheinander. Es erübrigt sich hinzuzufügen, dass es meine Idee war. Stansted war bereits betrunken, und ihm wurde wieder einmal schlecht. Lady Bingham war ganz und gar nicht amüsiert, zumal ich nicht einmal zu dieser Dinnerparty eingeladen war.«

Nigel brach in schallendes Gelächter aus. »Ach du liebe Güte! Hat man dich hinausgeworfen?«

»Selbstverständlich. Das wird mir langsam zur Gewohnheit.« Er grinste, obwohl er es im Grunde überhaupt nicht lustig fand. »Ach, die ganze Sache ist von vorn bis hinten einfach lächerlich. Die dritte Bedingung ist etwas, worauf ich weder wetten kann, noch Stansted jemals dazu bringen könnte, es zu tun. Die Bedingungen sind nach wie vor utopisch.«

»Weil Rosemary dich noch immer will.«

Dominic tat, als führe er zusammen, und zog in einer ebenso übertriebenen Geste die Schultern hoch. »Gnadenlos wie immer? Wir spionieren nicht mehr gegen Napoleon, Mylord.«

Nigel legte die Fingerspitzen aneinander. In seinen dunklen Augen blitzte Schalk. »Alte Gewohnheiten sind schwer abzulegen, Dominic. Ich versuche nur, mir ein Bild von der Situation zu machen.«

Dominic lehnte sich wieder bequem zurück. »Rivaulx, du hast den Verstand einer verdammten Maschine.«

»Das hast du mir schon einmal gesagt, in gleichermaßen komplizierten Umständen.«

»Als ich dir anbot, Frances auf dem Tisch in deinem Burgsaal zu entehren, wenn ich mich recht entsinne«, gab Dominic spöttisch zurück.

Nigel grinste noch breiter. »Ich hatte sie noch nicht geheiratet, daher zählt das also nicht. Außerdem war es dir sowieso nicht ernst damit. Aber es liegt etwas Trauriges darin, finde ich, dass Rosemary Stansteds Vorschlag akzeptiert hat, obwohl sie diese unsterbliche Leidenschaft für dich noch immer nicht vergessen kann. *Hegt* sie sie denn noch für dich?«

»Leider Gottes, ja. Und das war natürlich auch der Grund dafür, dass sie nach Schottland ging. Es hat von Anfang an nicht den geringsten Sinn ergeben, was sie von mir verlangte, um diese Tatsache zu ändern. Es ist wie dieses alte Märchen: Ich werde dich nur lieben, wenn dir das Unmögliche gelingt: Bring mir ein Hemd ohne Nähte oder Wasser in einem Sieb. Oder, wie in diesem Fall: Bring es mir – nur dann werde ich aufhören, dich zu lieben.«

»Und Rosemarys Macht über Harriet ist noch immer unumschränkt?«

Die Flammen erzeugten fantastische Muster, die aussahen wie brennende Schlösser oder Wälder. »Das ist erst kürzlich alles vollkommen bedeutungslos geworden. Harriet ist tot.«

Nigel fuhr auf. »Mein lieber, lieber Freund!«

»Schon gut. Ich möchte nicht darüber reden.«

»Und was hat das alles mit der jungen Frau zu tun, die oben schläft?«, erkundigte sich Nigel sanft.

Dominic war froh, dass Nigel klug genug war, Harriets Tod nicht weiter zu erwähnen, nachdem er ihn darum gebeten hatte. »Ich weiß es nicht, außer, dass sie mir die Nachricht überbrachte. Ich weiß nur eins: Yarrow Fletcher hat versucht, uns umzubringen.«

Ein leises Rascheln war plötzlich zu hören und ein schwacher Jasmingeruch verbreitete sich im Raum. Dominic blickte auf zu Frances, Nigels Frau. Sie schloss die Tür und kam herein. »Störe ich?«

Der goldene Ring mit dem Greif, dem Familienwappen der Rivaulx, glitzerte, als Nigel seine Hand ausstreckte. »Natürlich nicht.«

Ihr Gang war anmutig genug, um Dominic für einen Moment den Atem anhalten zu lassen. Sie war vier Jahre in einem Harem in Indien ausgebildet worden, bevor sie nach England zurückgekehrt und in das Abenteuer in Paris verwickelt worden war, das schließlich zu ihrer Heirat mit dem Marquis von Rivaulx geführt hatte. Es war eine Ausbildung, die garantiert jedem Mann den Atem raubte. Und überdies war sie eine beeindruckende Schönheit, mit honigblondem Haar und großen blauen Augen. Frances war wie eine Treibhausblume, betörend und vollkommen.

Sie kam sogleich zu Dominic, beugte sich zu ihm hinab und küsste ihn auf die Wange. »Catriona hat es mir erzählt. Mein tief empfundenes Beileid, lieber Freund. Ich sehe, dass du mit Nigel übereingekommen bist, nicht davon zu sprechen, aber das zumindest darf ich dir doch sagen?« Sie setzte sich auf die Sessellehne ihres Mannes und lächelte.

Dominic legte seine Finger an die Stelle, wo ihre Lippen ihn berührt hatten. War er wirklich einmal in sie verliebt gewesen? Ein bisschen sicherlich. Kein Mann konnte Frances begegnen und nicht von ihr beeindruckt sein. Sie waren mehrere Wochen allein zusammen gereist, als er sie für Nigel nach der Schlacht von Waterloo nach England zurückgebracht hatte: Es war eine Zeit gewesen, in der er immer noch geglaubt hatte, er könne Harriet zurückgewinnen, bevor Rosemary ihre Bedingungen gestellt hatte. Natürlich waren es auch Wochen gewesen, in denen er geglaubt hatte, sein Freund habe Frances erbarmungslos benutzt und dann im Stich gelassen. Und so hatte er geschworen, sie zu rächen, denn seine Ehre hatte es so verlangt.

»Danke für deine Nachsicht, Lady Rivaulx. Ich erinnere mich gerade an alte Zeiten«, fügte er mit leisem Spott hinzu. »Ich habe einmal geschworen, Nigel für dich umzubringen. Wusstest du das?«

Sie lachte. Nigel hatte einen Arm um ihre Taille gelegt. Wie fließendes Wasser schmiegte sie ihren Körper an den seinen. »Nein«, antwortete Frances. »Aber ich bin froh, dass es dir nicht gelungen ist. Ich mag ihn nämlich als Ehemann sehr. Doch was geht hier eigentlich vor? Und wer ist dieser Yarrow Fletcher?«

Ja, Frances war perfekt, aber vielleicht war gerade die Vollkommenheit der Orchidee nicht das, was er sich wünschte. Was war mit dieser weniger kultivierten, natürlicheren Anmut, diesem tapferen Aufblitzen von Schönheit, wie dem einer Glockenblume im ruhelosen Wind der Berge?

Dominic schilderte ihr kurz den Überfall auf ihre Kutsche, während die Wahrheit ihm allmählich ins Bewusstsein drang. Er, nicht Nigel, war der Mann, der – in einer wahnwitzigen Missachtung von Ehre – einer Jungfrau eine gänzlich herzlose Verführung prophezeit hatte.

Und dann genau das auch in die Tat umgesetzt hatte.

Wenn Nigel das wüsste – würde er ihn dann seinerseits auch zum Duell fordern?

»Und wieso hast du dich überhaupt auf diese Geschichte eingelassen?«, wollte Nigel schließlich wissen.

»Das ist leicht zu beantworten«, warf Frances ein. »Unser Freund Dominic kann gar nicht anders, als galant zu sein. Er ist ein Romantiker, wie Sir Galahad. Und er weiß Verlust zu erkennen, wenn er einen sieht.«

Dominic starrte sie an. »Verzeih mir die Ausdrucksweise, Frances, aber wovon, zum Teufel, redest du?«

»Von Catriona MacNorrin natürlich. Sie ist ein verwundetes Geschöpf.«

»Du glaubst doch nicht etwa, *ich* hätte sie verwundet?«, gab er scharf zurück.

»Sei nicht so anmaßend. Ich kann mir nicht vorstellen, dass du so wichtig für sie bist.«

»Nein«, stimmte er ihr zu und bemühte sich, seinen Anflug von Bestürzung zu verbergen. »Natürlich nicht.«

Frances beugte sich vor, inzwischen völlig ernst geworden. »Sieh mal, Dominic. Sie hat ihre Eltern verloren, als sie noch sehr klein war. Sie verlor ihren ersten Liebsten an Napoleon und dann auch noch ihren zweiten. Sie verlor ihren Bruder in Waterloo. Sie verlor ihr Haar, das sehr hübsch gewesen sein muss. Ihr ganzes Leben war von Verlust bestimmt. Ihr Mut in Anbetracht all dessen ist einmalig. Ich habe Angst davor, was geschehen könnte, sollte diese Tapferkeit sie je verlassen. Sie hat nichts anderes mehr. Deshalb hast du den Galan gespielt und dich ihrer Sache angenommen, du Idealist. Du hättest gar nichts anderes tun können, selbst wenn du es gewollt hättest.«

Für einen Moment schwieg er entsetzt. »Frances, bei allem nötigen Respekt, du hast keine Ahnung, was ich getan habe oder tun wollte.«

Sie lächelte und erwiderte wie nebenbei: »Wenn du Miss MacNorrin absichtlich verwundest oder ihr noch mehr Verlust zufügst, dann, denke ich, hättest du eine Ehrenschuld gegenüber dem weiblichen Geschlecht zu begleichen. Dann würde ich Nigel bitten müssen, dich zu töten.«

Nigel stellte seine Frau auf ihre Füße und stand auf, aber er nahm nicht seinen Arm von ihrer Taille. »Herrgott noch mal, Frances! Letztes Jahr hat Dominic dich für mich gerettet. Nichts, was er tun könnte, würde mich dazu bewegen, ihn zu einem Duell zu fordern.«

Sie schaute lächelnd zu ihrem Mann auf. »Nein, natürlich nicht. Und nun lasst uns Pläne schmieden. Wie sollen wir diese beiden verirrten Seelen nach Schottland bringen, da wir doch eigentlich morgen früh nach Paris aufbrechen müssten?«

Catriona starrte mit großen Augen auf ihr Spiegelbild. Der Ballon war abgestürzt. Sie hatte bei dem Aufprall das Bewusstsein verloren. Doch abgesehen von einem leichten Kopfschmerz fühlte sie sich gut. Aber nun würde sie nie ihr Haar für einen Mann lösen. In einer selbstzerstörerischen Verhöhnung des Schicksals hatte sie es abgeschnitten. Die Sünde des Zorns. Das einzig Schöne an ihr vernichtet. Aber was spielte das schon groß für eine Rolle? Die Leute von Glen Reulach würden selbst die

Dächer über ihren Köpfen opfern müssen, falls sie ihre Ziele nicht erreichte.

Ruhelos trat sie ans Fenster und starrte in den Regen. Die Frau, die Dominic Wyndham begehrte, hatte soeben erst den Raum verlassen: Frances, die ihren Marquis geheiratet hatte und ihn liebte wie einen Bestandteil ihrer eigenen Seele. Sie hatte es nicht erst sagen müssen; es war in jedem ihrer Atemzüge offensichtlich. Frances war vollkommen gleichgültig gegenüber Dominics Bewunderung. Aber änderte das irgendetwas?

»Jeder Freund von Dominic ist uns auf Rivaulx willkommen«, hatte sie vorhin erklärt. »Als ich ihn kennen lernte, war er der einzige wirkliche Freund, der Nigel noch geblieben war. Es war eine Freundschaft, die Dominic sehr viel gekostet hat, befürchte ich. Möchtet Ihr, dass ich Euch davon erzähle?«

Catriona hatte der anderen Frau prüfend in die Augen gesehen und genickt. »Wenn Ihr wollt.«

Lady Rivaulx hatte ihr ein Kleid von sich gegeben und sie dann aufgefordert, sich mit ihr an den Kamin zu setzen, eine simple Geste der Gastfreundschaft, die Catriona an zu Hause denken ließ. »Es ging um eine alte Feindin meines Mannes, eine Frau. Sie konspirierte nicht nur, um Napoleon zum Sieg zu verhelfen, sondern auch aus ganz privaten Gründen – um Nigel zu vernichten. Es begann in Russland Anfang achtzehnhundertzwölf, als England versuchte, die Unterstützung des Zaren gegen Napoleon zu gewinnen. Sowohl Dominic als auch Nigel waren damals britische Agenten.«

Catriona setzte sich und strich die Falten ihres Kleides glatt, verärgert, dass sie so unruhig war.

»Er erzählte mir, dass er achtzehnhundertelf nach Russland ging«, fuhr Frances fort. »Er war unter Wellington als Aufklärungsoffizier auf der Iberischen Halbinsel gewesen. Und dann, an jenem Weihnachten, wurde Dominic nach Sankt Petersburg geschickt, wo seine Talente sogar noch besser genutzt werden konnten. Er blieb bis achtzehnhundertzwölf, und dann ging er nach Moskau, wohin ihm Nigel folgte. Später kehrte er auf die Iberische Halbinsel zurück. Ich bin nicht über all seine Heldentaten informiert. Er spricht nicht viel darüber. Doch nachdem Napoleon im vergangenen März nach Frankreich zurückkehrte, arbeiteten er und Nigel zusammen in Paris. Ich war auch dort. Es war ein waghalsiges, gefährliches Unterfangen.«

Der flackernde Feuerschein schien den steinernen Greifen am Kaminsims Leben zu verleihen. »Ihr versucht, mir zu erklären, Dominic sei so etwas wie ein Held gewesen?«

»Ich weiß, dass er es *ist.*« Frances hatte ein nettes Lächeln. »Er selbst würde es vermutlich abstreiten. Aber er ist zweifelsfrei ein wahrer Held.«

Ein Held. Genau das, was sie gesucht hatte, als sie hergekommen war. Und enttäuscht worden war. »Wann seid Ihr ihm zum ersten Mal begegnet?«

»In London, bevor er in jenem April nach Frankreich abreiste. Er und noch ein weiterer Mann begaben sich nach Paris, um Informationen über Napoleons Pläne zusammenzutragen. Die Frau, diese Feindin meines Mannes, betäubte und entführte Dominic, als er dort eintraf, und hielt ihn dann versteckt. Es war Bestandteil ihres Plans, Nigel über seine Freunde anzugreifen. Sie ließ Dominic nahezu Tag für Tag erbarmungslos verprügeln.«

Die Greife am Kaminsims schienen aufzuspringen und ihre Krallen zu zeigen. »*Verprügeln*? Weshalb?«

»Sie behauptete, es zu tun, weil er nicht bereit war, sie zu lieben. Natürlich wusste *er*, dass es wegen Nigel war. Er gab nie nach. Dominic wäre lieber gestorben, als seine Freunde zu verraten. Tatsächlich glaubten wir alle, er sei tot. Diese Frau war eine Meisterspionin, die seit Jahren ein Doppelspiel mit britischen Agenten trieb – sowohl Nigel als auch Dominic waren zu verschiedenen Zeiten ihre Liebhaber gewesen.«

Catriona versuchte, ihre Bestürzung zu verbergen. Würde Dominic tatsächlich eine Frau so freizügig mit seinem Freund teilen? Wie ein Straßenköter, ohne jegliche moralische Bedenken? »Aber Dominic war doch verheiratet?«

»Nicht achtzehnhundertzwölf, als er seine Affäre mit ihr hatte. Sie dauerte nur drei Wochen. Als Nigel in Russland eintraf, wurde Dominic nach London zurückgeschickt. Er heiratete Harriet unmittelbar nach seiner Rückkehr. Aber ich frage mich, ob es nicht bloß eine Reaktion auf die Verderbtheit dieser Frau aus Moskau war: ein naives junges Mädchen zu ehelichen. Vielleicht war seine Ehe deswegen zum Scheitern verurteilt.«

Catriona schloss die Augen. Dann war er also praktisch direkt aus dem Bett dieser verruchten Frau zu Harriet gegangen? Und hatte verlangt, dass Unschuld sich mit Lasterhaftigkeit verband? »Ich verstehe nicht ganz, warum Ihr mir das alles erzählt.«

»Weil Dominic sehr viel durchgemacht hat«, antwortete Frances leise. »Mehr als irgendein Mensch erdulden sollte, und im Grunde musste er auch noch alles ganz allein durchstehen.«

Catriona schaute auf. »Er hat mir gesagt, er begehrte Euch.«

Frances lachte. »Ja, das ist eine Art Scherz zwischen uns. Als ich Dominic vergangenes Jahr begegnete, war mir noch nicht klar geworden, dass ich Nigel liebte, und ich wusste auch nicht, dass Dominic verheiratet war. Harriet lebte natürlich schon in Schottland, aber ich könnte mir dennoch vorstellen, dass sie der Grund dafür war, warum er und ich keine Affäre begannen. *Ich* war bereit dazu. Er nicht.«

Es gelang Catriona nicht, ihr Erstaunen zu verbergen. Frances war doch so offenkundig verliebt in ihren Mann! »Selbst *Ihr* wart willig?«

»O ja. Ich war zu einer professionellen Kurtisane ausgebildet worden und dachte, Dominic würde einen exzellenten Beschützer abgeben. Er ist schließlich ein ausgesprochen attraktiver Mann. Er brachte mir jedoch schonend bei, dass dergleichen für ihn nicht infrage kam. Er ist sehr liebenswürdig, unser Dominic.«

Verzweiflung übermannte Catriona. Der Schmerz in ihrem Kopf intensivierte sich, und sie legte das Gesicht in ihre Hände. *O, mo chràdhlot!* »Ihr könnt ihn nicht gut kennen.«

Frances war so ruhig wie Wasser in einem tiefen Brunnen. Ihr Ton blieb fest und offen. »Ich kenne ihn sehr gut. Während in Waterloo die Armeen aufeinander stießen, wurde Dominic als tot in einem Keller in Paris zurückgelassen. Er wurde erst befreit, nachdem die Nachrichten von Wellingtons Sieg eingetroffen waren. Nigel musste in Paris bleiben, daher brachte Dominic mich heim nach England. Wir waren einige Wochen zusammen, und ich war krank. Sein Gesicht wies noch die Spuren der Folter auf, aber er bezeigte mir eine Höflichkeit und Rücksichtnahme, die ich stets in liebevoller Erinnerung bewahren werde. Nicht viel später heiratete ich Nigel. Und seitdem ist Dominic hier ein regelmäßiger Besucher.«

Catrionas Schläfen pochten. »Ihr seid also alle gute Freunde?«

»Wäre er in irgendeiner Weise unehrenhaft, würden weder Nigel noch ich ihn lieben, so wie wir es tun.«

»Ihr kennt ihn nicht.« Der Schmerz kam nun in Wellen und drohte Catrionas Haltung zu zermürben. »Er ist ein Irrer.«

»Alles, was er tut, ganz gleich, wie willkürlich es auch erscheinen mag, tut er nur mit einem Ziel im Auge: seine Frau zurückzugewinnen.«

»Das weiß ich.« Tränen rannen über ihre Wangen. »Aber seine Frau ist tot.«

Frances legte einen Arm um Catrionas Schultern. »Dann *wird* er sich vermutlich wie ein Irrer aufgeführt haben«, entgegnete sie gedankenvoll. »Und er hat Euch dafür büßen lassen, zu einer Zeit, in der eigene Tragödien Euch das Herz schwer machen. Möchtet Ihr mit mir darüber sprechen?«

Catriona warf ihm beim Abendessen einen verstohlenen Blick über den Tisch zu. Es war spät. Flackernder Kerzenschein tanzte in den Spiegeln und funkelte in Kristalllüstern, die Dominic in Bronze tauchten.

Sie wollte nicht, dass es etwas änderte, aber es machte tatsächlich einen Unterschied, dass Lord und Lady Rivaulx Dominic nicht anders kannten als liebenswürdig und edelmütig. Sie waren außergewöhnlich intelligente Menschen, mitfühlend und einfühlsam, denen man bestimmt nicht leicht etwas vormachen konnte. Trotz allem, was geschehen war, *machte* es einen Unterschied. Dominics Einfallsreichtum und seine Galanterie, seine Sorge, nichts, was sie an sich genommen hatten, unbezahlt zu lassen, damit kein arbeitender Mensch durch sie einen finanziellen Verlust erleiden musste. Sein Lachen hatte geklungen wie das eines Erzengels, als sie durch die Luft gesegelt waren. Es hatte richtig Spaß gemacht! Konnte man mit Helden *Spaß* haben?

Doch falls Dominic Wyndham ein Held war, dann war er auch ein Narr. Wie ein Ritter, der geschworen hatte, den Heiligen Gral zu finden, hatte er sich blindlings einer verlorenen Sache gewidmet. Es war der Gipfel romantischer Absurdität: *seine Frau zurückzugewinnen*. Harriet hatte ihn gehasst. Er hätte sie nie zurückgewinnen können. Waren alle ihre Helden Narren?

Wie sie selbst, wenn sie dumm genug war, all ihren guten Vorsätzen zum Trotz etwas für ihn zu empfinden?

Dominic und Lord Rivaulx trugen formelle Abendkleidung, als wären dreißig Gäste statt nur zwei geladen. Der geliehene Abendanzug stand ihm. Aber er ließ ihn auch distanziert erscheinen und formidabel wie einen Ritter in seiner Rüstung, mit einem Brustharnisch, gemacht aus purer Eleganz. Nichts erinnerte mehr an jenen nachlässigen, oberflächlichen Bonvivant, den sie in London kennen gelernt hatte, oder an den linkischen Priester, der sie über den Pferdemarkt gezogen hatte. Gelassen und selbstbewusst nippte er an einem Glas Rotwein, während er seinen neuen Plan mit dem Marquis besprach. Kutschen waren bereits für vier Uhr früh am nächsten Morgen bestellt worden.

Catriona bewegte sich nervös auf ihrem Stuhl, und kühle Seide glitt über ihre Beine. Die Marquise hatte ihr einen Sari geliehen, ein Gewand aus Indien, und einen feinen Schleier über Catrionas kurz geschnittenes Haar gelegt. Diese ungewohnten Kleidungsstücke waren weich und angenehm zu tragen. Der Schleier verbarg ihr vom Weinen gerötetes und geschwollenes Gesicht. Es war, als wäre sie für einen Moment in Tir-nan-Og gelandet, dem Land der Jugend, in dem alles purer Luxus war. Der Tisch war bedeckt mit fremdartigen Gerichten, die sie noch nie zuvor gesehen hatte, alle wunderbar gewürzt und köstlich.

Ihre Kopfschmerzen waren verflogen. Sie war wie ausgehungert, als hätte sie seit Wochen schon nichts mehr gegessen. Während die Männer miteinander sprachen, probierte sie von sämtlichen Gerichten.

»Aber falls wir Dominic und Catriona als unsere Dienstboten ausgeben«, wandte Frances ein, »wie begründen wir dann Catriona? Eine zusätzliche Kammerzofe würde sicherlich nicht unbemerkt bleiben.«

Der goldene Moment der Schwelgerei zerbarst. Catriona kehrte jäh zurück zum Ernst des Planens. »Ich kann mich ruhig auch weiterhin so kleiden wie ein Junge«, meinte sie. »Es macht mir nichts.«

»Dann müsstest du nachts ein Zimmer mit einem Mann teilen.« Die dunklen Augen der Marquise musterten sie abschätzend. »Ich würde nie ein Einzelzimmer für einen männlichen Bediensteten bestellen.«

»Sie kann mit mir das Zimmer teilen.« Das war Dominic, träge lächelnd und mit halb geschlossenen grünen Augen. »Ich werde auf sie aufpassen wie auf meine eigene Schwester.«

Die Marquise sah ihn an und runzelte die Stirn. »Du hast gar keine Schwester.«

Errieten sie es, dieser scharfsinnige Marquis und seine Gattin? Sie hatte Frances alles erzählt: bis auf die Tatsache, dass sie sich Dominic Wyndham in einem Waldstück hingegeben hatte. Ahnten sie, wie sehr sie ihn begehrte? Verstanden sie, dass sie diesen falschen Helden begehrte, so wie der Mond den Ozean begehrt – so wie der Mond sich ersehnt, sein Spiegelbild auf dieser unendlichen Wasserfläche abgebildet zu sehen, nur um später darin einzutauchen und zu ertrinken?

Aber für den Ozean war der Herzenswunsch des Mondes natürlich nur absurd. Und für den zum Scheitern verurteilten Mond war es eine nie gestillte Sehnsucht, die sich jeden Abend bis in alle Ewigkeit wiederholte.

Als Junge verkleidet zu reisen, würde sie immerfort in seine Gesellschaft bringen. Aber was blieb ihr anderes übrig? Frances reiste gewöhnlich nur in Begleitung zweier Frauen. Falls sie eine von ihnen durch eine Schottin mit kurzem Haar ersetzte, würde es sofort bemerkt werden. Doch es war denkbar, dass ein ganzer Schwarm männlicher Diener mitreiste. Ein neuer junger Bediensteter würde also vermutlich gar kein Aufsehen erregen.

Catriona atmete tief ein und nahm sich einen geschälten Pfirsich, der mit irgendetwas Süßem, Alkoholhaltigem gewürzt war.

Dominic grinste sie an. »Schwelgerei?«

»Warum nicht?«, fragte sie, den Saft des Pfirsichs auf ihren Händen.

Frances lächelte, ihre Augen blickten freundlich unter ihren perfekten Augenbrauen. »Gut, dann haben wir also einen Plan. Obwohl von verheirateten Frauen erwartet wird, dass sie dafür sorgen, dass die Regeln des Anstands eingehalten werden, haben meine Jahre in Indien, fürchte ich, meine englischen Empfindsamkeiten eher zerstört. Abgesehen davon habe ich eine viel schlimmere Täuschung bei Nigel aufrechterhalten, und ich vertraue Dominic vollkommen.«

Lord Rivaulx erhob sich. Wieder spürte Catriona, dass er und seine Frau durch ein unsichtbares, aber unwiderrufliches Band verbunden waren. Nichts, was das bloße Auge sah, ließ darauf schließen. Sie tauschten in der Öffentlichkeit weder Zärtlichkeiten aus, noch benutzten sie Kosenamen. Es war einfach nur da, so unteilbar wie Sonnenschein und Licht.

Der Marquis lächelte sie an. »Niemand wird auf den Gedanken kommen, wir versteckten Flüchtlinge unter unseren Bediensteten. Ihr werdet beide vollkommen verschwinden. Dominic wird dafür sorgen, dass du keine Beleidigungen von den anderen Männern erfahren wirst.« Er zwinkerte seinem Freund zu. »Und sollte er es nicht tun, wird er sich vor mir verantworten müssen.«

Catriona lehnte sich in der Kutsche zurück und starrte ihre Schnallenschuhe an. *A Mhuire!* Welch unangebrachtes Vertrauen der Marquis in Major Dominic Wyndham setzte!

Ihre Beine steckten in weißen Strümpfen unter altmodischen Kniehosen. Ihr neuer Rock mit den langen Schößen war schwer von den kostbaren Silberlitzen, die ihn schmückten. Ihr Haar – sehr viel weniger strubbelig, seit Lord Rivaulx sie seinem Barbier anvertraut hatte – war unter einer weißen Perücke verborgen. Der Puder darin roch ein bisschen muffig. Und sie kitzelte. Dominic trug exakt die gleichen Sachen: die Uniform der Bediensteten des Marquis, die ihnen als Verkleidung diente. Er saß neben ihr auf dem Kutschensitz, sein Oberschenkel dicht an ihrem, und ignorierte sie. Er unterhielt die vier anderen Männer in der Kutsche mit anzüglichen Geschichten, als legte er es geradezu darauf an, dass sie errötete und sich verriet.

Wie am Abend zuvor geplant, brachten Frances und Nigel sie nach Edinburgh, mit Bergen von Gepäck und einem langen Tross Bediensteter. Es war eine überraschend schnelle Art zu reisen. Der Marquis konnte die frischesten Pferde und die beste Aufwartung verlangen. In Leith, dem Hafen der schottischen Hauptstadt, würden er und seine Frau sich dann nach Paris einschiffen. Eine etwas merkwürdige Reiseroute, doch niemand käme je auf die Idee, die Launen eines Marquis zu hinterfragen. Die beiden zusätzlichen Diener, ein großer Mann und ein Junge, würden vom Rest der Dienerschaft nicht zu unterscheiden sein, so eingezwängt, wie sie zwischen den anderen in der Kutsche saßen. Dominic hielt die Männer unentwegt am Lachen.

»Der Junge errötet ja!«, bemerkte einer der Bediensteten plötzlich.

»Aye.« Dominic hatte seine Stimme verstellt und sie etwas rauer klingen lassen, seit sie in die Kutsche eingestiegen waren. »Mein junger Schützling ist noch grün hinter den Ohren. Aber wir werden ihn schon bald davon kurieren, hab ich Recht, Jungs?«

Das Gelächter wurde noch lärmender und ausgelassener.

Um die Röte auf ihren Wangen zu verbergen, wandte Catriona den Kopf und blickte aus dem Fenster. Sie hasste die kratzige Perücke und die starken Ausdünstungen der anderen Männer, die viel zu dicht beisammen saßen und in ihren Uniformen schwitzten. Nur Dominic wirkte unerschütterlich und kühl. Der schwache Duft von Zedernholz und Lavendel drang aus seinem Rock. Indem sie sich noch mehr in ihre Ecke zwängte, zog sie ihren Oberschenkel von seinem zurück, so gut es ging. Obwohl er sich nun gegen die Bewegungen der Kutsche stützen musste, ließ er ihr diesen winzigen Freiraum. Sie war sich dessen ebenso bewusst wie des Great Glens, des Großen Tals, das Schottland in einer tiefen Spalte von Ozean zu Ozean dividierte.

Raues Gelächter drang an ihre Ohren, als Dominic eine weitere unanständige Geschichte beendete. Die vier Dienstboten bogen sich vor Heiterkeit: derb, gutmütig, die Anzüglichkeiten von Männern unter Männern, wenn sie glaubten, keine Frau sei anwesend. Sie war unsichtbar geworden.

Catriona erkannte, was er tat und wie gut es funktionierte. Sie sah und verstand es, aber wie konnte er es wagen, so mir nichts, dir nichts, die Kontrolle ihres Plans zu übernehmen? Und sie mit voller Absicht mit derartigen Geschichten in Verlegenheit zu bringen?

Sie hielten in Newcastle, um die Nacht dort zu verbringen. Im besten Gasthof der Stadt bestellte der Marquis Zimmer für sich und seine Frau und eine ganze Reihe von Räumen im Dachgeschoss für seine Bediensteten, wo sie zu zweit oder zu dritt in einem Bett nächtigen würden. Dominic führte Catriona in eine Art Verschlag unter den Dachbalken, der kaum größer war als ein Schrank. Aber es standen immerhin zwei schmale Betten dort.

»Unser Nachtquartier«, stellte er schmunzelnd fest. »Warm, trocken und mehr, als wir verdienen. Muss ich mich für diese grässlichen Scherze in der Kutsche entschuldigen?«

Die adrette weiße Perücke umrahmte seine ausgeprägten Wangenknochen. Seine Augen waren im Gegensatz dazu verblüffend grün, wie Kupfer, das in Flammen stand. Er sah jetzt überhaupt nicht mehr wie ein Diener aus. Er war wie ein Echo eines Lords aus dem vorherigen Jahrhundert, imposant und tödlich – wie das Gemälde ihres Urgroßvaters, des MacNorrin, mit seinem Plaid über dem Mantel und einem Schwert an seiner Hüfte.

Sie nahm ihre Perücke ab und setzte sich auf eins der schmalen Betten. »Ich wusste bis heute nicht, wie Männer wirklich über Frauen denken.«

Dominic löste die Knöpfe seiner Uniform, auf denen winzige Greife eingraviert waren. Der Marquis markierte seine Männer als seinen Besitz. Seltsamerweise schienen sie stolz darauf zu sein. »Männer versuchen, ihre Verwundbarkeit zu verbergen. Kein Mann erzählt einem anderen, wie sehr er seine Mutter oder seine Gattin liebt.«

»Du sprachst nicht über Mütter oder Ehefrauen.« Die Zimmerdecke fiel über ihrem Bett scharf ab und erinnerte sie an eine überhängende Felsklippe. »Und auch nicht über Liebe.«

»Nein, wir machten derbe Scherze über Sex. Es ist nicht das, was Frauen glauben möchten, doch der männliche Trieb ist ziemlich grundlegend. Den meisten Männern ist es eher unangenehm, dieser Kraft auf irgendeine andere Weise zu begegnen. Deswegen reden wir derb, plump, mit Schwergewicht auf anatomische Gegebenheiten. Ich hoffe, du hast verstanden, warum das wichtig war.«

»Ich habe verstanden.«

Er schlüpfte aus dem Uniformrock und hängte ihn auf. »Aber du bist verärgert.«

War es Ärger, diese Qual, dieses Verlangen, sich zusammenzurollen und ihre Hände über ihren Bauch zu legen? »Die vierte Sünde? Wir haben sie uns bereits gestattet.«

Die Weste war für einen schmaleren Mann geschnitten. Sie spannte sich über seinen Schultern wie eine Silberplattierung auf der Flanke eines Wappenlöwen und ließ Muskeln und nervöse Anspannung erkennen.

»So wie gestern Abend Schwelgerei? Dann bleiben uns ja nur noch Neid und Trägheit. Und warum auch nicht? Wir haben nichts anderes zu tun. Wir sind vollkommen sicher, während wir so reisen.«

Catriona rieb mit ihrer Manschette über einen Fleck auf ihrem weißen Strumpf. »Ich bin nicht sicher. Es ist dir nicht bewusst, doch trotz dieser unanständigen Witzeleien verrätst du mich.«

Er wandte sich um. »Was, zum Teufel, willst du damit sagen?«

Sie schaute zu ihm auf. »Du schleichst ständig um mich herum. Du erweist mir kleine Höflichkeiten. In der Kutsche hast du dein Bein neben meines gelegt, ohne zu versuchen, den Kontakt zu unterbrechen, bis ich von dir wegrutschte. Die anderen Männer werden Verdacht schöpfen. Das kleinste Geschwätz in öffentlichen Gasthäusern oder an Wegzoll-Absperrungen könnte unsere Feinde erreichen. Es erfordert mehr als zotige Geschichten, um mich wie einen Jungen zu behandeln.«

Er nahm die weiße Perücke ab und fuhr sich mit den Händen durch das Haar. »Catriona, ich habe den größten Teil des Krieges Katz und Maus mit Napoleons Spionen gespielt. Herrgott noch mal, vertrau mir! Ich bin sehr routiniert in diesen Dingen. Niemand hat auch nur den Schimmer einer Ahnung, dass du nicht bist, was wir sie glauben machen wollen: ein Junge, der zum Diener ausgebildet wird.«

»Dann werden diese Männer also nicht dagegen protestieren, dass du mich verdirbst?«

Er knöpfte die Weste auf und warf sie auf das Bett. Sein Hemd glänzte ein wenig. Staubpartikel tanzten in den letzten dünnen Sonnenstrahlen, die durchs Fenster fielen. »Natürlich nicht. Sie glauben, du seist willig. Niemand wird auf den Gedanken kommen, du könntest eine Frau sein.« Er ließ sich auf sein Bett fallen, streckte die langen Glieder aus und verschwand im Schatten. »Die Männer argwöhnen nichts, außer vielleicht, dass ich eine Vorliebe für Jungen habe. Aber das ist nichts Ungewöhnliches, und da ich beliebt bei ihnen bin, werden sie es mir nicht verübeln.«

Sie wusste nicht, warum es sie so bedrückte. Die Maskerade im Ballon hatte ihr Spaß gemacht. Ihre Hose hatte sie für diese wenigen Stunden befreit von hinderlichen Röcken und ihren eigenen Erinnerungen. Aber dieser Stoff fühlte sich rau an ihren Schenkeln an. »Warum musst du eine solche Interpretation begünstigen? Wenn du mich nicht so ansehen würdest, müsste niemand solch abscheuliche Dinge von uns denken.«

»Glaubst du etwa«, entgegnete er trocken, »*mir* machte das Spaß? Aber was macht das schon? Sie haben uns die Rollen, die wir spielen, abgenommen, und das ist das einzig Wichtige.«

»Warum müssen wir ihnen denn überhaupt ein *Liebespaar* vorspielen?«

»Weil die wichtigste Regel der Täuschung ist, so nahe wie möglich bei der Wahrheit zu bleiben. Nigel ist zu höflich, um direkt danach zu fragen, doch er weiß Bescheid. Und Frances auch. Das ist der Grund, warum sie damit einverstanden waren, dich meiner Obhut zu überlassen. Und deswegen muss ich selbst jetzt so tun, als wären wir ein Liebespaar, denn du verrätst dich, Catriona.«

Sie fuhr entrüstet auf. »Wie? Womit?«

»Zum Beispiel damit.« Blitzschnell streckte er die Hand aus, ergriff ihr Handgelenk und zog sie dann mit einem harten Ruck zu sich aufs Bett. Sie landete auf seinem Körper, Arme und Beine weit gespreizt, ihre Brüste an seine Brust gepresst. Sofort fuhr sie zurück und versuchte, sich aus seinem Griff zu lösen. Dominic öffnete seine Hände und ließ sie gehen. Sein Gesicht verschwand hinter den tanzenden Staubpartikeln in der Luft. »Ein Mann hätte mich dafür geschlagen. Männer greifen an. Frauen hingegen fliehen.«

»Und Jungen?«

»Lustknaben schmollen.«

»Ach ja?« Sie fuhr herum und schlug mit aller Kraft nach seinem Gesicht. Er fing ihre Faust jedoch ohne die geringste Mühe auf und hielt sie fest, zog Catriona unter sich und drückte sie auf die Matratze. Schwer atmend starrte sie zu ihm auf. Der Sonnenstrahl, der durchs Fenster fiel, verbrämte sein Haar mit Feuer. »Und worin sind Männer sonst noch anders?«

»Abgesehen von dem, was offensichtlich ist?« Grinsend blickte er auf sie herab und verlagerte ein wenig sein Gewicht, um sich in eine intimere Stellung zu bringen. »Männer wissen, wann sie erregt sind«, antwortete er leise. »Frauen wissen nur, dass sie etwas fühlen. Sie sind nicht immer sicher, was es ist, und darum nennen sie es manchmal Ärger oder Konfusion.«

»*Diabhal* ...« Aber was sie empfand, war weder Ärger noch Verwirrung.

Er rollte sich von ihr und stand auf. »Geh zu Bett, Catriona. Du bist sicher, bis wir Edinburgh erreichen. Vertrau mir. Nichts, was ich tue, wird Yarrow Fletcher unseren Aufenthaltsort verraten.«

Mit einem schwachen Lächeln auf den Lippen verbeugte er sich vor ihr und reichte ihr eine Hand, um ihr beim Aufstehen zu helfen. Die Linie seines Armes und seiner Schulter war im staubflirrenden Licht wunderschön, seine Hand stark und einladend.

Aber Catriona ignorierte sie und streckte die Beine aus, kreuzte sie an den Knöcheln wie ein Mann und verschränkte die Hände hinter dem Kopf. »Du bist ein großartiger Lehrer und ein Rabauke noch dazu. Nach dieser Lektion bin ich schon ein sehr viel besserer Lustknabe. Ich hätte nicht versuchen sollen, dich zu schlagen.«

Er ließ seine Hand sinken. »Aber du schmollst sehr gut.«

»*Och-on*. Ich bin froh, dass du dir deines Wortes so sicher bist. Es dürfte mithin kein Problem sein, deiner Ehre zu vertrauen, Dominic Wyndham – oder vielleicht doch?«

»Nein«, sagte er. »Natürlich nicht.«

Catriona stand auf und ging zu dem anderen Bett. In einer bewussten Verhöhnung seiner unbefangenen männlichen Bewegungen schlüpfte sie aus ihrem Rock und bückte sich, um ihre Schuhe abzustreifen, achtlos, wie ein Junge es getan hätte.

Er stand da, die Arme vor der Brust verschränkt, und beobachtete sie.

Ihre Krawatte löste sich nach einem kurzen, ungeduldigen Ziehen, und sie warf sie auf das Bett. Dann legte sie die Weste ab, wobei sie ganz bewusst die Schultern straffte, um die weiche Rundung ihrer Brüste zu betonen.

Seine Fingerknöchel wurden weiß.

Trotz erfasste sie und ließ sie innerlich ein bisschen zittern. »Wenn du dein Wort brichst, wird der Marquis dich töten. Ist er ein besserer Kämpfer als du?«

»Ja.«

»Dann dürfte ich wohl tatsächlich vor dir sicher sein.«

Ihr war heiß, und sie kam sich schrecklich ungeschickt vor. Ihre Finger hantierten mit den Knöpfen vorn an ihrer Hose, aber schließlich gelang es ihr, sie zu öffnen, und sie zog den blauen Stoff herunter. Nur noch mit einem weißen Hemd und weißer Leinenunterwäsche bekleidet, stand sie auf, um ihre Strümpfe auszuziehen.

Dominic atmete schneller, seine Nasenflügel bebten.

Die Strümpfe wollten sich jedoch nicht aufrollen lassen, und so riss sie sie – mit Fingern, die sich anfühlten wie die einer Fremden – schließlich einfach so herab.

»Du wirst mich bis Edinburgh nicht anfassen«, erklärte sie, auf ihre nackten Füße starrend. »Deinen verdorbenen kleinen Jungen. Was für bemerkenswerte Geschöpfe ihr englische Herren seid!«

»Catriona.« Seine Stimme war heiser, und eine unverkennbare Spannung lag in seinen knappen Worten. »Wir sind in einer verdammten Sackgasse angelangt. In Sherwood hast du mich benutzt, so wie es dir beliebte. Warum sollte ich das wiederholen wollen? Wenn ich dich das nächste Mal in meinem Bett habe, wird es zu meinen Bedingungen sein und nicht zu deinen – und zu unserem beiderseitigen Vergnügen.«

»Ich hätte nicht gedacht, dass du es wiederholen möchtest.« Sie zog sich das Hemd über den Kopf. Der Kragen verfing sich an ihren Ohren und ließ ihren nackten Körper für einen kurzen Augenblick entblößt. Kühle Luft streifte ihre Haut und verursachte ihr eine Gänsehaut, aber ihre nackten Brüste fühlten sich heiß, schwer und voll an. Ungeschützt waren sie seinen Blicken ausgeliefert, während sie mit dem Hemd kämpfte. Endlich löste sich der Stoff, und sie warf ihn ärgerlich beiseite. Sie war von der Taille aufwärts nackt. Langsam drehte sie sich um. »Du magst Jungen lieber.«

Die Tür fiel krachend zu.

Catriona starrte auf das misshandelte Holz. Ihr Nacken fühlte sich nackt an ohne ihr Haar, und ihre Brustspitzen hatten sich verlangend aufgerichtet. Er war davongelaufen! Dominic Wyndham war *geflohen*, bevor sie auch nur halb entkleidet war. Also war er noch weniger mutig als sie selbst!

Sie setzte sich aufs Bett und schlang die Arme um ihren nackten Oberkörper. Ein Kloß saß in ihrer Kehle. Warum tat sie das? Um ihrer Einsamkeit die Stirn zu bieten? Aber sie war immer einsam gewesen. Sie erwartete nichts anderes. Und das würde sich in den Armen eines Engländers bestimmt nicht ändern.

In Edinburgh gab es ein Kind. Sie müssten gegen Mitternacht des nächsten Tages dort eintreffen. Das war es, was sie wollte. Alles andere spielte keine Rolle. Wenn Dominic erst die Papiere hatte, brauchte sie ihn nie wiederzusehen …

Kapitel 10

Erhöht es dein Selbstgefühl, dich bei diesen Lakaien so anzubiedern?«, fragte Catriona.

Sie waren für einen Moment allein im Hof eines Gasthauses nahe der englischen Grenze. Pferde und Kutschen polterten über das Kopfsteinpflaster. Aber sie nahm nichts anderes wahr als ihn, ihren Ruin. Catriona hatte keine Ahnung, wo Dominic die Nacht verbracht hatte. In den Stallungen wahrscheinlich. Dennoch war er am Morgen entspannt und ausgeruht erschienen, mit perfekt sitzender Perücke und makelloser Uniform. Offenbar hatte die Marquise sich mit ihm verschworen, um ihm beizustehen.

»Ich war Offizier«, erwiderte er ruhig. »Ich kann mit Männern umgehen.«

Sie wusste selbst nicht, was sie trieb, welcher Dämon sie dazu anstachelte, Dominic herauszufordern. »Der Bruder eines Lords lässt sich dazu herab, die Dienerschaft zum Narren zu halten. Das ist eine ziemlich traurige Art von Hochmut, finde ich. Du wärst nicht so kaltblütig, wenn sie sich solche Freiheiten bei dir herausnähmen.«

»Catriona, ich verstehe nicht, wovon du redest.« Seine grünen Augen schimmerten wie dunkles Moos.

Sie sah sich auf dem Hof um, betrachtete die herumflitzenden Pferdeknechte, Männer, deren Rücken von der Last der Arbeit gebeugt waren, und die Lords und Ladys, die leichtfüßig an ihnen vorbeischritten. »Ich spreche von Männern aus verschiedenen Welten. Wie Laub auf einem Wasserlauf können sie sich für einen Moment berühren, aber ein Eichenblatt und ein Birkenblatt können niemals denselben Stängel teilen.«

»Sie können denselben Wald teilen.«

Sie richtete wieder ihren Blick auf ihn. »Ach, von den schottischen Birken gibt es in diesen Tagen wenig genug, und die Eiche, von der ich spreche, ist englisch.«

»Ich würde gern denken«, raunte Dominic ihr zu, als die anderen Dienstboten aus dem Gasthof kamen, »dass dies ein eher unerfreulicher Gedanke für dich ist.«

Catriona wandte sich ab und stieg in die Kutsche. Ein paar Stunden noch, und sie würde ihn nie wiedersehen. *Das* war ein erfreulicher Gedanke!

Sie erreichten das kleine Gasthaus südlich von Edinburgh erst eine ganze Weile nach Einbruch der Dunkelheit. Mit seinem Zug von Kutschen und Bediensteten war der Marquis seit siebzehn Stunden unterwegs. Die Männer torkelten wie Betrunkene in den Hof der Herberge. Die Mägde gähnten, als sie ihnen folgten. Dominic hingegen ließ nicht die geringste Müdigkeit erkennen; erstaunlich leichtfüßig für einen so großen Mann, sprang er aus der Kutsche auf das Kopfsteinpflaster. Wie der Marquis, schien er über eine schier unerschöpfliche Energie zu verfügen. Aus dem Augenwinkel sah Catriona, wie Nigel seiner Frau aus ihrer Kutsche half und sie an der Hand ins Innere des Gasthofs führte. Die Marquise bewegte sich mit der Anmut einer Tänzerin, aber sie war ein Schilfrohr im Wind ihres Mannes, Wein in seinem Glas.

Und er wehte stark genug, um Catriona den Atem zu verschlagen. Nach ihrer Schwelgerei war sie direkt zur sechsten Sünde übergegangen – Neid, die schändlichste und glühendste der sieben Sünden? Die Sünde, die den Sünder auffraß. Die Sünde, die einem das Herz zerfraß und selbst dann noch weiter an einem nagte, wenn das Herz schon eine hohle Hülse war. War dies also der Unterschied zwischen Neid und Begehrlichkeit? Sie begehrte den Marquis nicht für sich selbst, aber Gott im

Himmel, wie sie seine Frau beneidete! Sie beneidete sie um ihre Sicherheit und Anmut: diese beispiellose Gelassenheit in Frances, so, als läge ihre Zufriedenheit so tief, dass kein oberflächlicher Wind sie aus der Fassung bringen konnte – die Sicherheit einer Frau, die sich geliebt wusste von dem Mann, den auch sie mehr liebte als das Leben selbst.

»Schon gut«, vernahm Catriona eine Stimme. »Komm, Junge, ich fang dich auf.«

Sie blickte auf Dominics Gesicht herab. Seine Züge verschwammen. Tränen brannten und stachen in ihren Augen, und sie schwankte vor Erschöpfung und hielt sich an der Kutschentür fest, aus Angst, vor aller Augen in Tränen auszubrechen und sich durch ihr Schluchzen zu verraten.

»Der Junge schläft im Stehen ein!«, rief einer der Bediensteten.

Trotz ihrer schweren Lasten, die sie aus der Kutsche in den Gasthof schleppten, und ihrer eigenen Ermüdung, lachten die anderen Männer.

Dominic setzte die Hutschachtel ab, die er getragen hatte. »Keine Sorge, Jungs! Ich trage ihn«, rief er. Und dann packte er sie an ihren Handgelenken und warf sie einfach über seine Schulter. »Drück dein Gesicht in meinen Rock«, flüsterte er, »und zappele ein bisschen.«

Der Puder seiner Perücke befleckte ihr Gesicht, als Tränen aus ihren Augen quollen und über ihre Wangen rannen. Sie nieste. Er schüttelte sie ein bisschen und trug sie in den Gasthof. Das Gelächter der anderen Männer folgte ihnen.

Dominic legte sie auf das einzige Bett in der winzigen Dachkammer, die sie miteinander teilen würden. Er nahm ihr die Perücke ab und strich ihr das feuchte Haar aus der Stirn. Sie schluckte, schniefte und verbarg ihr Gesicht im Kissen.

»Ich weiß, wie du dich fühlst«, sagte er. »Mir geht es genauso, wenn ich mit ihnen zusammen bin. Nigel und Frances sind wie wilde Schwäne, die sich für ein ganzes Leben paaren. Es ist das, was jeder will und selten findet.«

»Es ist nicht, was jeder will!«, murmelte sie in das Kissen. »Es gibt wichtigere Dinge.«

»Obwohl ich nie erwartet habe, es zu finden, will ich verdammt sein, wenn ich irgendetwas auf der Welt sehe, das wichtiger als Liebe ist, Catriona. Gute Nacht.«

Sie setzte sich auf, beschämt, ihm ihre Schwäche offenbart zu haben. Beschämt, dass er gezwungen gewesen war, sie vor den anderen zu decken. Beschämt, dass sie sich ohne seine schnelle Reaktion als Frau verraten und ihre Tarnung zerstört hätte. »Wo gehst du hin?«

Er grinste. »Mir woanders ein Bett suchen. Es heißt, die Mägde in diesem Gasthaus wären alle leicht zu haben.«

Er verbrachte die Nacht in Nigels Kutsche. Sie war mit dicken Felldecken aus kostspieligen Pelzen ausgestattet. Es war dieser fabelhafte Zobelpelz, den Nigel damals aus Russland mitgebracht hatte. Dominic fluchte, als er seine langen Beine in der schmalen Kutsche unterzubringen versuchte, und schloss die Augen. Die Bilder kehrten nachdrücklich zurück.

Er hörte Stimmen: sich selbst, wie er Nigel ein knappes Jahr zuvor, im Frühjahr achtzehnhundertfünfzehn, in seinem Londoner Arbeitszimmer zur Rede gestellt hatte. *Da Catherine meine Geliebte war, bevor sie deine wurde, glaube ich, das Recht zu haben, von ihr zu sprechen.*

Und dann Nigel, wie er sich zur Wehr setzte und wieder jene grellen Erinnerungen an den Glanz und die Verdorbenheit von Moskau heraufbeschwor – und den Glanz und die Verdorbenheit der Frau, die sie beide geliebt hatten. *Frost glitzerte in ihrem Haar wie glühende Diamanten* – die schöne, skrupellose Prinzessin Katharina. Die Frau, die ihn unwiederbringlich verändert hatte und prompt in Nigels Bett gewechselt war, als Dominic Russland verlassen hatte.

Dominic hatte es ihnen nicht übel genommen. Doch nach

Russland, nach der Pracht von Moskau und den geschulten Fertigkeiten einer Hure, war er heimgekehrt und hatte Harriet geheiratet. Natürlich war es ein seit vielen Jahren bestehendes Verlöbnis gewesen, das er unmöglich hatte brechen können. Aber das hatte er auch gar nicht vorgehabt. Er war freudig mit Harriet vor den Altar getreten, im Vertrauen auf ihre Unschuld und ihre Zuneigung, und hatte ihr bedenkenlos sein Herz zu Füßen gelegt.

Und hier stand er nun, vier Jahre später, ein Witwer, das Überbleibsel einer Ehe, die nie wirklich existiert hatte. Eine Ehe, die er in den kurzen Zeiträumen, die einem Soldaten zwischen Schlachten blieben, wieder zum Leben zu erwecken versucht hatte – bei jenen unbehaglichen Begegnungen bei den wenigen Gelegenheiten, wenn er aus Frankreich oder von der Iberischen Halbinsel heimgekehrt und zu Harriet nach Edinburgh gefahren war.

Er dachte nicht oft an Katharina, obwohl er all dieser Verbindungen wegen, all dieser Fäden wegen, die bis nach Russland zurückgingen, in Paris, in jenem Frühling vor der Schlacht von Waterloo, eingekerkert worden war. Ihre Feinde hatten gedroht, Nigel umzubringen, doch nur Dominic war in einem Keller in Ketten festgehalten und gefoltert worden. Er drehte sich um, stieß sich das Knie an und fluchte. Am Morgen würden sie Edinburgh und das Haus der Wohltätigen Seelen erreichen: das Ende von Catrionas Suche.

Es war ein großes Haus in der Queen Street in den neueren Stadtteilen Edinburghs. Die weiß getünchte Fassade glitzerte wie frischer Schnee im hellen Morgensonnenschein. Dominic war nun nicht mehr wie ein Dienstbote gekleidet. Nicht nur, weil eine Verkleidung nicht mehr nötig war, sondern vor allem, weil er nur als Harriets Witwer die Herausgabe ihrer Hinterlassenschaft verlangen konnte. Er hatte sich mit Geld, das Nigel ihm geliehen hatte, neue Kleider gekauft und dankbar den Puder aus seinem

Haar und von seiner Haut gewaschen. In Zukunft, dachte er ironisch, würde er dafür sorgen, dass keiner seiner Diener je wieder eine Perücke oder Puder tragen musste.

Er wurde in den Warteraum mit der grün und pinkfarben gestreiften Tapete und den vergoldeten Sesseln geführt. In denselben Raum, in dem er mit Stansted an so vielen Tagen in jenem Sommer des Sieges achtzehnhundertvierzehn gesessen hatte – in jener Pause zwischen dem Spanischen Feldzug und der Rückkehr in den Dienst vor Waterloo.

Harriet hatte es, bis auf ein Mal, abgelehnt, ihn zu empfangen. Aber Rosemary war jeden Tag lächelnd in den Raum gekommen und hatte ihrem Mann die Hand gereicht, während sie dabei über die Schulter geblickt hatte, um zu sehen, ob es Dominic berührte. Welch unglaubliche Absurdität, dass er bis dahin nicht erfahren hatte, aus welchem Grund Rosemary Harriet überhaupt nach Schottland mitgenommen hatte! Und dass es so lange gedauert hatte, bevor sie den Handel abschlossen, mit dem er letztendlich auch seine Frau zurückzugewinnen gehofft hatte. Es wird mir langsam zur Gewohnheit, dachte er seufzend, mich leeren Hoffnungen hinzugeben.

In heller Aufregung kam Rosemary herein. Sie war groß und dunkelhaarig und hatte das Temperament ihrer italienischen Mutter. Sie hatte sich nicht verändert. Ihr Teint war noch immer makellos und hell wie Alabaster, ein auffallender Kontrast zu ihren roten, erwartungsvoll geöffneten Lippen.

Dominic erhob sich und verbeugte sich vor ihr.

Stansteds Frau zitterte förmlich vor Energie, ihr Lächeln war betörend. »Dominic! Endlich! Ich kann binnen einer Stunde aufbrechen. Es wird nicht lange dauern …«

»Lady Stansted, bitte! Ich bin nicht hergekommen, um Euch abzuholen!«

Ihr Lächeln schwankte. Sie blieb stehen, sah ihn an und blickte ihm forschend in die Augen. »Wie darf ich das verstehen, Dominic?«

Das hatte er befürchtet. »So, wie ich es sage. Ich bin nicht gekommen, um Euch abzuholen.«

Sie wandte sich ab und durchquerte den eleganten Raum mit seiner hohen Decke, um bei einem der großen Fenster stehen zu bleiben. »Ihr wisst nicht, was ich aufgegeben habe – was dieser Augenblick mich gekostet hat! O Gott! Ihr weist mich ab?«

»Wir haben das alles oft genug besprochen«, erklärte er. »Ich habe versucht, so liebenswürdig zu Euch zu sein wie möglich. Ich habe große Achtung vor Euch, aber ich liebe Euch nicht und werde es auch niemals tun. Ich habe Euch nie einen Grund gegeben, irgendetwas anderes zu glauben.«

Sie setzte sich und begann zu weinen. »Weil Ihr Harriet liebt.«

»Ich *wollte* sie lieben, Lady Stansted. Sie war meine Frau.«

Rosemary senkte den dunklen Kopf und blickte auf ihre Hände herab. »Ihr hättet sie nicht heiraten sollen.«

Er versuchte, den Spott aus seiner Stimme fern zu halten, doch es gelang ihm nicht. »Das ist mir auch fast sofort klar geworden.«

Sie schaute zu ihm auf. Ihre Augen waren unter den geröteten Lidern erstaunlich schwarz. »Ja, sie liebte *mich*! Warum könnt Ihr es nicht?«

Sie brachte ihn ernsthaft in Verlegenheit. »Ihr glaubt, Ihr liebtet mich, aber Ihr kennt mich nicht einmal. Ich war damals in Uniform. Ich war in Abenteuer verwickelt, die Euch aufregend und glamourös erschienen. Das war vor vier Jahren, und seither sind wir uns nur dann und wann begegnet. Ihr habt einen wunderbaren Mann geheiratet, der eines Tages Herzog sein wird. Ich wünschte bei Gott, Ihr würdet dieses fehlgeleitete Interesse an mir vergessen und Eurem Gatten eine Chance geben. Stansted ist tapferer und besser, als Ihr wisst.«

Ihre dunklen Ringellöckchen hüpften, als sie jäh den Kopf hob. »Ha! Ist er das?«

Seine Kehle war staubtrocken. Er verspürte das eher unpassende Bedürfnis, laut zu lachen, aber nicht etwa, weil irgendetwas an der Situation komisch war. »Er hat es geschafft, den Kirchturm zu besteigen, und als Beweis hat er sein Taschentuch dort oben festgebunden. Es ist, glaube ich, ein bisschen irrelevant für mich, jetzt, da Harriet nicht mehr lebt. Doch Ihr solltet es wissen. Er hatte Angst, aber er hat dennoch nicht gezögert, es zu tun. Meiner Einschätzung nach ist dies die akkurateste Definition von Mut.«

Rosemary stand auf. Ihre Brüste hoben und senkten sich vor Erregung. »Seid Ihr hergekommen, um mir das zu erzählen?«

»Ich kam auch, um Harriets Sachen abzuholen.«

Sie knabberte wie ein Kind an ihrem Daumennagel. »Ihr interessiert Euch noch für ihre *Sachen*? Nach ihrem Tod haben wir alles in eine Truhe gepackt. Ich dachte ... nun ja, ich dachte, sie würden Euch vielleicht hierher bringen, aber warum wollt Ihr sie haben?«

Dominic starrte den schmalen Fries aus Gipsblättern an der Zimmerdecke an. Je schneller dies vorbei war, desto besser. »Nun, erstens habe ich den größten Teil ihrer Garderobe und ihres Schmucks gekauft. Zweitens enthalten ihre Papiere und Briefe höchstwahrscheinlich peinliche, persönliche Mitteilungen von mir. Und drittens ist alles, was sie hinterlassen hat, von Rechts wegen mein Eigentum.«

Er wusste nicht, was sie dachte, was sie von der Kletterpartie den Kirchturm hinauf hielt oder was sie glaubte, aufgegeben zu haben. Rosemary war ihm schon immer ein Rätsel gewesen. Sie starrte wie eine Blinde zu ihm auf. »Obwohl sie tot ist, denkt Ihr noch an sie?«

»Es tut mir Leid, Lady Stansted«, entgegnete er. »Wenn wir unserem Herzen befehlen könnten, hätte ich meinem sicherlich befohlen, für Euch zu empfinden, so wie Ihr es wünscht. Aber ach, mir scheint, dass Liebe etwas ganz und gar Willkürliches ist und aus heiterem Himmel einschlägt wie der Blitz.«

»Aber was ist mit all den Briefen, die ich Euch geschrieben habe? Warum könnt Ihr mich nicht lieben? War all mein Verlust denn vollkommen vergeblich?« Ihre braunen Augen weiteten sich noch mehr, als wäre sie zutiefst erschüttert. »Ihr seid in jemand anderen verliebt, nicht wahr?«

Er wollte es schon bestreiten. Doch der Gedanke traf ihn wie aus heiterem Himmel, wie der Blitz: *Ich bin in jemand anderen verliebt. Mein Gott! Mein Gott!*

»Verdammt!« Er hatte es nicht so brüsk klingen lassen wollen. »Meine Gefühle sind nicht Eure Sache, Lady Stansted. Würdet Ihr mir jetzt bitte diese Truhe zeigen.«

»Warum sollte ich? Warum sollte ich Euch helfen? Was gebt Ihr mir, falls ich es tue? Würdet Ihr mir dann sagen, Ihr hättet mich wenigstens einmal mit Verlangen oder Sehnsucht angesehen? Würdet Ihr mich küssen?«

Seine Beschämung war komplett. »Ich kann es nicht. Was, zum Teufel, ist ein Kuss ohne Gefühl? Lasst mich diese Truhe sehen.«

Sie war wie ein gefangenes Reh. »Für einen Kuss«, wiederholte sie. »Mit Gefühl oder ohne.«

Warum fand er es so schwierig, sie zu küssen? Sie war leidenschaftlich, attraktiv. Was konnte es schon schaden? Aber er brachte es nicht über sich. Er schüttelte den Kopf und hasste diese gegenseitige Erniedrigung.

Ich bin in jemand anderen verliebt. Mein Gott! Mein Gott! Catriona!

Doch leider war Liebe kein Gefühl, dem er vertrauen konnte!

Er geriet bei der Erinnerung an ihre zarten Brüste, als sie aus dem Männerhemd geschlüpft war, ins Stocken, bei der Erinnerung an ihr kurz geschnittenes Haar und die verletzliche, sensible Form ihres Kopfes, als sie ihn so trotzig in jener Straße in Nottingham angesehen hatte, bei der Erinnerung an ihre Tränen, als sie ihm von ihrem Bruder Calum erzählt hatte, den sie geliebt hatte, bei der Erinnerung an ihre Schreie unter dem kalten

Mond, als sie ihm ihre Jungfräulichkeit geopfert hatte. Zum Teufel damit! Der Teufel hole seine Seele und sein Herz! Er hatte es wieder getan: sich in eine Frau verliebt, die ihn verachtete und ihn zum Teufel wünschte!

Die Tür sprang auf. Dominic blickte auf. Rosemary betrachtete prüfend sein Gesicht, die Hand schon auf dem Türknauf. Ohne ein weiteres Wort ging sie aus dem Raum voran über einen langen Korridor mit weiß gestrichenen Türen. Er folgte ihr mechanisch. Am Ende des Ganges führte eine Treppe nach unten.

Nachdem sie einen schmalen Durchgang passiert hatten, schloss Rosemary die Tür zu einem Lagerraum auf. Bis auf die kleine Truhe in einer Ecke war er leer. Trübes Licht fiel durch ein winziges Fenster, das auf eine Außentreppe hinausging. Sie nahm einen weiteren Schlüssel von ihrem Gürtel und warf ihn Dominic zu. Ihm war kaum bewusst, dass er den Schlüssel mit einer Hand auffing.

Ich bin in jemand anderen verliebt. »Ist das alles, was Harriet hinterlassen hat?«

»Ja«, antwortete Rosemary. »Alles. Warum sollte ich irgendetwas von ihr wollen? Bedient Euch. Diese Tür dort drüben führt nach draußen. Ihr habt noch nicht gewonnen. Ihr mögt bewiesen haben, dass Ihr mich nicht lieben könnt, aber ich werde dennoch nicht zu Stansted zurückgehen!«

»Er hat den Kirchturm bestiegen«, erklärte Dominic eindringlich. »Der Rest liegt bei Euch. Wir hatten eine Vereinbarung. Harriet ist nicht mehr unter uns, doch *er* lebt, und Ihr habt mir verdammt noch mal Euer Wort gegeben.«

Sie eilte die Treppe hinauf und ließ ihn in dem Raum allein. Für einen Moment starrte Dominic die Truhe an und fühlte sich dabei ganz merkwürdig verwirrt. Er war diesen ganzen weiten Weg gekommen, hatte tödliche Angriffe überlebt, eine Ballonfahrt unternommen und Catriona MacNorrin geliebt – für das hier?

Rosemary hatte keinen Grund zu lügen. Diese traurige kleine Truhe musste Harriets gesamte Hinterlassenschaft enthalten. Ihre pathetischen kleinen Handschuhe und Retiküle. All die hübschen Spielzeuge, die er für sie hatte kaufen müssen, all die Dinge, die er sogar dann gekauft hatte, wenn er es sich eigentlich gar nicht hatte leisten können. Doch irgendwo zwischen all dem Tand befanden sich vermutlich ihre Papiere – Briefe oder vielleicht auch Tagebücher – und Sarahs Dokumente, die bewiesen, dass der kleine Andrew der rechtmäßige Erbe des MacNorrin war. Papiere, die Catriona davon befreien würden, noch länger auf ihn angewiesen zu sein.

Die Steinplatten hallten unter seinen Stiefeln, als er zu der Truhe ging. Er schob den Schlüssel in das Schloss, doch es war bereits geöffnet. Sein Instinkt riet ihm, auf der Hut zu sein, als er den Deckel aufklappte. Seiden und Spitzen, Handschuhe und Strümpfe, alles in einem kunterbunten Durcheinander. Es sah aus, als hätte sich eine große Maus ein Nest in Harriets Kleidern gebaut – oder als wäre schon vor ihm jemand da gewesen.

Etwas bewegte sich. Dominic fuhr herum. Die offene Mündung eines Pistolenlaufs grinste ihn vom Eingang an.

»Sie kommen zu spät, Major Wyndham«, bemerkte der Mann, der die Waffe hielt. »Ich habe die Papiere schon.« Er klopfte auf seine Brusttasche und schwenkte seine freie Hand in Richtung Truhe. »Den übrigen Krimskrams könnt Ihr natürlich gern haben, wenn Ihr wollt.«

Dominic schloss die Truhe und hockte sich auf den Deckel, den Schlüssel noch immer so fest in seiner rechten Hand, dass er in seine Handfläche schnitt. Er war nicht bewaffnet. Herrgott noch mal, es war helllichter Tag, und er befand sich mitten in der Stadt. Seine einzige Konzession an Selbstverteidigung war sein als Spazierstock getarnter Degen, den er an die Wand gelehnt hatte, weil er ihm ohnehin nicht viel gegen eine Pistole oder den Mann nützen würde, der sie in seinen Händen hielt.

»Ihr Herr hat also gewonnen.« Er öffnete seine Hand und ließ den Schlüssel fallen. Mit einem leisen Klirren fiel er auf den Boden. »Hat er Ihnen auch befohlen, mich zu töten, Mr. Fletcher?«

Über dem Fenster zu ihrer Rechten stand ein Leitmotiv in goldener Farbe. Die Farbe war abgeblättert, sodass die Inschrift selbst nicht mehr zu entziffern war. Das Haus erstreckte sich acht bis zehn Etagen über ihr und endete in scharfkantigen Dächern und hoch aufragenden Schornsteinen.

Catriona ging durch den schmalen Eingang in den Flur. Sie hatte Mrs. Mackay in diesem Haus besucht, bevor Harriet gestorben war. Hier hatte sie Andrew in den Armen seiner Kinderschwester vor Empörung brüllen sehen – vor Empörung darüber, einer Fremden vorgeführt zu werden, und dann sein Lächeln, als sie ihm Süßigkeiten geschenkt hatte. Rosemary, Lady Stansted, hatte ihr dafür Geld gegeben und sie gebeten, etwas für Harriets Kind zu kaufen – den kleinen Andrew, mit seinen strahlend blauen Augen und dem dichten schwarzen Haar, der ganz eindeutig das Kind des MacNorrin war, darin war sich Catriona völlig sicher.

Sie stieg die Treppe hinauf und klopfte an die Tür.

Niemand antwortete.

Sie klopfte lauter. Schweigen umgab sie. Das rege Treiben auf der High Street wurde von dicken Mauern aus altem Stein gedämpft. Diese Höfe in der Altstadt zu betreten, war wie ein Schritt in die Vergangenheit, wie ein Sichentfernen von der neuen Welt. Aber die Stille in dem Haus war noch sehr viel gespenstischer als das.

Catriona probierte den Türknauf.

Die Tür gab nach und öffnete sich mit quietschenden Angeln. Der leere Raum dahinter hallte. Mit angehaltenem Atem trat Catriona ein und spürte, wie sich ihr die Nackenhaare sträubten.

»Ist er verliebt in sie?« Frances blickte hinaus zu den Seemöwen, die kreischend ihre Kreise über den Docks am Hafen zogen.

Nigel grinste seine Frau an. »Ich hoffe es. Sie ist eine bemerkenswerte Frau – und sieht in Hosen fantastisch aus. Es wurde auch höchste Zeit, dass Dominic Harriet vergaß und sich eine Frau suchte, die etwas für Männer übrig hat.«

Frances blickte auf. »Harriet mochte Männer nicht?«

Er griff nach ihrer Hand. »Nach Katherina wird sie ihm vermutlich bloß unschuldig und scheu erschienen sein. Aber ganz so war das nicht. Später werde ich dir davon erzählen. Bedauerlicherweise müssen wir dieses Schiff nach Paris nehmen, sodass Dominic also leider selbst zusehen muss, wie er dieses Durcheinander klärt.«

»Ja, ich weiß«, meinte Frances. »So wie wir es taten.«

Er küsste den Ballen ihres Mittelfingers, ließ seine Zunge dort etwas verweilen und küsste sie dann auf den Mund. Frances glitt in seine Umarmung wie eine Liane.

»Wie meine Befehle lauteten?« Yarrow Fletcher sah Dominic in dem kleinen Lagerraum und entsicherte seine Pistole. »Ich hatte Befehl, Ihre Ankunft hier zu verhindern und den Nachlass Eurer Frau zu sichern, bevor Sie es tun konnten.«

Dominic lehnte sich mit dem Rücken an die Wand, streckte seine bestiefelten Füße aus und spannte ganz unauffällig seine Muskeln an, als ihm dämmerte, was Fletcher meinte. *Den Nachlass Eurer Frau!* »Dann sollte dieser Überfall in Sherwood also nur eine Verzögerungstaktik sein? Ich hatte eher den Eindruck, dass er verdammt tödlich war. Schließlich sind mein Kutscher und zwei Ihrer gedungenen Kumpanen dabei umgekommen.«

Fletcher zuckte mit den Schultern. »Das ist belanglos. Es war ein Unfall. Sie waren einfach dumm genug, sich gegenseitig zu erschießen.«

Dominic ließ den Blick über die steinernen Mauern und das hohe Fenster wandern, um die Entfernungen abzuschätzen. »Wie, zum Teufel, ist es Ihnen eigentlich gelungen, die Wohltätigen Seelen zu überreden, Ihnen Zugang zu dieser Truhe zu gewähren, obwohl Lady Stansted den Schlüssel doch zumindest mit ihrer Tugend, wenn nicht gar mit ihrem Leben beschützte?«

Fletcher lächelte. »Ein kleines Bestechungsgeld an ein Dienstmädchen und ein Schlüssel, der gestohlen und dann wieder zurückgelegt wurde, ohne vermisst zu werden. Es war ganz einfach. Sie hätten es selbst tun können.«

»Natürlich«, stimmte Dominic ihm zu. »Leider hatte ich mich unterwegs zu lange aufgehalten. Andererseits jedoch gehört die Truhe mir. Warum hätte ich also denken sollen, jemand anderer könnte sich für seinen Inhalt interessieren? Haben Sie gefunden, was Sie suchten?«

Es war ein verdammt unangenehmes Lächeln, das auf Fletchers Gesicht erschien. Genauso hatte er gelächelt, als er vor all den Jahren auf der Iberischen Halbinsel einen verwundeten französischen Offizier ermordet hatte. »Was glauben Sie?« Wieder klopfte er auf seine Tasche. »Es ist alles hier, Major. Was für eine nichts sagende kleine Hure Ihre Frau doch war, nicht wahr? Ich muss sagen, ich war zutiefst gerührt von den Liebesbriefen, die Sie ...«

Als Fletchers Hand wieder sein Jackett berührte, stürzte Dominic sich mit geballten Fäusten durch den Lagerraum und traf den anderen Mann im Unterleib. Fletcher stöhnte auf, krümmte sich vor Schmerzen und verlor das Gleichgewicht. Die Pistole fiel scheppernd zu Boden, schlitterte weg, als Dominic sie beiseite trat, und wirbelte herum, als sie gegen den Schlüssel stieß. Dominic traf Fletcher noch einmal am Kinn. Der Kopf des Mannes fuhr zurück und prallte mit einem hässlichen, dumpfen Schlag gegen die Wand. Besinnungslos brach er zusammen und stürzte auf den Boden.

Dominic zog ihn hoch, knöpfte seine Jacke auf und zog ein Bündel Papiere daraus hervor, die er hastig durchsah. Seinen eigenen Briefen an Harriet gönnte er nur einen kurzen Blick. Hätte er froh sein sollen, dass sie sie zumindest aufgehoben hatte? Er warf sie auf den Boden. Es war nichts von Sarah MacNorrin, der jungen Frau des alten Gutsherrn, unter den Papieren – absolut nichts über den kleinen Andrew, nichts, das als Beweis hätte dienen können, dass er Sarahs Kind war – nichts, was Glen Reulach vor Rutley retten könnte.

Dominic nahm seine Zunderbüchse heraus und verbrannte den kleinen Stapel Briefe. Harriets Kleider achtlos beiseite werfend, leerte er die ganze Truhe, zerschlitzte das Futter und brach die Seiten auf. Trockener Leim löste sich unter seinen Fingern und zerbröselte zu Staub.

Aber er fand nichts.

Und dies war vermutlich alles, was Harriet hinterlassen hatte; insofern glaubte er Rosemary. Demnach hatte er versagt und Catriona enttäuscht, so wie er, wenn auch in anderer Weise, Harriet enttäuscht hatte. Fletcher musste Tag und Nacht wie der Teufel geritten sein, um als Erster hier anzukommen. Nur diese Verzögerung auf Rivaulx Castle, während Catriona bewusstlos gewesen war, hatte Fletcher dies ermöglicht. Doch auch so konnte er eben erst eingetroffen sein und hatte ganz bestimmt nicht genug Zeit gehabt, mehr zu verstecken, als er in seinen Taschen hatte – obschon die Zeit natürlich durchaus ausgereicht hätte, um irgendwelche Dokumente zu vernichten.

Schließlich ließ Dominic die parfümierten Handschuhe und Spitzenstrumpfbänder liegen, wo sie waren, und trat wieder auf die Straßen Edinburghs hinaus. Warum, zum Teufel, war er gestern Abend nicht vorausgeritten und hatte die Wohltätigen Seelen aus ihren Betten aufgescheucht? Hatte er die Begegnung mit Rosemary wirklich so sehr gefürchtet?

Es war ein ziemlich langer Weg vom neuen Teil der Stadt – mit ihren modernen Plätzen und halbkreisförmigen Straßen – zur

Altstadt Edinburghs. Dominic hielt einen Moment inne, um über das weite Tal, die ausgetrockneten Reste des Nor Loch, zu blicken. Die Häuser auf der anderen Flussseite, die sich unter Edinburgh Castle zusammendrängten, waren lebendige Erinnerungen an eine andere und finsterere Zeit. Zu seiner Rechten erhob sich steil der Calton Hill nahe der Einfahrt zu der Straße nach Leith. Wind toste von der See nach Edinburgh herein und blähte die Röcke der Damen auf der Nordbrücke wie die Segel vieler Schiffe. Nigel und Frances waren inzwischen vermutlich längst an Bord gegangen und liefen mit der Flut nach Frankreich aus. Dem Himmel sei Dank für solche Freunde! Er wusste, dass Nigel seinen Zeitplan bis zum Äußersten strapaziert hatte, um sie überhaupt begleiten zu können. Und dann hatte er Dominic auch noch ein großzügiges Darlehen gegeben.

Die Nordbrücke, die sich in einem anmutigen Bogen über Schuppen und Märkten wölbte, führte ihn zur High Street, der Königlichen Meile, die Edinburgh Castle mit dem alten Palast von Holyrood verband. Dominic ging auf das Canongate zu, vorbei an den dort ausgestellten Waren und den Fenstern mit ihren alten Leitmotiven. Er trat in den Eingang des Gebäudes, das Catriona aufgesucht hatte, um Andrew und Mrs. Mackay zu finden – die Adresse, an die er Geld und Anweisungen gesandt hatte. Es war ihm zwar nicht gelungen, den Beweis für Andrews Identität zu finden, doch etwas konnte er zumindest tun: das Kind an einen sicheren Ort bringen.

Der Lärm der Straße begann nachzulassen. Dominic blieb stehen. Wieder wie ein Junge angezogen, saß Catriona auf einer der Türschwellen und starrte auf den Boden. Sie hatte ihren Hut abgenommen und drehte ihn nervös in beiden Händen. Etwas an der Haltung ihrer Schultern zeugte von tief greifender Angst. Beim Geräusch seiner Schritte blickte sie auf, und neue Hoffnung schien sie zu durchfluten.

»Du hast Sarahs Papiere?«

Sich im Stillen für seine Unfähigkeit verfluchend, schüttelte er den Kopf. »Es existieren keine Papiere. Es tut mir Leid.«

Für einen Moment hatte er den Eindruck, sie werde auf der Eingangsstufe zusammenbrechen und in Ohnmacht fallen. Alle Farbe wich aus ihrem Gesicht, ihre Fingerknöchel, die die Hutkrempe umklammerten, wurden weiß wie Schnee. Aber mit ihrer unbeugsamen Courage hielt sie sich gerade und atmete tief ein, lehnte sich mit dem Rücken an die Tür und schloss die Augen. »Warum nicht?«

Über ihnen öffnete sich ein Fenster, eine Frau schaute zu ihnen herab. Plötzlich lachte sie gackernd. »'nen feinen Jungen gibst du ab, du Hühnchen, und es ist 'n feiner Junge, der dich holen kommt!«

Noch immer kalkweiß im Gesicht, ihre Augen brennend wie Saphire, blickte Catriona zu Dominic auf. »Wir können hier draußen nicht reden. Komm hinein.«

Was hätte er in diesem Augenblick dafür gegeben, ihr andere Nachrichten zu überbringen? Seinen gesamten weltlichen Besitz? Selbst seine verfluchte Seele, Herrgott noch mal? Seine stummen Flüche unterdrückend, folgte er ihr eine Steintreppe hinauf in ein kleines, dunkles Wohnzimmer. Es war leer, ganz offensichtlich unbenutzt, mit Resten kalter Asche im Kamin. Halb abgebrannte Kerzen standen ordentlich auf einem Regal in einer Ecke.

Das war also der Schock, der ihren Mut bereits auf eine so harte Probe gestellt hatte: kein Feuer, keine Kinderfrau, kein Andrew.

Im Haus herrschte vollkommene Stille, falls das Quietschen der Tür, die sich hinter ihnen schloss, nicht das Hohngelächter Satans war.

Warum waren sie fortgegangen? Hatte die Nachricht von der Gefahr, die Andrew drohte, die Kinderfrau vertrieben? Oder hatte Mrs. Mackay andere, persönliche Gründe, zu verschwinden? Dominic hatte nicht wirklich geglaubt, dass Rutley den Jungen direkt bedrohen würde, doch zum Glück hatte er der Frau noch einmal schriftliche Anweisungen erteilt, gewissermaßen als Vorsichtsmaßnahme. Er setzte sich auf einen Tisch und fragte mit erzwungener Ruhe: »Wo ist der Junge?«

Catriona warf ihren Hut auf den Tisch und begann, nervös im Zimmer auf und ab zu gehen. »Andrew ist fort.«

»Wo?«

Sie sah unglaublich zerbrechlich aus, und dennoch füllten ihre schlanken Oberschenkel auf verführerische Weise ihre Hose aus. »Im Norden. Mrs. Mackay ist nach Sutherland zurückgekehrt, wo sie geboren wurde, und – oder so behauptet jedenfalls die Nachbarin – hat den Jungen mitgenommen.«

»Sutherland?«

Es kam wieder ein wenig Farbe in ihre Wangen, als sie auf und ab ging. »Das ist hoch im Norden, einige Tagesreisen von Inverness, und es gibt keine Straßen dorthin.«

Je schneller er also Inverness erreichte, desto besser – vorausgesetzt, Mrs. Mackay hatte getan, worum er sie gebeten hatte.

Catriona blieb stehen und lehnte die Stirn an den kalten Fensterrahmen. Langsam strich sie mit einem Finger über die Bleiverglasung. »Warum konntest du die Papiere nicht bekommen?«

»Weil es keine Papiere gibt. Ich habe Harriets gesamten Nachlass sehr gründlich durchsucht. Sollte es je einen Beweis für die Vaterschaft des MacNorrin haben, ist er nun verschwunden.« Er wäre so gern siegreich zu ihr zurückgekommen, statt mit seinem Versagen wie Staub in seinen Händen, aber da war zumindest dieser eine kleine Trost. »Ohne diese Papiere stellt Andrew keine Bedrohung für das Erbe seines Cousins dar. Das Kind ist also nicht mehr in Gefahr, Catriona.«

Sie versteifte sich. »Wie kannst du dir so sicher sein?«

»Weil Rutleys Mann noch vor mir da war.«

Wieder stellte sie sich mit ihrer durch nichts zu erschütternden Courage diesem Gedanken. »Rutleys Mann?«

»Yarrow Fletcher«, erklärte er und merkte wieder, wie viel von seinem Unbehagen pure Wut war. »Ich habe ihn niedergeschlagen und besinnungslos zurückgelassen. Aber der Angriff in Sherwood war nicht nur ein privater Rachefeldzug gegen mich, sondern hatte vor allem den Zweck zu verhindern, dass wir Edinburgh rechtzeitig erreichten.«

»Der Herzog weiß also von Andrew!«

»Genau. Und nun hat er dafür gesorgt, dass Andrew niemals erben kann. Sollte es je Papiere gegeben haben, hat Yarrow Fletcher sie vernichtet. Er wird dem Herzog inzwischen durch einen Boten von seinem Erfolg berichtet haben, sodass also weder Rutley noch sein Mann künftig eine Bedrohung darstellen sollten. Es bleibt nur noch das Kind. Lass uns nach Sutherland fahren, Catriona.«

»Vergiss es!« Bebend vor Verzweiflung, hieb sie mit der Faust gegen den Fensterrahmen. »Ich brauche dich nicht. Es ist von jetzt an nur noch meine Sache.«

»Wirklich?« Die Biegung ihres Nackens und der Streifen weißer Haut unter dem zarten Ohr erschienen ihm deprimierend verletzlich. »Um Andrews willen werde ich dir folgen, ganz gleich, wohin du gehst. Ich will verdammt sein, wenn ich eine Möglichkeit sehe, wie du mich daran hindern könntest.«

Sie schwenkte ärgerlich die Hand. »Ach, du unverbesserlicher Sturkopf! Lass es gut sein! Hör auf damit! Ich bin fertig mit dir!«

Etwas zerriss in ihm, wie ein Zügel an einem sich wild aufbäumenden Pferd. Wut erfasste ihn. »Du bist *fertig* mit mir? Dazu ist es zu spät, Catriona.«

Mit zwei Schritten war er beim Fenster, packte sie am Oberarm und drehte sie zu sich herum. Ihre Wangen waren nass, die Tränen liefen ungehindert über ihre Wangen, funkelten in ihren dunklen Wimpern und röteten ihre Nase.

Nicht besonders sanft nahm er ihr Kinn in beide Hände und zwang sie so, ihn anzusehen. »Du bist noch lange nicht mit mir fertig, Catriona. Es ist weit mehr zwischen uns als diese verrückte, blinde Suche. Warum, zum Teufel, versuchst du, es abzustreiten? Weil du *das* hier nicht verleugnen kannst?«

Und damit legte er eine Hand um ihren Kopf und vergrub seine Finger in den weichen dunklen Locken ihres Haares. Die sanfte Biegung ihrer Taille fühlte sich unter seiner Hand unendlich begehrenswert an. Sie schürzte ärgerlich die Lippen, worauf er beide Hände zu ihrem festen kleinen Po hinuntergleiten ließ und sie dicht an seinen Körper zog, während er sie küsste. Sie schmeckte nach Salz, Zorn und Kummer. Unter dem Stoff ihrer Hose ertastete er feminine Weichheit. Sie wehrte sich nicht und versuchte auch nicht, sich loszureißen. Stattdessen erwiderte sie seinen Kuss so heftig, dass ihre Tränen in seinen Mund rannen. Sein Zorn verrauchte, bis nichts mehr blieb außer Verlangen – ein Verlangen, das sehr viel feuriger als Zorn war.

Er wiegte sie in seinen Armen. Ihr Kopf ruhte an seiner Schulter, ihr weiches Haar liebkoste seinen Mund. »Mach dir keine Sorgen«, murmelte er beruhigend. »Ich werde dieses Kind an Sohnes statt annehmen. Er wird als Neffe eines Grafen aufgezogen werden. Es wird ihm an nichts fehlen.«

»Aber das Tal ...«, begann sie.

»Ist das so wichtig?«

Sie entzog sich ihm. »Es ist das *einzig* Wichtige! Zum Donnerwetter, Dominic! Du kannst es einfach nicht verstehen.«

»War zwischen uns denn immer noch nicht genug, um wenigstens zu versuchen, es mir zu erklären? Nach allem, was wir miteinander erlebt haben?« Er gestikulierte aufgebracht mit seiner freien Hand. »Nach all den Sünden, die wir begangen haben? Warum, zum Teufel, hast du mir nie gesagt, was *wirklich* los ist?«

Sie wischte sich mit seinem Taschentuch die Augen ab und putzte sich die Nase. »Du bist ein Engländer, ein Wüstling und ein galanter Narr. Wenn du Gefahr witterst, wirst du dich bedenkenlos hineinstürzen. Ist das Unglück schon passiert, so kannst du überhaupt nichts daran ändern. Es gibt keine vorstellbare Zukunft für uns, außer vielleicht Leid. Ich komme besser allein zurecht. Ich will deine Hilfe nicht.«

Verdammt noch mal! Dachte Catriona wirklich, sie könnte ihn so einfach wegschicken? Es war etwas, was er auch an ihrem Bruder beobachtet hatte: dieser scheinbar kompromisslose, romantische Fatalismus. Zuerst war es für seine pragmatische, angelsächsische Denkweise kaum zu verstehen gewesen. Doch Calum hatte ihm vor Augen geführt, dass es der Quell war, der Highlandern im Angesicht der Katastrophe solch außerordentlichen Mut verlieh und so viel von ihrer Geschichte erklärte.

Trotz allem jedoch wollte er verdammt sein, wenn er ihr anvertraute, was für Vereinbarungen er mit Mrs. Mackay getroffen hatte! »Was ist mit meinem Körper?«, fragte er geradeheraus. »Gedenkst du, meine Neugier ungestillt zu lassen? Möchtest du nicht beenden, was wir in Sherwood begonnen haben?«

Sie senkte den Kopf und biss sich auf die Lippe, bevor sie den Blick zu ihm erhob. »Wie kannst du denken, ich könnte es nach all dem jetzt noch wollen?«

»Weil ich trotz all deiner Täuschungen und Verheimlichungen glaube, dass du zumindest *darin* ehrlich warst. Körperliches Verlangen lauerte zwischen uns wie ein Feuer speiender Drache, seit wir uns in London kennen lernten. Sollten wir uns jetzt meines Unvermögens wegen trennen, möchte ich dir zumindest dieses eine geben: dass du nicht als Jungfrau von hier fortgehst.«

Sie schien verwirrt zu sein. »Ich bin keine Jungfrau mehr.«

Er strich ihr ein paar lose Strähnen hinters Ohr. Die Haut an ihrer Schläfe war warm und fühlte sich glatt an wie die Innenseite ihrer Oberschenkel. Begehren erwachte in ihm.

Er grinste und bemühte sich um einen kühlen Ton. »Doch, das bist du. Nicht körperlich zwar, aber in deinem Herzen. Du wolltest eine Frau werden. Die Papiere für Andrew konnte ich dir nicht beschaffen, aber dieses eine Geschenk kann ich dir geben. Und dies ist deine Chance dazu.«

»Um mich an dich zu fesseln? Damit du mit mir in die Highlands kommen kannst?« Sie lachte zitternd. »Aber du kannst nicht beides haben, Major Wyndham – meinen Körper *und* mein Herz.« Sie deutete auf eine Tür in der Wand, schob die Hände in die Hosentaschen und lehnte sich wie ein Junge an die Wand. »Es steht ein kleines Bett dort drinnen. Wenn wir uns jetzt da lieben – wirst du mich dann allein wegreiten lassen?«

Demnach war der Krieg also noch nicht zu Ende – doch das sinnliche Verlangen, das ihn durchflutete, wurde so übermächtig, dass es jeden anderen Gedanken verdrängte. »Wenn du darauf bestehst.«

»Und du versprichst, mir nicht zu folgen?«

Mit beiden Händen umfasste er ihre Taille, damit sie sich ihm nicht entziehen konnte. »Wenn du mir meinen Willen lässt, dich meinen Wünschen beugst und mir nichts verweigerst, gebe ich dir mein Wort darauf, dass ich nicht versuchen werde, dir zu folgen.«

Ihre Nasenflügel bebten, eine leise Röte stieg in ihren Nacken und in ihre Wangen. Ihre Augen weiteten sich. »Glaubst du, du könntest mich einschüchtern, so wie du Harriet eingeschüchtert hast? Glaubst du etwa, ich fürchtete deine Verdorbenheit?«

»Ich werde dich nirgendwo berühren, wo du es nicht willst, und ich werde nichts ohne deine Zustimmung tun. Doch solltest du *nicht* zustimmen, werde ich dir nach Norden folgen, den kleinen Andrew suchen, Anspruch auf ihn als Harriets Sohn erheben und ihn mit nach London nehmen.«

»Na schön.« Sie fuhr sich mit beiden Händen durch das Haar, und ein Anflug von Verbitterung klang in ihrer Stimme mit. »Wenn es das ist, worauf es hinausläuft, bin ich bereit, dir meine Schwäche einzugestehen. Ich habe sie ohnehin nie abgestritten.

Ja, wir haben etwas begonnen, was wir nicht beendet haben. Also zeige mir, was Sünde ist, frei von Hemmungen und Schuldgefühlen, und ich hoffe, du hast Spaß dabei.«

Er nahm ihre Hand und küsste ihre weißen Knöchel, und dann verbeugte er sich galant vor ihr. »Oh, das werde ich, ganz zweifellos«, versicherte er ihr. »Und du genauso, Catriona.«

Kapitel 11

Die Tür quietschte. In dem kleinen Schlafzimmer stand ein Himmelbett mit einer weichen Daunendecke. Einige kleine Teppiche lagen auf dem Dielenboden. Die Wände waren mit dunklem Holz getäfelt. Aus dem Augenwinkel jedoch bemerkte Catriona ein Aufblitzen von Farbe: Die Zimmerdecke war bunt gestrichen. Zwischen den niedrigen Balken verlief ein Durcheinander aus stilisierten Blumen und Blättern, aus kleinen Tieren und Vögeln, die zu einem Bildteppich aus Farbe miteinander verwoben waren. Die Balken waren in vier simplen Grundfarben gestrichen: Rot, Gelb, Blau und Grün.

Dominic blickte auf und verhielt den Schritt. »Ach du liebe Güte! Wir werden uns in einem veritablen Garten lieben. Wie das Sommerhäuschen der Titania.«

Catriona wandte sich ab und ging zum Bett. *Konnte sie es riskieren und überleben?* »Werde ich mich also wie die Märchenkönigin hingeben?«

»›Eine sehr sanftmütige Bestie‹«, zitierte er lächelnd, »›und von erstaunlichem Verantwortungsgefühl.‹«

Sie hörte das Blut in ihren Ohren rauschen, das ruhelose Dröhnen von Donner über ihnen, wie von Wellen, die in eine Höhle brausten. Ein feiner Schweißfilm überzog langsam ihre Haut. Verlangen schwelte zwischen ihren Beinen wie ein Feuer. Sie begehrte ihn; sie begehrte ihn schon seit London. Sich ihm zu verweigern – und damit auch sich selbst etwas zu versagen –, war aber nicht nur eine Frage des Stolzes gewesen. Eine Zukunft mit ihm war einfach ausgeschlossen. Wie immer die Angelegenheit mit Andrew ausgehen mochte – eine gemeinsame Zukunft für Catriona MacNorrin und Dominic Wyndham war schlicht und einfach undenkbar. Sie mussten sich augenblicklich trennen, bevor es zu spät war und sie beide unter dieser verhängnisvollen Beziehung leiden würden.

Es war nie ihre Absicht gewesen, diese vertrackte Beziehung nach Edinburgh noch weitergehen zu lassen. Und nun, in seinem Bett, konnte sie dafür sorgen, dass dies nicht der Fall sein würde. Er würde sein Wort halten. Wenn sie mit ihm schlief, würde er ihr nicht folgen. Aus diesem Grund würde diese körperliche Vereinigung mit ihm das erste und das letzte Mal sein. Das erste, weil jener kurze Akt in Sherwood nicht vollendet worden war – wie Dominic ganz richtig gesagt hatte, war sie im Grunde genommen noch Jungfrau. Und das letzte Mal, weil sie danach Dominic hier zurücklassen und allein nach Norden weiterreisen würde. In den hohen Norden, wo es selbst mitten im Sommer nachts empfindlich kalt war.

Was immer jetzt geschah, ihre Zukunft war ebenso kalt wie dieser hohe Norden. Vielleicht würde sie sie als Frau besser ertragen können. Es war doch sicherlich keine Sünde, etwas von der lebendigen, körperlichen Wärme dieses Mannes mitzunehmen? Ein Körnchen Wärme, um es in ihrem Herzen aufzubewahren, als Erinnerung gewissermaßen, um sie in den kommenden Jahren aufrechtzuerhalten? Solange es ihr gelang, dafür zu sorgen, dass er mit unversehrt gebliebenem Herzen nach England zurückkehrte, wo er hingehörte, und sie lediglich für rücksichtslos und hart hielt.

Scheinbar entspannt, stand er am Fenster. Seine Augen glitzerten wie grünes Wasser voller Schatten.

»Zeig es mir«, sagte sie. »Zeig mir, was du mit Harriet getan hast.«

»Was mit Harriet geschah, hat nichts mit dir zu tun.«

»Nein?« Sie unterdrückte die aufsteigende Hysterie in ihr und versuchte es noch einmal. »Ich möchte es aber trotzdem wissen.«

»Weil du mir zeigen willst, wie couragiert du bist?« Er ging zu ihr. »Das weiß ich sowieso schon, Catriona.«

Hitze strahlte wie in Wellen von ihm aus. »Wirklich? Du meinst also, ich sei couragiert genug, um deine Verderbtheit zu ertragen?«

Die bemalte Decke tanzte hinter seinem blonden Kopf. Seine zwei Grübchen erschienen auf seinen Wangen. Er war fast unerträglich gut aussehend – wie der Teufel, dachte sie. »Es war in unserer Hochzeitsnacht«, begann er. »Sie saß auf einem Stuhl und streckte die Arme nach mir aus.«

»So?« Catriona zog mit ihrem bestiefelten Fuß einen kleinen Stuhl heran, ließ sich darauf nieder und streckte die Arme aus.

Er ergriff eine ihrer Hände und zog sie mit der Handfläche nach oben an seine Lippen. Eine verräterische Flamme züngelte ihren Arm hinauf zu ihren Brüsten. Das Männerhemd fühlte sich auf ihren harten kleinen Brustspitzen unangenehm rau an.

»Dann habe ich sie entkleidet. Natürlich trug sie ein elfenbeinfarbenes Seidenkleid und kein Männerhemd und Hosen.« Eine nach der anderen begann er ihre Fingerspitzen zu küssen.

Sie entzog ihm ihre Hand. »Ich habe kein seidenes Kleid dabei.«

Zu ihrer Überraschung ließ er sich auf beide Knie fallen und breitete weit die Arme aus. »Nicht, weil ich versäumt hätte, dir welche zu beschaffen«, erklärte er bedauernd. »Du hast mindestens zwanzig solcher Kleider in Ralingcourt zurückgelassen.«

Plötzlich kicherte sie. Sie wusste, dass es nur die Nerven waren. Das Blut rauschte und pochte in ihren Adern. Ihre Brustspitzen prickelten. Die Hitze zwischen ihren Schenkeln intensivierte sich. Sie hatte sich diesem Mann schon einmal hingegeben. Warum sollte dieses weitere und vor allem *letzte* Mal sie derart durcheinander bringen, ja, ihr sogar ein bisschen Angst einflößen?

»Dann wird das, was ich habe, genügen müssen«, meinte sie.

Er nahm ihre beiden Hände in seine und hielt sie fest. »Du hast alles, was ich begehre, Catriona, mit Herz und Seele. Hab keine Angst, Liebling. Ich weiß, was ich tue. Ich bin in diesen Dingen sehr erfahren. Ich verspreche dir, dass du nichts anderes als Vergnügen dabei empfinden wirst. Wir haben keine anderen Bindungen als das – ich bin ein Mann, und du bist eine Frau, und wir teilen ein Verlangen. Ich weiß, es war in Sherwood leichter für dich, weil es Nacht war und es ganz spontan geschah.«

Erinnerungen bestürmten sie – an seine Hände, seinen Mund auf ihrem Körper, ihr eigenes Stöhnen.

»Aber so ist es irgendwie ehrlicher«, erklärte sie. »Bei hellem Tageslicht, mit offenen Augen ... Ich möchte aber kein Kind zeugen!«

»Ich garantiere dir, dass du nicht schwanger werden wirst.«

Er ließ ihre Hände los und legte seine sanft auf ihre Knie. Behutsam spreizte er sie und kniete sich zwischen ihre Schenkel. Trotz der Barriere, die ihre Hose bildete, fühlte sie sich ihm ausgeliefert, bloßstellt. Das eigenartige Ziehen zwischen ihren Schenkeln verstärkte sich. Sie griff nach seinen Schultern, als er sich vorbeugte und sie küsste. Seine Hände glitten zu ihren Hüften, schlüpften unter ihre Jacke und umfingen sie. Sein Mund war sanft, sein Kuss zärtlich und dennoch leidenschaftlichfordernd.

Ein fast schmerzhaftes Verlangen ergriff Besitz von ihr. Sie schob die Finger in sein Haar und hielt seinen Kopf umfangen, während sie ihre Lippen auf seine presste und sie dann öffnete, um seiner Zunge Einlass in die warme Höhlung ihres Mundes zu gewähren. Seine Zunge suchte ihre und vereinte sich mit ihr zu einem aufregenden Tanz. Süße durchflutete sie wie warmer Honig. Schließlich unterbrach er den Kuss und löste sich von ihr, um Luft zu holen, lachend, golden – *ein schöner Mann.*

»Lass uns diese verflixten Kleider ausziehen«, schlug er vor.

Sie bewunderte das Spiel der Muskeln unter seinem Hemd, als er Rock und Weste abstreifte und sie beiseite warf. Dann ergriff er den Kragen ihres Rocks und streifte ihn ihr von den

Schultern, wobei ihre Arme vorübergehend hinter ihrem Rücken gefangen waren.

»Das gefällt mir«, bemerkte er schmunzelte.

Sie folgte seinem Blick. Unter ihrem Hemd zeichneten sich deutlich ihre Brüste ab, mit ihren erigierten Spitzen, die hart wie kleine Knöpfe waren. Als sie sie ansah, versteiften sie sich noch ein wenig mehr. Ihre Haut prickelte vor Hitze. »Ich verstehe nicht«, murmelte sie. »Sie tun das sonst nur, wenn mir kalt ist …«

Er lächelte wie eine Katze, die den sprichwörtlichen Sahnetopf gefunden hat. »*Und* wenn dir heiß ist?«

Ein Ruck, und ihre Jacke folgte seiner. Er zog sein Hemd aus, und ihre Augen erfreuten sich an den glatten Linien seiner breiten Brust und Schultern, dem harten, flachen Bauch und den kleinen Brustwarzen, die sich versteift hatten wie ihre eigenen. Seine Haut spannte sich über seinen Muskeln. Er war schön. Schön wie ein junger Gott. Sie berührte seine Brust. Sie war warm und glatt und mit federnd weichem, blondem Haar bedeckt. Achtlos schleuderte er das Hemd quer durch den Raum.

»Ja«, sagte er. »Berühr mich.« Sie sah ihn an. Er senkte den Kopf und küsste ihr Handgelenk. »So wie du mich gern berühren würdest.«

Zaghaft strich sie mit dem Zeigefinger über eine seiner Brustspitzen. Sie versteifte sich noch ein wenig mehr, und erschrocken zog Catriona ihre Hand zurück. Wieder beugte er sich vor und küsste sie auf den Mund, strich mit seinen Händen über ihren Rücken und begann, sanft ihr Hemd abzustreifen. Kühle Luft fächelte ihre Haut, als der Stoff aus ihrem Hosenbund gezogen wurde. Für einen Moment unterbrach Dominic den Kuss. Das Hemd glitt über ihren Kopf, und dann war sie von der Taille an aufwärts genauso nackt wie er.

Seine Hände lagen leicht auf ihren Schultern und hielten sie still, während er sie nachdenklich betrachtete. Dann drückte er ein wenig ihre Schultern durch, sodass ihre Brüste noch deutlicher hervortraten und seinen Blicken schutzlos ausgeliefert waren. Sie fühlten sich so schwer an, als wären sie geschwollen, und wogten bei jedem ihrer Atemzüge auf und ab. Ihre Brustwarzen waren hart, spitz und dunkel. Flüssiges Feuer schien durch ihre Adern zu pulsieren. Aber Dominic hielt sie noch immer fest und sah sie an. Seine grünen Augen waren so ruhig wie ein sommerlicher Ozean, und genauso tief und unergründlich.

Catriona biss sich auf die Lippe. Während sie zusah, wie ihre Brüste sich hoben und senkten, sah sie die unübersehbare Ausbuchtung in seiner Hose. Er folgte ihrem Blick und sah sie auch. Der Moment dehnte sich aus, so, als pulsierten sie im selben Rhythmus: der stummen, geheimen Melodie des Körpers.

Sie schauten im selben Augenblick wieder auf. Catriona spürte, dass sie über und über errötet war. Sein Lächeln war unergründlich und geheimnisvoll geworden. Langsam ließ er seine Hände tiefer gleiten, über ihre Schultern, den Ansatz ihrer Brüste. Mit der flachen Hand strich er sanft über die Außenseiten ihrer Brüste, und seine Fingerknöchel streiften die Innenseiten ihrer Arme, bis er schließlich jede Brust mit einer Hand umfasste. Während er ihr noch immer unablässig in die Augen schaute, bewegte er langsam seine Daumen. Das Feuer, das ihr Innerstes in Flammen zu setzen drohte, wurde immer intensiver. Ein heißes, süßes Sehnen von nahezu überwältigender Heftigkeit. Sie rang nach Atem und hielt sich aufstöhnend an seinen Schultern fest.

»Du bist wunderschön, Catriona«, bemerkte er ruhig. »Deine Adern tanzen wie kleine Fische.«

Das Stöhnen ging in ein Schluchzen über, als er wieder seine Daumen bewegte. Unbeschreiblich sinnliche Empfindungen durchfluteten sie. Sie bauten sich auf, strahlten aus und sandten flüssiges Feuer in ihren Bauch und dorthin, wo die süße Qual am größten war. Er hob jede ihrer Brüste an, als versuchte er, sie abzuwiegen, während seine Daumen ihre aufreizenden Liebkosungen fortsetzten. Das heftige Pochen zwischen ihren Beinen wurde härter, schneller, intensiver. Sie presste ihre Knie an seine Hüften und zog ihn näher. Er ließ die Hände sinken, als ihre Brüste sich an seinen nackten Brustkorb pressten. Mit einem kleinen, halb erstickten Lachen ließ sie den Kopf an seine Schulter sinken.

»Du hast nicht gelogen«, flüsterte sie.

Er hob eine Hand, um ihr über das Haar zu streichen. »Über die Fische?«

»Nicht das, das meinte ich nicht.« Sie richtete sich gerade auf und beugte sich etwas zurück, weil sein krauses Brusthaar ihre sensibilisierten Brustspitzen kitzelte.

Er nahm ihre linke Brustwarze zwischen Daumen und Zeigefinger und zupfte sanft daran.

»Darüber, dass ich sehr erfahren in diesen Dingen bin?«, fragte er rau.

Die sinnlichen Empfindungen, die sie überschwemmten, näherten sich ihrem Gipfel. »Ja! Das! Ach, du …« Sie schnappte nach Luft und schrie leise auf, als er auf die gleiche Weise ihre andere Brust liebkoste. »Wie viele Frauen haben es dich gelehrt?«

»Genug«, erwiderte er lächelnd. »Und auch das hier haben sie mich gelehrt.«

Er senkte den Kopf und strich mit der Zunge über ihr erhitztes Fleisch. Seine Lippen knabberten und zupften, tanzten über ihre Brustspitzen und entfernten sich dann wieder. Plötzlich nahm er ihre rechte Brustwarze ganz in den Mund und begann, daran zu saugen. Während er es tat, liebkoste er die andere in seinen Fingern, bis die Hitze und das Pochen zwischen Catrionas Beinen fast nicht mehr zu ertragen waren. Das Gefühl, hilflos unter seinen Liebkosungen dahinzuschmelzen, begann so tief in ihr, dass sie es nicht ergründen konnte, aber etwas in ihrer Seele schmolz und sang im wilden Rhythmus sturmgepeitschter Wellen, die brüllend gegen Klippen schlugen. Von diesem weiß glühenden Mittelpunkt aus erschütterte sie die Explosion und durchflutete sie mit unbeschreiblich lustvollen Gefühlen. Sie sank vornüber in seine Arme und begann zu schluchzen.

Er hob sie so mühelos auf, als wäre sie trockenes Stroh, und legte sie auf das Bett. Rasch streifte er Stiefel, Hose und Unterwäsche ab und wandte sich dann, nackt wie am Tag seiner Geburt, zu ihr um. Feine Schweißperlen glitzerten auf seiner Brust und unter seinem Haaransatz. Der Beweis seiner sinnlichen Erregung war nicht zu übersehen. Schön wie ein Gott, kniete er sich neben sie aufs Bett und küsste ihre Augenlider, bevor er wieder ihren Mund mit seinen Lippen in Besitz nahm. Ihre Lippen brannten und begannen anzuschwellen. Während er sie küsste, zog er ihr die letzten Kleidungsstücke aus.

Mit zitternden Fingern half sie ihm, streifte die Schuhe ab und hob einladend die Hüften an, während er ihr Hose und Unterwäsche abstreifte. Schließlich, genauso nackt wie er und glühend vor Scham über ihre eigene Kühnheit, griff sie nach ihm, nahm sein Glied in ihre Hand und berührte die zarte Haut an seiner Spitze.

Er unterbrach den Kuss, warf aufstöhnend den Kopf zurück und schloss die Augen, als sie ihn streichelte.

»Es fühlt sich an wie ...« Verwirrt brach sie ab und suchte nach den richtigen Worten.

Er öffnete die Augen und lächelte sie an. »Wie was?«

»Magst du das?«

»O ja!«

»Es fühlt sich ... ungewohnt an«, sagte sie schließlich, weil sie keine anderen Worte für ihr Erstaunen über diese samtene Härte fand, über die Form und das Gewicht von ihm und diese ihr bis dahin fremde Männlichkeit.

»Es fühlt sich«, murmelte er und legte seine Hand über ihre, um sie zu führen, »wunderbar an.« Sein Glied pochte in ihrer Hand. Schließlich sog er scharf den Atem ein. »*Zu* wunderbar. Und ich möchte das Wunder mit dir teilen.«

Sanft drückte er sie auf das Bett zurück und streichelte sie mit unendlicher Geduld und Zärtlichkeit, bis jeder Muskel sich entspannte und sie vollkommen gelöst und ungezwungen dalag. Da begann er, sanft das seidenweiche Haar zwischen ihren Beinen zu streicheln und ihre Aufmerksamkeit wieder auf diesen glühenden Mittelpunkt zu lenken. Als sein Mund seinen Händen folgte, schrie sie auf.

Nackt und hilflos befand sie sich ganz und gar in der Gewalt eines starken Mannes – eines Mannes, der seine unschuldige Ehefrau in der Hochzeitsnacht weinend zu ihren Eltern zurückgetrieben hatte, voll ungläubigen Entsetzens über seine Lasterhaftigkeit. Ein kalter Schauer durchlief sie trotz der prickelnden Hitze, eine zunehmende Besorgnis vermischte sich mit der Intensität ihres Verlangens. Dessen ungeachtet jedoch erregte er sie, brachte sie an den Rand der Ekstase und zwang sie, sich in diesen Schwindel erregenden Abgrund der Verzückung hineinzustürzen.

Als sein hartes Glied sie berührte, spürte sie, wie sie sich ihm öffnete, um ihn in sich aufzunehmen, und wie ihre Furcht verblasste. Dieses eine Mal nur! Dieses eine Mal nur würde sie erfahren, wie es war, eine Frau zu sein und nichts von sich zurückzuhalten. Sie hatte einen Bonvivant als Lehrer, einen Wüstling, den sie danach nie wiedersehen würde. Sie war genauso sicher, als wären sie beide gänzlich anonym geblieben. Dieses eine Mal! Ohne Konsequenzen! Warum sollte sie sich das versagen?

Mühelos drang er in sie ein. Sie konzentrierte sich und fühlte ihn tiefer und tiefer in sich hineingleiten. Der sanfte Druck und die zunehmende Spannung erfüllten sie mit Staunen. *Ich möchte dieses Wunder mit dir teilen*. Sehr sanft zunächst begann er seine Hüften zu bewegen, bis sie reagierte und versuchte, sich seinem langsamen, lustvollen Rhythmus anzupassen.

Er hielt sie fest umfangen, als er sich mit ihr zur Seite rollte, ohne ihre Vereinigung zu unterbrechen, und sie dann behutsam auf sich zog. Sie unterdrückte ihr Erstaunen und ließ ihn gewähren. Mit beiden Händen umfasste er ihre Hüften und begann, sie in einer unbeschreiblich lustvollen Bewegung, langsam vor und zurück zu bewegen. Sie spürte das quälende Kribbeln tief in sich und wusste, dass er sie ganz bewusst am Rand des Abgrunds hielt. In einem Anfall von Trotz versuchte sie, sich wieder umzudrehen, und schaffte es dann auch. Er blickte lachend zu ihr auf, seine Augen schwarz wie die eines Dämons.

»Wie viel«, fragte er atemlos, »möchtest du erfahren?«

Catriona blickte auf ihn herab. Sie zitterte und fühlte sich ganz hilflos vor Entzücken. »Alles! Gibt es denn noch mehr als das?«

»Es gibt immer noch etwas Sündhafteres für Liebende, wenn beide es sich wünschen. Dreh dich um.«

Sie begann sich zu erheben, doch er drückte sie mit beiden Händen auf das Bett zurück, wieder ohne ihre Vereinigung zu unterbrechen. »Du kannst dich auch so umdrehen«, wies er sie mit sanfter Stimme an.

Mutig tat sie es und blieb auch tatsächlich auf intimste Weise mit ihm vereinigt, als sie ihren Körper drehte. Für einen Moment umfasste er mit beiden Händen ihren Po, ließ dann einen Finger zu der feuchten Hitze zwischen ihren Schenkeln gleiten, wo ihre Körper sich vereinten, und streichelte und liebkoste sie. Eine fieberhafte Erregung erfasste sie, die sich zu einem regelrechten Fieber steigerte, das sie von innen heraus zu verzehren drohte.

»Ah, Catriona«, raunte er. »Es macht Spaß, so lasterhaft zu sein, nicht wahr? Sollen wir noch etwas anderes versuchen?«

Sanft hob er sie wieder an und platzierte sie dann auf Händen und Knien vor sich. Noch immer auf innigste Weise mit ihr verbunden, begann er, sich in ihr zu bewegen, tief und langsam, und während er sie liebte, knetete und liebkoste er mit seinen Händen ihren Po und ihren Rücken. Ganz schwach und hilflos vor Verlangen, ließ sie den Kopf herabhängen, sodass sie nun vor ihm kniete. Sie war vollkommen schutzlos, ihre intimste Körperstelle hilflos seinen Blicken ausgeliefert. Dennoch waren es unbeschreiblich wonnevolle Gefühle, die sie bei seinen kraftvollen Bewegungen durchfluteten. Sie stöhnte vor Entzücken und hörte ihn im selben Rhythmus keuchen. Er war genauso schutzlos, genauso hingerissen und verletzlich wie sie selbst!

Mit einer Leidenschaft, die seiner in nichts nachstand, und jegliche Zurückhaltung vergessend, begann sie, sich seinen Bewegungen anzupassen, bog sich ihm in der stummen Einladung, noch tiefer in sie hineinzugleiten, entgegen und spürte den elektrisierenden Austausch zwischen ihrem intimsten Ich und seinem, wie ein herannahendes Gewitter hoch über den Bergen. Als das Gewitter sie erreichte und losbrach, durchlief sie ein Zittern. Seine Atemzüge wurden immer schwerer, er stöhnte rau. Aber im letzten Augenblick zog er sich aus ihr zurück, und sein Samen, der wie warmer Honig war, ergoss sich über ihren Schenkel. Er beugte sich vor und küsste ihren Nacken, und dann wischte er die Feuchtigkeit mit einer Ecke ihres Lakens ab.

Nur ein geübter Casanova, dachte sie atemlos, *kann sich so weit unter Kontrolle haben, um die Zeugung eines Kindes zu vermeiden.*

Ermattet ließ sie sich aufs Bett fallen. Er schlang seine Arme um sie und zog sie an sich, bis ihr Rücken an seiner Brust ruhte und sein Mund an ihrem Haar. Die Zimmerdecke über ihnen schien zu feiern: Blätter tanzten mit Blumen, stilisierte Löwen legten sich mit verschnörkelten, goldgehörnten Lämmern nieder.

Geschändet, dachte sie und verspürte plötzlich das gänzlich alberne Bedürfnis, laut zu kichern.

»Ah, mein Liebling«, flüsterte er ihr ins Ohr. Seine tiefe Stimme war wie ein zufriedenes Schnurren. »Ich bin für immer dein.«

Sie kuschelte sich an ihn, zog seine Arme noch fester um sich und kostete das Gefühl seines harten Körpers so nah an ihrem aus. »Ach, du brauchst so etwas nicht zu sagen. Ich will weder

Schmeicheleien noch Versprechungen von dir. Ich will nur das, was wir getan haben. Ich fand es sehr, sehr schön. Hat es dir auch gefallen?«

Er lachte und küsste wieder ihren Nacken. »O ja. Du ahnst gar nicht, wie sehr es mir gefallen hat.«

»Aber was genau war es denn nun«, fragte sie schläfrig, während sie sich in seinen Armen drehte, »was du mit Harriet getan hast?«

»Wenig genug. Ich hätte nie einen solchen Tanz mit dir aufgeführt, wenn du es nicht begrüßt hättest. Aber dann wiederum bist du ja nun wirklich einmalig in dieser Welt, Catriona.«

Sie kuschelte sich an ihn und schmiegte sich in seinen Arm, ohne auch nur einen Gedanken daran zu verschwenden, ob er die Wahrheit sprach oder nicht. Mit einer Hand zog er die Bettdecke über sie. Ihr Kopf passte ganz wunderbar in die Kurve seiner Schulter, und er hielt sie mit beiden Armen fest umfangen.

»Und nun wirst du gehen«, erinnerte sie ihn, während sie sich tapfer bemühte, das Tosen des finsteren Windes, der sich in ihrer Seele erhob, zu ignorieren. »Oder du brichst dein Wort.«

Er küsste sie auf ihren Scheitel. »Und nun werde ich gehen.«

Da war nur ein schwaches Geräusch, ein leises Brummen. Catriona bewegte sich verschlafen und streckte einen Arm aus. Das Brummen erwies sich als ein Schnurren. Irgendwo schnurrte eine Katze vor Zufriedenheit. Träge bewegte Catriona ihren Arm. Kleine Federkiele stachen durch die Matratze. Ihr war warm. Das Blut rann in sonnigen Strömen der Zufriedenheit durch ihre Adern. Sie öffnete die Augen und schaute zur Zimmerdecke auf. Die bunten Farben vermengten sich zu einem Delirium des Vergnügens – *ihres* Vergnügens. Die Erinnerung züngelte in ihr wie Flammen. Sie hörte ein dumpfes Poltern, weich und schwer.

Catriona setzte sich auf. Helles Sonnenlicht strömte durch das offene Fenster. Eine große Tigerkatze auf dem Fensterbrett schaute sie aus runden, grünen Augen an und sprang dann auf den Boden.

»Na, Miezekätzchen. Wo ist er?«

Sie schlang die Arme um ihre Knie, als die Katze auf das Bett sprang, um sich an ihren Beinen zu reiben. Sanft strich Catriona mit der Hand über ihr weiches Fell. Dann, als die Katze zufrieden schnurrte, legte sie ihr Gesicht auf die Knie und weinte. Er war fortgegangen – wie sie es von ihm verlangt hatte. Sie wollte, dass er ging. Denn die Finsternis, die vor ihr lag, erlaubte weder Weichheit noch Gefühl, und dort war kein Platz für einen goldhaarigen Engländer, der hervorragend mit Frauen umgehen konnte.

Die Katze krümmte ihren Rücken und sprang wieder vom Bett.

»Fühlst du dich beleidigt, Miezekätzchen?« Sie wischte sich mit dem Handrücken über die Augen. »Von ihm oder von mir? Ach, weißt du, es ist sonst gar nicht meine Art zu weinen.«

Ein dumpfes Klicken ertönte irgendwo im Haus, dann das Surren eines Getriebes. Die Stille brach, als eine Standuhr irgendwo die volle Stunde schlug. Eins ... zwei ... drei ... vier. *A Dhia!* Vier Uhr! Hatte sie etwa den ganzen Tag verschlafen?

Catriona kletterte aus dem Bett. Ihre Kleider lagen ordentlich zusammengefaltet auf einem Stuhl. Auf dem Tisch standen ein Krug mit Wasser und eine Waschschüssel. Daneben lag ein kleiner Beutel. Sie hob ihn auf. Er war bis an den Rand gefüllt mit Münzen. Dominic hatte ihr Geld dagelassen – Geld und ein zusammengefaltetes Blatt Papier. Bewusst wusch sie sich zuerst und zog sich an, bevor sie seine Nachricht las. Hatte er ihr einen Abschiedsbrief geschrieben? Und enthielt seine Botschaft womöglich das, was er ihr schon in London angedroht und prophezeit hatte?

Du wirst jeden Tag von einem Mann belagert werden, der sehr viel mehr Erfahrung in diesen Dingen hat als du selbst. Ich werde dich verführen. Du wirst dich verlieben, und ich werde dir das Herz brechen. Das garantiere ich dir. Was sagst du dazu?

Verliebt? Ach, sie war also doch nur eine dumme, schwache Frau! Die Katze rollte sich zusammen und beobachtete sie aus schmalen Augen, als sie das Papier entfaltete. Seine langen, schrägen Schriftzüge bildeten nur fünf Sätze:

Wenn du aufwachst, werde ich schon nach Inverness vorangeritten sein. Folglich werde ich dir, wie versprochen, nicht folgen. In Wahrheit übernehme ich sowieso lieber die Führung. Durch deinen festen Schlaf hast du mir das ermöglicht.
Dies ist der Preis der siebten Sünde: Trägheit.

Verblüfft las sie die kurze Mittelung noch ein Mal und zerriss dann das Papier in so viele kleine Fetzen, dass sie ihr durch die Finger glitten und auf den Boden fielen. Wie konnte er das tun? Wie *konnte* er? Es war abscheulich. Ihr Instinkt in London hatte sie also nicht getrogen. Sie hätte damals wirklich ihr kleines Messer nehmen und ihn töten sollen.

In Wahrheit übernehme ich sowieso lieber die Führung.

Was, zum Teufel, meinte er damit? Falls ihr Herz in Gefahr gewesen war, und wenn auch nur für einen Augenblick, so hatte er es ihr soeben heil und unbeschädigt zurückgegeben. *Sich in ihn verlieben*? Das war jetzt etwa so wahrscheinlich, wie sich in Yarrow Fletcher zu verlieben!

Catriona steckte das Geld in ihre Tasche. Sie war nicht zu stolz, um es anzunehmen. Wie gedachte er zu reisen? Falls er an Postkutschenstationen Pferde mietete, bis zum späten Abend ritt und nur während der wenigen Stunden rastete, in denen es richtig finster war, konnte er theoretisch ziemlich schnell vorankommen, aber nur, wenn er die längere Straße nahm. An der direkten Straße, mit ihren ärmlichen Gasthöfen und steilen Anstiegen in die Grampian Mountains, gab es bedauerlicherweise kaum halbwegs anständige Pferde zu mieten. Er würde weder die Straßen noch die Unterkünfte finden, die er aus England gewohnt war. Die Postkutschen fuhren nur sehr selten und waren im Schnitt drei Tage und zwei Nächte unterwegs.

Wie also hatte er sich auf den Weg gemacht? Wie viele Stunden Vorsprung mochte er schon haben? Die Hindernisse, denen er auf seiner Reise in die Highlands begegnen würde, erwarteten auch sie. Würde er noch vor ihr Inverness erreichen? Zum Teufel mit ihm! Würde er Andrew suchen? Und wenn, würde er dann etwa von ihr erwarten, dass sie ihre eigenen Pläne aufgab?

Inverness lag am südlichen Ufer einer breiten Wasserfläche, an der der Beauly Firth sich verschmälerte, bevor er in den Moray Firth und in die Nordsee floss. Dominic zügelte seinen erbärmlichen alten Klepper und blickte auf die Stadt hinunter. Die vielen um zahlreiche Turmspitzen gescharten Dächer erinnerten ihn ein wenig an Frankreich. Im rosafarbenen Licht des Morgens schimmerte die Stadt in Lachs- und Pinktönen wie ein Haufen Krabbenschalen.

Aber dies war keinesfalls die zahme Landschaft Frankreichs. Hinter dem Wasser erhoben sich die Hügel von Ross-shire und gingen stufenweise in eine blaue Wildnis aus Bergen über, bis der Horizont mit dem Himmel verschmolz. Als sprächen diese zerklüfteten Berge zu ihm, schnürte eine merkwürdige Sehnsucht ihm die Kehle zu. Das Gefühl war so jäh und unerwartet, dass er augenblicklich wieder den Blick abwandte. Auf der anderen Seite der Förde glänzten die fruchtbaren Felder der Schwarzen Insel. Die lange Talmulde des Great Glen verlief zu seiner Linken. Hinter ihm erhoben sich Drummossie Muir und der schicksalhafte Kriegsschauplatz von Culloden. Grants Heimatland.

Während seiner Jahre auf der Iberischen Halbinsel hatte Dominic Colquhoun Grant, den Leiter des Wellington'schen Geheimdienstes, kennen gelernt. Dieser brillante Verstand und tapfere Geist waren hier gereift. Irgendwo östlich von Inverness lag das stattliche Steinhaus, in dem Colquhoun aufgewachsen war. Etwas weiter nördlich erstreckten sich die fruchtbaren Täler und Hochebenen, in denen die Chisholms, Frasers und Ross zu Hause waren. Und irgendwo zwischen all diesen hoch aufragenden blauen Bergen lag Glen Reulach, das Tal der Sterne, die angestammte Heimat der MacNorrins.

Der Führer, der ihm all diese Information gegeben hatte, hatte sein Pferd bereits gewendet und war zurückgeritten. Dominic lächelte ironisch, als er an die Reise dachte, die eine einzige Hetze gewesen war, von Farm zu Gasthof, über Berge und durch Flüsse, Pferde gegen Ponys tauschend, Ponys gegen Klepper, bis er sich schließlich beim letzten Tausch sogar mit dieser heruntergekommenen Stute hatte begnügen müssen. Er hatte ähnliche Reisen in Portugal und Spanien unternommen – obwohl ihm hier, so weit nördlich, wenigstens die lange Abenddämmerung ermöglicht hatte, bis weit in die Nacht hinein zu reiten. Dadurch hatte er in etwa zwanzig Stunden über einhundertfünfzig Meilen zurückgelegt und sich sogar hin und wieder ein paar Stunden Schlaf in einem gastfreundlichen Farmhaus auf dem Weg gegönnt.

Das Einzige, woran er sich nicht zu denken erlaubt hatte, war Catriona. Würde sie wie er auf Feldwegen und Nebenstraßen hierher eilen? Wenn ja, würde sie ihm gegenüber im Vorteil sein, weil sie die Landessprache sprach.

Und wieder, egal, wie sehr er sich dagegen wehrte, überfluteten ihn Erinnerungen. An ihren festen, jungen Körper – ihren Geschmack und ihren Duft und das Gefühl von ihr – der ihn ausfüllte und ihn umgab, als wäre seine Seele in sinnlicher Verzückung aufgelöst.

Ihr Gesicht und ihre Brüste, die vor Leidenschaft gerötet waren und die vor Verlangen glühten. Ihre blauen Augen, geweitet vor Ekstase. Ihr weiches Geschlecht, das ihn umgab wie warmer Honig. Ihre Stimme, die in einer Sprache rief, die er nicht kannte.

Er hatte sie wieder und wieder auf den Gipfel der Ekstase gebracht und sich selbst dabei zurückgehalten, um sich an ihrer Wonne und Beglückung zu erfreuen. Und in diesem nahezu übermenschlichen Bemühen, sich in Zaum zu halten, hatte er auch dafür gesorgt, dass sie nicht schwanger werden konnte.

Die braune Mähne seiner Stute verschwamm vor seinen Augen. Mit einer Hand rieb er sich über das Gesicht und fragte sich schockiert, ob er womöglich im Begriff gewesen war, über diese starrsinnige Schottin Tränen zu vergießen. Nun, er konnte genauso eigensinnig sein. Wenn sie Andrew finden wollte, würde sie hierher kommen müssen. Alle Straßen nach Norden führten durch Inverness und über dessen alte Steinbrücke mit den sieben Bögen. Er überraschte sich selbst, als er laut auflachte.

Sieben Todsünden, sieben Bögen.

Wie machte ein Mann Jahre der Sünde wieder gut, um das Herz einer tugendhaften Frau zu gewinnen? Es war die Frage seines Lebens, doch nun meinte er sie wirklich ernst. Ein unerträglich launischer Gedanke, fand er. Seine grimmige Entschlossenheit, Harriet zurückzugewinnen, erschien daneben wie die fixe Idee eines Besessenen. Herrgott noch mal, selbst wenn es ihm gelungen wäre – wie, zum Teufel, hätten er und Harriet jemals eine Ehe führen sollen? War all sein Kummer nur verletzter Stolz gewesen? Hatte er es schlicht und einfach nicht ertragen können, dass Harriet – von allen Frauen ausgerechnet sie – ihn zurückgewiesen hatte?

Dominic drückte seine Absätze in die ziemlich unempfindlichen Seiten seiner Stute und ritt nach Inverness hinein. Dort fand er das richtige Gasthaus, warmes Wasser, warmes Essen und einen Jungen, den er dafür bezahlte, dass er die Brücke und die Straße für ihn beobachtete, während er selbst sich ein paar Stunden Schlaf gönnte.

Catriona reiste nahezu exakt in seinen Fußstapfen und ärgerte sich über die Bauersfrauen, die von dem großen, blonden Engländer schwärmten, der so kühn durch die Grampians geritten war wie ein Held aus einer ihrer eigenen Geschichten.

»Ein gut aussehender Mann«, sagte eine. »Richtig anziehend für einen Sassenach.«

»*Nach ann aige a tha a' bhodhaig*«, fügte die alte Frau in der Zimmerecke hinzu. »Einen schönen Körper hatte der!«

Mit dem Gold, das Dominic ihr dagelassen hatte, bezahlte Catriona ihre nötigen Auslagen unterwegs. Da sie mindestens vier bis fünf Stunden nach ihm aufgebrochen war, wurde sie draußen in den Bergen von der Dunkelheit überrascht. Schließlich wickelte sie sich in eine Decke und legte sich unter einen Felsen, um sich zumindest ein paar Stunden unruhigen Schlafes zu gönnen. Doch kaum dämmerte der Morgen, stieg sie wieder auf ihr Pony und setzte ihren Weg mit dem Mann fort, den sie dafür bezahlt hatte, sie zu begleiten. Doch das unerbittliche Tempo erschöpfte sie. Meilenweit ließ sie ihr Pony im Schritt gehen, erbost, dass sie dadurch Zeit verlor, aber auch in dem sicheren Bewusstsein, dass sie mit ihren Kräften nahezu am Ende war.

Sie erreichte Inverness am frühen Abend. Die Straßen waren sehr belebt. An der Menge vorbei lenkte sie ihr Pony stadtauswärts, um die frische Luft der Abenddämmerung zu genießen. Noch weiter zu reiten, würde sie umbringen. Die Leute verschwammen vor ihren Augen, als sie in den Hof des größten Gasthofs von Inverness kam. Gelächter drang hinaus, als die Tür für einen Moment aufschwang. Irgendein Gutsherr, der mit Freunden zechte, zweifellos. Sie schwang sich von ihrem Pferd und stolperte, ihr Kopf und ihre Beine waren schwer wie Blei.

»Du siehst saurer als ein Hering aus«, bemerkte er hinter ihr. »Komm, es ist jetzt durch Tapferkeit nichts mehr zu gewinnen. Erlaube mir, mich um dich zu kümmern.«

Catriona stand auf dem schmutzigen Kopfsteinpflaster und brach in Tränen aus.

Dominic trug sie in das Gasthaus und hinauf zu seinem Zimmer, wo er sie auf ein kleines Sofa setzte. Dann klingelte er nach heißem Wasser, das unverzüglich gebracht und in eine Wanne gegossen wurde.

»Und fast genauso salzig.« Er prüfte die Temperatur des Wassers, nachdem die Dienstboten gegangen waren. »Obwohl der Stallgeruch dem Ganzen noch eine interessante Würze hinzufügt.«

Er zog ihr die Stiefel und die Männerkleider aus, die sie während der Reise getragen hatte. Dann hob er sie mühelos auf und setzte sie in die Wanne. Es machte ihr nichts aus, dass sie splitternackt war, während er selbst vollständig angezogen war. Es kümmerte sie auch nicht, dass dies irgendwie sogar noch intimer war als der Liebesakt mit ihm, obwohl er ihr Rücken, Arme und Beine nahezu vollkommen unpersönlich wusch, ohne die geringste sinnliche Begierde. Sie wusste nur, dass es sich wundervoll anfühlte, so wie Sonne auf dem Gesicht nach einem Regenschauer, und sie hatte auch gar nicht mehr die Kraft, Einwände zu erheben.

»Tauch deinen Kopf ins Wasser. Wenn du dir nicht die Haare wäschst, bekommst du Läuse.«

»Ich bekomme *keine* Läuse«, erwiderte sie verstimmt. »Ich habe mein Haar gerade erst gewaschen.«

Eine seiner Hände strich sanft über ihren Kopf. »Das war vor einer Ewigkeit von Bergen, Liebling. Diese Dinger in deinem Haar mögen Heidekrautsamen sein, aber ich möchte sie trotzdem nicht in meinem Bett haben.«

»Ich schlafe nicht in deinem Bett.«

»O doch, das wirst du. Allein, wenn du darauf bestehst.«

Besiegt von ihrer Erschöpfung, legte sie den Kopf zurück und ließ sich von ihm das Haar einseifen. Seine Finger waren geschickt und sicher und linderten das bleierne Gefühl in ihrem

Kopf. Er nahm sauberes Wasser aus einem Krug, um die Seife abzuspülen, und dann legte er ein Handtuch über ihren Kopf und begann, ihre Haare trocken zu frottieren. Sie kam sich vor wie ein Kätzchen, das von seiner Mutter gewaschen wurde, hin und her geschubst mit einer etwas rauen Zärtlichkeit.

»So.« Er nahm ihr das Tuch ab und kämmte ihr feuchtes Haar. »Nun siehst du fast schon wieder menschlich aus. Du wirst jetzt etwas Suppe essen, und danach schläfst du wie ein Baby.«

»Bist du bei all deinen Geliebten so?«

»Meine Geliebten empfangen mich gewöhnlich schon gebadet und ganz gewiss nicht mit Heidekrautzweigen in ihren kunstvollen Frisuren.« Er zog wieder an dem Klingelstrang für die Bediensteten. »Und sie brauchen auch *niemals* Suppe.«

Sie gähnte. Es kam ihr so gewaltig wie das Gähnen eines Kindes vor, und sie versuchte, es zu unterdrücken. Ein bisschen pikiert schaute sie zu ihm auf. »Dann gehören sie offenbar zu jenen bedauernswerten Geschöpfen, die sich von Luft und schwachem Tee ernähren. Ich hätte aber gern Haferbrei und geräucherte Heringe zum Frühstück. Vielleicht wärst du so freundlich, beides für mich bestellen?«

»Euer Wunsch ist mir Befehl, Madam. Aber zuerst die Suppe.«

Er half ihr aus der Wanne, trocknete sie ab und hüllte sie in einen weiten, weichen Morgenmantel. Als einer der Bediensteten des Gasthofs anklopfte, ging Dominic für einen Moment hinaus. Als er zurückkam, hielt er eine Schale Suppe in der Hand.

Weil sie nun einmal da war – oder vielleicht sogar, weil er daran *gedacht* hatte –, aß Catriona die Suppe. Währenddessen saß er in einem Sessel und beobachtete sie schweigend. Was für Gedanken mochten diesem verrückten Mann jetzt durch den Kopf gehen? Was wollte er eigentlich überhaupt? Nicht nur Sex. Den konnte er mit tausend anderen Frauen haben, mit sehr viel weniger Mühe, als er sich mit ihr gab. War sie für ihn eine Herausforderung? Etwas zur Beschwichtigung seines Stolzes? Und wieso war sie überhaupt so froh, dass er hier war?

Einen schönen Körper hatte der . . .

Mit diesem Gedanken glitt ihr die Suppenschale aus den Fingern, und wie aus weiter Ferne hörte sie sie auf den Dielenbrettern aufschlagen.

Catriona erwachte vom Duft frisch gebackenen Brotes und geräucherter Heringe. Sie lag im Bett. Allein.

»Ich will es dir nicht leicht machen.« Seine Stimme war so träge und heiter wie Bienen im Heidekraut. »Aber eins kann ich dir verraten: Gestern Nacht habe ich dich zwischen die Laken gesteckt wie eine unschuldige Scheibe Käse in ein Brötchen.«

Catriona setzte sich auf, drückte das Kissen an ihre Brüste und sah ihn an. Vollständig bekleidet saß er da und aß sein Frühstück an dem kleinen Tisch am Fenster. Irgendetwas an seiner Selbstsicherheit brachte sie auf.

»Du willst es *mir* nicht leicht machen?«, fragte sie. »Du bist es doch, der mich hereingelegt hat. *Du* verdienst Bestrafung.«

»Ich hatte meine Bestrafung gestern Nacht. Ich habe auf der Couch geschlafen.« Er verzog das Gesicht, während er mit der Gabel seinen Räucherfisch zerlegte. »Und nun esse ich gesalzenes Leder.«

Sie lachte. »Du hast Bücklinge bestellt, das heißt, du bist in einer großzügigen Stimmung. Wie willst du es mir da *nicht* leicht machen?«

Er schaute auf und grinste. »Ich hätte es heute Morgen vorgezogen, mit dir in meinen Armen zu erwachen, deine Beine um die meinen geschlungen und deine sanfte Hand auf meinem Glied.«

Absurderweise spürte sie, wie sie errötete. »Was hast du als Nächstes vor? Nachdem du mich in Edinburgh so hinters Licht geführt hast und du mir nicht nur deine Sinnenlust, sondern auch deine Zurückhaltung bewiesen hast?«

»Meine Sinnenlust?« Er zog eine Braue hoch. »Wir haben bewiesen, dass wir ein fabelhaftes Liebespaar sind, Catriona. Liebespaare mögen sich zanken, schmollen oder Spielchen miteinander treiben, aber sie *schlafen* miteinander. Und um das zu tun, werden wir zusammen weiterreisen. Dein Abenteuer ist mein Abenteuer – für den Augenblick zumindest oder bis es naturgemäß zu Ende ist. Bist du einverstanden?«

»Je weiter wir nach Norden kommen, desto mehr Leute werden mich kennen. Auch die Leute hier in Inverness kennen mich. Soll ich denen etwa erzählen, dass du mein Liebhaber bist?«

»Du kannst dich ruhig weiterhin als mein Bruder ausgeben, wenn du möchtest, denn wir reisen nicht nach Norden. Andrews Kinderfrau hat den Jungen nicht nach Sutherland gebracht. Sie ist nach Westen gegangen. Mrs. Mackay hat eine Schwester, die einen Chisholm geheiratet hat.«

Schockiert ließ Catriona das Kissen fallen, und sofort glitt sein Blick zu ihren nackten Brüsten. Aber das kümmerte sie nicht, als sie aus dem Bett stieg und in den Morgenmantel schlüpfte. Dominic senkte rasch wieder den Blick und schenkte Tee für sie ein.

Catriona nahm die Tasse und setzte sich ihm gegenüber an den kleinen Tisch. »Woher weißt du das?« Aber er ignorierte sie, nahm sich ein Stückchen Fisch und begann zu kauen. »*A Mhuire*, du verrückter Mann! Woher weißt du das?«

Er schluckte und grinste. »Diese Bücklinge schmecken besser, als sie aussehen. Sie hat mir eine Nachricht hinterlassen.«

»Eine *Nachricht*!«

Sonnenlicht schimmerte auf seinem blonden Haar, als er sich zurücklehnte und grinste. »Iss dein Frühstück. Du hattest mir ihre Londoner Adresse gegeben. Ich schickte Mrs. Mackay Geld und überzeugende Anweisungen. Es bestand immerhin Gefahr, dass Rutley von unserem Streben erfahren und versuchen würde,

Andrew zu entführen. Ich schrieb ihr, ich überließe es ihrem eigenen Ermessen, ob sie es für geraten hielt, Edinburgh zu verlassen, bat sie aber, mir auf jeden Fall eine Nachricht zu hinterlassen, falls sie sich dazu entschließen sollte.«

»Hier?«

»Es war nicht schwer, den Namen des besten Gasthauses in Inverness herauszubekommen.«

Ärger flammte in ihr auf. Sie sprang auf und verfluchte ihn wortreich in Gälisch, bevor ihr einfiel, dass er kein einziges Wort verstehen würde – und schlimmer noch, dass er nicht einmal verstehen *konnte*, was für ein Desaster dies hier war. Womit der kleine Andrew hier in den Bergen konfrontiert wurde, hatte nicht das Geringste mit Dominic Wyndham – einem englischen Bonvivant – zu tun, und sie hatte mit all ihrem Mut und ihrer Entschlossenheit versucht, ihn vor diesem Elend zu bewahren. Aber wenn Dominic so fest entschlossen war, sich zu engagieren, dann sei es eben so. Zumindest konnte er dann vielleicht in London Zeugnis von den Vorgängen hier ablegen. Nicht dass irgendwelche der Zeugen, ihrer flehentlichen Bitten oder Proteste die Katastrophe aufgeschoben hatten, die sich in den Glens anbahnte.

Schließlich setzte sie sich wieder hin. »Dann wusstest du also schon in Edinburgh, wohin Andrew mit Mrs. Mackay gegangen war.«

»Nein, das nicht. Ich wusste nur, dass ich hier vielleicht eine Nachricht finden würde. Aber trotzdem konnte ich mir nicht sicher sein, dass Mrs. Mackay mir genug vertrauen würde. Zum Glück war sie von meiner literarischen Ausdrucksweise entzückt. Nun weiß ich, wohin sie ihn gebracht hat. Das ist alles.«

»*A Dhia!* Warum hast du mir denn nichts davon gesagt?«

»Warum hätte ich das tun sollen? Du hast mir ja auch nicht erzählt, was dich *wirklich* beunruhigte. Oder warum Andrews Erbe so verteufelt problematisch ist. Du benutzt mich, Catriona, aber du vertraust mir nicht. Damit habe ich mich abgefunden. Doch warum, zum Teufel, sollte *ich* dir mein Vertrauen schenken?«

»Ach, vergiss es! Wann könnte es zwischen Engländern und Schotten je echtes Vertrauen geben? Fahr nach Hause!«

»Ich kann nicht nach Hause fahren«, erwiderte er. »Wir sind ein Liebespaar. Schon vergessen?«

Kapitel 12

Eine Stunde später ritten sie zusammen über die Zollbrücke mit den sieben Bögen. Dominic hatte zwei kräftige Hochlandponys in der Herberge gemietet. Frauen wuschen Kleider im River Ness, als sie ihn überquerten, lachten miteinander und hatten ihre Röcke bis über die plumpen Knie hinaufgezogen. Damen und Herren spazierten an den breiten Uferpromenaden entlang. Einige trugen die Kleidung der Highlander, andere die allerneueste englische Mode. Hier und da entdeckte Dominic sogar interessante Kombinationen aus beidem. Alles wirkte wohlhabend und friedlich, mit einer ungewöhnlichen gesellschaftlichen Toleranz, auf Grund derer Arm und Reich sich scheinbar vollkommen unbefangen vermischten.

Nur Catriona war alles andere als unbefangen und saß mit steifem Rücken und sehr gerade im Sattel. Dominic beobachtete sie und erinnerte sich daran, wie biegsam und geschmeidig dieser Rücken unter seinen Händen gewesen war. Sie trug ein schlichtes blaues Kleid, da sie der Meinung war, unter ihren eigenen Leuten nicht als Knabe auftreten zu können. Der weiße Saum ihres Unterkleides schaute unter ihrem Rock hervor, denn sie ritt im Damensattel. Ihre Füße steckten in dicken Wollstrümpfen und Lederschuhen. Um nicht erkannt zu werden, trug sie einen roten Schal über dem Kopf. Sie sah entzückend aus, fand Dominic.

Ein paar Stunden später ritten sie am Flussufer des River Beauly entlang. Torfbraun floss das flache Wasser zwischen seinen kiesbedeckten Ufern. Fruchtbare Felder füllten das breite Tal, und die Straße führte durch eine Reihe kleinerer Ortschaften. Aber es war nicht die gleiche sanfte Landschaft wie in

England. Bewaldete Bergflanken entfalteten sich von den Anhöhen über Kilmorack, und das Dröhnen naher Wasserfälle echote durchs Tal. Sie näherten sich dem Land der Chisholms und der Frasers.

Dominic konnte Catrionas Anspannung und Konzentration fast spüren. Gern hätte er versucht, mit Küssen und Liebkosungen ihre Sorge und ihren Kummer einzudämmen, wusste aber nicht, wie er an sie herankommen sollte. Er wusste nur, dass sie näher und näher auf etwas zuritten, das sie zutiefst beunruhigte, und dass es die Handlungsweise eines Schufts gewesen wäre, jetzt seinem Verlangen nach ihr nachzugeben oder es sich auch bloß anmerken zu lassen.

»Was bedeuten diese Berge für dich?«, fragte er.

Sie starrte angespannt geradeaus. »Sehnsucht.«

»Sehnsucht wonach?«

Der Schal glitt von ihrem Kopf, ihr Haar schimmerte wie gesponnenes Kupfer in der Sonne.

»Nicht *nach* etwas. Das ist nicht der richtige Ausdruck. Es gibt im Englischen kein entsprechendes Wort dafür. Es ist die Sehnsucht, die immer in dir ist, obwohl das, wonach es dich verlangt, bereits in deiner Hand ist. Es ist die Sehnsucht nach Tir-nan-Og, dem mythischen Ort hinter der untergehenden Sonne, obschon wir im Lichte unseres eigenen Tales leben. Es ist diese von süßer Melancholie gefärbte Sehnsucht, so als brächte ein Hauch von Vogelgesang das Wiegenlied einer Mutter zurück, das sie einst ihrem müden Kind vorsang – eine Sehnsucht nach den Dingen, die bereits da sind, aber nie wirklich ganz das Herz ausfüllen können. Du würdest es nicht verstehen.«

»Ich verstehe es sehr gut«, widersprach er. »Es ist in etwa so, wie ich mich nach Harriet gesehnt habe.«

»Aber sie hat dich verlassen«, wandte Catriona ein. »Du hattest sie nicht. Du warst in eine Fantasie verliebt.«

»Genau.«

Sie antwortete nicht, und sie ritten schweigend weiter. Die

Straßenränder waren voller Glockenblumen, Veilchen und anderer wild blühender Blumen. Zitronengelber Besenginster blühte an kräftig dunkelgrünen Zweigen. Das mit dichtem Baumbewuchs bestandene Flussufer verdeckte rötlich graue Klippen. Die Farben sprangen ins Auge und waren sehr viel lebhafter als in England.

Hier und da machten sie Rast an Häusern entlang der Straße, wo Catriona dann aufgeregt in Gälisch mit den Leuten sprach, in der Hauptsache mit Frauen oder Kindern. Während die Kinder Dominic verstohlen musterten, betrachteten die Frauen ihn mit unverhohlenem Misstrauen, ja manchmal sogar Groll. An einer Stelle, an der zwei Flüsse sich vereinigten, nahmen sie die linke Abzweigung entlang des River Glass. Dominics ganze Aufmerksamkeit konzentrierte sich auf Catriona. Was flößte ihr solche Furcht ein? Und wieso war diese Furcht mit solch schwelendem Zorn vermischt?

»Wir können etwas essen«, bemerkte sie ganz unvermittelt. »Jeder dieser Leute wird uns Brot und Käse geben. Ich würde es vorziehen, nicht im Gasthaus von Cannich einzukehren, wo später jemand nach uns fragen könnte.«

Er nickte, obwohl er bezweifelte, dass ihnen irgendjemand in diese abgelegenen Täler folgen würde. Sie ritt einen schmalen Pfad voran zu einem allein stehenden Haus am Fuße eines hohen Berges. Niedrige Kuhställe schlossen sich direkt an das Wohnhaus an. Hühner scharrten und gackerten im Hof. In der Nähe des Eingangs befand sich ein großer, eingezäunter Gemüsegarten. Farbenfrohe Blumen wuchsen zwischen Karotten und Kartoffeln. Dominic band die Pferde an und bewunderte die wunderbare Aussicht über das Tal, während Catriona anklopfte. Eine Frau kam heraus, unterhielt sich kurz mit ihr und winkte sie dann beide herein.

Dominic musste den Kopf einziehen, um über die Türschwelle zu treten. Während seine Augen sich allmählich an das schwache Licht gewöhnten, erhob sich ein Mann von seinem Platz neben der Feuerstelle und reichte ihnen freundlich die Hand. Die Augen des Mannes, die unter dichten weißen Augenbrauen lagen, waren von einem kräftigen Blau. Er trug einen rot und grün karierten Kilt und eine schwarze Strumpfhose, seine blaue Weste aber war aus schlichtem, selbst gesponnenem Stoff. Es war unmöglich, sein Alter einzuschätzen. Sein Haar war schlohweiß, doch er war von kräftiger Gestalt und hielt sich sehr gerade.

»Willkommen in Strathglass, Sir«, begann er in tadellosem Englisch. »Ihr werdet doch mit uns essen und ein Schlückchen mit uns trinken?«

Beschämt merkte Dominic, dass er den alten Mann entgeistert anstarrte. Er wusste nicht, was er erwartet hatte. Von außen hatte das Haus wie eine ganz normale Bauernkate ausgesehen, mit Mauern aus Torf und Stein und einem Dach aus Ried. Rauch stieg von einem offenen Torffeuer auf. Der einfache Raum war aber blitzsauber und sehr geschmackvoll eingerichtet. Eine Anrichte enthielt reich verziertes Porzellan und Glas, während andere Wände von offenen Regalen bedeckt waren. Auf einer Seite enthielten sie Käse und Küchengeräte; auf der anderen in Leder gebundene Bücher.

»Mögen Sie lateinische Literatur?«, fragte der alte Mann mit seiner weichen, zuvorkommenden Stimme. »Vielleicht haben Sie einige dieser Bücher schon gelesen?«

Bevor Dominic wusste, was geschah, saß er Alexander Chisholm gegenüber, nippte an einem sehr starken Whisky und sprach mit ihm über lateinische Gedichte. Mr. Chisholm war intelligent und offensichtlich sehr belesen. Dominic erinnerte sich an einige Soldaten aus den Highlands, die sich einmal zusammen mit ihm in Plymouth zur Iberischen Halbinsel eingeschifft hatten. Diese Männer hatten ihre Rationen Grog verkauft und Bücher mit dem Geld erworben.

Der Whisky und die Gesellschaft schufen in dem nur schwach erhellten Raum eine heitere Atmosphäre. Bei Feldzügen hatten Offiziere aus den Highlands ihm immer ausgezeichnete Gesellschaft geboten, doch gewöhnlich waren sie Söhne von Großgrundbesitzern mit imposanten Residenzen gewesen. Warum sollte es ihn überraschen, die gleiche Höflichkeit und Kultur in diesem abgelegenen Tal zu finden? Er fragte Mr. Chisholm nach Gedichten aus den Highlands, lauschte seinen Antworten mit aufrichtigem Interesse und war wie verzaubert, als der alte Mann ihm in Gälisch etwas vortrug und dann das Gesagte mühelos ins Englische übersetzte. *Unsere Highland-Lieder handeln von wilden Dingen wie dem Meer und Schilfrohr. Wir machen keine Scherze über die Sünde.*

Unterdessen unterhielt sich Catriona ernst mit der Frau, die offenbar Alexanders Tochter war.

»*Och-on*«, hörte er Catriona einmal flüstern. »*Mo léireadh!*«

Dominic verstand den Sinn ihrer Worte nicht, aber er wusste, dass es ein Aufschrei war, der tief aus dem Herzen kam. Seine heitere Stimmung war damit zerstört. Obwohl er seine Sorge vor seinem Gastgeber zu verbergen versuchte, schien ihm Poesie plötzlich von sehr geringer Wichtigkeit zu sein.

Eine Stunde später, den Bauch voll exzellentem Brot und Käse und den Kopf schwirrend vom Whisky und den Worten, ritt Dominic hinter Catriona durch das Tal. Er fühlte sich etwas verwirrt von Mr. Chisholm, einem kleinen Pächter, der ein solch vollkommener Gentleman war. Dergleichen hatte er in England nie erlebt. Wann immer er auf den Besitzungen seines Bruders im Hause eines Pächters eingeladen gewesen war, hatte er nie etwas anderes als Unterwürfigkeit und Kriecherei erfahren – eine Form der Ehrerbietung, die sich zuweilen in Groll verwandelte, wenn diese einfachen Männer Soldaten wurden.

Alexander Chisholm hingegen besaß die Würde eines Lords. Es war schier unmöglich, sich einen solchen Mann in einer katzbuckelnden Haltung vorzustellen. Dominic erkannte etwas schockiert, dass mehr als bloße Sprachprobleme die Highland-Regimenter veranlasst hatte, sich für sich zu halten, und dass es mehr gewesen war als nur Familienstolz, was sie davon abgehalten hatte, sich Vergehen schuldig zu machen, die mit Auspeitschungen oder Ähnlichem geahndet wurden. Er hatte eine Kultur betreten, schien es, in der jeder Mann ein Gentleman war, ganz gleich, wie arm oder wie einfach er war. Zudem war dies eine Kultur, die Armut oder Bescheidenheit nicht als Schande ansah. Was mochte die Frau Catriona also gesagt haben, was diese zu ihrem herzzerreißenden Aufschrei veranlasst hatte?

Catriona trieb ihr Pferd zu einem schnellen Trab an. Die Landschaft hatte sich zu sanft ansteigenden Hügeln geöffnet. Über ihnen erhoben sich die beeindruckenden Gebirgszüge granitbedeckter Gipfel. Es bestand ein deutlicher Unterschied zwischen den gerodeten, bepflanzten Tälern mit ihren frischen, sauberen Grüntönen und dem rauen Weideland der Hügel über ihnen, die bis zu den schneebedeckten Felsen reichten, die den klaren blauen Himmel küssten. Die Luft war schneidend kalt. Hohe Birken und Ebereschen standen neben Bächen, die weiß schäumendes Wasser führten. Die Hänge waren dicht bewaldet mit schottischen Kiefern. Ein Adler schrie. Dominic sah ein Aufblitzen von Gold auf seinen Schwingen, als er sich der Sonne zuwandte.

»Füchse und Adler für die Lämmer!«, stellte Catriona bitter fest.

Ihr Pferd fiel in einen leichten Handgalopp. Sie folgten nun einem Pfad, der aus einem Seitental in die Berge hinaufführte, dem Weg zu der Ortschaft – oder nahm er jedenfalls an –, zu der Mrs. Mackay Andrew gebracht hatte. Die Schönheit der Landschaft überschwemmte ihn wie eine Ozeanwelle und raubte ihm den Atem. Er war wie berauscht davon.

»Wie weit ist es noch?«, fragte er, als sie um einen kleineren Hügel herumgeritten waren und in eine breite, geschützte Krümmung in den Hügeln kamen. Die Gipfel der Berge erhoben sich wie eine unüberwindliche Mauer über einem kleinen See, in dessen bodenloser Tiefe sich die umliegenden Felsen widerspiegelten. Die Stille hier war so umfassend, dass sie zerbrechlich erschien wie Glas.

»Da«, rief Catriona mit brechender Stimme. »Da!«

Eine leise Veränderung war in der Brise zu spüren, und der Geruch nach Verbranntem stieg ihm in die Nase. Rasch wandte er den Blick von den eindrucksvollen Bergen ab. Rauchspiralen schwebten träge in der Sommerluft. Das Tal schwelte. Zutiefst bestürzt erkannte er zerstörte Häuser, deren Torfmauern langsam verglühten. Nicht nur ein Haus, sondern eine ganze, über das Tal verstreute Ortschaft war auf groteske Weise demoliert. Wohnhäuser, Scheunen, Ställe, Bienenstöcke und Gartenmauern – alles war niedergerissen und in Brand gesteckt worden.

Ein Schwarm Krähen erhob sich Flügel schlagend und unter lautem Krächzen.

Catriona schwang sich von ihrem Pferd. Hoch erhobenen Hauptes schritt sie durch die zertrampelten Überreste eines Gemüsegartens zu einem Haufen eingestürzter Steinmauern und rauchendem Torf. Dann blieb sie stehen und wandte sich zu Dominic um. Graue Rauchwölkchen hüllten sie ein. Ihre Wangen waren nass von Tränen.

»Da«, wiederholte sie und schwenkte beide Hände. »Das war der Ort, an den Mrs. Mackay Andrew gebracht hatte. Aber sie haben alles niedergebrannt.«

Dominic stieg von seinem Pferd, nahm ihm das Zaumzeug ab und ließ es zum Grasen frei. Dann ging er zu Catriona und zog sie in die Arme. »Weine nur«, erwiderte er. »Was immer hier geschehen ist, rechtfertigt alle Tränen dieser Welt.«

Schließlich führte er sie zu einem kiesbedeckten Strand am See, wo er sie zwang, sich hinzusetzen. Er zog seinen Rock aus und legte ihn um ihre Schultern. Mit seinem Taschentuch, das er zuvor im See befeuchtet hatte, kühlte er ihr Gesicht. Um sie zu diesem unberührten Fleck zu bringen, war er gezwungen gewesen, sie durch zerstörte Gärten zu führen, in denen der junge Kohl zertrampelt und die Blumen zertreten und vernichtet worden waren. Krähen krähten ihn warnend an, während sie an den Kadavern von Hühnern pickten, die bei lebendigem Leib in ihrem Stall verbrannt waren. Wo nichts als verkohlte Haufen schwarzen Heidekrauts zu sehen waren, waren einst Bienenstöcke gewesen. Und das erklärte auch die tiefe, nahezu unheimliche Stille: Es gab hier keine Bienen mehr.

In Spanien und Portugal hatte er erlebt, was auf Rache oder Plünderung sinnende Armeen Zivilisten antun konnten. Von Nigel hatte er gehört, was geschehen war, als Napoleon in Russland eingefallen war. Unmenschlichkeit unter den Menschen war etwas, was er zu kennen geglaubt hatte. Aber dies hier schien so unpassend, so unbegreiflich zu sein, dass Dominic nicht wusste, was er davon halten sollte. Herrgott noch mal – es herrschte schließlich Frieden in Britannien!

Nachdem er Catriona geholfen hatte, die letzte kleine Mauer zu überwinden, hatte er ihren Kopf zur Seite gedreht, damit sie nicht die zerbrochene, halb unter den Ruinen begrabene Kinderpuppe sah, deren hölzerne Arme und Beine auf bizarre Weise verdreht waren. Die Puppe hatte ihn aus großen, aufgemalten Augen angestarrt, ihr angeschlagenes Lächeln rührend heiter. Jemand hatte sie dort hingeworfen, und ein Pferd hatte darauf herumgetrampelt. Welches Kind war weinend aus diesem Haus davongetragen worden, nicht nur seines Heimes beraubt, sondern auch dieser kleinen, geliebten Freundin?

Er drückte Catriona fest an seine Brust, bis ihr Zittern nachließ und sie aufhörte zu weinen.

»Du hast das in Alexander Chisholms Haus erfahren?«, fragte er sie schließlich sanft.

Sie entzog sich ihm, um sich aufrecht hinzusetzen. »Seine Tochter hat es mir erzählt – diese Leute sind alle miteinander verwandt.«

»Dann wusste er es also auch. Warum hat er mir gegenüber nichts davon erwähnt?«

Ihre Augen wirkten in dem tränenüberströmten Gesicht noch blauer. »Er hätte es als unhöflich empfunden, einen Gast damit zu belästigen.«

Die glänzenden blauen Augen unter den weißen Augenbrauen. Die sanfte Stimme, die Gedichte rezitierte und erklärte. Und die ganze Zeit hatte der alte Mann von dieser Tragödie hier gewusst? »O mein Gott. Ist irgendjemand aus dem Ort verletzt worden?«

Catriona schüttelte den Kopf. »Diesmal nicht. Aber vor zwei Jahren, weiter nördlich in Strathnaver, haben sie William Chisholms Haus mit seiner alten Schwiegermutter darin in Brand gesteckt. Ihre Bettdecke fing Feuer, bevor sie hinausgetragen werden konnte. Sie starb fünf Tage später.«

»Um Gottes willen, das ist ja Mord!« Dominic atmete tief ein und bemühte sich, seine aufflammende Wut in Zaum zu halten. »Du wirst es mir erklären müssen, Catriona. Wer steckt die Ortschaften in Brand? Und aus welchem Grund?«

Sie starrte auf das Wasser. »Der Gutsherr. Oder seine Verwalter.«

»Aber Alexander hat mir erzählt, die Chisholms lebten seit mehr als fünfhundert Jahren in Strathglass und vor ihnen schon ihre Ahnen. Es ist doch sicher ihr Land, oder nicht?«

»*Ihr* Land?« Sie ballte die Fäuste, und ihre Stimme wurde ganz rau vor Zorn. »Das fragst du als Engländer? Den heutigen Gesetzen nach ist dies alles das Land des Oberhauptes des Clans: *An Siosalach*, der Chisholm, William, der vierundzwanzigste dieses Namens. Es mag einst den Clanmitgliedern gehört haben, aber heute bezahlen sie für ihre Häuser und Gehöfte Pacht an den Gutsherrn. Für sie ist es eine Geste des Respekts. Für ihn ist es sein Einkommen, das offensichtlich nicht genug Profit abwirft.«

»Profit?«

»Was glaubst du, warum die Oberhäupter unserer Highlandclans es sich erlauben können, in London zu leben und den Strathspey in den Mayfairer Ballsälen zu tanzen? Das können sie nicht von der Pacht für diese Bauernhöfe. Wenn er aber stattdessen das ganze Land an nur einen Pächter als Schafweiden vermietet, kann er genug verdienen, um sehr bequem zu leben. Die Leute sind ihm dabei nur im Weg.«

Dominic war fassungslos. »Sie können nicht genug Pacht bezahlen?«

»Selbst wenn sie ihm mehr anbieten – und sie würden sogar ihre Seele opfern, um hier in ihren eigenen Tälern zu bleiben –, werden die Pachtverträge trotzdem an Hirten aus dem Tiefland oder Ausländer verkauft. Schafe bedeuten weniger Scherereien für einen *An Siosalach*, als sich um seine Leute kümmern zu müssen.«

»Dann werden also ganze Ortschaften geräumt und die Häuser in Brand gesteckt? Wie lange geht das schon so?«

Catriona hob eine Hand voll Kieselsteine auf und warf sie in den See. Nachdenklich beobachtete sie die Kreise, die die Steine zogen. »Seit ich ein Kind war. Es begann vor fünfzehn Jahren hier in Strathglass, und nach und nach wurde es immer schlimmer. Heute geschieht es in den gesamten Highlands: bei den Gunns in Kildonan, den Mackays in Strathnaver, den Macdonnells in Glengary. Wenn jemand das Land für Schafe will, ist nirgendwo mehr Platz für unsere Clans, außer auf den Schiffen nach Amerika oder Neuholland.«

»Können die Leute denn ihre Passage zahlen?«

Sie schüttelte den Kopf. »Es gibt nicht viel Bargeld in den Highlands. Die Leute müssen dafür ihre Freiheit abtreten und sich gewissermaßen in die Sklaverei begeben.«

»Die Sklaverei ist vor neun Jahren abgeschafft worden!« Es kam mit einer solchen Wut heraus, dass Dominic sich zwang, für einen Moment innezuhalten und tief durchzuatmen, um die Beherrschung wiederzugewinnen. »Aber was, zum Teufel, wird geschehen, wenn der Preis der Wolle sinkt und diese Leute alle fort sind? Sie können doch nicht durch die halbe Welt zurückgebracht werden.«

»Selbst wenn sie es könnten«, entgegnete Catriona, den Blick noch immer auf die Kreise gerichtet, die die Kieselsteine zogen, »wer würde ihre Tränen trocknen?«

»Warum wehren sich die Leute nicht?«

»*Wehren?*« Sie fuhr zu ihm herum. »Wie? Womit? Die jungen Männer sind für König George in den Krieg gezogen. Die Gutsherren haben das Gesetz, die Kirche und die Sheriffs mit ihren Vollstreckungsbeamten auf ihrer Seite. Wir leben in kleinen, weit verstreuten Ortschaften, getrennt von wildem, rauem Land. Sollen wir etwa einen bewaffneten Aufstand anzetteln? Wir sahen die Ergebnisse davon nach fünfundvierzig. Obwohl Archibald Dhu Macdonnell sich in Kinlochnevis noch hält, mit seinen sieben Söhnen und dem Breitschwert, das sein Großvater in Cullodon trug, sind die Tage des Breitschwerts vorüber. Es gibt keinen Widerstand mehr.«

Gunns, Mackays, Macdonnells. Alles Namen von Männern, die er gekannt und neben denen er gekämpft hatte. Dominic spürte, wie ihm übel wurde. »Wenn also diese Highlander in Vimiero, Ciudad Rodrigo und Waterloo, diese Männer, die in Indien den Kilt für ihren König tragen, heimkehren – sofern sie überhaupt heimkehren –, kehren sie zurück zu dem hier: ihre Häuser verbrannt, ihre Eltern und ihre Liebsten deportiert? O Gott, ich fasse es nicht, Catriona!«

Sie ließ ihrer Aufgebrachtheit endlich freien Lauf. Ihre Stimme klang erbittert und erzürnt. »Eine schöne Heimkehr für ihre Tapferkeit und ihren Dienst! Ihr Engländer führt ein lustiges Leben in London, wo ihr um euren fetten Prinzregenten herumscharwenzelt, aber im Norden sind dies Zeiten, in denen selbst der Ozean vor Kummer weint. Wer kann letztendlich schon gegen seinen Gutsherrn kämpfen – das Oberhaupt seines Clans, den Vater seiner Leute? Den Menschen aus den Highlands sind die Herzen gebrochen worden. Sie werden sich in ihren Stolz einhüllen wie in ein Plaid und lieber emigrieren, als den Gutsherrn um die Gnade anzuflehen, die er seinen Kindern schuldet.«

Was sie beschrieb, klang nahezu feudalistisch. Warum sollten Männer Loyalität schulden, wenn ihr Vertrauen nicht erwidert wurde?

Er stand auf und starrte zu den dahinziehenden Rauchwölkchen hinüber. »Wann ist das hier geschehen?«

»Vor fünf Tagen. Einige der Leute sind über die Berge geflüchtet, um auf dem Land der Frasers Zuflucht zu suchen. Vielleicht ist auch Andrew dort.«

»Und das ist der eigentliche Grund, warum wir ihn finden müssen? Du befürchtest, Rutley könnte ein Höchstmaß an Profit wollen, sodass Glen Reulach als Nächstes geräumt werden wird? Warum, zum Teufel, hast du mir das nicht alles vorher schon erklärt? Herrgott noch mal! Ich hatte ja keine Ahnung, wie viel auf dem Spiel stand. Wenn ich es gewusst hätte, wären wir vielleicht noch rechtzeitig in Edinburgh gewesen.«

»Es bestand kein Grund zu der Vermutung, Andrew könnte fortgebracht worden sein oder dein Feind könnte Edinburgh vor uns erreicht haben.« Die eindrucksvolle Arkade aus Bergen und Himmel umrahmte ihr blasses Gesicht mit den rot geweinten Augen. »Was kümmert dich das alles überhaupt? Du bist oberflächlich, ein Casanova, der sich für nichts anderes als sein eigenes Vergnügen und Frauen interessiert. Du wolltest deine Frau zurückgewinnen, ein dummes, kleines Ding mit nichts anderem im Kopf als Scheinheiligkeit und Bigotterie. Als ich dir zum ersten Mal begegnete, warst du halb nackt, betrunken und glühtest vor Begeisterung über den Gewinn einer absurden Wette. Falls du glaubst, du könntest mir noch irgendwie helfen, dann kann ich dir nur sagen, dass ich es nicht will.«

»Du *solltest* es aber wollen. Glen Reulach zuliebe solltest du alle Hilfe annehmen, die du bekommen kannst. Deine verdammte Courage sieht mir sehr nach Sturheit aus. Dieser verfluchte Stolz ist nicht nur die Gabe, sondern auch der Fluch der Highlander. Ich bin hier, Catriona. Ich habe Erfahrung darin zu kämpfen. Mach sie dir zu Nutze.«

»Es mag für dich wie Sturheit aussehen, aber wie sonst könnte ich mir meinen Mut bewahren? Du würdest mich nur schwächen, meine Kraft unterminieren, und dabei muss ich mich allein mit den Folgen dessen auseinander setzen, was hier geschieht. Für dich ist es nur eine Episode, eine Zerstreuung, ehe du nach London zurückkehrst. Für mich ist es mein *Leben.*« Sie wandte sich ab und biss sich auf die Lippe. »Warum musst du mich verfolgen und wie ein Hund an meinen Fersen kleben?«

Er fasste sie am Arm und zwang sie, ihn anzusehen. »Ich verfolge dich? Das ist gut. Ich möchte deine Träume heimsuchen und dich in deinen wachen Stunden durcheinander bringen. Ich möchte dich zermürben, bis ich diesen kalten, dunklen Panzer aus Schmerz und Leid, der dich umgibt, durchbreche. Du kannst für Glen Reulach und für Andrew kämpfen und dir dennoch etwas Glück erlauben, wann immer sich die Chance dazu bietet. Glaubst du etwa, all das zerrisse nicht auch mir das Herz? Es gibt genug Elend auf dieser Welt, Catriona, ohne dass wir uns auch noch selbst aufopfern. Und außerdem liebe ich dich.«

Zitternd blickte sie zu ihm auf. »Ach, du verrückter Mann! Du liebst mich *nicht*!«

»O doch, ich liebe dich, Catriona. Und obwohl es dir vielleicht noch nicht bewusst sein mag, liebst du mich auch. Wir sind durch das Schicksal verbunden, und wir werden diese verfluchten Berge gemeinsam überqueren.«

Er entfernte sich einige Schritte, um nicht in Versuchung zu geraten, sie zu küssen. Die Pferde hoben ihre Köpfe. Er fing die Tiere ein, legte ihnen das Zaumzeug an und führte sie zum See zurück.

»Welche Richtung?«, fragte er.

Sie schwang sich auf ihr Pferd und deutete auf eine flache Talsohle in den Bergen nördlich von ihnen. »Dorthin. Und es wird ganz schön kalt und dunkel werden, bevor wir es überstanden haben.«

*

Ihr Pfad führte sie weg von der verbrannten Ortschaft und in die mit Heidekraut bedeckten Anhöhen. Zwischen Kuhfährten und hellen, grünen, mit Sumpfbaumwolle bestandenen Stellen verschwand er schließlich. Es wurde spät, aber das fahle Licht der Abenddämmerung warf noch immer lange, weiche Schatten. Sie befanden sich nun auf den Bergweiden, auf denen die Leute von Glen Reulach früher ihre schwarzen Rinder hatten grasen lassen. Die Weiden waren jetzt leer, aber die ›weiße Flut‹ war bereits unterwegs: die Schafe aus dem schottischen Tiefland.

Dominic war verärgert. Zu jedem Zeitpunkt ihrer Reise hätte er zumindest ein paar Stunden einsparen können, ja, vielleicht sogar einen ganzen Tag. Und dann wären sie womöglich rechtzeitig bei den Wohltätigen Seelen in Edinburgh gewesen. Hatte es Beweise für Andrews Abstammung unter Harriets Nachlass gegeben, und hatte Yarrow Fletcher sie vernichtet? Aber Catriona war zu stolz gewesen, ihm das ganze Ausmaß der Bedrohung zu eröffnen. Er hatte keine Ahnung gehabt, welches Schicksal sie in ihrem Heimatort erwartete, bis er die rauchenden Ruinen von Strathglass gesehen hatte, und daher hatte sie diese Last die ganze Zeit allein getragen.

Eingehüllt in Decken, die sie aus Inverness mitgebracht hatten, gönnten sie sich im Farn ein paar Stunden Schlaf. Mit der dicken Wolle als Barriere zwischen ihnen hielt er sie in seinen Armen und teilte Wärme mit ihr, aber keine Leidenschaft. Ihr Haar roch nach Torfrauch und nach Heidekraut. Ihr Rücken schmiegte sich an seine Brust und an seinen Bauch. Sie war weich, verführerisch und ungeheuer feminin.

Verlangen regte sich in ihm, aber es wurde von Zärtlichkeit

eingedämmt. Dominic versuchte ganz bewusst, den Mittelweg zu finden. So sehr er ihren Körper auch begehren mochte, ihr Herz begehrte er noch sehr viel mehr. Doch sollte sie sich zu ihm umdrehen oder ihn gar bitten – sogar ohne Worte –, wäre es, wie Öl in seine Glut zu gießen, und er würde ihren Kummer in einem Feuer der Leidenschaft verbrennen. Aber sie tat nichts und bat um nichts, sondern schlief nur wie ein erschöpftes Kind. Und so atmete er den Salz- und Rauchgeruch ihres Haares ein und fragte sich, warum in aller Welt er Harriet überhaupt je hatte zurückgewinnen wollen. Weil sein Stolz genauso unnachgiebig war wie Catrionas?

Beim Erwachen spürte sie das Gewicht seines Armes um ihre Taille. Für einen Augenblick, einen Augenblick der Schwäche, war sie versucht, sich zu ihm umzudrehen. Sie wollte sein pulsierendes Leben in sich spüren, hier oben in den einsamen Hügeln. Dominic stöhnte im Schlaf und zog sie noch ein wenig fester in den Arm. Er war nass. Catriona schob ihn beiseite und richtete sich auf. Ihre Decken und Kleider waren vollkommen durchnässt. Die Pferde sahen im Nebel wie dunkle Gespenster aus. Wasser tropfte von den Farnen und vom Heidekraut. Wolken waren in der Nacht aufgezogen, während sie geschlafen hatten. Bis auf ihr eigenes Atmen und das Schnaufen ihrer Pferde herrschte Grabesstille. Sie blickte sich nach Dominic um. Seine grünen Augen betrachteten sie forschend.

»Wir sind nass, Liebste«, stellte er fest. »Wie weit ist es noch bis zu Andrew?«

Sie wandte den Blick ab, um ihre plötzlich glühenden Wangen zu verbergen. Wenn er sie doch nur nicht so ansehen würde! »Nicht mehr weit. Aber in diesem Nebel werden wir uns verirren.«

»Du meinst also, wir sollen hier in der Nässe hocken bleiben wie zwei Pilze?«

Sie stand auf und band ihren Rocksaum um die Taille, damit er nicht mehr den nassen Boden streifte, und hob ihre Decke auf. »Du kannst in der Nässe sitzen bleiben, wie du willst. Ich werde weiterreiten.«

Er lachte. »Dann komme ich mit. Ich war mein ganzes Leben lang verirrt. Denk ja nicht, die Gefahren dieser Berge könnten mich von meinen Plänen abbringen.«

»Mich zu piesacken? Dann steh schon auf und küss mich«, meinte sie. »Und mach schnell. Es ist hier nämlich viel zu nass für irgendetwas anderes.«

Er warf den Kopf zurück und lachte. Das Geräusch zerriss die Stille und echote im Nebel – das aufrichtige, tief empfundene Gelächter eines Mannes.

Catriona hockte sich neben ihn und gab ihm mit dem Handrücken einen Klaps auf den Arm. »Was ist, Dominic Wyndham? Was findest du so lustig?«

Er ergriff ihre Hand und küsste sie, während er sich von seinem Heiterkeitsausbruch erholte. »Ein Mal habe ich eine Frau in einem See geliebt ... und ein Mal unter einem Wasserfall ... und oftmals in einer Badewanne, was zwar wärmer, aber sehr viel weniger abenteuerlich ist. Es ist *nie* zu nass dafür, mein Herz, oder zu kalt oder zu heiß. Es ist nur leider so, dass wir uns jetzt nicht die Zeit nehmen können, uns zu lieben, da das Kind uns braucht. Wenn ich dich küsse, muss ich dich auch lieben. Also bitte keine Küsse. Keine außer diesem einen.«

Er küsste nochmals ihre Hand, und dann ließ er sie wieder los. Catrionas Handfläche prickelte ganz merkwürdig, sodass sie schnell ihre andere Hand darüber legte. Etwas steifbeinig ging sie zu ihren Pferden und zog die Sättel und das Zaumzeug aus dem Heidekraut. Auch sie waren nass, ebenso wie die Pferde. Feuchtigkeit ließ ihre Welt glitzern. Die einzige warme, trockene Stelle befand sich auf ihrer Handfläche, wo Dominics Lippen sie berührt hatten.

Sie führten die Pferde an den Zügeln, da die Gefahr, in einen

Sumpf zu geraten, zu groß war, um zu reiten. Während sie aufmerksam das Land beobachtete, wie es sich in und aus dem Nebel wälzte, und stets die etwas größere Helligkeit im Auge, die die verborgene Sonne bezeichnen musste, ging Catriona langsam weiter. Irgendwo dort draußen im Nebel verborgen waren die gezackten Gipfel des An Riabhachan, des Sgurr na Lapaich und des Scor na Diollaid. Sie hatte sich von Alexander Chisholms Tochter genauestens den Weg beschreiben lassen. Doch leider war sie mit diesem Gelände nicht vertraut, und was in den ihr wohl bekannten Bergen nur wenige Stunden gewesen wären, könnten hier für Fremde Tage des Herumirrens sein.

Dominic sagte nichts und beklagte sich auch nicht, obwohl sie ihn durch Flüsse und Bäche und über endloses Heidekrautödland führte. Catrionas Beine begannen zu ermüden, ihr Magen knurrte. Sie hatten sich in dieser unwegsamen Wildnis offenbar bereits verlaufen. Catriona begann den Abstieg in das nächste kleine Tal und erkannte, dass sie meilenweit von ihrem Ziel entfernt waren.

»Verdammt!«

Sie hörte nur diesen einen Fluch, dann herrschte Stille.

Erschrocken fuhr sie herum und spähte angestrengt durch die wabernden Nebelschwaden. Dominics Pferd stieß ein schrilles Wiehern aus. Catriona versuchte, eine Kehrtwendung zu machen. Irgendetwas schmatzte, das unheimliche Geräusch des Sumpfs, der ein neues Opfer gefunden hatte. Der Nebel wirbelte umher und teilte sich wie ein zerrissenes Spinnennetz. Dominic und sein Pferd steckten knietief in einer heimtückischen, grünen Falle. Das Pferd machte einen Satz. Der Sumpf verschluckte Dominic bis zu seinen Oberschenkeln. Er legte die Hände über die Augen des Pferdes und sprach zu ihm. Das Tier stand still, mit weit geblähten Nüstern. Vorsichtig streifte Dominic seinen Rock ab und band ihn dem Tier über den Kopf, während er ihm gut zuredete. Dennoch versanken beide langsam immer tiefer. Catrionas Kehle war vor Furcht wie zugeschnürt.

»Ach Gott, Madam«, bemerkte er und verneigte sich galant vor ihr, »so wie es aussieht, bin ich Will o' the Wisp, dem Moorungeheuer, zum Opfer gefallen. Das Pferd ist sehr dagegen. Haben wir ein Seil?«

»Beweg dich nicht«, antwortete sie. »Wir haben Decken.«

Rasch nahm sie ihre zusammengerollte Decke vom Sattel und zerschnitt sie mit ihrem Messer in schmale Streifen. Sie miteinander verknotend, stellte sie ein notdürftiges Seil her. Wenige Minuten später hatte sie auch einen Stein gefunden und ihn an das eine Ende des Seils gebunden. Dann schleuderte sie es mit aller Kraft zu Dominic hinüber, der es mit einer Hand auffing.

Catriona band ihr Ende des Seils um die Schultern ihres Pferdes. Rasch sah sie sich noch einmal um. Dominic hatte den Stein entfernt und befestigte nun Catrionas Seil an seinem, das er um den Bauch seines Pferds gebunden hatte. »Nein, binde das Seil um dich, nicht um das Pferd!«

Er grinste sie an. »Und wie sollen wir dann das arme Tier herausbekommen?«

»Das schaffen wir nicht! Du hast es ins Verderben geführt. Bind das Seil um deine Taille!«

Der Nebel sank wieder tiefer, sodass sie nun nicht mehr sehen konnte, was er tat. Seine Stimme klang hohl. »Halt es nur schön straff.«

Catriona trieb ihr Pferd dazu an, sich gegen das behelfsmäßige Geschirr zu stemmen, legte ihr Gesicht an seine raue Mähne und betete. Dieser närrische Engländer! Warum hatte sie nur zugelassen, dass er mit ihr in diese Berge kam? Selbst Highlander starben manchmal hier draußen in den heimtückischen Sümpfen und Felswänden. Das Seil zitterte und straffte sich, und ihr Pferd machte einen erschrockenen Schritt zur Seite. Sie klatschte ihm aufs Hinterteil und zwang es, sich wieder ins Geschirr zu legen.

Ein grauenhaftes Schmatzen und Saugen folgte, das widerliche Geräusch des Moorungeheuers, das sich aus seinem nassen

Unterschlupf erhob. Über und über mit Pflanzen und mit schwarzem Schlamm bedeckt, tauchte Dominic aus dem Nebel auf.

Er beugte sich vor und legte die Hände auf die Knie, während er tief durchatmete, und dann schaute er mit halb gesenkten Wimpern zu ihr auf. Er hielt etwas in der Hand. »Leander, so heißt es, durchschwamm den Hellespont«, bemerkte er grinsend. »Byron bewies, dass es tatsächlich machbar war. Doch nun können weder Held noch Poet der Welt größte Leistung in humiden Leibesübungen für sich in Anspruch nehmen.« Er richtete sich auf und lachte. »Vor dir steht der neue Champion. Lass uns mein armes Pferd da rausholen, ja?«

Catriona starrte ihn an. Ihr Herz klopfte. Sie fühlte sich unsicher und spürte, wie sie errötete. Seine Krawatte und sein Hemd waren weg. Schwarze Rinnsale aus Schlamm zogen sich wie Spinnennetze über seine ansonsten splitternackte Brust. Von der Taille abwärts war er vollkommen schwarz, wie emailliert mit Torfsode und Schlamm – eindrucksvoll und wild wie die Statuen der Satyre in Lord Byrons Garten. Catrionas Wangen glühten, ihr Blut begann, sich zu erhitzen. *Was für ein schöner Mann!* Und ihm hatte sie sich hingegeben, ihn in ihrem Körper aufgenommen. Ah – dass ein solcher Mann ihr erster Liebhaber gewesen sein sollte!

Das Pferd im Sumpf wieherte. Ein Zittern durchlief Catrionas Tier, als es das Wiehern erwiderte. Dominic drehte sich um. Er zerrte an irgendetwas. »Jetzt!«, rief er Catriona zu. »Treib dein Pferd mit aller Kraft voran!«

Sie klatschte dem Tier aufs Hinterteil und hörte saugende und schmatzende Geräusche hinter sich im Sumpf. Das Pferd zog. Dominic zog. Er hielt so etwas wie ein weißes Tau in seinen Händen. Seine nassen Rückenmuskeln bewegten sich so anmutig wie ein Schwarm Fische. Sein Pferd kämpfte sich aus dem Sumpf und blieb kraftlos und mit zitternden Flanken auf dem Heidekraut stehen.

»Siehst du, alter Junge?«, meinte Dominic und klopfte ihm den Hals. »Deine Zeit war doch noch nicht gekommen.«

Catriona schlang die Zügel ihres Pferdes um einen Busch und ging zu Dominic zurück.

»So.« Auch ihre Beine zitterten. »Du hast ihm also deine Krawatte um den Kopf gebunden, um deinen Rock von seinen Augen nehmen zu können. Und aus deinem Hemd hast du ein weiteres Seil gebunden, um es an seinem Halfter zu befestigen. Und mithilfe meines Pferds hast du das Tier dann schließlich aus dem Sumpf gezogen. Aber nun wirst du dich diesen Bergen nass und ohne Hemd entgegenstellen müssen.«

»Ich war vorher schon nass«, erinnerte er sie.

»Dieses Seilknüpfen muss ein Hobby von dir sein. Das hast du auch in London schon getan.«

Ohne auf den Schmutz auf seiner Haut und seinem Rock zu achten, schlüpfte er rasch in das Jackett. »Ein Abenteuer, das fast genauso unerquicklich war wie dieses hier.« Er beugte sich vor und küsste sein Pferd auf die weichen Nüstern.

Catriona merkte, dass sie weinte. Ärgerlich wischte sie die Tränen ab. »Und dir fällt nichts Besseres ein, als dein Pferd zu küssen? Ach, was bist du für ein Narr!«

»Das Pferd«, erklärte er schmunzelnd, »ist einfacher zu küssen.«

Sie wandte sich ab, um das notdürftige Seil loszubinden, und sehnte sich nach seinen Hände auf ihrer Taille und seinem Mund auf ihrem. Sie wünschte, er möge sie ganz einfach packen und sie nehmen, hier im Heidekraut, so wie der unersättliche Satyr. Aber er tat es leider nicht. Und so schritten sie in dem bedrohlichen Nebel weiter, schweigend und ohne einander zu berühren, denn dies war *ihre* Wahl gewesen, und nun war es die seine.

Als Catriona die Flammen durch den Nebel sah, lief ein kalter Schauer durch ihr Herz. War es schon zu spät? Hatte der Gutsverwalter auch hier schon alles niedergebrannt? Sie waren doch sicherlich noch zu hoch in den Bergen? Das konnte unmöglich Strath Farrar sein!

»Was ist das?«, flüsterte Dominic an ihrem Ohr.

»Er sollte lieber fragen«, zischte eine fremde Männerstimme an ihrem anderen, »*wer* das ist!«

Schatten schwankten. Silhouetten bewegten sich. Fünf Männer waren lautlos aus dem Nebel getreten und begannen, sie drohend zu umzingeln. Blonde Männer, vermutlich Brüder, groß und stattlich, obwohl Catriona ihre Gesichter nicht genau erkennen konnte. Einer von ihnen hielt Dominic die Spitze seines Messers an den Rücken. Sie trugen grün und blau karierte Kilts und Plaids, und Wassertropfen funkelten wie Diamanten auf ihren Schottenmützen. Dominic war angespannt, als bereitete er sich innerlich schon darauf vor, sich fallen zu lassen und es mit seinen bloßen Fäusten mit fünf Männern aufzunehmen.

»*Leigh leis falbh«,* erwiderte Catriona rasch. Kaum sprach sie Gälisch, ließ der Mann die Klinge sinken. »Lasst ihn gehen, bevor Blut zwischen euch vergossen wird. Er ist Engländer, und er war Soldat, aber es liegt ihm nichts an einem Streit mit euch. *C' ainm a tha ort?*«

»*'S mise Daibhidh Friseal*«, entgegnete der Mann, der als Erster gesprochen hatte.

»Kennst du mich nicht mehr, David Fraser? Und könntest du meinem Begleiter zuliebe nicht Englisch sprechen?«

»Catriona MacNorrin? Was tust du denn hier?«

»Ich suche Margaret Mackay und einen kleinen Jungen, den sie bei sich hat. Sie haben vor einigen Tagen die niedergebrannte Siedlung über Strathglass verlassen. Ist sie in Strath Farrar?« Sie verfiel wieder ins Gälische und erklärte rasch die Angelegenheit mit Andrew und warum sie sich in Begleitung eines Engländers befand. Ihre Ausführungen kamen der Wahrheit verhältnismäßig nahe.

Dominic lächelte den Mann an, der scheinbar drauf und dran gewesen war, ihm sein Messer zwischen die Rippen zu jagen. »Möchten Sie, dass ich verschwinde? Ich sehe nichts, was mich etwas angeht, und ich bin erstaunlich taub, falls nötig. Aber ich wäre dankbar für einen Führer, falls Sie nicht irgendwann demnächst mein Skelett im Heidekraut entdecken möchten.«

Das Grinsen des Mannes verschwamm im Nebel. »Ach, mir scheint, so wie Sie aussehen, waren Sie schon nahe dran, ein Skelett zu werden.« Er reichte ihm die Hand. »Alan Fraser, Major Wyndham.«

Dominic schüttelte sie. »Freut mich, Alan Fraser. Waren Sie nicht beim Neunundsiebzigsten auf der Halbinsel?«

»Richtig. Und ich habe Sie als englischen Offizier in guter Erinnerung behalten.« Er wandte sich zu David. »Major Wyndham ist nicht weniger vertrauenswürdig als ich selbst, Davie. Sofern er uns sein Wort darauf gibt.«

»Sie haben mein Ehrenwort«, versicherte Dominic sofort. »Ich werde nichts von dem melden, was ich hier vielleicht sehe.«

Alan zuckte bedauernd mit den Schultern. »Es ist bloß wegen der Brennerei, verstehen Sie? Die Finanzbeamten möchten sie uns abnehmen und der Angelegenheit ein Ende setzen.«

Die Flammen tanzten und winkten durch den Nebel. Eine kleine, unter einen überhängenden Fels geschmiegte Hütte und eine Brennerei zur Herstellung von illegalem Whisky. Minuten später waren sie in der warmen, trockenen Hütte. Die Frasers gaben ihnen Haferkuchen, Käse und Whisky. Drei von ihnen gingen wieder hinaus, um sich um die Brennerei zu kümmern, und ließen Catriona und Dominic mit Alan und David Fraser allein.

Dominic tropfte noch vom Schlamm des Sumpfs. Dessen ungeachtet lehnte sich er sich auf seiner Bank bequem zurück und nippte an seinem Glas. So wie Catriona ihn damals vor der Londoner Kirche gesehen hatte, lag sein Rock auch jetzt vorn offen über seiner nackten Brust, weil er sein Hemd für ein Bergpony geopfert hatte. Seine glatte Haut glühte förmlich unter dem Morast, der sie bedeckte.

»Dieser Whisky gleitet wie Seide über die Zunge und rinnt wie flüssiges Feuer durch die Kehle«, stellte er mit einem schiefen Grinsen fest. »Es muss doch einen guten, legalen Markt dafür geben. Wieso liegt die Brennerei dann hier oben so versteckt?«

»Wegen der Steuern, die darauf erhoben werden«, erwiderte David. »Wir können nicht mit dem Whisky aus dem Tiefland konkurrieren, der nicht so hoch besteuert wird wie unserer. Ihre Regierung in Whitehall, Major Wyndham, möchte die Highlands in Tummelplätze für Rotwild verwandeln und die hier ansässigen Clans zu bloßen Gespenstern werden lassen, nichts weiter als Legenden für Romanzen.«

»Es ist auch Ihre Regierung, Mr. Fraser«, gab Dominic zu bedenken.

Alan schnaubte. »Aye, so wie es auch *unsere* Armee war! Nehmen Sie es mir nicht übel, Major, aber es gibt niemanden in London, der sich um die Highlands kümmern würde. Unser feiner schottischer Adel hat sich fast überschlagen in seiner Hast, noch englischer zu werden als – ich würde ja sagen, König Geordie, aber er ist Deutscher! Dadurch, dass sie diesen feinen, fetten Hannoveraner auf dem Thron beließen, begann unser langsames Sterben in Culloden. Es ist mehr wie eine gemächliche Erdrosselung statt eines schnellen Todes durch das Messer, wissen Sie? Deshalb gehen wir mit der Schlinge um unseren Hälsen unseren Geschäften nach und versuchen uns einzureden, es seien bloß Halstücher.«

»Apropos Halstücher …« David blickte über sein Glas zu Dominic. »Sie tragen nicht die richtige Kleidung für die Berge, Major. Sie brauchen Stiefel, aus denen das Wasser abfließen kann, so wie meine.« Er streckte einen Fuß aus und zeigte ihnen die kleinen Schnitte in dem weichen Leder. »Die Wollstrümpfe halten Ihre Füße warm, dann ist die Nässe nicht so wichtig. Und Sie sollten einen Kilt tragen, so wie wir. Diese nassen Strumpfhosen werden Ihre Beine ruinieren. Sie werden schnell ermüden, und binnen kurzem werden sich die Adler über Ihre Knochen hermachen.«

»Versuchen Sie, mir auf höfliche Weise klar zu machen, dass meine Hose nicht mehr zu gebrauchen ist, Mr. Fraser?« Wehmütig blickte Dominic an sich herab. »Dass meine feinen Stiefel ruiniert sind? Dass ich drauf und dran bin, mir eine Lungenentzündung zu holen? Miss MacNorrin hat ihr Kleid in eine Art Kilt verwandelt. Sollte ich das Gleiche tun?«

»Wenn Sie nicht in der Dunkelheit ein Messer zwischen die Rippen kriegen wollen, weil man Sie mit einem Steuereinzieher verwechselt, sollten Sie das vielleicht tatsächlich in Erwägung ziehen«, meinte Alan. »Unsere Mutter wird Ihnen Kleidung geben, bevor Sie wieder in die Berge gehen.«

Catriona beugte sich vor. »Warum in die Berge? Sind Mrs. Mackay und der Junge denn nicht mehr in Strath Farrar?«

David rieb sich bedauernd die lange Nase. »Du hast noch eine lange Reise vor dir, Mädchen. Margaret Mackay ist fortgegangen, kurz bevor das Dorf verbrannte. Du hast keine Möglichkeit herauszufinden, wo sie ist, weil sie niemandem verraten hat, wohin sie wollte. Aber eins weiß ich: Sie ist ganz bestimmt nicht in Strath Farrar. Und den kleinen Jungen hat sie mitgenommen.«

Kapitel 13

Wasser leckte über die Berggipfel. Dominic sah es in der Sonne glitzern. Hoch oben stieg ein Adler golden in den plötzlich strahlend blauen Himmel auf. Etwas regte sich in seinem Herzen, ein Sehnen. *Es ist diese von süßer Melancholie gefärbte Sehnsucht, so als brächte ein Hauch von Vogelgesang das Wiegenlied einer Mutter zurück, das sie einst ihrem müden Kind vorsang – eine Sehnsucht nach Dingen, die bereits da sind, aber nie wirklich ganz das Herz ausfüllen können.*

Es hatte gerade geregnet, doch seine Füße fühlten sich in den dicken Wollsocken angenehm warm an. Weiche Lederschuhe ließen das Wasser ebenso großzügig hinein wie hinaus. Er trug eine blaue Schottenmütze auf dem Kopf. Sein eigener Rock war gewaschen und gebügelt worden und saß nun luftig über einem frischen Hemd. Ein darüber gelegtes Plaid diente als Schutz vor Regen oder Sonne. Darunter trug er einen dunkelblauen, grün und braun karierten Kilt. Feine Streifen – weiß und rot – bildeten einen leuchtenden Kontrast dazu. Er fühlte sich ausnehmend wohl, dank der Fürsorge von Mrs. Frasers, der Mutter von fünf feinen Söhnen.

Als sich der Nebel verzogen hatte, waren Alan und David mit ihm und Catriona zum Torfhaus ihrer Mutter hinuntergegangen. Es stand in einem kleinen Tal, das zu den ausgedehnten Ländereien des MacNorrin gehörte und Dunachan Castle Lehndienst schuldete – und daher nun auch ein Teil der Erbschaft des kleinen Thomas MacNorrin war, der wiederum seinem Großvater Gehorsam schuldete. Dominic ließ in Gedanken die Szene noch einmal Revue passieren …

Ziegen meckerten und Hühner gackerten draußen vor der

Tür. Sein Englisch war für Mrs. Fraser genauso unverständlich wie für ihn ihr Gälisch. Aber sie hieß ihn mit den makellosen Manieren einer Herzogin willkommen. Nachdem er in den See gesprungen war, um sich von den Überresten des Morastes zu befreien, hatte sie ihm den Kilt gegeben.

Catriona übersetzte, was die alte Dame sagte. »Er gehörte ihrem Mann. Sie würde sich geehrt fühlen, wenn du ihn annimmst.«

»Ich bezahle ihn natürlich«, erwiderte Dominic.

»Das tust du nicht! Nimm ihn! Später kannst du ihr eine Gefälligkeit erweisen, aber sie freut sich, wenn du ihn als Geschenk annimmst. Alan hat ihr erzählt, dass er dich aus Spanien noch sehr gut in Erinnerung hat. Er sagte, er sei dir etwas schuldig. Ist das wahr?«

Dominic wollte nicht darüber reden. »Nun ja, schon möglich.«

»Ach, das ist ja wieder einmal typisch, nicht? Da war also irgendetwas Heldenhaftes zwischen euch, aber ihr erwähnt es nicht einmal, sondern redet, verlegen wie zwei kleine Kinder, nur über Whisky und das Wetter. Mrs. Fraser hat ihre anderen beiden Söhne dort verloren. Nimm ihr Geschenk also frohen Herzens an.«

Die Frauen traten hinaus. Zicklein tollten in einem Gehege in der Ecke herum, während Alan Fraser Dominic zeigte, wie man die Highland-Tracht anlegte. Später ging er hinaus, um sie Catriona vorzuführen, die in der Sonne wartete und die Hühner beobachtete. Mrs. Fraser lachte, nickte und bemerkte etwas in Gälisch.

»Was hat sie gesagt?«, fragte Dominic.

Catriona errötete ein wenig. »Sie findet, du hast für einen Kilt genau die richtigen Beine und das Hinterteil.«

Er grinste sie an. »Und was für Beine und was für ein Hinterteil sind das?«

Mrs. Fraser lächelte und fügte noch etwas hinzu.

Catrionas Wangen röteten sich noch mehr. »Sie sagt, du hast lange, starke Beine und einen festen, kleinen Po, wenn du es schon unbedingt wissen musst, und einen hübschen, flachen Bauch. Und deshalb sitzt der Kilt so gut, glaubt sie.«

»Ich sehe also nicht allzu schlecht aus für einen Engländer?«

Alan Fraser trat mit eingezogenem Kopf aus der Eingangstür und lachte. »Sie werden für einen von uns durchgehen, Major, solange Sie Ihre Sassenach-Zunge hüten und nicht reden.«

Dominic ging vor dem kleinen Torfhaus auf und ab und genoss das Gefühl des losen Stoffs an seinen nackten Oberschenkeln. »Ist dies der Grund, warum Ihr Highlander schneller marschiert als die englischen Regimenter?« Tief atmete er die klare, frische Luft ein und fragte sich, wie er sich bei Mrs. Fraser revanchieren konnte. »Ist Ihre Mutter hier glücklich? Gibt es irgendetwas, was sie gern hätte?«

Alan sprach mit Mrs. Fraser und übersetzte ihre Antwort. »Meine Mutter sagt, sie sei so glücklich wie alle anderen Frauen in Schottland. Es fehlt ihr nichts.«

Dominic blickte sich nach der ärmlichen Kate mit ihren Steinböden und selbst gewebten Teppichen um. »Es muss doch irgendetwas geben, was sie gern hätte – vielleicht etwas aus England?«

Alan fragte seine Mutter noch einmal. Wieder schüttelte sie den Kopf und lachte. Ihr Gälisch klang wie Poesie.

Ihr Sohn übersetzte. »Sie meint, sie hat den Rothirsch und das Reh, den Hasen und das Schnee- und Moorhuhn. Forellen und Lachse tollen im Fluss herum, Hechte und Barsche schwimmen in unserem See. Wilde Beeren wachsen, um gepflückt zu werden, und sie hat Bienen, Ziegen, Hühner und ihren Garten. Nur Salz und Zucker haben wir nicht selbst, und beides bekommen wir aus Inverness.«

»Dann werde ich Zucker schicken«, versprach Dominic. »Und was ist mit Tee? Vielleicht hätte sie auch gern ein bisschen Tee?«

»Tee wäre schön, Major«, erwiderte Alan höflich. »Aber glauben Sie mir, meine Mutter hat wirklich alles, was sie braucht.«

Hat alles, was sie braucht. Solange sie ihr Zuhause und ihre Familie hatte.

Er schaute zu dem Adler auf. Ein Volk, dem es an nichts fehlte, weil es all dies hatte: die Berge, die Flüsse, die Ebereschen, die ihre roten Beeren über den Tummelplätzen der Lachse fallen ließen, die wilden Rosen, die verschwenderisch blühten – und die Lieder. Es war ein andauernder Kontrapunkt zu dem Rascheln der Vögel und dem Rauschen des Windes in den Kiefern: der Gesang der Frauen, während sie ihrer Arbeit nachgingen, und die Lieder der Männer, wenn sie ihren Rindern in den Bergen nachstiegen.

Musik begleitete diese Highlander wie ein Schatten. Dominic hatte das Pfeifen der Dudelsäcke gehört, das sie in die Schlacht führte, und erschöpfte Regimenter aufspringen sehen, bereit, sich beim ersten gellenden Pfeifton dieser Dudelsäcke in den Kampf zu stürzen. Nun sah er etwas anderes: ein Volk mit einem Minimum an materiellen Dingen, das aber Tanzlehrer bezahlte, damit sie zu ihren Siedlungen kamen, und das seinen Reichtum in Poesie bemaß. Doch die Lebensweise dieses Volkes war dem Untergang geweiht, der Schafe aus dem Tiefland wegen. Weil die Gutsherren wahren Reichtum nicht zu erkennen wussten, obwohl sie ihn bereits besaßen. Und das Einzige, was Mrs. Fraser wirklich brauchte – ein sicheres Zuhause –, war das Einzige, was er ihr nicht geben konnte.

Catriona und er waren Mrs. Mackay vier Tage auf der Spur gewesen. Die Pferde hatten sie bei Mrs. Fraser zurückgelassen, da man auf den meisten Wegen hier oben genauso schnell zu Fuß vorankam. Sie hatten in jeder Ortschaft angehalten und ein wahres Spinnennetz aus Fragen ausgelegt, in Bergen und in Tälern. Sie hatten in Scheunen, Kuhställen und den kleinen Hütten auf den Sommerweiden in den Bergen übernachtet. Sie waren freundlich aufgenommen worden und hatten guten Rat und Gastfreundschaft gefunden. Doch Mrs. Mackay und das Kind blieben wie vom Erdboden verschluckt, fast so, als hätten sie sich in Nebel aufgelöst.

Als Gäste der Highland-Familien hatten Dominic und Catriona stets getrennt geschlafen. Beim Gedanken daran grinste er ein wenig bitter, nicht sicher, was er anderes erwartet hatte. Er wusste nur, dass er Catriona seit vier Tagen lieben wollte.

»Du hast mir einmal gesagt, ihr Highlander messt Keuschheit keinen allzu großen Wert bei«, hatte er bemerkt, als dieses Arrangement zu Beginn ihrer Reise zwischen ihnen klargestellt worden war.

Sie hatte wie ein bei einer Lüge ertapptes Kind den Blick gesenkt und den Kopf eingezogen. »Ich meinte damit nur die vernünftige Toleranz jungen Leuten gegenüber, die nicht bis zu ihrer Hochzeit warten möchten. Es ist etwas völlig anderes, in aller Öffentlichkeit im Hause eines Fremden zu sündigen.«

Vier Tage also schon, verflixt noch mal, in denen er sich in edler Selbstbeherrschung geübt hatte!

Er hörte das leise Poltern loser Steine. Catriona schritt über den Rand des Felsbeckens, an dem er saß. Ihr blaues Kleid war gerafft, damit der Saum nicht nass wurde, und enthüllte ihre kräftigen Waden und schlanken Fesseln.

Der bloße Anblick genügte, um sein Blut wieder in Wallung zu versetzen.

Tief atmete er ein und wandte rasch den Blick ab. Es wäre leicht genug gewesen, sie wieder zu verführen, sie in sein Plaid zu hüllen und sie hinzulegen – unter einer Eberesche, in einer moosbedeckten, geschützten Felsnische neben einem Wasserfall, im hohen Farn. Es wäre leicht genug gewesen, ihr Verlangen nach ihm wieder anzufachen, denn so sehr sie sich auch bemühte, es gelang ihr nicht, es zu verbergen. Doch er wollte mehr als das. Er wollte mehr als nur ihre körperliche Hingabe, mehr als bloß eine Verführung. Er wollte ihr den Hof machen, sie umwerben und dachte, dass dies womöglich bedeutete, wieder ganz von vorne anzufangen ... wenn er nur wüsste, wie!

Dominic ließ sich zurücksinken, legte den Kopf zwischen Moos und winzige, sternförmige Blumen und verfluchte sich im Stillen. In all den Jahren, in denen er sich an der Gunst der Frauen erfreut hatte, war dies das Einzige, was er nie gelernt hatte. Er wusste, wie man verführte und wie man sich verführen ließ, doch er wusste nicht, wie man eine Frau hofierte und ihr Herz gewann. Obwohl unzählige Frauen behaupteten, ihm ihr Herz geschenkt zu haben, hatte ihm nie wirklich viel daran gelegen, es zu gewinnen, nicht einmal bei Harriet.

»Woran denkst du?«, fragte Catriona, als sie zu ihm kam.

»An dich«, antwortete er.

Sie ließ sich neben ihm auf den Boden nieder. Die Sonne beschien ihr kurzes, dunkles Haar und warf Schatten auf die nahezu durchsichtige Haut an ihrer Wange. »An den Feuer speienden Drachen zwischen uns? Was für eine zusätzliche Würze er doch unserer Reise gibt!«

»Dann eben an Harriet. Denkst auch du manchmal an deine verlorenen Geliebten?«

Sie errötete und starrte grimmig auf die blauen Berge. »Wenn ich dich unverhofft ansehe, wenn du diese Kleider trägst, dann denke ich an sie. Und ich finde, als Engländer den Kilt zu tragen, macht das Ganze irgendwie zu einer Farce.«

»Sehe ich denn so komisch darin aus?«

Sie errötete noch heftiger. »Nicht komisch, nein.«

»Erzähl mir von ihnen, Catriona, von den Männern, die du geheiratet hättest.«

Sie zog die Knie an ihre Brust. »Was gibt es da groß zu erzählen? Ich war jung. Sie waren beide gut aussehend und galant. Ich verlor leicht mein Herz, wie es eben so ist bei jungen Mädchen. Zwei Mal. Ian Grant war der Erste. Ich erinnere mich kaum noch an ihn, aber er war groß und hatte braunes Haar. Er kam nicht aus dem Krieg zurück, das war alles. William Urquhart war der Zweite.«

»Kam er zurück?«

Ihre Augen spiegelten den blauen Himmel wider. »Er kehrte zurück, war aber im Krieg so schwer verwundet worden, dass ihn praktisch nur noch pure Willenskraft zusammenhielt. Eine Kanonenkugel hatte ihm das linke Bein und den linken Arm zerschmettert, aber ein Zimmermann hatte spezielle Krücken für ihn angefertigt. Nachdem er den ganzen weiten Weg zurückgekehrt war, legte er sich am Wasserfall in Glen Reulach nieder und starb. Ich fand ihn dort. Aber er war nicht zu *mir* zurückgekehrt. Er wollte nicht, dass ich ihn so verkrüppelt sah. Er war zu den Highlands heimgekehrt, weil er wollte, dass sein Körper dort entschlief, wo er geboren war. Seine Seele, so sagte er, sei bereits in Spanien gestorben.«

Dominic schaute zu den mächtigen Gipfeln auf, zu dem unbeschreiblichen Frieden dieser Berge. Es gab keinen Ort, den er so sehr liebte, dass er dort hätte sterben wollen. Er hätte sich in Russland, Spanien oder Frankreich hinlegen und sterben können, und es wäre ihm vollkommen gleichgültig gewesen. »Das tut mir Leid für dich«, murmelte er.

Sie sah ihn an und lächelte. »Ich habe geweint, weil es so traurig war, und auch um ihn und seine Mutter, aber nicht so sehr meines eigenen Verlustes wegen. Ich mochte ihn, doch ich brachte ihm keine echte Leidenschaft entgegen. Er hatte ein großartiges Steinhaus und wäre eine gute Partie gewesen. Ich hätte ihn geheiratet, weil er mir hier ein Zuhause hätte geben können. Das hatte ich mir bisher nie eingestanden. Es braucht dir also gar nicht Leid zu tun.«

Er war über ihre Offenheit verblüfft. Würde er je im Stande sein, seine eigenen Emotionen derart klar zu unterscheiden? »Ich bedaure seinen Tod und die ganze verdammte Verschwendung eines Kriegs. Und all die Frauen, die ihre Söhne oder ihre Lebensgefährten verloren haben.«

»Ist Tod etwas Trauriges?«, fragte Catriona. »Früher dachte ich es, als ich mich noch vor ihm fürchtete.«

»Du hast keine Angst zu sterben?«

Sie hob beide Hände, um ihre Augen zu beschatten, als sie zu den Berggipfeln aufsah. In den nördlichen Karen lag noch immer Winterschnee wie zum Bleichen ausgebreitete weiße Leinentücher. »Warum? Weil wir glauben, der Tod käme als Fremder?«

»Wie sonst könnte er kommen?«

»Ich denke, der Tod ist ein alter Begleiter, der vom Tag unserer Geburt an still neben uns hertanzt wie unser eigener Schatten. Wir glauben, diese Schatten seien unsere Spiegelbilder. Und das sind sie auch, doch wenn du genau hinsiehst, wirst du eines Tages bemerken, dass dein Schatten eine Sichel über der Schulter trägt. Er ist schon immer bei dir gewesen, aber da du ihn nun als den Sensenmann erkennst, bekommst du plötzlich Angst vor ihm. Dabei ist er nur derselbe Schatten, mit dem du früher als Kind so oft gespielt hast, als wäre er ein alter Freund. Ich hebe mir meine Furcht für andere Dinge auf.«

»Wie Kummer und Leid?«

»Wenn du so willst.«

»Oder die Angst, aus diesen Bergen und allem, was du hier liebst, vertrieben zu werden? Was wird geschehen, wenn es uns nicht gelingt, Andrew zu finden, oder wir nicht beweisen können, dass er der rechtmäßige Erbe ist?«

»Dann wird Glen Reulach zwangsgeräumt, und seine Bewohner werden auf Schiffe nach Kanada gesetzt. Ich werde mit ihnen fahren, und ich habe Angst davor. Angst, dass mein Herz dann in mir sterben wird. Angst, dass ich nicht den Mut haben werde, ein neues Leben fern von diesen Bergen zu beginnen. So – war das ehrlich genug für dich?«

»Es bestürzt mich«, antwortete er.

»Und was macht *dir* Angst? Fürchtest du den Tod, Dominic Wyndham?«

Den Tod? Was ihm viel mehr Angst bereitete, war Catrionas leidenschaftliche Liebe zu diesem Land. Er hatte über all das nicht genügend nachgedacht. Er glaubte, sie zu lieben, aber er war bisher immer davon ausgegangen, er könne sie nach England mitnehmen. Warum wollte er ihr also überhaupt den Hof machen? Wieso nahm er dies nicht einfach wie ein weiteres Intermezzo, wie schon so viele andere in der Vergangenheit? Wäre es nicht besser, so viel sinnliches Vergnügen wie nur möglich daraus beziehen, solange sie zusammen waren?

Doch auch er bemühte sich, aufrichtig zu sein – und ihr das gleiche Geschenk zurückzugeben. »Es ist leicht gesagt, dass wir den Tod nicht fürchten, solange wir ihm nicht gegenüberstehen. Auf dem Schlachtfeld ist der Schnitter Tod ein vertrauter Begleiter. Die Männer machen makabre Scherze über ihn und tun ihre Furcht als nebensächlich ab. Doch kaum droht einem der Tod, entdeckt man, dass der Körper einen eigenen Willen hat zu überleben.« Er nahm ihre Hand. »Das Entsetzen, das dann deinen Leib ergreift, hilft, dich am Leben zu erhalten. Aber es gibt andere Dinge, die ich mehr fürchte.«

»Und was für Dinge sind das?«

Sie hatte ihre Hand nicht weggenommen. Er betrachtete sie: Sie sah stark und tüchtig aus. »Gefangenschaft. Ich habe Angst davor, je wieder in einem Keller eingesperrt zu sein. Man könnte sagen, in gewisser Weise habe ich sogar Angst vor der Dunkelheit.« Er lachte. »Allerdings nur vor der Dunkelheit geschlossener, menschlicher Behausungen – nicht vor der Dunkelheit von Nacht und Sternen. Jetzt kennst du also meine Schwäche. Was für eine Waffe ich dir damit gegen mich in die Hand gegeben habe, Catriona!«

»Ist das der Grund, warum du Kirchtürme erklimmst?«, fragte sie.

»Unter anderem. Aber da war auch eine Wette, die ich gewinnen musste.« Er streckte sich aus und lauschte den Bienen und dem sanften Wispern des Windes vom weit entfernten Ozean. Er streichelte ihre Finger, einen nach dem anderen, und spürte die Kraft in ihren festen weißen Knochen. »Wir sind bedauernswerte

Geschöpfe, Catriona, du und ich. Aber du wirst nicht nach Kanada emigrieren müssen. Wir werden dieses Kind finden und ihm sein Erbe zurückgeben.«

Er beobachtete ihr Gesicht, vermochte aber seinen Ausdruck nicht zu deuten. Sie umklammerte seine Hand und hielt sich an ihr fest, als könnte er seine leeren Versprechungen wahr machen und ihre Welt wieder in ihre Hände legen, heil und unbeschädigt, und die Bedrohung durch die Schafe aus dem Tiefland ungeschehen machen. Die Unlauterkeit von all dem drehte ihm den Magen um. Der kleine Andrew war von Anfang an nichts als ein Name für ihn gewesen. Das Kind, das er suchte, war ebenso sehr eine Schimäre wie das Kind, das er begraben hatte: Bevor es richtig in seinem Geist Gestalt annehmen konnte, war es bereits verloren.

Sie wandte plötzlich den Kopf, um ihn anzusehen, und entzog ihm ihre Hand. »Wir können ihn nicht finden, falls sein Kindermädchen ihn ganz bewusst versteckt. Wir müssen irgendwohin gehen, wo Mrs. Mackay *uns* finden kann. Wir müssen nach Glen Reulach.«

»Aber dahin wird sie doch bestimmt nicht gehen? Es befindet sich unter Rutleys Verwaltung.«

Ein leises Erröten färbte ihre Wangen. »Als mein Onkel starb, gab der Herzog mir Dunachan pachtfrei für die Dauer eines Jahres – und dazu noch eine finanzielle Unterstützung. Immerhin bin ich die Cousine seines Enkels. Ich kann also auf der Burg wohnen, als wäre sie nach wie vor mein eigenes Zuhause. Mrs. Mackay könnte eine Botschaft dorthin schicken.«

Dominic setzte sich auf. »Ich fasse es nicht! Du hältst an Armut fest, obwohl du wie eine Dame auf Dunachan leben könntest?«

Ein unwilliger, fast erboster Ausdruck huschte über ihr Gesicht. »Glaubst du wirklich, ich würde seine Wohltätigkeit annehmen, wenn er doch vorhat, all die anderen Leute aus ihren Häusern zu vertreiben?«

Mrs. Fraser gab ihnen in jener Nacht ein zweites Mal Unterkunft. Natürlich schliefen sie wieder getrennt. Catriona machte sich ein Bett bei Mrs. Fraser, und Dominic richtete sich zwischen der Gerste und dem Stroh im Kuhstall ein. Die Söhne der Frasers waren anderweitig beschäftigt, entweder bei ihren Rindern oder ihrem Whiskyhandel. Ihre Mutter – falls sie es überhaupt wusste – wollte anscheinend nicht darüber sprechen.

Nachdem die Frauen zu Bett gegangen waren, lag Dominic in sein Plaid gehüllt im Stroh und starrte zu den Deckenbalken auf. Die Finsternis war durchdrungen vom warmen Atem der Tiere, die den Kuhstall mit ihm teilten. Dies war nicht die Dunkelheit, die er fürchtete. Ganz bewusst ließ er seine Gedanken zu jenen Tagen in Paris zurückschweifen – angekettet in einem Keller, dann die Qual des grellen Lichts, das wie Feuerwerk in seinen Augen gebrannt hatte. Das Licht hatte immer nur eins bedeutet: erbarmungslose Prügel. Niemand, mit Ausnahme von Catriona, hatte bisher je von ihm erfahren, wie sehr er sich gefürchtet hatte. Der Tod mochte manchmal wie ein willkommener Freund erscheinen, aber mutwillig zugefügter Schmerz – und das hilflose Warten darauf – ließ sich nicht so leicht in einer entspannten Lebensphilosophie unterbringen.

Draußen war ein Geräusch zu hören. Die Tür schwang auf. Licht fiel über Dominics Gesicht. Er rollte sich augenblicklich aus dem Strahl und warf sich mit seinem ganzen Gewicht gegen die Beine des Mannes, der dort erschienen war. Die Laterne fiel klirrend auf den Steinboden und erlosch. Der Mann stürzte schwer und blieb mit ausgestreckten Armen und Beinen auf dem Boden liegen.

»Ich bins selbst, Major! Alan Fraser! Erschlagen Sie mich bloß nicht mit dem verdammten Ding da!«

»Um Himmels willen, Mann!« Dominic reichte Alan die Hand und half ihm auf die Beine. »Entschuldigen Sie bitte. Ich war schon halb eingeschlafen.«

Alan hob die erloschene Laterne auf und zündete sie wieder

an. »Dann möchte ich nicht mit Ihnen kämpfen, wenn Sie wach sind!«

Dominic blickte auf das merkwürdige Werkzeug in seiner Hand – ein kurzer, mit einem Haken versehener Stock mit einem handgeschnitzten Griff. Zumindest hatte er weder seine Pistole noch sein Messer gezogen. In diesem kurzen, schlaftrunkenen Moment hätte er den anderen umbringen können.

Alan hängte die Laterne an einen Haken, bevor er sich wieder zu Dominic umwandte. »Haben Sie das Kind gefunden?«

Dominic schüttelte den Kopf. »Manchmal frage ich mich, ob ich den Jungen nicht nur geträumt habe. Ich jage einem Kind nach, das ich nie gesehen habe.«

»Oh, er ist kein Traum. Doch falls der Kleine wirklich Sarah MacNorrins Kind und der rechtmäßige Gutsherr ist, sollten Sie sich besser beeilen. Ich habe Neuigkeiten, die Ihnen nicht gefallen werden. Im Namen des Sohnes seiner eigenen Tochter hat Rutley bereits eine Nachricht an Glen Reulach gesandt. Es wird einen neuen Gutsverwalter geben, und die Pachtverträge der Leute werden bereits an Tieflandbewohner verkauft.«

»Haben die Zwangsräumungen schon begonnen?«, fragte Dominic scharf.

Alan Fraser blickte ihm ins Gesicht, und seine blauen Augen verdunkelten sich vor Zorn und Kummer. »Sie werden damit beginnen, sobald der neue Verwalter eingetroffen ist. Sie kennen seinen Namen, Major. Ich habe ihn jedenfalls noch sehr gut im Gedächtnis.«

Der hölzerne Griff zerbrach in seinen Händen. Dominic blickte auf das zerbrochene Werkzeug herab. Er wusste nicht einmal, wozu es diente, aber es war mit kunstvollen Schnitzereien versehen, die liebevolle Handarbeit von irgendjemandem aus der Familie. »Verdammt!« Er hielt die zwei Stücke Holz hoch. »Das tut mir Leid. Ich schicke Ihrer Mutter ein neues. Ach was – ich werde ihr ein ganzes Dutzend schicken!«

»Vergessen Sie das Ding«, meinte Alan. »Ich mache ihr ein neues. Es ist bloß ein Werkzeug, um Stricke herzustellen.«

»Wenn Sie Stricke brauchen, schicke ich ihr welche. Dieser Gutsverwalter, Rutleys Mann – ist es Yarrow Fletcher?«

Alan nickte. »Sie haben es erraten. Was werden Sie jetzt tun?«

»Catriona nach Inverness zurückbringen. Ich werde nicht zulassen, dass sie mit ansieht, wie er Glen Reulach niederbrennt. Erzählen Sie ihr um Himmels willen nichts davon, Alan, ich flehe Sie an!«

Alan Fraser zog eine blonde Augenbraue hoch. »Glauben Sie, Sie könnten es vor ihr verbergen? Dann können Sie besser mit Frauen umgehen als ich.«

»Wie steht es gegenwärtig in Glen Reulach?«

»Falls die Leute nicht freiwillig gehen, wird man sie davonjagen. Yarrow Fletcher wird sich ein Vergnügen daraus machen, fürchte ich. Er wäre nicht der erste Gutsverwalter, der mit seinen eigenen Händen das Feuer legt. Aber es wird nicht ohne ihn beginnen.«

»Also bleibt uns noch ein bisschen Zeit.«

»Ach ja, ich denke schon. Zeit genug für Sie, heute Nacht zu schlafen, und für mich, zu meinen Brüdern zurückzugehen, wo ich hingehöre.«

Dominic erwachte mit dem ersten Hahnenschrei und ging hinab zum See. Er versuchte, nicht daran zu denken, wie Catriona in diesem Augenblick aussehen würde, noch ganz zerzaust vom Schlaf in der Bettnische in der Kate. Der Morgen brach hier so früh an, dass die Luft um diese Zeit noch immer eisig war. Dicker Tau lag wie Zucker auf dem Gras. Dominic ließ sein Plaid fallen und watete in das dunkle Wasser. Flüssiges Eis überspülte seinen Kopf, dann sprühte es Regenbogen um ihn, als er wieder auftauchte. Helle Birken und Ebereschen standen am Wasserrand und auf kleinen Inseln draußen auf dem See. Ein weiterer Hahn krähte, verkündete den neuen Tag und bejubelte die Herrlichkeit der Luft und Berge, ein goldener Sommermorgen am Rand der Jahreszeit.

»Ich könnte mir vorstellen«, sagte er zu den fernen Gipfeln, »dass es hier im Winter ganz schön kalt ist.«

Die Berge lächelten still zurück und widersprachen nicht.

Er wandte sich um und begann, mit schnellen Zügen durch den See zu schwimmen. *Erinnere dich! Vergiss nicht, wer du bist!* All dies war nur eine Episode für ihn, unwirklich, ein kurzfristiger Auftritt auf einer fremden Bühne. Er hatte ein Leben in London. Ein Leben mit politischen Clubs, Theatern und wissenschaftlichen Konferenzen, blühend von der pulsierenden Energie des neuen Jahrhunderts. Es lag Frieden in diesen Bergen, aber die Hektik und Geschäftigkeit der Stadt waren ein Bestandteil seines Wesens. Warum, zum Teufel, glaubte er, in eine Frau verliebt zu sein, die nur das hier wollte – und nichts anderes? Nichts als eine ihm fremde, ländliche Vergangenheit, auf ewig erstarrt wie eine Fliege in Bernstein?

Als er die gegenüberliegende Seite des Sees erreichte, watete er nackt aus dem Wasser und setzte sich auf einen Felsen, um die bebaute Seite des Tales zu betrachten. Eine Gruppe von Kindern lief den Weg zu Mrs. Frasers Haus hinauf. Sie verweilten dort für einen Moment wie ein Schwarm von Spatzen, dann stürmten sie weiter das Tal hinauf zum nächsten Bauernhof. Die Gebäude erschienen winzig, zusammengekauert zwischen Mrs. Frasers Gemüsegarten, ihr Wohnhaus kaum mehr als eine Hütte, die Außengebäude armselig und schäbig. Wer hätte gedacht, dass es im Inneren dieser Kate saubere Chintzvorhänge und eine Fülle von Büchern gab! Und dass der kostbarste Besitz einer alten Dame die Brille war, die es ihr ermöglichte zu lesen.

Aber Mrs. Fraser butterte ihre Sahne, indem sie irgendein komisches hölzernes Gerät in einem offenen Eimer auf und ab bewegte, Himmel noch mal. Dominic hatte eine sehr vage Vorstellung davon, wie Butter heutzutage in einer modernen Molkerei hergestellt wurde, doch er war sicher, dass es eine sehr viel praktischere Art der Herstellung ab. Sogar die Stricke, die sie brauchten, stellte sie selbst her! Bei dem Zustand der Straßen war es nicht überraschend, dass das neunzehnte Jahrhundert noch kaum bis in die Highlands vorgedrungen war. Wenn die Leute ein bisschen über moderne Bewirtschaftung lernten, würden sie ihre Höfe vielleicht nicht an Schafzüchter verlieren!

Ach, was für ein grausamer Gedanke! Er legte den nassen Kopf für einen Moment in seine Hände.

Er hatte sich in eine Fremde aus einem fremden Land verliebt. Er konnte nicht mit ihr hier leben, und sie würde nie mit ihm nach England zurückkehren. Eine gemeinsame Zukunft war für sie nicht möglich. Sollten sie da nicht wenigstens die ihnen verbleibende Zeit so gut wie möglich nutzen? Warum, zum Teufel, hatte er geglaubt, er schulde es ihr, ihr den Hof zu machen, obwohl er doch wusste, dass sie seine Werbung nicht erwidern konnte? Warum hatte er ihr nicht das gegeben, was sie so offenkundig wollte – einen frivolen, erfahrenen Liebhaber, jemanden, der ihr für eine Weile Sinnenlust und Erleichterung verschaffen konnte? Einen ungezwungenen Lebemann und Libertin, der sie freigeben würde, wenn sie ihn nicht länger brauchte?

Hufgetrappel schallte über den See. Dominic blickte auf. Eine Frau, die aus dieser Entfernung klein wie eine Spielzeugpuppe aussah, führte ein gesatteltes Pferd aus Mrs. Frasers Scheune. Nachdem sie aufgesessen war, galoppierte sie davon: Es war ohne jeden Zweifel Catriona, die ins Tal hinunterritt. Mrs. Fraser sah ihr von der Tür her nach, bevor sie sich ins Haus zurückzog und aus der Sicht verschwand.

Dominic stürzte sich ins Wasser und begann zu schwimmen, so schnell er konnte, obwohl er wusste, dass er sie unmöglich einholen konnte, da er den Weg nicht kannte und Mrs. Fraser, die nur Gälisch sprach, ihn ihm nicht würde erklären können.

Mit brennenden Lungen und schmerzenden Gliedern stieg Dominic schließlich aus dem Wasser, wickelte sich in sein Plaid und rannte zum Haus hinüber. Mrs. Fraser öffnete die Tür, lächelte ihn an und zeigte auf den Haferbrei, der auf der Kochstelle dämpfte.

»Wo ist sie hingeritten?«, rief er.

Die Frau schüttelte den Kopf und machte ein leises, besänftigendes Geräusch, so als versuchte sie, ein Baby oder einen Rasenden zu beruhigen. Natürlich konnte sie ihn nicht verstehen, und sie anzuschreien, nützte nichts. Dominic beugte sich vor, nahm ihre Hände in seine und küsste sie.

Dann wandte er sich ab und rannte hinter den Kindern her, die er talaufwärts hatte laufen sehen. Als er sie endlich einholte, scharten sie sich um einen älteren Mann in einem schwarzen Anzug, der mit einem seltsamen Glitzern in den Augen aufschaute, als er sich des feuchten, nackten, nur in ein Plaid gehüllten Mannes gewahr wurde, der aufgeregt auf ihn zugelaufen kam.

»Sprechen Sie Englisch?«, rief Dominic schon von weitem.

»Und Lateinisch und Französisch, Sir«, erwiderte der Mann höflich. »Ich bin hier Lehrer. Wie kann ich Ihnen behilflich sein?«

»Ich brauche jemanden, der für mich bei Mrs. Fraser übersetzt. Es ist dringend!«

Der Lehrer tippte einem der Schüler an den Kopf, einem etwa zehnjährigen Jungen. »Geh mit dem Herrn, Jamie, und zeig ihm, wie gut du Englisch sprichst.«

Der Junge grinste scheu, lief jedoch mit Dominic den Weg hinunter. »Sind Sie Engländer, Sir?«, fragte er.

»Zu meiner Beschämung, Jamie, bin ich es.«

»Es *ist* beschämend«, stellte Jamie nüchtern fest. »Jeder weiß, dass wir bessere Menschen als die Engländer sind, aber so wie Sie aussehen, hätte ich Sie glatt für einen Highlander gehalten.«

»So wie ich aussehe, muss dein Lehrer mich für einen Wahnsinnigen gehalten habe«, versetzte Dominic.

Sie erreichten Mrs. Frasers Haus, und Jamie übersetzte. Die Kinder hatten aktuellere Neuigkeiten mitgebracht als Alan am Vorabend: Der neue Gutsverwalter, ein gewisser Yarrow Fletcher, war gestern schon in seinem Einspänner in Glen Reulach eingetroffen. Eine Gruppe von Frauen hatte sein Pferd am Zügel gepackt, ihn von seinem Sitz gerissen, seine Taschen ausgeleert, die Räumungsbefehle zerrissen und ihn dann unverrichteter Dinge wieder fortgeschickt. Die Frauen hatten geglaubt, damit sei die Angelegenheit erst mal erledigt. Aber Yarrow Fletcher würde heute noch mit Soldaten zurückkehren.

Dominic zog sich an und aß dann stoisch seinen Haferbrei, während er all dem lauschte. Er hatte bei genügend Feldzügen gelernt, seinen Körper nicht zu vernachlässigen, wenn er nicht wollte, dass er ihn im entscheidenden Moment enttäuschte.

»Was hofft Miss MacNorrin damit zu erreichen?«, fragte er zwischen zwei Bissen grimmig.

Jamie wiederholte die Frage in Gälisch, und Mrs. Fraser antwortete. Der Junge übersetzte ordnungsgemäß. »Sie sagt, die Soldaten werden keine Frauen angreifen. Deshalb werden sie an der Brücke die Straße blockieren und die Soldaten nicht vorbeilassen. Miss MacNorrin wird für sie sprechen, da viele der Frauen kein Englisch können.«

»Wo sind ihre Männer?«

Das doppelte Übersetzen erschien Dominic fast qualvoll langsam. »Sie sind oben in den Bergen bei ihren Rindern. Yarrow Fletcher meinte, falls noch irgendwelche Tiere auf dem Land seines Herrn gefunden werden, müssen die Männer ein Bußgeld bezahlen, und die Rinder werden ihnen weggenommen. Deshalb werden sie versuchen, die Tiere zu verstecken, bis alles vorbei ist. Aber einige der Jungen werden Frauenkleider anziehen und sich ihren Müttern anschließen. Es wird ein großartiges Schauspiel werden.«

Und die Gutsherren haben das Gesetz, die Kirche und die Sheriffs mit ihren Vollstreckungsbeamten auf ihrer Seite.

Es würde kein großartiges Schauspiel werden. Falls er es nicht verhindern konnte, würde es wahrscheinlich Blutvergießen geben. Und Catriona wäre mittendrin und als Rädelsführerin eine offenkundige Zielscheibe für Yarrow Fletchers Rage.

Er dankte dem Jungen und bat ihn, Mrs. Fraser seinen Dank zu übermitteln. Dann nahm er das andere Pferd aus der Scheune und sattelte es.

»Weißt du, wo Alan Fraser heute Morgen ist?«, hakte er nach.

Der Junge schüttelte den Kopf und fragte dann Mrs. Fraser, die ebenfalls verneinte.

»Kannst du mir dann sagen, wie ich nach Glen Reulach komme?«

»Ach, das ist nicht weit«, erklärte Jamie. »Ich kann Ihnen den Weg beschreiben.«

Drei Stunden später wusste Dominic, dass er sich rettungslos verirrt hatte. Endlose Wasserflächen kleiner Seen besprenkelten ein Moor. Reihen um Reihen höherer Berggipfel erstreckten sich, so weit er sehen konnte, ihr öder grauer Fels noch hier und da mit Schnee bedeckt. Ein leichter Wind bewegte die Sumpfgräser und Glockenblumen und raschelte im Schilfrohr um die Seen. Nichts bewegte sich in der Landschaft, außer einer Herde Schafe, die, bewacht von drei Hunden, gemächlich am Horizont vorüberzog. Dominic wendete sein Pferd und ritt, so schnell er konnte, darauf zu.

Einer der Hunde bemerkte ihn, als er näher kam, setzte sich hin und wedelte mit dem Schwanz. Gerade war ein drahtiger, kleiner Mann mit einem alten, verbeulten Hut hinter der Herde den Hügel hinaufgekommen. Er ritt ein stämmiges kleines Pferd. Als er Dominic erblickte, zügelte er das Tier.

»Guten Tag, Sir«, grüßte Dominic.

»Dann sind Sie Engländer?« Der Schäfer kratzte sich am Kinn. »Darauf wäre ich nicht gekommen!« Er sprach ein breites Tieflandschottisch.

»Wir sind beide Fremde, denke ich«, meinte Dominic. »Ist das da vorn Glen Reulach?«

Der Schafhirte schüttelte den Kopf. »Nee, das ist es nicht. Es liegt noch ein ganzes Stück dahinter.«

Dominic blickte in die Richtung, in die er zeigte. Tief unter ihnen in dem blauen Tal lief eine Straße an einem Fluss entlang und gabelte sich schließlich in zwei Täler. Das fernere war offenbar Glen Reulach. Als Dominic in den Dunst hinunterstarrte, glaubte er, etwas Rotes und dann das helle Glitzern von Metall zu sehen, das sich langsam an der Straßen entlangbewegte.

»Würden die Schafe rennen?«, fragte er.

»Wenn ich es den Hunden befehle, tun sie es.« Der Schäfer aus dem Tiefland spuckte ins Heidekraut. »Aber ich befehle es ihnen nicht.«

»Oh, das denke ich aber doch«, versetzte Dominic. »Ich habe eine geladene und entsicherte Pistole in dieser Tasche hier. Und ich bin ein guter Schütze.«

Wieder spuckte der Mann aus. »Na und?«

Dominic zog seine doppelläufige Pistole. »Was würden Sie darauf verwetten, dass ich dieses höchste Schilfrohr dort drüben spalten kann? Das wäre ein guter Schuss, finden Sie nicht?«

Der Schafhirte machte ein betroffenes Gesicht. »Ich hab es nicht so mit dem Wetten, Sir.«

Der Knall echote wie Donner durch das Moor. Das Schilfrohr brach auseinander, sauber in der Mitte durchgetrennt.

»Wenn Sie den Hunden jetzt nicht auf der Stelle befehlen, die Schafe den Hang hinunter und ins Tal zu treiben, trenne ich Sie sauber in zwei Stücke wie das Ried dort drüben, vom Hals bis zu den Hoden. Ich habe keine Lust, diese Soldaten die Brücke nach Glen Reulach erreichen zu sehen. Wie Sie bereits bemerkt haben werden, bin ich ein bisschen verrückt, aber ich war früher einmal Soldat. Oder vielleicht bin ich sogar *total* verrückt.« Er richtete die Pistole auf die Brust des Mannes. »Es würde mir nämlich überhaupt nichts ausmachen, Sie zu töten.«

Der Mann wurde ganz grün im Gesicht. »Sie *sind* verrückt! Sie sind des Wahnsinns!«

»Das ist das Wahrste, was ich bislang von Ihnen gehört habe. Also los!«

Der Schäfer pfiff den Hunden. Sofort jagten sie um die Herde herum und begannen, sie zu wenden. Wieder pfiff er. Mit Dominic dicht auf den Fersen trieb der Schafhirte sein Pferd den Hang hinunter, als die Schafherde sich wie eine blökende weiße Woge über den Rand des Tals ergoss.

Die trittsicheren Pferde tänzelten über Felsen und Heidekraut und jagten den Schafen nach. Dominic lachte, als befände er sich auf einer Treibjagd. Einer der Hunde bellte und blickte sich nach seinem Herrn um.

»Weiter!«, schrie der Schäfer. »Wir haben einen Wahnsinnigen mit einer Pistole hinter uns!«

Als sie die Talsenke erreichten, entfaltete sich die Szene vor ihm wie ein Bühnenspiel. Eine Gruppe Frauen mit Umschlagtüchern über ihren Köpfen wartete an einer kleinen, steinernen Brücke, die über einen Flussarm führte. Sie hatten sich beieinander untergehakt und sangen ein gälisches Lied, fast so, als wäre dies hier eine lustige Gesellschaft. In ihrer Mitte, mit unbedecktem Kopf und ihre kurzen schwarzen Locken in der Sonne schimmernd, strahlte Catriona wie eine stolze blaue Flamme. Er konnte ihr Gesicht nicht sehen, aber er vermutete, dass sie sowohl triumphierte als auch weinte und dass die salzigen Tränen ihr in den singenden Mund hineinliefen. Catriona, die sich vor dem Tod nicht fürchtete.

Von rechts marschierte rasselnd eine Kompanie Soldaten heran, deren Röcke sich wie leuchtend rote Vogelbeeren vor dem Hintergrund der grünen Hügel abhoben. Sie trugen ihre

Musketen über der Schulter, und ihre Rucksäcke schlugen gegen ihre Rücken, während sie in militärisch zackigem Schritt dahinstolzierten. Sie waren fast noch Knaben, zu jung, um den Gehorsam zu verweigern, falls ihnen befohlen wurde, ihre Bajonette zu befestigen und eine Gruppe von Frauen anzugreifen. Jungen, die zu verwirrt und zu besorgt darum sein würden, ihr Ansehen zu verlieren, um sich von diesen Frauen unterkriegen zu lassen.

Am Ende der Kompanie ritt ein Vollstreckungsbeamter des Sheriffs, ein rotgesichtiger Mann, dem man deutlich den übermäßigen Alkoholgenuss ansah. Und neben ihm – in einem feinen schwarzen Rock und auf einem großen Braunen – ritt Yarrow Fletcher mit einer kleinen Gruppe anderer Männer, Ordnungshüter und Angehöriger des niederen Adels. Sie blickten sich um, als sie das schnelle Hufgetrappel hörten.

Dominic ritt dicht hinter dem Schafhirten, nahe genug, um dem Mann seinen Pistolenlauf in den Rücken zu drücken.

»Halten Sie hier an!«, befahl er.

Der Mann zügelte sein Pferd und hielt schwer atmend. Sie befanden sich im Schutz einer kleinen Gruppe von Bäumen auf einem vorspringenden Felsgestein. Fletcher konnte die Schafe sehen, aber nicht die Hirten.

»Wir bleiben schön hier in diesem hübschen kleinen Dickicht, während Sie die Schafe von den Hunden zur Brücke treiben und sie sie blockieren lassen, oder ich reiße Ihnen die Eier ab, um sie bei meinem nächsten Billardspiel als Kugeln zu benutzen!«

Die Zügel in den Händen des Schäfers zitterten. Er versuchte zu pfeifen, aber es gelang ihm nicht. Die Schafe wälzten sich wie eine einzige, unaufhaltsame Masse durch das Tal, dicht gefolgt von den drei Hunden. In wenigen Momenten würden sie die Straße überquert haben und die Straßenböschung hinaufströmen.

»Meine Kehle ist wie ausgetrocknet, Sir! Ich kann nicht pfeifen!«

Dominic drückte ihm eine Flasche von Alan Frasers bestem

Malzwhisky in die Hand. »Trinken Sie das und pfeifen Sie den Hunden, oder es ist der letzte Schnaps, den Sie je wieder kosten werden!«

Der Hirte aus den Lowlands nahm einen tüchtigen Schluck von dem Whisky und stieß dann einen schrillen Pfiff aus. Die Hunde schossen los wie schwarz-weiße Pfeile. Verwirrt hörten die Schafe auf zu rennen, um für einen Moment jämmerlich blökend vor der Brücke durcheinander zu laufen, bevor sie wie eine Flut von Wolle auf die wartenden MacNorrin-Frauen zuzuströmen begannen.

Catriona schrie etwas, dann lachte sie. Die Frauen stimmten in ihr Lachen ein. Sie rissen ihre Umschlagtücher ab und schwenkten sie. Die Schafe wichen zurück. Die Hunde trieben sie aber wieder weiter und drängten sie unerbittlich auf die Brücke zu, bis die Tiere eine dichte, brüllende Masse zwischen den niedrigen Steinmauern bildeten. Der Fluss führte Hochwasser. Keine Kompanie von Fußsoldaten würde ihn durchwaten wollen, und die wenigen Reiter würden es nie riskieren, allein in den reißenden Strom hineinzureiten.

Der Offizier ritt vor und versuchte, mit seiner Reitpeitsche nach den Schafen zu schlagen. Die Frauen schwenkten ihre Tücher. Die Schafe drängten sich nur noch dichter zusammen und brüllten ängstlich. Die Hunde setzten sich hin und warteten.

Der Hirte trank noch einen weiteren Schluck Whisky. »Die werden doch meine Hunde nicht erschießen, Sir?«

»Nicht, wenn Sie mit mir zusammenarbeiten, um sie zu retten. Na los, Sie können ruhig die ganze Flasche leeren, wenn Sie möchten«, sagte Dominic. »Es ist guter Whisky.«

Er ließ dem Mann die Flasche und schlich sich lautlos hinter den kleinen Felsvorsprung. Der Offizier war zurückgeritten und beriet sich mit Yarrow Fletcher. Die Soldaten standen steif wie Marionetten in der Sonne. Schweiß glitzerte auf ihren Gesichtern und rann in ihre Uniformkragen. Der Offizier ritt zurück zu den Soldaten und bellte einen Befehl. Einer der Männer trat vor, salutierte und legte seine Muskete an.

Dominic schlüpfte wieder hinter die Felsen und riss dem Schäfer die Whiskyflasche von den Lippen. »Pfeifen Sie den Hunden! Jetzt!«

Donnernd schoss die Kugel aus dem Musketenlauf des Soldaten, aber die Hunde setzten sich augenblicklich in Bewegung. Die Kugel schlug, ohne Schaden anzurichten, in die Straße ein, und Erde spritzte auf. Die Frauen wichen etwas zurück und erlaubten den Schafen, sich noch weiter zu ihnen vorzudrängen. Frenetisches Geblöke schallte durch das Tal wie eine Kakofonie schwatzender Matronen während eines Balls.

Dominic packte den Schafhirten am Kragen und zog ihn auf die Felsen. »Diese Jungen wären nicht einmal dann im Stande, Napoleon zu erschießen, wenn er mit ausgestreckten Armen und Beinen zu einer Schießübung an einen Baum gefesselt wäre. Gefährden Sie nicht Ihre Hunde, aber halten Sie die Schafe auf der Brücke. Und zwischen Ihren Pfiffen bewegen wir uns weiter. Ich habe keine Lust, deren nächstes Ziel zu sein, und wenn Ihnen Ihr Leben lieb ist, dann halten Sie sich dicht bei mir.«

Es wurde ein Tanz. Die Hunde jagten hin und her. Die Frauen spielten ihre Rolle. Dominic und der Schäfer bewegten sich von Felsen zu Bäumen und pfiffen den Hunden von immer wieder neuen Stellen. Die Soldaten liefen inzwischen ebenso hilflos durcheinander wie die Schafe. Der rotgesichtige Offizier ritt vor und zurück, fluchend und brüllend. Sein Pferd begann, zu schwitzen und zu tänzeln. Er schickte einige der Soldaten paarweise in die Richtungen, aus der die letzten Pfiffe gekommen waren, aber ansonsten schien es ihm zu widerstreben, die Reihen zu brechen und den gesamten Trupp nach den vielen Schäfern suchen zu lassen, die die Hänge offenbar bevölkerten.

»Brav, mein Junge«, spottete Dominic grinsend, während er ihn beobachtete. »Halte die Männer zusammen und formt eine Linie, um die Kavallerie zu empfangen. Es gibt keine besser ausgebildeten Soldaten auf der Welt als eure, aber keine Miliz hat Highlander in ihrem eigenen Territorium bisher je überlisten können.«

»Sie sind doch auch Engländer«, bemerkte der Schafhirte.

Dominic lachte über ihn.

Urplötzlich gab Yarrow Fletcher seinem Pferd die Peitsche und trieb es zu einem Galopp an. Zusammen mit den örtlichen Würdenträgern kehrte er der Brücke den Rücken zu und begann, das Tal hinabzureiten. Der Offizier brüllte seinen Männern etwas zu, und die Soldaten machten kehrt, als befänden sie sich auf einem Paradeplatz. Ein weiterer rauer Schrei, und sie setzten sich wie ein Mann in Bewegung. Momente später marschierten sie wieder die Straße zurück, weg von der Brücke und Glen Reulach.

»Sie sind ein braver Mann«, sagte Dominic freundlich zu dem Hirten aus dem Tiefland. »Holen Sie Ihre verdammten Schafe und sehen Sie zu, dass Sie hier fortkommen. Der Rest des Whiskys ist für Sie. Und hier ist noch ein bisschen Gold für Ihren Ärger – und noch mehr, falls Sie schwören, keiner Menschenseele je etwas davon zu erzählen.«

»Natürlich rede ich nicht darüber. Ich würde ja wie ein verdammter Narr dastehen. Aber was ist mit Ihnen, Sir?«, fragte der Mann, der vom Whisky schon etwas undeutlicher sprach. »Sind Sie jetzt nicht mehr wütend auf mich?«

»Ich war nie wütend auf Sie.« Dominic gab dem Mann einen freundschaftlichen Klaps auf die Schulter. »Aber ich bin sehr wütend auf jemand anderen.«

Er ließ den Schäfer stehen und ging zu seinem wartenden Pferd zurück. Allein ritt er durch die Herde Schafe, die mittlerweile von den Hunden die Straßenböschung hinaufgetrieben wurden.

Die Frauen begannen talaufwärts zu gehen, doch eine hielt noch einmal inne und blickte sich über die Schulter um.

Sie wartete geduldig, bis er sie erreicht hatte, die Hände vor ihrem blauen Kleid gefaltet.

»Du bist beharrlich wie eine muntere kleine Arbeitsbiene«, stellte Catriona fest. »König Georges Rotröcke waren soeben hier, aber sie sind schon wieder fort. Du bist auf der falschen Seite, Dominic. Solltest du als einer seiner Offiziere nicht besser mit ihnen zurückmarschieren?«

Kapitel 14

Catrionas Herz pochte. Es pochte, seit sie den Vollstreckungsbeamten das Tal hatte hinaufreiten sehen, begleitet von jungen Burschen mit Musketen und Bürgern, die Peitschen und Pistolen bei sich trugen. Ihr Herz schlug jetzt sogar noch heftiger, es war nach wie vor Angst, doch nun vermischt mit einer noch schwereren Sorge: diesem verzweifelten neuen Geheimnis, das sie unter allen Umständen vor Dominic verbergen musste, ganz gleich, wie sehr es sie auch schmerzte. Als sie versucht hatte, ihn fortzuschicken, hatte er nicht gehen wollen. Und nun würde sie es nicht ertragen, falls er sie verließe.

Er zügelte sein Pferd und blickte auf sie herab. Die Schottenmütze saß keck auf seinem blonden Haar. Seine Lippen waren zusammengepresst, seine Grübchen wie in Stein gemeißelt.

»Der Kilt mag ja ganz praktisch sein, um in diesen Bergen herumzulaufen«, entgegnete er. »Aber er ist höllisch unbequem zum Reiten.« Er glitt aus dem Sattel und warf sein Plaid über die Schulter. Mit dem Rücken zu ihr hob er die Steigbügel an und löste den Sattelgurt des Pferdes. »Die Rotröcke des Königs sind nicht zum Lachen. Was, zum Teufel, spielst du hier?«

»Ich spiele nicht«, sagte sie zu seinen breiten Schultern und dem hin und her schwankenden Plaid. Seine Haare schimmerten fast golden, wo sie im Nacken etwas länger waren. »Obwohl ich diese Frauen lachen lassen möchte, solange sie es noch können.«

»Fletcher wird zurückkommen. Er wird die Kavallerie mitbringen, falls es nicht anders geht.«

»Dazu braucht er die Genehmigung des Kronanwalts, der es seinen Männern nicht zutrauen wird, uns anzugreifen. Es wird sich alles sehr verzögern. Sie werden frühestens in einer Woche wiederkommen. Und sie werden keine Frauen angreifen.«

Er fuhr so brüsk zu ihr herum, dass sein Schottenrock flatterte. »Herrgott noch mal, Catriona! Ich kenne diesen Mann.«

»Was würdest du dann vorschlagen?«

Versonnen richtete er den Blick talaufwärts. Ein Muskel zuckte an seinem Kinn. »Wir fahren nach Inverness und stellen einen Antrag bei Gericht, um einen Aufschub zu erreichen – bis Andrew gefunden werden kann. Das ist es, was ich gleich zu Anfang hätte tun sollen.«

Also würde er nicht aufgeben! *A Dhia!* Aber sie hatte solche Angst! Wie eisige Finger umklammerte die Furcht ihr Herz, bis sie das Gefühl bekam, es müsse ihr in der Brust zerspringen. »Es gibt keine Grundlage für einen solchen Antrag«, räumte sie ein. »Wir haben keine Beweise dafür, wer der Vater dieses Jungen ist.«

Seine Augen waren wie grünes Eis. »Dann bluffen wir eben. Winkelzüge, nicht Tatsachen sind der Kern der Rechtsprechung. Anwälte schärfen ihre Zähne jeden Tag an Unwahrheiten. Wir holen dein Pferd, und dann reiten wir nach Inverness.«

Catriona spürte seine männliche Gewissheit und seinen nur mühsam unterdrückten Zorn. Sie wusste, er war wütend und entschlossen. Sie wusste, dass er es tun würde – oder versuchen würde, es zu tun – und dass es nun überhaupt keine Hoffnung auf Erfolg mehr gab.

»Du bestimmst weder, was ich tue, noch sprichst oder denkst du für mich«, erwiderte sie. »Reite du nach Inverness. Ich bleibe hier.«

»Um wieder loszumarschieren und der Miliz mit einer Schürze entgegenzutreten?« Er packte sie an den Armen. »Catriona, das ist Wahnsinn. Es ist echtes Pulver in diesen Musketen. Wenn du die Heimat dieser Leute nicht retten kannst, warum ihr Leben dann riskieren?«

Sie blickte ihm ins Gesicht und begegnete seinem Zorn mit

ihrem eigenen. »Du denkst, die Frauen der MacNorrin würden nicht für ihr Zuhause kämpfen, wenn ich sie nicht anführe? Wie wenig du doch von den Highlands weißt!«

Goldene Bartstoppeln glitzerten an seinem Kinn. Graue Pünktchen sprenkelten seine grünen Augen, wie Gewitterwolken über Wasser. »Ich habe versucht zu lernen. Ich habe versucht, deine Widersprüche und deine Sturheit zu verstehen. Ich habe versucht, dich zu umwerben, Herrgott noch mal, Catriona!«

Kummer umkrampfte ihr Herz. »Ich habe keine Zeit für dich, deine Werbung und deine Verführungen. Kehr zurück nach England!«

»Falls ich für deine Sache kämpfe, bleibe ich bei dir«, entgegnete er grimmig. »Willst du mich abweisen, unrasiert und hungrig?«

Verzweifelt entzog sie sich seinem Griff und wünschte, er möge endlich gehen. Aber sie wünschte auch, er würde sie in seine Arme nehmen. Wünschte sich den blinden Trost des Körpers eines Mannes. *Trost*? Trost war ihr jetzt wenig genug geblieben!

»Ach, dann komm eben mit, wenn du darauf bestehst. Komm mit nach Dunachan und iss etwas Warmes. Morgen kannst du ein Pferd bekommen. Heute Abend halten die Leute einen *céilidh* zur Feier ihres heutigen Sieges über Yarrow Fletcher.«

»Einen *keylie*? Was ist das denn?«

»Eine Versammlung. Ein Fest. Oder glaubst du, wir haben uns dem Leid verschrieben?«

»Wir? Nein. Das glaube ich nicht von den Frasers, Alexander Chisholm oder irgendeinem der anderen, die in der vergangenen Woche ihr Heim und ihren Herd mit mir geteilt haben.« Er blickte wieder zu den hohen Gipfeln, wo die Felsen das Heidekraut mit Feuchtigkeit berieselten. »Nur du hast dich dem Leid verschrieben, Catriona.«

»Meine Onkel. Beide unfähig, am Leben festzuhalten.«

Catriona war in den Raum gekommen.

In dem holzgetäfelten großen Saal von Dunachan Keep war er dabei gewesen, das Porträt eines jungen Mannes und eines Knaben zu betrachten. Über all der Spitze und dem Silberschmuck des jungen Mannes erwiderten verblüffend blaue Augen seinen Blick. Der Knabe saß auf einem Pony. Auch er hatte Augen, die blau waren wie das Meer. Hinter ihnen schmiegte sich die rote Festung in die Falten der Hügel am Rand einer schimmernden Wasserfläche, an der drei Nebentäler sich von den Bergen hinunterschlängelten in den Loch Reulach.

Dominic sah sich um und spürte, wie ihm der Atem stockte. Bestürzend unerwartet sprang es ihn an: ein blitzartiger Eindruck ihrer großen blauen Augen, der weißen Haut ihres Nackens, ihres üppigen Körpers – nicht eigentlich hübsch, aber von einer erstaunlichen, aparten Schönheit. Sie trug ein Abendkleid aus dunkelblauer Seide, mit hoch angesetzter Taille, um ihre Brüste zu betonen. Ihre dunklen Locken, die sie mit einem blauen Band zusammengefasst hatte, waren aus der Stirn zurückgekämmt. Ihre Augen wirkten riesig. Er hatte sie nie in irgendetwas anderem als den schlecht sitzenden Kleidern eines Dienstmädchens gesehen. *Zu Hause habe ich Kleider für Inverness*. Sie hatte sich zum Abendessen umgezogen. Für ihn? Verlangen regte sich in ihm.

Die Burg war von der Brücke, auf die er die Schafe getrieben hatte, nicht zu sehen gewesen. Erst fünf Meilen weiter, hinter Achnadrochaid, der ersten Ortschaft des Landguts der MacNorrin, war sie in Sicht gekommen: eine Hand voll reich verzierter Türmchen, die sich an massive rote Steinmauern klammerten wie ein frivoler nachträglicher Einfall, so als hätten Schmetterlinge auf einem Hammer Platz genommen. Die Burg war umgeben von gepflegten Gärten; dahinter befanden sich die Außengebäude, Stallungen und Scheunen, und es gab auch eine kleine Kirche.

Der junge Mann auf dem Gemälde trug ein rot und blau kariertes Plaid. Das Muster, das Calum MacNorrin getragen hatte.

»Hübsche Jungen«, meinte Catriona. »Meine beiden Onkel – trotz des Altersunterschieds waren sie Brüder. Der Jüngere heiratete später Rutleys Tochter, Lady Mary. Der Ältere wurde der Gutsherr. Man sollte meinen, er habe einen Stall voll Erben für Glen Reulach hinterlassen, aber beide Onkel heirateten Engländerinnen mit dünnem Tee in ihren Adern.«

»Es ist nicht die Schuld der Engländer, dass Highland-Gutsherren ihre Leute aus ihrem Haus und Hof vertreiben.«

»Es sind englische Gesetze, die den Sklavenhandel verbieten, aber dies hier zulassen.« Catriona ging ein paar Schritte weiter zu einem anderen Porträt und blickte zu einer Frau in einem pinkfarbenen Satinkleid mit weit gebauschten Röcken auf. »Meine Urgroßmutter. Sie war einundzwanzig, als Bonnie Prince Charlie ihr vor Culloden die Hand küsste. Auch damals kämpften Schotten gegen Schotten. Vielleicht war das schon immer unser Fluch. Dass wir es nie geschafft haben, uns einer Bedrohung gegenüber zu einigen.«

»Deine Großmutter hat den Thronanwärter unterstützt?«

Ein Schatten fiel über ihr Gesicht. »Insgeheim. Sie starb, als ich noch klein war, kurz nachdem meine eigene Mutter verstorben war.«

Sie sah gespenstisch in der blauen Seide aus, wie ein Echo des verlöschenden Tages, als machte brennender Kummer sie gestaltlos, als hätte sie die Hoffnung aufgegeben. Warum? Was war geschehen, dass Catriona ihr Selbstvertrauen verloren hatte? Was war es, was sie ihm verschwieg? Oder war es diese Burg, die ihr das Blut aus den Adern saugte? Er war versucht, sie zu küssen, um ihr neues Leben einzuhauchen.

Stattdessen aber wandte er sich wieder dem Bild mit den beiden Jungen zu. »Wer hat dich aufgezogen?«

Mit schräg gelegtem Kopf sah sie ihn an. »Mein Kindermädchen. Es gibt kein Porträt von Magaidh. Mit Ausnahme von ihr war dies ein sehr männlicher Haushalt, als ich noch klein war. Mein Onkel, der Gutsherr, trauerte lange Zeit um seine erste Frau. Er beachtete mich kaum.«

»Aber du hattest Calum?«

»Ach, was weiß ein älterer Bruder schon, was im Herzen seiner kleinen Schwester wirklich vorgeht?«

Darin musste er ihr Recht geben. Er wusste, wie sehr sie ihren älteren Bruder geliebt hatte, aber war Calum vielleicht bloß tolerant und gleichgültig gegenüber der abgöttischen Verehrung jenes kleinen Mädchens gewesen? Er war ein hervorragender Offizier und ein guter Freund gewesen. Er hatte mit Leidenschaft von seinem Heim gesprochen, doch seine Schwester hatte er nie erwähnt. Dominic kam mit einem Mal zu der Erkenntnis, dass Calums Liebe zu Catriona, obwohl durchaus real, vermutlich nur sehr beiläufig gewesen war.

»Du sagtest, er habe dir beigebracht zu kämpfen.«

Sie machte eine unruhige Bewegung, und das Licht changierte auf ihrem Kleid. Der Eindruck von Zerbrechlichkeit, den er gerade noch von ihr gehabt hatte, verblasste. »Das stimmt. Aber er verbrachte mehr Zeit mit unserem jüngeren Onkel. Dein Bruder war auch viel älter. Habt ihr zusammen gespielt?«

»Ich und Jack? Nein! Doch ich hatte Freunde und andere Verwandte.«

»Und dennoch hast du keine Wurzeln. Du gehörst nirgendwohin!«, entschlüpfte es ihr bekümmert.

»Du warst einsam?« Es erschien ihm wie eine Offenbarung.

»Einsam? Alle Highlander sind einsam. Es liegt in unserem Blut.« Catriona wandte sich ab wie ein Reh, das vor seinem Jäger flieht, aber noch im Umdrehen lachte sie. »Das Abendessen ist fertig, und danach beginnt der *céilidh*.«

Ganz Dunachan brach in Fröhlichkeit aus. Fiedeln. Dudelsäcke. Lebhaftes, schwungvolles Tanzen. Es gab reichlich Whisky und hervorragendes Essen. Die Frauen brachten ihre Kinder und ihre Babys mit. Sie alle trugen ihren feinsten Sonntagsstaat: Silberschnallen, rote Umhängetücher, rot und blau karierte Plaids, rote Bänder in den Haaren, weiße Schuhe und weiße Baumwollstrümpfe. Es wurde gelacht und getrunken. Obwohl nur wenige junge Männer anwesend waren, erschallten die alten Burgmauern vor Lebensfreude und Ausgelassenheit.

Dominic sah, wie Catriona lachte, als sie mit einem Jungen von vielleicht zwölf oder dreizehn Jahren tanzte. Von jenem tiefen Kummer von vorhin war ihr jetzt nicht mehr das Geringste anzumerken. Er sah sie mit den Frauen sprechen und lachen und die Babys schaukeln und beobachtete sie mit einem dumpfen Schmerz in seinem Herzen. Er hatte ihr Kleider angeboten. Nicht eins war so hübsch gewesen wie ihr eigenes blaues Seidenkleid. Es war von einem tiefen Blau, wie der Himmel über den Bergen nach dem nicht enden wollenden Sonnenuntergang, kurz bevor die wenigen Sterne in der ewig hellen Nacht des hohen Nordens zur Mittsommerzeit erscheinen.

Der Abend zog sich hin. Nach und nach begannen die Kinder einzuschlafen. Das Tanzen und die wilde Musik ließen nach. Ein alter Mann spielte eine süße, langsame Melodie auf einer Violine. Die Leute machten es sich in kleinen Gruppen an den Wänden entlang bequem. Eine Frau erhob sich, und Schweigen senkte sich über den großen Saal, als würde eine Decke über einem Kind ausgebreitet. Die Frau schritt langsam in den Mittelpunkt des Raumes. Die Violine verstummte.

Die Frau begann zu singen.

Dominic war der einzige Mensch im Raum, der die Worte nicht verstehen konnte. Aber das Gälisch weinte und seufzte und drang bis in seine Seele. Ihre Stimme klang leise und sehnsüchtig und sprach von etwas, das er nicht benennen konnte, von dem er jedoch wusste, dass er es einmal verloren hatte. Er wurde durchflutet von Sehnsucht, der schmerzlichen, bestürzten Sehnsucht eines verirrten Kindes oder eines sterbenden Soldaten. Zu seiner Beschämung spürte er Tränen hinter seinen Augenlidern brennen. *In unseren Highland-Liedern singen wir von wilden Dingen wie dem See oder dem Heidekraut.*

Catriona war zu ihm gekommen, um sich hinter ihn zu setzen. Sie sprach leise in sein Ohr. »Sie werden nun einer nach dem anderen etwas vortragen, alle, die das Talent dazu besitzen. Ein Lied, eine Geschichte oder ein Gedicht. Als unser Gast solltest du das Gleiche tun.«

Er schaute zu ihr auf, zu der sanften Wölbung ihrer Brust und der schimmernden Feuchtigkeit in ihren blauen Augen. »Ich kann nicht singen.«

»Ach, du bedauernswertes Wesen«, meinte sie. »Jeder, der eine Seele hat, kann singen.«

Ein weiteres Lied wurde gesungen, und danach trug jemand eine Geschichte vor. Die Episode ließ den gesamten Saal in Heiterkeit ausbrechen. Das nächste Lied bezog sie alle in einen ausgelassenen Chor mit ein. Das darauf folgende Gedicht jedoch entlockte den Frauen ein Seufzen, und die Kinder, die noch nicht schliefen, wandten die Köpfe an den Brüsten ihrer Mütter, als sie dem Klang der gefühlvollen gälischen Worte lauschten.

Dominic blickte Catriona fragend an.

»Die Erzählerin ist Iseabail MacNorrin«, wisperte sie. »Sie ist dreiundneunzig und hat das zweite Gesicht.«

»Das zweite Gesicht?«

»Visionen, die die Zukunft voraussagen. Das ist eine Gabe, die sie hat. Sie spricht auch von unserer Vergangenheit, und manchmal sogar in Englisch, wenn ihr danach ist.« Catrionas Blick ruhte liebevoll auf der alten Frau. »Ihr Sohn hat ihr Englisch beigebracht, aber sie hebt sich diese Sprache gern fürs Fluchen auf.«

»Wovon handelt das Gedicht?«

»Es ist eine Geschichte vom Beginn der Dinge, noch vor Adam. Ich kann sie für dich übersetzen.«

Catrionas Stimme fächelte sein Ohr, während Iseabail ihre Verse spann. »Ich werde euch von den vier wunderbaren Städten der ersten Clans des Himmels, den Unsterblichen, erzählen: Gorias, die Stadt der Juwelen, die im Osten funkelt. Fabias, das unter seinem einen Stern im Norden schläft. Finias, hoch aufragend mit seinen glänzenden Türmen vor seinen Feldern, die nach Süden gehen. Murias, die Stadt der verborgenen Gärten an dem großen Ozean im Westen.«

Dominic senkte den Kopf und lauschte, wobei er sich sehr intensiv ihres Duftes und der Wärme ihres Atems an seinem Ohr bewusst war. Und ihm entging auch nicht, dass jedes Wort eine weitere unausgesprochene Botschaft enthielt: *Du und ich gehören zu verschiedenen Welten. Wir haben nichts gemeinsam. Geh, du verrückter Narr, und lass mich in Frieden! Schenk mir nicht dein Herz, du Narr! Nicht dein Herz!*

»Als Adam geboren wurde, erhob sich großes Wehklagen, als die Kinder des Himmels dahinschwanden wie Schaum auf einer Welle. Adam bat Eva nachzusehen, was sie finden konnte. In Gorias fand Eva eine Feuerflamme. Sie verbarg sie tief in ihrem Herzen. In Finias fand sie einen Speer aus weißem Licht und verbarg ihn in ihrem Geist. In der hereinfallenden Nacht von Fabias fand sie einen Stern. Sie verbarg die Nacht und den Stern in der Nacht in ihrem Leib. Aber in Murias, an der Westküste, nahm sie eine Welle aus dem Ozean und versteckte sie in ihrem Blut.«

Dominic war sich im Klaren darüber, dass er ein absoluter Außenseiter war. Falls irgendjemand im Raum ihn ansah, würde er dann den verirrten Jungen oder den sterbenden Soldaten in seinen Augen sehen? Er schloss sie, als Catriona weiter übersetzte.

»Als sie zurückkam, gab Eva Adam die Flamme von Gorias und den Speer aus weißem Licht aus Finias. Sie erzählte ihm von dem Stern von Fabias und versprach ihm, jenen Stern und jene Dunkelheit mit ihm zu teilen. Aber als er fragte, was sie in Murias gefunden habe, antwortete sie, sie hätte nichts gefunden, und

Adam glaubte ihr. Und deshalb fließt dieser salzige Ozean bis zum Ende aller Zeiten unsichtbar im Blut der Kinder Evas, und die aufgewühlte Brandung pocht in ihren Herzen und macht sie so rastlos wie die Welle und verurteilt sie zur Sehnsucht.«

»Sie hat ihn belogen?«, flüsterte Dominic.

Catrionas Atem fächelte seine Wange. »Frauen haben Männer immer belogen. Hätte sie ihm alles geben und nichts für sich behalten sollen?«

Iseabails Erzählung war beendet, und die Leute applaudierten.

»Und nun bist du an der Reihe.« Catriona berührte mit der Hand leicht seine Schulter, ein sanfter Schubs nur, doch für ihn war es fast so, als strömte Feuer aus ihren Fingerspitzen. »Falls du möchtest, dass ich heute Nacht zu dir komme.«

Schock ließ ihn erschaudern, während gleichzeitig ein scharfes Ziehen durch seine Lenden ging. Whisky glühte in seinen Adern, er hatte zu viel von diesem rauchigen, wohl schmeckenden Elixier getrunken, um noch klar zu denken oder ihr irgendetwas abzuschlagen. Er senkte den Kopf, um seine jähe Anwandlung von Begehren zu verbergen, doch sie verriet sich in der Rauheit seiner Stimme. »Warum heute Nacht? Möchtest du, dass ich dein ruheloses Sehnen stille? In deinen salzigen Ozean eintauche?« Er blickte zu ihr auf und war von dem verzweifelten, bewegenden Verlangen in ihren Augen erschüttert. Falls seine Berührung etwas von diesem tief sitzenden Kummer lindern konnte, würde er sie ihr nicht verwehren. »Wenn du zu mir kommen möchtest, wird es mir eine Ehre sein, dich zu begrüßen«, fügte er hinzu.

Dann ging er zum Mittelpunkt des Raumes und verbeugte sich. Der Whisky tröpfelte durch seinen Leib. Sein torfiger Geschmack erwärmte seinen Mund. Sein Kopf war mit einem Mal wie leer gefegt. Er konnte nicht singen. Er kannte keine Geschichten. Und zudem war er verdammt betrunken.

»Ich weiß nicht recht, was ich sagen soll«, begann er. »Und leider spreche ich kein Gälisch.« Aber dann fiel es ihm plötzlich wieder ein, das einzige Gedicht, das er auswendig konnte und das ein Freund von ihm geschrieben hatte. Den Blick unverwandt auf Catriona gerichtet, begann er vorzutragen: »Sie kommt in Schönheit, wie die Nacht …« Es war ein Gedicht von Byron, einem weiteren Schotten.

Applaus brach los, als er zu seinem Platz zurückging. Erst sehr viel später kam ihm zu Bewusstsein, dass er ein Gedicht über Unschuld rezitiert hatte.

Ihm war ein Raum in einem der Türme gegeben worden. Der Blick über den See zu den Bergen raubte ihm den Atem. Der Himmel war von einem tiefen, samtig blauen Schwarz. In den tieferen, schwärzeren Gewässern des Lochs spiegelten sich die Sterne wie Diamanten. *In der hereinfallenden Nacht von Fabias fand sie einen Stern. Sie verbarg die Nacht und den Stern in der Nacht in ihrem Leib.*

Er ließ eine Kerze brennen. Ihre Flamme flackerte über die unebene Zimmerdecke. Die Möbel waren schwer und dunkel, unverändert seit dem sechzehnten Jahrhundert. Licht tanzte über seine Handrücken, die er auf die Fensterlaibung gestützt hatte. Er war bis auf den Morgenmantel nackt, den er mit einem Gürtel vorn geschlossen hatte. Nackt und voller Ungeduld erwartete er seine Geliebte.

Himmel, wenn er doch bloß nicht so betrunken wäre! Er war zu keinem klaren Gedanken fähig, kannte nur die ungestüme Flamme des Begehrens. Aber Catriona kam heute Nacht nicht freudig zu ihm. Sie kam in Sorge. War es fair, weise oder ehrenhaft, sich auf so etwas einzulassen? Und wie konnte er das entscheiden, wenn seine Lenden doch bereits ihr eigenes Urteil gefällt hatten?

Der Lichtschein schwankte. Seide raschelte. Jemand trat leise ein und schloss die Tür.

»Nach unseren enthaltsamen, tugendhaften Reisen und unseren Tagen nobler Keuschheit in den Bergen möchtest du nun also wieder meine Geliebte sein?«, fragte er über seine Schulter. »Heute Nacht? In diesem Turm über dem sternenbeschienenen Wasser?«

»Ja, das möchte ich.«

Er wandte sich vom Fenster ab. Catriona stand da und presste ihre geballten Fäuste an die Seiten. Der Ansatz ihrer Brüste hob und senkte sich schnell. Farbe breitete sich in zwei roten Flecken auf ihren Wangen aus. Ihre Lippen waren weiß. Er wusste, dass sie ihre ganze Tapferkeit zu Hilfe hatte nehmen müssen, zu ihm zu kommen, als wüsste sie, dass er es womöglich ablehnen würde, sich als ihr Buhle benutzen zu lassen.

»Ich bin sehr betrunken, Catriona. Ich werde nicht mehr innehalten, wenn wir erst einmal begonnen haben.«

»Falls wir beginnen, wird es kein Innehalten mehr geben.« Ihre Stimme zitterte.

»Wenn du heute Abend meinen Körper willst, musst du von nun an meine Mätresse sein, wie andere Mätressen.«

»Wie darf ich das verstehen?«

»Dass du nicht nach Lust und Laune über mich verfügen können wirst, sondern *mir* zur Verfügung stehen wirst.«

Sie schlug die Augen nieder. Dann holte sie einen tiefen Atemzug und blickte wieder zu ihm auf. »Solange wir zusammen sind, werde ich dir nichts verweigern. Du brauchst mich nur zu rufen, und ich werde zu dir kommen. Und ich stelle dir nur eine einzige Bedingung: Wenn wir getrennt sind, wirst du mich nicht suchen und mich auch nicht zurückholen lassen. Du wirst mich nicht noch einmal mit raffinierten Worten täuschen, so wie du mich in Edinburgh getäuscht hast. Bist du damit einverstanden?«

Er war auf den plötzlichen Anfall von Ärger völlig unvorbereitet. »*Getrennt*? Wir müssten unsere Vereinbarung schon ein bisschen genauer definieren, oder du wirst nicht einmal ohne mich den Abort aufsuchen können!«

»Hundert Meilen dann also«, erwiderte sie prompt. »Wenn du

weiter als hundert Meilen von mir entfernt bist, oder ich von dir, sind wir getrennt.«

Unkontrollierbarer Zorn und Kummer wallten in ihm auf. »Dann werde ich dich nicht mehr täuschen, denn über hundert Meilen werden wir nie wieder voneinander getrennt sein. Ach, verdammt! Komm her und küss mich, Catriona, bevor wir beide weinen.«

Sie trat in seine ausgebreiteten Arme, und ihr offener Mund begrüßte seinen. Er vergaß alles und erlegte sich keinerlei Zurückhaltung mehr auf, als er hungrig seine Lippen auf die ihren presste. Mit beiden Händen packte er die blaue Seide an ihren Schultern und zog daran. Knöpfe sprangen ab, und raschelnd glitt ihr Kleid zu Boden. Er ließ seinen Morgenmantel fallen und blieb nackt vor ihr stehen, den sichtbaren Beweis seiner Erregung zwischen ihnen, dessen empfindsame Spitze sich am glatten Material ihres Unterkleides rieb.

Fordernd, hemmungslos und außer Stande, noch länger zart fühlend zu sein, drang er mit der Zunge in die warme Höhlung ihres Mundes ein, aber sie erwiderte den Kuss mit einer Intensität, die seiner in nichts nachstand, und ihre salzigen Tränen benetzten dabei seine Zunge. Seine Finger bewunderten die seidige Beschaffenheit ihrer Haut, ihrer Schultern, ihrer Oberarme. Zu seinem Ärger bewahrte der spitzenbesetzte Rand ihres Hemdes ihren Körper vor seinen suchenden Händen, und deshalb zerriss er ihn vor lauter Ungeduld. Ihre nackten Brüste fielen reif in seine erwartungsvollen Hände. Oh, sie war so schön!

Es war ihm später weder bewusst, wie er sie zum Bett getragen, noch wie er sie von ihrem Korsett befreit hatte. Er wusste nur, er musste sie ganz und gar besitzen, ohne Hindernisse. Und doch rief irgendwo eine leise Stimme eine Warnung: *Wer von ihnen würde in alle Ewigkeit gebunden sein, wenn diesmal nichts zurückgehalten wurde? Wessen Herz würde für immer verloren sein? Wer von ihnen würde diese irrsinnige Vereinbarung sein Leben lang bereuen?*

Er fuhr zurück und sah sie voller Begehren an. Weiß lag sie auf den weißen Laken, das Einzige, was sie noch am Körper trug, waren ihre weißen Strümpfe. Ihr Haar und ihre Augen bildeten einen verblüffenden Kontrast dazu, wie auf einem Gemälde. Der Anblick ihrer harten kleinen Brustspitzen und des dunklen Haares zwischen ihren Schenkeln lösten ein fast schmerzhaftes Ziehen in seinen Lenden aus. Er strich mit den Händen über ihre seidig weichen Beine, ihre schlanken Fesseln, die Vertiefungen an ihren hübschen Knien.

»Das ist es, was ich mir wünschte, als ich dich kennen lernte.« Er hörte den heiseren Tonfall seiner Stimme. »Deine nackten Schenkel, weich und verheißungsvoll … dein Körper, meiner Lust und meinem Vergnügen hingegeben … und deinem. Catriona, es gibt Ebenen der Leidenschaft, die das, was wir bereits erforscht haben, übersteigen. Möchtest du, dass ich dich dorthin geleite?«

»Lass mich«, flüsterte sie, die Augen so dunkel wie die Nacht mit einem Stern darin, »lass mich dich erkennen, so wie du mich erkannt hast.«

Glutvolle Erregung durchflutete ihn, so drängend, dass er sie bis in die Zehen seiner nackten Füße spürte. »Wie?«

»Lass mich dich lieben.« Sie hob die Hand und berührte mit dem Zeigefinger die Spitze seines Glieds. »So. Lass mich dich hier küssen, so wie du mich geküsst hast. Du bist so wunderbar. So schön! Zeig mir, wie eine Frau mit einem Mann tun kann, was du mit mir getan hast.«

Sein Verlangen wuchs ins Unerträgliche. »Mit deinem Mund? O Catriona!«

»Das würde dir gefallen?«

Er beugte sich vor und küsste sie so glutvoll und so leidenschaftlich, bis ihr Mund in Flammen stand. Sie schien wie besessen und erwiderte den Kuss mit rücksichtsloser Heftigkeit. Dominics Herz zog sich zusammen. Mitgefühl beschlich ihn, aber er brachte es nicht über sich, sie abzuweisen. Doch das bedeutete, ihr zu vertrauen, sich ihr gänzlich auszuliefern, verwundbar, nackt.

Schließlich beendete er den Kuss und hauchte seinen warmen Atem in ihr Ohr, während er mit der Zunge ihr Ohrläppchen liebkoste. »Das würde mir sogar sehr gefallen.«

Sie kniete sich über ihn. Weit breitete er die Arme aus und überließ sich ihrer Berührung. Wieder und wieder glitten ihre Hände über seine Brust und seinen Bauch, als wäre sie fasziniert von seinem Körper. Sie hauchte einen sanften Kuss auf seine Brustspitzen und sandte einen Schauder der Erregung über seine Wirbelsäule. Dann, als er sich verlangend aufbäumte, legte sie ihre Finger um sein Glied. Sie küsste es, zunächst ganz sachte nur und zaghaft, aber er stöhnte laut auf, unfähig, die exquisiten Empfindungen, die ihn durchfluteten, zu verleugnen. Flammen erfüllten den Raum, als beide Feuer fingen. Er streckte die Hand aus und ließ sie zu ihrer schlanken Hüfte hinuntergleiten. Ihre Haut war heiß und feucht an seiner. Während sie ihn mit Lippen und Zunge liebkoste, stöhnte er, verloren in einer weiß glühenden Feuersbrunst der Lust.

Es erforderte all seine Selbstbeherrschung, sich im Zaum zu halten und die Ekstase zu verlängern, aber schließlich – bevor es zu spät war – schob er sie sanft zurück und küsste sie auf den Mund. »Und nun bin ich dran«, sagte er und lehnte sich zurück, um sie anzusehen. Dieser wahnwitzige wilde Kummer brannte immer noch in ihren Augen.

»Nimm mich«, raunte sie ihm zu. »Egal, auf welche Art. Vernichte mich. Es ist mir gleich.«

»Ich bin es, der vernichtet ist, Catriona. Glaubst du, ich könnte jetzt noch aufhören?«

Er küsste und liebkoste sie auf intimste Art und Weise, bis sie leise aufschrie, und erst dann drang er in sie ein und nahm sie in Besitz. Während sie in wonnevoller Verzückung die Augen schloss, zog sie ihn noch fester an sich. Ihre Fingernägel gruben sich in seinen Rücken, ihre Beine umklammerten ihn, als wollte sie ihn niemals wieder gehen lassen. Feucht vor Schweiß, verschmolz seine Haut mit ihrer, während er mit kraftvollen Stößen wieder und wieder in sie eindrang und wie ein Besessener seinen Hunger nach ihr stillte.

Waren das Behutsamkeit und Zärtlichkeit? Die raffinierten Techniken, die erfahrene Frauen ihn gelehrt hatten? Die subtilen Freuden? Nicht heute Nacht. Nicht jetzt. Dies war wilder, hemmungsloser Sex. Er opferte sein ganzes Sein für ihr frenetisches Begehren, kämpfte wie ein Krieger, verzweifelt bemüht, ihr Frieden zu vermitteln, auch wenn es ihm selbst Verdammnis brachte. Eine Nacht des Kampfes, die ihn bis zum Rande der Ekstase trieb, ihn körperlich und geistig ganz und gar erschöpfte und ihn mit einer tieferen Leidenschaft belohnte, als er sie je zuvor erfahren hatte.

Er merkte erst, wie vollkommen geschwächt er war, als sein Höhepunkt ihn fast erschütterte, bevor er sich zurückziehen konnte. Zu seiner abgrundtiefen Beschämung und Bestürzung verlor er jede Hoffnung auf Finesse, als er sich abrupt aus ihr zurückzog, außer Stande, die lustvollen Krämpfe zu beherrschen, die ihn schüttelten – aber er hatte es wenigstens noch rechtzeitig getan, wenn auch erst im allerletzten Augenblick. Sie erschauerte unter ihm, stöhnte und schluchzte, und ihre Nägel hinterließen rote Spuren auf seiner Haut.

Den Blick auf den einzigen Stern gerichtet, den er durchs Fenster sehen konnte, hielt er sie noch lange in den Armen, während sie schon schlief.

Er erwachte voll erregt – in strahlendem Sonnenschein, einem leeren Bett und hinter einer abgeschlossenen Tür. Dominic rüttelte am Türgriff. Niemand antwortete. Vergeblich hämmerte er und rief eine Zeit lang. Hol sie der Teufel! Die Mauern waren aus solidem Stein. War es das, was sie mit ihrer Liebe hatte sagen wollen? Dass sie seinen Körper nach Belieben benutzen und ihn dann einsperren konnte wie einen Gefangenen? Splitternackt ging er zum Fenster und lehnte sich hinaus. Weit hinten im Tal, hinter den Ausläufern der nahen Berge, erhob sich träge eine Rauchwolke in den Sommermorgen. Sie vermischte sich mit dem Dunst, ein dunkleres Blau vor dem Lavendelblau der fernen Berge. Und noch eine weitere Rauchsäule stieg daneben auf, aber diese hier war schwärzer, dichter.

Der Rauch kam aus der Biegung des Tales, in der Achnadrochaid lag, die erste Ortschaft des Landguts der MacNorrin, das Dorf, an dem sie am Tag zuvor vorbeigekommen waren. Dominic schlug mit der Faust gegen die harte Steinmauer neben dem Fenster.

Hatte Catriona das vergangene Nacht gewusst, während sie ihn mit solch fieberhafter Leidenschaft geliebt hatte? War es das, was sie ihm verschwiegen hatte? Während er den Morgen verschlafen hatte, war sie hinuntergegangen, um angsterfüllt die erwarteten Neuigkeiten zu empfangen? *»Kommt schnell! Sie brennen Achnadrochaid nieder!«*

Dominic fluchte laut, während er rasch in seine Kleider schlüpfte, in das nun schon recht zerknitterte Hemd und den Kilt der Frasers. Dann nahm er sein Messer heraus, zog die Laken und Decken vom Bett und begann, sie in gleichmäßige Streifen zu zerreißen. Catriona musste doch gewusst haben, was er tun würde? Warum hatte sie dann nicht das Bettzeug aus dem Raum entfernt? In wenigen Minuten hatte er ein Ende des behelfsmäßigen Seils an eine Stange des eisernen Bettgestells gebunden, die er fest in die Fensteröffnung klemmte, und das andere Ende des Seils ins Freie hinausgeworfen.

Das Geräusch stieg von Achnadrochaid auf wie das Geschrei von Seemöwen: das Geheul weinender und jammernder Frauen und Kinder und das hysterische Gebell von Hunden. Ein dumpferes, Unheil verkündenderes Geräusch unter dem Stimmengewirr ließ das Blut in Dominics Adern gefrieren. Das Aufschlagen von Stöcken und Knüppeln auf Fleisch: das weiche, schutzlose Fleisch von Müttern und Kindern, denn die Männer waren noch immer weit weg in den Bergen. Und Catriona hatte ihn schlafen lassen und war losgezogen, um sich den Soldaten und Vollstreckungsbeamten entgegenzustellen, mit nichts anderem als ihrer Schürze.

Dominic kletterte am Rand des Kliffs über dem Fluss entlang. Und schließlich konnte er zum Dorf hinuntersehen. Die Frauen waren aus ihren Häusern geströmt und versuchten, die Straße zu blockieren, so wie sie es am Tag zuvor getan hatten, doch diesmal war keine Herde Schafe da, die den Soldaten den Weg versperrte. Arm in Arm, einige sogar mit Säuglingen in ihren Armen, bildeten die Frauen eine Kette, um ihre Häuser vor der Miliz zu schützen. Aber dieses Mal hatten die Männer angegriffen. Die Frauen verbargen die Köpfe zwischen des Armen oder schützten mit ihrem Körper ihre Kinder. Mit den Kolben ihrer Musketen, mit Fäusten und mit Stiefeln prügelten die Soldaten auf sie ein.

Galle stieg in Dominics Kehle auf. Es war eine wahnwitzige Raserei, die Arme der Männer fuhren hinauf und hinab wie Kolben. Er hatte es schon oft gesehen: die sinnlose, brutale Blutgier einer eingeschüchterten, aufgebrachten Gruppe von Männern, die den Befehl erhalten hatten, etwas zu bestrafen, was nichts weiter als eine hartnäckige Befehlsverweigerung und Missachtung des Gesetzes zu sein schien.

Einige Frauen wehrten sich und kämpften, aber sie hatten keine Waffen, während die Soldaten ihre Musketen wie Knüppel gebrauchten. Eine ältere Frau ging in einem Hagel von Schlägen zu Boden, ihre saubere weiße Schürze zerrissen und ganze Büschel Haar von ihrem Kopf gerissen – Deirdre Fraser, der er am Abend zuvor in Dunachan begegnet war. Ein genagelter Stiefel zermalmte ihr die Brust, während ein anderer ihre Schläfe traf. Sie erschlaffte und blieb reglos liegen.

Kinder schrien und liefen weinend weg. Ein etwa zehnjähriger Junge versuchte, seinen kleinen Bruder auf dem Rücken zu tragen, während er seine jüngere Schwester an der Hand mitschleifte. Das Mädchen schluchzte herzzerreißend. Verzweifelt stürzte sich der Junge mit seinen Bürden in die dröhnenden Gewässer des Reulach.

Währenddessen zog eine andere Gruppe von Männern von Haus zu Haus. Als säten sie Feuer, loderten Flammen auf und griffen knisternd auf die mit Heidekraut gedeckten Dächer über. Rauch strömte aus Fenstern und Türen und quoll aus brennenden Kaminen. Einige der Frauen versuchten, ihre Möbel aus den Häusern herauszuholen, aber viele kamen schon zu spät. Die Bücher, die kostbaren Stücke feinen Porzellans, die liebevoll bestickten Chintzvorhänge, all die Werkzeuge des alltäglichen Lebens wurden Brennstoff für ein tosendes Inferno.

Mairead MacNorrin, die im achten Monat schwanger war und während des *céilidh* ein bisschen mit ihm geflirtet hatte, war von ihrem Kuhstall auf das Dach ihres Hauses geklettert. Mit ausgestreckten Armen und Beinen lag sie nun dort oben und schrie den jungen Männern mit den Fackeln lautstark ihren Trotz entgegen. Yarrow Fletcher ritt heran und schlug mit einer langen Peitsche nach ihr. Dominic wusste, dass er sie in Englisch anbrüllte, wovon sie kaum etwas verstand, doch das änderte nichts am Ergebnis. Mairead rutschte aus, und ein Mann packte sie am Fußknöchel. Sie stürzte schwer und schrie gellend auf, als ihr Haus in Brand gesetzt wurde. Sich vor Schmerzen krümmend, hustend und würgend, stolperte sie davon, um an der Mauer ihres Gartens zusammenzubrechen.

Und irgendwo inmitten dieses furchtbaren Krawalls war Catriona.

Dominic sah und registrierte dies alles, während er den Hang hinter dem brennenden Dorf hinunterhastete. Noch immer aneinander geklammert, wirbelten die drei Kinder den schäumenden Reulach hinunter. Sich durch die eisigen Fluten kämpfend, packte Dominic den älteren Jungen und warf sich dessen kleinen Bruder kurzerhand über die Schulter. Das Kind hielt sich verzweifelt fest, die kleinen Fäuste verschränkten sich fast schmerzhaft hart in Dominics Haar. Er schaffte es, das Mädchen unter seinen anderen Arm zu klemmen. Durch das eisige Wasser watend, brachte er sie zum Ufer und setzte sie vor einem kleinen Kieferngehölz ab.

»Bleibt hier«, sagte er. »Eure Mutter wird euch finden.«

»Sie haben sie geschlagen«, schluchzte der ältere Junge, sein Gesicht eine Maske des Entsetzens. »Sie haben sie in die Brust getreten, ihr die Haare ausgerissen und ihr Kleid zerrissen. Sie ist tot.«

Dominic hockte sich hin und blickte dem Kleinen ins Gesicht. Ein Glück, dass der Junge Englisch sprach! »Nein, nein. Sei ein tapferer Junge. Sie mögen sie verletzt haben, aber sie wird leben. Und bis du es weißt, musst du deinen kleinen Bruder und deine Schwester trösten. Verlier niemals die Hoffnung, bevor du alle Fakten kennst.«

Der Junge wischte sich mit dem Armrücken über die Nase und zog die schluchzenden jüngeren Kinder in seinen Armen an sich.

Dominic ließ sie dort sitzen und rannte zurück zum Dorf. Dichter schwarzer Rauch quoll aus den Häusern. Einige Frauen hatten zwischen den Häusern zu fliehen versucht, aber die Soldaten verfolgten sie. Jede Biegung brachte Dominic geradewegs zu einer weiteren heftig kämpfenden Gruppe. Mit seinen Fäusten und seinem Pistolenkolben begann er, wild um sich zu schlagen.

»In Dreiteufelsnamen!«, schrie er. »Das sind *Frauen*!«

Es war, als versuchte man, eine Flutwelle oder einen Blitzschlag aufzuhalten. Die Männer hatten den Verstand verloren; es war, als wären sie zu einer Naturgewalt geworden. Sie registrierten nicht einmal seine Präsenz. Ein Knall zerriss die Luft. Ein einzelner Pistolenschuss.

»Himmel noch mal!« Er kämpfte sich an einer Gruppe sich prügelnder Frauen und Soldaten vorbei. Hatte Yarrow Fletcher gerade Catriona erschossen? Im Laufen schrie er: *»Um Himmels willen, Männer! Das sind Frauen! Sie sind nicht bewaffnet!«*

Als er um die Ecke des nächsten Hauses stürzte, sah er Yarrow Fletcher auf seinem Pferd, wie er gerade fluchend seine Pistole einsteckte.

Ein Hund flitzte weg, unverletzt, obwohl Fletchers Kugel eine deutliche Spur im Staub der Straße hinterlassen hatte. Keine Frau also, und auch nicht Catriona. Gott sei Dank!

»Verfluchte Schweinehunde! Macht den Weg frei!«, brüllte Fletcher. »Verlasst die Häuser! Ihr werdet alle festgenommen. Recht und Gesetz stehen hinter mir.«

»Kein Gesetz und Recht für dich, Yarrow Fletcher«, erklang eine hohe, feste Stimme. »Kein Gesetz für dich! Verderben über dich! Verhängnis über dich und deine Sippe! Kein Kerker nimmt dich auf, kein Galgen wird dich an sich baumeln lassen. Es wird keine Klinge sein, die dich durchbohrt, und auch keine Kugel wird dich treffen. Kein Grab wird dich aufnehmen, bis hohe Steine sich aus ihren Verankerungen lösen und alle Glocken wie von Geisterhand zu läuten beginnen, um dich anzuklagen. Verflucht seist du, Yarrow Fletcher!«

Es war Iseabail MacNorrin. Wie eine Insel der Stille stand die alte Frau reglos inmitten des Tumults, die Augen weit geöffnet und so ruhig, als sähe sie etwas, was gar nicht da war. Wider Erwarten spürte Dominic, wie ein kalter Schauder über seinen Rücken lief.

»Du verrückte alte Hexe!« Fletcher lachte und wendete sein Pferd. »Soll das etwa ein Fluch sein? Dass ich in meinem Bett sterben werde?«

»Du wirst weder in deinem Bett sterben, noch jemals wieder darin Ruhe finden, Yarrow Fletcher«, rief die alte Frau. »Fluch und Verderben drohen dir! Dein Grab ist bereits ausgehoben, aber kein Mensch wird deinen Namen darauf schreiben.«

Iseabail wandte sich um und ging mit gestrafftem Rücken, als die Soldaten hinter ihr ihr Haus ansteckten. Die weiße Leinenhaube auf ihrem schneeweißen Haar schimmerte, als sie im dichten Rauch verschwand.

Noch immer auf der Suche nach Catriona, bog Dominic um die Ecke eines Kuhstalls und musste feststellen, dass er in der Falle saß. Der Stall formte eine Seite eines kleinen Pferchs. Die Hausmauer versperrte die andere Seite, und die Rückwand bildete solides, vorstehendes Felsgestein. Als er herumfuhr, um den Rückzug anzutreten, stürmte ein Trupp Soldaten um die Hausecke und entdeckte ihn.

»Holt Mr. Fletcher!« Der Akzent des Mannes stammte aus dem Norden Englands. Langsam stolzierte er auf Dominic zu, die Muskete auf Dominic gerichtet, während er über die Schulter mit seinen Kameraden sprach. »Wir haben einen ihrer Männer hier. So wie er aussieht, möchte ich wetten, dass er sich mit unseren Jungs geschlagen hat.«

Dominic wich langsam zu der Stallmauer zurück und warf die Pistole weg. »Werden Sie mich erschießen, Sir?«, fragte er ruhig. »Kaltblütig erschießen? Ich bin unbewaffnet.«

»Dein Messer«, entgegnete der Mann. »Ihr Kerle habt alle ein Messer in euren Socken. Wirf es weg! Und keine Sperenzchen, sonst blas ich dir ein neues Loch, durch das du furzen kannst.«

Dominic zog das Messer heraus und warf es auf den Boden, dann trat er etwas zurück und hob die Hände. Wenn er sich fallen ließ, wäre die Klinge immer noch in seiner Reichweite.

Der Mann grinste. »Ich hab ihn, Jungs. Wir werden ihn in Eisenketten nach Inverness ins Gefängnis bringen.« Er spuckte aus und richtete den Blick wieder auf Dominic, als die anderen Soldaten gingen. »Ihr Burschen mögt es nicht, weit weg von euren geliebten Bergen eingesperrt zu sein, nicht wahr?«

Das Hufgetrappel eines Pferdes wurde laut. »Sieh mal einer an!« Yarrow Fletcher grinste von seinem Pferd herab. »Gut gemacht, Smith. Sie haben Ihren Finger in ein Wespennest gesteckt und ein verdammt feines Früchtchen rausgezogen.«

»Mr. Fletcher.« Dominic hustete, als der Wind sich drehte und ihm schwarzen Rauch ins Gesicht wehte. »Ist dies alles nicht sogar für Sie ein bisschen roh?«

Fletcher beugte sich in seinem Sattel vor. »Ich tue nur meine Arbeit, Mr. Wyndham. Diese Leute haben kein Recht, sich noch hier aufzuhalten. Das Land gehört nicht ihnen. Sie haben ordnungsgemäße Räumungsbescheide erhalten, wie es das Gesetz erfordert. Wenn sie nicht gehorchen, müssen wir sie zur Räumung zwingen, mit allen Mitteln, die uns zur Verfügung stehen. Sie sind die Übeltäter. Jeder von ihnen, der Widerstand leistet, kann festgenommen und ins Gefängnis gesteckt werden. Smith hat Recht. Aber *Sie* werde ich nicht mit den anderen in das Tolbooth sperren. Für Sie habe ich ein sehr viel schwärzeres Loch im Sinn. Ein privater Ort in Inverness. Er wird Ihnen dort gefallen.«

Ein schwarzes Loch! Das Bild gähnte vor ihm wie das Tor zur Hölle. *Angekettet, die Armen hinter dem Rücken gefesselt, während er erbarmungslos geschlagen wurde. Und dann im Dunkeln zurückgelassen, um zu sterben!*

»Ich werde es lieben«, entgegnete Dominic. Seine Stimme klang kühl, ja, sogar eine Spur belustigt, aber dicht unter der Oberfläche lauerte die Panik. »Werden Sie selbst das Prügeln übernehmen, oder werden Sie es diesen netten Liverpooler Jungen für Sie erledigen lassen?«

Fletcher schwang sich aus dem Sattel, die entsicherte Pistole in der Hand. »So gleichgültig, Wyndham? Glauben Sie mir etwa nicht? Sie denken, wir hätten nicht genug Beweise, um Sie festzuhalten? Was ist, wenn Sie des Mordes beschuldigt werden?«

Er hob Dominics Messer und Pistole von dem Kopfsteinpflaster auf. Die Pistole steckte er in seine Tasche, aber als Smith beiseite trat, stieß Yarrow Fletcher dem jungen Mann Dominics Messer in die Brust. Überraschung zeichnete sich auf Smith' groben Zügen ab, als er seine Muskete fallen ließ. Mit einer Hand nach dem aus seiner Brust ragenden Messer greifend, taumelte der junge Soldat und brach zusammen.

Dominic regte sich nicht. Fletcher hatte noch seine Pistole und wollte ihn zweifelsohne tot sehen. Aber er fühlte, wie ihm übel wurde, als er seine Wut herunterschluckte.

»Ich verhafte Sie, Dominic Wyndham«, sagte Fletcher triumphierend, »wegen Mordes an diesem Mann, an Smith. Des Weiteren sind Sie auf der Flucht vor dem Gesetz und einem Haftbefehl in Nottingham. Sie werden hängen. Doch bis es so weit ist, wird es einige recht unerfreuliche Erniedrigungen für Sie geben, bevor ich Sie der Gnade des Gesetzes ausliefere.«

»Zweifelsohne.« Der Widerschein der Flammen tanzte auf dem Pistolenlauf. Es würde Dominic nicht überraschen, wenn Yarrow Fletcher den ersten Schuss nur abgäbe, um ihn zum Krüppel zu schießen: ins Knie vielleicht oder in den Unterleib. Er schaute auf zu seinem Feind auf und lächelte. »Niemand hat schließlich je behauptet, Tod durch Erhängen sei etwas Würdevolles.«

Kapitel 15

Catriona zog Deirdre Fraser aus dem Weg der Pferde. Die ältere Frau stöhnte.

»Psst«, sagte Catriona sanft. »Ruh dich hier aus. Deine Kinder sind in Sicherheit.«

Deirdres Augenlider flatterten. »Es war ein böser Tag.«

»Beruhige dich, du tapfere kleine Frau!« Catriona lächelte sie an. »Es gibt auch eine Menge Soldaten, die nach diesem Tag nach Hause hinken werden.«

Die alte Frau schloss die Augen und erwiderte ihr Lächeln.

Catriona richtete sich auf. Sie hatte ihn gesehen. Für einen kurzen Moment hatte sie das dunkle Plaid und sein schimmerndes goldenes Haar gesehen, als er in den Fluss hinausgewatet war, um die Kinder herauszuholen und in Sicherheit zu bringen. Nachdem er sie dann am Ufer abgesetzt hatte, war er wie ein Derwisch in das Dorf gerannt. Und gestern Nacht, gestern Nacht erst, hatte sie ihn nackt und hilflos und ganz und gar von seiner Ekstase beherrscht gesehen, als er sie zum Tir-nan-Og mitgenommen und sie für einen Moment all ihre Sorgen hatte vergessen lassen.

Aber er – dieser verrückte Narr! – war ein Soldat. Er würde kämpfen. Kalte Furcht griff an ihr Herz. Sie würden ihn töten. Warum wäre sie sonst so froh gewesen, dass die MacNorrin-Männer weit weg in den Bergen waren? Denn jeder Mann, der sich der brutalen Macht des Gesetzes widersetzte, wäre schlichtweg massakriert worden.

Ein Schuss ertönte. Maireads Hund rannte vorbei. *A Dhia!* Hatte jemand eine Musketenkugel in Dominics tapferes, verbohrtes Herz gejagt?

Sie rannte zurück zum Dorf. Die Frauen waren blutbefleckt, ihre Schürzen und Kleider und ihre sauberen, schlichten, weißen Hauben zerrissen und beschmutzt. Die Unverletzten flohen über den Reulach oder in die Berge. Catriona erstickte nahezu an dem dichten schwarzen Rauch und ihren eigenen Tränen, als Iseabails Stimme durch das Brüllen der Flammen drang und sie laut auf Englisch fluchte.

»Es wird keine Klinge sein, die dich durchbohrt, und auch keine Kugel wird dich treffen. Kein Grab wird dich aufnehmen, bis hohe Steine sich aus ihren Verankerungen lösen und alle Glocken wie von Geisterhand zu läuten beginnen, um dich anzuklagen. Verflucht seist du, Yarrow Fletcher!«

Catriona duckte sich hinter einen nur noch glimmenden Stall und rang nach Atem. Wenn sie hier gefunden wurde, würde sie verhaftet werden. Aber sie konnte Dunachan jetzt nicht mehr ungesehen über die Straße erreichen, und Dominic war noch irgendwo in dem brennenden Dorf und riskierte, gefangen genommen und eingesperrt zu werden – seine größte Furcht.

Yarrow Fletcher sprach irgendwo in der Nähe. Dominics Stimme erinnerte an Eisstückchen auf einem Ofen, zischend, aber kalt.

»Niemand hat schließlich je behauptet, Tod durch Erhängen sei etwas Würdevolles.«

Er lebte! Tränen stiegen in ihren Augen auf und brannten hinter ihren Lidern. Der Teufel hole ihn und seine verdammte englische Art! Sie stürzte um die Ecke des Gebäudes und sah ihn – quicklebendig wie die Sonne, stark und golden. Er schaute Yarrow Fletcher über den Leichnam eines Soldaten hinweg an. Fletcher ließ langsam die Pistole sinken.

»Du wirst es ohnehin nicht bis zum Galgen schaffen«, brummte Fletcher.

Catriona schrie. »*Gonadh ort!*«

Sie hob einen lockeren Pflasterstein auf und warf ihn. Er traf Fletcher an der Schläfe, als er zu ihr herumfuhr. Fletcher fiel zu

Boden. Sein Schuss traf das Kopfsteinpflaster neben ihm, ohne Schaden anzurichten.

Heiße, erstickende Tränen schnürten Catriona die Kehle zu. Sie sah alles nur noch verschwommen. »Komm da weg, du dummer, dummer Mann! Ach, du bist ein Narr!« Sie beugte sich nach vorn, legte den Kopf in die Hände und lehnte sich mit dem Rücken an die Mauer. Sie hatte das Gefühl, sich am Rande einer Ohnmacht zu befinden. »Wir müssen dich fortbringen, am besten in die Berge. Sie werden dich verhaften und aufhängen.«

Sie vernahm seine Stimme ganz dicht an ihrem Ohr, und sie klang ein wenig spöttisch. »Ich muss *dich* fortbringen, bevor ich dir höchstpersönlich deinen verfluchten Hals umdrehe. Was, zum Teufel, hast du Fletcher zugeschrien?«

Sie schaute zu seinen unendlich grünen Augen auf. »Einen Hexenfluch: einen durchdringenden Schmerz für ihn!«

Dominic packte sie an beiden Armen. Für einen flüchtigen Moment beugte er sich vor und küsste sie auf die Lippen, dann schob er sie wieder von sich. »Iseabail hat ihn auch verflucht und einige ziemlich abwegige Voraussagen über seinen Tod getroffen.«

»Ich habe sie gehört«, erwiderte Catriona. »Sie werden sich erfüllen.«

»Mir wäre es lieber, wenn er für seine Verbrechen hängen würde.« Er nahm ihre Hand und verschränkte seine Finger mit den ihren. »Du hast einen schweren Schock erlitten. Lass uns so schnell wie möglich hier verschwinden.«

Zusammen rannten sie um den noch immer glimmenden Stall herum und schlüpften hinter ein Dickicht aus Bäumen und gelbem Ginster. Blindlings, nur ihrem Instinkt folgend, führte sie ihn in die Berge, bis Achnadrochaid nicht mehr war als ein Fleck am Horizont.

»*Is fhasa deagh ainm a chall na chosnadh*«, sagte sie.

Er lag auf dem Rücken neben ihr. »Es ist schon schwer genug für mich, dich zu verstehen, wenn du Englisch sprichst, Geliebte.«

Verdutzt sah sie ihn an, und dann erinnerte sie sich wieder. »Es ist leichter, einen guten Namen zu verlieren, als einen zu gewinnen. Du hast diesen Soldaten nicht getötet, oder?«

»Nein, das war Yarrow Fletcher. Aber glaub nicht, ich hätte es nicht getan, wenn es erforderlich gewesen wäre.«

»Ach, du verrückter Kerl! Das war doch gar nicht nötig!«

»Natürlich nicht. Ich wäre dem Gefreiten Smith entkommen, ohne ihn zu töten.«

»Aber nun wird dein Name in ganz Ross-shire in Verruf gebracht. Soldaten werden dich für den Mord an ihm jagen. Es wird mehr als eine bloße Gefängnisstrafe sein, was du jetzt fürchten musst. Sie werden dich an den Galgen bringen.«

»Psst«, warnte er und zog sie zu sich ins Farnkraut herab. »Reiter.«

Als sie so in dem abgestorbenen braunen Farn des letzten Jahres neben ihm lag, die jungen grünen Triebe wie ein Dach über ihren Köpfen, war sie sich seiner Wärme sehr intensiv bewusst und erinnerte sich an das Gefühl seines Körpers an ihrem, seinen Duft und Geschmack im sternenübersäten Turm auf Dunachan. Das Hufgetrappel näherte sich.

Durch die Ranken junger Farne sah sie ein Steigbügeleisen aufblitzen, die Beine eines Braunen und den Bauch des Tieres. Der Stiefel in dem Steigbügel trug Sporen aus Metall. Catriona klammerte sich an Dominic und wagte kaum zu atmen, bis das Pferd sich wieder entfernte.

»Wir müssen uns eine Zeit lang verstecken«, flüsterte Dominic.

»Folge mir.« Da es ihr zu riskant erschien aufzustehen, schlängelte sie sich auf dem Bauch durch das Bett aus Farn, bis sie das Ufer eines kleinen Bachs erreichte. Ebereschen streckten ihre

Äste übers Wasser. Sie kannte an diesem Ort jeden Baum und jeden Stein. Hier hatte sie als Kind gespielt. Dort hatte sie sich das Knie einst aufgeschlagen. Auf der kleinen Wiese an der Biegung des Baches hatte Calum sie gelehrt, schnell und geräuschlos ihr Messer zu ziehen. Im Schutz der Bäume waren sie unsichtbar für jeden, der sich über ihnen befand. Sie führte Dominic das Flussbett hinauf, an dem Wasserfall und dem plötzlich steil abfallenden, felsigen Untergrund vorbei.

»Hier«, meinte sie schließlich. »Hier können wir uns verstecken.«

Dominic blieb stehen und ließ den Blick über die blumenübersäte Wiese schweifen, und dann richtete er ihn auf die Öffnung in der Felswand hinter ihr. Sie war nahezu vollkommen verdeckt von Stechginster, sodass sie für ein ungeübtes Auge fast nicht zu erkennen war. Und doch konnte er von ihrem Eingang aus den Bach und die Wiese sehen, und die hohen Berge hinter ihnen.

»Calums Höhle?«, fragte er.

»Ja. Komm herein.«

Der Boden war trocken. An einer Wand war trockener Farn zu einem weichen braunen Haufen aufgeschichtet. Catriona bückte sich, um ihn zusammenzufegen, und breitete dann ihre Röcke über die verdorrten Stängel, bevor sie sich setzte und ihre Arme um die Knie schlang.

Dominic war am Eingang stehen geblieben, um hinauszuschauen. Dahinjagende Wolken tauchten ihn abwechselnd in Sonne und Schatten, polierten sein goldenes Haar und ließen es dann stumpf werden wie Rost. Er war groß. Sein Körper verlieh dem Kilt Schwung und Stil, sodass er aussah wie ein echter Highlander. Catriona musste sich beständig in Erinnerung rufen, dass er Engländer war und Bruder eines Lords. Sie musste sich ermahnen, nicht nach ihm zu greifen, sich nicht an diesem großen, geschmeidigen Männerkörper zu erfreuen.

»Warum sind Berge so geheiligt?«, wollte er leise wissen. »›Ich werde meine Augen zu den Bergen erheben, von denen meine

Hilfe kommt.‹ Was ist es, was uns den Himmel über die Wolken stellen lässt? Was, glaubst du, war zuerst da?«

»Ich weiß es nicht. Wir Gälen haben auch magische Orte hinter den westlichen Meeren.«

»Magisch, aber nicht geheiligt. Die Götter der alten Griechen lebten ebenfalls auf einem Berg. Ob wohl alle Götter es so gehalten haben, seit Beginn der Welt?«

»Zu Beginn der Welt gab es noch keine Götter.«

Er wandte sich zu ihr um und grinste. »Nur Berge. Ich bin ein absoluter Skeptiker, Catriona, aber dies kommt mir vor wie ein heiliger Ort.«

Die Wolken jagten noch schneller dahin, von einem scharfen, kalten Wind getrieben. Catriona sah Dominic frösteln – sein Kilt war von seinem Sprung ins Wasser noch nass. Donner grollte irgendwo, ein Riese, der sich räusperte.

»Hast du mir verziehen?«, fragte sie, und dann biss sie sich auf die Lippe und wünschte, sie könnte die Worte ungesagt machen.

Mit der Anmut eines Athleten ließ er sich neben ihr auf dem Boden nieder und schaute ihr in die Augen. »Verziehen? Was? Dass du mir die leidenschaftlichste Nacht meines Lebens geschenkt hast? Oder dass du mich danach in meinem Zimmer eingeschlossen hast, um mich von einer Katastrophe fern zu halten? Catriona, ich verspreche dir, wir werden Andrew finden. Wir werden den Beweis erbringen, wer er ist. Wir werden Glen Reulach vor Rutley und Fletcher retten. Vertrau mir.«

Sie wandte das Gesicht ab, um ihn nicht ihre Verzweiflung sehen zu lassen. Die Wahrheit regte sich in ihr und bettelte darum, ausgesprochen zu werden. Aber sie konnte es nicht. Sie konnte ihm nicht sagen, was sie bereits wusste. Und da sie dieses Geheimnis buchstäblich gegen ihren Willen bewahrte, wurde sie von Schuldgefühlen gequält, die nach Absolution verlangten. *Vergib mir!*, wollte sie flehen. *Vergib mir, mein Geliebter, dass ich dich benutze. Vergib mir, dass ich dich dann fallen lassen muss.*

Aber wenn du die Wahrheit wüsstest, würdest du jetzt auf der Stelle gehen, und ich brauche dich – selbstsüchtig, niederträchtig, brauche ich deine Wärme, um mich vor dem Eis in meinem Herzen zu retten – oder zumindest noch für eine kleine Weile, bevor wir uns für immer trennen.

Sie blickte auf. »Doch es gibt keinen Beweis, und du kannst jetzt nicht nach Andrew suchen. Du bist ein vom Gesetz gesuchter Mann. Die Anklage wird wieder auf Mord lauten, und diesmal wird Fletcher Zeugen beibringen.«

Dominic schwieg für eine Weile. Er saß da, schaute auf die Wiese hinaus und beobachtete die Glockenblumen, die in der zunehmenden Brise tanzten. »Sie haben unglaublich zarte Stängel«, bemerkte er schließlich.

»Sie sind stärker, als sie aussehen.«

Seine Augen schimmerten so grün wie das trügerische Lächeln des Morasts. »Sind sie das?«

»Bitte nicht«, bat Catriona und richtete sich auf. »Sieh mich nicht so an. Ich bin bloß eine weitere Frau – wie all diese anderen Mätressen, die du in London hattest. Wie die leichtlebigen Damen aus der Stadt. Es wird nie etwas anderes zwischen uns sein als das. Ein vorübergehender körperlicher Reiz. Das musst du akzeptieren!«

Er wandte den Blick ab. »Du bindest mich also an unsere Vereinbarung? O Gott, ich bin verrückt, dich so sehr zu begehren, sogar jetzt noch. Was, zum Teufel, verbirgst du eigentlich vor mir, Catriona?«

Sie errötete vor Schuldbewusstsein. »Wieso fragst du?«

»Ich weiß nicht, denn mir ist klar, dass ich keine Antwort bekommen werde. Catriona, wenn ich dir jetzt winke, kannst du dann zu mir kommen?«

Sie errötete noch heftiger, denn nun vermischte sich ihr Schuldbewusstsein mit Verlangen. Sie wollte ihn bestrafen. »Gibt es irgendetwas, was wir gestern Nacht noch nicht getan haben?«

Grübchen tanzten auf seinen Wangen, als er aufschaute. »Wir haben noch die andere Seite der Leidenschaft, die wir erforschen können, Liebste. Die Seite, zu der ich dich jetzt gern hinführen würde. Zu der ich dich gestern Nacht schon hingeführt hätte, wenn du nicht andere Bedürfnisse gehabt hättest.«

Eine verräterische Hitze erwachte zwischen ihren Schenkeln. »Ich halte Wort. Ich werde dich nicht abweisen. Du möchtest mich in Lasterhaftigkeit unterweisen?«

Er grinste. »Was haben du und ich bisher getan, was man als lasterhaft bezeichnen könnte?« Er griff nach ihrer Hand. »Nein, mein Liebling, ich möchte dich in Zärtlichkeit unterweisen. Ich möchte dir Beistand leisten. Und wenn ich mein Herz dabei verliere, ist dies kein Bestandteil unserer Vereinbarung, sondern höchstens ein Geschenk.«

»Behalte dein Herz«, gab sie zurück. »Ich will es nicht.«

»Ah, aber ich habe es schon vor langer Zeit verloren. Zerbrich dir also nicht den Kopf darüber.«

Sie entzog ihm die Hand und zog sich in die Höhle zurück. »Es beunruhigt mich aber! Warum musst du das tun? Komm, ich bin bereit, deine Liebesdienerin zu spielen. Zeig mir, was das heißt!«

Er sprang auf und kam ihr nach. Catriona wich ihm aber aus, weil sie ihn verärgern wollte, damit er sie erniedrigte und sie für ihre Falschheit büßen ließ.

»Warum fragst du das?«

Mit voller Absicht versuchte sie, ihn zu verstimmen. »Du bist der Mann, über den ganz London tuschelt, der Mann, der seine Frau weinend zu ihrer Mutter zurückgetrieben hat, der Mann, der von einer ruchlosen Frau in Russland in der Kunst der Liebe unterrichtet wurde. Harriet erzählte mir in Edinburgh von ihrer Furcht und ihrem Entsetzen über das, was du in eurer Hochzeitsnacht mit ihr getan hast. Schmutzige, abstoßende Dinge. *Unaussprechliche Dinge – zu erniedrigend, um sie mit Worten zu beschreiben* – um dich zu zitieren. Ich bin deine Geliebte! Bring mir all das bei! Zeig mir, was es zu bedeuten hat!«

Er griff nach ihr und hielt sie fest und wiegte sie wie ein Kind. Die Tränen rannen ungehindert über ihre Wangen, als er sie an seine warme Brust drückte.

»Das waren nicht meine Worte«, murmelte er an ihrem Ohr. »Es waren Harriets.«

Ihr Zorn und ihre Verzweiflung schwanden. Sie klammerte sich an ihn, ließ ihre Tränen ihren Kummer fortspülen und wusste nur noch, dass sie müde war. Zu müde, um noch zu kämpfen. Als sie sich beruhigte, legte er sie auf sein dickes Plaid, das er über das federnde Bett aus Farn gebreitet hatte. Behutsam kleidete er sie aus und küsste sie dabei immer wieder zärtlich. Seine Lippen strichen leicht wie Federn über ihre Knie, über die Innenseiten ihrer Schenkel, ihren Bauch, ihre rechte Brust, ihr Ohrläppchen. Es war ein langsamer Tanz. Außer Stande, sich dagegen zu wehren, war sie bereit, lange bevor er in sie eindrang. Als sie sein heißes Glied in sich hineingleiten spürte, stieß sie einen tief empfundenen Seufzer aus.

»Zeig mir etwas Neues«, wisperte sie, entzückt von seiner Sanftheit, seiner Zärtlichkeit. »Etwas wirklich Neues.«

»Fühl mich.« Er lag ganz ruhig über ihr, ohne sich zu bewegen. »Fühl mich in dir.«

Sie konzentrierte sich und verhielt sich still. Sein Glied pulsierte und pochte im gleichen Rhythmus wie ihr Herz. »Ah! Ah! Ich spüre es! Kannst du das absichtlich tun? Wie machst du das?«

Sein leises Lachen kitzelte ihr Ohr. »Das ist ganz leicht. Es ist nur Übung.«

»Kann ich es auch tun?«

»Versuch es.«

Wieder hielt er still und stützte sich über ihr auf seine starken Arme, während sie versuchte, ihre inneren Muskeln zusammenzuziehen. Ein jäher Krampf durchzuckte ihn, und sie spürte, wie er sich in ihr bewegte. Sie lachte und versuchte es noch einmal. Diesmal war es kontrollierter, mehr wie eine Zärtlichkeit.

Er senkte den Kopf und küsste sie. Dann begann er, sich langsam in ihr zu bewegen. Sie übte, indem sie bei jedem Stoß ihre Muskeln zusammenzog und dann wieder entspannte. »*A Dhia! An fhearr leat so?*«

»Übersetz«, wisperte er.

Sie öffnete ihre Augen. »Gefällt es dir so besser?«

Er lachte, und das Lachen schüttelte ihn so, dass sie es bis in ihre eigenen Knochen spürte. »Es gibt nichts an der körperlichen Liebe, was mir nicht gefällt. Und nun sei still und achte auf all deine Gefühle und lass uns Liebende sein.«

Es baute sich diesmal langsam in ihr auf, die Offenheit, die profunde Tiefe ihres Austauschs. Ein Geschenk der Zärtlichkeit, feinfühlig und sehr erfahren. Als wäre er die Sonne, drang seine Wärme in sie ein. Indem er sich mit ihr vereinte und mit ihr verschmolz, untergrub er ihre Abwehr und löste ihre Ängste in flüssige Begierden auf, wie Rinnsale von auftauendem Eis. Als sie den Höhepunkt erreichte, war er von solch überwältigender Intensität, dass ihr die Tränen kamen. Sie schlang die Arme um seinen muskulösen Rücken und bog sich ihm entgegen, in einer stummen Bitte, noch tiefer in sie hineinzugleiten. Es war das letzte Mal! Das letzte Mal!

Schweigend, mit konzentrierter Miene, wartete er, bis sie sich entspannte. Erst dann zog er sich aus ihr zurück, um kein uneheliches Kind mit ihr zu zeugen. Danach nahm er sie in seine Arme und hielt sie fest umfangen. Sie lag ganz still und lauschte dem Klopfen seines Herzens.

Du wirst dich in mich verlieben, und ich werde dir das Herz brechen.

Ach, aber sie war schon lange in ihn verliebt, und ihr Herz war längst gebrochen! Wenn er nicht nach England floh, würde Yarrow Fletcher ihn in Inverness an den Galgen bringen und ihn zuerst noch im Geheimen foltern. Deshalb *musste* er fliehen!

Und es würden mehr als hundert Meilen sein, die sie dann trennen würden, denn nichts als die Schiffe erwarteten sie. Ihr Schicksal lag über dem westlichen Ozean, wo sie keineswegs das Gelobte Land finden, sondern zu Grunde gehen würde.

Ein plötzlicher Windstoß fuhr in die Höhle. Dominic richtete sich auf. Schützend hielt er sein Plaid vor sie, als die kalte Luft an ihre nackte Haut pfiff. Die Temperatur war merklich gesunken, obwohl der Himmel noch immer blau war.

»Großer Gott«, murmelte er. »Es schneit!«

In seine Wärme eingehüllt, sah sie die Luft flimmern und funkeln, als Schneeflocken am Höhleneingang vorbeitrieben. In winzigen silbernen Verwehungen legten sie sich auf die Blumen und das Heidekraut.

»Er wird nicht liegen bleiben«, bemerkte sie. »Der Boden ist noch warm.«

Aber der Wind drehte sich, und die Schneeflocken fielen schneller und überzogen die Glockenblumen, bis die blauen Blüten sich zu Boden neigten und ihre dünnen Stängel zu zerbrechen drohten. Der Schnee glitzerte, als er sich, schon halb geschmolzen, in funkelnde Eisstückchen verwandelte.

Dominic küsste Catrionas Scheitel. »Ich habe Calum nicht ganz geglaubt, als er mir das hier schilderte. Dass ich das einmal sehen sollte!«

»Ach, das ist hier in diesen Bergen nichts Besonderes. Eis und Schnee sind stets bereit, Spitzenhäubchen für die Pflanzen herzustellen, wann immer sie den Eindruck haben, sie bekämen zu viel Sonne.«

»Wie eine alte Dame, die ihren Teint schützt?«

Catriona kuschelte sich noch näher an ihn, weil sie seinen Arm spüren wollte, und wenn auch nur für diese kurze Zeit, als Schutz gegen die Leere. »Wenn du so willst.«

Nicht mehr als ein paar Zentimeter Schnee, dünn wie eine Zuckerglasur, bedeckten den Boden, als es aufhörte zu schneien. Jedes Eiskristall glitzerte und funkelte in allen Regenbogenfarben, als es langsam zu schmelzen begann. Die Glockenblumen warfen eine nach der anderen ihre kalte Bürde ab und richteten sich wieder auf, als die Farben am Himmel aufleuchten und einen Bogen über dem nun wieder ungetrübten Blau beschrieben.

»Schau nur, ein Regenbogen!« Dominics Stimme klang richtig ehrfürchtig. »Das Versprechen von Hoffnung. Ich glaube, ich könnte dieses Land lieben, Catriona.«

Ihre Freude wich Besorgnis. »Du musst nach England zurückkehren! Geh dahin, wo du in Sicherheit bist! Yarrow Fletcher wird dich festnehmen, und dann wirst du in irgendeinem verborgenen Verlies verschwinden.«

»Du verweigerst mir die Hoffnung? Können wir nicht einfach für immer hier in dieser Höhle bleiben?« Seine Stimme war leise, scherzhaft.

»Es gibt keine Zukunft für uns. Warum hätte ich wohl sonst versucht, dich fortzuschicken? Ich werde fortgehen, nach Kanada.«

»Ich könnte mit dir gehen.«

»Ach, du verrückter Mann! Es ist die reinste Wildnis dort. Nein, nein. Kehr du zurück nach London, zu deinen Clubs und deinen Frauen. Ich möchte dich nicht wie ein Tier in der Wildnis leben sehen, denn das würde dir das Herz brechen, und das könnte ich nicht ertragen.«

Ruhig und unerschütterlich saß er neben ihr und hielt sie fest im Arm. »Glaubst du, ich sei so sehr mit meinem Londoner Leben verheiratet?«

Genau das war der Punkt. Sie sagte ihm die simple Wahrheit. »Ich weiß, was du bist – der Bruder eines englischen Lords und an all die Zerstreuungen und Annehmlichkeiten der Zivilisation gewöhnt. Denn das alles liebst du doch, nicht wahr? Die Kultur, die Wissenschaft, die Politik?«

»Ja«, erwiderte er aufrichtig.

»Wenn wir gezwungen sind zu emigrieren, müssen die

MacNorrin neue Farmen und neue Weidegründe aus einer Wildnis schaffen. Nichts als harte körperliche Arbeit erwartet die Männer, und die werden sie mit einem Gewehr über der Schulter tun müssen, als Schutz vor den Indianern. Es wird keine Zeit bleiben für viel Kultur, nicht mal für unsere eigene. Unsere Bücher werden wir zurücklassen müssen und mit ihnen auch unsere Belesenheit. Dort wird kein Platz mehr sein für Lieder oder für Gedichte. Unsere Kinder werden wie Wilde aufwachsen. Was verstehst du schon von Land- und Viehwirtschaft?«

»Nichts. Aber du musst nicht emigrieren. Du kannst mit mir nach England kommen.«

»Und meine Clanangehörigen in ein neues Land fortschicken lassen – ohne mich? So illoyal könnte ich nicht sein.«

»Nun.« Er hob ihre Hand und küsste ihre Fingerspitzen. »Deine Loyalität verstehe ich. Aber lass uns jetzt nicht über die Zukunft diskutieren. Küss mich lieber und lass uns Abschied nehmen.«

»Was? Wirst du jetzt fortgehen?«

Er lächelte ihr zu. »Yarrow Fletcher hat mich sehr verärgert. Ich reite nach Inverness, um mit ihm abzurechnen.«

Sie fuhr zurück und starrte ihn an. »Das kannst du nicht!«

»Vertrau mir. Geh zurück nach Dunachan und stehe den Leuten von Achnadrochaid bei. Du musst dort sein, falls Mrs. Mackay mit Andrew kommt. Du musst dafür sorgen, dass Iseabail MacNorrin ein trockenes Bett bekommt. Du musst ein Bad nehmen und dir ein sauberes Kleid anziehen. Falls sie kommen, um dich zu befragen, führ dich auf wie eine Dame und leugne, die Burg auch nur vorübergehend verlassen zu haben. Wenn du arrogant genug bist, werden sie deine Aussage nicht in Zweifel ziehen. Immerhin ist Rutleys Tochter deine Tante.«

Sie wandte sich ab, um ihr Gesicht zu verbergen, falls ihr Ausdruck sie verriet. »Sie werden dich des Mordes bezichtigen. Du kannst nicht nach Inverness gehen.«

»Du kannst mich nicht daran hindern.« Er stand auf und nahm seine Kleider, legte den Kilt um seine Taille und warf das Plaid über die Schulter.

Catriona schlüpfte hastig in ihr Kleid und zog an Dominics Ärmel. »Tu das nicht, ich bitte dich!«

Seine grünen Augen waren unerbittlich. »Willst du, dass Yarrow Fletcher diese Täler auf der Suche nach mir auseinander nimmt? Möchtest du morgen eine weitere Ortschaft brennen sehen und am Tag darauf die nächste? Möchtest du Glen Reulach gegen Ende der Woche von allen menschlichen Behausungen leer gefegt sehen, nur weil ich untergetaucht bin?«

»Sie werden eh alle Dörfer niederbrennen.«

Er packte sie an den Armen, als wollte er ihre Zustimmung erzwingen. »Nicht sofort, nicht ohne Yarrow Fletcher. Himmel noch mal, Catriona! Die Gewinnsucht des Herzogs ist eine Sache, Fletchers Drang nach persönlicher Rache jedoch eine völlig andere. Rutley mag Anweisung gegeben haben, Glen Reulach als Schafweiden zu verpachten, aber diese halsbrecherische Eile, alles zu zerstören, ist Fletchers Sache. Ich kann ihn in Inverness festhalten und den MacNorrins damit ein wenig Zeit erkaufen. Und das ist etwas, das nur ich tun kann.«

»Du opferst dich für nichts und wieder nichts! Wenn sie dich in Inverness einsperren, wie sollte das Glen Reulach nützen?«

»Sie werden mich schon nicht einsperren.«

»O doch, das werden sie, falls sie dich fassen. Es ist zu gefährlich, Dominic!«

Er beugte sich vor und küsste sie. »Ich bin sehr gut darin, Gefahren aus dem Weg zu gehen. Catriona, Zeit ist die einzige Hoffnung für das Tal. Und ich habe die einzige Münze, mit der man sie erkaufen kann.«

Sie riss sich von ihm los, blind vor Tränen und außer Stande, ihm das ganze Ausmaß ihrer Verzweiflung zu vermitteln, die erdrückende Wahrheit, die er immer noch nicht kannte. »Ach, dann geh doch! Lauf in dein Verderben, du verrückter Kerl!«

Er erwiderte nichts. Für einen Moment blieb er im Höhleneingang stehen, um zum Ben Wyvis aufzuschauen, der die ferne Bergkette dominierte. Dann, nach einem letzten Augenzwinkern zu Catriona, wandte er sich ab und lief ins Tal hinunter. Er bewegte sich flink und leichtfüßig, mit schwingendem Kilt, ganz wie ein echter Highlander. *Lange, starke Beine und ein kleiner, fester Po, wenn du es schon unbedingt wissen willst, und ein hübscher, flacher Bauch. Und deshalb sitzt der Kilt so gut.*

Ach, es machte alles gut – bis auf die Tatsache, dass sie eine Verpflichtung hatte, die es ihnen verbot, zusammenzubleiben. Catriona wusste, was er war, und liebte ihn, so wie er war. Sie würde nicht zulassen, dass er sich ins Unglück stürzte, indem er mit ihr in die Wildnis ging, wo er sich niemals wohl fühlen und irgendwann beginnen würde, sie zu hassen.

Irgendwann im Lauf der Nacht schlich Dominic zu seinem Quartier in dem Gasthof in Inverness zurück. Er hatte einen großen Bogen um die Zollbrücke gemacht, war durch den Ness gewatet und dann durch die schlafende Stadt geschlüpft, um durch das Fenster seines Zimmers einzusteigen. Dort erwartete ihn eine angenehme Überraschung – sein Schrankkoffer aus London war inzwischen eingetroffen!

Er bestellte Eier zum Frühstück und zwang sich, sie zu essen, obwohl sein Magen sich vor Nervosität verkrampfte. Trotz seiner zur Schau gestellten Unbekümmertheit war er sich nicht sicher, ob es klappen würde. Er war keineswegs überzeugt davon, dass er nicht doch in irgendeinen finsteren Keller geworfen werden würde, um von Yarrow Fletcher gefoltert und gequält zu werden. Die Furcht in ihm wurde immer lauter. Die Anschuldigungen gegen ihn in Nottingham konnten von bezahlten Zeugen untermauert werden – und der Tod des jungen Smith? Mehrere Soldaten hatten sie zusammen gesehen. Sie mussten Fletcher besinnungslos neben der Leiche des toten

Soldaten gefunden haben. Und das Gesetz würde die offenkundigen Schlüsse daraus ziehen.

Dominic stützte den Kopf in die Hände und zwang sich, sich mit dem zu konfrontieren, was auf dem Spiel stand. Zwei Anklagen wegen Mordes, die letzte mit gekauften Zeugen. Er war in London als Libertin bekannt – *betrunken und halb nackt eine Kirche entweihend.* Falls es zum Prozess kam, war anzunehmen, dass Fletcher dies als Beweis für einen rücksichtslosen, heimtückischen Charakter hinstellen würde. Und somit würde er in einem Prozess für schuldig befunden werden, und dann wartete auf ihn der Galgen. Welche Gnade war man einem Mann schon schuldig, der als lasterhaft und ausschweifend bekannt war, seine unschuldige Ehefrau korrumpiert hatte und dann ein Mitglied der örtlichen Miliz erstochen hatte, das nur seine Pflicht getan hatte?

Und Yarrow Fletcher hatte keinesfalls die Absicht, Gnade walten zu lassen.

Es klopfte an der Tür. Dominic öffnete sie.

Alan Fraser zog seine blaue Mütze ab, als er den Raum betrat. »Ich habe deine Nachricht erhalten. Du hattest Glück. Der Junge hat mich auf der Straße abgefangen. Aber ich wäre sowieso nach Inverness gekommen.«

»Mit Whisky, hoffe ich? Du wirst mir doch etwas verkaufen?« Dominic bedeutete ihm, Platz zu nehmen. »Hast du schon gefrühstückt?«

»Ja. Ich kann nicht lange bleiben.« Alan griff in die Innentaschen seines Rocks und zog ein paar Flaschen heraus. »Ich habe den Whisky für dich. Ein fabelhafter Tropfen!«

Dominic lächelte. »Ja, das ist er!« Er gab Alan das Bündel mit dem Kilt und Plaid, den äußeren Zeichen seiner Flucht durchs Heidekraut. »Du wirst doch deiner Mutter meinen Dank ausrichten? Ich fürchte, der Kilt deines Vaters ist in keinem besonders guten Zustand mehr.«

»Nichts, was sich nicht flicken ließe.« Alan lachte und klopfte ihm auf die Schulter. »Du wirst dich nun wieder in einen feinen Sassenach verwandeln, aber es war großartig, dich als einen von uns gekannt zu haben.«

Catriona floh nach Dunachan zurück, der unbezwingbaren Festung ihrer Vorfahren, wo MacNorrin Dhu vierzehnhundertdreiundsechzig den Frasers getrotzt hatte und wo heute, außer einem Baby, kein MacNorrin mehr das Recht besaß zu leben. Sobald die Leute alle aus dem Tal vertrieben waren, sollte aus der Burg ein Jagdschloss werden. Catrionas kleiner Cousin Thomas, der rechtmäßige Erbe, würde vielleicht nie hier leben. Er würde von seiner Mutter und von seinem Großvater als Engländer aufgezogen werden, und seine Highland-Erbschaft würde den Wind durch leere Täler wehen sehen, mit nichts anderem als dem reichlich vorhandenen Rotwild und den weißen Schafen als Bewohnern.

Sie wusste nicht, ob ihr nur aus diesem Grund das Herz so wehtat oder ob es wegen des verrückten Engländers so schmerzte, der ihren furchtbaren Kummer mit seinem Körper gelindert hatte. Sie wusste genauso gut, dass er nicht mit ihr ins Exil gehen konnte, wie sie wusste, dass er ihr in seiner maßlosen Galanterie den Vorschlag machen würde. Aber sie konnte ihn nicht annehmen. Er musste nach England zurückkehren, wo er hingehörte.

Doch würde Yarrow Fletcher ihn zuerst in irgendeiner geheimen Zelle einsperren? *A Diah!* Was hatte Dominic sich da bloß vorgenommen? *Ich habe Angst, je wieder in einem Keller eingesperrt zu sein. Man könnte sogar sagen, dass mir in gewisser Weise selbst die Dunkelheit ein bisschen Angst macht.*

Auf Dunachan war Catriona abgelenkt. Deirdre Fraser war auf die Burg gebracht worden, außerdem noch verschiedene andere Frauen mit Prellungen und gebrochenen Knochen. Deirdre war bewusstlos und hatte hohes Fieber. Ihre drei Kinder saßen wartend zu Füßen der alten Iseabail MacNorrin und lauschten ihren Liedern und Geschichten. Catriona verwandelte den großen Burgsaal in ein Lazarett und das Frühstückszimmer in ein Kinderzimmer und pflegte Deirdre selbst – und mit jedem Tag wuchs ihre Furcht, es könne ein Räumungsbescheid eintreffen, um sie alle zu vertreiben. Doch Yarrow Fletcher kehrte nicht zurück. Die anderen Ortschaften nahmen die Leute von Achnadrochaid auf und gingen ihren Angelegenheiten unbehelligt nach – bis auf die Angst, die auch sie natürlich nie verließ.

Die Angst war Catrionas täglicher Begleiter. Angst vor Yarrow Fletcher.

Ich kann ihn in Inverness festhalten und den MacNorrins damit ein wenig Zeit erkaufen. Und das ist etwas, das nur ich tun kann.

Und sie hatte geglaubt, er sei kein Held! *A Mhuire!* Welches Opfer brachte er Fremden zuliebe? *Ein gewisses Maß an ziemlich unerquicklichen Erniedrigungen.* Fletcher plante gewiss noch etwas sehr viel Diabolischeres als das! Catriona lag nachts wach und fröstelte im Dunkeln.

Am nächsten Tag schlug Deirdre die Augen auf und lächelte Catriona an. »*A bheil Calum an seo?*«

»Calum starb letztes Jahr in Waterloo«, antwortete Catriona. »Wie du sehr gut weißt, du dumme Frau.«

»Ach ja, natürlich«, erwiderte Deirdre. »Ich träumte nur. Es kommt jetzt alles wieder zurück. Ach Gott, ach Gott! Wo sind die Kinder?«

Catriona war nun also frei. Frei, Dunachan zu verlassen und Dominic nach Inverness zu folgen. Sie zog ihr bestes Kleid an und ließ ein feines, großes Pferd mit ihrem Damensattel satteln. Mit einer kleinen Eskorte von Bediensteten ritt sie in Inverness wie eine Königin ein.

Ihr Herz hämmerte vor Furcht, als sie sich in dem Gasthof, in dem er abgestiegen war, nach ihm erkundigte.

»Ach, haben Sie es denn noch nicht gehört?«, entgegnete der Wirt.

Catriona drehte nervös die Reitgerte in den Händen. »Was? Major Wyndham war ein Freund meines Bruders. Ist er nach England zurückgekehrt?«

»Weit gefehlt! Er hat die ganze Stadt in Aufruhr versetzt. Vor zwei Tagen kam er zu seinem Morgenspaziergang heraus und sah ein Plakat wie dieses hier.«

Mit dem Kopf deutete er auf ein zusammengeknülltes Stück Papier, das auf dem Schanktisch lag. Catriona hob es auf und las es.

»Er wird wegen Mordes gesucht?« Sie war erstaunt, dass ihre Stimme so ruhig blieb. »Er soll sich als Highlander verkleidet und einen Milizionär erstochen haben?«

Der Gastwirt grinste. »Es hat ihn ganz schön wütend gemacht, das Plakat zu sehen! Er zerriss es und stürmte in die Stadt, um auch die anderen einzusammeln. Dann brachte er sie alle miteinander zum Staatsanwalt und forderte eine Erklärung. Sämtliche Richter wurden darauf zusammengerufen. Und heute findet eine Anhörung im Tolbooth statt. Er bestand darauf. Es ist eine ziemliche Attraktion geworden. Die Stadtbewohner und Touristen gehen alle hin. Ich dachte, auch Sie wären wegen der Schau gekommen.«

»Um welche Zeit beginnt die Anhörung?«, hakte sie nach.

Er blickte auf die Uhr. »Ach, sie kann jeden Augenblick anfangen.«

Halb wahnsinnig vor Furcht, stürmte Catriona aus dem Gasthaus und hastete die Castle Street hinunter. Vor ihr lag der kleine Marktplatz mit dem zerbrochenen Kreuz und dem Clachnacuddin, einem uralten Stein von nahezu mystischer Bedeutung für die Stadtbewohner. Hinter ihnen, an der Ecke zwischen Kirk und Bridge Street, lag das grimmige Gebäude des Tolbooth unter seinem hoch aufragenden Turm. Sie erschauderte, als sie Inverness' ältestes Gefängnis so sicher und geschützt hinter der Arkade liegen sah. Die Wände innen waren aus ungestrichenem Kiefernholz, der Gerichtssaal schmuddelig und düster. Eine grobe Steingalerie führte an den verhassten dunklen Zellen vorbei. Würde Dominic womöglich auch noch in einer dieser Zellen eingekerkert und vergessen liegen?

Die Anhörung fand oben statt. Die Menge machte Platz und ließ Catriona in den vorderen Teil des Raumes vortreten. Der Bürgermeister und die Richter waren schon um den Richtertisch versammelt und sahen aus, als fühlten sie sich ziemlich unbehaglich. Der Staatsanwalt, der Ankläger der Krone, rieb sich mit verwirrter Miene das lange, spitze Kinn. Ein Mann schritt ungeduldig vor ihnen allen auf und ab. Catriona starrte ihn verwundert an. Es war Dominic.

Er trug ein extravagant geschnittenes Jackett aus einem edlen, leuchtend blauen Stoff, dessen hoher Kragen ihm bis über die Ohren reichte. Die Spitzen seines Hemdkragens, gestärkt wie Leisten, reichten sogar noch etwas höher. Seine Schalkrawatte bauschte sich unter seinem Kinn in kunstvoll arrangierten Falten steifen weißen Leinens. Seine Hose war aus einer Art Strickstoff, der jeden einzelnen Muskel an seinen Schenkeln offenbarte. Sie waren aus einem reinen, hellen Blau. Ein außerordentlich unpraktisches Blau, das nur ein Londoner Dandy je in Betracht ziehen würde, und das auch niemals außerhalb eines Salons.

Er hatte etwas mit seinem Haar gemacht. Es schneiden lassen, sicherlich. Aber er hatte es frisiert, vielleicht mit Öl befeuchtet, sodass es sich in raffinierten kleinen Locken um seine Ohren bauschte. Er war blass. Geradezu unheimlich blass. Sie wusste nicht, wie er das geschafft hatte. Er sah weder besonders männlich noch besonders temperamentvoll aus. Er war ein Geck, ein Londoner Dandy. Die Verwandlung war vollkommen.

Ihr Kichern begann irgendwo tief in ihr, eine ungestüme Heiterkeit, vermischt mit überwältigender Erleichterung. Er lebte! Und war nicht einmal verhaftet worden! Oh, wie konnte er das tun? Er trug Puder und Rouge auf seinen Wangen!

»Ihr müsst verstehen, meine Herren«, erklärte er gerade, »dass die Anschuldigungen dieses Mannes schlicht unmöglich sind!«

Mit einer ungeduldigen Geste deutete er auf Yarrow Fletcher, der mit verkniffenem Gesicht und hochgezogenen Schultern auf einem Stuhl seitlich des Richtertisches saß.

»Haltet Ihr das für wahrscheinlich, frage ich Euch?« Dominics Art zu sprechen war unglaublich herablassend, sehr, sehr englisch und jeder Zoll der sorgenfreie, leidenschaftslose Aristokrat. »Haltet Ihr es für möglich, dass ich – der Bruder des Grafen Windrush – als Highlander verkleidet durch die Dörfer ziehe und Leute ermorde, denen ich zuvor noch nie begegnet bin? Nicht, dass ich vor dieser Kleidung keine Achtung hätte. Tatsächlich bewundere ich sie sogar an einem Highlander und schätze sie an einem Soldaten, aber sehe ich so aus, meine Herren, als zöge *ich* so etwas an? Ich habe selbst einen außerordentlich gut gefüllten Kleiderschrank.« Er klang fast ein bisschen eingeschnappt. »Ich gebe mir wirklich die größte Mühe mit meiner äußeren Erscheinung. Ich bin nicht in die Highlands gekommen, um Gegenstand irgendeines abstrusen Scherzes dieses Mannes zu sein.«

Yarrow Fletcher stand auf. »Ein Dutzend Zeugen haben Sie in Kilt und Strümpfen gesehen. Sie waren der Letzte, der mit Smith allein war!«

Dominic wandte sich ihm zu. Ein langstieliges Monokel erschien in seinen behandschuhten Fingern. Durch die einzelne Linse blickte er Fletcher prüfend an. »Haben sie das? Dann werft mich ins Gefängnis und macht mir den Prozess!« Er erschauerte überzeugend und wandte sich zum Richtertisch zurück. »Warum befragt Ihr nicht jemanden hier, meine Herren? Jemand Unabhängigen, dessen Wort Ihr trauen könnt?«

Die führenden Männer von Inverness wünschten sich woandershin. Der Bürgermeister schaute sich im Raum um. »Wer sah diesen Mann hier in den Bergen?«

»Ich.« Groß und stolz in seinem Kilt trat Alan Fraser vor. »Und ich kann Euch versichern, meine Herren, dass er englische

Hosen trug, als ich ihm begegnete, dass er nass wie ein halb ertrunkener Hund und mächtig unglücklich darüber war.«

»Sie haben ihm einen Kilt gegeben.« Fletcher wandte sich an die Richter und deutete ärgerlich auf Alan Fraser. »Es war das Schottenmuster des Fraser-Clans, das Wyndham trug. Dieser Mann muss ihm einen Kilt gegeben haben.«

»Dann muss ich wohl verdammt großzügig sein«, entgegnete Alan Fraser prompt. »Ich habe nämlich nur diesen Kilt und dieses Plaid. Wenn ich sie diesem Engländer gegeben hätte, säße ich heute selbst mit nacktem Hintern da und würde unter den Damen einen Skandal verursachen!«

Lautes Gelächter erhob sich unter den Zuschauern.

»Können Sie beschwören, dass Sie in der letzten Woche keine Highland-Tracht getragen haben?«, fragte der Bürgermeister Dominic und tupfte sich den Schweiß von der Augenbraue.

»Also wirklich.« Dominic klappte das Monokel zusammen und machte eine große Schau daraus, seine Manschette wieder zurechtzuzupfen, nachdem er das Glas in seine Tasche gesteckt hatte. Anscheinend fand er einen winzigen Staubfleck. Er schnippte ihn weg und bedachte den Bürgermeister dann mit einem pikierten Lächeln. »Können Ihr Euch das vorstellen?«

»Dann haben Sie den Soldaten in Achnadrochaid also nicht ermordet?«, fragte der Staatsanwalt und beugte sich plötzlich vor. »Können Sie das beschwören?«

»Ich kann und werde es, Sir. Bei meiner Ehre, ich habe niemanden ermordet. Großer Gott! Werden alle englischen Touristen in den Highlands so behandelt? Denn falls es so ist, kann ich Eure Gasthäuser und Hotels darunter leiden sehen.«

Catriona schlang die Arme um den Oberkörper. Einer der Richter besaß einen Gasthof.

Fletcher begann zu schreien. »Er antwortet nicht ...«

Der Bürgermeister bedeutete ihm mit einer Handbewegung, still zu sein. »Dies ist kein Gerichtshof, Mr. Fletcher. Major Wyndham hat selbst auf dieser Anhörung bestanden, was wohl kaum die Handlungsweise eines Schuldigen ist. Wir sind auf seine Bitte hier, um zu hören, was er zu sagen hat. Falls Sie unwiderlegbare Beweise haben, müssen Sie sie dem Staatsanwalt in angemessener Weise und zum angemessenen Zeitpunkt vorlegen.«

»Ich habe ein Dutzend Zeugen, die ihn in Achnadrochaid gesehen haben!«, brüllte Fletcher.

»Oh, ich glaube, jetzt habe ich genug«, erklärte Dominic. »Holen Sie in Gottes Namen Ihre Zeugen, Mr. Fletcher, und lassen Sie sie unter Eid beschwören, dass sie mit eigenen Augen gesehen haben, wie ich diesen armen Mann ermordete. Unter Eid, Sir! Sie sind aufrechte Soldaten. Werden sie glauben, der zerlumpte Highlander, den Sie Ihrer Beschreibung nach angeblich in Achnadrochaid gesehen haben, sei *ich*, wenn sie mir persönlich gegenüberstehen? Ich glaube nicht!«

»Sie werden es beschwören! Teufel noch mal, ja, sie werden es beschwören!«

Dominic zog eine Augenbraue hoch. »Wirklich? Wie sicher Sie sich sind! Ich hoffe, Sie denken nicht einmal daran, Ihre Leute zu bestechen. Dem Duke of Wellington ist sehr wohl bewusst, dass Sie und ich private Streitigkeiten haben. Bestechungsversuche wären ein weiterer ausgezeichneter Beweis dafür.«

Oh, es wurde immer besser! Catriona begann mit einem Mal wieder zu hoffen.

»Sie stehen auf gutem Fuß mit Seiner Gnaden?«, fragte einer der Richter in beinah ehrfürchtigem Ton.

»Ich bilde mir ein, ein persönlicher Freund des Herzogs zu sein«, erwiderte Dominic mit blasierter Miene.

»Ich glaube nicht«, bemerkte der Staatsanwalt, nachdem er dem Bürgermeister rasch etwas ins Ohr geflüstert hatte, »dass man unter den gegebenen Umständen die Aussage irgendeines von Mr. Fletchers Zeugen als unbedenklich ansehen könnte.«

Fletcher hatte fast schon Schaum vor dem Mund, so zornig war er. »Ich habe Zeugen! Es war sein Messer, sage ich Euch!«

Der Bürgermeister schlug verärgert auf den Tisch. »Wenn Sie sich nicht setzen, Mr. Fletcher, und Ruhe bewahren, werden wir Sie aus dem Saal entfernen lassen! Das Messer, das in der Leiche des Gefreiten Smith gefunden wurde, war ein typisches *sgain dhu*, und ich halte es für ziemlich unwahrscheinlich, dass ein englischer Gentleman so etwas besitzt.«

»Da wäre auch noch die Angelegenheit in Nottingham zu klären«, beharrte Fletcher stur, nachdem er sich mit einem Taschentuch über den Mund gewischt hatte. »Sollen wir nun etwa davon ausgehen, dass die Plakate, mit denen Wyndham für den Mord an seinem Kutscher gesucht wird, auch nur Erfindung sind – oder eine Verwechslung?«

Der Bürgermeister seufzte, richtete aber seinen Blick auf Dominic. »Ist daran irgendetwas Wahres, Sir? Waren Sie tatsächlich zur besagten Zeit in Sherwood? Und kam Ihr Kutscher dort unter verdächtigen Umständen zu Tode?«

Catriona schluckte. Er war dort gewesen. Der Kutscher war gestorben. Niemand würde glauben, was wirklich passiert war. Die Geschichte war zu verrückt: die Fahrt in der Kutsche mit den durchgegangenen Pferden, das Bad in dem eisigen See – und was danach unter den kalten Sternen geschehen war, als sie sich zum ersten Mal geliebt hatten. Falls Dominic irgendetwas davon zugab, würde es doch gewiss nach zu viel Zufall aussehen? Dass er sowohl in Nottingham als auch in Inverness fälschlicherweise des Mordes bezichtigt worden war?

Dominic hatte bisher nicht eigentlich gelogen, jedenfalls nicht mehr als Alan Fraser. Und Catriona wusste, dass er es auch nicht tun würde. Falls die richtigen Fragen gestellt wurden und Dominic gezwungen war zu antworten, würde er sich zweifelsohne selbst belasten. Bei einer Gerichtsverhandlung würde er keine Chance haben. Nur indem er diese Anhörung erzwungen hatte, hatte er – für den Moment zumindest – das Kommando übernommen. Aber es war ein furchtbares Risiko! Falls er im Kopf des Staatsanwaltes irgendwelche Zweifel hinterließ, würde er angeklagt und vor ein ordentliches Gericht gestellt werden. Fletcher könnte das Gericht mit Zeugenaussagen bombardieren, einige echt, andere falsch, und Dominic noch immer an den Galgen bringen.

»Nun, Sir?«, beharrte der Bürgermeister. »Wurden auch die Behörden in Nottingham von einem Gauner getäuscht, der ein bisschen so wie Sie aussieht?«

»Also, das ist doch …!« Das war eine neue Stimme aus dem Hintergrund des Raumes. »Um welches Datum geht es hier?«

Alle drehten sich um und verrenkten sich die Hälse. Ein junger Mann strebte nach vorn. Catriona versuchte, ihn einzuordnen. Ja! Er war in London gewesen, als sie Dominic das erste Mal begegnet war, an der Kirchentür, nachdem er auf den Turm geklettert war. Der junge Mann hatte damals einen pinkfarbenen Frack getragen.

Er nickte Dominic zu und verbeugte sich vor den Richtern. »Lord Lescombe, zu Euren Diensten. Ich kenne zufällig die Antwort und gebe Euch gern meinen Eid darauf, dass es die Wahrheit ist. An jenem Tag war Major Wyndham noch in St. James. Ich hatte Anlass, seine Räume aufzusuchen, wegen einer kleinen Wette zwischen uns, musste aber feststellen, dass er erkrankt war. Sein Diener war recht beunruhigt. Lord Stansted, der Sohn des Herzogs von Rutley und ein besonderer Freund von Major Wyndham, bestätigte es. Jeder in London kann diese Tatsache bezeugen, und es wird mir ein Vergnügen sein, es bei meiner Ehre zu beschwören!«

»Waren Sie an jenem Tag krank?«, fragte der Bürgermeister Dominic.

Dominic nahm wieder sein Monokel heraus und starrte auf ein Gemälde an der Wand – ein Hirsch inmitten schroffer Felsen. »Soweit ich mich entsinne, litt ich unter erheblicher Atemnot, dann fror ich plötzlich und wurde von starkem Schüttelfrost erfasst. Später glühte ich vor Fieber. Ich war ziemlich außer mir. Das ist ein sehr schönes Gemälde, meine Herren.«

Catriona verbarg ihr Gesicht. Sie befürchtete, vor lauter Lachen zu ersticken.

Fletcher schnitt eine Grimasse. »Das ist nichts als ein Haufen Schwachsinn! Wyndham war am nächsten Tag in Nottingham.«

»Dann bin ich aber ein schneller Reisender! Und wie bin ich von dort fortgekommen?«, fragte Dominic.

»In einem Ballon«, rief Fletcher.

Wieder brach schallendes Gelächter im Saal aus.

»Ach, du meine Güte«, erwiderte Dominic. »Das ist ja fabelhaft!«

»Ich glaube, wir verschwenden unsere Zeit.« Der Bürgermeister beugte sich vor und wandte sich in strengem Ton an Yarrow Fletcher. »Ich bin sicher, dass Sie nur dem öffentlichen Interesse dienen wollten, Sir. Aber Sie müssen mir zustimmen, dass wir hier einen klaren Fall von Verwechslung haben. Ich kann mir kein Motiv für Lord Lescombe vorstellen, uns zu täuschen. Tatsächlich ist er mir sogar als Mann von makellosem Ruf bekannt. Und es ist offensichtlich, dass seine Aussage von Lord Stansted bestätigt werden würde, wäre dieser hier. Also suchen Sie ruhig weiter die Berge nach Ihrem Missetäter ab, aber ich glaube, wir müssen Major Wyndhams Namen von jeglichem Verdacht befreien.«

Fletcher zitterte vor Wut. Er stand auf und zeigte mit dem Finger auf Dominic. »Man hat mir nicht erlaubt zu sprechen. Ich habe nicht meine Zeugen mitgebracht …«

Die Stimme der Autorität schnitt ihm das Wort ab. »Mr. Fletcher! Lassen Sie es gut sein! Es war beschämend genug für uns, dass Plakate in Inverness aufgehängt wurden, auf denen die Verhaftung des Bruders eines Earls gefordert wurde, der aus England zu Besuch zu uns gekommen war. Also lassen Sie uns diese peinliche Angelegenheit nun zu den Akten legen.«

»Ich denke nicht.« Dominic ging auf Fletcher zu. Er überragte ihn um einiges, als er vor ihm stehen blieb. Unter seiner schillernden Verkleidung wirkte er noch gefährlicher. »Mein guter Name ist öffentlich beschmutzt worden. Ich nehme an, Sie werden sich dafür entschuldigen, Sir?«

Fletcher zeigte die Zähne wie ein tollwütiger Hund. »Den Teufel werd ich tun, Wyndham!«

Dominic seufzte. Behutsam streifte er seinen exquisiten weißen Handschuh aus und schlug Fletcher damit quer übers Gesicht.

»Dann muss ich Genugtuung verlangen. Vielleicht könnten Sie Ihre Freunde bitten, so bald wie möglich meine aufzusuchen?«

Kapitel 16

»Möchten Sie ein paar Schritte mit mir gehen, Miss MacNorrin?«, fragte er.

Etwas benommen stand sie auf der anderen Seite des Raumes. Er hatte gewusst, dass sie da war, sie aus den Augenwinkeln beobachtet und das Lächeln gesehen, das für einen Moment ihr Gesicht erhellt hatte, wie Sonnenschein auf klarem Wasser, als sie erkannt hatte, was er vorhatte. Doch die Erwähnung des Duells hatte dieses Lächeln von ihrem Gesicht verschwinden lassen und sie offenbar zutiefst verwirrt.

Die Menge hatte sich zerstreut und strömte aus dem Gerichtsgebäude. Fletcher war wütend hinausgestürmt. Der Bürgermeister hatte Dominic die Hand geschüttelt und sich dafür entschuldigt, dass einem Freund des Herzogs von Wellington Unannehmlichkeiten in Inverness bereitet worden waren – und ihn dann, unter vier Augen, noch einmal verwarnt.

Catrionas Hut schmückte eine Adlerfeder. Sie war schön und imponierend, eine Walküre – das Erbe ihrer Wikinger-Vorfahren verriet sich klar in ihren großen blauen Augen. Ein hochmodisches Reitkostüm mit einer in elegante Falten gelegten aufgesteckten Schleppe und eng anliegendem Mieder betonte ihre wohl geformten Brüste.

Er sprach wieder zu ihr, als wären sie Fremde. »Ich kannte Ihren Bruder, Madam. Ich freue mich, Ihre Bekanntschaft zu machen.«

Sie schaute mit blitzenden Augen zu ihm auf. »Das alles ist der reinste Wahnsinn! Solltest du dich mit Fletcher auf ein Duell einlassen, kannst du unmöglich gewinnen.«

»Ich muss es tun, ob ich gewinne oder nicht«, erwiderte er.

»Fletcher wird versuchen, dich zu töten, und du kannst ihn nicht töten!«

Er nahm ihren Ellbogen und führte sie aus dem Raum. »Du glaubst, ich könnte es nicht?«

»Ich weiß, dass es unmöglich ist. Iseabail sagte, er würde weder durch eine Klinge noch durch eine Kugel sterben. Ich habe gehört, was sie gesagt hat.«

Die Castle Street war sehr belebt. Neugierige Blicke folgten ihnen, als sie zu ihrem Gasthof zurückgingen. »Und du glaubst das? Sie sagte auch etwas von aus ihrer Verankerung gerissenen Steinen und Glocken, die von selbst läuten.«

»Es wird so eintreffen, wie sie gesagt hat. Sie hat das zweite Gesicht. Und das lügt nicht.«

Er verhielt für einen Moment den Schritt und zog sie aus dem Weg einer vorüberfahrenden Kutsche. »Flüche und Visionen?«

Sie schien unter ihrer Eigenwilligkeit sehr verwundbar zu sein, als würde sie zusammenbrechen, falls sie sich entspannte. »Ach, ich weiß, dass es nicht leicht zu akzeptieren ist. Ein Teil von mir will es ja auch nicht akzeptieren. Aber ich habe in den Highlands schon viele solcher Prophezeiungen wahr werden sehen. Fletcher wird nicht in einem Duell den Tod finden.«

»Dann lass dich beruhigen. Ich habe nicht die Absicht, ihn zu töten, so gern ich es auch täte. Denn täte ich es, würde ich mich zu einer diesmal sehr begründeten Mordanklage äußern müssen. Der Bürgermeister war so freundlich, mich zu warnen. Ein Gericht verurteilt zwar nur selten, wenn ein Gentleman bei einem Ehrenhandel stirbt, doch unter den gegebenen Umständen, nachdem bereits der Verdacht gesät wurde, ich könne einen Drang zum Töten haben …«

Catriona verkrampfte die Hände. Sonnenlicht fiel auf ihr scharfes Kinn, als sie rasch den Kopf abwandte. »Also habe ich Recht! *Och-òn!* Warum hast du ihn herausgefordert?«

Er grinste, um sie zu beruhigen. »Um Fletcher einen Grund zur Unruhe zu geben. Etwas, das ihn in der Stadt beschäftigt hält, damit er nicht nach Glen Reulach zurückkehren kann. Aber auch, um ihn ein bisschen zu verunsichern. Ich werde nämlich in aller Öffentlichkeit sehr ausgiebig mit Schwert und mit Pistolen exerzieren.«

Sie wandte ihm wieder das Gesicht zu und wirkte sichtlich alarmiert. »Bist du damit noch nicht geschickt genug?«

Er hob ihre Hand und küsste sie. »Sehr geschickt sogar. Deshalb werde ich ja auch in aller Öffentlichkeit üben, damit sich die Gerüchte meines Könnens in der Stadt verbreiten. Wie steht es im Tal?«

»Es ist nicht leicht mit all den ausgebrannten Familien. Wo sollen sie jetzt hingehen, außer auf die Schiffe? Aber Deirdre geht es wieder etwas besser, und die Kinder sind bei ihr auf Dunachan. Mairead MacNorrin ging zu ihrer Schwester, die etwas weiter das Tal hinauf lebt, doch der Weg war nach dem Schock, ihr Zuhause zu verlieren zu viel für sie. Sie hat jetzt ein Töchterchen, noch sehr klein, aber schon sehr hübsch und kerngesund, obwohl es eine Frühgeburt war.«

Die im achten Monat schwangere Mairead MacNorrin, die auf dem *céilidh* mit ihm geflirtet hatte. Seine rasende Wut auf Yarrow Fletcher – den er zum Duell herausfordern musste, aber dabei nicht töten durfte – drohte ihn beinahe zu ersticken. Falls auch der Rest des Tals geräumt wurde, würde dieses zerbrechliche Wesen niemals überleben. Und deshalb gab er sich selbst im Stillen ein Versprechen: Sollte dieses Baby sterben, würde Fletcher den nächsten Sonnenaufgang nicht mehr erleben, selbst wenn es Dominic Wyndham an den Galgen brachte.

Sie setzten ihren Weg fort, schlängelten sich durch die Spaziergänger und Schaulustigen, die die Stadt an diesem Tag bevölkerten.

Catriona ging schweigend neben ihm. Als sie den Hof der Herberge erreichten, wandte sie sich ihm plötzlich zu. »Wie kann ich dich davon abbringen? Du darfst es nicht riskieren, dich mit ihm zu duellieren!«

Ihr Rücken war steif, ihr Kinn erhoben. Am liebsten hätte er sie geküsst, um ihre fest zusammengepressten Lippen zu entspannen. »Wir werden dadurch Zeit gewinnen, Catriona.«

»Zeit wird uns nichts nützen«, sagte sie, und ihre Stimme brach. »Es ist hoffnungslos.«

O Gott, wenn er doch nur ihr Zuhause für sie retten könnte – obwohl sie in ihrem Leben niemals Platz für ihn haben würde, selbst wenn es ihm gelänge!

»Es ist alles andere als hoffnungslos.« Er bemühte sich, seiner Stimme einen überzeugenden Klang zu geben. »Da ist etwas, was ich dir noch nicht erzählt habe, weil ich nicht sicher war, dass es funktionieren würde. Ich habe ein Netz von Nachrichten für Mrs. Mackay ausgesandt. Alan und Davie Fraser halfen mir dabei. Falls sie irgendwo in den Highlands ist, wird sie gefunden werden. Ich habe auch Rosemary, Lady Stansted, um Hilfe gebeten. Sie schuldet mir noch einen Gefallen, denke ich. Und wer weiß? Vielleicht hat Mrs. Mackay sich mit den Wohltätigen Seelen in Verbindung gesetzt. Wir werden Andrew schon bald finden, Catriona. Dann brauchen wir nur noch den Beweis zu erbringen, wer er ist.«

»Ich habe bereits ausreichende Beweise, wer er *nicht* ist.« Sie wandte sich ab. »Wir können das Tal nicht retten.«

»Wieso nicht?« Es klang schärfer, als es seine Absicht war. Gesichter blickten sich neugierig nach ihnen um. Er wollte Catriona in die Arme nehmen. »Komm«, bat er. »Lass uns hineingehen.«

Ihre Augen verrieten Kummer und eine bizarre Aufsässigkeit, als sie den Kopf schüttelte. »Du weißt es nicht! Ich erfuhr es, als ich nach Dunachan zurückkehrte. Sarahs Leichnam war von Edinburgh dorthin gebracht worden. Die Frauen, die sie zur Aufbahrung zurechtmachten, gingen ganz besonders gründlich vor, weil sie ein persönliches Interesse an der Sache hatten. Ich hatte mich geirrt. Es war von Anfang an alles ganz anders. Sarah hat dem Gutsherrn nie ein Kind geboren, einen wahren Erben. Sie hätte es gar nicht gekonnt. Sie liegt im Kirchhof neben meinem Onkel, ihrem Ehemann, aber es besteht nicht der geringste Zweifel: Sarah starb als Jungfrau.«

Der Schock durchzuckte ihn in langen, trägen Wellen wie ein Erdbeben. Er bemühte sich verzweifelt, seine Bestürzung zu unterdrücken, aber sie fand den Weg in seine Stimme. »Wer, zum Teufel, ist dann Andrews Mutter?«

Catrionas Aufsässigkeit steigerte sich, das wurde deutlich in der Neigung ihres Kopfes und der straffen Haltung ihrer Schultern. »Ich weiß es nicht. Nicht Sarah, das steht fest. Somit ist Thomas in der Tat der rechtmäßige Erbe, und das wiederum bedeutet, dass Rutley mit Glen Reulach tun kann, was ihm beliebt.«

Die Wellen verstärkten sich. »Du wusstest das, als wir in Calums Höhle zusammen waren, und bei dem *céilidh* und an dem Tag vor der Brücke? Du wusstest damals schon, dass unsere Sache hoffnungslos war? Du wusstest es, als ich in Glen Reulach eintraf? Aber du hast mir nichts gesagt?«

Nervös strich sie mit den Fingern über ihren Hals und vermied es, Dominic anzusehen. »Ich habe dich ganz umsonst gebeten, mir zu helfen. Es hat nie irgendwelche Papiere gegeben. Die ganze Sache hatte niemals auch nur entfernt etwas mit dir zu tun. Es gab ein Kind, das bei den Wohltätigen Seelen lebte, aber wie könnten die Zuckerbäcker gewusst haben, wessen Sohn es war? Diese Frau in Edinburgh hatte falsch geraten. Der Junge ist weder Harriets noch Sarahs Sohn. Wir sind einem Trugbild nachgejagt. Andrews wahre Herkunft ist jetzt nicht mehr wichtig.«

Wilder, unkontrollierbarer Zorn wallte in ihm auf. Er glaubte, den hohen Schrei eines Kindes zu hören. »Es ist wichtig für *ihn*. Wenn wir diesen verlorenen Jungen finden und niemand Ansprüche auf ihn erhebt, werde ich für ihn sorgen, Catriona. Ich hoffe, das tröstet dich ein bisschen.«

In gespielter Tapferkeit zuckte sie mit den Schultern. »Ach, im Trostspenden bist du ja sehr gut, nicht wahr, du merkwürdiger Mann? Was geschah also mit Harriet? Warum hasste sie dich so? Es ist nichts Lasterhaftes oder Grausames in dir, nicht wahr? Du bist ein netter Mann. Lady Rivaulx – deine Freundin Frances – sagte, du seist ein guter, anständiger Mann. Ich hätte ihr glauben sollen.«

»Du hättest mir das alles anvertrauen sollen.« Zischend stieß er den Atem aus. Das Gehörte bestürzte ihn: Lord Stansteds Neffe, der junge Thomas, war in der Tat der rechtmäßige Erbe. Als könnte Glen Reulach, trotz allem, was sie durchgemacht hatten, niemals Rutleys Griff entrissen werden. Catriona hatte es gewusst, seit sie nach Dunachan zurückgekommen war. Sie hatte es gewusst, als sie ihn oben im Turm geliebt hatte. Warum, zum Teufel, hatte sie auch das für sich behalten? Weil sie geglaubt hatte, er würde sie verlassen? »Wie kannst du es wagen, mir in einem Atemzug so etwas zu eröffnen, und im nächsten gestehen, dass du etwas so Wichtiges weißt und es mir vorenthalten hast?«

Sie nahm wieder diese herausfordernde Haltung ein, die ihn so wütend machte. »Du irrst dich, was die Reihenfolge meiner Atemzüge angeht.«

Er packte sie an beiden Schultern. Am liebsten hätte er sie geschüttelt. Warum konnte sie ihm nicht vertrauen? »Verdammt noch mal! Du weißt sehr gut, was ich meine!«

»Natürlich weiß ich es.« Sie blieb unnachgiebig stehen. Es erforderte seine ganze Selbstbeherrschung, ihre Schultern wieder loszulassen. »Aber es ist mir gleich. Wie könnte es mich noch kümmern? Kannst du denn nicht sehen, was wichtig ist? Ich bin nicht wichtig. Du bist nicht wichtig. Es ist nichts mehr da, um Glen Reulach zu retten.«

Du bist nicht wichtig. Seine Wut zerrann.

»Ach, verflucht noch mal!«, murmelte er. »Es ist eine verdammte Tragödie.«

»Also bleiben uns schließlich doch nur noch die Schiffe«, bemerkte sie. »Wir werden mit Würde und mit Mut gehen. Und wenn uns das Herz bricht – die MacNorrins werden diese neue Welt bevölkern und erobern. Unsere Kindeskinder werden sie für ihre eigene Heimat halten und die alten Überlieferungen schnell vergessen. In wenigen Generationen wird es sie nicht mehr kümmern, dass der Wind einsam und verlassen über den Ben Wyvis heult und die Brachvögel in ein leeres Tal hinabrufen. Es wird kein Echo in ihren Träumen geben; die Ruinen der alten Heimstätten werden zu Kaninchenbauten, und Weidenröschen werden sich in ihnen niederlassen.« Ihre Augen waren so dunkelblau wie ferne Horizonte. »Ich werde nie zurückkehren.«

»Willst du mir immer noch verbieten mitzukommen?«

»Du bist Engländer«, entgegnete sie. »Du bist der Bruder eines Grafen. Du hast einen Beitrag zur englischen Zivilisation zu leisten. Du hast Pflichten deinem Land gegenüber.«

»Bis Jack einen Erben hat und ich nicht länger Erbe bin.«

»Was würdest du denn dort in der Wildnis tun? Du liebst anregende Gespräche und das Spiel. Du interessierst dich für Politik, für Wissenschaft und für Kultur. Du bist weder ein Farmer noch ein Waldarbeiter. Würdest du es ertragen, für den Rest deines Lebens keine weitere Bibliothek zu sehen, kein weiteres Theaterstück, kein weiteres großartiges Kunstwerk? Gib es zu! Sag, dass ich Recht habe!«

»Herrgott noch mal, du redest, als wäre ich ein absoluter Dilettant! Ich bin Soldat gewesen. Ich mag zwar nicht die Fähigkeiten deiner Landsmänner besitzen, aber ich kann lernen. Ich bin durchaus fähig, hart zu arbeiten.«

»Natürlich«, meinte sie mit einem Anflug von Sarkasmus. »Du bist ein feiner, starker Mann.«

»Ich liebe dich. Denkst du, das zählt gar nichts?«

»Wird deine Liebe für diese Wildnis ausreichen? Sieh mich an! Dies wäre nicht bloß ein weiteres Abenteuer. *Cha till mi tuilleadh*. Es wäre für immer. Glaubst du, die Indianer wären beeindruckt, wenn sie dich in einem solchen Aufzug sähen?«

Sie meinte die blaue Jacke und Hose, beide übertrieben extravagant und bewusst so ausgewählt, um die erwünschte Wirkung zu erzielen. Du liebe Güte, als ob das wichtig wäre! Aber es schien unmöglich zu sein, sie umzustimmen oder zu überzeugen, und eine kleine innere Stimme wisperte ihm beharrlich eine Botschaft zu, die er nicht mehr überhören konnte: *Sie hat Recht! Wenn du mitgehst, wirst du es ihr irgendwann verübeln, ihr deswegen grollen und ihr irgendwann unweigerlich das Herz brechen. Ist Liebe wirklich genug, um einen solch schwer wiegenden Entschluss zu fassen?*

»Du bist auch keine Frau aus dem Volk, Catriona«, entgegnete er. »Du bist auf einer Burg aufgewachsen. Du bist eine Dame, Himmel noch mal! Komm mit mir nach England.«

»Und meinen Clan seinem Schicksal überlassen? Auf keinen Fall! Und deshalb ist es zwischen uns vorbei! Jetzt, da du die Wahrheit über Andrew weißt ... warum musst du noch bleiben? Warum musst du dieses Duell mit Fletcher austragen?«

»Für Iseabail und für Mairead und Deirdre«, antwortete er. »Und weil Yarrow Fletcher sogar versuchen würde, einen Schoßhund umzubringen. Als Highlanderin wirst du doch gewiss verstehen, dass ich Rache üben muss?«

Ihre Wangen brannten, glühten vor Empörung. »Ist dir denn nicht klar, dass er dich hereinlegen wird, dass es kein fairer Kampf sein wird? Dass mit Sicherheit Verrat im Spiel sein wird? Weißt du nicht, dass er auf jeden Fall versuchen wird, dich umzubringen, obschon du selbst gar nicht beabsichtigst, ihn zu töten? *A Mhuire!* Willst du sterben, Dominic?«

»Ich weiß, was ich will«, entgegnete er nachdrücklich. »Ich möchte unsere Vereinbarung einhalten. Ich möchte dich wieder lieben. Ich möchte, dass du mir diese Kleider, die dir so missfallen, ausziehst – langsam, ein Stück nach dem anderen. Du wirst meinen Rock aufknöpfen und mir meine verdammte Hose abstreifen. Und wenn ich ausgezogen bin, werde ich dich in mein Bett tragen und dich lieben, bis dein Blut in Flammen steht und du stöhnst und schwer nach Atem ringst – bis du aufschreist und für einen Moment vergisst, dass du dir einbildest, du wärst verloren.«

Sie errötete vor Ärger und explodierte wie eine Ladung Schießpulver. »Versuch ja nicht, mich zu zwingen oder mir zu drohen! Und versuch nie, niemals, mich zu verlocken! Du bleibst, weil du beabsichtigst, das Kind zu stehlen. Du willst dir Andrew nehmen, weil dein eigenes Kind gestorben ist.«

»Du liebe Güte! Wirfst du mir das etwa vor?«

»Er ist mein Schützling, nicht der deine. Ich werde hier in Inverness auf ihn warten. Und, ja, wir haben eine Abmachung, und ich werde mich nicht davor drücken. Du brauchst mir nur ein Zeichen zu geben, und ich werde dir deinen Rock ausziehen und deine Hose und deinen nackten Körper meinen in Besitz nehmen lassen, falls es das ist, was du wünschst. Aber willst du mich hier in aller Öffentlichkeit als deine Mätresse leben lassen?«

Da war eine Mauer unbeugsamen Trotzes zwischen ihnen, als hätten sie nie etwas miteinander geteilt, einander nie etwas gegeben. »Zum Teufel damit! Du weißt, dass ich das nicht will«, sagte er. »Aber du wirst mich weder von meinen Zielen abbringen, noch wirst du mich dazu bewegen fortzugehen, indem du unser Verlangen leugnest. Über was für Mittel verfügst du?«

Ihr Zorn ließ sichtlich nach. Sie zitterte jetzt, als würde sie jeden Augenblick zusammenbrechen. »Mittel?«

»Geld, um es unverblümter auszudrücken. Wie willst du ein Zimmer für dich bezahlen?«

»Ich komme schon zurecht.«

»Ach, Herrgott noch mal! Nimm mein Zimmer. Hier ist der Schlüssel. Geh schon. Nimm es! Ich werde mir ein anderes suchen.«

Sie nahm den Schlüssel, und ihre kalten Finger streiften für einen winzigen Moment lang seine, bevor sie sich abwandte, um das Gasthaus zu betreten. Dominic sah ihr nach. Sie war wie ein durch Grasland laufendes Feuer, das zuweilen nur ein bisschen rauchte und dann wieder wie Feuergarben wütete. *Den Menschen aus den Highlands ist das Herz gebrochen worden. Sie werden ihren Stolz wie ein Plaid über ihren Kummer legen und lieber auswandern, als den Gutsherrn um die Barmherzigkeit zu bitten, die er seinen Kindern schuldet.*

Catriona blieb nun nicht mehr Andrews wegen in Inverness. Sie blieb seinetwegen, um zu versuchen, ihn zu vertreiben, da sie um seine Sicherheit fürchtete. Und aus irgendeinem tiefen Quell bezog sie immer noch die Kraft – selbst wenn sie die Bedürfnisse ihres eigenen Körpers verleugnen musste –, es zu tun. Eine Frau, die es verdiente, geliebt zu werden. Was für ein miserabler Trost das sein würde in den langen Jahren ohne sie, die vor ihm lagen! Denn wenn er sein Land im Stich ließ, ließ er auch seine Verpflichtungen im Stich. Noch nie zuvor in seinem Leben hatten Pflicht und Liebe solch vollkommen entgegengesetzte Forderungen an ihn gestellt.

»Nun, mein Guter«, erklang eine Stimme hinter ihm. »Man sagte mir, ich würde dich hier finden. Wie ich hörte, brauchst du einen vertrauenswürdigen Sekundanten für ein Duell?«

Für einen Moment war Dominic vollkommen desorientiert, doch dann fasste er sich rasch wieder und fuhr herum. Ein arglosen Lächeln auf seinem sommersprossigen Gesicht, das rote Haar aufgeplustert wie der Flaum eines Adlerjungen, war Lord Stansted – Sohn und Erbe des Duke of Rutley – gerade im Hof des Gasthauses aus einer Kutsche ausgestiegen.

Dominic begrub seinen Kummer und Ärger, bemüht, nichts anderes als sein gewohntes weltmännisches Auftreten zu zeigen, und reichte Stansted die Hand. »Ich weiß nicht, wer zum Teufel dir das berichtet hat, aber ja, wenn du als einer meiner

Sekundanten auftreten möchtest, würde ich das sehr begrüßen, lieber Freund.«

Stansted grinste noch breiter. »Es ist die Neuigkeit des Tages, du verdammter Gauner! Ich hörte es, kaum dass ich Inverness erreichte. Du wirst dich mit einem gewissen Yarrow Fletcher duellieren, einem allseits sehr unbeliebten Mann, und es würde gewissermaßen als Dienst an der Allgemeinheit betrachtet werden, falls du ihn erledigst.«

»Ich werde ihn nicht töten«, entgegnete Dominic. »Du solltest besser hereinkommen, und dann erzähle ich dir alles. Aber zuerst sag mir, was zum Teufel du hier machst?«

Ein Schatten fiel über die Sommersprossen, als Stansted die Stirn runzelte. »Ach, das!« Sichtlich verlegen wandte er den Blick ab. »Nachdem du aus London abgereist warst, dachte ich, ich fahre nach Edinburgh, um Rosemary zu sehen, wenn du es unbedingt wissen willst. Aber als ich dort ankam, war sie nirgendwo zu finden. Meine Frau hat die Wohltätigen Seelen verlassen. Sie meinten, sie sei möglicherweise hierher nach Norden gekommen.«

»Ach, du meine Güte!« Ein beinahe hysterisches Lachen wallte in ihm auf. »Und nun versuchst du, edelmütig und großherzig zu sein? Du dachtest, Rosemary sei hier bei mir, nicht wahr?«

»Nun ja ...« Stansted machte ein unbehagliches Gesicht. »Ist sie es denn nicht?«

»Ich habe keine Ahnung, wo sie ist, mein Guter. Hier ist Rosemary jedenfalls nicht, also brauchst du gar nicht erst daran zu denken, selbst ein Duell mit mir auszufechten.«

»Gott sei Dank!« Stansteds Grinsen kehrte zurück, aber das Unbehagen darunter war noch immer offensichtlich. »Lieber Freund, verzeih mir, dass ich frage – aber trägst du wirklich Puder und Rouge? Und was, zum Teufel, hast du bloß mit deinen Haaren angestellt?«

Sie hätte ins Tal zurückkehren sollen, um sich aufs Exil vorzubereiten. Aber sie konnte es nicht. Falls Andrew nach Inverness gebracht wurde, musste sie dort sein, obwohl der arme Junge mit ihren Sorgen eigentlich nicht mehr viel zu tun hatte. Catriona stellte ihn sich vor, wie sie ihn zuletzt in Edinburgh gesehen hatte, ein dunkelhaariges Kind, erfüllt von einer Leidenschaft, die viel zu groß für seinen kleinen Körper war. Wessen Sohn war er? Warum bekannte sich seine Mutter nicht zu ihm? War er bloß das Kind einer Frau, die gestorben war, ein von der Straße aufgenommenes Waisenkind? Und hatte er niemand anderen mehr auf der Welt als seine Kinderfrau?

Aber sie konnte auch Dominic nicht verlassen, den verrückten Engländer, der den Tod durch Fletchers Hand zu begrüßen schien und sich nicht von seinem Vorhaben abbringen ließ. Sie konnte nicht fortgehen, doch sie konnte auch nicht mit ihm leben und das Bett mit ihm teilen.

All seine persönlichen Dinge waren aus seinem Zimmer entfernt worden, aber sein Duft hing noch im Raum und quälte sie. Sie sehnte sich nach seiner Wärme und seiner Stärke. Sie sehnte sich nach seinem Körper und seinem trockenen Humor. Und dennoch wies sie ihn ab, verweigerte sich seinen Zärtlichkeiten und seiner Leidenschaft, weil sie ihr nun niemals geben konnten, was sie wollte.

War ihm endlich klar geworden, dass er nicht mit ihr ins Exil gehen konnte, nun, da er wusste, wie sie ihn getäuscht hatte? Doch natürlich blieb die Möglichkeit einer letzten Begegnung – ein Gentleman und seine Buhle, die dieser verlassen würde, wenn nach den allgemein bekannten Spielregeln die Zeit dazu kam. Er würde ihr zweifellos Abschiedsgeschenke geben, die sie verkaufen konnte, um ihre Schiffspassage aufzubringen, und Dinge, die sie für ihr neues Leben brauchen würde. Das war die Art, wie englische Herren sich mit ihren Mätressen amüsierten: zivilisiert, erfahren, mit Zynismus.

Die Abmachung, die sie akzeptiert hatte, bedeutete, dass sie, falls er es verlangte, mit ihm schlafen musste. Sie war ein Feigling, sich auf sein Ehrgefühl zu verlassen und darauf, dass er es nicht von ihr verlangen würde. Aber sie bewegte sich in einem Nichts, so unwirklich wie in einem Traum. Ein Traum … Mit der blendenden Schönheit seines makellosen Männerkörpers würde Dominic sie zu Nächten ekstatischer Sinneseindrücke verleiten. Und doch würde er in seine Welt zurückkehren und sie mit gebrochenem Herzen trauernd zurücklassen.

Catriona wusste, dass sie langsam innerlich verblutete.

Ach, sie ist ein kluges kleines Mädchen, unsere Catriona, mit ihrem hübschen schwarzen Haar und ihren enzianblauen Augen. Sie wird nicht viele Fehler im Leben machen. Aber wenn sie es tut, dann werden es große Fehler sein.

Sie hatte den einen Fehler gemacht, den sie nie wieder gutmachen konnte.

Ich werde dich verführen. Du wirst dich verlieben, und ich werde dir das Herz brechen. Das garantiere ich.

Sie hatte sich verführen lassen. Sie hatte sich verliebt. Und es hatte ihr das Herz gebrochen.

Dominics Plan funktionierte. Morgens übte er mit Lord Stansted auf einem brachliegenden Stück Land hinter dem Viehmarkt das Fechten und lachte, während er Stansted aufgeräumt zu immer heftigeren Offensiven herausforderte und ganz bewusst sein Können und seine Kraft zur Schau stellte. Stansted spielte mit, parierte, führte Scheinangriffe auf ihn aus und keuchte in einer gutmütigen Vorstellung von Freundschaft. Die Zuschauermenge, die sich um sie versammelt hatte, applaudierte.

An jenem Nachmittag kaufte Dominic zwei Duellpistolen und begann, mit ihnen zu trainieren. Catriona stand ganz in der Nähe und sehnte sich nach der tiefen Hingabe, die ihn überkam, als er sich seinen Waffen widmete. Die Klinge war eine Verlängerung seines Arms gewesen, angespannter Muskeln und durchdringender Schönheit der Bewegung. Der Pistolenlauf schien direkt aus seinem konzentrierten Blick zu erwachsen und sandte die todbringende Kugel geradewegs in den Mittelpunkt des Ziels.

Gegen Abend waren mit ernsten Mienen Yarrow Fletchers Sekundanten erschienen, um mit Lord Stansted und Alan Fraser, die als Dominics Gehilfen auftraten, die Einzelheiten des Duells zu regeln. Es würde am kommenden Mittwoch stattfinden, in der frühen Morgendämmerung. Fletcher würde Dominics einzige Bedingung akzeptieren, nämlich dass sie sich in aller Öffentlichkeit duellierten, unten am Strand beim Moray Firth, wo ein Boot auf den Sieger wartete, um ihm eine sichere Flucht zu garantieren. Im Gegenzug dazu würde Dominic Fletchers Wahl der Waffen zustimmen: Er bestand auf Schwertern.

Ganz Inverness wusste davon. Und bis zum nächsten Morgen erfuhr auch ganz Inverness von der Prophezeiung, die die alte Iseabail MacNorrin in Bezug auf Yarrow Fletcher ausgesprochen hatte.

Verderben über dich! Verhängnis über dich und deine Sippe! Kein Kerker nimmt dich auf, kein Galgen wird dich an sich baumeln lassen. Es wird keine Klinge sein, die dich durchbohrt, und auch keine Kugel wird dich treffen. Kein Grab wird dich aufnehmen, bis hohe Steine sich aus ihren Verankerungen lösen und alle Glocken wie von Geisterhand zu läuten beginnen, um dich anzuklagen. Verflucht seist du, Yarrow Fletcher! Dein Grab ist bereits geschaufelt, aber niemand wird deinen Namen darauf schreiben.

Catriona konnte sich keinen Reim darauf machen. Sie wusste nur, dass sie und die meisten Leute von Ross-shire nun glaubten, Fletcher könne in einem Duell nicht sterben – ja sogar vielleicht nicht einmal verwundet werden. Und so würde Fletcher sich unverwundbar fühlen, während er kämpfte, um zu töten.

Eines Morgens schrie sie im Schlaf auf und erwachte schweißbedeckt. Sie hatte von seinem Tod geträumt, hatte Dominic verwundet und hilflos unter Yarrow Fletchers Klinge liegen sehen, während die Spitze dieses tödlichen Schwerts blutige Spuren auf seinen wunderbaren Körper zeichnete.

»Stirb wie ein Hund«, hatte Fletcher in ihrem Traum gesagt. »Oder willst du mich um Gnade anflehen, die du nie erhalten wirst?«

Catriona stieg aus ihrem Bett und starrte aus dem Fenster, aber sie sah weder die Dächer von Inverness mit dem hohen Turm des Tolbooth, der zwischen den Häusern aufragte, noch die hohen Masten der Schiffe in der Förde dahinter. Sie hatte einst geglaubt, sie wäre tapfer. Sie hatte einst angenommen, sie könne diesen Engländer überlisten. Zwei Mal zuvor in ihren einsamen fünfundzwanzig Jahren hatte sie geglaubt zu lieben, und es hatte mit dem Tod geendet.

Uralter Aberglaube regte sich in ihrem Blut. *Keine Klinge wird dich durchbohren!* Wie konnte sie jetzt zu Dominic gehen und ihm erklären, sie hielte es für möglich, dass solch machtvolle Träume auch ein Vorzeichen sein könnten? Wie konnte sie mit ihren Zweifeln sein Selbstvertrauen vergiften und womöglich sogar mithelfen herbeizuführen, was sie am meisten fürchtete? Also musste sie sich von ihm fern halten und auf seine Ehre vertrauen, dass er jetzt nicht von ihr verlangen würde, ihre verrückte Vereinbarung zu erfüllen.

Und während Dominic die Stadt mit Demonstrationen seiner Fechtkunst unterhielt und Fletcher schwitzte, blieb Glen Reulach unbehelligt.

Sein Vorhaben funktionierte.

Catriona begegnete Dominic nur ein Mal direkt auf dem Korridor vor ihrem Zimmer. Er blieb stehen, und seine Augen verdunkelten sich, als er sie ansah. Ein prickelndes Verlangen erwachte zwischen ihnen. Selbst die Luft schien von dem Widerhall dieses Begehrens zu pulsieren.

»Himmel«, bemerkte er mit einem schiefen Lächeln. »Du ahnst ja nicht, wie schwer es ist, nicht auf der Einhaltung unserer Abmachung zu bestehen.«

»Ich kann es mir vorstellen.« Die Worte klangen rau, erstickt. Sie räusperte sich und begann noch einmal. »Versprich mir, dieses Duell abzusagen, und dann komm heute Nacht zu mir, und ich werde dich mit offenen Armen empfangen.«

Er fuhr zusammen und trat brüsk einen Schritt von ihr zurück. »Ich tausche Liebe nicht gegen Geld. Und ein solches Versprechen wäre eine verdammt niedrige Währung.«

»Es ist ein Angebot in purem Gold und noch viel kostbarer wegen dem, was es mich kostet!«

Er streckte die Hand nach ihr aus, als könnte er sich nicht daran hindern. Seine gepflegten Finger streiften ihre Wange. »Zu solchen Bedingungen werde ich dich nicht rufen, auch wenn die Sehnsucht uns beiden langsam den Verstand zu rauben droht.« Er lächelte. »Wir sind ein ganz schön starrköpfiges Paar, nicht wahr?«

»Du bist also entschlossen, dieses Duell zu führen?«

»Das bin ich, trotz Iseabail und ihrer Prophezeiungen und trotz allem, was ich über Yarrow Fletcher weiß. Möchtest du, dass ich jetzt mit eingezogenem Kopf die Flucht ergreife?«

Catriona atmete tief ein. Sie spürte die Berührung seiner Fingerspitzen bis in ihre Seele, eine überwältigende Sehnsucht durchströmte sie und setzte ihr Innerstes in Flammen. »*Och-òn*, natürlich möchte ich nicht, dass du deine Integrität verleugnest, Dominic Wyndham. *Air sgàth t'urraim agus t'fhacail* – aus Respekt vor dem Wort und deiner Ehre werde ich dich fortan nicht mehr zu überreden versuchen.« Das Verlangen intensivierte sich, schwächte sie und ließ ihre Knie weich werden. Sie senkte den Blick. »Komm zu mir, wenn du möchtest, ganz ohne Bedingungen.«

Sein Daumen berührte ihren Mundwinkel. »Brich mir nicht das Herz. Es gibt immer Bedingungen. Bis ich diesen Mann vernichtet habe, kann ich meine nicht erfüllen. Aber die Versuchung wird mich in die Knie zwingen, wenn ich jetzt nicht auf der Stelle gehe.«

Und damit wandte er sich ab und verschwand in seinem eigenen Raum. Catriona stieß blindlings die Tür zu ihrem Zimmer auf und ließ sich auf das Bett fallen. Von allen Spielchen, die Liebende miteinander treiben können, dachte sie erbittert, ist Verweigerung das schlimmste!

»Ganz schön ungewöhnlich«, murrte Stansted. »Wer, zum Teufel, duelliert sich heute noch mit Schwertern?«

»Die Franzosen.« Dominic sah ihn an und lachte.

Die Stadt döste und bummelte in der langen Abenddämmerung. Paare schlenderten langsam auf die Uferpromenade zu. Seemöwen kreisten über ihren Köpfen wie die Geister ertrunkener Seeleute. Stansted und er waren die einzigen Menschen, die zielsicher und energisch durch die langen Straßen strebten. Der Sohn des Herzogs trug einen Lederkasten, in dem sich zwei identische Rapiere befanden.

»Eine ungewöhnliche Wahl«, nahm Dominic die Unterhaltung auf. »Aber es ist leichter, seinen Gegner damit zu verletzen, und unwahrscheinlicher, dass man ihn tötet – außer natürlich, man täte es mit voller Absicht. Fletcher trainiert mit einem französischen Fechtmeister, habe ich mir sagen lassen. Ich würde gern mal zusehen, obwohl ich mich früher schon von seiner Geschicklichkeit im Umgang mit der Klinge überzeugen konnte.«

Stansted hob das sommersprossige Gesicht, als eine Seemöwe über ihnen schrie. »Ja? Wann?«

Dominic unterdrückte eine abscheuliche Erinnerung und grinste. »Das tut jetzt nichts zur Sache.«

Für eine Weile schwieg Stansted. Als er das Gespräch wieder aufnahm, war die Anspannung in seiner Stimme offensichtlich. »Hör mal, Wyndham, ich verstehe das mit Rosemary und dir ...«

»Deine Frau war nie meine Geliebte, Stansted. Glaub es mir.«

Der Sohn des Herzogs errötete. »Ich glaube dir! Ich würde dich niemals für so ehrlos halten. Mit der Gemahlin eines Freundes das Bett zu teilen? Das wäre unerhört!«

»Aber als du anfangs herkamst, dachtest du es.«

»Nun ja, sie wollte dich, sogar als sie mit mir ...«

Dominic grinste. »Als sie mit dir *was*, mein Freund?«

Stansted errötete noch heftiger. »Wir haben unsere Ehe vollzogen, weißt du, und zwar ziemlich oft. Sogar in Edinburgh, im Sommer des Sieges, als du hier warst.«

Dominic wollte die Details nicht hören, doch er war sehr erstaunt darüber. »Du meine Güte! Was bist du doch für ein stilles Wasser! Und ich dachte immer, ich wäre der große Charmeur bei Frauen.«

»Ich liebe sie«, gestand Stansted offen. »Und ich glaube, sie möchte mich auch lieben, aber ihre Gefühle für dich sind wie eine Zwangsvorstellung für sie. Sie kann nichts dagegen tun. Deshalb dachte ich, sie sei dir vielleicht hierher gefolgt. Und wenn du der Versuchung erlegen wärst – ich weiß, es wäre keine Absicht gewesen, aber solche Dinge kommen vor, nicht wahr? Sie ist sehr leidenschaftlich.«

»Stansted, beruhige dich. Rosemary ist in der Tat sehr leidenschaftlich. Sie ist auch hübsch, intelligent und ein bisschen verdreht. Aber ich hätte ihr niemals nachgegeben!«

Sie näherten sich dem Gasthaus. Catriona war dort, der Mittelpunkt und Kernpunkt seines Sehnens. Sie schlief vermutlich schon. Erschöpft von ihren Sorgen, zusammengerollt in dem, was einst sein Bett gewesen war, das dunkle Haar auf dem Kissen, die anmutigen Glieder endlich gelockert und entspannt.

Dominic sehnte sich nach ihr. Dieses Sehnen erschütterte seine Widerstandskraft und unterminierte seine Standhaftigkeit. Doch falls er ihr nicht ihre Sorgen nehmen konnte, würde er sie bloß zerstören. Dann würden sie ausgebrannt und verwundet auseinander gehen, und von ihrer Liebe bliebe nichts als Asche. Welche Möglichkeiten gab es noch, wenn Pflicht gegen Verlangen kämpfte?

»Aber ich mache mir Sorgen um Rosemary«, sagte Stansted. »Wo, zum Teufel, kann sie sein?«

Sie hatten inzwischen den Hof erreicht. »Sie wird schon auf sich aufpassen. Rosemary ist eine bemerkenswerte Frau. Und nun, falls es dir nichts ausmacht, Stansted, würde ich mich gern zurückziehen, denn morgen früh muss ich Yarrow Fletcher gegenübertreten. Ich brauche meinen Schlaf.«

»Major Wyndham?« Ein junger Bursche reichte ihm ein Blatt Papier.

Dominic überflog rasch seinen Inhalt, bevor er es seinem Freund gab.

»Nairn?«, fragte Stansted. »Wo ist denn das?«

»Etwa fünfzehn Meilen von hier entfernt an der Küste. Wir werden hinreiten müssen.«

»Jetzt?« Der Sohn des Herzogs lehnte den Kasten mit den Rapieren an die Wand und fuhr sich mit beiden Händen durch das rote Haar. »Fünfzehn Meilen? Ich dachte, du brauchtest deinen Schlaf?«

»So ist es. Aber dies ist wichtiger.«

»Und wenn es eine Falle ist?«

Dominic schmunzelte. »Ich bin mir sicher, dass es eine Falle ist. Aber wir reiten trotzdem hin.«

Sie mieteten sich im Gasthof Pferde und machten sich auf den Weg. Die Stadt hinter ihnen summte, und hin und wieder trieben menschliche Geräusche zum Strand hinunter. Es war kein leichtes Reiten mit dem glühenden Sonnenuntergang und der herannahenden Nacht, schillernd wie eine Perle über der Nordsee vor ihnen. Das offene Moor lag zwischen Strath Nairn und der Moray-Förde rechts von ihnen – die Anhöhen, über die Bonnie Prince Charlie seine Highlander vor über siebzig Jahren in den Untergang geführt hatte. Ein kleiner Bach gurgelte durch die Steine am Ufer und leerte sein Wasser in die Förde. Weit draußen auf dem Wasser trieben die buckligen Umrisse der Schwarzen Insel verschlafen unter einem rosenroten Himmel. Dominic fühlte sich auf geradezu absurde Weise aufgerüttelt, so als sähe er die Hügel und das Wasser zum ersten Mal. Jeder Grashalm zitterte. Ein Hauch von Seeluft strich über sein Gesicht wie eine Liebkosung.

Eine Falle. An irgendeinem Punkt musste sie zuschnappen.

Falls die Falle zuschnappte und er hier draußen an der Küste starb, würde er Catriona nie wiedersehen. Wäre es besser, sie für eine kurze Zeit trauern und dann eine neue Liebe in einer neuen Welt finden zu lassen? Was für eine leere Hoffnung ließ ihn denken, er könne sie mit Leidenschaft zu einer anderen Ansicht bekehren? Und was für einen Respekt erwiese er ihr, wenn er es täte? Ob er sie nach Kanada begleitete oder sie nach England kam, ihre Sünde – dass einer von ihnen so furchtbar gegen Pflicht und Ehre verstoßen hatte – würde ihre Liebe am Ende zerstören und in Verbitterung verwandeln. Deshalb hatte er sich dazu gezwungen, ihrem Bett fern zu bleiben.

Er wusste, ihr zuliebe hätte er Schottland längst verlassen sollen. Aber er könnte es nicht ertragen, und er konnte dieser Konfrontation mit Yarrow Fletcher nicht mehr ausweichen, selbst wenn es dem Mann vorbestimmt war, niemals von einer Klinge verletzt zu werden. Am Morgen würden sie sich hier treffen und Iseabails übersinnliche Kräfte einer Probe unterziehen. Er hatte nicht vor, zu sterben, er wollte es nicht, doch sollte er sterben – würde das Catriona nicht ermöglichen, ihrer Zukunft etwas leichter entgegenzusehen?

Die Pferde galoppierten weiter. Als sie Nairn erreichten, war das letzte Tageslicht bereits der Nacht gewichen. Der kleine Gasthof war ein flaches, rechteckiges Gebäude mit düsteren alten Steinmauern. Dominic schwang sich aus dem Sattel und klopfte an die Tür. Endlich öffnete sie sich einen Spalt und ließ das weiße Gesicht einer Frau erkennen. Sie hielt einen großen Hund am Halsband. Der Hund knurrte.

»Ich bin wegen einer Nachricht hier, die ich erhalten habe«, erklärte Dominic. »Ist Mrs. Mackay im Haus?«

»Es gibt hier niemanden, der so heißt, Sir.« Die Frau warf einen Blick über ihre Schulter und rief jemanden. »Geordie! Gibt es eine Mrs. Mackay bei uns oder irgendwo sonst hier in dieser Gegend?«

Der Angesprochene verneinte die Frage. Dominic zeigte ihr das Blatt Papier und ließ nicht locker.

»Ach, das muss ein Irrtum sein, Sir«, meinte sie. »Das ist zwar unsere Anschrift, aber niemand hier hat das geschrieben.«

»Und ist hier irgendwo ein Kind?«, beharrte er. »Schwarzhaarig, etwa fünfzehn Monate alt?«

»Nun, da war eins, Sir, jetzt erinnere ich mich wieder. Ein Junge mit einer Frau. Ach, ist es das Kind, nach dem Sie suchen? Es war später Vormittag, Sir, als sie hier vorbeikamen, und sie sind nicht länger geblieben als etwa eine Stunde. Ihre Namen habe ich nie erfahren. Mackay, sagten Sie?«

»Wissen Sie, woher sie kamen oder wohin sie wollten?«

»Nein, Sir, ich gebe Ihnen mein Ehrenwort. Es überrascht mich, dass jemand sie genug bemerkt haben sollte, um Ihnen diesen Brief zu schicken.«

Er verbeugte sich tief vor ihr und entschuldigte sich für die späte Störung.

»Ist es keine Falle?«, erkundigte sich Stansted, als er ihm die Zügel seines Pferdes gab.

Dominic saß auf. »Nein, es ist bloß eine aussichtslose Suche, die nirgendwohin führt, wie die Fährte eines vor langer Zeit vorbeigekommenen Fuchses. Wir sollten besser zurückreiten und zu Bett gehen. Schließlich habe ich morgen früh ein Duell auszutragen.«

Auf dem Rückweg ritten sie langsamer – manchmal im Schritt, manchmal im Trab – durch die kurze Nacht. Die Härchen in Dominics Nacken sträubten sich, es war wie eine Vorahnung. Hatte Fletcher ihm die Nachricht zukommen lassen, wie er schon vermutet hatte? Warum? Um ihn in der Nacht vor ihrem Ehrenhandel dreißig Meilen reiten zu lassen, nur um ihn zu ermüden? Um ihn daran zu erinnern, dass er, Fletcher, die Wohltätigen Seelen aufgesucht hatte und von Andrew und Mrs. Mackay wusste – und dass auch er auf der Spur des Kindes war? Aber warum, zum Teufel, sollte Fletcher sich für diese arme Waise interessieren, jetzt, da die Wahrheit über die Geburt des kleinen Jungen bekannt war?

Inverness lag vor ihnen, die zerklüfteten Ruinen der Burg erhoben sich über den Dächern. Die Stadt lag in tiefem Schweigen da, der Hufschlag der Pferde klang hohl, als sie ein kleines Kiefernwäldchen durchquerten. Dominics böse Vorahnung verstärkte sich, das Gefühl, als wäre die Welt drauf und dran, aus den Angeln zu geraten. Sogar die müden Pferde schienen nervös zu sein, sie schnaubten und scheuten vor jedem noch so kleinen Schatten. Stansteds Pferd trippelte, als wäre die Straße plötzlich aus Eierschalen, fragil und durchsichtig wie Porzellan.

Dominic wies sein Pferd wieder zurecht, als es den Kopf zurückwarf. Warum hatte Fletcher sie nur auf einer kalten Spur nach Nairn gehetzt? Bloß um Stansted und ihn aus Inverness zu entfernen? Aber zu welchem Zweck? Sie waren über drei Stunden fort gewesen. O Gott, nein, nicht Catriona! Er blickte über seine Schulter.

»Stansted ...«

Ein Schlag gegen die Brust raubte ihm für einen Moment die Luft. Als sein Pferd seitlich unter ihm wegrutschte, sah er, wie auch Stansted von einem unsichtbaren Riesen von seinem Pferd gerissen wurde. Der Sohn des Herzogs stieß einen kurzen Aufschrei aus, bevor er wie ein Sack zu Boden stürzte. Die Zügel neben ihnen herflatternd wie Drachenschnüre, begannen die Pferde wegzulaufen, wurden aber sofort von Männern eingefangen, die plötzlich aus dem Dunkeln auftauchten.

Dominic stürzte und rollte sich zur Seite. Herrgott noch mal! Sie waren auf den ältesten Hinterhalt der Welt hereingefallen! Ein in der richtigen Höhe über die Straße gespanntes Seil, um einen Reiter vom Pferd zu reißen. Er rappelte sich wieder auf, das Messer in der Hand, aber es war zu spät.

Eine vertraute, schmalbrüstige Gestalt blockierte die Straße. Wie ein Pfauenschwanz schwärmte eine Gruppe zerlumpter Highlander hinter ihm aus. Stansted hockte auf Händen und Knien, mit dem Rücken zu ihnen, und versuchte aufzustehen. Er schien benommen zu sein. Ohne Warnung trat einer der Männer vor und versetzte ihm einen Faustschlag an die Schläfe. Stansted fiel wie ein Anker, taumelte und schwankte zwar noch für einen Moment, aber nur, um umso härter mit dem Kopf auf dem Boden aufzuschlagen.

»Sie haben das Kind nicht gefunden?«, höhnte Yarrow Fletcher. »Wie schade! Aber natürlich ist der Junge gar nicht hier.«

Dominic steckte sein Messer wieder ein. Die anderen waren ihnen zahlenmäßig überlegen. »Aber Sie wissen, wo er ist.«

»Das interessiert mich eigentlich gar nicht.« Fletcher lächelte, sein Gesicht wirkte im Dunkeln geradezu grotesk, als er auf Stansted herabstarrte. »Das mit Ihrem Freund tut mir Leid. Es ist eine peinliche Situation für mich, da ich für seinen Vater arbeite, aber ich kann nicht zulassen, dass er sich einmischt.«

»Sollen wir jetzt kämpfen?«, fragte Dominic. »Das Duell ist doch erst für morgen angesetzt.«

Fletchers Kopf fuhr hoch. »Das Duell? Ach ja. Das Ereignis,

bei dem ich erscheinen werde und Sie nicht. Sie werden der Welt als der Feigling enthüllt werden, der Sie sind.«

»Und all diese Augenzeugen hier beunruhigen Sie nicht?« Dominic zeigte auf die Highlander.

»Ha! Keiner von denen spricht Englisch. Sie verstehen nichts von dem, was wir hier reden. Sie wissen bloß, dass wir einen privaten Streit austragen. In Wahrheit werden Sie mein Gast in dem hübschen dunklen Keller sein, den ich für Sie vorbereitet habe. Und natürlich habe ich dort auch Klingen und Pistolen – obwohl die Schusswaffe ein bisschen plump ist für die Feinheiten, die ich mit Ihnen im Sinn habe. Hat es Ihnen Spaß gemacht, ein Dorn in meinem Fleisch zu sein?«

»Wenn es nach mir gegangen wäre«, erwiderte Dominic, »wäre ich ein Bajonett in Ihrem Herzen gewesen.«

»Weil Sie keine Fantasie besitzen. Was Sie erwartet, ist der ganze Rosenbusch. Die Blüten, um sie in Ihren Hals zu stopfen, und die Wurzeln für Ihre Gedärme, mit einer leichten Drehung ihrer Dornen, um jede Sehne und jeden Muskel zu erreichen. Sie werden schreien, Wyndham. Ich garantiere Ihnen, Sie werden schreien.«

»Und meine Leiche?«, fragte Dominic. »Was werden Sie damit anstellen? Sie in irgendeine Gasse werfen? Ich hoffe, Sie legen sie nicht irgendwohin, wo Frauen oder Kinder die Ergebnisse Ihrer Rachsucht vorfinden könnten. Ich könnte mir nämlich vorstellen, dass sie ziemlich schaurig sein werden.«

»Bei Gott«, rief Fletcher. »Sie geben sich aber wirklich kaltschnäuzig!«

»Wie ein Fisch.« Dominic grinste, um das Frösteln tief in seinem Innersten zu verbergen. »Wer wird beschuldigt werden?«

»Beschuldigt? Wieso?«

»Ich will damit Folgendes sagen: Wenn meine verstümmelten Überreste gefunden werden – ob nun auf einem Abfallhaufen oder in der Förde treibend –, wird jemand dieses Mordes beschuldigt werden. Und zuletzt wurde ich mit dem armen Lord Stansted gesehen.« Er deutete auf den rothaarigen Mann, der still auf den Pflastersteinen lag. »Ich kann mir nicht vorstellen, dass Rutley seinen einzigen Sohn in so eine unschöne Angelegenheit verwickelt sehen möchte.«

Fletcher grinste. »Ja, Sie haben ja seine Frau verführt, nicht? Die hübsche, dunkelhaarige Lady Rosemary. Sie war in Edinburgh so besorgt um Sie. Also hat er sogar ein Motiv. Aber keine Sorge! Ein paar meiner Jungs werden ihn zum Gasthaus zurückbringen. Sie werden behaupten, ihn irgendwo stockbetrunken gefunden zu haben, und ein ziemliches Aufhebens darum machen. Stansted wird sein Alibi bekommen.«

»Und wer bekommt dann keins?«

»Aus Ihrem charmanten Freundeskreis?« Fletcher begann mit der Messerspitze seine Fingernägel zu reinigen. »Zunächst einmal Ihre Geliebte, Catriona MacNorrin.«

Die Anstrengung, seinen Zorn zu beherrschen, sich nicht auf Yarrow Fletcher zu stürzen, ließ seine Muskeln schmerzen. Er hätte den Mann möglicherweise packen und ihn ernsthaft verletzen können, bevor sein Leibwächter ihn rettete, aber dann würde er nicht erfahren, was Fletcher mit Catriona angestellt hatte.

»Das arme, irregeführte Mädchen«, sagte er. »Ist sie mir noch immer treu?«

Fletcher klappte das Messer zusammen und steckte es ein. »Keine Ahnung. Sie wird in einem furchtbaren Zustand neben Ihrer Leiche gefunden werden, das Messer noch in ihrer Hand. Sie wird vielleicht nicht einmal zum Tod durch Erhängen verurteilt werden, wenn ersichtlich wird, was Sie ihr angetan haben. Ihre Vorliebe für perverse kleine Spielchen ist ja schließlich kein Geheimnis, nicht? Aber Catriona MacNorrin wird Furchtbares erlitten haben. Sie wird verletzt sein. Und zweifellos auch bluten. Der Schaden könnte sogar bleibend sein. Wenn sich herausstellt, dass sie vor Entsetzen völlig außer sich war, welches Gericht würde sie dann dafür verurteilen, ihren Angreifer getötet zu haben? Jeder gute Anwalt würde auf Notwehr plädieren – obwohl ich mir kaum vorstellen kann, dass sie sich einen guten Anwalt leisten könnte.«

Galle stieg in Dominics Kehle auf. Sein Messer würde leicht ins Fleisch gleiten, und Fletcher wäre tot. Aber was, falls der Kerl, so wahnsinnig und verzweifelt wie er war, Catriona bereits in seiner Gewalt hatte? Was, wenn sie gefesselt irgendwo versteckt war, wo niemand sie je finden würde? Irgendwo in einem finsteren Loch versteckt, wo sie langsam verhungern und glauben würde, er hätte sie im Stich gelassen?

Deshalb ließ er die Arme hängen, als Fletcher den Highlandern zunickte. Sie näherten sich ihm mit geballten Fäusten und begannen, auf ihn einzuschlagen, bis er in die Knie ging – gebrochene Männer aus zerbrochenen Clans, die zu allem bereit waren, um ein bisschen Geld zu verdienen.

Blutend und übersät mit Prellungen, schleiften sie ihn durch die schlafenden Straßen von Inverness zu den kleinen, üblen Gassen. Dominic zwang sich, seine Muskeln zu entspannen, um Kraft zu sparen. Stansted war inzwischen aufgehoben und fortgetragen worden.

Er sah nicht viel von seiner Umgebung zwischen den hin und her schwingenden Plaids der Highlander, die ihn gefangen hielten, bis sie ihn in einen Hof warfen. Dunkle Schatten bewegten sich, als das Licht einer Lampe flackerte, die irgendwo in der Nähe brannte. Die Pflastersteine unter seinen Füßen waren uneben, die rauen Wände zu beiden Seiten hoch und fensterlos – Lagerhäuser vielleicht. Ein rechteckiges Brunnenhaus befand sich im Mittelpunkt des Hofes. Die Männer ließen ihn dort fallen und traten zurück, als Fletcher auf sie zukam. Dominic fiel auf das harte Kopfsteinpflaster, und seine Haut brannte wie Feuer, aber er stieß ein raues Lachen aus.

Fletcher versetzte ihm einen Tritt. Es war, als durchzuckte ihn ein Flammenstoß. »Wollen Sie denn gar nicht wissen, wo sie ist?«

Es wurde heller, als ein Mann mit braunem Haar herumging und Fackeln anzündete.

Dominic lehnte sich mit dem Rücken an den Brunnen und starrte zu dem Gesicht eines wahren Unholds auf. »Ist es wichtig, was ich will?«

»Sie ist hier«, erklärte Fletcher. »Sie wird zuschauen.«

Der Schwengel knarrte und ächzte, als die Kette rasselte und der Eimer heraufkam. Dominic dachte für einen verrückten Moment lang, sie sei dort unten bei den Algen in der feuchten Dunkelheit. Aber mit einem Wachposten an jedem ihrer Ellbogen, kam Catriona hoch aufgerichtet und stolz aus dem Lagerhaus. Ihre Hände waren hinter ihrem Rücken gefesselt, aber sie war offensichtlich unverletzt.

Dominic hatte gerade seine Augen zum Himmel erhoben und Gott dafür gedankt, als ein Eimer eiskaltes Wasser sein Gesicht und seine Schultern traf. Er schnappte nach Luft und war unfähig, einen Kälteschauer zu unterdrücken. Fletcher trat zurück. Einer der Highlander blieb über ihm stehen und hielt ihm ein Messer an die Kehle.

»*A Dhia!*« Catriona sprach schnell in Gälisch auf die Männer ein, die Dominic umringten. Einer von ihnen begann, in der gleichen Sprache zu widersprechen. Sie überschüttete ihn mit Verwünschungen, deutete mit dem Kopf auf Fletcher und redete schnell weiter.

»Sag ihnen, ich habe Geld in England«, meinte Dominic. Wasser und Schlick rannen in seinen Mund. Er wischte es ab. »Ich kann hier bleiben. Das ist nicht wichtig. Aber all mein Gold gehört ihnen, wenn sie dich sofort in Sicherheit bringen.«

»Ach, sei still!« Sie lächelte ihn an und sah im Wechselspiel von Licht und Schatten fast ein bisschen gespenstisch aus. »Es ist deine Freiheit, die ich zu erkaufen suche!«

»Sie werden keine geheime Abmachung mit diesen Männern treffen, Madam.« Yarrow Fletcher deutete auf den braunhaarigen Mann. »Harris wird mir jedes Wort übersetzen, das Sie in Ihrer ungeschliffenen Sprache sagen.«

Sie neigte den Kopf wie eine Königin. »In der Tat! Aber dies sind Männer aus dem Westen, die ihre eigenen Vorstellungen von Ehre haben. Sie haben Verständnis für Genugtuung in einem privaten Streit, doch sie werden nichts tun, was ihnen verwerflich erscheint.«

»Herrgott noch mal!« Dominic schaute zu dem braunhaarigen Mann, den Fletcher Harris nannte, auf. »Bitte übersetzen Sie für mich, Sir. Es ist genug Gold da für alle – auch für Sie –, falls Miss MacNorrin unverzüglich in Sicherheit gebracht wird! Sie wurden nur dazu verpflichtet, mich zu Yarrow Fletcher zu bringen. Es wird kein Wort gebrochen werden.«

Harris zuckte mit den Schultern, aber einer der Highlander kam näher und nahm den braunhaarigen Mann beiseite. Sie begannen, sich in Gälisch zu beraten.

»Keine Händel!«, zischte Fletcher. »Gib ihnen ihren Lohn und lass sie gehen, wie wir vereinbart haben. Alles andere geht sie nichts mehr an.«

Ein weiterer Highlander trat vor, die Hand auf dem Griff seines Messers, und begann, im singenden Tonfall seiner Muttersprache zu sprechen. Catriona antwortete rasch, widersprach, bettelte und flehte. Der Highlander antwortete. Er klang unerbittlich.

Harris lauschte, dann wandte er sich an Fletcher. »Die Frau verlangt, dass sie Wyndham freilassen, ohne ihm weiteren Schaden zuzufügen. Sie bietet sich an, als Ihre Gefangene zu bleiben. Diese Männer weigern sich, da sie einen Bund mit Ihnen geschlossen haben. Stattdessen wollen sie sehen, wie Sie Ihrem Feind in einem fairen Kampf gegenübertreten. Sollten Sie den Kampf gewinnen, werden die Männer gehen, und Sie können mit den Gefangenen tun, was Sie wollen. Sollten Sie aber verlieren, sind sie beide frei.«

»Es kann keinen fairen Kampf geben«, rief Catriona. »Major Wyndham ist verletzt.«

»Sie haben die Prophezeiung gehört und glauben nicht, dass Sie verletzt werden können«, erklärte Harris Fletcher, ohne Catrionas Einwand zu beachten. »Aber sie finden, dass Wyndham eine Chance verdient, seinem Schicksal zu trotzen. Die Frau werden sie nicht eher gehen lassen, bis es vorbei ist.«

»Der Teufel hole euch alle!«, fluchte Fletcher. »Sind mein Geld und unsere Vereinbarung denn gar nichts wert?«

»Oh, seien Sie lieber vorsichtig, Mr. Fletcher«, warnte Catriona. »Wir könnten den Stolz dieser Männer mit weiterem Gerede über Geld verletzen. Ihr Wort und ihre Ehre sind von weitaus größerer Bedeutung, sogar jetzt noch!«

Die Messerklinge berührte Dominics Nacken, dann wurde sie zurückgezogen. Der unebene Stein des Brunnens bohrte sich in seinen Rücken, als er aus seiner nassen Jacke schlüpfte. »Verdammt noch mal! Mr. Harris, bitten Sie diesen Mann, sie auf der Stelle von hier wegzubringen! Lassen Sie mich hier bei Fletcher, von mir aus sogar mit einer Hand hinter meinem Rücken, wenn Sie wollen. Aber bringen Sie Miss MacNorrin weg. Sie hat nichts mit all dem hier zu tun.«

Harris beriet sich wieder mit den Highlandern und schüttelte dann den Kopf. »Diese Männer wollen den Kampf sehen, Sir. Sie werden sie nicht gehen lassen, und sie würde ohnehin nicht gehen.«

O Gott! Konnte er einen solchen Kampf gewinnen? Wenn nicht – der Gedanke verursachte ihm Übelkeit –, hatte Catriona keine Ahnung, was sie hier erwartete. Aber trotz der Prophezeiung und der Prügel, die er bezogen hatte, hatte er eine verdammt gute Chance! Fletcher mochte ein Experte mit der Klinge sein, doch Dominic wusste, dass er besser war.

Fletcher stolzierte über den Hof davon. »Ein fairer Kampf?« Er lachte. »Also gut. Bringt die Degen her!«

Der Highlander, der über Dominic gebeugt stand, trat beiseite. Licht schimmerte und glitzerte, als Fletcher seinen Degen ausprobierte, in ein paar schnellen Bewegungen die Luft mit ihm durchschnitt und dann den anderen aufhob. Dominic griff nach dem hölzernen Stützpfeiler des Flaschenzugs und zog sich langsam hoch. Jeder seiner Muskeln protestierte. Schlieren grünen Schlicks rannen über sein Gesicht. Mit einer Hand wischte er sie ungeduldig ab, während er sich mit der anderen an dem groben Stützpfeiler festhielt.

»Dann werden wir also doch unser Duell ausfechten?« Dominic versuchte, seine Worte lässig und nonchalant klingen zu lassen, um die Hoffnung, die in ihm aufstieg, zu verbergen. »Bekomme ich nicht auch einen Degen?«

Etwas sauste durch die Luft und blendete ihn, und ein scharfer Schmerz explodierte in seiner Hand – exquisit, als schlüge ein rot glühender Hammer gegen die Innenseite seiner Hand und zermalmte seine Knochen und sein Fleisch. Mit zusammengebissenen Zähnen, um nicht aufzuschreien, blickte er auf den Pfosten. Fletcher hatte seine rechte Hand mit der Spitze eines Degens auf das Holz gespießt!

»Ihre Klinge, Sir!«, sagte Fletcher. »Sollen wir beginnen?« Lachend stolzierte er davon, dann drehte er sich wieder um und präsentierte seine Waffe.

Dominic biss die Zähne zusammen, als er mit der linken Hand den Degen aus der Wunde zog. Aus einem Reflex heraus drückte er seine rechte Faust für einen Moment lang an die Brust und presste seinen Daumen auf die stark blutende Wunde. Seine Hand glühte wie verbrannt. Es erforderte seine ganze Willenskraft, sein Taschentuch um die verletzte Hand zu wickeln und es mit seinen Zähnen zusammenzubinden. Der Stoff saugte sich sofort mit Blut voll. Er war ein ausgeprägter Rechtshänder. Wie, zum Teufel, sollte er jetzt noch fechten?

Die anderen Männer entfernten sich, um eine bessere Sicht zu haben. Catriona saß auf einer Bank zwischen zwei stämmigen Highlandern. Etwas Weißes schwebte durch die Luft neben ihrem Kopf. Ein süßer Duft wehte plötzlich zu Dominic hinüber, ein bizarrer Kontrast zu dem fauligen Brunnenwasser, das seinen Rücken und seine Brust durchnässte. Ein Rosenstrauch! Sie saß neben einer Kletterrose, deren Blüten aussahen wie weiße Spitze.

Fletcher begann, vor Dominic auf und ab zu gehen. Seine Augen glitzerten. Ein neuer Wahn beherrschte ihn. Sein Lachen verriet seine Besessenheit. Seine schmale Brust hatte sich sichtlich ausgedehnt. Er strahlte ein verrücktes Selbstvertrauen aus, sogar für einen exzellenten Fechter, der einem verletzten Gegner gegenüberstand.

»Also werden wir uns duellieren wie Gentlemen«, bemerkte Fletcher. »Warum nicht? Ich möchte Sie schwitzen sehen, bevor wir uns die letzten Demütigungen gönnen. Sie können mich um Gnade anflehen, wenn Sie möchten. Sie können sogar versuchen zu gewinnen, aber denken Sie daran: Ich kann nicht verletzt werden!«

Ohne Vorwarnung wirbelte er herum und machte einen Ausfall.

Dominic duckte sich zur Seite. Er konnte linkshändig ein bisschen fechten, aber nicht gegen einen Meister, nicht gegen einen Mann, der sich in französischer Fechtkunst hatte ausbilden lassen. Seine rechte, mit dem Taschentuch umwickelte Hand hing nutzlos an seiner Seite, sandte glühende Hitze seinen Arm hinauf und trübte seinen Verstand vor Qual. Aber Dominic gab dennoch nicht die Hoffnung auf. Denn ohne Hoffnung war er dem Tode geweiht und Catriona mit ihm.

Wieder machte Fletcher einen Ausfall. Dominic parierte ungeschickt den Hieb und fuhr zur Seite. »Ich hoffe, Sie haben Frieden geschlossen mit Ihrem Schöpfer, Mr. Fletcher?«

»Wozu?« Fletcher attackierte erneut und trennte mit seinem Degen einen Knopf von Dominics Hemd ab. »Mich wird keine Klinge töten. Die alte Hexe hat es gesagt.«

»Das war ein Fluch und keine Segnung.«

Fletcher stolzierte davon und ließ Dominic das Gleichgewicht zurückerlangen. Er streckte die schmalen Schultern und lächelte verschwiegen. »Meine Haut kann nicht durchbohrt werden, Major Wyndham. Ich bin unverwundbar. Sie sind es aber nicht. Und was ist, wenn eine dieser Klingen hier vergiftet ist?«

Kapitel 17

Für eine Weile parierte Dominic Fletchers Angriffe ohne ernste Schwierigkeiten. Er spielte lediglich mit ihm und versuchte, ihn zu zermürben. Er war offenkundig verrückt, aber er verstand hervorragend, mit einem Degen umzugehen. Die Highlander schauten zu, entschlossen, sich nicht einzumischen. Was sahen oder verstanden sie? Ganz offensichtlich nichts von dem, was gesprochen worden war. Sie standen da wie Zuschauer bei einer griechischen Tragödie, vollkommen auf den Konflikt fixiert, obschon ihnen allen klar war, dass der Ausgang vorbestimmt war.

Er wollte singen oder schreien, in einem gänzlich irrsinnigen Akt des Trotzes. Aber seine Lungen brannten, sein Hemd klebte an seinem nassen Rücken, vermutlich hatte er eine gebrochene Rippe, und er kämpfte linkshändig. Seine schmerzende rechte Hand verlangte seine Aufmerksamkeit. *Selbst wenn du das hier überlebst,* schrie sie, *werde ich nie wieder zu gebrauchen sein. Du wirst verkrüppelt sein oder hilflos an Wundfieber sterben. Deine rechte Hand, Wyndham! Er hat deine rechte Hand zerstört!*

Er versuchte, die Stimme aus seinem Bewusstsein zu verbannen und sich zu konzentrieren. Wieso Gift? Offenbar, weil ein sauberer Tod von einem einfachen Schwertstreich nicht genug war. Ein langsam wirkendes Gift also. Eine einzige falsche Bewegung, ein Kratzer, und es würde seine Wirkung in seinen Adern entfalten.

»Wieso Gift?« Er fuhr herum, als Fletchers Klinge an seinem Ohr vorbeizischte. »Würden Sie mir das bitte erklären?«

»Nur eine Droge, um Sie außer Gefecht zu setzen.« Fletcher ließ eine Reihe schneller Hiebe folgen. »Genug, um Sie gefügig zu machen. Ihr Urteilsvermögen wird getrübt sein, aber Sie werden sich über all Ihre Handlungen im Klaren sein.«

Stahl schlug klirrend gegen Stahl. Dominic fiel zurück, parierte, verlor aber an Boden, als Fletcher ihn immer heftiger attackierte.

Er war eine Maus, die versuchte, einer Katze die Stirn zu bieten. »Ich dachte, mich würden ein dunkler Keller und Ihre Quälereien erwarten.«

Fletcher grinste böse. »Das kommt danach. Dachten Sie, ich oder meine Männer würden Ihre Metze vergewaltigen? O nein, Dominic Wyndham. Das werden Sie schon selbst tun. Sobald wir diese abtrünnigen Highlander mit unserem Duell zufrieden gestellt haben, werden sie abziehen, und dann sind wir allein. Bis dahin werden Sie aus vielen Wunden bluten, und die Droge wird Ihr Herz verderben und Ihre Seele in Versuchung führen. Für etwa eine Stunde werden Sie alles tun, was ich verlange, und währenddessen sogar lachen.«

Dominic nutzte seine Chance und versuchte, Fletchers Deckung zu durchbrechen. Sein Degen erbebte und erschütterte seinen Arm, als Fletcher den Hieb geschickt parierte. Für einen Moment umklammerten die Männer einander, ihre Schwertgriffe verkeilten sich.

»Eine solche Droge gibt es nicht.«

»Dann riskier es doch, du Narr!« Fletcher verdrehte seine Hand, bis sein Schwertgriff sich in Dominics Finger bohrte. »Sie wird gefesselt sein. Sie und ich, wir werden sie an diese Bank dort fesseln. Glaubt sie, sie würde alle Geheimnisse des Körpers kennen? Nicht einmal in ihren wildesten Träumen hat sie sich die Dinge vorgestellt, die Sie ihr antun werden, und zwar aus freien Stücken, weil Sie nicht dagegen ankommen werden. Sie werden die tiefsten Tiefen Ihrer Sinnlichkeit erleben. Miss MacNorrins Schreie werden Sie nicht daran hindern. Und danach sind Sie an der Reihe, Wyndham. Sobald die Wirkung der Droge nachlässt, werden Sie die Wonnen *meiner* fleischlichen Begierden kennen lernen. Und dann werden Sie mich anflehen, Ihnen einen schnellen Tod zu gönnen.«

»Was, zum Teufel«, fragte Dominic leise, ohne seine Schmerzen zu beachten, »glauben Sie, über meine Sinnlichkeit zu wissen?«

Sie rissen sich voneinander los, und Dominic suchte Schutz hinter dem Brunnen. Fletcher kam ihm jedoch nach und zwang ihn, sich zu ducken und ihm auszuweichen. Noch mehr Knöpfe sprangen von Dominics Hemd. Der Degen pfiff, als er über den nassen Ärmel seines Hemdes schnellte und von der Schulter bis zum Handgelenk den Stoff aufschlitzte. Seine nackte Haut wurde entblößt, und in der kühlen Luft richteten sich die Härchen an seinen Unterarmen auf.

Er konnte nicht gewinnen; er konnte nicht einmal Fletchers Deckung brechen. Dominic war müde, und seine schmerzende rechte Hand schien ein Totengeläut für ihn anzustimmen. Seine linke Schulter und sein Arm begannen zu brennen, ihre Bewegungen wurden schleppender. Seine Klinge fühlte sich schwerfällig und plump an. Aber Fletchers Degen war stets präsent, frisch und akkurat und noch mehr Stoff zerfetzend, ohne – bislang – auch nur seine Haut zu ritzen. Dominic wusste, dass dies Absicht war, dass Fletcher jeden Augenblick einen Ausfall machen und ihn niederstrecken konnte oder dass er auch nur seine Haut aufschlitzen und ihn somit zwingen konnte, sich zu unterwerfen. Dann würden die Highlander abziehen, und Harris würde Catriona fesseln, und die Qual würde beginnen.

Er atmete schwer. Schatten flackerten und schwankten, gebaren Ungeheuer und Trugbilder in den finsteren Hofecken. Catriona saß unter dem weißen Rosenbusch wie eine Prinzessin aus dem Märchen. Dominic glitt auf den nassen Pflastersteinen aus. Als er auf ein Knie fiel, glaubte er, den Sensenmann zu sehen, der ihn aus der Dunkelheit anlächelte. Catriona hatte Recht gehabt. Er brauchte sich nicht vor seinem eigenen Tod zu fürchten. Der Tod war lediglich ein alter Freund. Doch bevor er

Catriona dem Sadismus eines Verrückten überließ, würde er ihr eher noch seine eigene Klinge ins Herz stoßen und ihr einen schnellen Tod gewähren, dort vor dem Rosenbogen. Aber vorher würde er bis zum Ende kämpfen.

Kaum hatte er sich wieder aufgerappelt, griff Fletcher ihn an und begann, grinsend vor ihm auf und ab zu tänzeln. Seine Klinge zischte und funkelte. Dominic hob müde seinen eigenen Degen, parierte und widerstand, jetzt ohne große Hoffnung, je wieder selbst einen Angriff ausführen zu können. Er ließ sich von Fletcher hin und her treiben. Weiße Stofffetzen lösten sich von seinem Hemd und setzten seinen kalten, nassen Körper der empfindlich kühlen Luft aus. Aber er konzentrierte sich mit aller Kraft auf den Kampf. *Da! Na also! Und nun komm her, du Irrer! So! Und so!*

Der Eimer stand noch da, wo Fletcher ihn hatte fallen lassen. Die Kette hing über dem Rand des Brunnens und glänzte stumpf im Dunkeln. Am Fuß der Mauer lag ein kleines Stoffbündel: Dominics nasse Jacke. Einen Bogen schlagend und Fletchers Angriffe parierend, bewegte Dominic sich langsam darauf zu. Mit einem breiten Grinsen folgte Fletcher ihm. Zischend durchschnitt seine Klinge die Dunkelheit und begann, das Ende einzuläuten, bis auch der letzte Fetzen Stoff von Dominics Hemd gefallen war. Als Fletcher sein Rapier zurückzog, schleuderte Dominic mit der letzten Kraft, die ihm geblieben war, seine eigene Klinge von sich.

Stahl pfiff, und der Degen prallte klirrend an die Hauswand. Für den Bruchteil einer Sekunde folgte ihm Fletchers Blick. Dominic bückte sich nach seiner Jacke und schleuderte sie nach ihm. Der nasse Stoff traf Fletcher mitten ins Gesicht. Die Brunnenkette glitt hart und unbarmherzig in beide Hände, als Dominic daran zog. Kreischend drehte sich die Winde und spulte die Kette ab, und ein fast unerträglicher Schmerz durchzuckte Dominics verletzte Hand.

Blind stolperte Fletcher gegen die Kette. Mit der linken Hand zerrte er sich die Jacke vom Gesicht und brüllte. Den Degen bis zur Schulter erhoben, trat er zurück, um zuzustechen. Dominic zog die Kette zurück, sodass sie gegen die Brust seines Gegners schlug. Fletcher stürzte und versuchte auszuweichen, aber die Kette wickelte sich um seinen Schwertarm und zerrte ihn an den hölzernen Stützpfeiler zurück. Dominic zog. Blut schoss aus seinem provisorischen Verband und tropfte auf die Pflastersteine, aber das vergiftete Rapier fiel klirrend auf den Boden.

Er bückte sich und ergriff es vorsichtig am Heft. Dabei krümmte er sich vor Schmerzen, und ihm war schlecht und schwindlig. Ein roter Fleck bildete sich auf seiner Hose, wo seine rechte Hand sich instinktiv zusammenballte. Er wusste nicht, ob er gerade stehen oder die Waffe aufheben konnte. Er wusste auch nicht, ob er die Geschichte mit der Droge glauben sollte. Aber falls sie stimmte, mochte schon ein Kratzer ausreichen, um Fletcher außer Gefecht zu setzen. Wirre Stimmen begannen in seinem Kopf durcheinander zu rufen: *Keine Klinge wird dich durchbohren, keine Kugel dich verletzen.* Er zwang sich, sich aufzurichten und den Degen anzuheben.

Alle Farbe war aus Fletchers Gesicht gewichen, aber er lachte, als er auf den Rand der Brunnenmauer sprang und den Eimer packte.

»Na, los doch, greif mich ruhig an! Versuch es nur! Du kannst es nicht! Die alte Hexe hatte Recht. Fahr zu Hölle, Wyndham!«

Die Kette klirrte. Der Eimer schwankte, als Fletcher ihn hochhob, um den schweren Holztrog über Dominics gebeugten Kopf zu schlagen.

Und er hatte nicht mehr die Kraft, um aufzustehen. Oder sich zu bewegen. Oder sich zu retten.

Fletchers Degen entglitt Dominics Hand und landete klirrend auf den Pflastersteinen.

Ein Lärm wie von einem Kavallerieangriff dröhnte in seinen Ohren. Die Erde bebte. Mit einem markerschütternden Ächzen und Stöhnen zerbrachen die Schieferplatten auf den Dächern. Kamine stürzten krachend ein. Aus dem Gleichgewicht gebracht, fiel Dominic auf die Knie. Das Licht der Fackeln flackerte und tanzte und warf wilde Schatten. Der Schmerz in seiner rechten Hand flammte auf und warf ihn auf die Steine.

War er verletzt worden, ohne es zu merken? War dies das Gift?

Durch das schwankende Dunkel blickte er zu Catriona. Rosenblüten regneten auf sie herab wie Schnee. Sie wankte auf ihren Füßen, Entsetzen, uralte Panik, standen ihr im Gesicht geschrieben, als sich ihre Blicke trafen.

Verzeih mir, Geliebte, wollte er ihr zurufen. *Ich habe mich geirrt. Es ist zu spät. Fletcher hat gewonnen, und ich habe dich nicht vorher töten können!*

Im nächsten Moment fingen sämtliche Glocken von Inverness gleichzeitig zu läuten an, und Dominic begann, wie irre zu lachen.

Fletcher war gestolpert und hing nun halb über dem offenen Brunnenschacht. Er ließ den Eimer ins Wasser fallen und griff mit beiden Händen nach dem bebenden Stützpfeiler. Die Kette machte einen Ruck und glitt rasselnd in den Brunnenschacht zurück.

»Die Glocken!«, schrie Fletcher. »Die verdammten Glocken!«

»Kein Grab wird dich aufnehmen, bis hohe Steine sich aus ihren Verankerungen lösen und alle Glocken wie von Geisterhand zu läuten beginnen, um dich anzuklagen. Verfluchst seist du, Yarrow Fletcher!« Es war Catriona, die über das Poltern einstürzenden Gesteins Iseabails Prophezeiung schrie, während die Rosenblüten um sie herumwirbelten.

Der Boden wellte sich, die Pflastersteine bockten wie junge Pferde, während die eisernen Kettenglieder rasselnd in der Dunkelheit verschwanden. Fletcher trat um sich und versuchte, nach einem höheren Halt zu greifen, aber sein Knöchel verfing sich in der Kette. Sein Fuß wurde von der niedrigen Mauer fortgerissen, und er schrie. Die Kette zerrte an seinem Bein und riss es in die Dunkelheit hinunter, und man konnte das Brechen seiner Knochen hören. Eine seiner Hände rutschte langsam ab, einen Moment noch spreizten sich verzweifelt seine Finger. Fieberhaft versuchte Fletcher, Halt zu finden, doch seine Hand glitt an der sich schnell drehenden Winde ab.

»Rettet mich!«, schrie er mit weit aufgerissenen Augen und entsetzlich hilflos blickend. »Rettet mich!«

»Für den Gefreiten Smith, für meinen Kutscher, für einen französischen Offizier in Spanien, für all die Leute, die Ihretwegen Haus und Hof verloren haben, für ein Baby, das zu früh geboren wurde, für das, was Sie Catriona anzutun gedachten, verfluche ich Sie stattdessen!« Dominic verzog das Gesicht, als Wellen des Schmerzes von seiner verletzten Hand in seinen Arm aufstiegen. »Außerdem könnte ich mich sowieso nicht bewegen.«

Auch Fletchers andere Hand rutschte jetzt ab. Mit beiden Händen an der Kette zerrend, verschwand er in dem Brunnen. Über ihm fiel das Brunnenhaus in sich zusammen, die hölzernen Pfosten knickten ein und rissen Winde, Schieferplatten und Gestein mit sich in die Leere.

Die Glocken läuteten, Glockenspiele schallten zum sternenübersäten Himmel auf. Dominic schaute einmal kurz zu den funkelnden Sternen auf. Während es um ihn herum finster wurde, hörte er die Stimme einer alten Frau: *»Du wirst weder in deinem Bett sterben, noch jemals wieder darin Ruhe finden, Yarrow Fletcher. Fluch und Verderben drohen dir! Dein Grab ist bereits ausgehoben, aber kein Mensch wird deinen Namen darauf schreiben.«*

Dominic wachte in seinem Bett im Gasthaus auf. Niemand sonst war außer ihm im Raum. Die Welt schien wieder sicher zu ihrer Achse zurückgefunden zu haben. Dominic setzte sich auf. Er war mit Prellungen übersät, und seine Rippen klopften und schmerzten, wenn er sie berührte. Sie waren mit einem sauberen Leinentuch umwickelt. Seine rechte Hand war ebenfalls verbunden, doch der pochende Schmerz darin erschwerte ihm sogar das Atmen. Dessen ungeachtet versuchte er, die Finger zu bewegen, und stellte fest, dass er es nicht konnte. Ob die Sehnen verletzt worden waren? Wenn er seine rechte Hand nicht mehr gebrauchen konnte, was für eine gottverdammte Hilfe wäre er dann Catriona in der Wildnis? Denn das war es, was ihn reizte: seine Verpflichtungen im Stich zu lassen, seine Heimat und seine natürliche Berufung, und mit Catriona nach Kanada zu gehen. Die Worte sprangen ihm ins Gesicht. *Deine rechte Hand, Dominic Wyndham!*

Er zwang sich, nicht darüber nachzudenken. Jemand hatte ihn gewaschen und in ein Nachthemd gesteckt. Mit der linken Hand berührte er seinen Kopf. Sogar sein Haar war sauber. Jemand hatte ihn gewaschen und abgetrocknet, während er hilflos dagelegen hatte. Verdammt! Wie lange hatte er geschlafen?

Er ließ sich in die Kissen zurücksinken, starrte an die Zimmerdecke und wünschte sich mit aller Kraft Catriona herbei.

Und schließlich trat sie, fast ein wenig schüchtern, ein.

»Du bist wach?«

Der Stuck an der Decke war mit feinen Rissen durchzogen und erinnerte ihn ein bisschen an ein Spinnennetz. Er gab sich Mühe, jede Emotion aus seiner Stimme fern zu halten. »Offensichtlich. Wie groß ist der Schaden, den die Stadt erlitten hat?«

Sie trat näher, nahe genug, um ihm einen Hauch von ihrem Duft zu erlauben. Verlangen erwachte in ihm, das er jedoch ignorierte.

»Durch das Erdbeben? Einigen Schaden. Der Turm des Tolbooth ist an der Spitze umgeknickt. Eine Menge Steine sind von den Schornsteinen heruntergekommen. Es heißt, die Glocken hätten eine volle Minute lang geläutet, während ihre Türme bebten. Es war ein mächtiges Geläut. Die Leute kamen in ihren

Nachthemden aus den Häusern gerannt, aber niemand kam zu Tode.«

Er sah sie an. Ihr Ausdruck war gefasst, die ein wenig trotzige Haltung ihres Kinns bezaubernd. »Außer Yarrow Fletcher?«

»Das Brunnenhaus brach zusammen und sandte einen Hagel von Steinen in die Tiefe. Er ist ertrunken. Ich bin froh darüber. Ist das eine Sünde? Der Brunnen stürzte ein und begrub ihn unter seinen Trümmern.«

»Dann war also ein gottverfluchtes Naturereignis nötig, um den Bastard umzubringen? Verdammt noch mal, ich freue mich auch! Gehen Iseabails Prophezeiungen immer auf solch dramatische Weise in Erfüllung?«

»Manchmal.« Sie blickte nervös auf ihre Hände. »Aber du hättest ihn auch ohne das Erdbeben besiegen können, mit deinen unehrenhaften Tricks.«

Dominic streckte sich und bereute es sofort. »Unehrenhaft? Glaubst du nicht, dass selbst der strikteste Ehrenkodex unter den gegebenen Bedingungen alle notwendigen Mittel zuließ?«

»Das meinte ich nicht.« Sie setzte sich auf einen Stuhl neben dem Bett. »Lord Stansted sagte, du hättest eine Nachricht erhalten.«

»Ich hoffe, er ist unverletzt?«

»Sein Kopf schmerzt, und eine Zeit lang war er etwas verwirrt. Er hat während des Erdbebens geschlafen und ist vorhin weggegangen, um die Behörden zu informieren, dass Fletcher in den Brunnen gefallen ist, damit der Mann nicht als vermisst gemeldet und gesucht wird. Von dem Kampf wird nichts erwähnt werden, obwohl ich ihm alles erzählt habe. Die Nachricht betraf Andrew und Mrs. Mackay, nicht wahr?«

»Sie waren für kurze Zeit in Nairn gewesen, aber schon wieder fort, bevor wir dort erschienen.«

»Und du hast nicht einmal daran gedacht, nicht wahr, mich zu warnen oder mir mitzuteilen, wo du hinwolltest?«

»Hätte ich das denn tun sollen?« Er hatte es nicht scharf klingen lassen wollen.

»Als ich mir das Haar abgeschnitten hatte, sagtest du, ich versuchte mit voller Absicht, etwas Wunderbares zu zerstören. Du warst sehr empört darüber.« Ihre Stimme klang angespannt – vor Kummer oder vor Ärger? »Ich habe deine schönen Hände immer sehr bewundert. War dir eigentlich überhaupt nicht klar, dass du auf der Hut sein und einen Hinterhalt erwarten musstest?«

»Ich habe für diese Unterlassung bezahlt.«

Ärgerlich schob sie das Kinn vor. »Ich auch. Harris und Fletcher kamen und zerrten mich aus meinem Bett. Sie verbanden mir die Augen und brachten mich an jenen Ort. Es war ein düsterer Moment für mich, bis ich hinausgebracht wurde und die Highlander sah.«

Die Abbitte, die er ihr leisten musste, war zu groß, um mit Worten ausgedrückt zu werden. »Was geschah mit ihnen?«

»Sie sind nach Westen gegangen, nach Hause. Obwohl es ihr Zuhause schon seit langem nicht mehr gibt und nur noch die Küste sie dort erwartet.«

»Hast du mich gebadet und mein Haar gewaschen?«

Sie errötete. Das überraschte ihn. »Ja. Es war voller Schlick. Du solltest jetzt besser schlafen.«

Sie erhob sich, um zu gehen.

»Catriona …«

»Was?«

Dominic drehte sich zur Wand. »Geh. Es ist nicht wichtig.«

»Ach, du sturer Mann!« Ihr Lächeln war unsicher, sogar jetzt. »Der Doktor meinte, du hättest Glück gehabt. Deine Hand ist steif geschwollen, aber er denkt, du könntest eine gewisse Bewegungsfähigkeit zurückgewinnen. Viel mehr kann er nicht voraussagen. Es wird Zeit erfordern. Die Verletzung wird auf jeden Fall Nachwirkungen haben, und es werden Narben zurückbleiben. Es tut mir Leid, Dominic.«

Übelkeit und Schmerz erfassten ihn bei der Erkenntnis, dass

sein Glück jetzt nur noch an einem seidenen Faden hing. *Deine rechte Hand, Dominic Wyndham! Wie kannst du jetzt noch in die Wildnis ziehen?* »Tut es das?«

Sie zog seine Bettdecke zurecht, ein bisschen verlegen, aber mit unverkennbarer Zärtlichkeit. »Ja, das tut es. Ich habe diese Hand auf meiner Haut gemocht.«

Dominic zwang sich, das Bett zu verlassen. Er zog sich an, band etwas unbeholfen mit einer Hand seine Krawatte und klingelte. Ein Dienstmädchen brachte ihm Frühstück. Nachdem er gegessen hatte, kam der Doktor und wechselte den Verband. Dominic zwang sich, mit der gleichen Selbstdisziplin zuzusehen, die er zum Binden seiner Krawatte hatte aufbringen müssen. Er betrachtete das zerfetzte Fleisch an seiner Hand und schauderte. *Ich habe diese Hand auf meiner Haut gemocht.*

Der Arzt ging, ohne etwas anderes anbieten zu können als Plattitüden, und Dominic trat auf den Korridor hinaus. Catrionas Zimmer befand sich zwei Räume weiter. Stansteds direkt hinter ihrem. Am Ende des Gangs gab es ein gemeinsames Wohnzimmer für die Pensionsgäste. Ein seltsames Geräusch kam durch die offene Tür: ein Quieken, gefolgt von einem hellen Lachen.

Dominic ging den Gang hinunter und stieß die Tür ganz auf. Ein kleiner Junge lachte in Catrionas Armen. Lockiges dunkles Haar bedeckte den Kopf des Kindes. Sein kleiner blauer Babyanzug straffte sich über molligen Armen und Beinen. Die blauen Augen blickten mit einer ihm vertraut erscheinenden Harmlosigkeit. Das kleine Kinn und der zarte Nacken waren ebenso deutlich wiederzuerkennen. Das Kind drehte sich um, um Dominic anzusehen, und für einen Moment erstarb sein helles Lachen und wich einem zitternden, unsicheren Lächeln.

O Gott! Das Kind, das der Liebling der Wohltätigen Seelen gewesen war und ihm in seinen Träumen keine Ruhe mehr gelassen hatte! Nicht Harriets Kind und auch nicht Catrionas oder

Sarahs, sondern das Kind der einzigen anderen Frau, die Grund gehabt haben könnte, seine Existenz vor seinem Vater zu verheimlichen. Waren Erdbeben leichter zu überstehen als das hier?

Eine mütterliche Frau stand mit gefalteten Händen neben Catriona und strahlte. Die Frau trug immer noch ihren Umhang. Offenbar war sie soeben erst mit dem kleinen Jungen eingetroffen.

»Nun«, begann Dominic, »Sie sind Mrs. Mackay? Ich freue mich, Sie kennen zu lernen, Madam.«

»*Boban*«, sagte der Junge und zeigte auf Dominic.

»*'S mise Anndra*«, berichtigte Mrs. Mackay. Sie trug ein sauberes weißes Häubchen über ihrem Haar, wie es die Frauen in Glen Reulach trugen.

»Hallo, Andrew«, meinte Dominic, der diese neue Wahrheit immer noch nicht ganz verarbeitet hatte. »Möchtest du ein Stück Kuchen?«

»Es ist noch nicht seine Essenszeit, Major Wyndham«, gab Mrs. Mackay zu bedenken.

Aber Dominic lachte nur, bedeutete allen, Platz zu nehmen, und betätigte den Klingelzug fürs Personal. »Nein, die meine ist es auch nicht. Aber seine Mutter wird bald kommen, nicht wahr? Ich finde, da sollten wir ruhig ein bisschen feiern, findet ihr nicht?«

»Kuchen«, wiederholte Andrew und lachte.

Catriona beobachtete sie, den kleinen Jungen und den Mann. Ihr Herz hämmerte plötzlich vor Sehnsucht. Andrew hatte Kuchenkrümel auf seiner rosigen Oberlippe. Seine Finger waren klebrig. Dominic hielt den Jungen auf dem Schoß, während diese klebrigen kleinen Finger unbekümmert seine Krawatte und seine perfekt geschnittenen Hosen betasteten. Er erfand Fingerspiele mit seiner linken Hand, um das Kind zu unterhalten. Andrew grapschte, kicherte und lachte mit schrankenlosem Vertrauen.

Mrs. Mackay saß respektvoll auf einer Seite des Raumes und trank kommentarlos ihren Tee. Schließlich sanken die schwarzen Wimpern über die veilchenblauen Augen. Dominic hielt Andrew im Arm, bis der Kleine mit der absoluten Unbefangenheit eines Kindes einschlief.

»Ich verstehe nicht«, bemerkte Catriona. »Du sagtest, seine Mutter würde kommen?«

Er lächelte, und seine Grübchen wurden sichtbar. »Hast du es noch nicht erraten? Du warst doch einige Zeit mit ihm zusammen. Wie konntest du ihn für einen MacNorrin halten? Sieht er nicht viel eher englisch für dich aus?«

Die Wimpern des Kindes legten sich in weichen Bögen auf seine rosigen, ein wenig pummeligen Wangen. Seine etwas nach oben gewölbte Oberlippe ließ eine Reihe kleiner weißer Milchzähne erkennen. »Ja, das stimmt. Aber das hielt ich für den Einfluss von Sarahs Familie.«

»Sarah und Rosemary waren Cousinen.« Mrs. Mackay stand auf und nahm Dominic das Kind aus den Armen.

»Sarah und *Rosemary*?« Catriona war verwirrt.

»Sollen wir es ihr erklären, Mrs. Mackay?«

»Ich sehe, Sie haben es schon erraten, Major Wyndham«, erwiderte das Kindermädchen.

Dominic lachte leise. »Du hast gesehen, was du sehen *wolltest*, Catriona. Ein Fehler, der vermutlich ziemlich typisch für dich ist!«

Und plötzlich fügte sich alles zusammen, obwohl sie immer noch nicht vollkommen sicher sein konnte. »Ich habe viele Fehler, doch ich habe in Edinburgh gelebt. Wie hätte ich es nicht bemerken können, wenn seine wahre Mutter dort war?«

Mrs. Mackay wiegte das Kind sanft, Andrews dunklen Kopf an ihrer Brust. »Sie sorgte dafür, dass Sie es nicht bemerkten, Madam. Sie ließ uns alle schwören, Stillschweigen darüber zu bewahren, als Andrew geboren wurde. Es war nicht schwer, die Täuschung aufrechtzuerhalten. Ein ganzes Haus voller Damen und nur ein einziges Kind. Seine Mutter bezahlte die Miete für mein kleines Haus in Edinburgh. Sie schickte mich fort ...«

»Warum erst *dann*?«, fragte Dominic. »Genau in diesem Augenblick?«

»Weil *Sie* kamen, Sir«, antwortete Mrs. Mackay. »Es war ihre Liebe zu Ihnen, die sie daran hinderte, sich offen zu dem Jungen zu bekennen. Ihretwegen wollte sie das Geheimnis wahren. Aber sie liebt den Jungen, Major Wyndham. Sie liebt ihren Sohn. Täuschen Sie sich darin nicht.«

Catriona registrierte dies stillschweigend und verbarg das Wissen irgendwo tief in ihrem Innersten. *Es war ihre Liebe zu Ihnen*. Andrew war fortgeschickt wurden, um ihn vor Dominic zu verstecken!

Dominic streckte die langen Beine aus und zeichnete geistesabwesend Muster auf den Rand des Tisches neben ihm. »Wieso haben Sie dann eigentlich auch mit mir zusammengearbeitet und meine Anweisungen befolgt?«

»Ach, ich sah nichts Nachteiliges darin. Je mehr Beschützer, desto besser.«

Dominic blickte auf und lächelte. »Mit Ausnahme ihres Ehemannes, der das Recht gehabt hätte, für ihn zu sorgen?«

Mrs. Mackay setzte eine etwas indignierte Miene auf. »Tatsächlich weiß er gar nichts von der Existenz des Kindes.«

Catriona beugte sich vor, um das Gespräch zu unterbrechen. Sie konnte es nicht verhindern. »Und wer ist der Vater?«

Das Licht des noch immer strahlend hellen Tages draußen, das durchs Fenster fiel, schimmerte auf Dominics Haar wie zerschmolzene Butter. Sie sah die feinen Linien an seinen Mundwinkeln und wusste, dass seine Hand ihn schmerzte. »Es tut mir Leid, dass Andrew nicht das Kind deines Onkels ist, Catriona.«

»Wessen dann?«, hakte sie nach. »Sag es mir!«

»Es wird es nicht leicht haben, das arme Lämmchen!«, vermutete Dominic. »Er hat die Augen und Gesichtszüge seines Vaters und das mitternachtsschwarze Haar und die Starrköpfigkeit seiner Mutter. Das Erbe seiner Mutter lässt ihn die Augenbrauen zusammenziehen wie ein argwöhnischer Terrier, das seines Vaters ermöglicht es ihm, Fremde ohne Vorurteil zu akzeptieren. Das musst du doch erraten haben?« Er suchte ihren Blick und lächelte, sodass seine Grübchen noch deutlicher in Erscheinung traten. »Andrew wird eines Tages Herzog sein. Seine Mutter ist Lady Rosemary Stansted, daher wird er irgendwann den Titel des Duke of Rutley erben. Eine ziemlich schwer wiegende Bürde für so ein kleines Seelchen, nicht?«

Rosemary – die Geld und Süßigkeiten für das Kind geschickt hatte. Es passte, jetzt, da Catriona die ganze Wahrheit kannte und nicht mehr von ihren eigenen Hoffnungen geblendet war. All diese kleinen Andeutungen und ausweichenden Antworten … Es passte alles. »Aber warum sollte Lady Stansted ihr eigenes Kind verstecken?«

Er schien sich etwas unbehaglich zu fühlen. »Sie wollte nicht, dass ihr Ehemann von ihm erfuhr. Und Rutley hätte sie gezwungen, mit dem Kind nach London zurückzukehren. O Gott! Ich denke, ich bin es dir schuldig, dir die ganze Wahrheit zu erzählen. Ich nehme an, sie wollte nicht, dass *ich* davon erfuhr …«

»Wieso nicht? Was hatte es denn mit dir zu tun?« Es klopfte an der Tür. Catriona ignorierte es. »Warum solltest du es nicht erfahren? Was bedeutete Lady Stansteds Kind für dich?«

Die Tür ging auf. Catriona drehte sich um und sah eine schlanke, dunkelhaarige Frau zögernd auf der Schwelle stehen, eine Frau, die sie ziemlich gut zu kennen geglaubt hatte, eine Frau, die sie alle hinters Licht geführt hatte. Dominic stand auf und verbeugte sich.

»Wäre Dominic bekannt gewesen, dass ich ein Kind hatte, einen Erben für Rutley«, erklärte Lady Rosemary Stansted leise,

»hätte er mich nie geliebt.« Ihr Blick begegnete Dominics, und sie errötete. »Ich hoffte, du würdest zu mir kommen, nachdem Harriet verstorben war. Ich habe jahrelang darauf gewartet. Wenn du von Andrew gewusst hättest – dass ich Mutter war, meine ich –, hättest du mich niemals zur Mätresse genommen, nicht wahr?«

Mrs. Mackay erhob sich mit dem schlafenden Kind in ihren Armen. »Ich muss den Jungen zu Bett bringen, Lady Stansted.«

Rosemary durchquerte den Raum und berührte ihren Sohn an der Wange. Ihre Gesichtszüge wurden weicher. »Ich habe ein Zimmer.« Sie wedelte mit der Hand. »Es befindet sich dort hinten. Das Dienstmädchen wird es Ihnen zeigen.«

Dominic ging zum Kamin, die verletzte Hand an seiner Brust zur Faust geballt. »Dann hast du Andrew also aus Edinburgh fortgeschickt, bevor ich kam, für den Fall, dass ich ihn als dein Kind erkannte?«

Lady Stansted beobachtete, wie ihr Söhnchen aus dem Raum getragen wurde. Ihre Augen füllten sich mit Tränen. »Mrs. Mackay brachte ihn zunächst nach Strath Glass. Später hielt sie ihn dann in einem Haus verborgen, das ich in Strathspey gemietet hatte. Als ich deine Nachricht erhielt und wusste, dass du nach ihm suchtest, vereinbarte ich mit ihr, uns in Nairn zu treffen. Wir wären schon gestern Abend hier gewesen, aber ich fand, dass Andrew müde wirkte, und so verbrachten wir die Nacht in einem Gasthaus. Es war furchtbar. Es gab ein Erdbeben. Dinge fielen aus den Regalen, erschreckten ihn und brachten ihn zum Weinen. Wir sind erst spät heute Morgen aufgebrochen.«

Mit seiner linken Hand reichte Dominic ihr sein Taschentuch. »Jetzt bist du in Sicherheit.« Er lächelte beruhigend. »Warum hast du deinen Sohn von einem Kindermädchen aus den Highlands aufziehen lassen? Er wird der erste Duke of Rutley sein, der Gälisch spricht, könnte ich mir vorstellen. Du solltest besser zu ihm gehen und dich überzeugen, dass er sich nach all diesem Herumvagabundieren an fremden Orten nicht mehr fürchtet.«

Catriona wandte sich Dominic zu, sobald die dunkelhaarige Frau den Raum verlassen hatte.

»Rosemary war in dich verliebt?«

Er lehnte sich mit der Schulter an den Kamin. »Seit Jahren. Wir begegneten uns einmal auf einem Ball, als ich zwischen zwei Feldzügen für kurze Zeit in England war. Ich war bereits mit Harriet verlobt. Aber Rosemary ist sehr attraktiv, und ich bin sicher, dass ich mich geschmeichelt fühlte. Vielleicht habe ich sie unwissentlich sogar ermutigt, obwohl dies ganz bestimmt nicht meine Absicht war.«

Etwas hämmerte in ihrem Blut, ein nachhallender Kummer. »Also stimmte es, was du mir sagtest, als wir uns das erste Mal begegneten? Du hast dein Leben lang Herzen gebrochen?«

Die steifen Kragenenden seines Hemdes rahmten sein Gesicht ein. Er wirkte ruhig und betrachtete sie eindringlich. »Wenn du es so nennen willst. Es gibt Frauen, die finden eine Uniform unwiderstehlich. Und dann, als ich mir den Ruf erworben hatte …«

»Lasterhaft zu sein?«

Er zögerte nur für einen winzigen Moment, bevor er antwortete. »Ja. Nachdem Harriet mir in unserer Hochzeitsnacht davongelaufen war. Man sollte meinen, ich wäre vom schöneren Geschlecht gemieden worden, oder nicht? Stattdessen wurde ich verfolgt, bestürmt, bedrängt. Normalerweise war es nicht schwer nachzugeben.« Er trat ans Fenster und sah hinaus. »Weibliche Neugier ist eine machtvolle Sünde.«

»Vielleicht sollten wir sie unserer Liste hinzufügen«, schlug sie vor. »Die achte Sünde. Ich habe selbst darunter gelitten. Auch ich war neugierig, als ich nach London kam. Wie alle anderen.«

Augenblicklich fuhr er zu ihr herum, um sie anzusehen. »*Nicht* wie alle anderen, Catriona!«

Sie senkte die Lider, um den feurigen Blick in seinen Augen nicht zu sehen. »Dann darf ich mich jetzt wohl auch geschmeichelt fühlen. Aber egal.« Heiße Tränen brannten hinter ihren

Lidern. »Ich finde, du solltest nach London zurückkehren, Dominic, und deine Freunde und ihr Kind mitnehmen.«

Er versteifte sich und wurde blass. »Andrew ist nicht mein Sohn, Catriona. Rosemary war mit niemand anderem als ihrem Ehemann intim. Lord Stansted war in jenem siegreichen Sommer, in dem das Kind gezeugt wurde, in Edinburgh. Rosemary und ich hatten nie ein Verhältnis miteinander. Himmel noch mal! Glaubst du, ich hätte meinen Freund so hintergehen können?«

War sie nur deswegen so bekümmert? Oder lag es eher daran, dass ihre Ahnung sich letztlich als wahr erwiesen hatte – dass Andrew das Tal nicht retten konnte – und sie sich nun bald trennen mussten?

Sie schluckte ihren Kummer herunter und hob den Kopf. »Das glaube ich dir sogar. Aber wenn Andrew Lord Stansteds Sohn ist, sind beide Kinder Rutleys Enkel: Thomas erbt Glen Reulach, Andrew das Herzogtum. Es ist das, was ich befürchtet hatte. Fletchers Tod ändert überhaupt nichts. Rutley wird einen neuen Verwalter ernennen, und die Leute werden aus dem Tal vertrieben werden. Ich habe deine Zeit verschwendet.«

»Ich wünschte, du würdest mir ein bisschen mehr vertrauen«, entgegnete er. »*Ich* habe noch nicht aufgegeben.«

Gewissensbisse quälten sie. Er *musste* gehen! Stattdessen aber würde er bleiben und sich – wie ein fehlgeleiteter Ritter aus der Sage – in einem sinnlosen und unmöglichen Streben, das Unvermeidliche zu ändern, ruinieren. Glen Reulach würde sterben. Jede gemeinsame Zukunft für sie war zum Scheitern verurteilt. Warum wollte er das nicht akzeptieren und gehen, da sie doch nicht mehr die Kraft besaß, mit ihm zusammen zu sein?

»Dir vertrauen? Was glaubst du denn, was du jetzt noch ausrichten kannst?«

»Ich weiß es nicht, verflixt noch mal!« Seine Stimme wurde sanfter, aber seine Frustration war dennoch nicht zu übersehen.

»Ich habe einige Ideen, Dinge, die vielleicht funktionieren könnten!«

»In dieser Sache? Kannst du den Verlauf der Geschichte ändern? Ich habe es gesehen, als ich nach England kam. Dampfmaschinen, Textilfabriken und Stahlwerke, deren Feuer den Himmel aufglühen lassen wie das Tor zur Hölle. Die Zukunft wird die alten Lebensweisen auseinander reißen, wie Kinder ein fadenscheiniges Bettlaken zerreißen. Die Highlands gehören zur Vergangenheit, und dieses neue Jahrhundert wird uns zerstören.«

Er legte seine linke Hand auf den Kaminsims, und sein Rücken wurde so steif, als müsste er sich zwingen, sich aufrecht zu halten. »Gibt es nichts, was dich zufrieden stellen könnte, außer dass das alte Leben so bleiben soll, wie es schon immer war?«

»Warum nicht? Aber in diesen Bergen wird nichts anderes mehr zu hören sein als das Blöken von Schafen und das Krachen der Jägerflinten. Du bist ein Teil dieser neuen Zeit, Dominic Wyndham, und ein Teil jener Gesellschaft, die hier in diese leeren Täler kommen wird, um Moorhühner zu schießen. Geh und lass uns in Ruhe.«

Alle Farbe war aus seinem Gesicht gewichen. Seine Augen brannten, grün wie Glas. »Das werde ich«, erwiderte er. »Aber vorher ist da noch die Sache mit Lord und Lady Stansted und Andrew. Sie sind eine Familie – oder werden eine sein.«

Sie fühlte sich zerrissen wie ein vom Wind zerfetztes Tuch. »Aber du warst es doch, oder etwa nicht, der verhinderte, dass diese Familie zusammenfand? Weil du nicht über deinen Schatten springen kannst. Weil du Frauen wie magnetisch anziehst. Selbst die Gattin deines Freundes hast du bestrickt und betört und sie, sich nach dir verzehrend, zurückgelassen.«

»Ich nehme an, das stimmt.«

Seine linke Hand griff nach dem Kaminsims, glitt aber hilflos ab, als er taumelte und dann zusammenbrach.

Das Blut hatte seinen Verband durchtränkt und befleckte den Aufschlag seines Hemdes. Catriona zog ihr Taschentuch heraus, legte es auf seine Handfläche und hielt es fest darauf gepresst, bis die Blutung aufhörte. Dann holte sie ein Kissen von einem Sessel und legte es unter Dominics Kopf. Sein seidiges blondes Haar fühlte sich sehr weich unter ihren Fingern an. Sie hatte es gewaschen und mit Handtüchern getrocknet und dabei die ganze Zeit um ihn geweint. Nun hatte sie ihn beschimpft, obwohl er krank war, weil sie sich keinen anderen Rat mehr wusste, wie sie ihn von sich befreien sollte.

Mit ausgestreckten Armen lag er da wie ein im Stich gelassenes Kind. Allein seine Gesichtsknochen echoten sprachen von der bestrickenden Schönheit der Helden der Legende. Er hatte sie bezaubert, dieser verrückte Engländer, und eine wunde Stelle in ihrem Herzen hinterlassen, die sie in die Neue Welt mitnehmen würde.

Sie legte die Arme um seine Schultern und den Kopf an seine Brust und lauschte dem regelmäßigen Pochen seines Herzens. Sinnloserweise weinte sie in seinen Rock, durchnässte sein Hemd und schalt sich selbst für ihre eigene Dummheit.

Ein leises Geräusch kam von der Tür.

Als Catriona aufschaute, sah sie Rosemary dort auf der Schwelle stehen. Rasch wischte sie sich mit der Hand über die Augen, lachte ein bisschen verlegen und lehnte sich zurück. »Ach, es ist schwer, eine Frau zu sein und solche Männer um sich zu haben, nicht wahr?«

»Er ist ohnmächtig geworden?« Rosemary betrat den Raum, und runzelte die dunklen Brauen – *wie ein argwöhnischer Terrier,* dachte Catriona plötzlich. Oh, warum hatte sie das nicht gleich zu Anfang schon erraten?

»Es wird ihm bald wieder besser gehen. Es ist eine lange Geschichte, nicht wert, erzählt zu werden. Ich werde klingeln und ihn in sein Bett zurücktragen lassen.«

Rosemary sah auf Dominic hinunter. Ihre Wimpern glitzerten.

»Ich habe mit meinem Mann das Bett geteilt und mir vorgestellt, es sei Dominic, der mich liebte. Ich dachte, irgendwann würde er doch noch zu mir kommen, obwohl er wie ein Mondkalb der armen kleinen Harriet nachweinte. Erst als er dieses letzte Mal nach Edinburgh kam, um Harriets Sachen abzuholen, wurde mir bewusst, dass er mich niemals lieben würde. All meine Sehnsucht und Intrigen waren umsonst gewesen. Und dann erstarb das Gefühl plötzlich ziemlich schnell in mir. Ich begehre ihn nicht länger, diesen schwierigen Dominic Wyndham. Glauben Sie mir das?«

Sie wirkte sehr zerbrechlich. Catriona richtete sich auf und half der anderen Frau zu einem Sessel. »Liebe ist unberechenbar. Es ist schwer, seinem Herzen zu sagen, es solle klug in der Liebe sein. Aber Andrew ist Lord Stansteds Sohn, nicht wahr?«

Rosemary schaute zu ihr auf und ergriff Catrionas Hand. »O ja! Und Dominic hat mich nie ermutigt oder glauben lassen, er ließe sich vielleicht noch umstimmen. Tatsächlich hat er sogar alles getan, um mich dazu zu bewegen, zu meinem Mann zurückzukehren. Wir haben eine Absprache getroffen. Das heißt, als er mich bedrängte, es zu tun, zwang ich ihn gewissermaßen, diese Absprache zu akzeptieren. Das war verrückt von mir, nicht wahr?«

Catriona setzte sich neben sie. »Das kann ich nicht beurteilen, ohne die Bedingungen zu kennen.«

»Es war ganz einfach«, erklärte Rosemary. »Ich hatte die Idee aus einer Geschichte. Ich sagte Dominic, ich würde nicht eher zu meinem Mann zurückkehren, bis er einen ganzen See leer getrunken, einen Kirchturm bestiegen und mir einen Sohn geschenkt hatte. Natürlich hätte ich wissen müssen, dass Dominic es irgendwie zu Stande bringen würde, diese ersten beiden Forderungen zu erfüllen. Und für einen Sohn hatte ich in einem Moment der Schwäche ja schon selbst gesorgt, aber ich war mir sicher, dass er es nie herausfinden würde.«

»Vielleicht, weil Sie Ihren Mann trotz allem lieben, Lady Stansted?«

»Ich weiß es nicht, aber ich habe ein Kind mit ihm gezeugt, und damals dachte ich, er wäre …« Sie brach ab. »Dominic erzählte mir in Edinburgh, dass Stansted die anderen beiden Bedingungen erfüllt hatte. Der See war zwar nur ein künstlicher auf einer von Lady Binghams Dinnerpartys, doch der Aufstieg auf den Turm war wohl real genug. Kaum zu glauben, dass mein Mann so tapfer gewesen sein soll!«

Dann war dies also der Zweck dieser verrückten Kletterpartie den Turm hinauf gewesen, als Catriona Dominic zum ersten Mal gesehen hatte? Also nicht bloß eine gänzlich leere, unsinnige Geste? »Ich habe es gesehen«, berichtete Catriona. »Es war ein hoher Kirchturm.«

Rosemary wandte den Blick ab. »Ich denke, ich habe mich von Dominics glanzvoller Erscheinung blenden lassen. Er war während des Krieges Offizier des britischen Geheimdienstes. Wussten Sie das? Und er ist gut aussehend wie ein junger Gott. Jede Frau in London will ihn, aber solche Männer geben keine guten Ehemänner oder Väter ab, nicht wahr? Und selbst als Liebhaber sind sie recht unzuverlässig. Ich muss verrückt gewesen sein.«

Dominic lag wie ein schlafendes Kind vor ihnen und atmete ruhig und gleichmäßig. Nicht die Art von Mann, um einen guten Ehemann abzugeben: ein Lebemann, dessen rechte Hand vielleicht sogar für immer verkrüppelt bleiben würde. *Und selbst als Liebhaber sind sie recht unzuverlässig*.

»Warum lag Major Wyndham eigentlich so viel daran, Ihre Ehe zu retten?«, fragte Catriona. »Wenn er Sie nicht liebte, warum war es ihm dann so wichtig?«

Rosemary stand auf und strich die Röcke ihres hochmodischen Reisekostüms glatt. »Nun, solange ich in Edinburgh war, wollte Harriet dort nicht fortgehen. Dominic glaubte, wenn ich zu meinem Mann zurückginge, würde Harriet auch zu ihm zurückkehren. Es war dumm von ihm. Sie hätte es nie getan.«

»Warum haben Sie Lord Stansted geheiratet, wenn Sie einen anderen liebten?«

Rosemarys dunkle Augen betrachteten Catriona mit einer Mischung aus Mitgefühl und Spott. »Englische Frauen unserer Gesellschaftsklasse heiraten nicht aus Liebe. Nur indem ich eine Ehe einging, konnte ich hoffen, Dominic als Liebhaber zu gewinnen. Er hätte mich nie als Mätresse in Betracht gezogen, solange ich noch Jungfrau war.«

Dominic stöhnte und bewegte sich ein bisschen. Rosemary floh augenblicklich aus dem Raum. Catriona ging zu Dominic und kniete sich neben ihn. Sie waren ein unergründliches Rätsel für sie, diese englischen Aristokraten mit ihren verrückten Spielen des Herzens. Wie hatte sie – eine ganz normale Frau aus den Highlands – je glauben können, sie könne gewinnen, wenn ihr Gegner doch ein solcher Meister der Verstellung war?

Seine Augenlider flatterten, und er blickte sie unter halb gesenkten Wimpern an. »Ich war bewusstlos? Großer Gott! Wie demütigend! Ich hörte eure Stimmen, als kämen sie aus einem Brunnen. Rosemary hat dir von unserer Abmachung erzählt?« Er drehte sich auf den Rücken und barg seine verletzte Hand behutsam in der anderen.

Catriona nickte stumm und wünschte, sie könnte ihr verwundetes Herz genauso schützend in die Hand nehmen.

»Tragödie und Komödie sind oft Bettgesellen«, fuhr er fort. »Harriet nach Schottland mitzunehmen, war eine meisterhafte Strategie von Rosemary – ein brillanter Einfall! Natürlich war ich dadurch gezwungen, Rosemary zu sehen, mich mit ihr zu befassen und sogar auf ihre verrückten Bedingungen einzugehen, wenn ich versuchen wollte, sie zu ihrem Mann zurückzubringen.«

»Rosemary ging fort, weil sie dich liebte. Sie nahm Harriet mit, um zu verhindern, dass du deine eigene Ehe rettetest?«

Sie sah, wie er mit sich kämpfte, um sein Lachen zu beherrschen, das trotzige Lachen, das überdeckte, was immer auch darunter lag und sehr wenig mit Heiterkeit zu tun hatte. »Ja. Rosemary stahl mir Harriet, weil sie mich zu lieben glaubte. Ich bin nicht sicher, ob sie weiß, wie vollständig sich das mit Harriets eigenen Wünschen deckte.«

Kapitel 18

Man half Dominic ins Bett zurück. Bei Einbruch der Nacht bekam er leichtes Fieber. Catriona blieb, da sie sich trotz ihrer Erkenntnisse und Beschlüsse nicht dazu überwinden konnte abzureisen, solange er sich in Gefahr befand. Mittlerweile musste die Nachricht von Fletchers Tod den Duke of Rutley erreicht haben, der einen neuen Verwalter schicken und wieder mit den Räumungen beginnen würde. Und deshalb – ob Dominic Wyndham nun überlebte oder starb, ob er Invalide blieb oder genas – würde Catriona MacNorrin mit ihrem Clan nach Kanada auswandern müssen und ihn nie wiedersehen. Aber wie konnte sie ihn in der Zwischenzeit in seinem Raum besuchen – wäre das nicht eine Qual für beide?

Und war es nicht sogar noch qualvoller, mit anzusehen, wie zwei andere Menschen sich verliebten? Stansted und Rosemary waren wieder zusammen, und Andrew war bei ihnen. Es war offensichtlich, dass sie ihre Ehe wieder flickten und dass Rosemary die treibende Kraft dabei war. Stansted war sprachlos gewesen, als er zum Gasthof zurückgekommen war: Seine Sommersprossen waren dunkel angelaufen, sein rotes Haar hatte in Büscheln von seinem Kopf abgestanden, als er mit seinen Fingern hindurchgefahren war.

»Rosemary? Gott sei Dank!«

Andrew betrachtete ihn stirnrunzelnd, und dann lachte er.

»Das ist *Boban*, dein Vater«, erklärte Mrs. Mackay. »Sag ihm, wer du bist: *'S mise Anndra*.«

»*Dra!*« Andrew breitete die pummeligen Ärmchen aus.

Mit ein wenig unbeholfener Zärtlichkeit spielte Lord Stansted nahezu den ganzen Tag mit seinem kleinen Sohn. Rosemary erlaubte ihnen, einander besser kennen zu lernen. Als der Knabe von Mrs. Mackay fortgebracht wurde, um seinen Mittagsschlaf zu halten, schaute Stansted seiner Frau fragend in die Augen und nahm sie dann mit in sein Zimmer. Später kamen sie Arm in Arm heraus und sprachen leise miteinander. Es war sogar möglich, dachte Catriona, dass Rosemary ihren Mann um Verzeihung gebeten hatte. Doch Stansted hatte ihr bereits verziehen, seinem kleinen Sohn zuliebe, der das Kinn der Rutleys hatte und die dunkle Haarfarbe seiner Frau. Er schien sogar bereit zu sein, ihr wieder seine Liebe anzubieten, und Rosemary, sie anzunehmen. So hatte der kleine Andrew nach seiner Wanderschaft also einen sicheren Zufluchtsort gefunden und würde endlich ein Zuhause haben.

Aber letztendlich hatte das Kind sich ja auch als Engländer erwiesen. Es waren schließlich nur die Highlander, die aus der Heimat vertrieben und dazu verurteilt werden sollten auszuwandern.

Am nächsten Morgen erklärte der Doktor, Dominic sei nicht mehr in Gefahr. Catriona ließ den Arzt jedoch nicht eher gehen, bis sie ihn einer gründlichen Befragung unterzogen hatte.

»Ach, ich glaube, er wird die Hand wieder benutzen können«, antwortete er. »Er hat einen Muskelriss und einen gebrochenen Knochen, aber die Sehnen sind glücklicherweise unverletzt geblieben. Wenn er die Hand schont und sie eine Zeit lang nicht benutzt, müsste eigentlich alles gut verheilen. Aber sie wird natürlich immer schwächer sein, als sie ursprünglich war.« Er griff nach seinem Hut und seinem Spazierstock und klemmte sich die Tasche unter den Arm. An der Tür wandte er sich noch einmal um und lächelte ihr zu. »Nicht dass das für einen Gentleman so wichtig wäre, nicht wahr? Schließlich benötigt er diese Art von körperlicher Kraft in seinen Händen nicht.«

Mit anderen Worten, selbst wenn sie, Catriona, schwach wurde und der Versuchung nachzugeben erlag, wäre Dominic den Anforderungen eines neuen Lebens in der Wildnis nicht gewachsen. *Er benötigt diese Art von körperlicher Kraft nicht*.

In Gedanken verloren, durchstreifte sie die Straßen von Inverness und sah sich die Schäden an, die das Erdbeben hinterlassen hatte: die umgeknickte Turmspitze des Tolbooth, die eingestürzten Schornsteine. Die von den Dächern herabgestürzten Schieferplatten und Steine waren bereits aus den Straßen entfernt worden. Auch Inverness würde wiederhergestellt werden, aber die Stadt würde ebenfalls nie wieder dieselbe sein.

Nie wieder dieselbe. Sie hatte sich mit ihrem größten Anliegen nach England gewagt und war gescheitert. Sie hatte verloren. Wieder einmal hatte sie verloren. Der Himmel begann, in einem leichten Nieselregen mitfühlend zu weinen, was ihr im Stillen ein etwas bitteres Lachen entlockte. Es war eine der Schwächen der Highlander, alles zu einer Geschichte auszubauen. War die wirkliche Welt nicht poetisch genug, warum dann nicht die Realität so deuten, dass sie zu den Anforderungen der Legende passte? Aber dieser Regen war real, obwohl er geradezu perfekt zu ihrer Stimmung passte. *Dies sind Zeiten, in denen selbst der Ozean vor Trauer weint.*

Sie ging bis zu den Docks und starrte zu den hohen Schiffen auf, zu ihren Masten und Takelungen, die bis in den grauen Himmel hineinzuragen schienen. Bald, sehr bald schon würden die stolzen Highlander von Glen Reulach, die Männer, die überall auf der Welt für König Georg gekämpft hatten, und die Frauen, die manchmal mit ihnen gezogen waren, sich selbst gewissermaßen in die Sklaverei verkaufen, um die Schiffspassage in eine andere Welt bezahlen zu können. Und sie? Sollte sie hier bleiben, in einem verlassenen Tal, weil sie auf einer Burg geboren war, oder nach England fliehen, in ein bequemes Leben? Als Catriona in den Hof des Gasthauses zurückkehrte, wusste sie, dass sie dieses letzte Band durchtrennen musste, ein für alle Mal. Sie musste diesen Engländer – endgültig und unwiderruflich – aus ihrem Herzen verbannen und zu erreichen versuchen, dass er auch sie aus seinem Herzen verbannte.

Eine Kutsche stand im Hof. Ein flotter kleiner Zweispänner mit Mietpferden aus dem Gasthof. Dominic stand in der Tür, sein blondes Haar dunkel vom feuchten Nieselregen, der noch immer fiel. Sein rechter Arm mit der geschienten Hand hing in einer Schlinge an seiner Brust.

Er sah sie und lächelte ihr zu. »Ich habe auf dich gewartet. Wie du siehst, hat sich dein Wunsch erfüllt. Ich kehre nach England zurück.«

Schock durchzuckte sie, als brächte das Erdbeben wieder alle Glocken zum Erklingen. Sie fühlte sich einer Ohnmacht nahe. »Heute Abend noch? Du bist nicht in der Verfassung, eine solche Reise anzutreten!«

Dominic tat den Einwand schulterzuckend ab. »Unsinn. Es gibt nichts mehr, was ich hier noch tun kann. Außerdem ertrage ich es nicht, Stansted und Rosemary verliebte Blicke austauschen zu sehen.«

Der Regen glitzerte und bildete Pfützen zwischen den groben Pflastersteinen. »Das ist es doch, was du versucht hast zu erreichen.«

»Ja. Und da es erledigt ist, kann ich nun beruhigt abreisen.«

Er wirkte erstaunlich breitschultrig in seinem Überrock mit Pelerine. Seine Schultern waren vom Regen durchnässt, der inzwischen heftiger geworden war. »Dann sind es mehr als hundert Meilen, die uns trennen werden!« Kaum hatte sie sie ausgesprochen, bereute sie ihre Worte schon.

Er erwiderte ihren Blick. Seine Augen hatten sich verdunkelt und erinnerten an grünes Moos. »Ich weiß. Ich habe nicht vergessen, was ich dir versprochen habe, Catriona. Ich werde weder nach dir suchen noch dich holen lassen. Aber gib um Himmels willen nicht die Hoffnung auf, Catriona!«

Sie wollte ihm etwas schenken, das er nach ihrer Trennung mitnehmen konnte. Doch sie hatte kein Geschenk mehr außer diesem einen. Tapfer hob sie ihr Kinn und sah ihm in die Augen. »Dann werde ich dir zuliebe hoffen«, versprach sie, obwohl sie wusste, dass es eine Lüge war. Wer konnte hoffen, wenn er so dicht vor seinem Verhängnis stand?

Er trat näher und streckte die linke Hand aus. Seine langen Finger berührten sanft ihr Ohr, seine warme Handfläche berührte ihre Wange in einer Geste, die so zärtlich war, dass sie ihr alle Kraft raubte. Seine Augen waren weich und voller Sehnsucht, seine Stimme aber klang fast ärgerlich.

»Warum, zum *Teufel*, haben wir so viel Zeit verschwendet? Warum waren wir nicht jeden verfluchten Augenblick zusammen? Für Liebende haben wir verdammt wenig geteilt! Ich kann an den Fingern einer Hand die Gelegenheiten abzählen, bei denen du mich mit deinen sinnlichen Verlockungen verzaubert hast. Liebe ist etwas sehr Seltenes und Kostbares auf dieser Welt, Catriona. Wenn sie dir das nächste Mal begegnet, versprich mir, sie mit beiden Händen zu ergreifen, sie festzuhalten und niemals wieder gehen zu lassen.«

Tränen glitzerten in ihren Augen. »Sie wird mir nicht noch mal begegnen.«

Sein Blick glitt suchend über ihr Gesicht und verweilte dann auf ihren Lippen. Seine Finger wanderten tiefer und liebkosten ihren Nacken, sein Daumen streifte ihren Mund. Sie schloss die Augen, um für einen Moment nachzugeben, und schmiegte ihre Wange in seine Hand.

»Ich kann dich nicht zum Abschied küssen«, erklärte er. »Meine Entschlossenheit wäre dahin.«

Sie lächelte und blinzelte, um die Tränen zurückzudrängen. »Ach, dann geh, Dominic Wyndham, und behalte mich in freundlicher Erinnerung. Denn auch ich kann dich nicht küssen. Du warst für das erste Mal ein wunderbarer Liebhaber. Ich bereue es nicht. Such dir ein Mädchen, das dieses Geschenk verdient, und heirate es.«

»Du liebe Güte!« In einer seltsam schrulligen Geste zog er die Mundwinkel herab. »Ich will keine Hochzeitsnächte mehr. Und mit Jungfrauen schon gar nicht! Meiner Erfahrung nach ist das eine ziemlich unerquickliche Kombination.«

Obwohl sie halb krank vor Sehnsucht war, ihn zu umarmen – und wenn auch nur noch dieses eine letzte Mal –, lachte sie und trat zurück. »Na ja«, erwiderte sie. »Zumindest davor hast du mich bewahrt.«

Bevor er etwas entgegnen konnte, wandte sich Catriona ab und ging ins Gasthaus. Sie hörte die Kutsche knarren, als Dominic einstieg. Einer Ohnmacht nahe, lehnte sie sich an die getäfelte Wand des Korridors.

Denk nicht an ihn! Lass es! Tu es nicht! Geh nach Glen Reulach zurück – zu Deirdre, zu Mairead und Iseabail. Dein Leben ist bei ihnen, für immer. Und du musst Abschied nehmen von deinem Tal, von Dunachan, Calums Höhle und dem Wasserfall, wo William Urquhart starb. Du musst deine Geschichte und deine Kindheit hinter dir zurücklassen. Was macht es schon, dass du dein Herz und deine Jungfräulichkeit bei einem Mann zurücklässt, der ein gänzlich anderes Schicksal hat?

Räder rumpelten über die Pflastersteine, und Stein und Eisen knirschten, als die Kutsche Dominic für immer aus ihrem Leben forttrug. *Cha till mi tuilleadh.*

Die Reise war die reinste Hölle. Das Holpern der Kutsche machte den Schmerz in seiner Hand fast unerträglich, und das Fieber kam zurück. Dennoch wies er seine Kutscher an, bei Tag und Nacht zu fahren, um den fernen Norden zu einer bloßen Erinnerung zu machen wie ein Gedicht über Walhalla. Während er in einer Art Delirium schlief und wachte, hatte er Visionen von Catriona, wie sie durch die Hallen Odins schritt.

Ihre kühn aufragende Adlerfeder kündete von Stolz und Trotz: den Sünden – Gott steh ihm bei – der Highlander.

Stansted und Rosemary würden etwas langsamer gen Süden reisen, da ihr Sohn und sein schottisches Kindermädchen sie begleiteten. Manchmal, wenn Dominic schlief, irrten auch sie durch Felder aus Speeren und Klatschmohn, blutrot wie das vergossene Blut von toten Kriegern. Dann wieder spazierten sie an einem endlosen, mit weißen Muscheln übersäten Strand entlang, während der kleine Andrew lachend und weinend hinterherwackelte und sein schwarzes Haar sich in blondes verwandelte und sein Kindermädchen ihn fortbrachte, immer fort, über einen endlos weiten Ozean. Irgendwo hinter diesem westlichen Horizont lag das Land von Ti-nan-Og, das Land der Jugend, in dem Catriona in seiner Erinnerung für immer jung bleiben würde.

Zumindest das war ihm gelungen: Er hatte Rosemary zu ihrem Ehemann zurückgebracht, obwohl sein ursprüngliches Motiv dafür nicht länger existierte. Harriet war tot. Sie suchte ihn nicht mehr in seinen Träumen heim.

Als er in London eintraf, musste er sich die Treppe zu seinen Räumen hinaufhelfen lassen. Noch immer ziemlich unsicher auf den Beinen, rasierte er sich am nächsten Morgen und kleidete sich mit ausgesuchter Sorgfalt an. Sein Diener blickte ihn mit unverhohlener Besorgnis an, als er ihm eine frisch gestärkte Schalkrawatte reichte. Dominic besah sich die Ergebnisse seiner Bemühungen im Spiegel. Ein Londoner Dandy, nach der neuesten Mode gekleidet, erwiderte hochmütig seinen Blick. Wären da nicht die leichten Schatten unter seinen Augen und der weiße Verband an seiner rechten Hand gewesen, hätte niemand auf die Idee kommen können, er habe London je verlassen oder auch nur im Traum die Highlands aufgesucht.

Er trat auf die Straße hinaus und wurde sich des Geruchs von Kohlenrauch und Pferdedung bewusst – und des Gewühls der Menschen. Es war ihm früher nie besonders aufgefallen. Er musste seine ganze Willenskraft aufbieten, um sich auf den Beinen zu halten, doch schließlich erreichte er das imposante Stadtpalais des Herzogs und ließ dem Duke of Rutley seine Karte bringen.

»Ich werde nachfragen, Sir.« Der steife Diener verbeugte sich und verschwand nach oben. Minuten später kam er zurück und wies zur Tür. »Seine Gnaden ist nicht zu Hause, Major Wyndham.«

»Dann werde ich warten.« Dankbar nahm Dominic auf einem zierlichen, vergoldeten Sessel in der Eingangshalle Platz. Der Diener wirkte verlegen. Dominic lehnte sich zurück und schloss die Augen. »Ja, ich weiß, es ist nur eine Ausrede. Seine Gnaden ist beschäftigt und möchte mich nicht sehen. Das ist mir durchaus bewusst. Aber bitte sagen Sie dem Herzog, dass ich ihn sehen *werde*, ob es sein Wunsch ist oder nicht. Ich habe Nachrichten, die ihn interessieren werden.«

Wieder verschwand der Diener, und sein gepuderter Kopf war wie ein weißer Punkt in dem nur schwach erhellten Korridor.

Man ließ Dominic natürlich warten. Fast eine Stunde verstrich, bevor er zu Rutleys Arbeitszimmer geführt wurde und vor einem breiten Nussbaumschreibtisch dem Mann mit den gelben Augen gegenüberstand.

»Was für einen möglichen Anlass können Sie mir für diese Störung nennen, Wyndham?«, fragte der Herzog.

»Ich verlasse mich auf Eure Nachsicht, Euer Gnaden«, erwiderte Dominic. »Ich versichere Euch, dass Ihr mich zu sehen wünscht, auch wenn Ihr es selbst nicht wisst. Mir ist bewusst, dass Ihr mich – als Lohn für meine Missachtung gewissermaßen – hier auf diesem bezaubernden türkischen Teppich stehen lassen wollt, während wir uns unterhalten, aber ich muss erneut um Eure Nachsicht bitten.«

Er ging quer durch den Raum zu einem reich verzierten Stuhl, trug ihn mit der linken Hand zum Arbeitstisch des Herzogs und setzte sich. Es hatte ihn seine ganze Kraft gekostet, sich auf den Beinen zu halten. Ohne den Stuhl riskierte er zusammenzubrechen.

»Ihre Ausschweifungen holen Sie allmählich ein, wie ich sehe.« Rutley legte die Fingerspitzen aneinander und stützte dann sein spitzes Kinn darauf. »Sind Sie betrunken, Sir?«

»Bedauerlicherweise bin ich vollkommen nüchtern, Euer Gnaden.« Dominic lächelte. Seine rechte Hand hatte wieder zu pochen begonnen.

Der Herzog wirkte entspannt und optimistisch. »Ihren Verletzungen nach zu schließen, hatten Sie anscheinend einen Unfall?«

»Es war kein Unfall, Euer Gnaden.«

»Erzählen Sie, Wyndham«, forderte der Herzog ihn auf. »Ich nehme an, jetzt wird es amüsant für mich. War es Yarrow Fletcher?«

»Wart Ihr es, Euer Gnaden, der ihm den Befehl erteilte, in Eurem Namen Häuser niederzubrennen und Frauen und Kinder zu misshandeln?«

Rutley saß völlig reglos da, aber seine Nasenflügel bebten. »Allmächtiger! Was, zum Teufel, versuchen Sie mir da zu unterstellen?«

Dominic sah ihn an, den Hauch von Puder auf der alternden Haut, die Sicherheit und Selbstbeherrschung, die mit absoluter Macht einhergingen. »Ich hielt es selbst für ziemlich ausgeschlossen. Tatsächlich bin ich mir sogar ganz sicher. Es ist schließlich unvorstellbar, dass ein Adliger dieses Reiches ein solches Chaos angeordnet haben sollte. Was meine eigenen Verletzungen betrifft, so hatten Mr. Fletcher und ich bedauerlicherweise einen alten Zwist. Das habt Ihr nicht wissen können. Ich fürchte, er hat die Anordnungen Eurer Gnaden gewaltig überschritten. Glücklicherweise ist er tot und kann Eurem Ruf daher nicht länger schaden.«

Ein Teil von Rutleys Anspannung schien nachzulassen. »Sie

sind ein kluger Mann, Major Wyndham. Bitte berichten Sie mir, was Fletcher getan hat.«

Dominic schilderte es ihm kurz, ohne allerdings Catriona zu erwähnen. Es war nebensächlich, ob Fletchers Handlungen auf Rutleys Anweisungen basierten oder nicht. Der Herzog musste stets über jeden Vorwurf erhaben sein.

»Aus diesem Grund hat er einen privaten Rachefeldzug gegen mich geführt, mit sehr bedauerlichen Konsequenzen«, beendete Dominic seinen Bericht.

Rutley lehnte sich zurück. »Warum sind Sie hergekommen, Major Wyndham?«

»Da wäre auch noch die Sache mit dem Jungen. Ihr wisst natürlich, dass ein geheimnisvolles Kind bei den Wohltätigen Seelen lebte, bei denen auch Lady Stansted residierte. Ich hoffe, Ihr glaubt nicht – wie einige ignorante Dienstboten herumerzählen –, dass dieses Kind ein Mitbewerber um das schottische Erbe Eures Enkels Thomas ist. Ich kann Euer Gnaden versichern, dass Andrew kein Blutsverwandter der MacNorrin ist.«

»Können Sie das?« Der Herzog wirkte nun interessiert, verbarg sein Interesse aber hinter geschlossenen Augenlidern. »Dann war es ein Fehler von mir, Fletcher Nachforschungen über ihn anstellen zu lassen?«

Was für eine harmlose Erklärung! Dominic grinste. »O nein, Euer Gnaden. Ihr hattet vollkommen Recht. Ich nehme an, es wird Euch freuen zu erfahren, dass dieses geheimnisvolle Kind auch ein Enkel Euer Gnaden ist.«

Absolute Stille folgte. Ein Zittern lief über das Gesicht des Herzogs. »Erklären Sie das bitte näher, Wyndham!«

»Sein Name ist Andrew. Er ist der legitime Abkomme Lord Stansteds, Eures Sohnes, und seiner Frau, Lady Rosemary, die sich inzwischen wieder versöhnt haben und in diesem Augenblick schon mit dem Jungen nach London unterwegs sind.«

Langsam hoben sich die Lider über den gelben Augen. Während Rutley Dominic anstarrte, begann das Gelb zu leuchten und sich in pures Gold zu verwandeln. »*Rosemarys* Kind?«

»In der Tat, und Lord Stansted ist unzweifelhaft sein Vater. Der Titel des Duke of Rutley ist somit für die nächste Generation gesichert.«

Mit bemerkenswerter Selbstbeherrschung stand der Herzog auf und begann, im Zimmer auf und ab zu schreiten. Wie ein Blinder starrte er eine ganze Weile auf seinen Bücherschrank. Dann, als er zu seinem Schreibtisch zurückkehrte, waren zwei feuchte Spuren auf dem Puder auf seinen Wangen zu erkennen. »Darf ich daraus schließen, Sir, dass Sie bei dieser Entdeckung und Versöhnung Ihre Hand im Spiel hatten?«

Dominic grinste arglos zu einem der scharfsinnigsten und egoistischsten Männer Londons auf. »Das müsst Ihr Euren Sohn fragen, wenn er zurückkehrt. Aber er bringt einen kleinen Jungen mit, und alles andere ist belanglos, denke ich.«

»Bei Gott, Sir! Was sind Sie doch für ein stilles Wasser, kann ich da nur sagen! Was wollen Sie für die Überbringung dieser Neuigkeiten? Welche verdammte Gefälligkeit verlangen Sie dafür von mir? Heraus damit, Sir!«

Es war mühsamer, als er erwartet hatte, aber Dominic schaffte es, sich zu erheben, um zu gehen. »Ich will keine Gefälligkeit von Euch, oder falls doch, dann nur, dass Ihr Lady Stansted vergebt.« Er legte seine linke Hand auf den Stuhlrücken und spürte das Pochen des zurückkehrenden Fiebers wieder seinen Arm hinaufkriechen. »Der kleine Junge ist übrigens entzückend. Hübsch, gesund und sehr gescheit. Er wird Eurem Hause Ehre machen. Doch wie Ihr Euch vermutlich vorstellen könnt, hat er ein Kindermädchen aus den Highlands, das ihn schon einiges von seiner barbarischen Sprache gelehrt hat.« Er schmunzelte. »Das werdet Ihr ihm dann wohl abgewöhnen müssen.«

Rutley setzte sich wieder an seinen Schreibtisch und faltete die

Hände. »Das ist womöglich gar nicht so unerfreulich, Sir, da das Erbe seines Cousins Thomas schließlich genau diese Region mit einschließt. Die Sprachkenntnisse könnten sich vielleicht sogar einmal als nützlich erweisen, wenn Andrew und Thomas dort zusammen auf die Jagd gehen und ihre Wildheger verstehen wollen.«

Dieser schlaue alte Fuchs! Dominic lachte, obwohl ihm von dem Fieber schon ganz schwindlig war. »Das Land ließe sich allerdings auch noch für sehr viel mehr nutzen als nur zur Jagd. Ich nehme an, Ihr möchtet dem Sohn Eurer Tochter ein ansehnliches Einkommen aus seinen Besitzungen in Glen Reulach verschaffen?«

»Sein künftiges Vermögen liegt in der Schafzucht – das hat sich im ganzen Norden als gut erwiesen.« Die Augen des Herzogs wurden schmal. »Ich bin über Ihre Bekanntschaft mit Miss Catriona MacNorrin, Thomas' Cousine, informiert. Ich habe ihr gestattet, vorläufig auf Dunachan zu bleiben. Hat Sie Ihnen gesagt, dass ich ihr auch ein Heim hier in England angeboten habe, wenn die Leute aus Glen Reulach ausgewiesen werden? Es gehört nicht zu meinen Angewohnheiten, abhängige weibliche Verwandte, die in Not sind, ihrem Schicksal zu überlassen.«

Wie typisch Catriona, ihm noch so etwas Wichtiges verschwiegen zu haben! »Sie war zu stolz, Eure Wohltätigkeit anzunehmen?«

»Sie schrieb mir stattdessen einen Brief – ein leidenschaftlicher Appell für ihre Clanmitglieder – und weigerte sich, sie ihrem Schicksal zu überlassen. Sind Sie etwa mit der Absicht hergekommen, mir eine sinnlose Bitte für die schäbigen Bewohner dieser Wildnis vorzutragen? Die können von Glück sagen, dass sie besseres Land in Übersee bekommen, und falls Miss MacNorrin entschlossen ist, sich ihnen anzuschließen, werde ich mich nicht einmischen. Sie dachten doch hoffentlich nicht, die Neuigkeit vom Baby meines Sohnes würde mich in dieser Angelegenheit milder stimmen?«

Dominic ließ den Stuhl los und konzentrierte sich darauf, den Beistelltisch zu erreichen. Dort standen einige Flaschen französischer Kognak und verschiedene Portweine. »Im Gegenteil, Euer Gnaden. Es ist nur recht, den größtmöglichen Profit aus Thomas' Highland-Besitzungen zu ziehen. Aber ich dachte, Ihr würdet vielleicht gern auf die Gesundheit des kleinen Andrew trinken.«

Der Herzog beobachtete ihn, und seine gelben Augen verdunkelten sich, doch er erwiderte nichts.

Dominic griff in seine Tasche, zog eine kleine Flasche heraus und schenkte etwas von der Flüssigkeit in zwei Kristallgläser. Der torfige Geruch des Whiskys weckte schmerzliche Erinnerungen.

»Das ist das Getränk der Einheimischen.« Du lieber Himmel, er würde doch jetzt nicht ohnmächtig werden? »Sie nennen es *uisge-beatha*, Lebenswasser.« Sich auf jeden seiner Schritte konzentrierend, um nicht zu taumeln, ging er zu dem Herzog und reichte ihm ein Glas. »Auf Andrew!«

Licht funkelte in den Gläsern, als sie gehoben wurden. Dominic ließ den Whisky langsam seine Zunge überspülen. Das weiche, leicht rauchige Getränk schien sich wie warmer Balsam in seinen Adern zu verbreiten. Er beobachtete, wie Rutley die Augen schloss und den neuen, ungewohnten Geschmack genoss. Gebe Gott, dass das genügte!

Ein diskretes Klopfen ertönte an der Tür. Der Herzog blickte auf, sichtlich verstimmt über die Störung. »Herein«, brummte er.

Ein Diener mit gepuderter Perücke betrat den Raum. »Ein Herr ist hier für Major Wyndham, Euer Gnaden, in einer Angelegenheit von absoluter Dringlichkeit. Er lässt sich nicht abweisen.«

»Für mich?« Der Whisky brannte in seinem Magen, aber er bescherte ihm zum Glück auch einen klaren Kopf. Dominic lächelte, als der Mann sich hinter dem Diener in das Zimmer drängte.

»Ich bitte tausendfach um Vergebung, Euer Gnaden!«, begann der Mann mit einer tiefen Verbeugung. »Major Wyndham? Mylord, ich bitte Euch, sofort mit mir zu kommen.«

Mylord? *Ihr*? Warum, zum Teufel, sollte dem Sachwalter seiner Familie ein solch grundlegender Irrtum unterlaufen? Dominic schüttelte den Kopf. Das Fieber schien sein Herz erreicht zu haben und ließ es viel zu schnell und heftig klopfen. Die Muster auf dem Orientteppich unter seinen Füßen verschwammen. Es war fast eine Erleichterung, auf die Knie zu fallen, und eine Wohltat, das Gesicht in der gefärbten Wolle zu vergraben, die irgendein Vorfahr des Herzogs von einer Orientreise mitgebracht hatte. Im Fallen verschüttete er den Inhalt seines Glases. Der Geruch nach Torf und Rauch hüllten ihn in Erinnerungen.

Ein leichtes Geräusch störte den Stechginster am Eingang zu Calums Höhle, das Knacken eines Zweiges, eine flüchtige Bewegung gelber Blüten. Catriona blickte auf. Ein großer, blonder Mann in einem grün und blau karierten Kilt starrte auf sie herab. Für einen Moment wurde ihr ganz flau zu Mute, obwohl sie wusste, dass er es nicht sein konnte. Sie wandte den Blick ab und zählte ihre Atemzüge, bis sie die Tage gezählt hatte, seit er fortgegangen war – vierzehn, fünfzehn, sechzehn ... Die fernen Gipfel schienen zu träumen. Würden sie für immer so träumen, selbst nachdem die Menschen, die sie liebten, nicht mehr da waren?

Sie hatte ihm ein Versprechen abgenommen. Kein englischer Gentleman würde ein feierlich gegebenes Versprechen brechen. Darin war er tatsächlich wie ein Highlander. Wie konnte sie hoffen, er habe seinen Eid gebrochen und sei gekommen, um sie zu holen – obwohl es ein Verstoß gegen seine Ehre und sein Wort wäre? Wenn er es täte, würde er etwas Bedeutendes und Grundsätzliches von dem zerstören, was sie an ihm liebte. Das konnte sie nicht zulassen. Sie durfte jetzt nicht mehr hoffen, dass er je wieder zu ihr kommen würde. Im nächsten Augenblick gewann sie ihr Gefühl für die Realität jedoch wieder zurück, als der Mann Gälisch sprach.

Es war Alan Fraser, mit der Sonne in seinem Rücken.

»Catriona MacNorrin? Ich habe gute Neuigkeiten. Du wirst es nicht für möglich halten.«

Er setzte sich neben sie auf den Boden. Als das Licht auf sein Gesicht fiel, sah sie, dass er übers ganze Gesicht strahlte.

»Du wirst es mir gewiss erklären, Alan.« Sie zwang sich, den Namen zu erwähnen, der ihr keine Ruhe ließ, weil sie sich nichts anderes vorstellen konnte, was Alan so erfreuen könnte. »Sind es gute Neuigkeiten von Dominic? Hat er sich mit einer Engländerin verlobt?«

Alan nahm ihre Hand und drückte sie. »Ach, doch nichts so Nutzloses! Es gibt Neuigkeiten von ihm, aber da ist noch etwas anderes, was ich dir zuerst erzählen muss. Wir haben einen Brief von Rutley erhalten, und ich kann sehen, dass Major Wyndham seine Finger dabei im Spiel hatte. Und nun freu dich, Catriona. Er hat dir – uns allen – unseren liebsten Traum erfüllt.«

Sie blickte ihm prüfend ins Gesicht, ihr Herz begann zu rasen. »Unseren liebsten Traum? Wieso?«

»Hier«, meinte Alan. »Lies selbst.«

Ihre Hände zitterten, als sie das Papier entfaltete. Es war von schwerer, bester Qualität und trug ein blutrotes Wachssiegel. Als sie das Ende des Briefes erreichte, verschwammen die Zeilen vor ihren Augen.

»Ach, das ist doch kein Grund zum Weinen!«, murmelte sie schließlich erstickt und brach in Tränen aus.

Alan legte unbeholfen den Arm um ihre Schultern und drückte sie an seine breite Brust. »Diese Wendung kann nur *er* herbeigeführt haben, meinst du nicht? Aus welchem anderen Grund hätte Rutley sonst seine Meinung ändern sollen?«

»Hier steht, Seine Gnaden sehe auf diese Weise mehr Profit für seinen Enkel!« Sie lachte und schluckte, um ihre Tränen zurückzudrängen. »Ein Partner wird das Kapital aufbringen, und du bist bereits zum neuen Verwalter ernannt worden. Tja, Alan Fraser, was für ein Glück für dich, für einen englischen Herzog zu arbeiten!«

Alan küsste sie aufs Haar. »Weißt du, das Gesetz wurde geändert, um den freien Verkauf von Whisky zu erlauben, und die Steuer wurde auch gesenkt.«

»Das Gesetz wurde geändert?«

»Nun, diese Herzöge und Lords machen das Gesetz nach ihrem Geschmack – vor allem, wenn sie einen Gewinn für sich darin vermuten. Es sind gute Neuigkeiten für das Tal, eine legale Brennerei zu bekommen statt Schafe. Obwohl unsere neue Destillerie vorher natürlich noch vom Friedensrichter genehmigt werden muss.«

Catriona lachte plötzlich, obwohl noch immer Tränen in ihren Augen standen. »Einem Herzog, der im Namen seines Enkels, des kleinen Thomas MacNorrin, einen Antrag stellt, wird kein Friedensrichter in Inverness etwas abschlagen!«

Alan nickte. »Es wird ein Jahr oder so dauern, aber dann werden wir hier eine neue Industrie für Ross-shire haben, und unser Glen Reulach-Whisky wird im ganzen Königreich bekannt. Man wird Leute aus dem Tal benötigen, um die Brennerei zu führen, und ihre Farmen, um die Gerste anzupflanzen. Keine Schafe! Keine Schiffe! Keine *Schiffe*, Catriona!«

»Und was werdet ihr Schmuggler dann tun?«, scherzte sie. »Falls euer Handel legalisiert werden sollte, meine ich?«

»Ich kann mir nicht vorstellen, dass wir ihn ausschließlich im Rahmen des Gesetzes betreiben werden, Catriona!« Er grinste. »Und das Salz aus dem Westen muss ja auch noch hergebracht werden, bis die Destillerien zu arbeiten beginnen.«

»Warum glaubst du, Dominic habe in dieser Sache seine Hand im Spiel?« Aber auch sie zweifelte nicht daran, dass es so war. Er hatte ihr gesagt, sie solle die Hoffnung nicht aufgeben! War das sein Plan gewesen? Der Grund für seine überstürzte Abreise?

»Nun, wie hätte der Herzog denn sonst unseren wunderbaren Malzwhisky probieren können, gefärbt vom goldenen Glanz des Korns und parfümiert vom Torfwasser der Berge? Ich hatte Dominic Wyndham einen großzügigen Vorrat mitgegeben. Ich nehme an, er trank damit auf die Gesundheit des Herzogs!«

Sie ließ den Kopf für einen Moment in die Hände sinken, weil sie von einem solch wilden Glücksgefühl durchflutet wurde, dass ihr ganz schwach und schwindelig wurde. *A Dhia!* Nicht die Hoffnung aufgeben!

Wie um ihren Gefühlen eine Stimme zu verleihen, hörte sie das durchdringende Pfeifen der Dudelsäcke von den umliegenden Hügeln. Major Murchardh MacNorrin, dessen Spiel Highlander auf der ganzen Iberischen Halbinsel zu Glanz und Ruhm geführt hatte, der dafür gesorgt hatte, dass Calum in Waterloo mit der Musik seiner Heimat in den Ohren gestorben war – nun spielte er, um ihren Sieg zu feiern. Die Männer konnten zu Hause bleiben, das Vieh konnte auf die Sommerweiden zurückgetrieben werden, die Häuser in Achnadrochaid konnten wiederaufgebaut werden. Niemand würde Glen Reulach verlassen müssen.

»Wie hat er das gemacht?«, fragte sie schließlich. »Wie hat er es bloß geschafft, den Herzog umzustimmen?«

»Ach, ich denke, das wird er mit seiner goldenen Zunge erreicht haben. Aber es gibt auch noch andere Neuigkeiten«, meinte Alan. »Er ist in der Welt aufgestiegen. Wir werden ihn hier nie wieder in Kilt und Plaid durchs Heidekraut rennen sehen.«

Natürlich nicht. Selbstverständlich nicht. Er würde sein Wort bestimmt nicht brechen und zu ihr kommen, nicht einmal jetzt, nachdem die Lage sich geändert hatte. Von dem Pakt, den sie geschlossen hatten, konnte Alan ja nichts wissen. »Nein?«

»Sein Bruder Jack verstarb ganz plötzlich an einem Schlaganfall. Sie überbrachten Dominic die Nachricht, während er bei Rutley war, und dort brach er ohnmächtig zusammen. Dominic Wyndham ist jetzt ein englischer Graf, Catriona, Earl of Windrush in seinem eigenen Recht. Er hat also nun das Gold und Geld. Wer sonst würde dem Herzog eine Partnerschaft vorschlagen? Ein großartiges Ende, nicht?«

Ein Graf! Catriona sprang auf und warf beide Hände in die Höhe, bevor sie herumwirbelte, um Alan anzusehen. Ihr Lachen klang eine Spur hysterisch und bewirkte, dass sie heftig schlucken musste. Während Dominic ihre Zukunft in ihre eigenen Hände gelegt hatte wie ein schillerndes Geschenk, hatte ihn sein eigenes Schicksal eingeholt und ihm all seine Möglichkeiten genommen.

Er war ein Graf geworden – mit politischen Verpflichtungen und einem Sitz im Oberhaus, mit Besitzungen in England und eigenen Trabanten und Pächtern, mit einer verwitweten Schwägerin, für die er sorgen musste, mit einem festen Platz in dieser englischen Welt der Macht und Privilegien, mit mehr als genug Verbindlichkeiten und Verpflichtungen, um ihn in London festzuhalten, wo Theater, Clubs und Frauen ihn fesseln würden. Er war der Earl of Windrush. Und zweifellos mit einem Mal auch einer der begehrtesten Junggesellen des Königreichs. Was kümmerte ihn da noch Schottland – bis auf diese letzte, großzügige Geste, weil er ein Mann mit moralischen Prinzipien und Mitgefühl war, der die MacNorrins nicht aus ihren Häusern vertrieben und in Kanada versklavt sehen wollte?

»Ach, Alan«, murmelte sie. »Das ist in der Tat das Ende.«

Seine blonden Brauen zogen sich für einen Moment zusammen. »Ich weiß, dass du ihn liebst. Welches Mädchen würde diesen Mann nicht lieben?« Er stand auf, in seinem Kilt groß, stark und gut aussehend, und starrte zu den Bergen hinüber. »Aber du gehörst hierher. Ich möchte dich in einem feinen Steinhaus sehen, das du dein Eigen nennen kannst, und mit eigenen Kindern, für die du sorgen kannst. Ich möchte dich mit einem Ehemann an deinem Kamin sitzen sehen, und mit deinen eigenen Leuten um dich herum. Die Mätresse eines englischen Grafen zu sein – der schon so viele Mätressen hatte –, würde dir das Herz brechen, Catriona. Ich sage das, weil es die Wahrheit ist. Obwohl das Schicksal der Highlands nun unwiderruflich mit dem Schicksal Englands verbunden ist. Und obwohl ich ihn wie einen Bruder liebe und er mir einmal sogar das Leben gerettet hat.«

»Erzähl mir davon«, bat sie. Sie wusste zwar, dass er Recht hatte, versuchte jedoch, die Zeit noch etwas aufzuhalten.

»Es war nichts Besonderes, nicht wirklich. In der Schlacht, mit dem Tod überall um uns herum, passen alle Soldaten aufeinander auf. Aber er war Offizier und Engländer. Zu oft hielten sie sich von unseren Highland-Regimentern fern, außer um uns an die vorderste Frontlinie zu schicken. Ich war bewusstlos und als tot zurückgelassen worden. Der Feind rückte schon vor, als ich endlich wieder zu mir kam und aufzustehen versuchte.«

»Es wurde geschossen?«

»Es hagelte nur so von Kugeln. Und die ganze Zeit schrien sie diesen Blödsinn: ›*Vive l'Empereur!*‹ Das Trampeln ihrer Füße erschütterte die blutbefleckte Erde. Dominic Wyndham lenkte sein Pferd mitten in ihr Geschützfeuer und packte mich an meinem Plaid, warf mich über den Nacken seines Pferdes und brachte mich in Sicherheit. Die Kugeln flogen uns um die Ohren wie Hagelschauer. Er riskierte sein eigenes Leben, um meins zu retten. Es überrascht mich nicht, dass du dich in einen solchen Mann verliebt hast. Kannst du mir das glauben?«

Sie streckte die Hand aus und berührte seinen Arm. »Ja, Alan Fraser, natürlich glaube ich dir das. Und ich glaube – nein, ich *weiß*, dass er ein Held ist.«

»Aber er wird nicht nach Inverness zurückkehren. Das können wir nicht mehr von ihm erwarten. Er wird nun nie wieder mit uns in Glen Reulach trinken und nie wieder im Kuhstall meiner Mutter schlafen. Wir werden eine wunderbare Erinnerung an diesen Mann behalten, doch das ist alles.«

»Du hast Recht.« Catriona legte den Kopf zur Seite und betrachtete versonnen die fernen Gipfel. Die Tränen rannen nun ungehindert über ihre Wangen. »Er wird nicht mehr zurückkehren. Sein Schicksal liegt jetzt weit entfernt von unserem.«

Es sei denn ... es sei denn, sie fände eine völlig neue Art von Tapferkeit, eine ohne Stolz, die ihre Seele offen legen und in Gefahr bringen würde, bittere Verletzungen davonzutragen. Aber sie *musste* sie finden, diese Tapferkeit, denn Opferbereitschaft wäre jetzt nichts als ein anderes Wort für Feigheit.

Alan machte eine unbeholfene Geste der Zärtlichkeit und Sympathie. »Ach, Catriona. Wie könnte ein englischer Graf Zeit für jemanden wie unsereins haben? Denn wenn auch das Blut von Königen in unseren Adern fließt – wird er uns nun noch für ebenbürtig halten? Eine tiefe Kluft aus Reichtum und Status klafft jetzt zwischen euch, da er ein Graf ist und du auf Rutleys Wohltätigkeit angewiesen bist. Wenn du zu ihm gehen würdest, würde er dir dann aus Pflichtgefühl oder aus Mitleid einen Antrag machen? Wie könntest du das ertragen? Es gibt einen Highlander, der dich hier in deiner Heimat lieben wird. Werde meine Frau, Catriona, und vergiss Dominic Wyndham.«

Catriona schwieg darauf sehr lange, weil sie Alan keine unüberlegte Antwort geben wollte, denn zumindest das war sie ihm schuldig, dachte sie. Sie wog die Risiken ab und traf ihre Entscheidung, obwohl ihr klar war, dass sie damit ihre Zukunft in die Hände des Engländers legte, der ihnen beiden sehr am Herzen lag. Was auch immer es von ihr erforderte, sie würde Dominic besuchen. Sie würde ihn die letzte Strophe schreiben lassen – obgleich diese natürlich gänzlich frei von Pflichtgefühl, Barmherzigkeit oder Zwang sein musste.

Sie lächelte Alan an und reichte ihm die Hand, denn er hatte ihr soeben die Möglichkeit dazu gegeben. »Obwohl ich weiß, dass ich einen anderen liebe? Und obwohl auch du ihn liebst? Dann brauchen wir noch eine weitere Vereinbarung, und diesmal zwischen dir und mir«, fügte sie hinzu. »*Ged 's fhada an duan ruigear a cheann*.«

Obwohl es ein langes Lied ist, ist es irgendwann zu Ende.

Kapitel 19

Sie war immer da.

Manchmal in einer Ecke des Raumes, ihr Haar, das in weichen Wellen ihre Gestalt umfloss, schillernd wie die Schwingen einer Amsel. Es strömte über ihre vollen weißen Brüste, lockte sich an ihrer schmalen Taille und ergoss sich in einer dunklen Flut über den Boden. Manchmal schwebte sie ernst über dem Bett, einen grimmigen Blick in ihren Wikingeraugen und eine kleine Falte zwischen ihren dunklen Brauen. Er wollte diese Falte glatt streichen, mit seinen Fingern ihr Gesicht berühren.

Er hob die Hand, um es zu tun.

Seine Hand war verschwunden.

Er registrierte es ohne große Überraschung oder gar Verlustgefühl. Er wusste, es war ihm untersagt, sie zu berühren; er wusste, er verdiente Strafe.

Aber sie war immer, allzeit da.

Und sie sang Lieder von Walhalla.

»Bei Gott!«, erklang die Stimme seines Bruders. »Was für Lieder?«

»Ich weiß nicht, Jack.« *Nicht Walhalla!* Er grinste, wohlwissend, dass es töricht war, den starken Mann markieren zu wollen. *Meine Hand ist weg?* »Sie singt gälische Lieder. Soll ich sie bis in alle Ewigkeit hören? Lieder, von einer Frau gesungen, die ich verloren habe, in einer Sprache, die ich nicht verstehe ...«

»Dummkopf«, schalt Jack. »Du warst schon immer ein Narr, Dominic Wyndham. Immer schon.«

Aber ich liebe sie. Die Worte blieben ungehört. Er sah seinem Bruder ins Gesicht und versuchte, es noch einmal zu sagen, aber Jack löste sich in Rauch auf.

Und ließ ihn mit seinem Schmerz allein zurück.

»Nehmt zuerst den Ring ab«, vernahm er eine Stimme. »Ringe sollten stets aufgehoben werden.«

Jack schritt über einen schmalen Pfad aus Licht, der sich über den Nachthimmel wölbte. Sterne erblühten plötzlich in der Dunkelheit wie Blumen. Ein kleiner Junge stand verloren auf dem Pfad, sein Haar wie ein goldener Glorienschein, wie ein Aufleuchten von Schöllkrautblüten, wie ein Sonnenstrahl. Er weinte.

»Ich hole dich!«, rief Dominic. »Du wirst die Sterne als Spielzeuge haben und den Mond als Spielgefährten. Weine nicht!«

»Der Graf fantasiert«, bemerkte jemand. »Wir müssen ihn noch mal zur Ader lassen.«

Es war eine schnelle Überfahrt. Sechs Stunden, nachdem die französische Küste verschwunden war, lächelten die weißen Klippen von Dover einen Willkommensgruß. Eine kleine Gruppe Bediensteter wartete mit den Kutschen für Lord und Lady Rivaulx.

»Was gibt es Neues?«, fragte Nigel sie, als er, Frances am Arm, zu ihnen trat.

Der Marquis und seine Frau lauschten aufmerksam einer kurzen Zusammenfassung der jüngsten politischen Ereignisse, Familiengeschäfte und schließlich des neuesten Klatsches.

»Und da ist noch etwas, Mylord«, fügte sein Sekretär hinzu. »Jack Wyndham ist ganz unerwartet verstorben – an den Folgen eines Schlaganfalls. Major Wyndham ist nun der Earl of Windrush, aber er war in den vergangenen drei Wochen ernstlich krank. Es heißt, er habe eine Verletzung an seiner Hand vernachlässigt. Die Wunde entzündete sich. Die Ärzte bangten um sein Leben. Ich fürchte, niemand weiß Genaueres darüber.«

Frances blickte erschrocken auf. Ihre Finger schlossen sich

noch fester um den Ärmel ihres Mannes. »Aber der neue Graf ist inzwischen doch außer Gefahr?«

»Ich denke schon, Mylady. Bis zu Eurer Ankunft in London müsste der Graf das Krankenbett verlassen haben.«

Die Einladung flatterte zu Boden. Dominic verzog das Gesicht. Bemerkenswert, wie akzeptabel ein Titel und ein Vermögen ihn plötzlich für die Gesellschaft machten, trotz einer verkrüppelten Hand, deren Finger er noch immer nicht ganz krümmen konnte.

Sein Sekretär hob das Blatt auf, das Dominic achtlos hatte fallen lassen. »Ihr gestattet doch, Mylord?«

Dominic bedachte Jacks treuen Diener – den er zusammen mit dem Titel, dem Geld, den Häusern und dem Land geerbt hatte und schon seit frühester Kindheit kannte – mit einem nachsichtigen Lächeln. »Ich brauche die Übung, James. Die Ärzte meinen, ich muss versuchen, die Hand zu benutzen. Aber nur zu.«

James faltete die Einladung auseinander, die im Kerzenlicht erstaunlich weiß aussah. »Lady Mulleigh gibt am neunzehnten eine exklusive Dinnerparty, um ihre Tochter in die Gesellschaft einzuführen. Was soll ich antworten?«

Dominic versuchte, seine steifen Finger zu krümmen, und massierte die Narbe an der Hand. Die Hand war noch da. Er hatte nicht alles verloren. Bloß Catriona. »Finden Sie es nicht etwas unziemlich für mich, die Tochter zu umwerben, wenn ich bereits mit der Mutter im Bett war und dem Vater Hörner aufgesetzt habe?« Er lachte. »Ich will verdammt sein, wenn ich zum Dinner Ihrer Ladyschaft gehe.«

Der Schmerz setzte wieder ein – ohne Fieber diesmal Gott sei Dank –, aber mit der exquisiten Agonie eines vernarbten Muskels, den man zwingt, sich zu bewegen. Sie hatten die Amputation nicht durchgeführt. Irgendwie war die Wunde schließlich doch verheilt. Dem Himmel sei Dank für kleine Gnaden!

James blickte gelassen auf den Schreibtisch. »Ich werde antworten, der Earl of Windrush bedaure sehr, nicht an der Dinnerparty teilnehmen zu können. Und was ist mit der nächsten Einladung?«

Warum, zum Teufel, hatte James sich nicht schon in diesen letzten Wochen um all das gekümmert: die Beileidsbriefe, denen erschreckend rasch Einladungen gefolgt waren? Sie hatten heute schon genug Nachlasspapiere und dringende finanzielle Angelegenheiten zu erledigen gehabt. Dominic hatte endlose Stunden mit dem Sachwalter der Familie zusammengesessen. Es hatte begonnen, als er noch im Krankenbett gelegen hatte, und war sogar noch schlimmer geworden, seit er wieder auf den Beinen war. Warum, zum Teufel, sollte er sich jetzt gleich mit diesen verdammten gesellschaftlichen Verpflichtungen befassen?

Dominic stand auf, ging zur Tür und riss sie auf. »Lehnen Sie sie einfach alle ab. Es war ein höllisch langer Tag. Ich werde mich in die Bibliothek zurückziehen, um mich zu betrinken. Und sorgen Sie um Himmels willen dafür, dass keine Besucher vorgelassen werden.«

Er schlug die Tür hinter sich zu und verhielt verblüfft den Schritt.

Ein hoch gewachsener Mann überreichte gerade in der Eingangshalle einem Diener Hut und Stock. Nun wandte er sich um und zog eine Augenbraue hoch. »Gilt diese Anordnung auch für mich?«

»Gott bewahre!« Dominic grinste und ging mit ausgestreckter Hand auf den Besucher zu. »Es sei denn, du lehnst es ab, dich mit mir zu betrinken. Wann, zum Teufel, bist du aus Paris zurückgekommen?«

»Heute Morgen«, antwortete Nigel, der Marquis von Rivaulx. »Darf ich dir die Hand schütteln?«

»Wenn du nicht zu fest zudrückst. Komm mit in die Bibliothek, dann erzähle ich dir alles.«

Die schwarzen Augenbrauen zogen sich zusammen. »Es geht dir wieder besser?«

»Gott, ich hoffe es, obwohl ich mich immer noch wie ausgewrungen fühle. Heute Morgen bin ich endlich aus dem Krankenbett aufgestanden.«

Nigel ging mit ihm in die Bibliothek. »Ich habe schon einiges darüber gehört – von Stansted. Ich habe ihn gerade erst gesehen. Du habest wirres Zeug geredet, berichtete er, und fantasiert.«

Dominic schenkte Malzwhisky aus Glen Reulach in zwei Gläser. »Probier das mal«, meinte er trocken. »Das reicht, um jeden Mann fantasieren zu lassen.«

Kerzenlicht flackerte und spiegelte sich in den hohen Fenstern wider. Die beiden Männer hatten es sich in großen Ledersesseln bequem gemacht. Nigel sprach Dominic seine Anteilnahme zu Jacks unerwartetem Ableben aus. Dominic kam sich nicht wie ein Heuchler vor, als er sie akzeptierte. Er war schließlich nicht froh darüber, dass sein Bruder tot war.

»Du wirst dem Titel und Vermögen aber doch gewiss nicht gänzlich gleichgültig gegenüberstehen?«, fragte Nigel.

Dominic zuckte mit den Schultern. »Ich erhielt dadurch noch eine weitere Waffe gegen Rutley. Ansonsten empfinde ich die Grafenwürde höchstens als Belastung. Ich ertrinke in Verbindlichkeiten und Verpflichtungen.«

»Das klingt, als wäre dir etwas genommen worden.«

»So ist es auch – ein Bruder und etwas, das nun, da er nicht mehr ist, bedeutender als je zuvor ist: Zeit.«

»Und trotzdem hast du Rutley überredet, in eine Destille zu investieren?« Nigel nippte an seinem Whisky. »Er ist erstaunlich gut.«

»Im Austausch gegen mein Versprechen, mich in bestimmten Fragen, die demnächst vor dem Parlament erörtert werden, seiner Meinung anzuschließen. Das war, bevor ich richtig krank wurde, inmitten des Durcheinanders nach Erhalt der Nachricht von Jacks Tod. Zum Glück verlangte der Herzog nichts, was mein Gewissen belasten könnte. Er war zu der Zeit ziemlich gut gelaunt. Stansted und seine Frau sind wieder miteinander vereint und haben ein Kind. Der Junge heißt Andrew – hat er dir von ihm erzählt? Es besteht jeder Grund zu der Annahme, dass sie noch weitere Kinder haben werden, obwohl Stansted vielleicht nicht der Erzeuger von ihnen allen sein mag.«

Nigel lehnte sich zurück und genoss das berauschende Aroma seines Drinks. »Ist das nicht ein bisschen zynisch, selbst für dich?«

Dominic beugte langsam seine Hand. »Ich hoffe, ich irre mich. Falls Rosemary ihn je öffentlich demütigt, werde ich ihr den hübschen Hals umdrehen. Aber Stansted ist so tolerant, dass ich mir nicht mal sicher bin, ob er es überhaupt bemerken würde.«

Nigel beobachtete die steifen Finger, ohne etwas dazu zu bemerken. Zweifellos erriet er – oder hatte Stansted ausgehorcht –, wie Dominic sich in seinen ersten Tagen als Graf überfordert und welchen Preis er dafür gezahlt hatte. »Soweit ich mich erinnere, war Rosemary ein verwöhntes, egoistisches, romantisches Kind wie fast jede andere Debütantin. Es gibt keinen Grund, warum sie nicht allmählich ruhiger und geradezu ein Vorbild tugendhafter Häuslichkeit werden sollte.«

»Darauf trinke ich.« Der Whisky rann durch seine Kehle und hinterließ eine angenehme Wärme. »Obwohl tugendhafte Häuslichkeit dein Gebiet ist, nicht das meine. Wirklich, ich wünschte, sie könnten so glücklich sein wie Frances und du. Deine Ehe ist eine seltene Kostbarkeit, Nigel, und ich bin furchtbar eifersüchtig.«

Nigel lächelte ein bisschen spöttisch. »Du zeigst es aber nie – oder wenigstens nicht so, dass es Frances unangenehm wäre.«

»Ich verfüge über eine bewundernswerte Selbstbeherrschung.«

»Du hast eine ausgesprochen miserable Selbstbeherrschung. Soll ich sie mal überstrapazieren und auf die Probe stellen? Du kannst mich gern hinauswerfen, wenn du möchtest. Was ist mit deinem privaten Glück?«

Dominic versuchte, ruhig zu bleiben und nichts als Humor in seine Stimme zu legen. »Wenn jemand anderer als du so verdammt impertinent wäre, würde ich ihn auf der Stelle niederstechen – auch wenn ich mit der Klinge leider nicht mehr besonders gut bin.«

»Ich habe schon die ganze Zeit versucht, nicht darauf anzuspielen. Was ist geschehen?«

»Ein Duell mit schlechten Chancen, aber gutem Ausgang. Aber mach dir keine Sorgen, es war es wert.«

Nigel trank den Rest seines Whiskys und stellte das Glas beiseite. »Aber du hast die Verletzung vernachlässigt, um deine dir selbst auferlegte Angelegenheit mit Rutley zu verfolgen. Dadurch hast du eine Infektion und Fieber bekommen. Stansted erzählte mir, du habest Glück gehabt, den Arm nicht zu verlieren. Er musste sich mit dem Arzt darüber streiten, sagte er.«

»Du liebe Güte, daran erinnere ich mich gar nicht – ich dachte, ich hätte ihn bereits verloren. Aber ich war auch ziemlich damit beschäftigt, Halluzinationen von Kindern und schönen Frauen zu haben.«

»Von Rosemary und dem kleinen Andrew?« Nigel grinste. »Ich habe ihn schon gesehen, tatsächlich sogar in Begleitung seines Kindermädchens. Ein hübscher Junge. Ich hörte, Stansted habe auch seine Schwester hierher gebracht, mit ihrem kleinen Sohn, Thomas MacNorrin. Ich schätze, Lady Mary fand, ihr Sohn solle den Mann sehen, der sich so entschieden in seine Erbschaftsangelegenheiten eingemischt hatte.«

Dominic schloss die Augen. Ein Junge, der ihn aus merkwürdig vertrauten Augen anstarrte und weinte. Der kleine Thomas, Catrionas Cousin. Noch ein Baby, das ihn in seinen Erinnerungen verfolgte und aus seinem Umkreis entfernt worden war, bevor er es auch nur hatte kennen lernen können.

»Wie kommt sie dazu, ein kleines Kind in ein Krankenzimmer zu bringen und ihm Angst zu machen?«

»Nach dem, was Stansted berichtete, glaube ich nicht, dass der Junge Angst hatte. Das Kind weinte anscheinend, jedoch nur, weil es nach Milch verlangte. War seine Mutter die schöne Frau? Lady Mary ist sehr attraktiv. Aber ich gebe zu, ich hatte das Gefühl, als verberge Stansted etwas, obwohl er für gewöhnlich eigentlich gar nicht gut darin ist, sich zu verstellen.«

Fast hätte Dominic zu Ausflüchten gegriffen. Es wäre leicht genug gewesen – und nicht einmal die Unwahrheit –, sie nicht zu erwähnen. Aber er öffnete die Augen und sah, dass Nigel sich zurückgelehnt hatte, ihn nicht zu einer Antwort drängte und ihm lediglich die Möglichkeit eines vertraulichen Gespräches unter Freunden bot.

Dominic stand auf und sammelte die Gläser ein. »Ich hatte Visionen von Catriona.«

Mit ausdrucksloser Miene blickte Nigel auf. »Frances und ich dachten eigentlich, du würdest sie heiraten. Sie wird dich doch nicht abgewiesen haben?«

Dominic stellte die Gläser auf den Beistelltisch. Versonnen strich er mit dem Zeigefinger über den Hals der Whiskyflasche. Er hatte einmal durch Zufall mitbekommen, wie Frances Nigel anfangs abgewiesen hatte: *Es ist nicht, weil ich dich nicht liebe, sondern gerade weil ich dich liebe*. Die gemeinsame Erinnerung stand für einen Moment zwischen ihnen.

»Ich habe sie nicht gefragt«, entgegnete er schließlich. »Es wäre seinerzeit eine zu grausame Frage gewesen.«

»Wäre es das?« Nigel tastete sich behutsam vor.

Dominic hörte es mit bitterer Belustigung. »Die einfache Antwort ist, dass sie ihren Geburtsort leidenschaftlich liebt. Diese Liebe geht so tief, dass sie ihr Herz und ihre Seele definiert. Ich beneide sie darum. Es gibt ihr eine Verwurzelung, die ich nie gekannt habe. Du magst etwas Ähnliches für Rivaulx empfinden, aber dies ist allgewaltig. Sie würde die Highlands nicht verlassen.

Und meine Pflicht ist hier in London. Wie du, bin auch ich nun ein verdammter Adliger. Schrecklich, nicht?«

»Warum fragst du sie nicht einfach?«

Bernsteinfarbenes Feuer floss, als Dominic erneut die Gläser füllte. Seine Hände zitterten. »Weil ich ihr mein feierliches Ehrenwort gegeben habe, dass ich, falls ich fortginge – falls ich mich weiter als hundert Meilen von ihr entfernte –, nie wieder zurückkehren oder je wieder Kontakt zu ihr aufnehmen würde.«

Nigels Stimme blieb täuschend ruhig. »Was für ein Teufel ritt dich, das zu versprechen?«

Höchste Zeit, sich hinzusetzen, bevor er stürzte wie ein gefällter Baum. Dominic reichte Nigel das Glas und ging vorsichtig zu seinem Sessel zurück. Sein Blut kam ihm verwässert wie schlechter Wein vor. »Das ist nebensächlich. Ich bereue es jeden Tag von neuem. Ich bin nicht sicher, dass Liebe etwas ist, worüber man verhandeln sollte.«

»Es ist natürlich ein Sakrileg, als versuchte man, mit Gott zu feilschen.«

Dankbar sank Dominic in die weichen Lederpolster. »Du vergisst, dass ich in Pietätlosigkeit einige Übung habe. Vom Tag an, als ich Catriona kennen lernte, versuchte ich, sie an Abmachungen zu binden, an eine nach der anderen. Ich legte Liebe in die Waagschale und feilschte um Bedingungen. Ich zahle einen mehr als angemessenen Preis dafür. Aber ich habe ihr mein Wort gegeben.«

»Und sie? Würde sie zu dir kommen?«

Dominic erwiderte den eindringlichen Blick seines Freundes und lachte. »Das macht dir wohl Spaß? Es wäre ein außerordentliches Risiko für sie, körperlich und seelisch. Für sie wäre es eine Ungeheuerlichkeit zuzugeben, dass sie einen Engländer liebt. Warum, zum Teufel, sollte sie es riskieren?«

»Ich nehme an, sie ist sehr stolz.«

»Es ist alles, was sie hat, um ihre Dämonen in Schach zu halten. Ich weiß nicht, wie ich es erklären soll. Es ist sehr viel Achtbareres, tiefer Gehenderes als simpler Stolz. Sie würde nicht hierher kommen, hierher in dieses Haus – das Haus eines englischen Grafen, Himmel noch mal –, in dem ich sie anfangs beleidigt und bedroht habe und in dem (wie sie womöglich glaubt) schon andere Mätressen leben. Sie würde eher sterben.«

»Weil du ihr ihre Jungfräulichkeit genommen hast, nicht wahr?« Die ruhige Stimme echote durch den nur schwach erhellten Raum. »Du hast sie ganz bewusst verführt und dann im Stich gelassen.«

Dominic legte den Kopf zurück und streckte die langen Beine aus. Seine rechte Hand gestikulierte ungeschickt. »Musst du die Schraube noch fester andrehen? Sie und ich haben oft genug über Sünde gesprochen – ich habe sie mit der Idee geradezu gequält. Und dennoch war die Sünde ausschließlich die meine. Ich wollte ihren Stolz und ihr Herz brechen. Vielleicht hat sie stattdessen meins gebrochen.«

»Und so quälst du dich nun Tag für Tag und büßt wie König Heinrich, nachdem er die Ermordung Thomas Becketts angeordnet hatte.« Nigel stellte sein Glas weg und erhob sich.

Dominics Augen verengten sich, als er zu seinem Freund aufblickte. »Möchtest du mein Beichtvater sein? Ich gestehe und bedaure alle meine Sünden. Aber es gibt einige noch tödlichere als die sieben, die ich ursprünglich zu begehen gedachte. Eine größere Sünde ist es, Liebe durch Bedingungen einzuengen.«

»Frances lehrt mich täglich, dass Liebe die einzige Brücke über das Unmögliche ist. Wenn Catriona erfährt, wie krank du warst …«

Dominic lächelte. »Wenn sie jetzt aus Mitleid käme, sollte ich sie abweisen. Außerdem hat sie in der Zwischenzeit wahrscheinlich sowieso schon einen Landsmann geheiratet. Und du kannst kein ehrenvolles Duell mit einem verkrüppelten Mann ausfechten, um sie zu rächen, obwohl ich aufstehen und mich von dir töten lassen werde, solltest du darauf bestehen.«

»Gott, was für ein einfacher Ausweg wäre das, nicht wahr?« Nigel wandte sich ab.

Dominic versuchte, seine steifen Finger um sein Glas zu schließen. Es entglitt ihm fast. Er war gezwungen, es mit der linken Hand zu retten, eine sehr kleine Demütigung nur, aber eine, an die er sich langsam gewöhnte. »Das war es, was ich tun wollte, als ich dachte, du hättest Frances auf ähnliche Weise missbraucht. Doch ich hatte mich natürlich geirrt, wohingegen du im Recht bist. Welche Strafe schlägst du also vor?«

An der Tür blieb Nigel stehen und drehte sich noch einmal um. »Ich bin weder ein Priester noch ein Beichtvater. Ich bin nur dein Freund. Die Lösung wirst du selbst finden müssen. Aber ich wäre verdammt enttäuscht, wenn ich dich stattdessen in Selbstmitleid und Alkohol ertrinken sähe.«

»Das Bemerkenswerte an diesem Whisky ist, dass er nie einen Kater hinterlässt.« Dominic grinste mit der Unverzagtheit, die er stets seinem toten Bruder zu demonstrieren versucht hatte. *Lieder, gesungen von einer Frau, die ich verloren habe, in einer Sprache, die ich nicht kenne* … »Danke, dass du gekommen bist, Nigel. Ich habe alle deine Vorhaltungen verdient. Mach dir keine Sorgen. Ich werde meine Pflicht gegenüber meiner neu erworbenen Grafenwürde erfüllen. Ich werde mich nicht erschießen.«

»Ich habe nicht eine Sekunde gedacht, dass du es vorhaben könntest.« Nigel erlaubte sich ein schwaches Lächeln. »Es freut mich zu sehen, dass du endlich etwas gefunden hast, wofür du leben kannst, aber es verstimmt mich über alle Maßen, dass du immer noch so wenig Vertrauen in die Liebe hast.«

Der Marquis von Rivaulx verbeugte sich und ging hinaus.

Dominic schickte die Dienstboten zu Bett. Die ledernen Rücken einer schier endlosen Zahl von Büchern starrten zu ihm herab und schienen ihm zuzublinzeln. Das Haus dehnte sich wie eine weite, stille Fläche um ihn aus. Das Stadtpalais des Earl of Windrush. Und da waren auch noch der riesige Landsitz, Besitzungen in Norfolk, Derbyshire und Ralingcourt. Nein, nicht mehr Ralingcourt, Gott sei Dank. Dominic lächelte. Müdigkeit saß wie eine Krankheit in seinen Adern. Es wäre wirklich an der Zeit, ins Bett zu gehen. Das große, herrschaftliche Himmelbett in Jacks einstigem Schlafgemach erwartete ihn.

Auf dem Gang war alles still. Die Treppe schien sich in endlose Leere zu erstrecken, erhellt von nur zwei Kerzenständern. Dominic nahm die Kerzen in seine linke Hand und stieg in die Finsternis hinauf. Am oberen Treppenabsatz blieb er stehen, um wieder zu Atem zu kommen, und verfluchte seine steifen, schwachen Muskeln, die von Krankheit und Aderlassen erschlafft waren.

Eine Tür öffnete sich leise, Licht durchflutete den Korridor.

»Mylord?« Catriona verschränkte ihre Hände und betrachtete ihn mit diesen intensiven blauen Augen, die ihn immer an Glockenblumen denken ließen. Ihr Haar war gewachsen, gerade genug, um es zurückzukämmen und mit Nadeln aufzustecken.

Es war ein Augenblick totaler Desorientiertheit. Für einen Moment sprachlos, stellte er die Kerzen auf den Tisch im Gang, bevor er sie fallen ließ und das Haus in Brand setzte. Er war versucht, sich vor ihr auf die Knie zu werfen. »Catriona? Ich finde keine Worte. Ich habe Visionen von dir gehabt.«

Sie rührte sich nicht, wandte nur den Blick ab und schob in dieser aufreizenden Geste, die er so gut kannte, das Kinn ein wenig vor. Der Boden schien sich zu drehen. Er musste sich beherrschen! Er musste es! Denn wenn er zu ihr ging und sie anfasste … Wenn er die sanften Biegungen ihres Körpers unter seinen Händen spürte … Wenn seine Finger über ihren biegsamen Rücken strichen, über ihre wohl geformten Hüften … Wenn er ihren Duft einatmete …

Und sie ihn nicht wollte, so verkrüppelt, wie er war?

»Wie …?« Die Narbe an seiner Hand begann wieder zu pochen. »Was, zum Teufel, tust du hier?«

Sie wandte sich ihm wieder zu, und er sah, dass ihre Lippen vor Unsicherheit zitterten. »Ich war die ganze Zeit in London bei Lord und Lady Stansted. Ich kam jeden Tag, um dich zu besuchen. Aber du fantasiertest. Du erkanntest mich nicht. Und dann hattest du Wichtigeres zu tun.«

»Oh, ich habe dich sehr wohl erkannt. Ich dachte nur, du wärst nicht real.« Die Erkenntnis traf ihn wie ein Blitz: Sie konnte also immer noch nicht glauben, dass es nichts Wichtigeres für ihn gab als sie, auch wenn eine gemeinsame Zukunft für sie nach wie vor unmöglich war? Er befürchtete, die Holzschnitzerei am Treppenpfosten mit seinen Fingern zu zerbrechen. Seine Stimme zitterte vor Qual. »Um Himmels willen! Du warst die ganze Zeit hier? Warum, zum Teufel, hat mir das niemand gesagt?«

»Ich hatte sie gebeten, es zu unterlassen.«

Er war fassungslos. »Und alle waren damit einverstanden? Ihr alle habt euch gegen mich verschworen? Sogar Stansted? Sogar mein eigenes Personal? Selbst Nigel wusste es, Himmel noch mal!«

»Nein, Lord Rivaulx wusste nichts davon.« Ein aufsässiger Blick erschien in ihren Augen. »Warum stehst du da und setzt mich wegen Einzelheiten unter Druck? Wie hätte ich es sonst tun können? Glaubst du, es hätte mich keine Überwindung gekostet, hierher zu kommen? Kannst du dir nicht vorstellen, wie demütigend es für mich war, als Lord Stansted deine Dienstboten überredete, mir heute Abend dieses Zimmer zur Verfügung zu stellen, ohne dir etwas davon zu erzählen? Hätte ich dir gegenübertreten sollen, als du krank warst? Denk nicht mal daran!«

»Und darum hast du mich glauben lassen, du wärst nur eine Fantasie? O mein Gott!«

Die blauen Wikingeraugen blitzten. »Ach, ich bin real genug.« Sie trat vor und streckte beide Hände nach ihm aus. »Du bist verrückt, dich derart aufzuregen. Du musst dich hinlegen. Lass mich dir aus der Jacke und den Schuhen helfen.«

Diese Kleider, die dich so stören – ich möchte, dass du sie mir ausziehst. Langsam. Du wirst meinen Rock aufknöpfen und mir diese verdammte Hose abstreifen. Und wenn ich dann nackt bin, werde ich dich in mein Bett tragen und dich lieben, lieben, bis dein Blut kocht – bis du schließlich aufschreist und für einen Moment vergisst, dass du denkst, du wärst verloren.

Es war alles falsch! Er hatte alles falsch gemacht! »Ich möchte dich ein einziges Mal noch lieben«, flüsterte er. »Aber ich glaube nicht, dass ich die Kraft dazu besitze.«

»Ein *einziges* Mal noch? Nun«, erwiderte sie, mit einer Stimme, in der die alte Leidenschaft noch ungebrochen war. »Selbst wenn du dich kaum noch auf den Beinen halten kannst, bist du ein Wüstling und ein Schuft. Was, wenn ich schon von einem anderen Mann einen Heiratsantrag bekommen habe? Was, wenn ich ihn angenommen habe?«

Sein Atem stockte und gefror in seinen Lungen. »Einen Heiratsantrag! Von wem?«

»Ach, er ist ein wunderbarer Mann. Jede Frau wäre froh, ihn zum Mann zu nehmen.«

Dann werden sie ihren Kummer in ihren Stolz einhüllen wie in ein Plaid.

»Dann wünsche ich dir alles Gute«, murmelte er.

»Du bist krank.« Ihre Augen glitzerten von ungeweinten Tränen. »Und kannst nicht zwischen Glück und Kummer unterscheiden. Komm, lass mich dir ins Bett helfen, du dummer Mann, bevor du hinfällst.«

Er träumte wieder von jenem Pfad, der durch den Himmel führte. Die MacNorrins wanderten festen Schrittes nach Westen, einen funkelnden Dunst aus Sternenstaub zu ihren Füßen. Während er ihnen nachsah, ganz krank vor Sehnsucht, suchte er nach Catriona und konnte sie nicht finden. Irgendwo in dem Dunst hörte er ein Kind weinen, zu weit entfernt, um es zu trösten.

Das Rascheln von Vorhängen riss ihn aus dem Schlaf. Sein Kammerdiener war da, um das morgendliche Ritual zu beaufsichtigen: Bad, Rasur, korrekte Garderobe für den Tag. Catriona hatte ihn vergangene Nacht zu Bett gebracht, ihm aus seinem Rock und seinen Stiefeln geholfen und ihn dann allein gelassen. Und nun sah er sich mit seinem größten Wunsch und seiner größten Sorge konfrontiert: Sie war gekommen – aber sie würde jemand anderen heiraten.

Als er zum Frühstückszimmer hinunterkam, sah er sie am Tisch sitzen und Toast buttern. Ihr Nacken schimmerte weiß über einem elfenbeinfarbenen Musselinkleid. Sie war im Morgenlicht wunderschön, sogar im trüben Licht von London. *Sie würde jemand anderen heiraten*.

Dominic blieb im Eingang stehen und beobachtete die sicheren und geschickten Bewegungen ihrer Hände. »So bist du also doch kein Traum«, bemerkte er.

Sie sprach, ohne ihn anzusehen. »Nein, bin ich nicht. Hast du geträumt?«

Er trat an den Tisch und schenkte sich Tee ein. Dabei zwang er sich, die Tasse in seiner rechten Hand zu halten. Er vergoss ein wenig von der heißen Flüssigkeit, als er ungeschickt die Tasse wieder absetzte, und befleckte das blütenweiße Tischtuch.

»Ich träume. Warum bist du gekommen, Catriona?«

Sie blickte aus vertrauten blauen Augen zu ihm auf. »Dachtest du, wir wären in Glen Reulach undankbar? Dass niemand kommen würde, um dir zu danken?«

Er setzte sich. Der heiße Tee bildete kleine Dampfwölkchen in der Luft. »Ich erwarte keinen Dank.«

Sie senkte den Blick auf ihren Teller. »Nicht einmal für Ralingcourt?«

Er wollte diese spröde Highland-Schönheit. Er wollte sie im Sonnenschein weicher werden sehen. Er wollte seine Tage mit ihr in einem blumenübersäten, winterlosen Land verbringen, ohne Verpflichtungen, ohne die grausamen Störungen der Wirklichkeit.

»Ralingcourt war der einzige nicht unveräußerliche Besitz der Familie«, erklärte er. »Deshalb konnte ich es übertragen. Es war kein Opfer.«

»Du hast Ralingcourt – das Haus, die Farmen, alles – dem kleinen Thomas MacNorrin überschrieben, im Austausch gegen ein Bergland über Glen Reulach, das höchstens einen Bruchteil seines Wertes besitzt. Warum? Der Herzog von Rutley muss geglaubt haben, er verhandele mit einem Einfaltspinsel.«

»Windrush kann sich den Verlust erlauben. Glaubst du, Rutleys Enkel würde auch nur mit der kleinsten Sorge um seine Highland-Besitzungen aufgezogen werden? Die Verantwortung für seine Erziehung trägt der Herzog. Der kleine Thomas wird lediglich nach Dunachan kommen, um sich zu amüsieren: zum Jagen, Fischen oder um sich in einer geschmacklosen Verspottung seiner Ahnen herauszuputzen. Was, zum Teufel, würde mit dem Tal geschehen, wenn der Junge seine Volljährigkeit erreicht?«

»Und deshalb hast du ihm ein feudales Haus in England gegeben.«

Er rührte in seinem Tee, um sie nicht ansehen zu müssen. »Das und die Destille müssten ihm genügend Wohlstand einbringen. Und unterdessen besitze ich die Weidegründe über Glen Reulach, sodass sie nicht für Schafe aus dem Tiefland verpachtet werden können. Es wird keine Räumungen mehr geben. Die MacNorrins können von nun an selbst über ihre Berge bestimmen.«

»Du denkst also«, begann sie, während sie ein weiteres Stückchen Toast mit Butter bestrich, »ich hätte nicht herkommen sollen, um dir zu danken?«

Mit einem ärgerlichen Klirren schlug sein Löffel gegen seine Tasse. »Nicht, wenn es nur das ist, warum du hergekommen bist! Ist es nur das?«

Für einen Moment sagte sie nichts, aber der Toast zerbröckelte unter ihren Fingern. Dann schaute sie auf und erwiderte seinen Blick. »Da wäre auch noch die Angelegenheit mit meiner Heirat.«

Er atmete tief ein, entschlossen, keine Verbitterung in seiner Stimme aufkommen zu lassen, obwohl er wusste, dass es ihm misslingen würde. »Soll ich so tun, als kümmerte mich das nicht? Soll ich mich nach dem Bräutigam erkundigen und dich beglückwünschen?«

Mit einem leisen Klicken traf ihr Messer auf den Teller. »Das hast du gestern Abend schon getan.«

Was, wenn er sie jetzt in die Arme nehmen und sie küssen würde? Würde sie ihm dann widerstehen können? »Das war der Schock. Ich versuchte, Zuflucht zu meinem Stolz zu nehmen. Aber leider ist mir nicht mehr viel davon geblieben. Wer ist der Mann?«

»Alan Fraser.«

Ein guter Mann, einer der ihren. Lieber Gott! Konnte Alan sie glücklich machen? Liebte er sie? Wusste er, dass sie von einem englischen Bonvivant geliebt und dann im Stich gelassen worden war? »Du hast seinen Antrag angenommen?«

Sie schwieg, legte die Hände auf den Tisch und starrte auf sie herab. »Unter einer Bedingung«, antwortete sie schließlich.

Dominic sprang auf. Seine steifen Finger streiften seine Tasse und warfen sie um. »Herrgott noch mal! Haben wir denn nichts dazugelernt? Wird es immer wieder unvorhergesehene Ereignisse geben?«

Ihr Kopf fuhr zurück, ihre Augen blitzten. »Was geht es dich an, was für Abmachungen ich treffe?«

Der heiße Tee hatte seine Hand verbrüht. Er steckte sie zum Kühlen in einen Krug mit Wasser. »In der Tat! Ich gebe zu, ich hatte bisher noch nie etwas dagegen, dass meine Mätressen heirateten, wen sie wollten – wenn ich mit ihnen fertig war!«

Ihre Hand lag auf dem weißen Tischtuch, als wäre sie aus Marmor. Das Kleid über ihren Brüsten hob und senkte sich unter schnellen, kurzen Atemzügen. Zwei dunkelrote Flecken bildeten sich auf ihren blassen Wangen und breiteten sich auf ihrer weißen Haut aus.

»Weil das eben so ist bei einem englischen Aristokraten! Wer stellt jetzt Bedingungen? Du kannst dich deinen Verpflichtungen hier in England nicht entziehen – das würde ich weder verlangen noch von dir erwarten. Aber das hält mich nicht von dir fern.«

Er entfernte sich ein paar Schritte und wischte seine nasse Hand mit einer Serviette ab, bevor er in Versuchung kam, Catriona zu berühren, und er sich noch mehr zum Narren machte. »Nein? Ist das nicht der Grund, warum du Alan heiraten würdest – um in den Highlands zu bleiben?«

Sie wandte den Blick ab. »Du bist es, der uns voneinander fern halten würde, jetzt, da du ein Graf bist!«

Die Serviette landete auf der Anrichte. »Earl of Windrush! Gott, wie leer das ist! Aber zahllose Menschen sind abhängig von diesem Titel. Außer den Bediensteten der Häuser und Landgüter, den Farmern und Pächtern hatte Jack ein Netzwerk von Kapitalanlagen und Geschäften. All das ist nun meiner Obhut anvertraut worden – wie irgendein verdammtes großes Schiff. Eine achtlose Hand an der Pinne, und hunderte von unschuldigen Menschen könnten ihren Lebensunterhalt ruiniert und ihre Kinder hungern sehen. Es ist eine Verantwortung, um die ich nicht gebeten und die ich nicht gewollt habe. Ich würde sie mit Freuden aufgeben, wenn ich es könnte.«

Sie legte eine Hand über ihre Augen. »Du hast einen Sitz im Oberhaus. Du kannst Einfluss auf Gesetze, Handel und Finanzen nehmen – auf die Zukunft Englands und Europas. Du kannst die Zölle, die auf Whisky erhoben werden, und die Vorschriften für Brennereien ändern. Du kannst unzählige Kinder, unzählige Einkommen retten. Kannst du bestreiten, dass du das willst? Bist du unfähig, aufrichtig zu mir zu sein?«

Er fuhr herum und starrte auf ihre schmalen Schultern unter

dem weißen Musselin. »Bei Gott! Ich war immer aufrichtig zu dir. Du bist es, die Dinge vor mir verborgen und sich geweigert hat, mir zu vertrauen. Vom Tag unserer ersten Begegnung an hast du Geheimnisse vor mir gehabt. Verdammt noch mal, Catriona! Du bist nie offen zu mir gewesen.«

Ihre linke Hand gesellte sich zu ihrer rechten, ihre Finger verschränkten sich über ihrer Stirn. Ihre Stimme brach wie zerspringendes Eis. »Ich konnte es nicht, solange Glen Reulach in der Schwebe hing. Wie hätte ich dir vertrauen können, einem Engländer, der mich von Anfang an unter Druck gesetzt und eingeschüchtert hat? Als ich merkte, dass ich dich durch nichts vertreiben konnte, benutzte ich dich deshalb für meine eigenen Bedürfnisse. Ich machte mir deine Stärke und deine Freundlichkeit zu Nutze. Ich möchte jetzt keine Bürde für dich sein, wenn ich so tief in deiner Schuld stehe. Ich bin nicht aus der Not zu dir gekommen. Aber warum kannst du nicht glauben, dass nun alles anders ist? Und warum versuchst du mir weiszumachen, du liebtest es nicht, ein Graf zu sein, liebtest nicht die Macht, die damit verbunden ist!«

»Bei Gott, Catriona, natürlich liegt auch eine gewisse Verlockung darin! Aber glaubst du wirklich, ich wollte das? Wenn es nach mir ginge, würde ich all das« – er machte eine weit ausholende Handbewegung – »den Titel, das Vermögen, die Verpflichtungen, mit Freuden aufgeben, wenn es dich zu mir zurückbringen würde.«

»Aber du kannst es nicht.« Sie saß regungslos am Tisch. Dunkle Haarsträhnchen, die sich aus den Nadeln gelöst hatten, lockten sich an ihrer Wange. »Und du solltest es auch nicht. Ich sagte ja schon, ich würde das nie von dir erwarten. Ich möchte dich nicht von deiner Bestimmung abbringen – dem Leben, das dich deine Talente nutzen lässt, dem Leben hier in London, das du liebst.«

Er wollte Porzellan zerbrechen, den Wasserkrug nehmen und ihn in tausend Scherben durch das Fenster fliegen sehen. Stattdessen legte er seine linke Hand um die Rückenlehne eines Stuhls und stützte sich darauf, weil er lieber einen Sturz riskierte, als sich wieder hinzusetzen.

»Ich würde es trotzdem tun«, beharrte er. »Aber all der übrige Besitz ist untrennbar mit dem Titel verbunden. Mein Privatvermögen ist in der Destille in Glen Reulach investiert, und das daraus entstehende Einkommen habe ich Rutley für die nächsten zehn Jahre für den kleinen Thomas versprochen. Wenn ich auf den Grafentitel verzichte, kann ich dir nur einen armen Schlucker bieten – der zudem auch noch verkrüppelt ist.« Er hielt sie mit einer Geste auf, als sie etwas einwenden wollte. »Ich sage das nicht aus Selbstmitleid! Es ist schlicht und einfach eine Tatsache. Ich war früher Offizier. Aber heute bin ich aus der Armee ausgeschieden. Ich habe keinen anderen Beruf. Wie kann ich dich bitten, mich zu heiraten? Mich selbst könnte ich vielleicht mit Glücksspiel durchbringen, doch wie könnte ich eine Frau und Kinder zu einer solchen Existenz verdammen?«

Sie ließ die Hände sinken und öffnete die Augen. Ihr Blau schimmerte warm und hell, wie Enzian im Sonnenschein. Sie atmete tief aus. »Du solltest die Frau fragen. Ihr würde es vielleicht nichts ausmachen – außer in Bezug auf dich. Tatsächlich würde sie dich nie mit ihr in Schottland vom Bodensatz von Rutleys Wohltätigkeit leben lassen. Sie würde dich nicht deine Seele für sie opfern und deine Bestimmung und deine Ehre verleugnen lassen. Darin hast du Recht.«

»Also siehst du für uns keine Zukunft? Ich sitze hier in London fest und du im hohen Norden? Meine Bestimmung soll also auch mein Fluch sein? Ich würde alles aufgeben, um dich zu heiraten, aber selbst das wäre keine Lösung. Dann wird, Gott sei Dank, die Grafenwürde mit mir sterben!«

»Du bist also immer noch erpicht darauf, Dominic Wyndham«, entgegnete sie heftig. »Du versuchst nach wie vor, mit dem Schicksal einen verrückten Handel abzuschließen. Ist dir noch nie der Gedanke gekommen, ich könnte ebenso entschlossen sein wie du und dass von uns beiden *ich* diejenige bin, die in dieser Angelegenheit frei ist, und dass es bei mir liegen könnte, darüber zu entscheiden? Erlaube mir meine eigene Reue. Warum glaubst du, du verdientest Schmerz? Ich trage ebenso viel Schuld wie du. Gibt es irgendeine Sünde, an der ich nicht beteiligt war? Bist du der Einzige, der Opfer bringen kann?«

Er fuhr herum, der Stuhl kippte um und fiel krachend gegen die Wand. »Wie meinst du das?«

»Ich bin in diesen Dingen unerfahrener als du. In Wahrheit kam ich wegen dir. Wegen dem, was uns verbindet. Wegen meiner Sehnsucht nach dir, die mir keine Ruhe ließ. Und weil ich meine Gefühle für dich verleugnet hatte, bis ich vom Verleugnen schon ganz krank war.« Tränen glitzerten in ihren Wimpern. »Glaubst du, ich würde mich für dich nicht erniedrigen? Meinen Stolz und Dünkel nicht wie eine zweite Haut abstreifen? Glaubst du, ich kann nicht ehrlich sein? Ich würde dich so nehmen, wie du bist, mit allem, was dich ausmacht – mit deinem englischen Titel und deinem sturen Stolz, deiner verletzten Hand und allem!«

Seine rechte Hand begann zu pochen. Er ballte sie zum Anschein einer Faust. »Ich will nicht aus Mitleid geliebt werden.«

Sie sprang auf und zog beide Hände über das Tischtuch. »*Mitleid*! Du sturer Narr! *A Dhia!* Ich *bemitleide* dich nicht! Du hast dich nicht verändert – du bist immer noch ein galanter, waghalsiger Held, entschlossen, den Drachen selbst im Angesicht seines versengenden Feuers anzugehen! Warum kannst du mir nicht glauben, dass meine Liebe zu dir groß genug ist?«

Er war wie erstarrt und nicht im Stande, sich zu rühren. »Genug für was?«

»Um mit dir in London zu leben, in England – in der Gosse, wenn es sein muss –, obwohl das ja zum Glück nicht nötig ist. Hast du noch nie daran gedacht, dass ich mich womöglich auch für Theater, Politik und wissenschaftliche Konferenzen interessieren könnte?«

Er hob den umgestürzten Stuhl auf, setzte sich rittlings darauf und legte die Stirn auf die Rückenlehne. Hoffnung begann sich in ihm zu regen – eine unehrenhafte, selbstsüchtige Hoffnung. Sie jagte ihm Angst ein, diese Hoffnung. »Ich fürchte, du würdest sterben wie ein von seinen Wurzeln abgetrennter Baum.«

Sie hob beide Hände. Das Tischtuch, das sie noch immer in den Händen hielt, rutschte über den Tisch. Wie eine Blinde ließ sie es fallen und wandte sich zu Dominic um, doch das herabhängende Tuch verfing sich in ihren Röcken. Als sie sich bewegte, geriet auch das gesamte Frühstücksgeschirr – Teller, Besteck, Gläser, die Reste des Toasts, die umgeworfene Teetasse – mit ihr in Bewegung.

»Ist das alles, was dich jetzt noch von mir fern hält? Dass du glaubst, ich könnte die Highlands nicht verlassen, nicht einmal für dich?«

Seine Finger verkrampften sich um den Stuhlrücken. »Du sagtest, dein Herz würde in dir sterben, du hättest nicht den Mut, ein neues Leben fern deiner Berge zu beginnen.«

Das Tischtuch rutschte weiter. Der Brotkorb wackelte. Der Krug fiel um, und das Wasser ergoss sich über einen Obstteller.

»Das traf damals zu, als ich dachte, die Trennung von Ross-shire wäre für immer. Jetzt weiß ich etwas anderes. Die rastlose Strömung der See liegt mir im Blut, daher wird die Sehnsucht immer in mir sein.« Sie stieß beide Fäuste gegen ihre Brust. »Aber ich trage diese Berge *hier*! In meinem Herzen! Ich muss nicht immer leben, wo ich sie sehen kann, solange ich weiß, dass Achnadrochaid noch da ist und die schwarzen Rinder auch weiterhin am Fuß der Berge grasen. Wenn ich mein Leben mit dir teilen kann, werde ich nicht wie ein entwurzelter Baum sterben. Kannst du das verstehen? Wie hätte ich wissen können, dass die Geschichte meines Volkes mich womöglich das Falsche gelehrt hat? Was ist Liebe zu einem Ort ohne Liebe unter Menschen? Was ist mein Zuhause ohne den Mann meines Herzens?

Du bist es, nach dem ich mich verzehre. *Du* bist meine Wurzeln und mein Leben, und ich kann nicht ohne dich leben.«

»Warum, zum Teufel, hast du dann versprochen, Alan zu heiraten?« Er stand auf, nahm den Stuhl und schleuderte ihn mit aller Kraft gegen das Fenster. Sprossen zersplitterten, Stuhlbeine zerbrachen, und klirrend barst das Fensterglas. »Ich kann keine Abmachungen mehr treffen, ich kann dir nur noch mein Herz anbieten. In was für einen Ruin wirst du mich treiben? Ich habe meinen Stolz geopfert. Und ich werde auch genauso freudig meine Ehre aufs Spiel setzen. Aber ich kann nicht Alan Fraser hintergehen und weiterleben!«

Das Tischtuch rutschte endgültig zu Boden, ein Wasserfall aus Damast, Kristall und Porzellan. Goldrandteller schlugen auf den Boden und zerbrachen. Gläser zersplitterten. Tassen zersprangen.

»Das könnte und würde ich auch nicht.« Ihr Lächeln, geheimnisvoll und strahlend wie ein Regenbogen, raubte ihm den Atem. »Mein Herz gehört dir, nicht Alan, obwohl du Engländer bist und es nicht leicht für mich war zuzugeben, dass ich dich liebe. Du kannst dein Leben hier in London haben und auch mich – du brauchst nur noch zu fragen.«

Porzellan und Glas knirschte unter seinen Stiefeln, als er zu ihr hinüberging und sie in die Arme nahm. Er klammerte sich an sie, wie von einem Wirbelwind und der Angst geschüttelt, wie das Fenster zu zerbrechen, aber das leidenschaftliche Verlangen, das fast augenblicklich in ihm aufstieg, ließ ihn alle Angst vergessen. Er wusste, wie sie reagieren würde, falls er sie jetzt küsste – mit der gleichen unbändigen Sehnsucht und Erregung, die auch ihn beherrschte. Doch er wollte ihr jetzt etwas sehr viel Nachhaltigeres bieten.

Ein Klappern ertönte irgendwo – auf dem Korridor. Das Geräusch von Schritten.

»Der Diener!« Sie erstarrte in seinen Armen. »Er kommt, um den Tisch abzuräumen.«

»Der ist schon abgeräumt. Zum Teufel mit dem Diener!«

Dominic löste sich von ihr und ging zur Tür. Der Schlüssel klickte im Schloss, als er ihn umdrehte. Er legte den Kopf zurück und schloss die Augen. »Du sagtest einmal, ich sei böse. Vielleicht stimmt das. Ich legte Tugend in die Waagschale mit Sünde und verlangte dein Herz als Preis …« Es war ein Schmerz wie eine offene Wunde. Er fällte ihn und zwang ihn in die Knie. »Ich liebe dich mehr als meine eigene Seele. Ich muss gestehen, ich wollte es nicht – nicht einmal, als du solch absoluter Verwüstung mit so viel Mut entgegentratest. Ich war voller Stolz, Arroganz und Eitelkeit. Du hast mich gelehrt, was wirklich wichtig ist und was es heißt, aufrichtig und tief zu lieben, aber ich bin trotz allem immer noch ein verflixter Engländer. Kannst du mich so lieben, wie ich bin, mit allen meinen Sünden? Würdest du mir zuliebe sogar aus deinen geliebten Highlands fortgehen? Catriona, willst du meine Frau werden?«

»Aus welchem anderen Grund, glaubst du, bin ich wohl hier?« Ihre Stimme war so klar und hell wie eine Glocke. »Es erfüllt mich mit Stolz und Freude, deine Frau zu werden.«

Kapitel 20

Catriona fühlte sich wie ein Wrack im Sturm, von der abebbenden Flut an einen fernen Strand geworfen. Ihre Beine zitterten, aber sie ging zu Dominic und schlang die Arme um seine Schultern.

Sie betrachtete seinen gesenkten Kopf, die Biegung seines Ohrs, die goldenen Strähnen, die sie so liebte, an seiner Schläfe. »Alan Fraser hat nur aus Ritterlichkeit um mich angehalten. Ich hätte ihn nicht lieben können – mein Herz hatte ich bereits vor langer Zeit verschenkt, an dich –, und er wusste es. Aber er fragte aus Anstand. Deshalb konnte ich seinen Antrag weder ablehnen noch annehmen. Stattdessen erklärte ich ihm, in einem Monat würde ich ihn nehmen, es sei denn, du fragtest mich, bevor er seine Antwort hatte.«

»In einem Monat? Großer Gott! Wann ist der Monat vorbei?«

Sie lachte unter Tränen. »Heute! Heute ist er vorbei. Wenn du mich heiraten willst, Mylord, kannst du froh sein, dass du meine Antwort heute noch bekommen hast.«

»Aber warum? Warum bist du auf so etwas eingegangen?«

»Wie hätte ich sonst hierher kommen können, da du nun ein Graf bist? Ich fürchtete mich vor deinem Pflichtbewusstsein, deiner Liebenswürdigkeit und davor, dass du dich mir möglicherweise verpflichtet fühlen würdest. Ich konnte nicht riskieren, dass du mir unter solchen Bedingungen einen Antrag machtest. Wenn wir heiraten sollen, müssen wir es als Gleichgestellte tun und weil wir wissen, dass wir nicht getrennt leben können. Das weiß ich jetzt.«

Er beugte den Kopf und legte die Stirn für einen Moment an ihre Hand. »Was werden wir Alan sagen?«

»Dass er sich ein anderes Mädchen suchen soll. Er glaubt, eine Verpflichtung erfüllen zu müssen, das ist alles. Alan liebt dich. Er hatte das Gefühl, er sei es dir schuldig, dafür zu sorgen, dass ich nicht allein blieb.«

Dominic schaute auf. Für einen Moment war sein Gesicht vollkommen ausdruckslos. »Du liebe Güte!«

»Warum kniest du noch immer?« Sie wischte die Tränen mit dem Handrücken von ihrer Wange. »Der Antrag ist gemacht und angenommen.«

»Welch verdammter Narr versucht, einer Frau inmitten von zerbrochenem Porzellan einen Heiratsantrag zu machen? Versucht, eine Frau zu gewinnen, indem er sie anschreit und Porzellan zerbricht? Sollte ich zur Strafe nicht noch ein bisschen länger knien?«

»Wir haben genug gebüßt, du und ich.« Sie blickte zu dem zerbrochenen Fenster und den Überresten ihres Frühstückstisches. Der Lärm der Stadt drang durch das offene Fenster in den Raum. »Wir haben Tee auf dem Teppich verschüttet.«

Er nickte grinsend. »Ja, aber dieser Teppich gehört mir.«

»Deine Knie werden wund.«

Er hockte sich auf die Fersen. Seine Grübchen waren noch nie so ausgeprägt gewesen. Dann ließ er sich ganz ungebührlich zurückfallen, sodass er flach auf dem Rücken lag, und breitete weit die Arme aus. Ein reinigendes, befreiendes Lachen stieg aus irgendeiner geheimen Quelle in ihm auf. Dominic verschluckte sich fast, so heftig lachte er. Er lärmte und brüllte geradezu vor Heiterkeit.

»Mein ganzer Körper ist wund«, bemerkte er schließlich, noch immer nach Atem ringend. »Jeder verdammte Muskel beklagt sich, und ich bin schwach wie ein junges Kätzchen.«

»Das finde ich aber sehr bedauerlich.« Sie beugte sich über ihn. Moosgrüne Augen erwiderten ihr Lächeln. Ihr Herz zerschmolz wie heißer Honig. »Denn ich hätte lieber den Kater und nicht das Kätzchen in meinem Bett.«

Er setzte sich auf, nahm ihre Hand und zog sie zu sich herab. »Nicht eher, bis wir verheiratet sind. Aber ich versichere dir, dass die Kraft bereits zu den wichtigen Körperteilen zurückkehrt.«

Sie blickte an ihm herab. »Ach, was bist du doch für ein eigensinniger Mann! Du willst all das verschwenden?«

Er nahm ihr Gesicht zwischen seine Hände. »Obwohl ich vor Verlangen nach dir brenne, kann ich meine Leidenschaft beherrschen. Ich möchte, dass wir warten.«

Die Narbe an seiner rechten Handfläche kitzelte ihre Wange. Sie wandte den Kopf und küsste sie. »Ich war bereits deine Geliebte. Warum sollten wir also warten?«

»Weil es der beste Weg ist, unsere Eheschließung zu feiern.«

Eine leise Stimme wisperte eine Warnung. Sie versuchte, sie zu ignorieren. »Ich dachte, du wärst von Hochzeitsnächten gar nicht so angetan.«

»Ich möchte eine richtige Hochzeitsnacht mit dir. Nenn es Aberglaube, wenn du magst. Ich habe Angst, dass ich, falls ich wieder sündige, dies alles zerstöre und dich trotz allem noch verliere. Ich glaube, ich muss mir selbst beweisen, dass ich warten kann. Obwohl es eins gibt, was ich noch lieber tun würde: In unserer Hochzeitsnacht möchte ich mit dir ein Kind zeugen.«

Es waren drei eigenartige Wochen, ebenso unwirklich wie intensiv. Die Hochzeit würde in Glen Reulach stattfinden, mit Deirdre und Mairead als Brautjungfern und Alan und David Fraser als Trauzeugen des Bräutigams. Dominic hatte es gewusst und auch sofort verstanden. Obwohl Catriona auch bereit gewesen wäre, in London zu heiraten, würde sie die Zeremonie mit den schneebedeckten Bergen als Zeugen als heiliger empfinden.

Aber zuerst musste der frisch gebackene Graf seine dringendsten Geschäfte zu einem Abschluss bringen, um London verlassen zu können. Und so zog Catriona zu Nigel und Frances in das

Stadthaus der Rivaulx, ein elegantes Anwesen, das, von einem eigenen Park umgeben, gleich neben Piccadilly lag. Der Marquis und seine Frau verbrachten Stunden in ihrem Musikzimmer. Sie musizierten beide außerordentlich gut. Catriona lauschte fasziniert fremdartigen Melodien und beobachtete das harmonische Zusammenspiel der beiden Musizierenden.

»Russisch oder indisch?«, fragte Dominic, als er eines Tages hereinkam. »Großer Gott, könnt ihr nicht etwas Zivilisiertes und Zahmes wie eins dieser Marschlieder spielen, die die Männer auf der Halbinsel zu singen pflegten?«

Alle lachten. Er kam jeden Tag, um Catriona zu umwerben – als wären sie sich nie begegnet, hätten nie zusammen gelitten und sich nie geliebt. Es machte sie fast etwas verlegen. Noch einmal ganz von vorne anzufangen, über ganz alltägliche Dinge zu reden, zu scherzen und zu lachen – und herauszufinden, dass sie ihn noch immer liebte. Ihr Herz schlug schneller, wenn er kam, und ihr Blut schien sich in einer Flut brennenden Verlangens in ihren Adern aufzulösen.

Doch obwohl sie die Sehnsucht in seinen Augen sah und sie mit ihrer eigenen erwiderte, tat er nichts anderes, als sie zu küssen. Wenn der Kuss leidenschaftlicher und intensiver wurde, zog sich Dominic zurück, lachte und legte für einen Moment seinen Kopf auf ihre Schulter.

»Ich bin fest entschlossen durchzuhalten«, erklärte er ernst, obwohl die Grübchen an seinen Wangen sichtbar waren. »In Lord und Lady Rivaulx Stadthaus sollten wir nicht sündigen, nicht wahr? Nicht, wenn sie bei unserer Trauung anwesend sein werden.«

Er nahm Catriona mit nach London, besuchte mit ihr Museen, Galerien und Parks. Es war überwältigend, riesig, laut. Aber an Dominics Seite genoss sie es – diesen Reichtum an Geschichte, Handel und Wissenschaft. Vielleicht war es auch das Beste für die Highlands, dieses neue Jahrhundert zu begrüßen, solange es nicht ihre vollständige Zerstörung bedeutete.

Sie planten ihre Zukunft. Die Saison in London, während das Parlament tagte. In der Nähe von Calums Höhle über Glen Reulach würde ein Haus gebaut werden – für die endlosen, klaren blauen Sommertage. Je eine Rundreise, im Frühjahr und im Herbst, zu den anderen Besitzungen der Grafschaft und einem Netzwerk vertrauenswürdiger Verwalter. So würde Catriona ihre schönen Sommer in den Highlands verleben können und dennoch jeden Tag mit Dominic zusammen sein. War das nicht zu schön, um wahr zu sein?

Lord und Lady Stansted brachten Andrew und Mrs. Mackay zu ihnen. Dominic hockte auf dem Teppich und spielte mit dem Kind. Andrew lachte und bearbeitete den frisch gebackenen Grafen mit seinen runden Fäustchen. Catriona beobachtete Rosemary und hoffte, dass sie mit Mann und Kind glücklich war.

Als sie sich erhoben, um zu gehen, blieb Rosemary neben Catriona stehen. »Ja«, flüsterte sie ihr ins Ohr. »Ich bin glücklich. Und ich freue mich für dich und Dominic. Pass gut auf ihn auf, ja?«

Catriona lächelte und versprach es ihr. Es würde keine Spielchen mehr zwischen ihnen geben. Sie würden nie wieder um Liebe handeln. Er befand sich auf dem Weg der Besserung. Jeden Tag wurde er kräftiger. Jeden Tag waren seine Finger ein bisschen weniger steif. Er brachte sie zum Lachen. Mit seinen schlagfertigen Bemerkungen überraschte er sie. Doch trotz seines tapferen, leichten Herzens wurde er von Geschäften erdrückt, und die Krankheit war noch nicht sehr lange überwunden. Und Catriona hatte das Gefühl, dass es da noch immer eine Sorge gab, die er ihr bisher nicht anvertraut hatte, und das beunruhigte und quälte sie.

Wenn er wieder mehr bei Kräften war, musste sie ihn fragen, und zwar bevor sie ihre Gelübde ablegten und sich für immer aneinander banden. Denn was war es noch gewesen, was er gesagt hatte? *Ich will keine Hochzeitsnächte mehr!*

Was immer sie einander versprochen und was immer sie gelernt hatten, sie befürchtete, dass er vielleicht zu stolz war, ihr zu erzählen, was ihn noch belastete. Und damit würde er ein giftiges Geschwür des Misstrauens hinterlassen, das ihr Glück zerfressen würde.

Endlich begann die Reise nach Norden, bei heftigem Regenwetter, und Catriona hatte ihn noch immer nicht gefragt. Sie würde ihm vorausreisen, denn es sollte eine richtige Highland-Hochzeit werden. Verträge waren aufgesetzt und verschickt worden, hin und zurück von London nach Inverness, aber es mussten auch noch andere Arrangements getroffen werden. Sie würde mit Nigel und Frances reisen, mit einer Phalanx Bediensteter und Zofen, so wie es sich für einen Marquis und seine Frau gehörte – und für die zukünftige Lady Windrush.

»Ich verlasse mich darauf, dass du in Glen Reulach alles regelst«, meinte Dominic. »Ich muss für ein paar Tage in Derbyshire Halt machen.« Er grinste. »Aber ich verspreche dir, dass ich rechtzeitig zu unserer Hochzeit da sein werde.«

Krank vor Liebe, lehnte sie sich aus dem Kutschenfenster und küsste ihn, ohne den Regen zu beachten, der ihre Schultern und ihr Haar durchnässte und in großen Tropfen über ihr Gesicht rann. Sein Mund war nass und kalt, doch als sie sich berührten, kam es ihr so vor, als stiege zischend Dampf von ihren Lippen auf.

»Ich werde dich an dieses Versprechen binden, Mylord. Wenn du nicht kommst, schicke ich dir Iseabail MacNorrin, und dann wird es über deinem blonden Kopf Flüche und Verwünschungen regnen.«

Er lachte und winkte, und der Regen prasselte über seine hoch gewachsene Gestalt, bis er außer Sicht war.

Die Geschäfte waren ein einziges Chaos, das Dominic körperlich sehr viel abverlangte und das an ihm nagte. Er arbeitete Tag und Nacht, um alles zu erledigen, weil er für ungestörte Flitterwochen mit Catriona frei sein wollte. Es war grausam, von ihr getrennt zu sein, aber er genoss sein schier unfassbares Glück. Ein Wunder war geschehen, und er musste sich bemühen, sich dieses Wunders würdig zu erweisen.

Doch die Verzögerungen schienen endlos zu sein. Er erreichte Inverness anderthalb Tage später als geplant. Als seine Kutsche in Dunachan vorfuhr, war es schon kurz vor Mitternacht, und seine Hochzeit sollte am nächsten Morgen stattfinden. Durch die offenen Türen drangen die Geräusche einer ausgelassenen Feier auf den Hof hinaus. Dominic ging in den großen Burgsaal und wurde vom Licht unzähliger Kerzen geblendet. Für einen Moment blieb er stehen und blinzelte, bevor Myriaden von Händen sich nach ihm ausstreckten, um seine zu schütteln, und ein Chor von jungen und alten Stimmen ihn von allen Seiten überfiel.

»*Ciamar a tha sibh?*« »Willkommen, Graf!«

»*Seo Dominic Bàn!*«

»*An tusa a tha ann?*«

»Es geht mir bestens«, antwortete er lachend und Hände schüttelnd. »Danke. Dank euch allen!«

»Für einen Moment hatte ich schon fast gedacht, du hättest es dir anders überlegt«, erklang eine kühle Stimme an seinem Ohr. »Und plantest, mich am Altar warten zu lassen.«

Er wirbelte herum und zog sie in die Arme. »*A Chatriona!*«

Begeisterter Applaus brach aus, als er sie küsste. Erst später wurde ihm bewusst, dass er sie in ihrer eigenen Sprache angesprochen hatte.

Begleitet von der schrillen Musik der Dudelsäcke, betrat er die Kirche. Alan und David Fraser schritten neben ihm in ihren dunkelblau und grün karierten Kilts. Vage war er sich der Anwesenheit Nigels und Frances in der Menge der Highlander bewusst – vertraute Gesichter nach ihrer Reise quer durchs Heidekraut. Aber als Catriona mit ihren zwei Brautjungfern eintrat, sah er nichts anderes mehr als ihr Gesicht. Er hörte kaum etwas von der Zeremonie. Er schaute ihr nur lächelnd in die blauen Augen und ließ sein Herz seine Gelübde sprechen. Warum, zum Teufel, hatte er dann trotzdem das Gefühl, dass diese blauen Augen noch immer irgendetwas vor ihm zu verbergen suchten? Einen Anflug von Zweifel? Eine geheime Furcht?

A Chatriona, verschweig mir jetzt nichts mehr!

Sie verließen die Kirche unter dem ohrenbetäubenden Krachen von in die Luft gefeuerten Pistolenschüssen. Eine ganze Kuh und Schafe waren für das Hochzeitsmahl gebraten worden. Der Whisky floss in Strömen, als Toast um Toast auf das junge Paar ausgebracht wurde. Eine gutmütige Balgerei brach aus, als der Kuchen angeschnitten wurde und die Hochzeitsgesellschaft um die Stücke kämpfte. Dudelsäcke und Fiedeln spielten zum Tanz auf. Aufgekratzt vom Whisky, führte Dominic Catriona aufs Parkett.

»Ich weiß nicht, was als Nächstes geschehen wird«, flüsterte er ihr ins Ohr. »Ich habe hier kein eigenes Haus. Außerdem bin ich betrunken wie ein Graf.«

»Du *bist* ein Graf.« Rote Flecken glühten auf ihrer weißen Haut. »Doch ob betrunken oder nüchtern, die Gesellschaft wird uns gleich zur Scheune bringen. Braut und Bräutigam ist es nicht erlaubt, die erste Nacht im Haus zu verbringen. Sie werden uns entkleiden und uns alles Gute wünschen.«

Er drehte sich mit ihr im Rhythmus der Musik. »Aber warum die Scheune?«

Sie senkte den Kopf, um ihn nicht anzusehen. »Weil sie ein großartiger Ort ist, um sich fortzupflanzen, schätze ich!«

Ein Zittern durchlief Catriona, als sie es sagte, eine Welle der Sehnsucht und Erregung, die tief aus ihrem Innersten aufstieg.

Sie wurde ununterbrochen zum Tanzen aufgefordert. Marquis Rivaulx tanzte ebenso mit ihr wie Alan Fraser. Aus den Augenwinkeln sah sie Dominic mit Frances tanzen und dann mit Mairead MacNorrin, die von ihren Verletzungen genesen war und mit ihrem gesunden Baby in ihrem Haus in Achnadrochaid lebte, das inzwischen wiederaufgebaut worden war.

»Ich bin so froh für dich, Catriona«, erklärte Alan, dessen Gesicht vom Alkohol gerötet war. »Du hast einen großartigen Mann geheiratet.«

Ein großartiger Mann. Endlich wurde sie mit ihm in die kühle Nachtluft hinausgeführt. Ein voller Mond stand hoch über den Berggipfeln. In dem Heuschober in der großen Scheune neben Dunachan hatten die Frauen ihnen ein Bett bereitet – ein Nest aus Daunendecken in dem süß duftenden grünen Heu. Während die Frauen sie entkleideten und ihr ein Nachthemd überstreiften, hörte sie die Scherze und das Gelächter der Männer, die Dominic auszogen.

Endlich traten die Frauen zurück. Umringt von den großen, Kilt tragenden Highlandern und bis auf ein über eine seiner Schultern geworfenes Plaid nackt, sah Dominic im Laternenschein wie ein junger Gott aus. Sie erinnerte sich plötzlich wieder sehr lebhaft daran, wie sie ihn zuerst gesehen hatte – kraftvoll, unbefangen und gelassen, gut aussehend und ungezähmt, sein nackter Oberkörper bedeckt mit ausgeprägten Muskeln. Wie damals seine Jacke, betonte nun der übergeworfene Tartan seine maskuline Nacktheit.

Sie waren verheiratet. Vereint bis in den Tod.

Obwohl es eins gibt, was ich noch lieber tun würde: In unserer Hochzeitsnacht möchte ich mit dir ein Kind zeugen.

Er hatte schon einmal eine Hochzeitsnacht mit einer Frau verbracht, und Harriet war am Tag danach hysterisch weinend zu ihrer Mutter zurückgelaufen. Warum? *A Dhia!* Und was war es, was er ihr nicht sagen konnte?

Sie schloss die Augen und erinnerte sich. *Sein Lächeln war bezaubernd, ein ausgeprägtes Grübchen erschien dabei auf seiner Wange. Aber seine Augen blieben zurückhaltend, dunkel wie Moos unter einem Wasserfall und verbargen genauso viele Geheimnisse. Was, um Himmels willen, sollte sie jetzt tun?*

»Gott segne euch«, erklang ein Chor von Stimmen.

Die Frauen entfernten sich, sammelten ihre mehr oder weniger betrunkenen, lachenden Männer ein und scheuchten sie aus der Scheune. Catriona war mit ihrem frisch gebackenen Ehemann allein. Er rührte sich nicht, stand nur im goldenen Laternenschein da und lächelte sie an.

»Dieses Bett«, meinte er sanft, »erinnert mich an das Märchen von der Prinzessin auf der Erbse. Ist es ein Test, um zu sehen, ob wir königliches Blut in unseren Adern haben?«

»Alle MacNorrins haben königliches Blut in ihren Adern«, erwiderte sie.

»*A Chatriona!* Ich bin vollkommen durcheinander. Ich möchte nicht betrunken sein, wenn ich meiner königlichen Braut beiwohne.«

Das dünne Seidennachthemd streifte auf verführerische Weise ihre Beine. Ihr Herz begann, wie wild zu pochen. Sie versuchte, den Hauch von Furcht, der sie beschlich, hinter einem forschen Tonfall zu verbergen. »Du dummer Mann. Bis morgen früh wirst du nicht nüchtern sein. Was schlägst du also vor?«

Er bewegte sich plötzlich und blickte aus dem Fenster. »Es ist Vollmond. Komm her und sieh, wie hell es draußen ist.«

Ihre Beine zitterten, aber sie ging zu ihm hinüber und trat neben ihn. Fahles weißes Licht überflutete die Berge und ergoss sich in den See. Gipfel, Bäume und Wasser zeichneten sich silbern gegen den Sternenhimmel ab und schimmerten und glitzerten wie die grandiosen Städte der ersten Clans des Himmels.

»In der herannahenden Nacht in den Gärten von Fabias fand sie einen Stern«, sagte er leise. »Sie verbarg die Nacht und den Stern in der Nacht in ihrem Leib.« Seine Finger strichen über ihre Wange und jagten Wellen der Hitze und Besorgnis über ihren Rücken. »Lass uns dort oben in diesen Bergen ein Kind zeugen.«

In einer Mischung aus Verlangen und Ungewissheit schaute sie zu ihm auf. »Wo?«

Aber er wandte sich schon ab und ging zu ihren Kleidern, die in einer Ecke zurückgelassen worden waren. Er suchte zwischen ihnen, bis er ihre Schuhe und seine Stiefel fand.

»Komm«, bat er. »Lass uns zu Calums Höhle gehen. Bis wir dort angelangt sind, bin ich vielleicht schon wieder nüchtern.«

Es war ein seltsamer Mondscheinspaziergang durch eine stille, schimmernde Welt. Er führte sie höher und höher in die Berge. Das Geräusch fließenden Wassers hallte durch die Stille wie das Bimmeln winziger Glocken. Die Luft war vom Duft des Honigs und der wilden Blumen erfüllt. Warme und kühle Brisen fächelten abwechselnd ihre Haut unter einem Mond wie eine Perle. Die weiße Seide ihres Nachthemds glitt wie liebkosend über ihre Hüften und Oberschenkel. Ihr eigener Arm glänzte wie Silber, während ihr goldener Ehemann sie an der Hand führte.

Sie war wie verzaubert. Die Brandung des Ozeans vor der Küste von Murias begann, sich in ihrem Blut zu regen. Die Seehunde hoben ihre seidig glänzenden, dunklen Köpfe aus dem weißen Schaum der See, und die Bären in ihrem braunen Pelz knurrten in den Wäldern. Der wilde Stier schnaubte und scharrte mit den Hufen auf dem Boden, bevor er seine jungfräuliche Braut ergriff und sie in die mystischen Gestade des Nordens forttrug.

Am Eingang der Höhle blieb Dominic stehen und legte die Daunendecke, die er mitgebracht hatte, um Catrionas Schultern. »Was ist es?«, fragte er. »Wir sind verheiratet. Eigentlich dürfte nun nie wieder etwas zwischen uns stehen. Aber da ist noch immer etwas, oder nicht?«

Sie setzte sich, hüllte sich in die Decke und starrte zu den silbernen Bergen und den Wiesen hinüber, die mit sternenförmigen weißen Blumen übersät waren, und wusste, dass sie ihm vertrauen musste. Heute, morgen und ihr ganzes Leben lang.

»Ich hätte dich schon lange fragen sollen. Aber ich war zu feige. Und ich hatte Angst. Ich dachte, etwas daran könnte uns womöglich trennen. Doch du hast Recht. Es *nicht* zu wissen, ist es, was mir auf der Seele liegt und mir seit langem keine Ruhe lässt.«

Das Plaid um seine Schultern bewegte sich, als er sich neben sie setzte. »Was möchtest du von mir erfahren?«

Sie schüttelte den Kopf. »Es ist nicht so, als dächte ich etwas Schlechtes von dir ...«

»Frag nur, Catriona. Wir haben alle Sünden abgebüßt. Nun hängt unsere Tugend von unserer Aufrichtigkeit und unserem Vertrauen ab. Sei ehrlich. Vertrau mir. Ich liebe dich.«

Sie legte ihr Gesicht auf die angezogenen Knie. »Was für ein denkbar ungünstiger Zeitpunkt!«, murmelte sie mit einem kleinen Lachen. »Dich zuerst zu heiraten!«

Er nahm ihre Hand und küsste ihre Finger. Sein Mund war warm und weich und liebkoste die empfindsame Innenfläche ihrer Hand. »Es gibt nichts, was ich vor dir verbergen würde. Frag.«

Warum erforderte es so viel Mut? Mehr, als es erfordert hatte, ihm in London gegenüberzutreten? Mehr, als es erfordert hatte, einen Straßenräuber abzuwehren? Sie hob den Kopf. »Da ist etwas, was du vor mir verborgen hast, und obwohl es mich eigentlich nichts angeht, muss ich es wissen.«

»Ah«, entgegnete er. »Du möchtest wissen, was mit Harriet geschah?«

»Sie sagte in Edinburgh solch bittere Dinge. Wie konntest du sie so verängstigen?«

Für eine Weile saß er schweigend da, sein Profil sah im Mondschein aus, als wäre es aus Stein gemeißelt.

»Nun gut«, meinte er schließlich. »Nur Stolz hat mich bisher davon abgehalten, dir schon vor langer Zeit die Wahrheit zu erzählen. Im Grunde waren Harriet und ich uns völlig fremd. Ich war jahrelang auf der Iberischen Halbinsel und in Russland gewesen, hatte gekämpft. Ich war durch Korruption ausgelaugt und dachte, sie sei der Inbegriff von Reinheit, die perfekte, unschuldige englische Lady. Aber wir hatten keine lange Zeit des Werbens. Ich hatte nie versucht, sie zu küssen, sie nie berührt – bis zu unserer Hochzeitsnacht.«

Nur Mut. Nur Mut. »In Ralingcourt. In elfenbeinfarbener Seide«, warf Catriona ein.

»Sie streckte die Arme nach mir aus und bat mich, sie zu küssen. Ich hatte mir vorgenommen, sanft und einfühlsam zu sein, doch sie lachte mich aus und meinte, sie sei vorher schon geküsst worden. Dann zog sie ihr Nachthemd herunter und bat mich, ihre Brüste zu berühren. Sie sagte, das gefiele ihr.«

Die Angst verlagerte sich wie eine kleine Unterströmung. »*Och-òn*, dann hatte sie also schon einen Liebhaber gehabt?«

»Es hätte mir vielleicht nichts ausgemacht – so sehr glaubte ich, sie zu lieben. Es kam mir nicht einmal in den Sinn, ihr Vorwürfe zu machen. Schließlich hatte ich selbst mehr als genug Geliebte gehabt. Ich dachte, ihr sei ein Fehler unterlaufen, mit einem Jungen vielleicht, als sie noch jung war. Deshalb überließ ich es ihr, mich zu führen, berührte sie, wo sie berührt werden wollte, und küsste sie, wie sie geküsst werden wollte. Ich brannte vor Verlangen. Es war sogar eine Erleichterung für mich zu denken, dass sie womöglich keine Jungfrau war und keinen Schmerz empfinden würde.«

»Sie hat deine Berührungen nicht erwidert?«

Er blickte sich verwundert zu ihr um. »Was? Nein. Sie wollte nur gestreichelt und geküsst werden – auf intimste Weise. Sie erreichte mehrmals den Höhepunkt. Darum glaubte ich, sie sei bereit, als ich sie auf das Bett legte. Ich war verzweifelt wie ein junger Bursche, nehme ich an, und blind vor Liebe. Ich hätte nie an etwas anderes gedacht, als dass sie einen anderen Mann gekannt haben könnte.«

»So war es aber nicht?«

Sein Haar glänzte wie pures Gold. »Ich zögerte nicht – aber schließlich war sie doch noch Jungfrau. Ich gab mir Mühe, sanft zu sein und ihr Vergnügen zu bereiten. Als sie nicht reagierte, fürchtete ich, sie könne wund sein. Doch da ich unsere Ehe vollziehen wollte, beeilte ich mich, meinen eigenen Höhepunkt zu erreichen. Und das war der Moment, wo sie mich schlug und schrie, ich hätte sie ruiniert. Denn im Grunde war sie keine Jungfrau mehr, verstehst du – oder wenn überhaupt, dann nur bei Männern.«

Die Furcht verkrampfte ihr den Magen, doch jetzt war es nur noch Furcht um Dominic. »Wie meinst du das?«

Er legte den blonden Kopf in seine Hände. »Es kam alles in dieser langen, bitteren Nacht heraus. Sie sagte, ich stieße sie ab – alles an meinem Körper –, sie fände mich grotesk. Sie hasste die Penetration, hasste diesen Körperteil von mir – sie nannte mich hässlich, abstoßend. Sie tobte und weinte – rief, ich sei widerlich und Ekel erregend. Ich konnte es nicht verstehen, bis sie endlich Farbe bekannte und es mir erklärte. Sie sagte es mit einer merkwürdigen Genugtuung: Sie sei von ihrer Gouvernante verführt worden – einer Frau –, und das war es, was Harriet mochte und erwartete.«

Ihr Herz schmerzte, so Leid tat er ihr. »Wie Sappho von der Insel Lesbos?«

»Du liebe Güte!«, murmelte er trocken. »Du hattest aber eine verdammt eklektische Erziehung!«

Catriona legte ihre Hand auf seine. »Wir haben eine wunderbare klassische Bibliothek in Dunachan. Warum hat Harriet dich nicht gebeten aufzuhören?«

Er schloss die Finger um ihre Hand. »Ich glaube, es war der Schock. Sie hatte nicht gewusst, wie ein Mann beschaffen ist. Deshalb schien sie willig, und deshalb missverstand ich sie so gründlich. Sie hatte nur das Streicheln und Küssen und ihr eigenes Vergnügen gewollt, aber selbst das, so bekannte sie, hätte sie lieber von ihrem Kindermädchen. Als ich ihr erklärte, wir hätten möglicherweise ein Kind gezeugt, wurde sie hysterisch. Harriet hatte nicht gewusst, wie ein Kind entsteht. Sie wollte keine Kinder.«

Catriona schlug die Hände an die Brust. »*Obh, obh*, dann war das also die Erniedrigung, von der sie behauptete, du hättest sie ihr zugefügt – die natürliche Liebe eines Mannes! Warum hat sie dich überhaupt geheiratet?«

»Damit Rosemary mich nicht bekam.«

Das klang einleuchtend. Kleine Blicke, die Catriona in Edinburgh bemerkt und nicht verstanden hatte, einige der Dinge, die Harriet geäußert hatte, während sie im Sterben lag. »Sie war in Lady Stansted verliebt?«

»Unglaublich, nicht? Die arme Harriet! Selbst nachdem Rosemary sie mit nach Edinburgh genommen hatte, blieben Harriets Wünsche unerfüllt. Rosemary hatte an anderen Frauen nicht diese Art von Interesse. Es war ein Dreieck, das für alle Beteiligten eine Katastrophe war.«

»Wie konntest du nur glauben, du könntest Harriet je zurückgewinnen?«

Er zog ihre Hand an seine Lippen und küsste sie. »Es war eine Herausforderung für meinen Stolz. Ich dachte immer, wenn ich nur eine einzige weitere Chance bekäme, könnte ich sie ›bekehren‹ und ihr vor Augen führen, dass sie einen Mann trotz allem lieben konnte. Ich war ein Narr.«

»Aber du konntest niemandem die Wahrheit anvertrauen. Wie hättest du es erklären sollen? Ihren Eltern? Oder irgendjemand anderem? *A Mhuire!* Es tut mir so Leid, Dominic.«

Er lachte. »Nein, es war meine Schuld. Nach Russland verfolgte ich eine gänzlich unsinnige Vorstellung von Reinheit. Ich hielt ihre Zurückhaltung während unserer kurzen Werbung für damenhafte Empfindsamkeit. Ein Fehler, wie sich dann herausstellte.«

Catriona lehnte sich an seine Schulter. »Du bist wie ich. Du machst nicht viele Fehler, aber wenn, dann sind es große.«

»Dann hoffe ich, wenn ich Dinge richtig mache, dass sie genauso absolut und uneingeschränkt richtig sind – wie dich zu heiraten.«

Ein überwältigendes Glücksgefühl durchströmte sie. *Absolut und uneingeschränkt richtig*. Ja, in der Tat – sie hatte das einzig Richtige getan!

Als sähe er die Veränderung in ihr, lachte er wieder – ein anderes Lachen, das pure Zufriedenheit ausdrückte. Ihre Blicke begegneten sich, und Hitze flammte zwischen ihnen auf und sandte eine Flut von Wärme über ihre Haut.

»Dann lass uns hineingehen und unsere Hochzeitsnacht feiern und ein Baby zeugen«, sagte er.

»Ob es so blond sein wird wie du«, erwiderte Catriona, »oder so schwarzhaarig wie ich, kein Kind wird je solch einen großartigen Vater haben.«

Er stand auf. Ohne ein weiteres Wort hob er sie auf seine Arme und trug sie über die Schwelle der Höhle. Der aufgehäufte trockene Farn war noch immer da, ein weiches Bett in einer geschützten, dunklen Ecke. Dominic breitete die Daunendecke und sein Plaid darüber – den Tartan, den er über seinem nackten Körper trug. Catriona stand in ihrem seidenen Nachthemd im Strahl des Mondlichts, das durch den Höhleneingang fiel, wo er sie abgesetzt hatte. Er war für sie der beste, schönste, wundersamste Mann der ganzen Welt, ihr Held. Und sie würde immer, immer dafür sorgen, dass er das auch wusste. Sie würde ihm täglich sagen, dass er ihr gefiel und sie ihn liebte, mit Worten und mit ihrem Körper. Sie würde ihm Kinder schenken, eine ganze Familie.

Er wandte sich ihr lächelnd zu. »Wir brauchen dein Kleid als Laken.«

Ach, wie dumm von ihr zu erröten, wenn sie innerlich vor Sehnsucht und Verlangen nach ihm zu vergehen glaubte, aber als sie das weiße Nachthemd über ihren Kopf zog, errötete sie tatsächlich. Er kam zu ihr, schlang die Arme um ihren nackten

Körper und ließ sie den Beweis seiner Lust spüren, und ein heißer Schauer rann durch ihren Körper, und die Hitze in ihr intensivierte sich.

In dem warmen Bett aus Baumwolle und Farnen, mit Seide und Wolle über und unter ihnen, liebten sie sich – ein Austausch, behutsam, aber leidenschaftlich. Er liebkoste sie mit seinen Händen und mit seiner Zunge und versetzte sie in einen Rausch der Ekstase. Sie erwiderte seine Zärtlichkeiten, strich mit ihren Händen über seine glatte Haut und festen Muskeln und bestaunte die Vollkommenheit seines Körpers, seines unbeugsamen Rückens und seines festen Pos, seiner breiten Schultern und muskulösen Arme, seines seidig blonden Haars und seines rauen, starken Kinns – eine Zauberwelt aus Berührung und Duft und Beschaffenheit, unbeschreiblich männlich, unbeschreiblich wohl gestaltet.

Mit einer einzigen kraftvollen Bewegung drang er in sie ein, ließ sie das ganze Ausmaß seiner männlichen Erregung spüren und stürzte sie in eine wahre Feuersbrunst lustvoller Gefühle. Sie öffnete sich ihm, bog ihm ihre Hüften entgegen, hielt seinen Körper fest an ihrem und biss ihn, ohne es zu merken, in die Schulter. Stöhnend, in einem Delirium der Freude, gab sie ihre Seele auf – *dich lieben und lieben, bis dein Blut in Flammen steht und du stöhnend um Atem ringst!*

Er drehte sie und zog sie über sich. Sie blickte auf sein Gesicht herab, sah seinen weit zurückgelegten Kopf und seine weißen Zähne, die im Dunkeln schimmerten. Zutiefst bewegt, erschüttert, beugte sie sich vor, bedeckte seinen Mund mit ihrem und atmete seinen Atem ein, der nach Torf, Rauch und Honig schmeckte.

Ohne den Kuss oder ihre intime Vereinigung zu unterbrechen, drehte er sich wieder mit ihr und zog sie unter sich. Während sie sich zusammen bewegten, öffnete er die Augen und blickte lächelnd in die ihren. Catriona schaute zu diesen dunklen, geheimnisvollen Tiefen auf – ihre Seele versuchte, zu dem

Geheimnis im Kern seines Lebens vorzudringen –, als er sie zum Gipfel der Lust führte und die Dunkelheit in einem Meer von Sternen explodierte.

Sie schrie auf und bog sich ihm entgegen, ihre Arme und Beine verkrampften sich und umschlossen seinen Körper. »*A Dominic! Tha m'anam a' snàmh an ceò!*«

O Dominic! Meine Seele schwimmt im Nebel.

Ermattet und erschöpft schaute sie zu ihm auf. »Ich liebe dich!«, wisperte sie. »Ich liebe dich, mein Herz, und ich bin verloren, verloren.«

»Psst!« Er zog sie in seine Arme und bettete sie an seine Brust, und dann breitete er die Daunendecke über ihre feuchten, zufriedenen Körper und umhüllte sie mit Trost. »Wir haben ein neues Leben geschaffen, Catriona. Unser Kind.« Sein Atem war warm und streifte wie ein Lächeln ihre Wange. »Und wer weiß, vielleicht wird es ein Mädchen …«

Anmerkungen des Autors

Es sind die seltsamsten Dinge in dieser Geschichte, die wahr sind – das Erdbeben, die Änderung der Whisky-Gesetze, der Glaube an das zweite Gesicht, die Beschreibung von Byrons Haus in Newstead. Doch falls Sie sich die Karte von Easter Ross ansehen, werden Sie ein Glen Reulach nicht finden. Ich habe eine Bergfalte und Talmulde zwischen Strath Farrar und Strathconan eingefügt, um eine Umgebung für Dunachach Castle zu schaffen. Da ich selbst eine Ross bin, hoffe ich, dass die Leute mir vergeben werden.

Soweit ich weiß, hat es nie einen Clan namens MacNorrin gegeben. Nebenbei bemerkt, im Gälischen, wo *mac* »Sohn« bedeutet, übernehmen die Frauen des Clans die weibliche Form des Vornamens, beginnend mit *nic*, was »Tochter« bedeutet. Ich bezeichne sie jedoch alle als »MacNorrin«, um Missverständnisse zu vermeiden.

Die Zwangsräumungen hingegen waren real, und ich habe nichts übertrieben. In einem Zeitraum von über fünfzig Jahren wurden die Leute in den Highlands – oft mit skrupelloser Grausamkeit – von ihren angestammten Heimstätten vertrieben, – um Platz für Schafweiden zu schaffen. Alle beschriebenen Zwischenfälle in Kildonan, Strathnaver, Glengarry und Kinlochnevis sind authentisch. Mit Ausnahme von Iseabails Fluch hat jede Einzelheit des Niederbrennens von Achnadrochaid – einschließlich der Misshandlung von Frauen – zu verschiedenen Zeiten und an verschiedenen Orten stattgefunden. Tatsache ist, dass Frauen während des vergeblichen Versuches, ihre Häuser zu verteidigen, verwundet und getötet wurden.

Viele Beschreibungen der Menschen und ihrer Lebensweise entsprangen sorgfältiger Recherche. Reisende des neunzehnten Jahrhunderts waren allgemein beeindruckt von der Kultur und Höflichkeit, der sie in den Highlands begegneten. Die beliebten Täler, die heute für ihre wilde Szenerie bewundert werden, sind nicht immer leer gewesen. In Glen Cannich, über Strath Glass – wo das Tal heute von einem hydroelektrischen Staudamm überflutet ist –, gibt es ein kleines Denkmal, das an die verschwundenen Chisholms erinnert.

Obschon ich den Zeitpunkt des Erdbebens leicht verändert habe, um ihn meiner Geschichte anzupassen, fand es am Dienstag, den 13. August 1816, statt. Das *Inverness Journal* berichtete von einem »allgemeinen Beben der Häuser, Klappern der Schieferdächer und gewaltigen Krachen großer Steine, die mit Wucht von vielen der Schornsteinköpfe hinuntergeschleudert wurden«. Die Glocken läuteten eine Minute lang, und »die schöne Turmspitze des Gefängnisses war mehrere Fuß unterhalb der Spitze vollkommen umgeknickt und über mehrere Zoll hinweg verdreht«. Obwohl vom Inverness des achtzehnten Jahrhunderts nicht viel übrig geblieben ist, wacht diese Turmspitze immer noch über die Stadt.

Whisky, und der Anbau des dazu nötigen Getreides, war ein wichtiger Bestandteil der Wirtschaft und Kultur der Highlands. Zu Beginn des Jahres 1816 war Highland-Whisky jedoch einer höheren Steuer unterworfen als englische oder irische Spirituosen, und Verfügungen hinsichtlich der Größe von Destillerien machten eine Gewinn bringende, legale Herstellung unmöglich. Im März stand ein Destillateur aus Inverness vor dem Ruin, als das Finanzministerium den Export von Spirituosen ins schottische Tiefland untersagte. Der Schmuggel stieg rapide an. Die Situation wurde in jenem Sommer im Parlament debattiert, und die Gesetze wurden geändert, sodass die Invernesser Zeitung Ende 1817 über die Errichtung legaler Destillerien in Ross-shire berichtet.

Über das »zweite Gesicht« wurde gemeinhin immer noch gesprochen, als mein Vater ein Kind war. Ich selbst bin da eher skeptisch – aber ich war ja auch nicht dort!

Ich hoffe, es hat Ihnen Freude gemacht, Dominic und Catriona kennen zu lernen, und Sie waren berührt von den Leidenschaften, die ihrer Geschichte zu Grunde liegen. Dominics frühere Abenteuer wurden in *Illusion* geschildert, der Geschichte von Frances und Nigel (Berkley, September 1998). Ich höre gern etwas von meinen Lesern, und Sie können mich unter P.O. Box 197, Ridgway, CO 81432-0197 erreichen. Bitte legen Sie einen frankierten Rückumschlag bei, falls Sie eine Antwort möchten.

Für mehr Informationen besuchen Sie bitte meine Webseite
http://www.jeanrossewing.com

Ein feuriger Engel, ein kaltherziger Teufel – und eine Hochzeit, heißer als die Hölle!

Linnet MacDonnell ist die jüngste von sieben Schwestern – und nicht die Schönheit der Familie. Mit ihren flammend roten Haaren, ihrer scharfen Zunge und der Gabe des zweiten Gesichts will sie niemand haben. Doch der Teufel in Form eines kaltherzigen Highlanders würde sie nehmen: Ihr Vater schließt einen Pakt mit seinem Erzfeind, dem adeligen Duncan MacKenzie. Linnet hat keine Wahl. Sie muss mit einem Mann die Ehe eingehen, der angeblich weder Herz noch Seele besitzt. Doch sie führt ihn mit etwas in Versuchung, das er am meisten fürchtet – die Liebe ...

3-404-18654-0

BASTEI LÜBBE

**Turbulente Liebesgeschichte
zwischen einem schottischen Mädchen
und einem stolzen Wikinger**

Schottland im Mittelalter. Anne, die uneheliche Tochter des schottischen Königs, erwartet auf Rancoff Castle die Ankunft ihres zukünftigen Gatten: Tor Henneson ist ein ungestümer Wikingerkrieger, der keine Liebe im Sinn hat, sondern nur die Rache an seinem Vater, Annes Ziehvater. Doch Tor muss erkennen, dass er seinen Vater immer weniger hassen kann und sich stattdessen immer mehr zu der bemerkenswerten Anne hingezogen fühlt. Das Schicksal hat die beiden zusammengeführt, doch eine tödliche Intrige könnte das Glück von Anne und Tor zerstören, bevor es richtig begonnen hat ...

3-404-18674-5

BASTEI
LÜBBE